折射集
prisma

照亮存在之遮蔽

Robert Scholes   James Phelan   Robert Kellogg

The Nature of Narrative

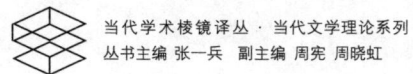

当代学术棱镜译丛 · 当代文学理论系列
丛书主编 张一兵 副主编 周宪 周晓虹

叙事的本质

［美］罗伯特·斯科尔斯　［美］詹姆斯·费伦　［美］罗伯特·凯洛格 著
于雷 译

南京大学出版社

《当代学术棱镜译丛》总序

自晚清曾文正创制造局，开译介西学著作风气以来，西学翻译蔚为大观。百多年前，梁启超奋力呼吁："国家欲自强，以多译西书为本；学子欲自立，以多读西书为功。"时至今日，此种激进吁求已不再迫切，但他所言西学著述"今之所译，直九牛之一毛耳"，却仍是事实。世纪之交，面对现代化的宏业，有选择地译介国外学术著作，更是学界和出版界不可推诿的任务。基于这一认识，我们隆重推出《当代学术棱镜译丛》，在林林总总的国外学术书中遴选有价值篇什翻译出版。

王国维直言："中西二学，盛则俱盛，衰则俱衰，风气既开，互相推助。"所言极是！今日之中国已迥异于一个世纪以前，文化间交往日趋频繁，"风气既开"无须赘言，中外学术"互相推助"更是不争的事实。当今世界，知识更新愈加迅猛，文化交往愈加深广。全球化和本土化两极互动，构成了这个时代的文化动脉。一方面，经济的全球化加速了文化上的交往互动；另一方面，文化的民族自觉日益高涨。于是，学术的本土化迫在眉睫。虽说"学问之事，本无中西"（王国维语），但"我们"与"他者"的身份及其知识政治却不容回避。但学术的本土化绝非闭关自守，不但知己，亦要知彼。这套丛书的立意正在这里。

"棱镜"本是物理学上的术语，意指复合光透过"棱镜"便分解成光谱。丛书之所以取名《当代学术棱镜译丛》，意在透过所选篇什，折射出国外知识界的历史面貌和当代进展，并反映出选编者的理解和匠心，进而实现"他山之石，可以攻玉"的目标。

本丛书所选书目大抵有两个中心：其一，选目集中在国外学术界新近的发展，尽力揭橥域外学术20世纪90年代以来的最新趋向和热点问题；其二，不忘拾遗补缺，将一些重要的尚未译成中文的国外学术著述囊括其内。

众人拾柴火焰高。译介学术是一项崇高而又艰苦的事业，我们真诚地希望更多有识之士参与这项事业，使之为中国的现代化和学术本土化做出贡献。

丛书编委会
2000年秋于南京大学

谨以此书纪念
罗伯特·L.凯洛格
(1928—2004)

目 录

1 / 第二版前言（罗伯特·斯科尔斯）
5 / 第二版前言（詹姆斯·费伦）
1 / 1. 叙事传统
16 / 2. 书面叙事的口头传统
58 / 3. 现代叙事的古典传统
86 / 4. 叙事中的意义
168 / 5. 叙事中的人物
219 / 6. 叙事中的情节
252 / 7. 叙事中的视角
295 / 8. 叙事理论，1966—2006：一则叙事
354 / 附　录
383 / 注　释
407 / 参考书目
415 / 索　引
437 / 致中国读者的话
439 /《叙事的本质》译后谈

第二版前言

一部学术著作若能历经四十载而依然再版，乃是件了不起的事情——特别是那种由几位年轻气盛的小字辈学者所书之作。眼前的这本书恰恰就属于这种情形。当年，罗伯特·凯洛格和我本人在弗吉尼亚大学为二年级本科生开设了一门课，计划用一学年的时间讲授从荷马到乔伊斯以来的叙事文学；而我俩就此课程所进行的数次讨论竟成了此书创作的最初动因。这门课，我们教过几轮，几乎每天在回家路上均以此为话题。这本书正是得益于那些授课经历与私下里的交流——当然，也得益于这一课程本身所要求我们进行的大量研究工作。

从某种意义上说，我们是开设此课程的理想人选。凯洛格当年正是带着对乔伊斯的极大热情前往哈佛进行研究生阶段的深造。他是个非常细致的人，当然也顺理成章地选择了中世纪文学作为其最初的研究内容——一直孜孜不倦。我俩相识之际，他正在专攻古代冰岛文学，但他对中世纪欧洲文学与文学现代主义有着非凡的功力。而我本人则选择了康奈尔，其部分原因是，他们的研究生课程将小说作为一种文学类别纳入研究体系，这在20世纪50年代是相当稀罕的。尽管我的硕士论文和博士论文主要是探讨20世纪英美小说，但我在深造期间的学习涵盖了小说这一整体类别，而且我在弗吉尼亚从教时，对于从18世纪英国小说到20世纪美国小说的授课内容也做到了包罗万象。就我们那个时代的叙事文学研究来说，罗伯特跟我通过合作而实现的历史视野乃是任何一个人所未能企及的。*

我俩曾一直就合作出书的问题探讨了些时候，后来恰逢我获得威斯康星大学麦迪逊分校人文研究中心提供的为期一年的资助，研究叙事文学的历史与理论。这个机会意味着我可以为我们意向之中的携手之作先行写出一份草稿，而那些因我知识局限所遗留的空缺部分则由罗伯特加以添补。很久之前，我曾在纽约加登城（Garden City）的几所公立学校学习过五年半的拉丁文，而在麦迪逊分校，我至少也学了些古希腊语的基础知识。罗伯特懂得不少中世纪的欧洲语言，而且，我俩也懂好几种现代语言。尽管我跟罗伯特对俄语都是门外汉，但我在本科阶段曾在韦勒克①门下修过一年俄国小说的课程。可以说，我们拥有了一定的合作基础。

在麦迪逊分校，我还得到许多高级学者的智力支持，如研究中世纪科学的专家马歇尔·克拉格特（Marshall Claggett），还有热尔曼·布瑞（Germain Breé）——一位研究法国现代文学的学者，他们给予了我极大的帮助。时任人文研究中心主任的马歇尔·克拉格特问我是否需要中心提供相关书籍以帮助我的研究。于是，我交给他一份清单，列出一些"洛布古典文库"（Loeb Classics）②的书目——配有对照英文翻译的古代希腊及拉丁文学丛书。他思忖了一会儿，终于开口说他认为中心应该拥有全套丛书。几周后，这套丛书便抵达中心，我亲手帮他将这些书开包上架。这些书对我的研究起了很大的作用，我可以在英语文本中迅捷地找到关键段落，然后更加细致地分析希腊和拉丁原文；这样一来，我那业已生疏的拉丁文和差强人意的希腊文总算派上了用场。

于是，我写出自己章节的草稿，由罗伯特进行编辑，而后他也写出

---

* 本书若无特殊说明，页下注释均为译者注。

① 雷纳·韦勒克（René Wellek，1903—1995）：捷克裔美国学者，20世纪享誉国际的文学理论家、批评史家和比较文学家。

② 西方闻名遐迩的一套大型文献丛书，收录了古希腊罗马时期的典籍，由美国人詹姆士·洛布（James Loeb）1910年策划。该丛书的特点之一，就是将原文（希腊文、拉丁文）和英文翻译加以对照编排。

自己两个章节的草稿（关于现代叙事的口头传统及叙事中的意义），由我来编辑。就是这样，这本书出炉了，最终由牛津大学出版社出版。差不多三十五年后，罗伯特跟我碰巧在一次晚宴上相对而席，于是我们就决定试探一下出版社是否有兴趣出第二版，结果一拍即合。我们随后便开始策划这件事，但工作进展缓慢，而且后来罗伯特也不幸辞世。他是一名优秀的学者，一个伟大的人，也是一位知心朋友。就我而言，他的离去也意味着第二版计划的夭折，因为我实在没有心情独自继续下去。不过，时间的流逝总能多少抚平这样的伤痛，而出版社也保持着极大的耐心，所以，过了一阵子，我就开始琢磨该如何对这本书进行修订。

许多年后，当我捧起这本书重温的时候，脑海中依然深深印记着当年那两个毛头小伙勤奋苦读、博闻强记、沉冥思索的模样。他们知道的东西，如今我已无法知晓；他们思考问题的方式也不再为我所用。这本书似乎牢牢定格在它自己的时间里，几乎让修订工作成为不可完成的使命。毕竟，《叙事的本质》曾经为开创叙事学研究做出过自己的贡献，而我本人也在其他著作中拓展了对叙事理论的思考，如《寓幻家》（*The Fabulators*）①、《文学结构主义》（*Structuralism in Literature*）、《结构性寓幻》（*Structural Fabulation*）、《寓幻与元小说》（*Fabulation and Metafiction*）、《文本的力量》（*Textual Power*）以及《现代主义悖论》（*Paradox of Modernism*）等。当然，也有诸多其他学者曾进入这一领域，在理论和历史研究两方面都创造出丰硕的学术力作——如巴赫金、托多洛夫、热奈特、巴特以及麦基恩（McKeon）——这里也只是列举了其中最负盛名的几位。不过《叙事的本质》依旧在印，而且似乎还能够为叙事学历史与理论提供有效的视角。当然，这一视角在某种程度上说也是代表了20世纪中期那一特殊的历史时刻。

结合上述问题的考虑，我委实找不出理由要去重写此书并炮制一

---

① "寓幻（小说）"这一提法因斯科尔斯的相关论著而得名，主要用以代指20世纪以来所出现的、具有魔幻及后现代特征的反传统小说创作。诸如约翰·巴思和托马斯·品钦这样的作家，均系此文类创作的集大成者。

个全新版本。不过,我逐渐意识到这样一个可行的方案:在重新出版原文本的时候,可以做一些小的文体调整,并且邀请一位年轻学者就初版后叙事研究的发展写个专题,作为对原书的补充。这就是事情进展的过程。不过,那位参加该项目的新作者并非毛头小伙,但比我年轻。就我认识的人当中,他对过去几十年来叙事研究领域的发展最具发言权。这个人正是詹姆斯·费伦①。多年来他一直担任《叙事》杂志的编辑;这是"叙事研究协会"的机关刊物,也是叙事研究领域的顶级期刊。可以说,没有费伦的合作,《叙事的本质》第二版将不会存在。他追溯了《叙事的本质》初版后四十年的叙事研究新动向,在我看来,他的工作做得非常出色。

罗伯特·斯科尔斯

---

① 詹姆斯·费伦(James Phelan,1951—):俄亥俄州立大学"杰出人文教授"、国际叙事文学研究协会前主席、美国《叙事》杂志主编,当今北美最具影响的叙事理论家之一。

第二版前言

早在1969年,我还只是波士顿学院一名英语专业大二的学生,正值年轻气盛;记得在罗伯特·E.莱特(Robert E. Reiter)讲授的一门必修课上,我首次接触到了《叙事的本质》。而后在1976年,我更为细致地研读了这本书。当时,谢尔顿·萨克斯①是芝加哥大学"叙事理论"方向的导师,而我则将这本书纳入自己的阅读书单,作为应对该博士课程专业考试的准备。在此后的岁月中,我时而会求助于这本书,也会向别人推荐这本书,但我怎么也没料到斯科尔斯会盛情邀我为该书新版写"一个关于叙事研究动向的部分"。这简直如梦幻一般——我居然要在伴随我成长的作品中添加自己的文字。这感觉就如同说,倘若我是小说家,亨利·詹姆斯或是弗吉尼亚·伍尔芙邀请我为《奉使记》(*The Ambassadors*)或《达洛维夫人》的新版创作最后一章。面对这份奖掖,你准会欣然应允;当然,也难免有几分惶恐和心虚。不过,你还是想方设法去接手这份工作。而后,当发现先前的某些想法明显不妥时,你又会进行新的尝试,一直坚持到自己最终勉强有东西拿得出手。

在我所做的诸多设想中,有三点我需要在此强调一下。其一,我试图保留斯科尔斯和凯洛格对文学叙事的聚焦,因为在我看来,要突出

---

① 谢尔顿·萨克斯(Sheldon Sacks, 1930—1979):芝加哥大学英语与语言学教授,著名期刊《批评探索》(*Critical Inquiry*)的首任主编。

《叙事的本质》与过去四十年来叙事学发展的连贯性,那是最好的办法。同时我要指出,叙事理论的疆域已有所拓展,它将各种非文学叙事也纳入其中,并且这种拓展会对文学叙事研究产生影响。其二,斯科尔斯提出的讨论"叙事研究动向"的要求与我的想法不谋而合。也就是说,从实践意义上看,我并非去追溯1966年以来的叙事历史(后现代实验、数字叙事的出现、传记潮等),而是要提供一则关于叙事理论的叙事,并且在这一叙事中,我会穿插1966年以前及之后的文学叙事案例。我希望,这种运作模式能够让读者看到斯科尔斯和凯洛格作品中的理论部件与最新的理论进展及观念之间的联系,同时我也能借此获得更大空间去展现那些发展趋势。

其三,我既非对叙事研究动向进行完全独立的展现,也非妄图化约出所谓"宏大的统一叙事场论"(Grand Unified Field Theory of Narrative,GUFTON),相反,我寻求两者之间的中间路线。其原因在于,若唯前者则势必摆出一副伪装的——而且,在我看来,也是难以维系的——客观化姿态;若唯后者则会导致该领域的研究视野,以及该场合下的修辞意旨表现出的一种不该有的狭隘性。当代叙事理论可谓纷繁多样,因此,一个1966年以来"关于该领域发展动向的章节"不可能创立出所谓"宏大的统一叙事场论"。当然,正是由于该领域的多样性,要梳理出过去四十年叙事研究的演化就必须进行相当程度的筛选,而这种筛选又必然反映出故事讲述者自身就该领域所持的观念,包括其中不同层面相互联系的方式。结果,当我对自己的设想和筛选心存侥幸之际,我也格外清楚地意识到,我的叙事并不能终结其他的可能性;而且,我以为,我的读者们最好也抱有同样健康的意识。

最后,我要感谢戴维·赫尔曼[①]、布赖恩·麦克黑尔[②]、彼得·J. 拉

[①] 戴维·赫尔曼(David Herman,1962—):美国俄亥俄州立大学英语教授,认知叙事学研究的重要代表人物。

[②] 布赖恩·麦克黑尔(Brian McHale,1952—):美国叙事理论家,俄亥俄州立大学杰出人文教授。

比诺维茨①以及罗伯特·斯科尔斯,他们为我的叙事提出了富有裨益的评价。我也要感谢伊丽莎白·马尔什,她的编审如鹰眼一般敏锐,同时她也为"引用文献"付出了辛勤劳动。当然,我最想对罗伯特·斯科尔斯深表谢意,他以包容的信任邀请我在他与罗伯特·凯洛格的地标之作中进献言论。

在我为此书所作的文字部分中,有些内容曾出现于先前我在《劳特利奇叙事理论百科全书》(*Routledge Encyclopedia of Narrative Theory*)中撰写的词条"叙事的修辞手法"(pp. 500—504),由戴维·赫尔曼、曼弗雷德·雅恩②及玛丽-劳雷·瑞安③编(伦敦:劳特利奇,2005)。还有些内容已经出现于我为《小说百科全书》所撰词条"情节"(pp. 1008—1011),由保罗·斯柯林尔编(芝加哥:费茨罗伊·迪尔波恩,1998)。我谨致谢上述两家出版社应允我将相关内容再次付印。

詹姆斯·费伦

---

① 彼得·J. 拉比诺维茨(Peter J. Rabinowits,1944—):美国汉密尔顿学院比较文学教授、叙事理论家。
② 曼弗雷德·雅恩(Manfred Jahn,1943—):德国科隆大学英语教授、叙事理论家。
③ 玛丽-劳雷·瑞安(Marie-Laure Ryan,1946—):美国叙事理论家、文学批评家及网络文化学者。

1
叙事传统

　　过去的两个世纪以来，小说一直是西方叙事文学的主导形式。因此，从某种意义上说，要书写西方叙事传统，就有必要探究小说发展的源流。早期的各种叙事——宗教神话、民间故事、史诗、传奇、传说、寓言、忏悔录、讽刺——都曾力求获得如小说那般完美的形式，当然也的确实现了不同程度的突破，但我们的意图并非要将小说看作改良式进化的终极产物，而是旨在选取一种近乎与之相反的思路。我们希望让小说回归原位，继而从总体上去把握叙事的本质及西方叙事传统，将小说仅仅视为诸多叙事的可能性之一。为此，我们有必要放宽眼界，力图在自己关注的文学领域内做到既有所趣又显所能，而不是囿限于追逐专家式的真知灼见；同时，我们也可能仅凭有限的论证做出略显仓促的概括。鉴于上述及其余不当之处或草率之言，我们谨表歉意，但求最终的结果能够表明，承担这样一项复杂的研究课题并非不自量力的莽撞之举。

　　我们研究叙事艺术的目的不是要去树立文学或批评的新风尚，而是要为古今所有狭隘的文学观念提供解毒之剂。凡是批评兴旺的时代（我们显然正值这样的时代），文学艺术的研究方法总会表现出广博与偏狭这两种对峙的趋向。批评的时代是具有自省意识的时代。其倾向表现为制定规则、试图将艺术化约为科学,分级、归类,并最终评判孰是孰非。这种理论批评通常基于某些作家的创作实践,其作品之所以成为经典就在于它们迎合了"经典"之最为鄙俗的意义:循规蹈矩的正统文学实践范式。此法试图对过去的文学加以化约,筛选出几个"经典"范例;这无异于构建了一种人造的文学传统。而我们在此书中的目的则是要为我们称之为叙事的重要文学形式提供一种新思路,纠正以往的狭隘理解。

所有那些被我们意指为叙事的文学作品具有两大特点:一是有故事,二是有讲故事的人。一部戏剧是一个没有讲故事者的故事;剧中人物对我们在生活中的行动,直接进行亚里士多德称之为"摹仿"的实践。与戏剧相仿,抒情诗也是一种直接展示,但只有单个演员(诗人或其替身)在其中吟唱、沉思,或有意或无意地讲话给我们听。若像罗伯特·弗罗斯特写《雇员之死》那样,再增加一个说话者,我们便接近了戏剧。若像罗伯特·弗罗斯特写《正在消逝的红》那样,让这个说话者着手讲述某一事件,我们便走向了叙事。因此,要使作品成为叙事,其必要及充分条件,即一个说者(teller)和一则故事(tale)。

在西方世界,真正的叙事文学传统的确存在。可以说,所有艺术都是传统化的,因为艺术家们在很大程度上正是从他们的前辈身上习得技艺。在创作之初,他们总会以自己熟悉的前人成就为参照,设想各种摆在自己面前的可能性。虽然他们可能会对传统添砖加瓦,为后人开创新思路,但不可避免的是,其端倪总发自传统内部。作为读者、评论家或艺术家,我们越是了解叙事传统的厚度与广度,就越能够在批评或艺术层面做出更自由、更稳妥的甄别。对于20世纪中叶的读者而言,要想就叙事传统获取恰如其分的判断,就不得不首先解决一个具体问题,即我们必须设法避免将小说这一文学形式当作顶礼膜拜的对象。

所有现存的文学传统都具有一个特点,即当代叙事文学会逐渐挣脱新近历史中的叙事文学。同样,伴随乔伊斯、普鲁斯特、托马斯·曼、劳伦斯及福克纳的出现,20世纪的叙事文学也已经开始了这一分道扬镳的历程。具体说来,20世纪的叙事已经表现出对现实主义宗旨、取向及其技法的剥离。而就此剥离所产生的影响,许多有趣的欧美叙事作家依旧在探索、开发与拓展。不过,从总体上看,我们的评论者们对这种新文学尚带有敌意,我们的批评家们也未将其提上议事日程,毕竟文学批评也同样受到传统观念的影响。

关于当代批评对当代叙事艺术中许多优秀的成果所采取的敌对姿态,我们并不打算挑出一个或多个评论者作为例证,但我们倒是可以举证一位伟大的学者兼批评家,其观点被公认为属于时下文学研究生院(这里是培养教师、批评家乃至未来评论家的摇篮)中最具影响之列,而其针对现代文学的态度尽管不乏学识和敏锐,却与那种最为世俗的每周评论有着惊人的相似。这位学者—评论家就是埃里希·奥尔巴赫[①],其英文版平装本《摹仿论》(*Mimesis*)乃是叙事研究领域中两三部最具人气、最负影响的著作之一。而且,他的研究领域可谓广博:西方叙事文学。尽管这是一部伟大的作品,但奥尔巴赫对现实主义原理的热心专注使得他不愿或无法接受20世纪的小说,尤其是像弗吉尼亚·伍尔芙、普鲁斯特和乔伊斯这样的作家。在他看来,《尤利西斯》就是一个"大杂烩",充斥着"露骨而又伤怀的愤世之情,以及令人费解的象征主义",并且他还断言,与该小说一样,"大部分其他采用多重意识反映手法的小说也给读者留下令人绝望的印象。它们常常令人困惑,雾霭重重,对其所描绘的现实透露出几分敌意"。

奥尔巴赫对后现实主义小说的不满,在二流学者当中引起了共鸣,我们几乎可以在当下文学评论和期刊的每一页上找到这样的不满;在那里,许多优秀的当代作品不是受到敌视,就是遭遇冷落。目前学界对当代文学的态度同样也制约着对过去文学的看法。因此,这种用19世纪现实主义标尺衡量所有小说的倾向自然会妨碍我们理解其他各种叙

[①] 埃里希·奥尔巴赫(Erich Auerbach, 1892—1957):德国文献学家、比较文学家及文学批评家,曾执教于耶鲁大学,著有《摹仿论:西方文学所描绘的现实》。

事。此"小说性"(novelistic)方法不仅让普鲁斯特、乔伊斯、杜雷尔①和贝克特深受其害,也使得斯宾塞、乔叟及沃弗兰·冯·埃森巴赫②备受煎熬。要想找到一种途径,使得叙事研究摆脱小说性方法的局限性,我们就必须打破那些常用于叙事讨论过程中,诸如时间、语言及狭隘文类划分的条条框框。我们必须考察所有西方世界的叙事形式,在其发展过程中所共有的要素——口头和书面、韵文与散文、事实与虚构。当然,这样的尝试绝非空前之举,只是难得一见罢了。

事实上,正是带着这种意图,克拉拉·里夫(Clara Reeve)于1785年出版了《穿越时代、国家与风尚的传奇之旅》(*The Progress of Romance through Times, Countries, and Manners*)。这是第一部真正致力于研究叙事传统的英文著作。面对传奇在18世纪所遭受的广泛偏见,克拉拉·里夫试图为这种形式构建一个谱系,既突出表明它曾为"古人"所用,同时又以一视同仁的姿态将其与作为后继形态的小说区分开来。她的这一区分如今已存留于我们的辞书当中,那些试图对叙事形式进行甄别的批评家们依然会采用这一划分:

> 我将尝试这种区分,如果此法得当,不妨从之,——如若不当,您尽可不为所动。传奇作为英雄体寓言,当以传奇人物和事件为对象。——小说则是现实生活与风尚的写照,是小说创作时代的图景。传奇以其崇高雅致的语言描述既从未发生,也不可能发生的故事。——小说则以亲切的口吻讲述那些每天从我们眼前经过的事情,这些事情既可能发生在朋友身上,也可能发生在我们自己身上;完美的小说以其闲适自然的方式再现每一场景,使其可能性达到以假乱真的效果,最终

---

① 劳伦斯·杜雷尔(Lawrence Durrell, 1912—1990):英国当代诗人兼小说家,著有小说四部曲《亚历山大港四重奏》(*Alexandria Quartet*)。

② 沃弗兰·冯·埃森巴赫(Wolfram von Eschenbach,约1170—1220):中世纪德国诗人,生平不详,其标志性作品《帕西瓦尔》(*Parzival*)是最重要的德国中世纪史诗之一,讲述亚瑟王朝骑士帕西瓦尔寻求圣杯的漫长历程。

让我们受到故事人物或悲或喜的情绪感染,仿佛这些就是我们自己的感受。

除了做出这一清晰明了而又富于价值的表述,克拉拉·里夫还探讨了——尽管有些流于漫不经心——某些其他叙事类别:形形色色的"新奇或另类"故事,包括像《格利佛游记》《鲁滨逊漂流记》《项狄传》和《奥特朗托堡》这样的"现代派"作品;此外,还有另一类包括从童话到《拉索勒斯》(*Rasselas*)①可谓包罗万象的"传说和寓言"。克拉拉同时也对史诗与传奇进行了区分,并试图探究像"俄相之疑"(Osianic Question)②这样的棘手问题。(她在指出《费恩盖尔》[*Fingal*]③是"史诗,而非诗歌"时,有所犹豫,但最终还是将俄相作品划归到传奇当中)克拉拉明确指出,传奇既可是韵文也可为散文,但史诗以她看来,则必须是诗歌体的。她同时倾向于将史诗看作颂扬之辞;这样一来,一则真正优秀的诗歌体传奇,如乔叟的《骑士的传说》(此例由克拉拉本人所举)则该配得上史诗的头衔。

就克拉拉·里夫生活的时代及其所受教育的局限性而言,她的学术广博与阐释的公允着实令人惊叹。她对"古人"的敬重,以及她对文学成果的道德评判也为当时的学术前辈们所首肯。实际上,像她那样对叙事文学进行全面研究的人是很少见的,这种情形也只是到最近方有所改观;她的博学、平实及睿智,如果能为众多现代书评家们所习得,将会对他们大有裨益。即使是今天,克拉拉·里夫在 1785 年遇到的种种困惑依然对我们具有启发作用。她在探讨过小说和传奇之后,便在梳理其他叙事形式的问题上陷入了困境——这同样也是现代批评家所

---

① 塞缪尔·约翰逊于 1759 年出版的小说,讲述阿比西尼亚(Abyssinia,今埃塞俄比亚)王子厌倦"欢乐谷"的闲适生活,逃往埃及,探索幸福生活的哲学奥秘。

② 俄相(Ossian,公元 3 世纪):传说中古代爱尔兰最伟大的诗人、武士,其遗作后为 18 世纪英国诗人詹姆斯·麦克弗森(James Macpherson)发掘、整理、翻译,但"遗作"的真伪在学术界一直争议不断。

③ 詹姆斯·麦克弗森宣称从盖尔语翻译、由俄相创作的古代史诗。

无法回避的。不过,最棘手的还在于她试图对类似"史诗"这种描述性的概念赋以价值评判。现代批评中产生的一个最大问题,即来自将描述性与评价性术语相混淆的倾向。比如,"悲剧性"(Tragic)和"现实性"(Realistic)通常是作为褒义的缀语运用于文学作品。翻开任何一本期刊,我们几乎都能在书评或剧评的字里行间发现这样的情况。一部正剧可能会因为缺乏"悲剧性"而遭到叱责。一则叙事也可能由于"非现实性"而一败涂地。但在我们这个时代,理解叙事文学的最大障碍在于"小说"这个词本身已经被诸多价值观念所包裹。克拉拉·里夫之所以能够以这样一种相对客观的眼光去审视传奇的发展,其原因之一,即她所生活的时代先于19世纪——现实主义小说的伟大世纪。

如今,正值20世纪中叶,而我们的叙事文学观却几乎沦为小说中心化(novel-centered)的无望之境。读者们对叙事文学作品的期望源于他们的小说阅读经验。他们对于叙事的判断来自对小说的理解。"小说"这个字眼,一旦用在早期叙事作品身上,就成了褒义词。我们会在书的护套或封面上看到,诸如乔叟的《特洛伊罗斯与克瑞西达》(*Troilus and Criseyde*)①、杰弗里②的《英国君王史》(*History of the Kings of Britain*)和荷马的《奥德赛》这些形形色色的作品都被称为"第一部小说"。不过,如果我们对这些称谓信以为真,则必然会感到失望。即便是荷马,一旦被评判为"小说家",也难免不露瑕疵。

小说中心论对叙事文学研究而言是不幸的,其原因有二。首先,它将我们与历史上的叙事文学和文化割裂开来;再者,它将我们与未来的文学甚至今天的先锋创作割裂开来。因此,要重塑历史,要接受未来,我们就必须真正还小说于原位。当然,我们不必为此放弃任何对现实主义小说的景仰。当小说归其原位,像巴尔扎克、福楼拜、屠格涅夫、托

---

① 乔叟基于传统故事进行重新演绎的爱情悲剧,全诗讲述了特洛伊战争期间特洛伊王子特洛伊罗斯与特洛伊女子克瑞西达之间的悲欢离合。

② 杰弗里(Geoffrey of Monmouth,约1100—1155):中世纪英国编年史家,著有《英国君王史》,对亚瑟王传奇在欧洲的普及起到了重要作用。

尔斯泰和乔治·艾略特这样的作家，并不会因此而失去其成就的光鲜夺目，相反，还可能更加绚烂迷人。

我们不妨记住，西方世界的叙事传统绵延五千年，而小说只占了几个世纪。当然，小说也拥有两百年的辉煌；无论现代欧洲在其他方面有过怎样的失败，但就叙事文学的创作而言，她问心无愧；不过，那毕竟只是五千年中的两百年而已。而我们的研究目的则在于探讨叙事文学的一些种类，寻找叙事形式在历史发展中的模式，研究叙事艺术当中连贯的或反复出现的要素，并借此探究这五千年传统中一些具有连续性的线索脉络。与克拉拉·里夫的任务相比，我们要容易得多。虽然如今的叙事艺术研究对于广博视野的要求，正如 1785 年时一样迫切，但这么多年来的知识积累，业已让我们获得更多的必要研究手段。

在过去的一百年中，我们通过各种资料，就文学的史前时期及前现代文学获得了前所未有的认知。那些 18 和 19 世纪的文学史家和批评家根本无法获取的重要资料现在可为我们所用。自弗雷泽（Frazer）的《金枝》开始，人类学家们便就原始社会中文学与文化的关系给我们提供了宝贵信息，开创了如杰茜·韦斯顿（Jessie L. Weston）在《从仪式到传奇》中所展现的文学研究方法。而关于文学如何与个体心理过程相联系，心理学家们则给我们提供了同样重要的深邃之见（在此，荣格甚至超越了弗洛伊德），继而造就了一个全新的成功学派——原型批评。此外，口头文学研究的学子们，如帕里①和洛德②，使我们首次窥见书面文学与口头文学的差异，以及书面叙事的口头传统。再者，文学研

---

① 弥尔曼·帕里（Milman Parry，1902—1935）：美国史诗学者，口头文学研究的革命性人物。

② 阿尔伯特·洛德（Albert Lord，1912—1991）：美国史诗学者，曾作为帕里的助手前往波斯尼亚进行口头文学研究。二人共同创立了著名的"帕里—洛德模式"（又称"口头程式理论"）。

究者们,如穆赖①、康福德②等古典学者及西奥多·盖斯特③这位希伯来文化专家也提出方法,使某些新的超文学(extra-literary)知识能够促进我们对文学的理解。同时,艺术及文学史家,如厄文·帕诺夫斯基④和小罗伯森⑤,也让我们对文化先辈的看法与世界观产生了空前的认识。还有一位杰出的评论界的集大成者——诺斯洛普·弗莱(Northrop Frye),他向我们展示了如何将文化研究与文学研究结合起来,使我们空前地接近了一套完整的文学理论。

上述这些学者不仅赋予我们研究手段和学术发现,也为我们树立了榜样;我们尝试着构建一种理论,尽量言简意赅地阐释叙事形式的种类及它们如何产生并相互作用的机制。面对摆在我们面前的历史事实,面对各种经过甄别分类的叙事(这种分类所采取的系统标尺常常相异,甚至对峙),面对那些约定俗成的诸多"影响"、关联性及一致性,我们努力做到既研究具体的棘手问题,同时也不忘满足对体系和规律的心理趋向。而我们的结论正是凭借这样充分周全的探究与考证,得以在后面的章节中展示。在本章的剩余部分,我们会提供一种"论证"或是注解,以进行接下来更为细致的说明。作为对我们的叙事传统观进行的最简约展示,它所代表的并非作为一种因果论断以支撑我们的研究,而是我们在研究过程中所发现的一种模式。

叙事传统当中的形式演化过程,在某种程度上可用生物进化加以类比。人类由于将自己看成生物进化的终点,便自然会将进化看作是趋向完美之境的努力。如果恐龙会说话,它也许会持不同见解。同样,

---

① 穆赖(Gilbert Murray, 1866—1957):英国古典学家,古希腊语言与文化学者。
② 康福德(F. M. Cornford, 1874—1943):英国古典学家、诗人,著有《修昔底德:神话与历史之间》《微观学术界研究》等代表作。
③ 西奥多·盖斯特(Theodore Gaster, 1906—1992):英国裔美国希伯来文化专家,著名圣经学者,曾为弗雷泽的《金枝》进行批注并出版单卷节本。
④ 厄文·帕诺夫斯基(Erwin Panofsky, 1892—1968):德国艺术史家,后移民美国,现代图像学研究的重要代表人物,著有《圣像画法研究》。
⑤ 小罗伯森(D. W. Robertson, Jr., 1914—1992):美国学者,欧洲中世纪文学史家,最杰出的乔叟研究专家之一。

一位当代小说家也会将自己看作改良式进化的极品；但荷马如果能开口讲话，他可能会反对这种看法。不过，史诗与恐龙均已绝迹。尽管我们可以合成一部史诗，并做到与原始版本有几分形似，就像我们能够在博物馆里拼装出恐龙一样，但问题是，原始版本得以产生的条件已不复存在。大自然在创造那些漂亮的怪兽时所展示的纯真已经消逝，对此，她绝不会去复原；而叙事艺术家们也无法凭借经验与想象对取自神话和历史的素材加以真正原初性的组合。

当然，这种进化的类比法是站不住脚的。《伊利亚特》这一奇迹的伟大之处，恰恰在于它乃是一只活着的恐龙。个体文学作品并不总会绝迹，只是它们的形式可能会消亡。而它们的繁衍也并非自然选择的问题。文学的进化在某些方面要比生物的进化更复杂。它是生物过程与辩证过程的混合体；在这个过程中，不同的物种有时会组合为新的杂交体，而该杂交体又会与其他旧的或新的形式进行组合；而且，一种原型（type）会衍生出其预表性类型（antitype）①，而该预表性类型又会与其他形式进行组合，或与预表性类型的母体进行合成。

就如何对叙事形式进化的复杂运作过程加以规整与展示，很难找到一种令人满意的途径。这里所提出的方案，乃是在混杂性与系统性之间达成妥协。它并非模拟叙事艺术家实际的有意识或无意识的心理过程，而是作为一种便捷的方法使此过程能够为我们所把握。其宗旨在于通过澄清此过程，以展示叙事文学重要形式之间现存的和历史上已存的主要关系。

在西方，书面叙事文学往往出现于相似的条件之下。它源自口头传统，有一度曾保留了许多口头叙事的特点。我们将它所惯常采用的英雄体诗歌叙事形式称为史诗。在其背后存在着形形色色的叙事形式，如宗教神话、准历史传奇和虚构性民间传说，它们已经融合成一种

---

① 此处所谓的"预表性类型"类似于《圣经》阐释中的"预表论"（typology），即一种原型（《旧约》）当中已经预示了另一后继形态（《新约》）的某些元素。如果前者称为"原型"，那么后者即"预表性类型"。

传统叙事，即神话、历史和虚构的混合体。对我们而言，早期书面叙事的最重要层面即传统本身这一事实。史诗的故事讲述者说的是一个传统故事。促使他讲故事的主要动因不是历史性的，也非创造性的，而是再创性的（re-creative）。他在重述一个传统的故事，因此，他最需遵守的并非事实，也非真理或娱乐，而是"神话"（mythos）自身——保留于传统之中，由史诗的讲述者加以重新创作的故事。在古希腊，"神话"这个词的精确含义正是如此：一个传统故事。

传统叙事在传达过程中必然要传达情节，即诸事件的轮廓。"情节"这个词的所有意义都在于表明叙事框架。这样，一则神话便是一个能够得以传达的情节。在亚里士多德看来，作为对行动加以摹仿的文学作品，其灵魂正是情节（亚里士多德用"神话"一词代之）。宗教神话，作为与宗教仪式相关的叙事形式，即一种神话叙事；而传奇和民间传说在传统意义上也是神话性的，口头史诗亦是如此。在书面叙事史当中，一个明显的重要发展进程，便是逐渐摆脱那种以传统情节讲故事的神话趋向所主导的叙事。我们可以在西方文学中发现两次这样的运动：一次发生在古典语言当中，另一次发生在本土方言当中。① 在此进化过程中，叙事文学倾向于朝两个相反的方向发展。这两大叙事分支的发展出现于传统叙事力量的衰退之际，正确理解这一点对真正领会叙事形式的进化至关重要。为此，我们必须既考虑这两大叙事分支之间产生分裂的实质，同时也观照两者的互动与重聚。

发端于史诗综合体的这两类背反叙事类别，不妨分别以经验性（empirical）与虚构性（fictional）加以称呼。两者均可看作是对故事叙述过程中传统强势加以回避的方式。经验性叙事用对现实的忠实取代对神话的忠实。我们可以将经验性叙事趋向细分为两个主要构件：历

---

① 就西方文化来说，"古典语言"通常指欧洲大陆在"古典时代"（公元前8世纪—后5世纪）所使用的希腊文与拉丁文；而"本土方言"则指"古典语言"之外的民族方言，如中世纪欧洲传奇文学用以创作的罗曼语，就是由诸多民族方言（如法语）构成的语族。

史性的(historical)和摹仿性的(mimetic)。历史性构件专门对事实之真和具体历史保持忠实,而不是受制于历史在传统中的再现。它的演绎要求具备时间与空间的准确丈量方式和以人与自然为媒介,而非通过超自然手段达成的因果概念。在古代,经验性叙事首先通过其历史性构件得以体现,正如希罗多德(Herodotus)和修昔底德(Thucydides)等作家那样仔细地与《荷马史诗》划清界限。而摹仿性构件保持忠实的对象则不是事实之真,而是感受与环境之真;它依赖于对当下的观察,而不是对历史的调查。它赖以发展的条件是通过社会学及心理学意义上的观念去审视行为与心理过程,就像亚历山大时期①的哑剧(Alexandrian Mime)所表现出来的特点。摹仿性形式是所有叙事形式中发展最慢的一种。在古代,那些最突出的摹仿性因素不仅出现在狄奥佛拉斯特式的人物②(与哑剧形式对应的叙事)中,也呈现于狄奥克里特③那首现实主义"田园诗"《阿多尼斯》(即第15首)当中,或是如裴特洛纽斯④在"特里马尔奇奥的宴席"(Dinner at Trimalchio's)⑤中所描绘的段落。摹仿性叙事与神话性叙事正相反,因为前者趋向于无情节(plotlessness),其最终的形式乃是"生活的切片"。传记和自传均为经验性叙事形式。在传记这一先行发展的形式中,历史性趋向起着决定性作用,而在自传当中,摹仿性趋向则占据主导地位。

　　虚构性叙事分支,则以对理想的忠实取代对神话的忠实。我们可

---

　　① 亚历山大时期:在希腊化时期及罗马时期以埃及亚历山大港为文化中心的历史阶段,其影响包括文学、语言学、哲学、医学及科学等众多领域。

　　② 狄奥佛拉斯特式的人物(Theophrastian Character):狄奥佛拉斯特(Theophrastus,公元前372?—前287)是亚里士多德的学生,古希腊哲学家,其研究涵盖哲学、生物学、物理学、伦理学等众多领域。其《人物论》(The Characters)介绍了献媚者、自负者、无礼者等各种典型人物,对西方文学具有深远影响。

　　③ 狄奥克里特(Theocritus,约公元前308—前240):古希腊田园诗的创始人。

　　④ 裴特洛纽斯(Petronius,?—公元66?):古罗马讽刺家,疑为古罗马讽刺情色小说《塞坦瑞肯》(Satyricon)的作者。

　　⑤ 《塞坦瑞肯》当中26—78章的部分,讲述自由民暴发户特里马尔奇奥以奢华的宴席款待宾客的故事。

以将虚构性叙事趋向也细分为两大构成:传奇性(romantic)与教寓性(didactic)。小说的创作者既摆脱了传统的束缚,也摆脱了经验主义的圈囿。他的眼睛所关注的并非外部世界而是读者,他希冀带给他们欢乐或教诲,赋予他们所想或所需之物。经验性叙事着眼于某种真实,而虚构性叙事则着眼于美或善。传奇的世界是理想的世界,在其中占上风的是诗性的正义,所有语言的艺术与修饰都被用以渲染叙事。摹仿性叙事旨在对精神过程加以心理学意义的再现,而传奇叙事则以修辞形式表露思想。正如这两大叙事分支的总称(经验性和虚构性)所暗示的那样,在叙事文学的天地里,它们所代表的对立性就类似于科学和艺术对于终极真理的方式之别。在古代,希腊传奇以其修辞化与情欲化之间的协调性成为传奇叙事的典型。我们可以看出,史诗在从《奥德赛》到《阿尔戈》(*Argonautica*)①的演进过程中变得越发文学化和虚构化,直到出现像《埃塞俄比亚遗事》(*Aethiopica*)②这样纯粹的传奇。在现代语言中,从《罗兰之歌》③到克雷蒂安④的《帕西瓦尔》再到《居鲁士大帝》(*Grand Cyrus*)⑤的发展,也表明了同样的演化模式。

至于教寓性的虚构文学类别,我们可以称之为寓言;如果说传奇由美学趋向操控,那么寓言则由知识及伦理趋向所操控。按照人类思维的既有方式,寓言往往追求短小叙事,而当艺术家头脑中迸发出合理想

---

① 公元前3世纪创作、仅存的希腊化时期史诗,讲述了神话传说中的伊阿宋(Jason)及其阿尔戈号勇士(Argonauts)智取金羊毛的故事。

② 又称《提亚戈尼斯与卡里克列娅》(*Theagenes and Chariclea*),由公元3世纪希腊传奇作家赫利奥多罗斯(Heliodorus)创作的传奇。该作品自16世纪起风行欧洲,曾对英国早期传奇小说产生影响。故事讲述埃塞俄比亚公主卡里克列娅因母亲怀她时凝视白色大理石雕像而生来肤白,母后为避嫌疑,将其送交他人抚养。成年后,卡里克列娅经历了与提亚戈尼斯的爱情,以及接踵而至的磨难,关键时刻其身世为父王所知,继而得以与提亚戈尼斯终成眷属。

③ 法国史诗,讲述查理曼大帝的侄儿罗兰奋勇战死疆场的故事。

④ 克雷蒂安·德·特罗亚(Chrétien de Troyes,约1140—1190):法国中世纪诗人及传奇作家。

⑤ 17世纪法国小说,由苏德莱兄妹(Madeleine and Georges de Scudéry)创作,长达十卷,两百多万字,讲述古代波斯帝国居鲁士大帝的传奇人生。

象时,寓言则大力借助传奇进行叙事表达。伊索寓言可谓寓言之典范,但将寓言与传奇加以常规组合的重要例证则要数色诺芬①的《居鲁士的教育》(Cyropaedia),以及中世纪和文艺复兴时期的叙事寓言。而梅尼普讽刺(Menippean satire)②则是与反传奇(anti-romance)相结合的寓言,就像卢希安③的《真实故事》(True History)发端于戏仿奥德修斯的历险那样。文学史诗在维吉尔(Vergil)的作品中经历了从传奇性叙事到教寓性叙事的演进,难怪但丁在《神曲》中会让维吉尔担当向导。当教寓性叙事与传奇性叙事面临像柏拉图在《理想国》中就诗歌所发出的那种责难时,它们便会在彼此身上寻找合理性及相互支持。锡德尼就文学所进行的"辩护",正是基于此处我们论及的这一重要类别中所包含的虚构性层面。他坚持要求文学既展现一种理想的或"金色"的世界,同时也能寓教于乐。不过,费尔丁在《约瑟夫·安德鲁斯》的前言及其他场合讲到自己的创作时,则注重这一脉络的经验性层面,强调以作品对整体人性的忠实为基础;当然,他也试图为读者提供乐趣与教寓。

  我们先前一直在探讨史诗综合体在瓦解过程中所衍生的两种对立门派。现在,我们则必须简要考察一种新的叙事综合体,这是后文艺复兴叙事文学的主要发展。其渐进式历程的始初最晚得从薄伽丘算起,当然,它的真正茁壮发展乃是在 17 及 18 世纪的欧洲。这一新的综合体可以在像塞万提斯这样的作家身上得以清晰的体现,其伟大作品力图在经验性与虚构性两种强大的趋向之间寻求平衡。小说作为一种文学形式的出现正发端于塞万提斯所开创的这个综合体。小说不是通常

---

① 色诺芬(Xenophon,约公元前 434—前 355):古希腊历史学家、散文家,富于传奇色彩的希腊"万人"雇佣军首领之一,著有"半虚构性"政治传奇《居鲁士的教育》,讲述波斯帝国君主居鲁士大帝作为一代英明统治者所接受的教育。

② 古罗马学者瓦罗(Varro)的作品,现已失传;题名中的"梅尼普",指公元前 3 世纪的希腊讽刺家梅尼普斯(Menippus);现在,"梅尼普讽刺"常用于指文学作品中带有狂想意味而又不乏思想的夸张性讽刺。

③ 卢希安(Lucian,117—180):古希腊修辞学家及讽刺家,所著小说《真实故事》讲述了主人公等一行人被狂风卷入外太空之后的离奇见闻。这部作品是目前已知的最早涉及外太空、外星人和星际大战的科幻小说。

所认为的传奇之对立物,而是叙事文学中经验性和虚构性元素联手打造的产物。摹仿(常青睐人物①和"生活的切片"之类的短小样式)和历史(其过分地科学化会导致其文学性的丧失)在小说中与传奇和寓言进行合成,共同构建一个伟大的综合性文学形式,正如远古传说、民间故事和宗教神话也在史诗中产生过创造性的融合。有迹象表明,在20世纪,这种伟大的汇聚又将发生,而小说就像史诗所经历的那样,必然会为新形式让出其位,因为它是个不稳定的聚合物,其瓦解势必分离出当中的组成元素。小说衰变之复杂容不得我们在此进行详细探讨,但我们可以注意到各种衰变的征兆:乔伊斯和普鲁斯特采用极端的手法与之抗衡;伊萨克·迪内森②和劳伦斯·杜雷尔寻求传奇的回归;塞缪尔·贝克特将自然主义化约为荒诞性;塞利纳③和霍克斯④的科幻小说及梦魇小说得以兴旺;甚至在畅销书单上(往往为社会学叙事和间谍—历险故事所瓜分),玛丽·麦卡锡⑤和伊恩·弗莱明⑥也会不禁让我们想起狄奥佛拉斯特式的人物及希腊传奇所体现的古代小说传统。

　　小说在其不稳定性之中能够体现出几分总体的叙事本质。它在直接的话语者(或抒情诗的作者)与戏剧对行动的直接展现之间,在对现实和理想的忠实之间寻求平衡;它比其他文学艺术形式拥有更大的极限发挥,当然也因此付出了代价——沦为不尽完美的形式。作为所有学科中最不正式的成员,小说提供的天地之广阔绝非任何一部孤立的著作所能囊括,它不断引发文学性的颠覆,革新文学创作手段。那些最伟大的叙事总是不遗余力地进行尝试。如威廉·福克纳所云,叙事文

---

① 此处所谓的"人物"是指,上文提到的《人物论》当中的速写式人物。
② 伊萨克·迪内森(Isak Dinesen,1885—1962):丹麦小说家,著有《哥特传说七则》和《走出非洲》等作品。
③ 塞利纳(Louis-Ferdinand Céline,1894—1961):法国现代主义作家,对贝克特、萨特及巴特等作家均产生过影响。
④ 霍克斯(John Hawkes,1925—1998):美国作家,以超现实主义风格著称。
⑤ 玛丽·麦卡锡(Mary McCarthy,1912—1989):美国作家及评论家。
⑥ 伊恩·弗莱明(Ian Fleming,1908—1964):英国作家,詹姆斯·邦德的缔造者。

学既可能使一位作家在审慎中获得成功,也可能让一位作家虽败犹荣。从历史的角度看,它一直是文学门类中最具多样性、最富于变化的一种,换言之,也就是最具生命力的形式。尽管叙事文学不乏瑕疵,但它始终——从史诗到小说——是最受欢迎、最具影响的文学类别,它比任何其他文学形式都更能赢得其文化语境中最广泛的读者,更能够对超文学性影响做出积极回应。在下面几个章节中,我们将着重探讨叙事艺术的多样性、复杂性及其惯常的矛盾性。

2
书面叙事的口头传统

无人知晓人类掌握语言的历史究竟有多长。如果系统进化链上处于人与猿之间某个"未知环节"的生物创造了语言,那么,语言可能要比人类自身的历史久远得多。也许在数百万年以前,人便最初开始向自己或他人复述某一令他愉悦的话语,并由此造就了文学。从某种意义上说,那就是西方叙事文学的开端。不过,我们将避免就该主题穷根溯源。要理解远古时代的文学,任何针对荷马以来的叙事所做出的研究论断都显得力不从心。那些作品本身所描绘的内容常常只能大致算是类人化生物(anthropomorphic creatures)的所作所为;即便当时的语言能够为我们所理解,也只会让未经训练的读者陷入迷惘或引起他们的憎恶。批评家们难免会生搬硬套,试图将神话、传说、民间故事这些熟知的类别强加在与此分类法相抵触的文本体系之上。

文学(就其词源的严格意义来说)若没有书写便无从产生。从定义上看,它就是文字的艺术。我们的先辈曾持有一种观念,认为"书面语言艺术"和"口头语言艺术"这一偶然的差异——如文学这个词所暗示——导致了书面叙事与口头叙事之间的有效区分:前者因体现文明而可为理解,后者则因体现原始而令人费解。近年来,我们已经对此产生了不同的认识。口头叙事和书面叙事尽管在形式上存在差别,且差别很甚,但在文化意义上,两者则没有任何差别。弥尔曼·帕里(Milman Parry),作为研究英雄体诗歌口头创作的最杰出权威之一,曾写到,"文学之所以分成两大派别主要倒不是因为存在两种文化,而是因为存在两种形式:一部分文学成为口头性的,另一部分成为书面性的"。在本章中,我们将通过考察古代希腊及北欧口头叙事来关注书面叙事的传统,尤其会着重探讨口头叙事诗对此后书面叙事形式的影响。我们会研究口头叙事与书面叙事的一些形式之异,并不失时机地强调指出:这些差异乃文学形式之异,而非甄别原始文化与文明文化的标准。因此,我们会抛开文学这个词的词源学意义而在广义上对其加以运用,使其意指所有的语言艺术,既包括口头的,也包括书面的。

在我们这个时代,阅读与书写已成为普遍技能,而文盲则陷入文化和经济上的匮乏;经验似乎已经证实文盲现象与文化贫困之间的联系。不过,仅从我们的现代经验去概括,以为每个时代中所有不识字的个体都是文化的贫乏者,则不仅有悖逻辑,而且也缺乏真实。读写技能,作为我们几乎普遍掌握的独特现代形式,乃是文艺复兴文化与技术革命的成果;但它不仅在很大程度上使我们对语言属性的认识发生偏颇,同时也让文盲这个词肩负耻辱之重。读写能力使人们放弃对牧师或教师的依赖。书籍和阅读能力成为受压迫者发现自由的途径。在我们这样一个读写的时代,书籍变成了自由与真理的象征。焚书或禁书意味着对人性的亵渎。这种做法并非将代表人类精神的财物视为专门的——甚至算不上是主要的——仇视对象,相反,它所染指的乃是人类精神的象征物。

当然,并非每个时代都会对抄写员的墨迹和排版工的技艺表现出此般理想化的观念。在《斐德若篇》(*Phaedrus*)①中,苏格拉底讲了一个故事,说埃及一位叫图提(Thoth)的神发明了书写文字。为了与人

---

① 柏拉图文艺对话录之一,通过苏格拉底的弟子斐德若的回忆转述了苏格拉底临刑前与朋友、弟子及其追随者之间的对话。

们分享自己的发明,他便来到统治整个埃及的神塔穆斯(Thamus)跟前。他向国王展示自己的文字,声称它们不仅会提高埃及人的记忆力,同时也会增强其智慧。此时,塔穆斯回答道:

> 哦,聪明绝顶的图提,有人会发明新技术,则有人会评判那一技术对其使用者而言是祸还是福。如今,你作为文字之父,出于个人情感,恰恰将文字的真实功能说反了。你这个发明会导致文字使用者因忽视记忆而丧失头脑中的学问;因为他们可以依赖那些疏离于头脑的外在文字,进而丧失回忆事情的能力。你非但没有发明一剂良药去增强记忆,反倒是为记忆炮制出一种低级的替代品。你教给学生的乃是如何在缺乏真智慧的时候伪装智慧;因为他们似乎无需教导便已经成为饱学之士;他们好像满腹经纶,而实际却孤陋寡闻;而且他们还将为公众所憎恶,成为一帮缺乏智慧却看似拥有智慧的人。

在我们的文化中,印刷文字的神圣性有时会将苏格拉底的担心发挥到极致。以印刷形式表现的文字对我们来说,其真实性已经超越了活人嘴巴发出的声音,以及这些声音所代表的概念。书籍虽仅仅是物化的客体,却时而凌驾于世人所敬仰的智慧之上。任何谎言或怒语,一旦凭借印刷的尊容得以展现,便会拥有千倍的威胁。能读会写的人士因其自身的健忘甚至不敢想象那些目不识丁的诗人与讲故事者如何创造出伟大的文学。我们很难设想古希腊人居然会允许遭到诗人和教师鄙视的仆人与簿记员阶层独自享用米诺斯 B 类线性文字(Minoan Linear B)①书写体系(发现于克诺索斯和皮洛斯两地的皇宫废墟)。但是,证据似乎显示,B 类线性文字要比《荷马史诗》的创作至少早五百年

---

① 米诺斯 B 类线性文字:古希腊克里特(Crete)文明时期,即米诺斯时期(Minoan Period),公元前 3000—公元前 1100)的一种书写文字系统,出现于希腊字母的发明之前。

之久，它在迈锡尼时期希腊人的文学或教育中没有扮演任何角色。这一事实部分解释了该文字系统为何最终被迈锡尼时期的希腊人所摒弃。而腓尼基字母（Phoenician alphabet）引入希腊大陆地区（再次由簿记员阶层发起）的时间通常被确定在8世纪。在弥尔曼·帕里做出结论性的发现之前，这听上去似乎匪夷所思；现在，我们知道，《荷马史诗》的创作要远远早于希腊文字在现代意义上的广泛使用。

帕里就《伊利亚特》及《奥德赛》的口头创作所进行的阐释包括两个部分；两者均证实了这样一种假说，即口头创作文学与书面文学得以区分的基础在其形式而不在其内容。正如我们接触《荷马史诗》那样，帕里的研究亦以《荷马史诗》的书面文本为起点。他注意到，传统饰语和措辞尽管一直是后来西方传统中"史诗风格"构成当中的一个次要元素，但却总是被荷马用在相同的格律及语义情景当中。荷马语汇的这些传统元素在数量及质量上要比后来诗人的作品丰富得多；帕里将它们称为程式（formulas）。按其定义，程式即"在相同的格律条件下得以反复运用的一组词，以表达某个恒定的核心理念"。用于阿伽门农（Agamemnon）身上的固定饰语，如"阿特柔斯（Atreus）之子"和"众士之王"；而"戴着耀眼头盔"则用在赫克托（Hector）身上；用以指大海的则包括如"朱红似酒的""澎湃激荡的"和"充满回响的"等饰语。这些固定饰语一直被认为是荷马风格的特征，而其效果则为继阿波罗尼奥斯①以后的文学史诗作家所效仿。不过，直到帕里发现整个荷马语料库——约27 000行六音步诗句——完全是程式化的，批评家们方意识到，过去一直看似表面化的文体风格特征，事实上作为不可回避的证据证实了《伊利亚特》和《奥德赛》系口头创作。比如，《伊利亚特》前15行中90%显然是程式化的；也就是说，在荷马语料库的其他地方，研究者在同样的格律环境中找到了与之相匹配的相同语汇群。就我们所知，

---

① 阿波罗尼奥斯（Apollonius Rhodius，生卒不详）：又称"罗德人阿波罗尼奥斯"（Apollonius of Rhodes），约公元前3世纪的亚历山大诗人，常在史诗中注入心理描述及传奇特征，突出叙述者的权威性。

任何一个《荷马史诗》段落的程式化百分比几乎是一样的。在我们已知的书面文学诗人的作品中,逐字重复的百分比与前者相比差距甚远。正相反,书面文学诗人力图赋予每一行诗以独特性,而把重复的短语留作营造特殊的修辞效果。

帕里研究的第二部分在某些方面甚至比第一部分更有成效。为了反向证实其第一个推断,即高度程式化的诗歌语汇乃口头创作的证据,帕里着手说明,口头诗人凡创作必用程式。他们在即兴创作时以其诗歌传统中的惯用程式为基础,组织符合格律和语义的诗句。帕里在南斯拉夫对南部斯拉夫语口头史诗进行研究时发现,基督教和穆斯林吟唱诗人都能够在名为古兹拉琴(gusle)①的单弦乐器伴奏下创作出在篇幅、复杂性及文学趣味方面接近《伊利亚特》和《奥德赛》的史诗。这些吟唱诗人认为自己能够一字不差地重复一整部史诗;他们所引以为豪的是,自己能记住在其看来是所谓固定"口头文本"的东西。然而,当帕里就同一位吟唱诗人的同一首歌曲分别进行了两次记录后,他发现两次表演很少有完全一致的情况。在这两个版本中,单独的诗句和诗节的创作均存在差异,但是两者都使用了相同的程式。从诗句构成的层面来看,识别口头创作的恒定条件是传统程式的存在,而不是两个文本之间逐行的相似性。

尽管帕里的发现的确为基于真凭实据的猜想提供了更为坚实的基础,但它们无法就有关荷马的所有问题为我们提供最终的答案。依据帕里在南斯拉夫的调查,以及世界其他地区有关口头创作史诗的报告,我们便能够——比如说——重新构想荷马的身份问题,当然我们还是无法对此给予明确的答案。口头诗歌叙事传统当中的个体吟唱诗人与书面叙事传统里的个体诗人是一样重要的,但是吟唱诗人的角色与诗人的角色却有着天壤之别。吟唱诗人完全依赖其传统。他所学会的情节及对其进行详尽阐发的各种片段,甚至他用以组织诗句的短语,都是

---

① 南斯拉夫常用于伴奏叙事歌曲的一弦小提琴。

传统性的,广义地说,就是"程式化"的。他既非创作,也非记忆某一固定文本。每次表演均是一次独立的创造之举。在吟唱诗人实际演绎一则叙事之前,此诗歌并不存在,而只是以吟唱诗人传统这一抽象工具,潜在于无数其他诗歌当中。反过来说,当诗歌终了,它也就不存在了。只有当吟唱诗人本人或某个听众在一次表演过程中发现传统之外的某样新东西,该诗歌方能影响传统,继而在那些听众的记忆中产生些许永恒性。

或许是因为这些诗歌只是对传统的演示,而非个人智慧的发明,大多数口头创作的叙事诗尽管以书面文本的形式加以保留,却并未联系到具体诗人的名字,甚至传统上就没有这种做法。将《伊利亚特》和《奥德赛》的创作归功于荷马或将古冰岛语《诗体埃达》(*Poetic Edda*)[①]归功于"智者塞蒙恩德"(Sæmundur the Wise),这些结论虽然已为我们当今的口头传统知识所大力证实,但仅属例外。基涅武甫(Cynewulf)[②]的文本显然属于盎格鲁—撒克逊口头叙事,而作为贯穿于这些文本之中的如尼文(runic)[③]签名则成了让学者们大伤脑筋的问题。这些签名或许应该被视为代指某位抄写者或口头诗人;他既熟悉书写,同时也对自己的作者身份怀揣几分书卷气的怜惜。对于书面创作者来说,这是天经地义的事情,但对于口头诗人而言则相当不可思议。事实是,无论这些签名的来源是什么,基涅武甫的叙事依旧如《贝奥武甫》一样具有修辞上的高度程式化和传统性。不管基涅武甫是谁,与其姓名相系的诗篇均创作于通常的盎格鲁—撒克逊口头传统,而并不能以任何现代意义代表一位具体诗人的作品。我们使用某位具体诗人的姓名去指示一则口头叙事的作者身份,无非是为了权宜之便,如荷马与基涅武甫的

---

① 《诗体埃达》:又称《老埃达》(*The Elder Edda*),关于北欧传说及神话的诗,由冰岛历史学家塞蒙恩德(1056—1133)收集整理,故又称《塞蒙恩德的埃达》。
② 基涅武甫:兴起于公元9世纪的盎格鲁—撒克逊诗人。
③ 如尼文:约公元200至1200年,北欧及不列颠等地区使用的书面文字系统。

例子，或出于对传统的尊重，如《塞蒙恩德的埃达》；因此，关于诗歌背后的创作者，我们应该将其角色更多地视为歌者或表演者，而非现代观念里的"作者身份"。

有一种看法认为诗体叙事可能会在口头传递的过程中"受损"，但这不过是针对口头传统机制产生的普遍误解。假若一首口头创作的诗歌，如古冰岛语《沃卢斯帕》(Völuspá)①，变得艰深晦涩，那么这种麻烦产生的原因，无非有二：拙劣的表演，或更有可能的是手稿传递过程中产生的讹误。一场口头表演或许平庸无奇，但不会艰深晦涩或是遭到"文本性损伤"。另一方面，一位伟大的吟唱诗人历经多年艺术修养的完善，往往能够超越他曾听过的任何表演。即便只是聆听一场拙劣的表演，他也能了解到一个故事——基本情节和人物姓名，并且他能够运用自己对传统的把握吟唱出一首比原曲长许多倍、编排更精致的作品。在这种情况下，我们不妨认为：一首诗在口头传递的过程中恰恰得到了"完善"，当然，此说法也多少与"文本性损伤"的观点犯了同样的错误。因为这就意味着一种作为实体存在的诗歌被传递了，然而这并非口头传统中的情形。我们可以认为，诗歌里的诸多元素被传递了——情节、片段、人物的观念、关于历史事件的知识、传统性母题、语汇等，但是我们不能以为被口头传递的乃是这首诗歌本身。

我们可以将荷马看作众多希腊史诗吟唱者中最杰出的一位艺术大师，虽然他在本质上无法超越其所在的传统，但却能够在表演中将传统推向最佳境界。依照这种观点，或许我们既能最大限度地接近通常观念中的荷马，同时又尽量不损及口头创作的实际状态。荷马之伟大在于其传统之伟大。他在知识及情感方面所营造的广博与共鸣，他在表现具体的人与事时所展示的客观性与准确性，他的虔诚与讽刺所体现的爱憎分明，——这些成就乃属于名为"荷马"的古希腊史诗传统，而并

---

① 《诗体埃达》中的第一首，也是最著名的一首，讲述了世界的创造及末日的降临；诗题原意为女祭司的预言。

不属于局限在个体观察与记忆当中的某位孤立的诗人。口头诗人与其所处的文学文化之间存在着相当密切的联系。书面文学追求创新性与个性表达,但这些机会对于口头诗人而言是极其稀少的。口头吟唱者在遵循传统的基础上将个体天赋发挥到极致,或许也可以说,在因循个体天赋的基础上将传统形式发挥到极致。两者不过是同一实体的不同层面而已。没有诗歌,传统便会消亡;没有传统,诗歌也就无以存在。

然而,传统也能发生变化。它可以调整自己——当然进程是缓慢的——不仅适应其诗歌所再现的外在文化及物质世界,甚至对诗歌赖以构建的语言形式的变化也能做出反应。荷马文本基本是属于爱奥尼语(Ionic)①风格的,它们对古风特色与地区方言进行的糅合乃是一种妥协:一方面是最古老的阿卡狄亚—塞浦路斯语(Arcadian-Cypriot)②和爱奥尼语形式,对此,传统在向希腊大陆地区转移的过程中无法彻底加以遗弃;另一方面是稍晚出现的阿提卡语(Attic)③形式,对此,传统则加以运用,力图保持作品的当代性和可阅读性。作为一首口头创作的古英语史诗,《贝奥武甫》也表现出相似的语言糅合特点,其传统回溯至麦西亚(Mercia)④的文化繁盛期,而其基本语言则属于稍后的西撒克逊模式。

只要有可能,新的语言形式就会逐渐替代先前的旧形式,此外,口头诗歌传统也可对旧的程式进行类推,从而生成新的程式。例如,"贵族之梦"(eorla dream)作为一种盎格鲁—撒克逊的半行诗程式⑤往往用以描述"贵族扈从的快乐"。但随着基督教主题和故事的逐渐引入,

---

① 爱奥尼语:古希腊的一种方言,早期希腊诗歌的创作语言。
② 阿卡狄亚—塞浦路斯语:伯罗奔尼撒半岛中部的阿卡狄亚及塞浦路斯岛使用的一种古希腊方言。
③ 阿提卡语:古代希腊阿提卡(Attica)地区的方言,约公元前5世纪至公元前4世纪成为古典希腊文学的标准语言。
④ 麦西亚:英国中世纪早期七国时代的国家之一,位于今英格兰中部。
⑤ 半行诗程式:古代盎格鲁—撒克逊口头诗歌的特点之一,即一句分为两个半句。

该传统便以旧程式为依托创造出所谓"天使之梦"(engla dream)的新程式,用以描述"天使的快乐"。用口头诗歌语汇研究者们的术语说,"贵族之梦"与"天使之梦"这两个程式构成了一种"程式模版"或"程式系统"。按照帕里的定义,程式系统指的是"在思想及语汇层面足够相似的一组短语,诗人在运用它们的时候毫无疑问不仅将其视为独立的程式,同时也把它们当作某一类型的程式"。这些抽象系统或模版的存在,将传统语汇的渐进式演变纳入研究视角。更重要的是,程式模版在具体吟唱诗人的演艺中所发挥的作用也受到了关注。阿尔伯特·B.洛德的著作《故事歌手》(The Singer of Tales)进一步推进并深化了帕里在南斯拉夫的研究及其就《荷马史诗》的口头创作所形成的理论。洛德认为:

> 构建诗句的根本元素是基本的程式模版。可以有根据地说,具体程式本身对吟唱诗人的重要性仅仅产生于程式的基本模版植入其思维之际。当诗人到达这一境界,他对学习程式的依赖性会越来越小,而更多的则在于对程式模版中的语汇进行替换。……这便是其艺术的整体基础。

于是,在诗句构成的层面上,口头诗歌传统的基本实体并非一成不变的程式(当然,依据这种固定程式,我们可以准确识别诗歌的口头创作身份),而是抽象化模版,凭借它们吟唱者能够创造新的语汇。在此层面上,传统与其说是包含一套固定的元素,不如说是包含一种"语法"。这种语法叠加在口语的常规语法之上,但与后者存在相似之处,即对这种语法的习得乃是处于意识层面之下的过程;同时,伴随这种语法会对认识及构想外部世界产生强烈的约束力。围绕思想的演化必然存在双重约束机制:一是通常认为的语言结构限制;二是传统智慧的"语法"限制。艾里克·A.哈弗洛克[①]曾发表颇具说服力的观点,认为

[①] 哈弗洛克(Eric A. Havelock, 1903—1988):英国古典学家,曾从教于哈佛和耶鲁等北美高校,是著名的古希腊文化、历史研究专家。

柏拉图在《理想国》中对诗人的责难是一种革命性的尝试，他力图将希腊思想从口头传统的"语法"独裁中一劳永逸地解放出来。

写出既具格律又可被理解的诗句，并非口头诗人面临的唯一挑战。在某种程度上，他还必须在表演的过程中"编造"故事。关于口头叙事诗的"形态学"，人们对其抽象化程式模版有所了解，而对其更为重要元素的认识则相对不足。帕里与洛德认为，在南部斯拉夫语及希腊语口头史诗中存在着他们称之为传统"主题"的东西。另外，他们对盎格鲁—撒克逊语、古冰岛语、古法语及古芬兰语口头叙事诗也做了相似的传统主题元素分析。洛德曾将口头诗歌的"主题"定义为"以传统诗歌之程式化风格讲述故事的常用观念群"。在《奥德赛》当中存在着数次程式化的描绘，用以讲述热情好客的主人欢迎一位来访者；按照洛德对该术语的理解，这就构成了一种口头"主题"。在日耳曼口头叙事当中，一群贵族随从围着国王觥筹交错，自矜自夸，这种所谓"贵族之梦"的描写则构成了那个传统当中的一种"主题"。对于口头叙事诗而言，用"主题"一词去定义其风格手法当中的形式元素在实践上存在很大的困难，原因是这个词同样用于一般的文学批评中，其意义不仅多样化，而且有时候会相当矛盾。

在分析口头创作的诗歌时，我们专门使用了"主题"（theme）一词，而根据希腊修辞学，我们则提出"论题"（topos）这一替代性术语。这个概念因恩斯特·罗伯特·库提乌斯①在其《欧洲文学和拉丁中世纪》一书中的研究而广为接受。我们并无意暗示希腊修辞学家们所使用的具体"论题"与古希腊史诗中被帕里、洛德称为"主题"的概念之间存在必然的历史关联，而是说，从结构性视角来看，那些多少趋于程式化的修辞元素，如欢乐之土②（描写理想的景致）和少年老成③（出于对年轻人

---

① 恩斯特·罗伯特·库提乌斯（Ernst Robert Curtius, 1886—1956）：德国文学评论家及语言学家。
② 此处的原文 locus amoenus 系拉丁文，意为快乐的地方。
③ 此处的原文 puer senex 系拉丁文，意为年轻长者。

的称赞而认为其拥有长者的智慧),与口头叙事诗中的程式化观念群非常相似,从而使得该描述性术语同样具有存在的必要性。

一则"论题",不管出现在口头叙事还是书面叙事中,乃是一种传统的意象。对它进行识别甚或分析的基础,并非诗人用以构建"论题"的程式或经过独特安排的语汇,而是这些语汇所指的意象。关于叙事意象的主题分析,我们会在第四章进行详尽的后续讨论。在此处,我们不妨言简意赅:如果一则"论题"指示的是外部世界,那么,其含义就是一个母题(motif);如果该"论题"指示的是无形的观念和概念世界,那么,其含义就是一个主题。于是,传统性"论题"便包含两种元素:传统母题,如主人公遁入冥界——这在历史上可谓经久不衰;传统主题,如寻觅智慧或下降阴府①——这更易于经受渐进式的嬗变或最终的替换。口头叙事的"论题"得以识辨的基础是其在一个既定的母题与一个既定的主题间建立的恒定联系。另一方面,就书面叙事而言,母题与主题的关系即便是在传统性"论题"当中,也往往会受制于诗人的操控。当然,古代叙事"论题"的主题内容分析起来颇为棘手。正如日耳曼口头诗歌传统中的那些"论题",荷马式"论题"有一度也同宗教仪式紧密联系着。因此,即便其叙事显著摆脱了直接崇拜的束缚,而它们的主题内容却仍留存着些许宗教色彩。

口头叙事诗的"论题"常以模式化序列得以展现,一个"论题"会挑选另一个"论题",抑或作为一个整体的系列"论题"会挑选另一个整体化系列"论题"。洛德从《奥德赛》当中列举一例对此模式化加以说明;在他看来,奥德修斯回归故里之际对伊萨卡②人的试探正是通过重复一种"论题"模式来表现的,其母题是"凌辱"(abuse)、"责难"(rebuke)

---

① 下降阴府:基督教神学中的概念,出现于《使徒信经》(Apostles' Creed)和《亚大纳西信经》(Athanasian Creed)的信规当中,指耶稣殉难后降临阴间拯救正义之士的灵魂,使之脱离罪恶与死亡的枷锁。从此意义上说,耶稣乃是战胜了地狱的黑暗。所以,耶稣"下降阴府"不仅表述为"descended to the dead",也在不少场合说成"the harrowing of hell"(字面义为"入侵地狱"),原著在此处采用了后者。

② 伊萨卡(Ithaca):希腊西海岸的小岛,相传为奥德修斯的故乡。

和"认出"(recognition)。在此母题模式之下存在这样一个主题,即"经过伪装的再生之神由于未被卑劣之徒认出而遭到后者的拒斥"。该模式始于第17卷,此处奥德修斯受到墨兰提俄斯(Melanthius)①的凌辱,随后又遭到欧迈俄斯(Eumaeus)②的责难,接着被奥德修斯的狗阿尔戈斯(Argus)认出。而后安提诺俄斯(Antinous)、欧律马科斯(Eurymachus)及克忒西波斯(Ctesippus)③对奥德修斯实施了凌辱;责难则由奥德修斯妻子的求婚者及忒勒玛科斯(Telemachus)④实施;认出奥德修斯则包括与伊洛斯(Irus)⑤的决斗、欧律克勒亚(Eurycleia)⑥那一幕,以及射箭比赛。这种模式说明,篇幅处于单个"论题"与整部诗歌之间的结构性元素可以掌控逐个"论题"的编排。我们不妨用"神话"(myth)⑦这一术语来指代"论题"的这种铰链序列。一方面是"论题",另一方面是整部诗歌,而神话正如这两者一样,包括叙事含义的两个基本层面:对于外部世界的再现(母题)和针对我们思维中的观念和概念进行的阐释(主题)。

神话的再现层面是情节;而其阐释层面(与"论题"和整部诗歌的情形一样)则是主题。口头吟唱者在将神话融入自己的诗歌时,必须同时表现这两个层面。随着现代意义上读写时代的到来,或是由于某种激进的文化变异,口头诗体叙事便会寿终正寝;此时,神话的阐释层面演变为寓言和推论式的哲学写作,而神话的再现层面则演变为历史和其他经验化叙事形式。

情节与主题相结合的传统属性作为口头叙事诗的特征,只是史诗

---

① 墨兰提俄斯:《奥德赛》中的羊倌,羞辱以乞丐形象假扮的奥德修斯。
② 欧迈俄斯:《奥德赛》中的猪倌,奥德修斯的忠实追随者,当假扮乞丐的奥德修斯发誓说奥德修斯必将归来时,欧迈俄斯指责其为骗取钱财而故意说谎。
③ 安提诺俄斯、欧律马科斯及克忒西波斯:均为奥德修斯妻子的求婚者。
④ 忒勒玛科斯:奥德修斯之子。
⑤ 伊洛斯:《奥德赛》中的乞丐,与奥德修斯争夺乞讨地盘并为此进行决斗。
⑥ 欧律克勒亚:奥德修斯的老仆人,她从前者腿上的伤疤认出其真实身份。
⑦ "神话"这个词源自希腊文中的"mythos",在亚里士多德那里常表示类似"情节"的概念。

综合体的一个方面。史诗的另一个特征是,它在宗教神话与世俗叙事之间择取了中间路线;前者的故事完全外在于世俗世界中的历史人物与事件,而后者的故事则完全发生于由历史人物与事件所构成的世俗世界内部,或即便是发生于一个虚幻世界,其运作法则也同样掌控着现实世界。也许,要认识口头史诗所构建的复杂综合体,最简单的方法便是将其视为原始文化的唯一文学产品。这种看法当然过于简单化,但公证体现了口头史诗的作用:它不仅保存了传统的诗歌"语法"(借此可以理解和思考新经验),而且保存了文化中最重要的宗教、政治及伦理价值观。经典荷马文本的确立经历了一个渐进式过程,自其肇始400年后,柏拉图意识到荷马式教育(paideia)这一垄断格局乃是思想进步的大敌。只要荷马依然作为唯一的导师主宰着所有学科,那么,通向哲学思索的唯一渠道便只能是围绕其"隐含意义"而进行的寓言式解读。

《荷马史诗》以其书面形式为我们所接受,然而关于它获取书面形式的具体过程,我们则几乎一无所知。大量证据显示,希腊史诗传统中的大多数传统故事乃是以非史诗形式(主要是戏剧形式)历经后世而得以留存。某些非《荷马史诗》表演,甚至在绝迹之前便产生了书面形式。来自西嘉(Sicca)①的优提齐乌斯·普罗克洛斯②曾编撰《文学选读》(*Chrestomathy*),如今已经失传,不过从弗提乌斯③(约820—891)等人对此书进行的概述中,我们可以得知亚历山大时期希腊人尚可获取的书面文本史诗的名称、大致篇幅(以行数或卷数表示)及内容。这些文本中没有一例达到《伊利亚特》或《奥德赛》的篇幅,这似乎说明了荷马文本无论在表演方面还是文字记载方面都具有不同寻常之处。

在公元8世纪、7世纪和6世纪的希腊,书写的用途一定与我们今天的情况有着天壤之别。无论在7世纪的希腊还是1200年后的北欧,

---

① 西嘉:罗马帝国时期的非洲古城,在今天突尼斯境内。
② 优提齐乌斯·普罗克洛斯(Eutychius Proclus):公元2世纪语言学家,曾担任罗马帝国皇帝马可·奥勒留(Marcus Aurelius)的老师。
③ 弗提乌斯(Photius,生卒不详):公元9世纪君士坦丁堡大主教兼著名学者。

铭刻碑石的存在本身并不代表以书写为基础的教育体系或文学文化。在南斯拉夫史诗中，书面文件甚至电报被提及的频率之高，足以说明口头文学传统能够通过紧密贴近其他用途的书写形式而得以幸存。如果我们要想象传统荷马文本的某一粗劣原型得以通过口述听写的方式进行书面载录，那我们就必须相信，对于文字和书写的运用在历经数个世纪的发展之后已经成为熟练技能。不过，仅仅将书写引入文化中的某一单个领域还远不足以产生任何接近现代意义上的"读写技能"。因为那意味着我们需要拥有一种稳固确立的、建立在文字基础之上的教育传统——而这一观念，即便对 7 世纪的希腊人来说，也会让他们颇感震怒。

洛德在南斯拉夫的研究说明，有多种方式可以用来将口头叙事转化为书面形式，但几乎所有这些尝试均是对现场口头表演的拙劣再现。如果吟唱者让抄写员听写，或者在其会写字的情形下，由他亲自听写，他的表演定要比正常状态下慢得多。在这种情况下，他很容易失去节奏和思维的连贯性。书面文本要想优于实际的演出，必须符合几个条件：吟唱者愿意缓慢而耐心地让抄写员进行听写；抄写员对该传统烂熟于心；在碰到出错的诗行，抄写员可以停下来让吟唱者重复。既然最终的文本对于吟唱者而言可能并无任何用处，那么吟唱者与抄写员付出如此艰辛的劳动，则理应存在某种特殊情况以构成其创作动机。这或许应该是依采风者的要求所为。在我们看来，书面《荷马史诗》文本的产生定是源于某种与此相类似的创作方法。

当口头表演化约为两个"作者"的书写，表演者和抄写员，并继而进入一种准文学传统，真正的口头传统并不会受影响。然而，最终可能对其形成挑战的乃是从新建立的文本传统中所衍生出的伪"口头传统"。于是，一种新型的职业演艺者便开始同真正的吟唱者产生竞争，他们只是记忆书面文本，而后四处朗诵。当"口头传统"这个词被文学学者们误用之际，往往指的就是这种口头朗诵，它依赖于事先用笔和纸这种现代方式创作的固定文学文本。能够将真正的口头传统与书面再现区分开来的因素是创作的方法,而不是表现的模式。洛德根据自己在南斯拉夫的研究可以轻松地对真正的口头创作和书面文本的口头朗诵进行甄别。一种是程式化的,而另一种则不是。

关于"过渡文本"(transitional text)这种代表口头与书面创作组合的形式,尽管一些荷马学者、中世纪研究专家及其他人(包括我们自己)对此深信不疑,但似乎并不可能。一切通过直接观察现存传统所获得的证据,均促使我们推导出这样的结论:即便诗人自己进行创作,很明显,他只会择其一——要不采用传统的口头程式法(展示口头传统的所有特色),要不采用文学方式(展示文学创作所特有的思想和语汇的创新)。不过,关于荷马文本的传播,真正有可能且最令人信服的猜想则是:那种原汁原味的口头表演会通过誊写的方式与其书面文本的口头朗诵相结合,继而逐渐发展为一种准文学传统。如果此现象发生,那么书面文本便可能凌驾于真正的口头传统之上,从而获得最优秀的抄写员与表演者的共同关注。面对不断推广的读写技能和基于权威文本意义上的正规学术性教育,真正的口头传统在文化中的地位便会慢慢降低。同时,真正新式的书面文学形式开始从旧式口头传统与新式学术传统的融合中产生。

或许,关于《荷马史诗》获得其传统书面形式的过程,我们的推测不该完全依赖于对今天南斯拉夫或中世纪北欧相似情形的认识。尽管书面基督教文化对欧洲其他地方的本土口头传统产生了强大压力与潜在影响,但要让一种域外书面传统对希腊口头史诗产生任何类似的影响,却是难以想象的。在希腊,这种过渡一定是在主导文学文化内部渐进发展的,即一种形式在某种程度上自愿让位于另一种形式。而在欧洲其他地方,口头传统不是突然遭到外来强势书写传统的压制,就是遁入隐蔽之所,成为愚昧无知的农夫在草舍锅台边的娱乐。一方面是 7 世纪希腊的《荷马史诗》吟唱者，另一方面是 19 世纪波斯尼亚或卡累利阿（Karelia）①的吟唱者，但两者的身份是难以相提并论的。古希腊的吟唱诗人被王子们尊为大师，而其他的吟唱诗人则是为了取悦那些尚未摆脱文化愚昧者（illiterates）身份的观众，当然，这里的"愚昧者"完全是基于其可怕的现代意义。

圣经《旧约》文本中有很多源于口头传统的证据，因此，古代希伯来人可能也经历了从口头到书面叙事之数世纪的漫长演化过程。我们也许可以想象，他们与古代希腊人的情形存在相似之处。但是，在这两条文化巨脉汇合之际，它们的影响横扫了整个欧洲。它们带来了读写技能和对权威文本的尊重。就希伯来这条血脉而言，其最重要之处便在于它以一个权威性文本去争得绝对的虔诚。阿尔昆（Alcuin）——一位 9 世纪的英国学者，查理曼宫廷中复兴古典文学的杰出人物——曾言简意赅地表明了教会对异教诗歌的态度。当他得知诺森比亚（Northumbria）②的林迪斯坊（Lindisfarne）修道院中僧侣们正以吟唱有关日耳曼英雄英叶德（Ingeld）的史诗作为娱乐时，他带着几分讥讽质问他们，"英叶德与基督何干？"阿尔昆的怒吼响彻了基督教统治下的整个中世纪。

稍早于此，关于盎格鲁—撒克逊时期诺森比亚内部这两种文化的对立，还有个故事对于我们则更有意义。这就是圣比德③在《英国人民基督教史》（*The Ecclesiastical History of the English People*）当中讲

---

① 卡累利阿：位于俄罗斯西北部、与芬兰接壤的地区，今有俄罗斯境内的卡累利阿自治共和国，以及芬兰境内的北卡累利阿和南卡累利阿地区。
② 诺森比亚：中世纪不列颠的小王国。
③ 圣比德（the Venerable Bede，约 672—735）：亦称比德，英国宗教史上著名的修士、学者及神学家，有"英国历史之父"的美誉。

述的关于诗人凯德蒙①的故事,小 F. P. 马古恩②曾将其称为"一位盎格鲁—撒克逊口头诗人的个案史"。据说在希尔达③(658—680)担当惠特比修道院院长期间,院中的僧侣曾向凯德蒙讲解宗教信条与叙事,而凯德蒙则以此为基础创作出许多英语叙事诗。在圣比德关于凯德蒙的叙述中,最突出之处乃是关于这位中年的凡夫俗子如何奇迹般的获得创作叙事诗的天赋。凯德蒙原先并不会当众作诗;每逢节日庆典,竖琴便会在众人手中传递,大家轮流吟唱,而凯德蒙却抽身离去,直到某日,一位天使现于其梦中,要求他吟唱创世的故事。这则神奇之梦,作为一种解释,说明了凯德蒙如何在人到中年之际能够运用完全传统化的口头程式进行卓越的诗歌创作,以专门服务于基督教的宣讲。圣比德指出,凯德蒙从未创作过"任何无关痛痒或毫无用处的诗歌;相反,他的虔诚之言只适用于那些关乎宗教的诗篇"。另一种解释是,传统的盎格鲁—撒克逊程式模版之所以为凯德蒙用来创作其《赞美诗》(*Hymn*),以及现存的那些围绕"创世纪"及"出埃及记"所进行的盎格鲁—撒克逊语改编(如果它们果真代表其表演的话)——乃要归功于他在私下里对技艺的学习和练习;他不急于进行首次公开表演,而是一直等到发现如何将其诗歌用于效忠上帝。

传统上,与凯德蒙所经历的梦幻奇迹相联系的还有一个故事,它保存在神秘的拉丁文《序言》(*Praefatio*)和《诗篇》(*Versus*)当中,现代研究理论将它们与古撒克逊语诗歌《救世主》(*Heliand*)和《创世纪》(*Genesis*)相联系。这两个拉丁文本大致可追溯到 10 世纪,但只留存在

---

① 凯德蒙(Cædmon,生卒不详):公元 7 世纪英国基督教诗人。相传其原为放牧者,后于睡梦中偶然学会作诗,凡《圣经》中的段落,经他之手都能转化为美妙的宗教诗篇。

② 小 F. P. 马古恩(F. P. Magoun, Jr., 1895—1979):美国文学批评家,中世纪英语文学研究专家。

③ 希尔达(Hild of Whitby,约 614—680):英国基督教女教士,曾创建著名的惠特比修道院,死后被尊为圣徒。

马提亚·弗拉齐乌斯①的《真理见证者目录》(Catalogus Testium Veritatis, 1562) 第二版中;它们在简短的篇幅中不乏矛盾地描述了(1)查理曼之子,法兰克皇帝"虔诚者路易"(执政期 814—840) 所下达的命令,"撒克逊国有个人被其同胞们视为杰出的诗人,他必须负责将《旧约》和《新约》翻译成日耳曼语言,如此,神的教诲不仅能让文化之士享有,也可让愚昧之众领会"。(2) "正是这位诗人,当他还完全不了解诗艺之际,却在睡梦中受命依照他自己的(撒克逊)语格律将圣典之法改编为诗歌。"

这些故事的共同之处在于,它们均指涉了本土口头叙事传统——这一传统经过调整不仅适应了普通读本文化,而且也应和了圣经读本文化。对于像凯德蒙这样的诗人或是创作《序言》的无名氏撒克逊神谕诗人(vates)而言,问题不只是对抄写员进行口授,而主要是运用传统程式及"论题"去表达全新的情节与观念。我们很难想象还会有其他诗歌能够表现出比《救世主》更高的程式化。在这部作品中,程式或程式模板几乎包含于每一诗节,它们既可能反复出现于该诗作本身,抑或出现在盎格鲁—撒克逊的诗歌语料库中。当然,其传统化特征并不局限于程式化创作。它还运用了许多如《贝奥武甫》等世俗诗歌中出现的传统母题。这些母题清晰地说明,古撒克逊口头传统乃是新近衍生于英雄体的文化,而这种文化则迥异于那些为《救世主》提供情节基础的《新约》叙事。不过,同样清楚的是,撒克逊诗人与中世纪基督教文化保持着紧密联系。当他们充分顾及传统程式和母题的时候,其叙事就相当于对下列这些文本进行了一番细致的改述:他提安②四福音合参的伪著、拉巴努斯③对《马太福音》的批注、圣比德对《路加福音》《马可福音》

---

① 马提亚·弗拉齐乌斯(Matthias Flacius, 1520—1575):今南斯拉夫北部信义宗(即路德教)神学家、新约圣经学家。

② 他提安(Tatian,约 120—180):叙利亚基督徒,以叙利亚文写成《四部福音合参》(Diatessaron,约 160 年),将四部福音的重要内容编为一整体性的故事,后被译为希腊文流传,如今仅有一小部分存留下来。

③ 拉巴努斯(Hrabanus Maurus,776—856):德国神学家、圣经诠释学家兼诗人。

的批注，以及阿尔昆对《约翰福音》的批注等。

纵观 13 世纪的古冰岛语《诗体埃达》、古高地德语①《希尔德布兰特之歌》(*Lay of Hildebrand*)②，诸如《瓦尔迪尔》(*Waldere*)③、《戴欧》(*Deor*)④、《威德西斯》(*Widsith*)⑤，以及残诗《费恩堡之战》(*Finnsburg Fragment*)⑥这样的盎格鲁—撒克逊语诗歌，乃至于法罗群岛⑦的英雄体歌谣（直到上世纪方以书面形式记录下来），我们可以发现，这些诗歌具有口头创作和英雄体文化相融合的明显痕迹。不过，由于日耳曼口头传统早在圣经文本到来之前便已兴盛，因此，要对它进行研究，我们的最佳考察文本莫过于盎格鲁—撒克逊史诗《贝奥武甫》。这首诗存于仅有的一部手稿当中，大约在 10 世纪末由两位抄写员书写而成。如所有刚才提到的其他诗歌一样（除去法罗语歌谣），《贝奥武甫》可能并非直接抄录自口头表演。大部分学者将其多样化的语言形式及拼写，看作是两个半世纪之久的文本传统的证据，并因此将其创作时间确定为 8 世纪早期。关于《贝奥武甫》系口头创作这一论断，学界已经找不出合理的质疑。其措辞具有显著的程式化特征，其"论题"同样为相似的古英语及其他日耳曼语诗歌所采用。

很显然，口头诗人能够通过书本，或至少可以借助文字中介，而获取故事和主题，但在《贝奥武甫》中，书卷学习的证据则微乎其微。不管

---

① 古高地德语(Old High German)：现代德语的原型，出现于 5 至 11 世纪中期。
② 《希尔德布兰特之歌》：现今仅存的一首用古德语写成的日耳曼英雄诗歌，讲述武士希尔德布兰特与儿子疆场对决的故事。
③ 《瓦尔迪尔》：古英语史诗，现只剩残卷，讲述英雄瓦尔迪尔与恋人逃离匈奴王的囚禁、盗取宫廷财宝并对追缉者进行英勇反击的故事。
④ 《戴欧》：古英语史诗，讲述诗人戴欧受贬之后，以自白的形式将自己的流亡生涯与日耳曼神话及盎格鲁—撒克逊民间传说人物的相似经历进行类比。
⑤ 《威德西斯》：古英语史诗，行吟诗人威德西斯（意为"远行"）自述其游历各地，并介绍古代及当代著名君主和神话、传奇英雄。
⑥ 《费恩堡之战》：古英语史诗，讲述丹麦王子赫纳甫(Hnæf)与其妹夫费恩(Finn)之间的战斗。这个故事也作为一个片段穿插在《贝奥武甫》当中。
⑦ 法罗群岛：今丹麦自治省，位于苏格兰与冰岛之间，其口传法罗语歌谣源自古代北欧文明。

是其风格还是其内容,似乎都在说明,古代日耳曼的确存在高度发达的口头史诗。当然,我们无法知晓这种传统究竟发达至何种程度,或者在自行其是的情况下又会如何发展。但罗马—基督教文化的进犯则完全湮没了这种传统。我们必须保持清醒的头脑,不要想当然地以为史诗传统只是为远古人类所独有的特征,事实远非如此。我们已经认识到,对于相对未受侵扰的希腊人来说,史诗是真正现代文学及哲学文化到来之前的最后一个阶段。其他各种证据,如精良的武器和舰船,以及先进的政治和法律制度,均说明北欧的异教徒们正在接近8世纪希腊人所经历的文化发展。当基督教于公元400至1000年之间的数世纪中进入北欧时,它所遭遇的文学文化已经形成了融合神话与摹仿的史诗综合体,并正值分化之际,由此带来法律、宗谱、神话、宗教仪式及世俗叙事小说等独立门类。

《贝奥武甫》的吟唱者关注的是丹麦人与弗里斯兰人(Frisians)①及希索巴特(Heatho-Bards)人②之间的关系所代表的更广泛的社会与政治意义,或是一位明君的必备道德素养,这些都是其史诗传统的特点;它们不仅出现在埃达文选里,同样也出现在《流浪者》(*The Wanderer*)③、《威德西斯》及《戴欧》当中。而在较此晚很多的传奇当中,像《高文爵士与绿衣骑士》及无数其他涉及亚瑟王朝的故事,尽管存在政治和道德主题,但均不甚关乎具体时空下的实际问题,也游离于积极的政治生活之外。在史诗中,维护社会秩序乃是至善至上的目标,而主人公体格与智力的修行都以此为尊。史诗的社会往往是特定的社会,其残垣断壁可由现代考古学家进行甄别。《贝奥武甫》的哀歌之风在一定程度上只是源自主人公为保护其社会免于妖敌肆虐而喋血疆

---

① 弗里斯兰人:古代位于现今荷兰及德国境内靠近北海南部的民族,属于日耳曼人的一支。

② 希索巴特人:《贝奥武甫》当中与丹麦人进行战争的族裔,其名意为"战争须髯"(war-beards)。

③ 《流浪者》:古英语诗歌,讲述一位年轻人在战争中失去战友与亲人,沦为流浪者的辛酸历程。

场。然而在更大程度上，这悲情的产生却是由于我们认识到贝奥武甫的力量和智慧遭受了徒劳的消耗。他身上的那些品质未能在丹麦人和耶阿特人（Geats）①当中流芳百世，而他所援救的社会也因无法躲避纯粹社会性的诟病而注定走向衰亡。

就像荷马一样，《贝奥武甫》的创作者同样描绘了一位在现场进行表演的口头吟唱诗人。贝奥武甫于牡鹿厅（Heorot）②击败戈兰德尔（Grendel）之后的那个早上，丹麦人前来察看那只带血的胳膊，并走访戈兰德尔得以消隐的那个沾满血迹的湖泊。作为他们欢庆的一部分，一位诗曲满腹的吟唱诗人就贝奥武甫的事迹创作了一首新作品，"编织得如行云流水一般"。这位诗人接着讲到屠龙者西格蒙德（Sigemund），又提到赫里摩达（Heremod）——一位丹麦国王，其罪恶行径与贝奥武甫和西格蒙德的英勇之举形成鲜明对照。这个小段落（B版手稿867—915行）的意义在于，它不仅说明在口头传统中，神话所保留的价值观如何用来指导对于当下事件的理解，同时也说明当下事件如何被传统兼收并蓄。通过将贝奥武甫击败戈兰德尔，以及西格蒙德屠龙这两个母题相联系，这位吟唱者就诗歌结尾处贝奥武甫本人与龙妖对抗的意义做出了一个主题性的陈述。这场屠龙之战，至少在某种意义上说，可以理解为对戈兰德尔片段的重述，在那一处，西格蒙德已经作为一则类比被作者加以引证。

《贝奥武甫》再次表现出与《荷马史诗》的相似，它凭借其传统语汇和历史典故传达出这样一种印象，即这类诗作势必在其所描绘的贵族社会中得以吟唱。换言之，我们觉得，一群农夫或虔诚的僧侣只会推崇圣徒的生平或是一首有关其社会及精神楷模的歌谣，而不适合成为欣赏《贝奥武甫》的听众。我们从古罗马作家那里听到大量描绘日耳曼文化的抒情短歌（cantilenae）或田园诗（carmina rustica），但这部作品绝

---

① 耶阿特人：北欧日耳曼人的一支，活动于今瑞典南部，一说属于哥特族。
② 牡鹿厅：《贝奥武甫》中丹麦国王的宫殿。在这里，贝奥武甫保卫王室免遭食人怪戈兰德尔的袭击，将之击败，并砍断其胳膊。

非此类题材的范例。如果我们的直觉是正确的,那么《贝奥武甫》所代表的恰恰是让真正的口头传统发挥其至上的文化功效,即针对天子的教育。而当英国皈依基督教,以及作为贵族教育基础的读本文化得以确立之后,此种功效在许多代人的历史长河中则再也不可能实现了。这就证明,该作品确系早期创作。

假如阿尔弗雷德大帝(King Alfred)阅读或听别人朗诵《贝奥武甫》,那么,他准会心存些许伴有优越感的怀古之情;正如我们在面对某个久已逝去的文明时,也难免会有相同的感受。阿尔弗雷德对于读写和书籍的态度完全是现代意义的。在他看来,懂得阅读的人寥寥无几,这无疑是他那个时代巨大的文化耻辱;他建立学校和图书馆的目的并非去永久保存像《贝奥武甫》这样的作品。历史、法律、哲学,以及《圣经》方是他心仪的课程。当他打发闲暇之际,吟唱诗人会伴随其左右,而他也乐于学习他们的基本技艺,但无论他如何快乐,其国家政策注定了口头文学的消亡。阿尔弗雷德之所以被尊称为"大帝",主要是由于他与古代传统决裂的勇气,而并非其保存这些传统的努力。

与盎格鲁—撒克逊口头叙事相比,像《罗兰之歌》这一极具代表性的古法语口头叙事艺术似乎对书本更具亲和力,也更为时下的基督教文化所接受。《罗兰之歌》的创作比《贝奥武甫》至少要晚 300 年之久——约公元 1100 年,但我们同样觉得该作品大致描绘了催生其创作的那种贵族式、英雄体文化。中世纪传统一直认为,《罗兰之歌》的某一版本曾被行吟诗人泰耶弗(Taillefer)拿来吟唱,以鼓励即将奔赴黑斯廷斯战役(Battle of Hastings)的诺曼将士。这种说法与许多关于英雄体诗歌如何在战场上发挥宣传功能的叙述不谋而合。古法语史诗传统的兴旺极为持久——足足延续到中世纪鼎盛期,而我们通常把这个时期同传奇,以及由传奇和普罗旺斯语(Provençal)①抒情诗所激发的文

---

① 普罗旺斯语:中世纪法国南部奥克语(langue d'oc)的一种方言,通用于普罗旺斯;普罗旺斯文学则起源于 11、12 世纪的行吟诗人,后带来整个中世纪欧洲方言文学的兴起。

学革命相联系；这就证实，一种合理的传统必然具备持久性和灵活性。小 S. G. 尼克尔斯（S. G. Nichols, Jr.）在调查数部古法语"武功歌"（chansons de geste）①的程式模板及"论题"时得出结论：《罗兰之歌》文本乃形成于"口头程式化的传统语汇"。

在日耳曼北部，文化融合的可能性似乎并不缺乏，但对于古法语史诗传统来说，只有将这种融合进行得更加激进，方足以解释加斯顿·帕里斯②所谓的"罗曼语③形式的日耳曼精神"（esprit gemanique dans une forme romane）。根据查理曼的传记作家艾因哈德④的说法，查理曼（执政期 768—814）与其子"虔诚者路易"一样乐衷于将拉丁文学技艺的成果赋予自己的日耳曼臣民。在《查理曼大帝传》（Vita Caroli Magni）中，艾因哈德记载说，查理曼将撒克逊人、弗里斯兰人及图林根人⑤的未成文法编撰成书面文件。更有意味的是，他还让人"把过去那些欢庆古代君王武功勋业的陋俗之歌写出来以传后辈"。当然，最重要的则在于他保持了一个国家的基本稳定，使莱茵河两岸分别讲日耳曼语的法兰克人及撒克逊人和讲法语的民族团结起来，这样便促使口头史诗传统中的主题和形式元素跨越语言壁垒，实现其从日耳曼语向罗曼语的传播。此时，日耳曼传统一方面正成为教会的服务工具，另一方面也正以书面形式被记录下来，留给（有望识字的）子孙后代，而罗曼语史诗传统则成功地得以在查理曼开创的新世界中幸存和兴盛。

到了 11 世纪，那些征服英国的北欧人正说着法语。以往日耳曼的

---

① 11 至 14 世纪流行于法国的一种长篇故事诗，以颂扬封建统治阶级的武功勋业为主要题材，故称"武功歌"。

② 加斯顿·帕里斯（Gaston Paris, 1839—1903）：法国作家、学者，以研究中世纪法国文学及传奇文学著称。

③ 罗曼语：印欧语系的一支，起源于"通俗拉丁语"（Vulgar Latin），中世纪欧洲传奇文学的创作语言，法语亦属于罗曼语族。

④ 艾因哈德（Einhard, 770—840），查理曼大帝的侍从秘书，法兰克王国史学家，"卡洛林文艺复兴"的代表人物之一，曾为查理曼大帝立传。

⑤ 图林根人：日耳曼人的一支，活动在位于德国中部的图林根，该地区于公元 6 世纪为法兰克人所征服。

军事及政治组织天赋正于第四、第五代日耳曼领袖的统治下，得以在欧洲的罗曼语地区恢复生机；这场在异国土地上复兴英雄勋业的运动同样缔造了异邦语言对英雄体传统的复兴。就古法语史诗传统能够反映当下时代变化这一点来说，最好的例证莫过于它对罗兰之死的处理方式。778年，加斯科尼人（Gascon）①在比利牛斯山区对查理曼后卫部队发动进攻，但艾因哈德在其叙述中只是将此事件作为一个小插曲，安置在针对北方撒克逊人和南方意大利人的军事行动之间。此处只有一种可能性，即讲巴斯克语的加斯科尼人发起攻击的动机只是出于他们对独立的向往和对法兰克人侵略自己领土的憎恶。这次战斗中的阵亡人员中除却许多其他人员外，还包括"御膳官埃吉哈德（Eggihard）、宫伯安塞尔姆（Anselm）和布列塔尼（Brittany）边区总督罗兰"。在这次交战之后，艾因哈德明确表示，没有任何讨伐行动能够用来对付加斯科尼人。身着轻装作战于熟悉地形，他们乘着夜色的掩护带着从法兰克军队辎重中获取的丰厚战利品顺利撤离，而此时那些全副武装的法兰克人还没来得及调遣。

从8世纪到11世纪，这一故事片段的呈现，即我们现在所熟悉的样式。巴斯克人和法兰克人变成了穆斯林和基督徒。这两支军队进行了一场世界大战，其结果是：一个实质上的11世纪法兰西民族与一个11世纪的战斗教会（Church Militant）②在岌岌可危之中得以幸存。于是，这种沉闷的历史叙述将其政治及社会寓意进行了大力引申，以反映第一次十字军东征时期的欧洲现实状态——从8世纪的部族社会群向现代欧洲过渡。与此同时，该历史叙述也在篇幅上有所收缩。这种寓意引申之所以能够发生，原因就在于史诗传统能够多少准确反映当下社会的重要事实与价值观念。当然，史诗的英雄观则要求对历史叙述加以收缩。在出现于这场战役的人物中，罗兰从最次要的角色被提

---

① 加斯科尼人：法国西南部比利牛斯地区（旧称加斯科尼省）的巴斯克语民族。
② 战斗教会：神学中指那些同邪恶及耶稣的敌人进行斗争的基督徒。

升为最重要的形象,而两支庞大军阵之间的全部问题则直接聚焦于他一人身上。

不过,如果没有格外的谨慎,而只是将罗兰之死的历史叙述与诗歌描绘进行对比,则会让人误入迷途。大多数研究中世纪史诗的学者都知道自己在调查过程中所依赖的相关实物乃是各种文本——民间故事、生殖神话、历史纪事,以及教父神学(patristic theology)①等。诚然,这些文本有一个极大的优势,即它们能确凿地证实自身的存在。但是,书面文本不可能在口头传统研究中被赋予高度的实用价值,至少不能以平常方式对它们加以信赖。我们有必要结合文本和我们对于具体历史事件的知识(不局限于当时的叙述)以尽量重构口头传统的属性。正是古法语口头传统缔造了《罗兰之歌》(或牛津手稿②所参照的那个版本,类似情形在先前讨论《贝奥武甫》和《荷马史诗》时亦曾得以概述)。如果我们按常规着手研究,即关注一个事件的历史性叙述,那么史诗对这一事件的处理则会表现为,以明显非历史性的神话和"论题"对其进行富于想象的歪曲和参合。另一方面,假如我们首先尽力重构口头传统这一准确概念,那我们则会认为,历史事件不仅侵扰了传统的神话与"论题"素材,而且还进而要求传统做出某种适应性调整,而不是反之。贝奥武甫的原型无疑存在于盎格鲁—撒克逊史诗传统中,直到后来他才与6世纪发生于丹麦与哥特兰(Gotland)③的历史事件相联系。古法语史诗传统中罗兰的原型也在《罗兰之歌》衍生的过程中成为历史事件推崇的对象。

因此,在分析任何口头诗体叙事与历史的关系时,便会遇到一个实际问题,即传统神话和"论题"在多大程度上可能已被替换为适时再现的独特事件(如果我们能够借助考古和文学推论去重构那些事件的话)。如果此替换是彻底的,那么,该传统则不能被称为史诗性传统,相

---

① 教父神学:基督教早期由所谓"教父"(Church Fathers)从事的神学研究。
② 《罗兰之歌》的版本众多,其中最古老的版本是12世纪的牛津手稿。
③ 哥特兰:位于今瑞典南部,相传为贝奥武甫的故乡。

反,它已经接近了格律化纪事。倘若没有发生任何显著的替换,那么,此传统便会演化为宗教神话或是(当"论题"被明显清空了其仪式内容或寓言内容时)传奇。口头史诗会通过再现历史事件去替换一些传统神话及"论题",此外也会通过再现更为笼统的假想现实去替换其他神话与"论题"。我们发现,那些体现出显著心理及社会类型的人物在其行为上所依照的自然法则(natural laws)也同样适用于现实中的人。

所以,我们在分析《贝奥武甫》这样的史诗时,不能以为它们源自民间故事和生殖神话对心理学和历史学的入侵。同样,在探讨具体诗歌之际,我们也不可将历史学和心理学当作进犯者。真正迷恋它们的乃是口头传统,而并非个别诗作。任何单独的口头表演或文本既为其传统语法所造,亦为之所限,且只反映该传统所固有的无限可能性当中的一种方案。当我们不再将纯粹神话或纯粹摹仿当作规范,那么,中世纪传统诗体叙事当中针对确凿历史事件的影射则显得再正常不过。当然,同样正常的是,它们的历史也不会是塔西佗①、圣比德或 C. V. 韦奇伍德②书写的那种历史。贝奥武甫身上带有谷神的痕迹不足为奇,但他却算不上是另一个奥利西斯(Osiris)③。虽然我们在上文将口头史诗传统称作综合体,但它并不是意识化的产物。当然,它也并非发端于某一纯粹状态,而后又将自己提炼成另一种纯粹状态。唯有此综合体——而非任何一种纯粹的形态——方可被称作是史诗性的。

古法语史诗在与克雷蒂安及其追随者创作的传奇不期而遇时衍生出一种诗歌类型,对此,我们尚无专门的称呼。然而,我们发现 16 世纪大卫·林赛④的一部杰出的小作品《乡绅梅尔德伦传》(*Squire Meldrum*)正是这一类型的绝佳范例。从《罗兰之歌》到《乡绅梅尔德伦

---

① 塔西佗(Tacitus,约 55—120):古罗马杰出的历史学家。
② C. V. 韦奇伍德(C. V. Wedgwood,1910—1997):英国历史学家及传记作家。
③ 奥利西斯:埃及神话中的冥界之神及丰饶之神。
④ 大卫·林赛(David Lindsay,约 1486—1555):文艺复兴时期苏格兰诗人,其诗作《乡绅梅尔德伦传》以历史人物梅尔德伦的功勋为基础,将中世纪晚期的传奇、纪事和讽刺融为一体。

传》这条发展脉络不仅包括像巴伯①的《布鲁斯本纪》(*Bruce*)及布莱因·哈里②的《威廉·华莱士列传》(*Wallace*)这样的书面英语诗歌,还包括西班牙的《熙德之歌》(*Poema de mio Cid*)——这部作品直到英雄熙德1099年辞世后约一代人有余的时间方得以创作。从历史的角度看,《熙德之歌》在叙述上极为准确,其口头风格清晰、有力,完全没有渲染之迹。其中产阶级主人公壮举背后的动因既是出于自身社会抱负和女儿们的利益,同样也是出于罗兰式英雄的个人荣辱观或查理曼对于统一基督教帝国的梦想。《熙德之歌》不同于《乡绅梅尔德伦传》,因为它的故事所关注的仍然是民族舞台上的英雄。他击溃了庞大的穆斯林军队而成为其民众的救世主。但《熙德之歌》乃是大众之歌,这一点有别于《罗兰之歌》,甚至更有别于《贝奥武甫》和埃达歌谣。与早期史诗相比,其受众在社会性层面上(如果不是在历史性层面上)进一步疏离了对于丰功伟业的歌颂。《熙德之歌》赖以产生的口头传统同样是歌谣创作的源泉。其文化取向的弱化恰恰反映了史诗传统,尤其是口头史诗传统。《布鲁斯本纪》和《威廉·华莱士列传》尽管系具体作者的书面创作,但延续了旧式史诗传统的内核,并有所创新。对于当下读者而言,它们的新意在于试图将新经验叙事的内容与旧虚构叙事的风格加以综合。这一文类的作品有时被称为"纪事性诗歌"(chronicle poems),不过"格律化传记"(metrical biographies)也是一种可行的概念。

纪事性诗歌与我们所谓的寓言式解剖(allegorical anatomy)——另一种在某种程度上遭到忽略的文类,其代表作品包括诸如《玫瑰传

---

① 巴伯(John Barbour,约1320—1395):苏格兰诗人,著有诗篇《布鲁斯本纪》,讲述苏格兰国王布鲁斯的丰功伟业。

② 布莱因·哈里(Blind Harry,约1440—1492):苏格兰诗人,所著诗体纪事《威廉·华莱士列传》,讲述苏格兰民族英雄威廉·华莱士抵抗英格兰入侵的功绩。

奇》(*The Romance of the Rose*)①和《农夫皮尔斯》(*Piers Plowman*)②等引起学界关注的长篇诗作——在中世纪方言叙事诗歌中占据相当大的比重。以现代批评视角对这两种形式加以分析并非易事。在某些方面,它们的定位似乎介于史诗传统因解体而产生的两极之间:散文体历史与格律化传奇,两者不难在现代意义上加以识别。斯诺里·斯特卢森③与让·德·热安维尔④创作的历史著作在诸多方面堪比古典时期的历史创作。当然,传奇也从不缺乏仰慕者。但是这两种主要文类并没有穷尽叙事的可能性。寓言式解剖斡旋于哲学推论与传奇之间——其复杂性我们将在后面的章节加以探讨,而格律化传记和纪事性诗歌则介乎传奇与历史之间。正是这后一条介乎传奇与历史之间的路线引领着史诗走向小说;在所有以口头传统循此路线发展的中世纪叙事形式当中,要数冰岛的家族萨迦⑤(family saga)走得最远,而后才为拉丁典籍和《圣经》所超越。

对于 13 世纪的冰岛来说,文化孤立显而易见,而这恰恰使得其叙事艺术的价值几乎达到了一种不可思议的高度。它可能借鉴了爱尔兰散文体叙事,并得益于日耳曼民族对散文风格及世俗史所与生俱来的天赋;不过,这一传统即便确实如此,却并无相关记录得以留存下来。就家族萨迦而言,虽然它们没有对后来的欧洲散文体小说产生实质性影响,但形成了其自身纯粹的形式、内容及风格,并因此在一定程度上

---

① 《玫瑰传奇》:13 世纪法国寓言长诗,典雅情爱(courtly love)文学的典范之作,以玫瑰作为贵族女性的象征,向世人宣讲情爱之道。前半部分由基洛姆·德·洛利思(Guillaume de Lorris)所作,后半部分由让·德·梅恩(Jean de Meun)完成。

② 《农夫皮尔斯》:14 世纪以中古英语创作的寓言体叙事诗歌,以数个梦境影射英国社会现实与宗教。

③ 斯诺里·斯特卢森(Snorri Sturluson,1179—1241):冰岛历史学家、诗人及法律演讲人(lawspeaker),著有《散文埃达》(*Prose Edda*)及《天下或挪威列王纪》(*Heimskringla or the Lives of the Norse Kings*)。

④ 让·德·热安维尔(Jean de Joinville,1225—1317):中世纪法国著名编年史家。

⑤ 萨迦:中世纪冰岛及挪威等北欧民族的口头叙事,原意为故事、传奇或历史;家族萨迦是其中的一类。

获得了独立的研究价值。它们不属于书面萨迦传统,因为后者突出作者身份及文学借鉴(literary borrowing)这些颇具现代意义的操作原则。家族萨迦的风格在具体文本之间表现出明显的一致性和程式化。尽管许多评论家在它们当中找到相似的段落以证明家族萨迦作者之间的文学借鉴关系;但这种相似性若被看作惯常的口头传统因素则更易理解。虽然这些家族萨迦无疑属于书面创作,虽然每一个单独的萨迦文本理应由一位作者独自创作,但现有证据似乎并不能说明这些作者乃是依赖于书本或个体发挥来获取其故事的主要元素。如果这些家族萨迦的创作只是任何类似现代意义上的个体行为,那么,它们将会失去其现有的光彩。

公元1000年左右的冰岛已掌握了书写,伴随其议会将基督教确立为国教,它至少拥有三种经过完善演化的口头传统。第一种便是口头诗歌传统,其残余在《诗体埃达》中尚有所保存;关于此传统,我们的证据基本来自其在形式及主题方面与其他遗留下来的异教性日耳曼叙事诗之间的相似之处,当然,这也暗示了两者均具有明显前读写文化(pre-literate culture)的渊源。此外,埃达诗歌本身的程式和"论题"也提供了辅助性证据。第二种口头传统是法律,即由选举出来的法律演讲人①("lawspeaker")于三年任期内的每一年在议会背诵《法典》三分之一的内容。第三种口头传统是历史。如果设想在斯堪的纳维亚文化当中存在一种包罗万象的口头史诗传统——融汇世俗史、法律、神话、仪式及民族智慧结晶等各种元素,那我们认定它应该远早于870年的"冰岛定居"。到了12世纪和13世纪,我们则不仅能找到书面证据以说明它已经演化为一种高度分异的文学文化,同时还能借助于推论性证据以说明其相对古风(antiquity)的一面。换言之,在冰岛人掌握书写之前,他们已进一步朝向实质性的现代叙事形式发展——既包括散

---

① 法律演讲人:斯堪的纳维亚诸国(如瑞典、冰岛和挪威)的政府职位,起源于日耳曼口头传统,但只在北欧演化为独特的政府职能。

文体,也包括诗歌体——在这个方面,他们要早于书面《荷马史诗》产生之际的希腊人。正是凭借其文化上的孤立性,冰岛人通过激进的革新将《圣经》到来之前业已兴盛的日耳曼叙事传统继续发扬光大。他们做出这样一种展示,即目不识丁的艺术家们虽极少受到读本和书写的影响,却能够创作出世俗史和现实主义的散文体小说。由于人们通常以为,伟大的艺术散文和世俗史在缺乏书写与具体作家身份的情况下是不可能得以发展的,所以在过去,冰岛叙事的卓越品性恰恰一直被当作最佳证据以推翻家族萨迦系口头创作的观点。然而,伴随《荷马史诗》范式的建立,以品性求证的论断即便尚未完全遭到颠覆,至少也难以站得住脚了。

家族萨迦或"冰岛人萨迦"(Íslendinga sögur),只是数个重要冰岛散文类别中的一种。除它们以外,一方面是关于各位君王和主教的诸多传记,尤其是历史,如《斯特龙戈萨迦》(Sturlunga Saga)①和《天下:挪威列王纪》——内容分别涉及发生于当时冰岛的事件,以及挪威诸君王的生平;另一方面是所谓的"古代萨迦"("sagas of former times"),以散文体形式复述早先口头诗体叙事传统的主题,即英雄和神话故事——《诗体埃达》中还保留着一些实例。《沃尔松萨迦》②(其故事与德国史诗《尼伯龙根之歌》几乎同时出现),以及《霍尔夫斯·克拉卡萨迦》③(类似于《贝奥武甫》)正是这类萨迦叙事。最后需要指出的是,"古代萨迦"似乎与许多经过翻译的法国传奇("骑士萨迦"[riddara sögur])通过融合而衍生出所谓"奇幻萨迦"("lying sagas")这样的杂交品。"奇幻萨迦"的创作到了现代时期仍得以继续,与之并存的还有极

45

---

① 《斯特龙戈萨迦》:古代冰岛萨迦,讲述颇具名望的斯特龙戈家族(the Sturlungs)的历史。
② 《伏尔松萨迦》(Völsunga Saga):古代冰岛萨迦,讲述伏尔松家族围绕宝藏、权力与情爱等主题经历的兴与衰。
③ 《霍尔夫斯·克拉卡萨迦》(Hrólfs Saga kraka):古代冰岛萨迦,讲述传说中的丹麦国王霍尔夫斯·克拉卡及其族人的历险。

其丰富的民间故事传统,以及被称为"韵文"("rhymes")的通俗化歌谣体叙事诗。

我们在上文姑且就13世纪冰岛的叙事文类简要做了一个专业性概述,既说明口头史诗传统在适当的条件下如何能够产生出裂变的巨大能量,同时也说明不同的叙事趋向如何能够快速渗透到各个独立的叙事类别中。在冰岛,我们不仅看到了希腊模式的重复,即史诗综合体让位于历史和传奇;而且,我们还在家族萨迦中发现了一种融合神话与摹仿的新综合体——现实主义的虚构叙事。自埃达叙事失去其文学精英的关注到最后一部家族萨迦得以创作的那三百年(1000—1300)间,冰岛见证了其叙事形式的衰退和演进,而同样的发展过程在欧洲本土则耗费了两倍以上的时间。

在《天下》(如此称呼是因为其第一部分头两个字的意思是"天下"["the world's circle"])的序言中,斯诺里·斯特卢森告诉我们,其作品所依据的是历史创作的口头传统。他的主要资料包括宫廷诗人用以颂扬所侍君主的诗歌,以及"智者阿里"①几乎全凭口头传统所创作的历史作品,另外还包括那些饱学之士所提供的信息(可能通过对话)。作为头脑清醒的历史学家,斯诺里唯实求真。在其序言中,他就如何运用其口头资源及判断各种变量的可靠性阐发了一套比较周全的方法。他所提到的宫廷诗歌必定在历史创作的口头传统中扮演过复杂的角色。它不是传统的埃达诗歌,而是在押韵和措辞方面更为复杂的作品——吟游诗歌(skaldic poetry)②。

正如家族萨迦那样,《天下》当中存在着大量的吟游诗,而且所联系到的有名有姓的诗人通常在历史上都确有其人。如果将口头创作仅仅看成是运用一套固定的口头"语法"面对受众进行的快速创作,那么在

---

① "智者阿里"(Ari the Wise,1067—1148):冰岛杰出的编年史家,第一位用古斯堪的纳维亚语创作历史的学者。

② 吟游诗歌:与埃达诗歌齐名的另一种古代斯堪的纳维亚诗歌形式,其主题多歌颂君王的丰功伟业。

此意义上，这些吟游诗可能还算不上是口头创作；当然，它们在创作时，或至少在传播的过程中，并未使用书面材料。这些短小、固定的诗歌文本在以书面萨迦文本的终极形式出现之前，虽历经许多代人的岁月却仍得以幸存而完好无损。它们常被用来体现一则故事当中的重要时刻，不仅具有主题功能，亦可发挥结构功能。或许，在历史性散文的口头传统当中，它们算得上是一种重要元素。

与希罗多德相比，斯诺里的思维习惯在实证性方面明显逊色于其希腊前辈，他对历史叙事形式的看法相对而言不够缜密。他虽然唯实求真，但其标尺却是诗性的，而非实证性的。尽管他就奥丁（Odin）[①]的兴起所做的讲述，以及他通常对神话人物所进行的处理均表现出相当的合理性，但他不像希罗多德那样从总体上将诗人质疑为幻视幻听的群体，当然也缺乏希罗多德就或然性所持有的理性标准。就叙事形式而言，斯诺里热衷于谱系模式，这种形式使他能够运用所掌握的素材去详细描绘那些自己颇感兴趣且十分了解的统治者，如圣·奥拉夫[②]。斯诺里的叙事绝非希腊式的——后者将经过理性检验的叙事熔铸于一种统一的局限形式中；而斯诺里的叙事则是经过诗性的检验，以谱系叙事的松散形式加以展现。

从某种意义上说，《斯特龙戈萨迦》（"斯特龙戈家族史"）相对于《天下》来说代表了一种进步。由于它将数个作者创作的历史叙事松散地组合在一起，因而在形式上缺乏足够的统一性，算不上一部独立的作品。但是，这个故事集将其主题限定于大致发生在 1120 至 1280 年之间冰岛的历史事件，而且，作为这部作品的内核，斯特拉·索尔达森[③]的《冰岛人萨迦》（*Islendinga Saga*）以完全令人信服的口吻讲述了政治动荡及斗争时期那些伟大人物及虚构人物的生平。若与修昔底德相

[①] 奥丁：古代北欧神话中的一位主神，掌管战争、死亡、智慧、诗歌等。
[②] 圣·奥拉夫（St. Olaf，995—1030）：中世纪的一位挪威国王。
[③] 斯特拉·索尔达森（Sturla Thórdarson，1214—1284）：冰岛政治家、萨迦作家及历史学家。

比，《斯特龙戈萨迦》可能只是将轶事和密集堆砌的细节拼凑在一起罢了；但冰岛人在其世俗史当中对希腊历史学家的神话元素进行了剥离，使之更为强烈地产生一种准确（但未必总是艺术化）叙述的印象。在《斯特龙戈萨迦》，以及有关冰岛法律的书面记录中，我们发现原始日耳曼理性主义被推向了极致。法律只是作为一种粗劣替代品以取代希腊历史学家们所操守的、经过充分演化的理性思想传统。从异教性的日耳曼文化中，根本没有衍生出任何类似于希腊哲学推论的东西。也许正是出于这个原因，将神话从历史叙事中加以清除变得更为紧迫。如果说冰岛的历史学方法总是趋向于传统而非趋向于推论性思想，那么这一传统则要归功于那些讲求实际的律师们所进行的实用主义改良。法律演讲人和历史学家绝大多数时候是由同一个人扮演的。

  家族萨迦利用了历史学典型的谱系构架，但其聚焦范围则往往要狭小得多。比如，在《尼雅尔萨迦》（*Njáls Saga*）①中，故事仅限于三代人，而重点则放在古恩纳尔和尼雅尔那一代人身上。正如《斯特龙戈萨迦》中所出现的一些个人历史那样，《尼雅尔萨迦》的叙事表达也是直接取材于源自冰岛生活的母题；事实上，这也是个完美的母题，它使得家族世仇这一谱系化叙事模式表现出整体感与具体性。民法在冰岛的兴盛虽然牺牲（或代替）了其他领域的公共生活，但它本身却不可避免地将一种近乎人为的秩序施加于冰岛人的生活之上，从而为萨迦创作者们提供了现成的叙事表现素材，并自然产生出一种贴近历史及当代现实生活的独特叙事类别。萨迦在一位大师手中所能展现的那种力量与洞察，乃是传奇作家们无以企及的。尼雅尔本人作为法律人士恰恰陷入了一场无视法律的家族斗争之中。在他身上，我们看到了理想与现实之间的冲突，它作为一个特点体现了虚构与经验这两种趋向的融合；而由此所获得的问题化品性则使得这类叙事作品，一方面迥异于传

---

  ① 《尼雅尔萨迦》：13世纪最著名的"冰岛人萨迦"之一，讲述了几个家族之间的世仇，以及争端的解决。当中包括武功盖世的古恩纳尔（Gunnar）和足智多谋的尼雅尔（Njal）。

奇——因为传奇中的叙事及其诗性的正义更易于把握，另一方面又与历史的必然性大相径庭。

在家族萨迦获得其书面创作的那段时期，《诗体埃达》当中所保留的口头诗体叙事传统究竟有多重要？这个问题似乎不可能有答案。无疑，萨迦的人物与事件在某种程度上（或许要超过人们通常所认为的比例）来自埃达叙事的传统"论题"。哈尔盖德（Hallgerd）①是《尼雅尔萨迦》中少数几个非历史性人物之一，她与埃达诗《西格尔德短歌》(Sigurðarkviða in Skamma)中所出现的布伦希尔德（Brynhildr）②相映成趣。另外，在《格雷蒂尔萨迦》(Grettis Saga)③中有一场历险，当时格雷蒂尔跳入潭中去挑战魔兽，这一幕与《贝奥武甫》里的一个片段惊人的相似。甚至在《尼雅尔萨迦》中，古恩纳尔这一人物的意义也多少来自早先史诗对该形象的构想。他所遭遇的世仇不仅吞噬了自己，也吞噬了尼雅尔家族。这不只是例证了一个风雨飘摇的现实，以及与之形成对照的法治理性观念，而是展示了主人公的神话理想与法治理性观念之间的冲突；这种冲突在历史上的确使得斯特龙戈时代呈现出一片天下大乱的局面，当然，也正是在这一时期，萨迦的创作出现了。从某种意义上说，家族萨迦就是散文化的史诗，它一方面对神话及寓言性元素进行大幅度缩减，另一方面又大力强化历史与摹仿的重要性。不过，由于这种抑制神话、强化摹仿的倾向表现得近乎彻底，所以它们有时似乎更像小说，而不是史诗。

冰岛叙事艺术的真正奇迹在于历史，没有它，家族萨迦可能无从产生。它完全基于事实，充满谱系性的枝节，而且（如《斯特龙戈萨迦》所示）在描绘具体人物时也是直言不讳。关于家族萨迦，一种最简化的理

---

① 哈尔盖德：《尼雅尔萨迦》中古恩纳尔的妻子，生性跋扈、喜好争斗。
② 布伦希尔德：古代北欧神话中的女勇士，英雄西格尔德的追随者，但因为一场爱情阴谋而嫁给了古恩纳尔，后为此对西格尔德实施报复并将其杀死，但在后者的火葬现场，跳入柴堆自焚殉葬。
③ 《格雷蒂尔萨迦》："冰岛人萨迦"之一，讲述古代冰岛绿林好汉格雷蒂尔充满传奇色彩的一生。

解就是：它将历史和法律这一层面与传统史诗这一层面加以融合，而史诗的"论题"及神话又几乎总是让位于代表理性及世俗现实的主题、情节及母题。史诗自身几乎无法抵御历史和基督教的双重侵袭，而只得以诗歌的身份被更具"诗性的"吟游诗所取代。那种将埃达短歌看作叙事演化之"前史诗阶段"的理论似乎毫无根据，因为这些经过高度凝缩的英雄体叙事典范所反映出来的恰恰是背离史诗这一整体文化运动，而不是走向史诗。在更为早先的时期，埃达传统无疑曾经是经验性叙事与虚构性叙事之间的中间路线，而到了12世纪，史诗已经难以为继。其神话的力量因基督教而元气大伤，同时，其情节的有效性也受到历史和法律的挑战。

假如没有城市文明，没有哲学思辨的传统，也没有"生活切片"(slice-of-life)式的讽刺传统，那么小说在理论上是不可能产生的。然而，冰岛的家族萨迦倒是代表着一种由旧式史诗与新的经验性形式组合而成的二次综合体(re-synthesis)，它与三百年后欧洲其他地区所出现的这种二次综合体至少在某些方面表现出相似性。继斯特龙戈时代之后的数个世纪中，随着欧洲中世纪逐渐向冰岛逼近，旧式史诗叙事的纯虚构趋向虽然依旧可以通过诸多思想虚空的"古代萨迦""骑士萨迦"及"奇幻萨迦"得以彰显，但它的经验性趋向却已消耗于那些伟大的历史作品与家族萨迦之中，以至于在那些充满恐惧的黑暗世纪中，再也无法创造出不朽的丰碑之作。

萨迦这个表述从"*segja*"（冰岛语意为"讲述"）这个字派生而来，在冰岛语当中现用以指任何散文体叙事，无论篇幅长短，也无论是口头还是书面。当冰岛人着手将许多代人作为口头叙事存在的传统故事书写下来的时候，他们显然不仅用萨迦这个词代指故事，而且也用它来代指对故事的书面记录。那些用以区分历史（萨迦）、家族萨迦（冰岛人萨迦）、英雄体萨迦（古代萨迦）、传奇（骑士萨迦），以及美妙历险（奇幻萨迦）的术语都是现代意义上的。尽管这样的区分对于专家而言既具有逻辑性也不乏必要性，但对于一般的文学研究者来说，"萨迦"这个词最好能比它在现今冰岛语中的使用多一分意义上的限制。在大众化的美国用法中,这是一个能够增色的字眼。那些对史诗感到腻味儿的读者虽然不再因"史诗"而感到精神振奋,但如果《伊利亚特》这首诗被描述为一部惊心动魄的特洛伊战争"萨迦",他们却可能会趋之若鹜;而那些用于电影剧本的"萨迦"和"史诗",实际上更准确的提法应该叫作英雄体传奇。如果没有其他具体修饰语的限制,"萨迦"这个词在文学批评中的正确用法应该是代指冰岛的家族萨迦,以及其他类似的、达到小说篇幅的现实主义传统散文体叙事。这里的关键词是"传统",否则萨迦便无法与小说区分开来。所谓"传统",就是指带有口头创作之形式特征及修辞特征的叙事。

口头创作的形式特征在上文已经有所描述。其中最重要的就包括"程式化"语汇;也就是说,传统"语法"操控着口头创作的语言,它通过对总体文化语言加以筛选以提取为数不多的模式,并借此形成符合格律(指诗歌这种情形)、句法和语义的恰当表达。口头叙事艺术家一旦掌握了这种"语法",便能够面对观众进行口头创作。按照人类的普遍经验,散文句式的口头创作要难于完全格律化诗歌的口头创作。一些批评家认为,散文之所以无法发展成为口头创作,是因为人们很难驾驭散文句式的逻辑和句法节奏。对于那些目不识丁的人来说,这就意味着诗歌仅限于其美学功效,而诺斯洛普·弗莱所谓常规语言的"联想节奏"(associative rhythm)①也就只剩下其非美学用途。然而事实正相反,只要详细分析家族萨迦当中著名的"萨迦风格",我们便会发现冰岛口头叙事散文当中实际上存在着一种"语法"描述。这种"语法"的存在正是中世纪冰岛口头散文成就的主要基础。可以说,散文的口头创作必然是高度程式化的。

口头叙事的另一特点是母题与情节在主题意义上的一致性。此类

---

① "联想节奏"指的是那种深受韵律诗影响的常规语言节奏,它有助于实现自由诗及散文语言当中的意义被唤起。

意义之所以成为可能，乃得益于传统"论题"和神话，而这些传统叙事元素又同时掌控着故事对现实的再现及其对观念的阐释。为了探究一种叙事语汇的程式化特征或其结构与主题的传统属性，批评家们所调查的叙事体必须具有足够大的规模，以体现各种规范并至少能代表"传统"的一块残片。幸运的是，我们拥有富足的荷马语料库。盎格鲁—撒克逊传统在语料库方面则显得捉襟见肘，而对于埃达传统而言则可能是杯水车薪。然而，口头创作的叙事除了其纯粹"形式化"的特点外，还在"修辞"——姑且从狭义上这么称呼——层面上与个体叙事艺术家们的作品有所区别。从这一方面来说，许多传统叙事即便没有同更多的文本进行比对，至少可被暂视为传统之作。

　　口头叙事总是采用一位权威性的可靠叙述者。他就像荷马及《旧约》作者那样富于天赋，能够从所有角度对行动进行观察，道出人物心中的秘密。我们习惯于将这位全知叙述者等同于作者，并以为该作者无处不在地为我们阐释和评价其叙事中的人物与事件。不仅如此，我们还习惯于认为这位可靠的、全知的，且无处不在的叙述者是"客观的"。我们这样说的意思是，此类叙述者再次与荷马及《旧约》叙事的作者们表现出相似性，他所谈论的并非是自己而是其故事当中的人物与行动。同样，他也不会为了营造自己与其受众之间的亲密关系而牺牲他们对于故事本身的认同。当亚里士多德赞扬荷马善于身栖他人性格之际，其所表之意显然是指：荷马既非谈论自己，亦非将自己游离于故事的利害关系之外。当然，如果从另一个意义上将"客观"理解为采用一种类似于中立人物的视角去观察纯粹外部性的事件，那么，全知性叙述者还远算不上是"客观"的。而他之所以被视为客观则既是因为他并非"主观"，也是因为在其本人与作者之间或在其自身的关注与故事所隐含的关注之间并不存在反讽性的差异。在下文讨论叙述视角的一个章节中，我们将注意到荷马对缪斯女神的召唤乃是朝向作者自省意识的发展。如果说，常规标准将传统口头叙事看作是由一位"客观"的权威叙述者所进行的讲述，那么，召唤缪斯这一高度模式化的手法则作为一种例外稍稍改变了这一标准。

由于传统故事的作者与讲述者之间不存在反讽式差距,因此,我们习惯上不对他们进行区分。受众分享叙述者的知识与价值观,在对故事的人物及事件做出评判时总是依赖于后者。受众如叙述者一样具有料事如神的洞察力,这就解释了传统叙事中仅有的虚构性反讽:叙述者和受众均了解故事中的人物,而他们却不可能认识彼此,甚或是认识自己。随着自省式讲述者在非传统书面叙事中的发展,这样的反讽情景不断增加。在小说中,叙述者对人物的看法和人物对自身及其他人物的看法总是存在着差异,而这种差异性又因为叙述者与读者对故事的不同看法而得以增强。因此,在任何书面叙事中,作者与其叙述者之间通常会在认识及价值观层面上表现出实际的——或至少是潜在的——反讽性差异。传统口头叙事从修辞上看包括一位讲述者、其故事,以及一位隐含受众(implied audience)。而非传统书面叙事在修辞层面上则包括摹仿或再现性的讲述者、故事及隐含读者。

从修辞意义上说,书写的运用使得创造性的个体叙事艺术家能够将其故事的复杂性及潜在的反讽性推向一个更高的水平。这一新水平的实现似乎源于自省式叙述者的引入,以及叙述者一方与作者及读者另一方之间的反讽性差距。然而,借助于我们对口头叙事的讨论,可以发现,真正将空前的复杂性赋予书面叙事视角的因素并非叙述者的引入,而是作者的引入。令人尴尬的是,在讨论口头叙事的整个过程中,我们不得不使用"现代意义上的作者"这种表述。我们已经指出,《荷马史诗》、《旧约》、《贝奥武甫》、《罗兰之歌》、家族萨迦、《卡勒瓦拉》(Kalevala)①、法罗语歌谣,以及其他口头叙事并非由"现代意义上的作者"所创作。就通常用以吟唱的叙事诗而言,我们会提及"故事的吟唱者"。就口头创作的散文体叙事而言,我们会谈到"故事的讲述者"。

---

① 《卡勒瓦拉》:芬兰民族神话史诗,根据芬兰及卡累利阿民间故事编撰于19世纪,标题意为"卡勒瓦(Kaleva)的领地"。

不过在这两种情形下，他都算不上是一位作者：他乃是作为一种工具，借助表演这种具象化的形式来体现传统。他是叙述者。用斯蒂芬·迪达勒斯(Stephen Dedalus)在《一个青年艺术家的画像》中的话说，他将其故事置于"同自己及他人的斡旋关系之中"。

无论斯蒂芬对抒情性、史诗性和戏剧性的著名定义代表了何种批评意义或神秘意义，它们的确说明了一种现代趋向，即把作者从叙事中撤回。像荷马或莎士比亚那样的作家往往拥有一种显著的本领——他们能够表现得"像创世纪里的上帝……身处其创造物之中或背后或之外或之上，踪影不见，形骸不存，似有修剪指甲时的那份淡然之态"①。为此，浪漫主义批评家们曾有溢美之词，认为此乃"同情化想象"(sympathetic imagination)作为重要诗歌技法所能企及的最高境界。乔伊斯本人在解决如何让作者淡出的问题时，其方法在某种意义上说可谓是戏剧化的。他试图将叙述者与叙事加以融合，这样一来，他对于三种重要修辞元素——讲述者、故事及隐含读者——之间互动关系的摹仿就如同一部戏剧对于剧作家的关系一样。但是，无论乔伊斯如何精巧地设置其叙述者与故事及读者之间的关系，他的叙事依然是对叙述者讲述故事这一过程的摹仿。如果我们让自己稍稍走进斯蒂芬那神秘的美学世界中，我们也许可以将乔伊斯的技法描述为对"史诗化"形式的一种"戏剧化"再现。

口头叙事与书面叙事之间的修辞性差异曾由诺斯洛普·弗莱做过部分研究。虽然大量以诗体及散文体出现的传统叙事均系口头创作，但对于相关的研究成果，弗莱并不了解，或至少未曾加以运用。因此，在区分史诗([*epos*]按我们的提法叫作口头叙事)和虚构(书面叙事)时，他所提到的两种"叙事呈现的根基"(radicals of presentation)并未获得其真正的意义。按照弗莱的定义，史诗"这种文学类别进行叙事呈

---

① 这段引文出自乔伊斯的小说《一个青年艺术家的画像》，主人公斯蒂芬·迪达勒斯就文学创作所进行的评价。

现的根基是作为口诵人的作者或行吟诗人,而观众则是其所面对的聆听者"。虚构对于弗莱而言乃是"以印刷或书面文字为呈现根基的文学,如小说和随笔"。这一区分尽管在实践上难以奏效,但却不乏真知灼见。某些口头叙事的确背离了在观众面前进行表演这一事实,然而,我们不要忘记这第二个事实,即它们之所以诉诸印刷页面的形式乃是为了呈现于我们;所以,从此意义上说,这种背离本身倒未必会破坏弗莱那种鉴别方法的有效性。不过,从另一方面看,许多极富创意的非传统性书面叙事在以印刷页面的形式呈现给我们的时候,倒仿佛是在面对观众进行口头表演。作为现代例证,我们可以想起康拉德(Conrad)笔下那些以马洛(Marlow)为叙述者的小说。

叙事呈现的根基如今正日趋转向印刷,这乃是情理之中的事。在大多数情形下,那些未曾由作者书写下来的叙事会有别于其他由作者加以书面创作的叙事,因为前者无法创造出一个叙述者以区别于某个地位更高的创造者。中世纪传奇作为一种叙事文类在修辞上称得上是弗莱所定义的史诗,但却不符合我们所定义的"传统口头叙事"。最伟大的中世纪传奇并非口头创作,当然,它们也曾非常依赖于传统元素,有的甚至直接取材于口头传统或口头叙事的手稿本。那些与克雷蒂安·德·特罗亚、沃弗兰·冯·埃森巴赫及哥特弗里德·冯·斯特拉斯堡①等姓名相联系的传奇或许应该归功于那些作家个人的创造性天赋。像"骑士的故事"(*Knight's Tale*)②和《特洛伊罗斯与克瑞西达》这样的作品则完全是在现代意义上进行的书面创作。不过,在中世纪的传奇中,我们经常会遇到像乔叟或沃弗兰笔下的那种叙述者,他们的作

---

① 哥特弗里德·冯·斯特拉斯堡(Gottfried von Strassburg, ? —约1210):德国中世纪作家,所著《特里斯坦和伊索尔德》(*Tristan und Isolt*)讲述来自英国康沃尔(Cornwall)的亚瑟王骑士特里斯坦与爱尔兰公主伊索尔德(Isolt the Fair)之间的爱情传奇。

② "骑士的故事":乔叟在《坎特伯雷故事集》中的一则叙事诗。讲述两位骑士同时爱上一位姑娘,并为此进行决斗,或为爱情,或为胜利,表现了对骑士风范、典雅情爱及伦理道德的多重关注。

用被描绘成向读者讲故事。沃弗兰的叙述者甚至向读者承认自己目不识丁,并因此增加了自己与作者之间的距离。当中世纪的叙事艺术家们突然获得这种新的作家身份时,他们发现自己尚缺乏准备,进而显得有些手足无措。就像所有作家一样,他们试图"让自己淡出文本"。为此,最自然的途径便是在相当程度上直接摹仿讲述者面对听众传诵其故事。不过,即便是这样的应急措施还是打开了潘多拉的反讽之盒,让诸如乔叟、沃弗兰,以及(文艺复兴时期的)拉伯雷和塞万提斯这样的大师去占领新的阵地。

如果抛开斯蒂芬的观念而仅借用其表述,那么我们可以说,口头故事的讲述者"斡旋"于故事与受众之间。这里既不存在用以构成反讽关系的作者,而且(这就等于同义反复)也不存在用以形成反讽关系的故事本身。口头传统既是故事,也是作者。如果表演者以故事为代价去博得受众的亲和,那就等于以作者自居,如此一来,他对传统的运用也不过是为了推进其个人所构想的目标。讽刺,若要存在于口头传统,则必须植入该传统本身当中去。它不会作为功能化的反讽性差距存在于"作者"与其创造的叙述者之间,或存在于叙述者的关注与其故事的关注之间。

当口头传统遭受书面文学这一主导力量的冲击而遁入"地下"时,它会自然反映出那些维系其兴盛的参与者们在知识、审美及社会等诸方面的经验。在现代时期,口头传统的处境如此艰难,歌谣和民间传说占据了最佳口头文类的地位。令人遗憾的是,对于《贝奥武甫》和《诗体埃达》的口头创作论,反对者们却常常从歌谣与民间传说当中寻找评判的依据。曾有人断言,《贝奥武甫》并非纯粹意义上的歌谣,因而必定是出自一位个体创作者之手。我们在讨论长篇叙事形式的时候,并未试图将歌谣或民间传说视为书面文学的口头传统因素;因为它们是书面叙事的竞争对象而不是影响势力,这种情况至少持续到浪漫主义运动。

口头叙事的形式特点在歌谣及民间传说中多少都会发生一些变化。对这些文类产生深刻影响的因素不仅包括书面文学理念,也包括固定文本概念，即个体叙事实际上并非伴随每一次表演而重新进行创作。这些文本无疑源自真正的口头传统，而且确切地说，它们也并非某一原始版本的"变体"。不过，即便是最低程度地诉诸书写，它们所获得的固定性（fixity）也会超越真正口头创作的程式化语汇。

然而，"同情化想象"不止在口头叙事中促使作者及修辞性反讽淡出文本，同样也在掌控着歌谣的吟唱与民间传说的讲述。但是，我们所处的文学世界却受制于另一种截然不同的反讽势力：一方面是保守派学者力求为《贝奥武甫》留住作者，另一方面却是先锋派叙事艺术家们在摹仿民间传说的讲述和歌谣的吟唱，对他们而言，让作者淡出文本是其孜孜以求的完美境界。

3
现代叙事的古典传统

要理解今天,我们就必须拥有过去。在 20 世纪,希腊罗马的文学依然凭借其内在的价值吸引着我们。不过,就我们进行此番考察的目的来说,其吸引力则不止于此。古典文学为我们提供了日后几乎所有叙事形式的原型及其互动和演化进程的主导范式。在所有长篇书面叙事形式中,唯有小说未能在古典时期得以发展。或许,这一让人扫兴的事实乃是罗马衰亡在文学上的最重要影响。不过,我们有些操之过急。不妨让我们的探讨始于端倪之处吧。

史诗从口头传统演化为书面传统,并成为孕育新叙事文学的源头。对我们而言,这就是起点。在西方文学中,荷马既代表着口头叙事艺术的巅峰,同时也意味着书面叙事艺术的开创。作为口头叙事,《荷马史诗》可谓是一个强大的混合体,它包含来自宗教、历史及社会等各方面的素材——它们通过一种强烈的艺术统一性趋向在叙事中得以建构。我们将在讨论情节的时候(下文第六章)对此进行更为细致的阐释,但就此刻而言,我们只需注意,这种统一性得以建构的基础在于,对该混合体当中各种素材的属性尚存在一定程度的幼稚化理解。在史诗赖以创造的文化母体中,神话与历史之间并无所谓区分。而这种区分一旦开始发生——起初只是渐进的过程,但随后其势力即有所增强——便会以批评性的姿态作用于过去的叙事,并被确立为影响当下文学生产的审美及思想规范。真实与虚构之间的差异只要变得泾渭分明,那么故事的讲述就不得不选择其借以运作的标准:或求真,或唯美。其结果便是事实性(factual)与虚构性(fictional)这两大叙事流派的划分,进而衍生出我们观念当中所谓历史与传奇这两种形式。在西方文化中,这两条支流均发端于《荷马史诗》这个源头,而后各行其道,直至在小说中重新汇合。小说将事实性与虚构性元素加以融合,这并非由于幼稚和下意识,而是出于成熟与自觉性;此融合之所以成为可能,乃得益于所谓现实主义这一观念的发展;虽然理性主义似乎禁止这两条支流的联姻,但现实主义却为此提供了合理的平台。我们可以在希腊历史叙事的发展中看到史诗混合体的瓦解,同样,我们也能够看到现实主义此后对于出路的寻求。这一探索最初始于塞万提斯、斯卡隆①及其他文艺复兴之后的作家,当时他们正在通向现实主义的道路上摸索前行。但现在,我们则必须关注《荷马史诗》这一混合体本身的瓦解。就我们的研究目的而言,这乃是希腊叙事的最重要方面。

荷马在使用"ἵστωρ"(博学家)②这个词的时候,意指一位探究者(inquirer),但任何现代意义上的历史概念对他而言并不存在。作为一个特征,原始史诗叙事运用具体的历史人物、地点或事件,将其和源自神话的人物进行虚构性组合,进而创造出自身的叙事手法与技艺。于是,在《贝奥武甫》《罗兰之歌》及《尼伯龙根之歌》中,我们发现了这种组合,无论是许耶拉克③,还是查理曼,抑或是阿提拉④,均多少在历史上

---

① 斯卡隆(Paul Scarron,1610—1660):法国17世纪诗人、戏剧家兼小说家。著有《滑稽小说》(*Le Roman Comique*),这部未竟之作以西班牙流浪汉式传统风格讲述了一群巡回演出的艺人在法国勒芒镇(Le Mans)的传奇经历。

② 原文在此处对希腊文"ἵστωρ"的注解是"histor",在古希腊意为饱学之士。

③ 许耶拉克(Hygelac,?—约516):《贝奥武甫》中耶特人(Geats)的国王,贝奥武甫的舅舅。

④ 阿提拉(Attila,406—453):古代匈奴国王,以黩武著称,在西方历史及文学中号称"上帝之鞭"(Scourge of God)。

依稀可辨,而在他们身边还站着神话—虚构式的贝奥武甫、罗兰或西格弗里德(Siegfried)①;在这一类叙事中,虚构性显然大于历史性。在希腊,考古学家已经成功发现了阿伽门农的金色迈锡尼(golden Mycenae)②,以及涅斯托耳(Nestor)的沙色皮洛斯(sandy Pylos)③,但是阿喀琉斯及跟随他作战的密耳弥多涅斯人(Myrmidons)④则在现实世界中未曾留下任何印记,因为他们压根就不属于那个世界。几乎可以确定的是,这些历史性因素与非历史性因素的组合并非出于自觉而为。作为一种典型特征,原始史诗的创作者们在处理传统素材时,似乎对哪些是历史哪些不是历史并没有明确的概念。

对于任何一种文化来说,伴随其文明的推进必然会形成事实与虚构这两种类别之间的区分意识。据说,色诺芬尼⑤曾经(约公元前500年)写下过两部史诗,但遗憾的是,我们无以窥见其真面目。色诺芬尼或许比其他任何人都能更好地代表理性主义及经验主义的探求精神;正是在此精神的影响下,那种对事实与虚构加以融合的幼稚做法将最终遭到摒弃,取而代之的则是经验性叙事的兴起。色诺芬尼尤其批判了一切原始宗教神话背后的拟人神观念⑥,并将赫希俄德⑦与荷马视为叙事可信度的大敌。人们或许很想知道两千五百年前这种理性主义思维会创造出怎样的叙事。但这些史诗本身的失传很可能是因其趣味的缺乏所致。几乎可以肯定的是,色诺芬尼并没有成功找到行之有效的替代品以取代他所拒斥的《荷马史诗》混合体。

在后荷马时代所产生的两类叙事形式,堪称是希腊人对叙事传统

---

① 即上文提到的西格尔德(Sigurd),《尼伯龙根之歌》中的屠龙英雄。
② 《荷马史诗》中希腊联军统帅阿伽门农的城邦,荷马将其称为"金色迈锡尼"。
③ 希腊海港,《荷马史诗》中被描述为勇士涅斯托耳的城邦。
④ 希腊传说中的一支部落,由阿喀琉斯进行统帅。在《荷马史诗》中,他们被描述为英勇善战,效忠于首领。
⑤ 色诺芬尼(Xenophanes,约公元前570—前480):古希腊哲学家兼诗人。
⑥ 即人类按照自己的形象与本性加以设想的拟人化神系。
⑦ 赫希俄德(Hesiod,约公元前8世纪):与荷马齐名的古希腊口头诗人。

做出的主要贡献;它们的演进可以直接追溯到理性主义、怀疑论及经验主义等思维模式在希腊的独特发展——其规模和强度在欧洲17、18世纪之前可谓无人企及。如果我们专门关注前亚历山大时期希腊三位伟大的叙事作家:荷马、希罗多德及修昔底德,那么我们便能非常清楚地、戏剧性地看到这种思想推动力所产生的效应。荷马是一位"史诗创作者"(epopoios),或作诗之人;希罗多德则是"故事创作者"(logographos),或散文作家;不过,希罗多德在书写自己的散文时,头脑中想着的还是口头表述。修昔底德的创作旨在(如他在第一章告诉我们)"流芳百世,而不是去迎合眼下公众的口味"。《伊利亚特》是对一则口头叙事的改编;希罗多德书写《历史》不过是为了进行口头传达;而修昔底德的《伯罗奔尼撒战争史》则是一本完全意义上的书。荷马书写远古历史,希罗多德书写近代历史,而修昔底德则书写当下事件。由于希罗多德处于这一发展脉络的中间,因此他的情况具有特殊的关注价值。

希罗多德的探究性思维方式促成其强烈的理性倾向,同时作为一种平衡机制,他也在自己的叙事中追求动人而不乏条理的一面。他没有以召唤缪斯女神开始自己的创作,而是首先道出自己的姓名及研究方法与目的:

> 来自哈利卡纳苏斯①的希罗多德所取得的历史发现(Herodotou Halikarnesseos histories)呈现于此,为的是不让历史中的往事随时间的流逝而淡出人们的记忆;为的是让希腊人及异邦人所表现出来的伟大壮举(尤其是双方交战的原因)流传青史。

希罗多德常常贬低诗体叙事,他曾在一个场合中说道,"在没有事实依据的情况下编故事是希腊人普遍拥有的嗜好"。为此,他还引用赫拉克

---

① 希罗多德的出生地,古希腊城市;今土耳其海滨城市博德鲁姆(Bodrum)。

里斯(Herakles)在埃及的故事作为例证(与《圣经》中的力士参孙存在有趣的相似性),并断言,"此外,假如赫拉克里斯只是个凡人(如他们所云)并且单枪匹马,他如何有可能让成千上万的人毙命?现在我希望,无论是众神还是英雄都能宽恕我就这些问题所发表的看法"。但是,希罗多德心中的虔诚与怀疑是同时并存的。他既追求历史事实,也注重戏剧性场面所起到的平衡功效:他会以直接引语的形式向我们展示波斯国王大流士与其妻阿托撒(Atossa)的枕边对话。希罗多德的一位最新近的译者曾指出:对于希罗多德而言,"诗性的语汇即是自然的语汇"。尽管他的节奏是散文化的,但他的措辞却是诗体化的。在希罗多德身上,我们能够发现理性主义精神的影响。从此,希腊人将不可能再创造出幼稚化的史诗。在希罗多德之后,接踵而至的是表现出高度理性主义的修昔底德;他进一步将《荷马史诗》混合体中的历史性素材与神话虚构元素加以分离。他(如希罗多德那样)对那些"夸大主题重要性的诗人(poietai)"颇有微词,而且他还指责(或许是在影射希罗多德)那些"散文编年史家(logographoi),认为他们所关注的与其说是讲事实,不若说是博取公众所好"。修昔底德夸口说,他的著作可能不如前人的叙事那样吸引人,因为他已经消除了其中的"神话传说(mythodes)因素"。

修昔底德无疑代表了古代历史创作的理性主义巅峰。日后的希腊或罗马历史学家再也无法超越,甚至无法达到他的经验主义高度。按照 F. M. 康福德的观点,历史学必须依赖"知识的积累与系统化,以及随后数个世纪对工具性科学观念的努力提炼、细化和分离";但是,即便在缺乏这些"必不可少的协助时",修昔底德实际上在通向理性主义历史学的道路上依然走得最远。可以说,西方历史学一直停留在修昔底德的水平,直到 17 世纪霍布士(Hobbes)的《伯罗奔尼撒战争史》著名译本出现。此时,新经验主义已经能够开始提供必要的科学观念和资料,以继续在历史叙事中将虚构从历史中分离出来。正如康福德在《修昔底德:神话与历史之间》(*Thucydides Mythistoricus*)里所言,修昔底德本人虽然在其叙事的第一章中做出了杜绝虚构的声明,但是由于受到超历史性程式(它们来自悲剧,进而无法摆脱神话渊源)的强烈影响,所以,其声明的可信度尚值得质疑。事实上,修昔底德叙事的大部分力量来自其中的埃斯库罗斯(Aeschylean)元素。雅典作为一个悲剧性的主角暴露了其狂妄自大的品性,并因此而受到了应有的惩罚,这种戏剧性及神话性程式能够比编年史本身提供更为有力的叙事表达。

在修昔底德的叙事中还存在着另一个重要的非经验性因素,即修辞因素。他在第一章中承认自己为战争前及战争期间的情景编造了合适的演说。修辞的缀饰本质上是反摹仿性和反历史性的,它要求以事实为代价进行有效的叙事呈现。但是,除了修昔底德所乐于承认的这种建立在逻辑与修辞原则基础上的虚构之外,还在第5卷中出现了所谓米洛斯对话①的片段。在那里,固有的公共演说修辞模式遭到摒弃,取而代之的是戏剧性的私人对话;如此一来,作品便能够以令人信服的方式颇为有效地揭露雅典的狂妄自大。如果说,历史叙事在希腊人的世界中始终平衡于戏剧口头艺术与修辞学之间,那么从此阶段开始,历史叙事的演进便只能依赖于对艺术的剥离和科学的转向。只有通过不断强化历史学形式的经验倾向,历史性姿态的影响方可凭借其对"探究"的重视而得以彰显。不过,罗马的历史学并未朝这一方向发展。对罗马人而言,修昔底德的经验主义倒未必是作为一种精神去引领历史学家追求事实的准确性,相反,它更是作为一种文学传统而被后人加以效仿。

就历史创作的实证性来说,罗马作家并没有超越修昔底德,但罗马的历史编纂并非仅仅以罗马史料为内容去套用希腊技法。一方面,历史内容本身发生变化。亚里士多德认为历史有别于诗歌,因为前者应

----

① 《伯罗奔尼撒战争史》第5卷中的一个段落;主要讲述雅典在入侵米洛斯(Melos)之际,两方就双边关系进行的政治对话,前者代表的是强权政治,而后者则代表的是多极化政治,强调中立的合法性。修昔底德在此处别出心裁地采用了戏剧对话的形式来展现双方的辩论。

对的是"已然"之事而非"或然"之事;他之所以偏好诗歌,乃是由于诗歌着眼于普遍意义,而不是束缚于具体历史事件的樊篱之中。不过,比这一构想更有意思的是,他认为史诗所应对的是一个孤立的行动,而历史所应对的则是一段孤立的时期。从亚里士多德就历史与诗歌之别所做的阐述(《诗学》1451,1459)来看,他忽略了一点,即历史可以通过筛选出一条叙事脉络去处理多个时期,并借此使历史作品获得史诗那样的统一性,即围绕单个主人公所展开的单个行动。亚里士多德显然将历史内容多少视为像伯罗奔尼撒战争或特洛伊战争那样的事件。他之所以这样认为,乃是因为他从未领略过李维①这位伟大的罗马史学家所创作的那种历史,当然也可近乎合理地说,是因为李维式的历史未曾在希腊文学中存在过。尽管人们曾听说"埃福罗斯"②这位亚里士多德的同时代作家创作过一部希腊"通"史,但这只是被公认为希腊历史编纂史上的一则独特事件而已。事实上,后来的希腊历史学家波利比奥斯③和波西多纽斯④(分别生活于公元前 2 世纪和公元前 1 世纪)均哀叹那种将历史囿限于单一事件或时期的希腊化倾向。

另一方面,罗马人似乎很早就已经开始尝试关注整体化的罗马历史,而李维的伟大作品正是这一悠久通史传统的集大成者。不过,这些通史现已遗失(同样,李维本人的大多数作品也已遗失)。这种广博视野乃是典型的罗马化特征,它受到爱国情怀的感染,把罗马视为主人公,并将罗马的发展与进步当作情节。与早期的希腊历史学家相比,罗马人所采取的不同焦点与侧重点使得其历史创作在很早便更为关注社

---

① 李维(Titus Livy,公元前 59—公元 17):古罗马著名历史学家,著有《罗马自建城以来的历史》。
② 埃福罗斯(Ephorus,约公元前 400—前 330):古希腊历史学家,创作了古希腊罗马时代的第一部通史。
③ 波利比奥斯(Polybius,约公元前 205—前 123):古希腊历史学家,著有《历史》(*The Histories*);他有关政府中权力制衡的理念对后世产生了深远影响。
④ 波西多纽斯(Posidonius,约公元前 135—前 51):古希腊伟大的学者,在哲学、政治学、历史学、天文学及地理学等诸多领域颇有建树,最早提出了"人种地理学"概念。

会、经济及政治制度;而修昔底德在其作品中则主要关注世界历史当中最伟大的战争及其对参战各方的影响——当然,他对希腊生活中的制度性层面也有所触及,不过总是将其置于主导关注之外的边缘地带。修昔底德的理性主义着眼于史诗性内容,就像希罗多德和色诺芬那样,修昔底德主要是一位军事史家。而相比之下李维则算是一位杰出的政治及社会史家,就这一品质而言,他甚至与那些罗马年鉴史家及编年史家不无共同之处,只是后者并未像他那样对历史事件采取一种纵览式的视野。对李维本人来说,社会和政治制度的演化不止是其主要兴趣所在,而更是其著作中的重要组织原则。在他所创作的历史中,诸君王统治下的罗马乃是一部分篇章的主题,而共和制的罗马则是新主题和新篇章的开始。在李维的叙事中,贵族和老百姓阶层几乎发挥着人物的功能;作为影响力因素,他们与元老院和公民大会等政治因素一样,有助于历史事件的建构。

我们在此所关注的是,古代历史书写在形式及内容方面的变化;不过,在经验性认识的层面上,这一变化并未带来任何实际的进步。相反,在古希腊和罗马社会后期,历史叙事在这方面倒是经历了一种倒退。修昔底德曾引以为豪地将虚构因素从其叙事中摒除,而如今李维及其他历史学家出于艺术效果方面的考虑,又故意将它重新引入叙事当中。在西塞罗(Cicero)和昆提连①探讨修辞(或文学理论)的著作中,历史被视为一种艺术:它一方面体现真实与客观,另一方面也表现出美化的形式与强烈的情感效果。正如书面拉丁文的演化一样,历史叙事作为一种文学形式的演化也遭到了罗马文学理论的人为遏制。那种寻求事实真相的经验主义冲动首先遭到了挫折。正如书面语同口语之间的差异一样,历史书写总是与现实保持着一定的距离。希腊的历史叙事在其早期阶段的发展,一直是建立在对史诗加以疏离的基础之上;正是在抵制史诗传统的过程中,它找到了自身演进的条件。相比之下,罗

---

① 昆提连(Quintilian,约 35—100):古罗马修辞学家、教育家及文学评论家。

马的历史叙事在选择自身的传统时则远比希腊自由。尽管它在发展过程中往往对制度和社会运动表现出更强的敏感性,但它同时也对这一进程进行了人为的遏制,以保留悲剧和演讲术等因素,以及伪史诗(pseudo-epics)和传奇当中所展现出来的那些情感效果。

在塔西佗之后,罗马的历史叙事作为一种文学形式几乎陷入了绝境。年鉴的写作之所以能够继续,乃是因为每年都会产生新的创作素材,但事实上,罗马的历史写作在质量及数量方面均产生了下滑。在文学史上,一旦某种形式得以固定下来或无法进行自然演化,那么它往往会发生萎缩并最终消亡;或即便有所产出,也只会是极度苍白无力之作。假设罗马的历史编纂学摆脱了修辞的圈囿,假设罗马的哲学能够将希腊人遗弃的经验主义思想拿来为我所用,也许早在帝国时代的罗马,便会出现更接近马基雅维利(Machiavelli)或霍布士那样的人物。如果历史再多一份严格、事实意义上的经验性,那么它便有可能朝向现代历史科学发展,继而促使古代史当中那些更具广义经验性、更注重感受之真而非事实之真的诸多因素去寻求一种新的形式载体;而这就有可能意味着又朝我们所认识的现实主义小说迈进了一步。事实上,在罗马时代,衍生于历史叙事的最重要分支乃是传记这一形式,它刻意从经验世界的束缚中挣脱出来,向教寓和修辞方向发展。

在我们看来,古典传记可以通过普鲁塔克①的作品加以示范。尽管普鲁塔克用希腊文创作,但他仍算得上是罗马帝国时期希腊罗马文化的典范;我们在此将其视为诸多"身世"作家的一位代表人物。"身世"作为一种形式发端于歌颂性演说、回忆录(如托勒密②笔下的亚历山大大帝)及历史作品。普鲁塔克在其为亚历山大大帝书写的传记中,

---

① 普鲁塔克(Plutarch,约 50—125):希腊传记作家及伦理学家,著有《希腊罗马名人传》(通常称为《平行的身世》),对希腊和罗马的历史名人进行配对式立传。

② 托勒密,即托勒密一世(Ptolemy I Soter,约公元前 367—前 283):亚历山大大帝执政时期的马其顿将军,后作为埃及的杰出统治者,被尊为法老,曾亲自为亚历山大大帝立传。

非常精确地说明了这一形式的局限之处:

> 因为我的创作关注的是身世而非历史;最惹眼的事件未必总能展现美德与邪恶,倒是那些琐碎的行为,如一句俏皮话或一个恶作剧,反而经常要比那些最血腥的杀戮、最壮观的游行或城市围攻战更能揭示人物性格。这就如同肖像画家那样,为了营造逼真的效果,会试图突出眼睛的特征或一个眼神(性格得以揭示之处),而对于其他方面的关注则要少得多。同样,我也该致力于将挖掘人物心理特征作为主旨,并借此再现每个人物的身世,而将最伟大的壮举与战役留给他人去关注。

我们可以说,"身世"类作品不仅意在描绘人的灵魂并揭示美德与邪恶,同时在展现人物性格与气质方面更加倾心于那些不起眼、不经意的行为,而不是那些承载着历史之重的伟大行为。当然,正是在摒弃了诸多历史叙事关注的过程中,"身世"类作品才必然会对伦理性及虚构性程式表现得更为敏感。亚历山大的身世传奇实则出自普鲁塔克的前辈克来塔卡斯①所书之作,而普鲁塔克的创作距前者仅一步之遥。一般而言,我们可以认为,事实与虚构之间的界限在传记中要比在历史中划分得更随意些。西塞罗本人曾在信中力邀历史学家卢克乌斯②为其执政官生涯单独书写一则简要;在此创作中,他可以适当背离历史编纂学的原则,以使作品更具感染力和教育性。普鲁塔克在进行传记创作时所遵循的正是这一理念。

这种传记几乎是现实主义小说的完美补充。其主题是真实的——一位"历史性"人物,但其内容出于对情感和道德教育的关注却是高度虚构的;其目的不仅在于感染,同时也在于教寓。现实主义小说习惯于

---

① 克来塔卡斯(Cleitarchus,生卒不详):公元前4世纪的希腊历史学家,善于在历史叙事中穿插虚构元素。

② 卢克乌斯(Lucceius,生卒不详):公元前1世纪古罗马演说家及历史学家。

创造一位"非历史性"人物，而后试图对其经验加以具象化处理以期表现出现实之感，一种对生活的再现。在以经验主义为导向的文化中，传记的发展往往趋向于对事实进行"科学的"精确甄别；不过，当经验性思维模式不再能够施加持续影响时，"身世"类创作很快便会滑入传奇文类之中；同样，中世纪就圣徒身世所进行的诸多创作亦经历了这一发展。继罗马时期之后，传记形式当中所包含的事实性或摹仿性叙事潜能大体上处于未开发的状态，直到17、18世纪方有所改观。

在上文，我们追溯了古典时期经验性叙事的源流，现在我们必须回到史诗叙事的另一重要衍生物：传奇。当希腊的"故事创作者们"（logographoi）正致力于对其叙事进行去虚构化处理（de-fabulization）之际，而"史诗创作者们"（epopoioi）则在对自己的叙事进行去历史化处理（de-historicizing）。比如，公元前6世纪出现的《泰列格尼》①（Telegony）——《荷马史诗·奥德赛》的后续之作——就显示出强烈的虚构化倾向：其中，忒勒戈诺斯（奥德修斯与喀耳刻所生之子）杀死奥德修斯，最终娶珀涅罗珀②（Penelope）为妻，而忒勒玛科斯则迎娶喀耳刻为妻。显然，这则故事的对称化谋篇并非遵循传统而是依靠创造。在公元前5世纪，伴随希腊戏剧与历史创作的灿烂辉煌，书面虚构性叙事遭受排挤而几乎在希腊绝迹。但是，到了公元前4世纪，我们则可以发现一种新的虚构理念正得以演化，并即将显现出相当的重要性。色诺芬，一位对历史和虚构极具清晰甄别能力的历史学家，为两者设计出一种组合的新形式。在《居鲁士的教育》中，他故意为一位历史上的统治者虚构了身世；按照后来西塞罗的说法，其目的 non ad historiae fidem, sed ad effigiem justii imperii（并非在于表现历史的可靠性，而是为了树立一个英明统治的典范）。乌托邦小说正是肇始于此，历史

---

① 《泰列格尼》：古希腊史诗，讲述奥德赛与喀耳刻（Circe）所生之子忒勒戈诺斯（Telegonus）的故事。

② 珀涅罗珀：《荷马史诗·奥德赛》中奥德修斯的发妻，与奥德修斯生有一子，名为忒勒玛科斯（Telemachus）。

小说亦然。在阿布拉黛提斯(Abradates)①和潘提亚(Panthea)的故事中,色诺芬向我们展示了古典学者所公认的第一则西方爱情故事。

在古代虚构性叙事的发展过程中,还有另一部标志性的作品,即公元前3世纪亚历山大人阿波罗尼奥斯所创作的《阿尔戈》。阿波罗尼奥斯一方面通过运用传统神话素材,另一方面又通过从修辞学家、戏剧家及历史学家那里借用技法,写出了长达四卷的诗体叙事,分别对英雄事迹与个体心理进行了关注。在下文讨论叙事中的人物塑造时,我们还会就该作品进行更详尽的研究,但此刻不妨把它当作一个背景因素,以说明希腊散文体小说的主要形式——传奇——如何得以兴起。当然,"传奇"这个从后来用法中借用的术语,通常是作为一个标签代指以罗曼语诸方言创作的叙事。正是从这里,该术语进入了欧洲的通用语汇(如法国"小说"[roman])用以代指长篇散文体小说,与较短篇幅的叙事(如法国"中篇小说"[nouvelle])相对;当它进入英语语汇后,则用来代指虚构的非现实主义叙事,以区别于那种被称为小说的现实主义类别(如克拉拉·里夫所阐述的那样,见上文第一章引用处)。

古典学者们至今还在就希腊传奇的早期渊源争论不休。这种形式可能从"新喜剧"(New Comedy)②、哑剧创作者、修辞学家及东方文学那里已经或多或少地汲取了一些营养,另外,我们从《居鲁士的教育》《阿尔戈》及整个亚历山大时期的文学当中还发现了一个元素,即作家们对爱情所给予的新的重视。希腊传奇可能早在公元前1世纪就已经产生。这一时期的《尼努斯③传奇》(Ninus Romance)残本说明,在早期的传奇形式中或许已经存在某些以实际历史人物为原型的叙事片段——有些类似于《居鲁士的教育》,但其中那种表现"英明统治典范"

---

① 色诺芬在《居鲁士的教育》中提到的苏萨(Susa,今伊朗境内)国王,曾与居鲁士为敌,后其妻潘提亚为居鲁士俘获,受到上宾之礼,阿布拉黛提斯因此归顺居鲁士;当阿布拉黛提斯在一次战役中阵亡后,潘提亚也在悲痛之中殉情自杀。

② "新喜剧":公元前4世纪至前2世纪盛行的古希腊喜剧形式;它淡化政治,并破天荒地将爱情当作戏剧的主要因素,对文艺复兴时期的戏剧产生深远影响。

③ 尼努斯:传说中亚述帝国(Assyria)重镇尼尼微(Nineveh)的最初缔造者。

(effigium justi imperii)的哲学关注却已经为动人的情爱故事所取代。无论希腊传奇的前身是什么,它在此时已经成了一种充满活力、朝气蓬勃的文学形式,在地中海地区广为流传,并通过《罗马人传奇》(*Gesta Romanorum*)①及类似文集渗透到中世纪方言文学当中去(如约翰·高厄②将《罗马人传奇》中有关泰尔人阿波罗尼奥斯③的故事用作《情人的忏悔》④中的一个片段,而莎士比亚也正是从此处将该故事借用于自己的戏剧传奇《佩力克里斯》⑤当中)。这些叙事在16世纪得以复兴并被翻译成各种方言;它们不仅在文艺复兴时期的虚构文学中——如锡德尼(Sidney)的《阿卡狄亚》(*Arcadia*)——留下了印记,而且还影响到正处于演化进程之中的欧洲小说。比如,《汤姆·琼斯》的情节实质上就是一种希腊传奇的情节。

留存至今的重要希腊传奇大多数可回溯至公元2世纪,它们包括:卡里同⑥的《凯勒阿斯与卡利罗亚》、色诺芬⑦的《哈布罗科姆斯与安蒂

---

① 创作于13世纪末或14世纪初的中世纪拉丁文故事集,以轶事或传说的形式讲述了罗马时代的风俗和传奇,对乔叟、莎士比亚和薄伽丘等后世文学产生重要影响。
② 约翰·高厄(John Gower,1330—1408):与乔叟同时代的英国诗人。
③ 泰尔人阿波罗尼奥斯(Apollonius of Tyre):泰尔系古代腓尼基的著名港口,今黎巴嫩境内;泰尔人阿波罗尼奥斯是中世纪传奇中的一个经典形象,他因发现一位国王与其女发生乱伦之情而遭到追杀,与自己的妻女失散,在历经磨难后终得以与家人团聚。
④ 《情人的忏悔》(*Confessio Amantis*):约翰·高厄用中古英语创作的长篇叙事诗,以名为"情人"的叙述者向神忏悔的套层模式讲述了许多情爱故事。
⑤ 《佩力克里斯》(*Pericles*):莎翁戏剧,剧名全称为《泰尔亲王佩力克里斯》;佩力克里斯因为从谜语中发现安提阿克(Antioch)的国王与其亲生女儿之间的乱伦而遭到追杀,并在流亡途中历经人生的悲欢离合。
⑥ 卡里同(Chariton,生卒不详):约公元1世纪至2世纪的希腊传奇作家,所著《凯勒阿斯与卡利罗亚》(*Chaereas and Callirhoe*,又译《寻妻记》)将历史人物与虚构情节加以参合,讲述了丈夫凯勒阿斯与妻子卡利罗亚之间的奇特婚姻变故及两人最终的破镜重圆。
⑦ 色诺芬(Xenophon of Ephesus,生卒不详):约公元2世纪至3世纪的希腊传奇作家,所著《哈布罗科姆斯与安蒂亚之以弗所传说》(*Ephesian Tale of Habrocomes and Anthia*)讲述了以弗所一对年轻恋人自相爱之日起所经历的多次磨难,二人在艰险之中承受爱情的考验,守住贞洁,最终得以团圆。

亚之以弗所传说》、赫利奥多罗斯①的《提亚戈尼斯与卡里克列娅》(又名《埃塞俄比亚遗事》——篇幅最长、结构最精致)、朗戈斯②的《达夫尼斯与赫洛亚》(它将狄奥克里特的田园风格与标准的传奇程式加以混合),以及阿喀琉斯·塔提奥斯③的《琉基佩与克勒托丰》。这些传奇的情节因素是高度程式化的。一对年轻恋人相爱,天各一方,种种灾难置他们于极度危险之中,他们的爱情无法修成正果,但在叙事的结尾处依然守住贞洁,毫发未损,继而终成眷属。(不过也有例外,比如说达夫尼斯并未完全守住贞洁;但朗戈斯是在把玩传奇这一形式,与大多数传奇作家相比,他显得更随意一些)典型传奇中的主要形象无疑只是人,但却极具魅力,而且往往在不寻常的压力之下仍能表现出美德与尊严。在传奇中,贞洁成了所有美德当中最重要的一种。通常而言,在这些故事中,绝对的诗性正义总是胜出,而真正具有美德的人物尽管总是面临死亡的威胁,却不可摧毁。

在此类叙事当中,虚构性元素起着主导作用。虽然它们对神话和寓言的成分有所削弱(当然,这里应排除所有婚姻情节的生殖仪式意义),但并不力求实现历史的幻象或是展现当下的普通生活。这些编造的故事对于自己的编造身份并不避讳。其侧重点在于情节而非人物,在于离奇陌生而非司空见惯;尽管"机械降神"(deus ex machina)可能会插手到情节之中,但其焦点依然在人而不是神。虽然这些故事摒弃了宗教神话,但其对于悬念和叙事复杂化的关注仍使得它们与经验性结构或人物塑造保持着距离;同时,它们对诗性正义的追求也使得其自

---

① 赫利奥多罗斯(Heliodorus,生卒不详):公元3世纪希腊传奇作家。
② 朗戈斯(Longus,生卒不详):约公元2世纪的希腊传奇作家,所著《达夫尼斯与赫洛亚》(*Daphnis and Chloe*)讲述了两个弃儿自幼被不同的牧羊人收养,互不相识,直至丘比特实施魔法,使二人坠入爱河,虽历经种种考验,但最终还是修成爱情正果。
③ 阿喀琉斯·塔提奥斯(Achilles Tatius,生卒不详):约公元2世纪的希腊传奇作家,所著《琉基佩与克勒托丰》(*Leucippe and Cleitophon*)讲述了琉基佩与堂兄克勒托丰的爱情磨难,其中不乏希腊爱情传奇惯用的风暴、强盗及假死等元素,故事以二人结为夫妻告终。

身被永远阻隔在现实世界之外。与历史学家一样,这些叙事作家对历史与虚构的差异有所认识。虽然其叙事表达中仍保留着——或许是出于下意识——某些神话元素,但他们还是像历史学家那样将显性的神话内容从自己的叙事中清除出去。不过,从另一方面来看,只有当这些作家有意识地与历史学家针锋相对之际,他们方能沉醉于虚构所带来的自由,构想那些令人愉悦而又充满惊异的事件和纠葛,而不必受制于或然性的束缚与现实世界的羁绊。

每个时代和文化都有其代表性的叙事形式。罗马由于多少受其希腊崇拜思想的驱使而演化出一种以希腊模式为效仿对象的延展性文学(extensive literature),对此,我们在上文讨论历史创作时已有所管窥。而且即使在今天,罗马叙事基本上还是被视为此种类型;也许这是因为维吉尔在我们的学校课程中始终占据着主导地位。但是,罗马人也为叙事形式的发展做出了卓越的、富于创意的贡献,而这一贡献的程度与性质却很少得到过公允的评介。不过,在探讨该问题之前,我们必须考察一下那些以非历史类派生形式进行创作的罗马作家。他们的作品就其本身而言绝非不重要;但是,由于我们在此处就叙事形式演化所展开的讨论趋向于过分关注那些——用庞德(Ezra Pound)的话说——"使之出新"的作家,所以对我们来说,此番讨论多少会将维吉尔当成相对次要的诗人,这固然令人遗憾,但却不乏必要性。

在所有罗马叙事艺术家当中,维吉尔当然是最显著地体现了与希腊模式之间的派生关系;他在模仿荷马时可谓惟妙惟肖、尽善尽美,但即便如此,他还是做了荷马从未涉足之事。他开创了书面史诗形式。如果我们将荷马看作一个固定的点,那么从该点出发,我们可以朝任何方向划一条直线。但是,如果这条直线必须经过第二个给定的点,那么,就只会产生一种可能的方向。而这第二个参照点正是维吉尔用拉丁文所提供的。《埃涅阿斯纪》(Aeneid)是一首合成化(或"文学性")史诗。在其中,维吉尔模仿了荷马所有那些被称为"意外因素"的东西——在《荷马史诗》里,它们大多是由口头程式创作(重复出现的缀语、"史诗性"比喻,以及通常的口头诗歌修辞)的急迫性所造成的结果。继维吉尔之后,任何一首叙事诗要想博得史诗之名,唯一的条件便是忠实遵守维吉尔所确定下来的史诗传统。假如要对叙事形式有一种清晰的认识,那么我们将不得不对传统术语有所修正。一部真正的史诗是一种口头程式化叙事,它将神话、摹仿及历史素材杂糅于一种虚构形式之中。《贝奥武甫》是真正的史诗,而《埃涅阿斯纪》(Aeneid)则是合成化史诗,也就是说,是包裹在史诗外衣下的传奇。维吉尔就埃涅阿斯(Aeneas)的虔诚与祖国的重要性所给予的突出关注是出于道德层面的考虑,这就在相当程度上取代了荷马所热衷的那种通过行动来展示人物的做法。埃涅阿斯并非史诗叙事里的那种人神(man-god),而是传奇中的王者英雄(king-hero)。所以从内容上看,这首诗的前6卷可能更接近《奥德赛》,而后6卷虽更接近《伊利亚特》,但却缺乏荷马叙事当中那种丰满的、问题化的人物塑造。维吉尔使叙事趋向于寓言:像斯宾塞和弥尔顿这样的英国叙事诗人,尽管迥然相异,但在与维吉尔和荷马的关系上,都更接近前者。史诗的世界是一个问题化的世界,要回答其中关于生活的诸多问题绝非易事。上帝对付人类的种种手段可以在史诗中得以接受,但其合理性却不为证实。它们捉摸不定、反复无常。原始史诗形式中的问题与困惑往往会引起戏剧性张力,而当合成化史诗转向传奇时,便会着手回答那些问题,解决那些困惑;如果说,关注命运束缚下的人物是史诗的典型特征,那么,合成化史诗则代之以思想性及哲学性的关注。即便是《奥德赛》这部史诗本身——不管它是否为一个名叫荷马的人所作——也已远离了《伊利亚特》的问题化世界,转而向传奇方向靠拢。

在拉丁文学中,作为叙事诗人的卢坎①虽奢望赶超维吉尔的成就,却不得不接受其前辈树立的史诗形式观念。在《法萨利尔》中,卢坎试

---

① 卢坎(Lucan,39—65):古罗马诗人,著有史诗《法萨利尔》(Pharsalia),讲述了恺撒大帝与庞培之间发生的内战。诗歌标题意指发生在法萨卢斯(Pharsalus)的战役。

图对传统进行反拨;为此,他选取了恺撒内战这一相对现代的历史主题,突出其素材中似非而是、骇人听闻的层面,并发挥其创作的修辞性及隽语性特色。如果说维吉尔此前将合成化史诗推向了传奇和寓言,那么卢坎则促使其重返历史,重返"塞内加式"(Senecan)的悲剧。就像前希罗多德时期希腊对荷马的认识一样,卢坎在中世纪也最终被定位成一位历史学家。

现在,我们有必要考察几位最具影响的罗马叙事艺术家——他们均从希腊人那里找到自身创作所需的形式或素材。就对后世文学的深刻影响来说,没有任何古典作家能够凌驾于奥维德(Ovid)之上。但是,他的影响几乎与叙事形式的演化无甚关联。奥维德的伟大叙事《变形记》一方面利用了希腊的神统记①传统,另一方面亦取材于各种神话文集,如一位名为博伊奥斯②的人所创作的《化鸟记》(关于人变成鸟的故事)。这种特殊的杂交体因其形式与内容的紧密黏合,而无法演变为某种适于通用的叙事类别。这样一来,奥维德对后世文学所产生的影响并非在于其形式,而是在于他在《变形记》中所汇编的大量便于利用的神话素材;当然,更重要的影响还是在于他对心理学的关注,尤其是爱情心理学,这一点不仅清晰地展现于《变形记》之中,也展现于《恋歌集》(Amores)③、《爱的艺术》(Ars Amatoria)④及《名媛信札》(Heroides)⑤当中。(关于奥维德在这方面的成就,下文第五章将有所讨论)此外,奥维德还在形式层面上对短篇故事的风格与修辞做出了贡献,这一点乃是任何人在研究短篇叙事形式传统时所无法回避的,但由于我们现在

---

① 神统记:记述宇宙诞生的经过,以及诸神的谱系,是希腊神话的重要文献。

② 博伊奥斯(Boios,生卒不详):古希腊文法学家及神话作家,著有《化鸟记》(Ornithogonia)。

③ 《恋歌集》:奥维德的五卷双韵体诗集,现存三卷,以幽默的仿英雄体笔调详述了他与已婚女子科林娜(Corinna)之间的情事。

④ 《爱的艺术》:又译作《爱经》,奥维德的三卷篇诗歌,以滑稽讽刺的口吻假称受爱神之托,分别向男女两性宣讲恋爱的技巧和艺术。

⑤ 《名媛信札》:奥维德的书信体诗集,以希腊罗马神话中的女性为第一人称,杜撰她们写给情人的闺怨之书。

所讨论的主题属于长篇叙事形式,故而在此不节外生枝。

到目前为止,我们所关注过的罗马作品只是代表了对希腊原创形式及素材的改良,而罗马人对叙事形式的发展所做出的独特贡献则尚需探讨。当昆提连说"至少讽刺文学完全属于我们"①时,他恰恰是在因循这一脉络进行思考,只是其中多了一份爱国情怀。对此表述,我们不妨修正为:正是在罗马时期,所有的见证性叙事形式(包括大多数早期叙事讽刺文学)——而不仅仅是讽刺文学——最终形成了其第一次重要的发展。当然这并非说,第一人称叙事此前从未存在过,而是说,那种专用来进行第一人称叙事呈现的形式此前从未获得过任何方式的发展。于是,一位名为色诺芬的人在《远征记》(Anabasis)②中讲述其本人在小亚细亚的经历时,不自觉地就运用了第三人称来书写他自己,正如恺撒后来在其《高卢战记》(De Bello Gallico)③的创作中所做的那样;甚至到了13世纪初,维勒哈杜因④也在《君士坦丁堡征服记》(De la Conqueste de Constantinople)中采用了相同的手法。这些作者选择此叙述模式并非出于自负或自谦,而是因为他们将第三人称与史诗及历史性正式叙事相联系,并将自己的作品归于此类叙事。以第一人称创作会少一份正式,多一份亲和,就像维勒哈杜因在早期法国历史叙事方面的继承者让·德·热安维尔⑤所创作的《回忆录,或虔诚基督国王圣

---

① 原文此处用的是拉丁文:satira quidem tota nostra est,即 satire at least is completely ours 之意。
② 《远征记》:公元前 401—前 400 年,色诺芬受聘于波斯王子小居鲁士,参加了小居鲁士与其兄争夺王位的战争。战争失败后,色诺芬带领所谓"万人"雇佣军由波斯成功撤退到小亚细亚。《远征记》详尽记载了战争和撤退的全过程,而在他指挥下的撤退方略后来成为军事学上的典范,从而使色诺芬置身于古典军事家的行列。
③ 《高卢战记》:恺撒以第三人称书写的,有关自己在高卢行省长达九年的各种战事及行政事务。
④ 维勒哈杜因(Villehardouin,约 1150—1212):法国历史学家、军人,曾参与第四次十字军东征,并为之立传《君士坦丁堡征服记》。
⑤ 让·德·热安维尔(Jean de Joinville,1224—1317):法国历史学家,曾参加第七次十字军东征,所著《回忆录,或虔诚基督国王圣路易的历史与纪事》(通常称《圣路易的生平》)详细记载了路易九世的美德与言行。

路易的历史与纪事》。在早期文学中,第一人称通常运用于书信和备忘录等松散的个人叙事形式中,其使用者为业余人士而非职业作家。当然,我们偶尔也会在某些本质上既非第一人称形式,又非自传风格的作品中发现作家的自省意识,比如赫希俄德在《神统记》(Theogony)的开篇处,回忆一群缪斯造访赫希俄德(以第三人称进行自我指涉)并劝说其用不朽之神的真实历史去教导全天下的人们;不过,尽管我们在早期希腊文学中几乎没有发现第一人称叙事,但还是找到了一个重要的例外,即奥德修斯就自己的旅程向淮阿喀亚人①所讲述的故事,当然,它只是作为一个片段内嵌于荷马的主体叙事结构之中。

《奥德赛》的这一部分十分有趣。它是《荷马史诗》当中最魔幻、最奇异和最浪漫的部分。它是一位旅行者的传说,一则路上叙事或旅途叙事,并且它是由第一人称讲述的。在所有文化中,旅行者的传说乃是一种持久的口头形式。从某种意义上说,它是业余人士对职业史诗朗诵家、北欧或英法吟游诗人所做出的回应。它在形式上表现为穿越陆地或海洋的简单线性旅程;在此类作品中,虚构丧失了其最高意义——基于美学宗旨的谋篇布局,而沦为其最鄙俗的形式——谎言。在所有国家,旅行者传说是出了名的不可信,而这种不可信又与告别故土之旅的远近构成正比,就如同古代地图越是接近边缘便越是不可信赖。罗马帝国的散文体作家们以一种艺术形式开创了第一人称旅途叙事,并树立了心灵旅途(inward journey)的模式,自传;其惯常的形式有两种——辩护与忏悔。所有这些发展可以通过四个人的作品加以阐释,分别是:裴特洛纽斯、阿普列尤斯②、卢希安,以及圣·奥古斯丁③;他们来自公元1世纪至4世纪期间罗马帝国的不同地区。

---

① 淮阿喀亚人:史诗《奥德赛》当中的海岛居民。
② 阿普列尤斯(Apuleius,约125—170):罗马帝国时期的修辞学家及传奇作家,对西方散文体小说的发展产生深刻影响。
③ 圣·奥古斯丁(St. Augustine,354—430):罗马帝国后期最伟大的神学家,其著作在整个中世纪对基督教学说和观点产生了深刻影响。

从《塞坦瑞肯》①现存的精彩残卷来判断，其作者裴特洛纽斯可谓是流浪汉叙事的首位创作者。（正如我们将传奇这一术语回溯性地运用于希腊传奇那样，流浪汉这个标签原本是用以代指欧洲的一种方言小说，但在此处亦被用以表示方言流浪汉文学的古典原型）在流浪汉叙事中，一个游手好闲之徒讲述他在当今世界的亲身经历，通常包括其穿梭于各地的旅行及往来于各种社会阶层之间的活动。流浪汉小说的主要关注点是社会性和讽刺性的。裴特洛纽斯本人可能在一定程度上是从瓦罗②业已失传的梅尼普讽刺文学中获取自己所需的形式。虽然讽刺（satire）这个字的词源依然还是个颇有争议的问题，但可以明确的是，瓦罗的讽刺文学乃是由散文与韵文，以及模仿、戏仿和滑稽所构成的大杂烩。《塞坦瑞肯》就带有大量这样的内容，其中还包括一则微型史诗和一些纯属荒诞的诗歌素材。流浪汉形式在其演进过程中更多地将关注点投向社会及社会性讽刺，而较少会像瓦罗和裴特洛纽斯的叙事混合体那样去关注文学及哲学内容。如此一来，它实际上已经背离了讽刺文学，转而向更纯粹的摹仿式叙事发展；关于这一现象，我们可以找到一系列作品来加以说明：《托姆斯的拉托里罗》(Lazarillo de Tormes)③、《吉尔·布拉斯》(Gil Blas)④、《蓝登传》(Roderick Random)、《托诺·邦盖》(Tono-Bungay)⑤，以及《一个充满希望的时

---

① 《塞坦瑞肯》：裴特洛纽斯的代表作，仅存的几部罗马传奇之一，讲述了一名前角斗士恩科尔皮乌斯（Encolpius）与其随从充满同性及异性情色的历险故事。

② 瓦罗（Varro，公元前116—前27）：罗马学者及作家，著有《梅尼谱讽刺文学》，现已失传。

③ 《托姆斯的拉托里罗》：另译作《小癞子》，西班牙中篇小说，时常被誉为流浪汉文类的开山之作，因其异教内容而成为无名氏之作。讲述了主人公拉托里罗从社会底层进入上流社会的故事，同时以现实主义的手法揭示了下层社会的生活境遇。

④ 《吉尔·布拉斯》：法国小说家勒萨日（Alain-René Le Sage，1668—1747）的著名流浪汉小说；出身贫寒的主人公吉尔·布拉斯虽历经坎坷，但凭借自身的社会应变能力和机智最终进入上流社会，因受到国王的宠幸而被委以重任。

⑤ 《托诺·邦盖》：H. G. 威尔斯于1909年创作的半自传体社会讽刺小说，主要讲述了爱德华·邦德雷佛（Edward Ponderevo）通过发明一种名为托诺·邦盖的假"万灵药"而发财致富，但又以失败告终的故事。

代》(*A Time of Hope*)①。裴特洛纽斯作品中的社会讽刺并非来自瓦罗,而是来自米利都传说(Milesian tales)②,他对其进行模仿并从中借用素材。(关于这些问题,我们在下文讨论阿普列尤斯时将会有更多阐释)不过,《塞坦瑞肯》本身则要比以往的长篇叙事更加关注对当代生活品性的把握。在亚历山大时期的文学中,狄奥克里特在描绘女性前往阿多尼斯神庙(《田园诗》第 15 篇)时,将摹仿式呈现推向很高的境界;希腊的哑剧表演者们之所以被称为生活学家,乃是因为他们善于从日常生活中寻找主题。(朗吉弩斯将这些短剧称作"来自生活的表演[*Biologoumena*]")但是,裴特洛纽斯则在摸索一种长篇叙事形式以适应现实素材的表现,如他对自由民暴发户特里马尔奇奥举办宴会的那场描写。这样一来,裴特洛纽斯似乎已经非常接近文艺复兴时期的流浪汉文学。由于现存《塞坦瑞肯》文本的残缺性,我们无法对其整体形式进行有效的推测。不过,我们可以断定,它应该是片段式的;而其故事所基于的线索,则是浪子恩科尔皮乌斯作为第一人称叙述者在当代罗马帝国所进行的游历。

另一部堪称欧洲流浪汉文学鼻祖的重要罗马作品是阿普列尤斯的《变形记》(*Metamorphoses*),其更有名的标题是《金驴记》③。如《塞坦瑞肯》一样,《金驴记》所运用的素材也来自那部失传的著名风俗故事集——米利都传说。这些故事对于古典时期的传奇而言,就如同后来

---

① 《一个充满希望的时代》:英国物理学家、政治家兼小说家查尔斯·帕希·斯诺(Charles Percy Snow,1905—1980)创作的系列小说《陌生人和兄弟们》(*Strangers and Brothers*)当中的一部。

② 米利都传说:起源于古希腊、罗马文学的短篇寓言故事或民间传说,常描写爱情和历险,并伴有情色之风;公元前 2 世纪来自小亚细亚古城米利都的作家阿里斯提德(Aristides of Miletus)作为该叙事形式的创作先驱,对乔叟和薄伽丘等后世作家产生过重要影响。

③ 《金驴记》:全书 11 卷,取材于希腊民间传说,描写了一个名为卢修斯(Lucius)的希腊青年误施巫术,将自己错变成驴,虽饱受磨难,但不乏风流艳事相伴,最后经埃及女神伊希斯(Isis)相助,方复为人形,进而成为伊希斯的祭司。作品在充满神怪的想象之中,真实再现了当下罗马社会各阶级的生活。

法布罗故事诗(fabliaux)①对于中世纪传奇的关系一样;无疑,在这两大类别中存在着一些相同的故事。由于流浪汉叙事带有片段化的形式特点,因此这些故事可以轻易引入,或作为一段情节,或作为穿插性叙事,而第一人称叙述者所要做的只是将一则故事联系到下一则故事。可以说,流浪汉式叙述之所以得到发展,在一定程度上乃是因为它能够将不同的故事串联起来。阿普列尤斯在"致读者"中,甚至将其作品说成是以米利都风格创作的故事集。裴特洛纽斯和阿普列尤斯二人均向我们讲述过守墓的故事,其源头或许是米利都传说;而且,两位作家都乐于以喜剧风格论及性的主题,显然这也属于米利都风格。就性与死亡主题的运用程度来说,裴特洛纽斯和阿普列尤斯当然不在希腊传奇之下,但从运用的方式来看,两者却不相同。借用维维安·梅西耶②在其《爱尔兰喜剧传统》(*The Irish Comic Tradition*)中的研究术语,我们可以说,这些罗马叙事突出表现的是怪诞(以性为乐)和惊骇(以死为趣)。相比之下,希腊传奇在运用人类境况中的这些根本层面时,则是为了营造悬念与恐怖,而并非出于营造喜剧效果之目的。流浪汉叙事是传奇的喜剧化预表形态。它接近摹仿,但主要是以喜剧和讽刺为目的。它摒弃了传奇文学当中的世外桃源和身份晦涩的叙述者,而代之以当下社会和第一人称叙述者;它采用松散的片段式结构,并因此而显现出对情节的相对淡漠;为了保持读者的兴趣,它诉诸智慧与变化,而非借助于煽情与悬念。如果说传奇文学中包含着更多的希腊"新喜剧"元素,那么,流浪汉文学中则包含着更多的希腊"旧喜剧"③元素。

与裴特洛纽斯相比,阿普列尤斯对于摹仿的关注要少一些。尽管其场景是非常现实的,但其情节在本质上却是奇幻的,因为它所依赖的是叙述者从人到驴的变形。这种背离外部可能性的做法可以突出中心

---

① 起源于13世纪的法国,带有喜剧、幽默及情色特点的民间吟唱诗歌。
② 维维安·梅西耶(Vivian Mercier,1919—1989):爱尔兰文学评论家,著名的贝克特研究学者,尤以"戈多"批评著称。
③ "旧喜剧":公元前5世纪的古希腊喜剧形式,以政治讽刺见长。

人物——也即叙述者——的思想成长历程。这则叙事的高潮包含着主人公的道德重构,他已经以驴的身份意识到做人意味着什么。当故事开头处作为反面典型的小无赖在故事结尾处成为效忠伊希斯的祭司这一正面形象时,我们可以发现《金驴记》中的讽刺变成了寓言。可以说,这则围绕卢修斯讲述的故事乃是以虚构形式书写的忏悔录,其构思与圣·奥古斯丁的《忏悔录》在实质上是相同的。流浪汉文学与忏悔文学在叙事立场上的相似性使得两者可以轻易地进行融合。因此,即便是在完全虚构的叙事中,忏悔风格也有可能会压倒流浪汉风格,如《摩尔·弗兰德斯》(*Moll Flanders*)和《远大前程》;同样,一则本质上属于流浪汉风格的叙事,也有可能会从作者本人的生活中汲取素材,如《托诺·邦盖》。通过将叙事朝内指向自身,作家几乎不可避免地会去呈现某一具有典型意义的中心人物,而通过将叙事朝外指向现实,作家则几乎不可避免地会去针砭时弊。可以说,第一人称叙事乃是思想观念的积极载体。

  阿普列尤斯另外还创作了一则纯属自传性的短篇《论魔法》(*De Magica*),又名《辩护》(*Apologia*)。当时不仅有人指控他对所迎娶的寡妇实施了魔法,而且还有些小道消息说他谋杀了自己的继子;于是,在这个作品中,阿普列尤斯力图为自己申辩,以驳斥那些说法。《金驴记》当中涉及魔法,以及无辜的卢修斯所遭受的指控,因而与阿普列尤斯的私人生活构成了有趣的呼应。尽管阿普列尤斯在对读者的开场白中将自己的作品说成是"以流行的米利都风格讲述的一串轶事",但对于叙事史而言,它的重要性与其说是在于那些串在一起的有趣的珠子,不如说是在于准自传体叙事(quasi-autobiographical)的那根绳子。即便是"丘比特与赛姬"(Cupid and Psyche)①那样的动人传说也只是作为一则偶然听到的睡前故事被松散地穿插于叙事当中;对我们来说,

---

  ① "丘比特与赛姬":这个神话传说作为一个片段出现于《金驴记》中,讲述了维纳斯出于嫉妒派遣其子丘比特前去惩罚人间美女赛姬,却阴差阳错地促成了两人的爱情。虽历经维纳斯的百般阻挠,最后二人在众神的裁决下终成眷属。

其重要性要逊色于整部作品的流浪汉—自传体框架。阿普列尤斯正是在这一维度上比裴特洛纽斯更胜一筹。《塞坦瑞肯》中的叙述者是一位名叫恩科尔皮乌斯的虚构人物。但是,《金驴记》里的叙述者名字就叫卢修斯·阿普列尤斯。对日后的一些读者来说,《金驴记》是一则真实的自传体纪事,就连圣·奥古斯丁也写到,"关于人变形成驴的事情,阿普列尤斯要不就是报告了事实,要不就是进行了编造"。虽然阿普列尤斯的叙事呈现让读者看到了当时的社会环境,但他还是将第一人称叙事朝内转向了心理层面。如果说《塞坦瑞肯》是趋于社会导向的流浪汉文学,那么《金驴记》则是趋于心理导向的忏悔文学。

撒摩撒他(Samosata)①人卢希安足迹甚广,其笔下的作品说明,见证性叙事在罗马时期的发展还存在另一个趋向。虽然卢希安像普鲁塔克那样用希腊文写作,但他却是罗马帝国的产物。与阿普列尤斯一样,他也讲述了一则相同的"驴"故事(除却个人及宗教因素);正是由于这个现存的简短版本,卢希安的声名终得以确立,但是,该故事的准确来源尚不得知。不过,可以肯定的是,它当时正以多个版本在世上流传,而卢希安和阿普列尤斯恰好又生活在同一时代。卢希安也跟阿普列尤斯一样,为我们写了一些看似自传性的文章,比如"梦想"——通过这一讲述,他就自己如何选择职业方向(文化)做了一番解释。另外,他还涉猎传记,讲述其同时代的对手亚历山大②那充满争论的一生——此亚历山大并非那位"大帝",而是(用保罗·特纳[Paul Turner]的话说)一位"富于戏剧品味的神秘主义者"。当然,卢希安对叙事形式的演进所做出的主要贡献并不在于上述方面。他通过在《真实故事》中运用第一人称游历性叙述者,发展出仿游历体(mock journey)形式,其着眼点在于知识与讽刺,而不在于摹仿或虚构。《真实故事》当中的叙述者在前言里解释说,其作品试图戏仿诸多充满奇诡想象的杜撰性描述。以往

---

① 撒摩撒他:幼发拉底河西岸古城,其址位于今土耳其境内。
② 亚历山大(Alexander of Abonoteichus,生卒不详):公元2世纪来自希腊的著名伪先知(the False Prophet),其人其事间接体现于卢希安对他进行的讽刺作品中。

的讲故事者曾以历史学家自居,将那些描述当作事实加以呈现——其始作俑者是奥德修斯,"他向阿尔喀诺俄斯(Alcinous)①及其宫廷上下讲述了一个极为荒诞不经的故事,其中包括装满风的口袋、独眼巨人、食人族,以及其他可憎的人物,更不用说多头怪和将人变成动物的魔药了"。通过运用第一人称见证性叙述者,卢希安将旅行叙事推向了荒诞的境地,并且摒弃了传统意义上的人物与情节;其目的在于通过抛开历史学家、传奇作家、史诗作家和哲学家,以求使作品在智性上有所表现。他的叙述者在时空中自由穿梭,来到月球及其他地方与诸神乃至历史上的英雄和恶徒进行对话。

尽管卢希安在《真实故事》中采用了直接叙事(straight narrative)的形式,但他在创作当中最常采用的形式却是对话。当然,他笔下的对话经常只是作为一种手段,为其最心仪的人物梅尼普斯提供见证性叙述的机会。卢希安从瓦罗的讽刺作品中借用了梅尼普斯这个名字,而瓦罗则相应地借助于真实的梅尼普斯——公元前3世纪的一位犬儒派哲学家,最早对哲学主题进行喜剧化演绎的作家之一。人们往往用"梅尼普讽刺"这个概念去代表那种以卢希安风格为特点,以时空之旅为主线的奇幻讽刺叙事,然而,对于创造此术语的瓦罗来说,这种讽刺形式的突出特点却可能是指梅尼普斯(及瓦罗本人)将散文与韵文加以混合的做法。(以这样的标准,《塞坦瑞肯》则可以被视为一部梅尼普讽刺作品,当然,用我们的现代眼光来看,流浪汉这一标签或许更适合它)卢希安笔下的梅尼普叙事总是喜剧性的,而且通常也是戏仿性的;它在实质上与其最古老、最显著的传统渊源——阿里斯托芬的"旧喜剧"——乃是一脉相承的。然而,在卢希安的继承者那里,这种形式则有时会丧失阿里斯托芬的大部分特色,转而与理想化的政治哲学(源自柏拉图的《理想国》,以及色诺芬所书回应之作《居鲁士的教育》)相结合并创作出

---

① 阿尔喀诺俄斯:《奥德赛》中淮阿喀亚人的国王,奥德修斯向其讲述了自己先前的各种历险。

乌托邦式的叙事。但是,在那些最伟大的梅尼普叙事作家——拉伯雷、斯威夫特,以及伏尔泰——手中,阿里斯托芬与卢希安的讽刺品性则仍能得以保留。

罗马时期的第一人称叙事形式在卢希安和阿普列尤斯那儿都曾有所隐现,而其终极发展则要归功于圣·奥古斯丁所取得的成就,他最早将长篇自传体形式用于忏悔文学。奥古斯丁一方面对其北非同行阿普列尤斯的造诣非常了解,另一方面,他也非常急切地试图展示上帝对个人施予拯救的方式;为此,他很自然地——并且几乎是毫不费力地——求助于自传这种文学形式。这位圣徒以上帝为听众,力求理解并阐释其生活所赖以构建的种种因素。裴特洛纽斯将第一人称叙事变成社会观察与讽刺的载体;而卢希安则将其转化为哲学讽刺的工具。阿普列尤斯以一种奇幻方式触及罪者向崇高人生的皈依。但是,奥古斯丁则是第一位深入探测心理层面的作家,他用观察自我取代对外部世界的观察,并认为,关于自我的故事本身就很重要,足以支撑起一部长篇叙事。很明显,这是典型的基督教观念。因为上帝呵护罪者的灵魂,所以那全天下芸芸众生的灵魂与自我,都变得极其重要。正是得益于基督教——尤其是奥古斯丁——对人和宇宙所采取的这种姿态,我们才得以开辟通向心理学的道路。若没有一个叫作奥古斯丁的人,我们便不可能拥有一个名为弗洛伊德的人。在《忏悔录》中,那些讲述诸如婴儿的嫉妒心理(第1卷第7章)、年轻人盗窃的动机(第1卷第19章;第2卷第4章),以及有关爱情和欲望(随处可见)的段落,都对自我进行了极为新颖、纵情的审视,其程度之甚令人惊叹。继奥古斯丁之后,人物塑造的深刻性达到了一个新高度;面对随之出现的新观念,叙事艺术家们的任务就是尽力探寻各种形式并对它们加以吸纳和利用。而且,当奥古斯丁在《忏悔录》中以一种新的摹仿形式去描绘人物内心世界之际,他围绕《旧约》所展开的寓言化讨论也为基督教寓言文学的兴起铺平了道路。对于中世纪那些向奥古斯丁学习的作家而言,他们中的大多数人在寓言层面上要比其在摹仿层面上做得更为出色。但是,中世纪后期及文艺复兴时期的伟大叙事艺术家，比如但丁，则往往都能够对这两个方面做到兼收并蓄，进而创造出新的方法对两者加以融合。

现在，我们或许应该稍作停留，从整体上去探讨一下古典时代末期的叙事发展状态。此时，那种将虚构与历史、神话与摹仿融为一身的史诗综合体已经逐渐瓦解，其过程就类似于 T. S. 艾略特在谈到 17 世纪欧洲时所说的"情感的剥离"。理性思维模式的兴起促使历史将自身从虚构中解脱出来；而虚构一旦摒弃历史和摹仿的顾忌，则演化成希腊传奇那样的理想化叙事。伪历史性的亚历山大传奇（有别于像《埃塞俄比亚遗事》那样的希腊传奇）则代表了虚构与历史的一种新式组合，当然，那只是在最粗浅的层面上对两者加以运用。亚历山大传奇的诸多版本一方面均采用了历史和传记当中的简单线性情节；而另一方面又运用了传奇当中的简单理想化人物塑造。我们可以看到，希腊化时期对于情感的剥离所导致的结果之一，就是情节与人物在叙事文学中的显著分离。历史和传记占有人物；而传奇则占有"精心策划"的情节安排。历史学家们通过与悲剧家们保持亲近，便能够为其卓越的人物形象提供一种有助于发挥其艺术潜力的形式。对于诗体传奇作家而言，他们亦可像阿波罗尼奥斯在《阿尔戈》中塑造美狄亚（Medea）时所做的那样，从悲剧中汲取营养。如此一来，他们同样能够实现令人难忘的人物刻画，而且这一点也已为其作品所证实。维吉尔笔下的狄多（Dido）①乃是对阿波罗尼奥斯的美狄亚进行改编的结果。奥维德，作为古典诗体叙事作家中最伟大的人物贩子，主要是从神话传统中寻找人物。卢希安则将目光投向历史。但不管怎么说，真正能够深深打动读者并得以铭刻在其记忆之中的"新创"人物，在后荷马时代的叙事中则几乎销声匿迹。

在《塞坦瑞肯》这样的社会讽刺作品中，诸如特里马尔奇奥及其妻

---

① 罗马史诗《埃涅阿斯纪》中的迦太基女王，当看见心上人埃涅阿斯远航离去，遂在火葬柴堆上拔剑自刎。这一形象代表了希腊罗马神话中，为爱痴狂的烈性女子。

子等人物尽管不乏趣味、令人难忘,但他们的这些卓越品质只属于典型形象而非个体形象。在早期的第一人称叙事形式中,唯一真正的个体性人物是叙述者,因为读者只有从这个人物身上才能发现叙述视角,也只有他的内心世界可为读者所见。但是,这种呈现叙述者内心世界的做法仅出现于忏悔文学形式当中。即便是辩护文学(apologia),本质上也只是注重对叙述者的身世加以申辩,于是这种形式——本着人性即人生的道理——往往会避免展示人物私下的思想和行为的动机。(当然,卢梭将会改变所有这一切:他将《忏悔录》呈现为一种辩护文学,激励其读者进行自我审视,并与作者本人当年的状态做一番对照)

在罗马没落之前的西方叙事当中,所谓的基本叙事形式(在基本风格这个意义层面上)几乎全都被运用过,当然也有某些形式,如自传,则尚未得到充分开发。欧洲的方言文学在相当程度上是对古典文学发展的重复:它也可以被视为从口头到书面形式、从神话程式到经验性及虚构性程式的演化。不过,在此发展模式的重复当中还是存在着一些有趣的变化,究其原因主要有二:首先,欧洲各国文学或早或晚都受到了基督教思维模式的影响,另外,这些文学大多在其发展过程中很早就受到了更为发达的古典时期文化的影响,而随着更多古典资料的发掘及其通过中世纪后期和文艺复兴早期的翻译而公之于众,这些影响也在逐渐加强。当然,我们并不试图以时间顺序或语言类别去概述中世纪、文艺复兴时期及现代叙事这一庞大的体系。相反,我们在接下来的几个章节中会就主要的后古典叙事形式加以讨论,因为它们将有助于我们对诸如意义、人物、情节和视角这样的普遍性、恒久性叙事层面加以考察。如此一来,我们在讨论叙事中的操控性意义(controlled meaning)时,便自然会着重关注文艺复兴时期和中世纪的寓言,而在讨论叙述视角时,则主要去研究现代小说。当然,在此过程中,我们将有必要时常回溯至本章在讨论希腊及拉丁叙事形式时,所提及的事例与发展模式。

4
叙事中的意义

第一部分 关于现实的问题：
例释（illustration）与再现（representation）

在一部叙事艺术作品中，意义所代表的是两个世界之间的关系：一是作者创造的虚构世界；二是"真实"世界，即那个可为人们理解的宇宙。当我们说自己"理解"一则叙事时，言下之意是，我们已经发现这两个世界之间令人信服的关系或关系链。在某些叙事中，作者力求比其他叙事更加充分地操控读者的反应。在我们看来，关于这种操控的最极端尝试要数寓言和讽刺。另外，鉴于它们所引发的特殊问题，我们将在本章第二部分就意义操控这一文学实践的本质和历史进行专门讨论。但此刻，我们所要关注的乃是更为基本的问题；而其中首先需要探讨的问题，则必然是作者与读者所处的两个现实世界之间的关系。

在口头文化中，这个问题并不存在。吟唱者与听众分享同一个世界，并且以相同的方式去看待这个世界。对吟唱者及其听众而言，传统故事当中总有一天会产生一些不合时宜或令人费解的因素，而那些因素也总有一天会遭到抹除，抑或接受调整以适应新的方式；反过来说，口头传说本身乃是作为保守因素在文化中发挥作用的,它往往会对生活或审视世界的新方式加以遏制。然而,在拥有书面文学的文化中——比方说我们西方文明现今所达至的状态,一个固定文本通常会在其原初语境消亡后继续存在,继而被迫进入异质语境中。这样,不仅其语言会变得陈旧过时,而且传说本身所赖以建构的那些关于人与自然的观念以及讲故事的恰当方式,也将一步一步从当代人的思想中消退。

因此,要理解一部文学作品,我们必须首先尽可能地将自己的现实观念与作品创作时的主导观念加以靠拢。而且,即便对于一部当代作品来说,假如缔造它的语境或作家对读者而言相当陌生,那么,读者也同样必须煞费苦心,才能如愿理解其意义而不至于只是望文生义。因此,一位现代读者要去理解来自陌生语境的作品,无论是古代还是现代的,都必须在某种程度上依靠历史知识或我们过去常说的"学问"。这种学问应该为理解文学作品所用——而不是颠倒过来——而且必须凭借想象力加以运用,其目的在于将读者与作者的世界尽可能紧密地联系起来,在此基础上再去面对两者之间的终极媒介——文学作品本身。

关于这两种"真实"世界如何联系的问题,我们可以通过想象性的知识运用加以解决。不过,还有一个问题则远较此复杂,而且解决起来更加困难,这就是作者的虚构世界与其现实世界之间的关系问题。对作者来说,这是个创作性的问题,而对读者而言,则是个批评性的问题。正是在这个问题上,大部分叙事文学批评陷入了困境。我们针对该问题的最佳应对方式是勾勒出这两个世界之间可能存在的各种关系,当然,这种方法最初看起来会显得过于直接和简化。首先,并非所有的叙事作品都对意义给予严肃的关注。这种对意义所持的淡漠可能会通过不同的重要方式表现出来,但是,为了更好地理解这些方式,我们就有必要先行对那些既明确求"在"(be)又明确求"意"(mean)①的作品进行一番研究。追求意义的作品并非寻求以千篇一律的方式去创造或传达其意义。它们所采用的各种方式一方面与叙事形式自身的多样性有着密切关联,另一方面亦有可能呈现出同样纷繁、相互渗透的可能性。虚构世界与现实世界之间的联系可能是再现性(representational)的,也可能是例释性(illustrative)的。正如某些绘画或雕塑作品中的意象那样,一则叙事中所包含的意象可能会让我们立刻想到,它们是试图去复制现实;或者,它们也可能如某些类型的视觉艺术那样,仅仅会提醒我们去关注现实中的一个层面,而不是就现实世界向我们传达一种完整可信的印象。对于那种旨在复制现实的艺术——文学也好,造型也罢,我们将用"再现"这个词的不同词性形态来指示。而对于那种仅仅暗示某一现实层面的艺术类型,我们则以"例释"这个词来指示。在艺术中,例释性类型是程式化、规约化的,其高度依赖艺术传统与常规,就像大多数东方绘画和雕塑那样,而再现性类型则不断寻求用重塑性和革新化方式去把握现实,对艺术常规作为现实复制手段的有效性进行经验性审核。例释性类型是象征性的;而再现性类型则是摹仿性的。在视觉艺术中,例释性艺术所涵盖的范围处于两极之间:它近则可以是几乎纯粹的意义——如表意文字或象形文字,而远则可以是几乎纯粹的愉悦——如非再现性设计。其着眼点在目的,而不在方式。但是,再现性类型则着眼于复制现实的方式,并随着新的观察方法或新的艺术化复制方法的创造而发生变化。

我们在欣赏一幅绘画时可以从设计角度对其进行关注,并力求以一种纯美学方式去审视该作品。这么一来,尽管我们仍可以根据画布上的形状识别出其所暗示的具体形态和事物,但我们其实是在故意将它从意义中剥离出去。文学则绝不可能变得如此"纯粹",不过那些历

---

① 美国诗人麦克利什(Archibald Macleish,1892—1982)曾在《诗艺》这首诗中写到,"诗不求意,而求在"。(A poem should not mean, but be.)

险传奇所表现出来的高度模式化、近乎零意义的形态倒是与那种"纯粹"颇为近似。在欣赏一幅绘画时，我们也可以关注其象征性意义，根据传统或其他来源的意义规约体系对艺术形式进行阐释。这可谓是一种图示学意义上的(iconographical)"理解"，当然，此图示学可以是奥古斯丁式的，也可以是弗洛伊德式的。对纯粹的例释性文学作品进行阐释必定与造型艺术的图示学研究具有相似之处。我们还可以就摹仿性意义来欣赏一幅绘画，尝试着解读当中所描绘的人物性格，并理解他所处的社会环境——这种方法常可能为我们用于肖像画研究或其他具有历史性趋向的艺术品研究当中。在此，我们几乎快要将画家视作心理学家或社会学家，这种研究方法在今天最多也就是一种并不算时尚的艺术批评模式。但是，无论是年轻的詹姆斯·乔伊斯在欣赏蒙卡奇①的绘画时，还是已过不惑之年的托尔斯泰在《安娜·卡列尼娜》的意大利章节中表现视觉艺术家之际，他们都采用了这种方法。

西方绘画和西方文学因高度突出其自身形式的摹仿或再现潜质而与世界上大多数艺术均有所区别；这两种艺术的现实主义似乎在19世纪晚期达到高潮，接下来便开始消退，而此后的造型艺术则将非再现性风格推向了一个文学几乎难以企及的高度。现实主义已证明是叙事艺术中的强大介质，其影响可能永远不会完全消失；而文学艺术家们也可能永远无法完全回溯到前小说类(pre-novelistic)传奇所拥有的那份纯真。我们甚至有可能从现实主义发展的纯粹视角对整个西方叙事文学加以考察——奥尔巴赫的《摹仿论》即其中令人叹为观止和颇具影响力的尝试之一。当然，在我们讨论叙事文学中的意义时，必须准备好在关注再现性意义的同时亦认真研究例释性意义，另外，尤其需要关注的是，不同的意义类型在我们那些伟大的叙事作品中是如何与美学性设计进行组合与互动的。

---

① 蒙卡奇(Mihály Munkácsy, 1844—1900)：19世纪匈牙利画家，欧洲杰出的现实主义绘画大师之一。

再现性叙事可以包含具体的意义,指涉具体的个人和事件。历史、传记和自传正属此类。例释性指涉也可以是具体的,如《仙后》第五卷或《格列佛游记》第一部分那样的历史寓言。但是,无论是历史本身还是历史寓言,两者均不断寻求更升华、更泛化的意义。如果说日记体作家或编年史家可能仅仅是记录具体资料,那么自传体作家或历史学家则是在寻求一种模式,以使其创作表现出普遍性意义趋向。通过这种泛化处理,作者便能从其故事中揭示出一种模式,而且他还可以通过对其所述情节进行直接评价,或是借助普鲁塔克所采用的那种平行"身世"手法,对其个体人物形象进行典型化处理。对于历史寓言作家来说,当他们在虚构与现实之间建立例释性关联时,则已经对其主题进行了泛化,因为事实与虚构之间的关联性乃是总体相似性的一个层面。斯威夫特笔下的佛林奈浦(Filmnap)①之所以与现实中的沃波尔②具有相似性,主要是通过用这一虚构人物在高空绳索上的蹦跳技巧去象征普遍意义上的高超政治手段。历史寓言中提到的具体人物总是同时伴随着一种泛化的指涉。

在再现性叙事中,"真实"世界与故事世界之间的具体关联作为一个观念似乎要早于更泛化的摹仿性关联。叙事艺术家们从日记体作家及历史学家那里学会如何去呈现一种表象化的具体世界,即摹仿性的虚构世界。鲁滨逊·克鲁索并非一个真实的个体,而是作家试图呈现的个体人物,其关键属性在于他能够以假乱真。这种摹仿式呈现虽表现出具体性,却并无事实性,在其日趋泛化的过程中,它的主导观念会呈现出典型性而不是表面上的事实性。鲁滨逊·克鲁索属于一种中产阶级形象,此看法确有其合理之处,但就其典型性来说,却要逊色于菲

---

① 该人物出现于《格列佛游记》当中,系小人国的财政大臣,该国的朝廷中有许多奇怪的习俗,其中在高空绳索上蹦跳的技能即赢得国王宠幸的标准之一。

② 沃波尔(Robert Walpole,1676—1745):英国政治家、首相,常为18世纪文学家们讽刺的对象。

尔丁(Fielding)笔下的乡绅威斯顿(Western)①,因为在菲尔丁那里,人物身上的潜在个体性会受到抑制以屈从于典型性。事实上,在菲尔丁看来,这种新式的历史性或传记性小说之所以有其存在的价值,乃是由于它不仅拥有一种展示泛化人物类型的功能,而且还具备其相对于所谓的历史和传记所表现出来的优越性——后者呈现的只是具体的谎言而不是普遍的真理。菲尔丁对于普遍性的偏好(在这一点上,他继承了亚里士多德)使他成了一位知识赋予者,一位注重教诲的作家。只要一种叙事艺术寻求与现实世界的普遍化关联,那么教寓性在那种艺术中便会表现出其重要性。

　　一直以来,我们都将现实世界与虚构世界之间的关联看作是由三种色调主导的光谱——对具体事实所做的记录、对具体事实的相似物所进行的再现,以及对现实的泛化类型所进行的再现。这些渐变的色度差异具有一个显著的特征,不妨称之为该光谱的第四种色调。有了它,色度上的诸多差异乃成为一种类别上的差异,进而需要在术语上做出不同表述。换言之,我们刚才所列举的那些用以联系这两个世界的方式都是"经验性"的:它们是现实"再现"所依赖的三种不同方式。当我们面对某一虚构世界里的某个人物时,我们自然会就其动机提出疑问,而这种疑问所依据的基础却是我们自己对现实人物的行为动机所持有的认识。尽管乡绅威斯顿就其"现实性"而言与鲁滨逊·克鲁索或克拉丽萨·哈罗(Clarissa Harlowe)并不属于相同的意义层面,但他从其自身的"真实性"——这是其代表性特征——当中获得了合理性和意义。当莎士比亚的人物塑造被指责为描述不当时,约翰逊博士(Dr. Johnson)则为其进行辩护,他指出,莎翁的作品总是表现出一种由艺术通向生活的诉求。对我们来说,约翰逊的巨大贡献乃体现于他在此处及其他场合所阐明的诸多观念;在真实世界与虚构世界之间的关系问题上,其言论代表了批评观念上的一个重要转折点。在那个小说尽显

---

① 小说《汤姆·琼斯》中的乡绅,生性暴烈,酷爱狩猎。

其能的世纪,艺术在其本质意义上应该被视为对生活的再现而非例释,它应该在经验性层面上接受审视与评价,而且,文学批评也应该废弃那座摇摇欲坠的、由规则与风雅所构筑的大厦,转而闯进沼泽地中去追随我们称之为"现实主义"的磷光。在20世纪,我们理应能够避免批评中的鲁莽,认识到将生活纳入艺术以寻求真与美之间的和谐这一难题从本质上说乃是无法解决的,而再现和例释仅仅应该被看成是解决这一难题的两种途径。

在叙事艺术中,例释之所以有别于再现,乃是因为它并不寻求复制现实,而是意在呈现那些经过筛选的诸现实层面,这些要素的意义并非来自历史性、心理性或社会性真实,而是来自伦理性及形而上的真实。例释性人物是通过类人化形态(anthropoid shape)加以展示的观念,抑或是以完整的人类形象加以装扮的各种人类心理层面。所以,我们无需将他们当作完整的人去理解其行为动机,而是要理解他们在叙事框架中通过自身行为所例释的基本原则。我们在此不妨借助一两个例子来强化这种区别:狄奥佛拉斯特就吝啬之徒所进行的人物塑造可谓是高度泛化的摹仿性类别;莫里哀笔下的"吝啬鬼"某种意义上是一个更为具体化的人物;而巴尔扎克塑造的老葛朗台则是一个高度个体化的形象。所有这三位人物都是旨在围绕一类人群所进行的"再现式"文学复制,他们可以(或有可能)在生活中得到经验性的理解,并根据心理学或社会学原理在文学中加以呈现。但是,斯宾塞在《仙后》第二卷中描绘的财神(Mammon)①则是用以代表贪欲这一实质,所以他只是作为一个权宜的人物形态出现在叙事结构当中。他属于例释性的。而另一方面则是弥尔顿笔下的财神,这个形象尽管如斯宾塞笔下的寓言式人物那样表现出传统的例释性特征——特别是《失乐园》第一卷中的相关描写,但当他在第二卷的众神大会②中发表言论之后,其再现性特征便

---

① 此处的"财神"是指《圣经》中代表财富、贪欲的邪恶之神。
② 《失乐园》第二卷中讲述了撒旦召集众神,商讨是否要再次向上帝宣战,重返天堂。

超越了其例释性特征。尽管此财神所处的那种再现性语境并未能促使我们直接将其看作一位"现实性"人物,但他的特点却主要来自弥尔顿就贪财者的本质所持有的个人看法,而不是来自文学或神学传统。要恰当理解弥尔顿在塑造财神之类的形象时所进行的处理,我们就必须认识到例释性与再现性人物塑造之间的差异;而要对作为叙事艺术家的斯宾塞进行恰如其分的评价,我们则必须清楚,在他的观念中乃存在着某种东西,与弥尔顿那种颇具再现品性的人物塑造极不相同。

当然,有一些叙事作品恰恰通过模糊例释与再现之间的显著边界而获得了许多独特的效果。霍桑的故事和传奇就很能说明问题。对一些评论家而言,此类故事很明显应该从象征意义上或寓言层面上加以解读;而对其他评论家来说,霍桑小说的意义则似乎同样清晰地表现为对其人物的行为动机所进行的心理学阐释。显然,这两种批评方法均依赖于对作品性质的确认,而此确认本身又应被置于每一则叙事的上下文当中加以细致考察。霍桑本人很可能从未在再现性和例释性姿态之间做出过始终如一的选择,而在这两种创造仿真世界的方法之间所进行的复杂游移过程,恰恰营造出其小说的力量与思想的复杂性。因此,正确理解霍桑的基础在于把握这种游移在其创作实践中的运作方式。

叙事艺术家们出于本能或愿望往往会跨越我们先前所提出的两类叙事之间的界限,从而使其人物融再现性与例释性于一身,大多数身赋趣味的文学性人物塑造均源于此。不过,这种本能或愿望在不同的作家那儿,其表现方式也不尽相同,它在一定程度上要取决于作家对创作技法的自省程度。有人会猜想霍桑在创作时可能更多地是依赖于本能而非精心策划;也有人会更为强烈地体会到,其方法不管是否出于本能,乃是为了模糊而非弥合,为了兼容而非并置,为了创作一部能够在两个层次之间阅读而不是分别在几个层次上阅读的作品。就霍桑的这个方面而言,批评家们也许会将其归因于作家的"统一情感"(unified sensibility),并借此在批评中树立一种正面的价值评判;当然,批评家们也可能会将此现象称为聚焦的"模糊性"(fuziness),从而同样也使得其术语披上价值评判的外衣。虽然我们必须避免因莫须有的术语而造成那些令人不胜其烦的区分,但如果我们所考察的某些其他的杰出叙事艺术家在应对例释与再现之间的差异时,采取了与霍桑截然不同的方法,那么此类术语将有助于阐明霍桑就该差异所采取的处理方法。

作为一位叙事艺术家,詹姆斯·乔伊斯成长于由现实主义及自然主义理论与实践所主导的传统当中,在那里,再现"真实生活"的切片可以被视作叙事文学的真正目的。他最早的叙事作品,《都柏林人》(*Dubliners*)和《英雄斯蒂芬》(*Stephen Hero*)①,均明显属于这一传统。然而,他逐渐对现实主义的局限性愈发不满,并相应地发展出自己的创作艺术。在《都柏林人》的修订稿中,我们甚至可以发现,他实际上是在通过"植入象征"而将故事从单调的自然主义层面中解脱出来。此外,我们还能看出,那部小说集当中的后续故事越来越关注象征的丰富性。仅作品标题本身——从《都柏林人》和《画像》到《尤利西斯》和《芬尼根守灵夜》——就能展现出乔伊斯创作思想的主导模式从再现向例释的转切。乔伊斯从一开始就意识到现实性与象征性之间的区分——这曾是 19 世纪末伟大的文学战场之一。而且,作为叙事艺术家,他表现出越来越清晰的意旨:要用尽可能宽泛的联结手段去跨越这两种叙事模式之间的鸿沟,既完全保持自然主义和再现性叙事的张力,同时又诉诸一种照应策略,使处于文学前景当中的小物件和人物能够对英雄体及普遍性类型与原则加以例释。我们不妨以摩莉·布卢姆(Molly Bloom)②为例——这是一幅再现式肖像,其心理学意义上的完美不仅足以让荣格(Jung)惊叹于它的功效与深刻,而且也显然有意关联着文

---

① 乔伊斯的自传体小说,只剩残卷,是其后来的自传体小说《一个青年艺术家的画像》最初的原型。

② 乔伊斯小说《尤利西斯》中的女主人公、广告推销员利奥波德·布卢姆(Leopold Bloom)的妻子,对应着《荷马史诗·奥德赛》中英雄奥德修斯(即尤利西斯)的妻子珀涅罗珀(Penelope)。

学传统中的海上女神卡吕普索(Calypso)①、尤利西斯的妻子珀涅罗珀,以及原始神话里的该亚(gea)和泰洛斯(tellus)②,此外还关联着摩莉通过其高度"现实主义"的思想流与感知流所例释的普遍原则,即大地精神和无所不包的生殖力。乔伊斯在例释与再现之间建立关联时所体现出来的是人为性和巨大的跨越性,而与此形成鲜明对照的是,霍桑在应对例释与再现之间的差异时则是本能地进行了模糊化处理。以这种方式进行研究,我们可以十分清楚地阐明为什么像乔伊斯和托马斯·曼这样的作家能够被恰当地归为某一类叙事流派,而霍桑和麦尔维尔则被归为另一流派。当然,对于例释性与再现性叙事之间的区分而言,其用途并不仅仅是分类意义上的,而主要应该是批评意义上的。它既能够帮助我们理解单部作品,也能够帮助我们领会叙事传统的演化特点。

对于例释性文学熏陶下的艺术家们而言,一旦再现性人物塑造作为一种文学可能性对其思维产生影响,那么,他们便会面临意义类别在混杂过程中所衍生的问题与潜能。在英国文学中,乔叟首先感受到了那股再现式人物塑造与意义的浪潮,而乔伊斯的出现则似乎使得整个演进过程重新回到了起点。正如摩莉·布卢姆是一种富于神话意义的现实主义创造,"巴思妇"(The Wife of Bath)③这个人物所赖以生长的例释性传统则受到了再现主义浪潮的最初冲击——这一影响将最终在欧洲现实主义小说那里达到巅峰。要理解乔叟,我们就必须弄清楚他如何与乔伊斯存在着表面上的相似性,而且我们还必须去体会:在乔叟所处的那个时代,传统的例释性人物塑造已经成为作家天经地义的创作本能,而我们现今所理解的现实主义对当时的作家而言还只是一种莫名的冲动,所以,当作家因为那一种冲动而要背离自己的本能时,其

---

① 卡吕普索:希腊神话中的海上女神,在《荷马史诗·奥德赛》中因爱慕奥德修斯而将其扣留在岛上。
② 该亚、泰洛斯:均为代表地球的女神,分别出现在希腊神话与罗马神话中。词源的释义为"大地母亲"。
③ 《坎特伯雷故事集》中的一个来自英国巴思的女朝圣者,她在所讲故事的序言中以婚姻权威自居,回忆了自己前后与5个丈夫的感情经历。

感受一定与今天的情形有着天壤之别。尽管语言只是我们在理解乔叟时所需克服的最小障碍,但我们必须努力运用历史性想象才能接近他的意义。为了清晰有序地说明这一点,我们不妨利用例释与再现之间的区别,作为进入乔叟思想与艺术的渠道,将其就"巴思妇"所进行的人物塑造当作我们研究的出发点。

就"巴思妇"形象的现实典型性来说,这个人物乃属于一种传统类别。从心理性及社会性层面上看,14世纪的"真实"世界要比我们所处的社会简单。正如今天那些还认老理儿的人一样,乔叟同样倾向于将人性看成是普天同一的。无论是历史事件还是个体人物行为,若对它们加以化约,那么其类型之少则会令现代人难以想象,而且围绕这些类型所进行的评判,通常亦流于简单化。在"巴思妇"这一人物的大部分刻画中,我们所能发现的最直接的文学先例和大部分素材就是《玫瑰传奇》当中的"老妇人"(La Vieille)①。与"巴思妇"一样,"老妇人"也就少女们如何结交富有的恋人这一主题进行了反讽性的说教。事实上,《传奇》当中涉及"老妇人"说教的情境非常有意思,值得稍作题外性探讨,因为这可以阐明乔叟就"巴思妇"所展开的构想。

与《玫瑰传奇》中身为恋人的叙述者在"快乐花园"(Garden of Pleasure)里遇到的其他人物不一样,"老妇人"并非一种例释性象征,而是一种女性类型:她们曾经如花似玉,将青春耗费于肉体之欢。而今这位"老妇人"却人老珠黄,她唯一遗憾的是未曾敛聚那原本属于自己的财富。虽然她在讲述自己的愚笨时所得出的"道德寓意"明显旨在启发青春期的姑娘们,但她实际上所面授的听众只有一个,即一位名叫费厄·威尔克姆(Fair Welcome [Bon Accueil])②的英俊小生。然而,这

---

① 13世纪法国寓言长诗《玫瑰传奇》中的荡妇形象,认为天下男人都一样不忠,女人应该学会狡诈,从恋人身上骗取财富。"巴思妇"与"老妇人"均经历了数次婚姻,总结出操控男性的种种办法。二者存在众多相似之处。

② "Fair Welcome"是英文版中的人名,对应于原法文版中的"Bon Accueil",字面意为"善待"(good acceptance)。

个人物的意义却远非一位男性青年的再现。尽管"老妇人"将其称为"我的儿",但该形象在性别特征上还是存在着几乎难以察觉的不一致。这位貌美的年轻人形象作为对女性行为的例释性象征,可能会直接为"老妇人"的建议所影响①。但事实上,这两位不同的人物,一个代表现实女性类型,另一个则作为象征性例释代表着女性社会行为这一抽象观念,两者之间的针锋相对恰恰构成了《玫瑰传奇》的特色。可以说,这首诗体寓言在相当程度上缺乏一致性。甚至在基洛姆·德·洛利思创作的部分当中,那些用以装饰花园外墙的著名肖像也成了具体人物类型——嫉妒者、悲伤者、邪恶者、赤贫者、年长者等——它们并非以纯粹的例释性象征来展示这些人物特点所代表的抽象观念。诸如《玫瑰传奇》和《仙后》这样的叙事,尽管我们通常都称其为寓言,但从来就不是纯粹寓言性的。它们所涉及的人物既可以是来自现实的泛化类型,也可以是用以例释抽象观念的规约性象征。不过,就乔叟围绕"巴思妇"所进行的人物塑造来说,其最相关、最直接的素材却是处于上述寓言情境之中,而且认识到这一点,显然具有其实际意义。事实上,我们可以举证说明"巴思妇"要比"老妇人"更接近于例释性象征。

我们在理解"巴思妇"时,大部分证据是来自她对其本人所做的评判。例如,她将自己与《约翰福音》第四章里的撒玛利亚妇人进行了类比;那位妇人之所以受到耶稣的谴责,乃是因为其虽与第五任丈夫生活在一起,却没有与之结婚。从"巴思妇"对该经文段落及"序言"中诸多其他所引段落的评价来看,"巴思妇"至少可以部分地作为一种反衬与"耶稣的新妇"(the Bride of Christ)②加以对照。那位撒玛利亚妇人皈依了基督,将其视为自己的第六任丈夫,并因此(按照中世纪批注者对

---

① 在《玫瑰传奇》中,这位年轻人实际上对"老妇人"的情场骗术加以拒斥,更坚定了其对忠贞爱情的追求。

② "耶稣的新妇":《圣经》多处出现这一提法,通常作为一种隐喻暗指信仰基督的教会或基督徒,相应地,耶稣则被隐喻为新郎。"二人要成为一体"的夫妻关系,既用来比喻信徒与基督合一的关系,也用来比喻教会与基督合一的关系。此外,该表述亦可指献身于基督教事业的修女。

《约翰福音》中该段落的阐释)而被用作一个典型,以代表受到救赎的犹太教会(即基督教会);与撒玛利亚妇人不同,"巴思妇"虽也寻觅第六任丈夫,但颇具反讽意味的是,她的目的在于肉体上的寻欢作乐:

> 五度姻缘待续六,
> 贞洁委实无须守。

作为世俗类型(与精神类型相对)的新妇,"巴思妇"对于中世纪的人而言很可能暗示了通常的女性,甚至是女性气质这一抽象概念。当然,世俗之妻的原型乃是夏娃。如乔叟笔下的牧师①所解释的那样,经文中关于人类堕落的故事可被理解为个人堕落的寓言:

> 你可以看见这致命的罪首先是魔鬼之诱,如此蛇所示;其后,肉体之悦,如此处夏娃所示;再后,理性之纵,如此处亚当所示。

这位牧师此前曾说,原罪乃是将上帝的旨意"上下颠倒"(*up-so-doun*):

> 的确,上帝、理性、欲感(sensualitee)和人的身体这四者之间的关系是注定的:每一项都主宰着后一项;也即上帝主宰理性,理性主宰欲感,而欲感则主宰人的身体。事实上,在人类犯罪之际,此秩序或神意就被上下颠倒了。

乔叟在使用"欲感"一词时究竟意指何物,并不确定。或许,他指的是"感知性灵魂"(sensible soul)②——人的四种体液(humors)③及情感的栖息之所——以对照于"理性灵魂"(rational soul)所包含的理智和

---

① 可参见《坎特伯雷故事集》中最后也是最长的一则"故事"("牧师的故事");该故事实为散文体布道篇,宣讲美德人生。
② 可参见英国学者罗伯特·伯顿(Robert Burton,1577—1640)在《忧郁的剖析》(*The Anatomy of Melancholy*)中对"灵魂"的阐释,他认为灵魂具有"植物性""感知性"及"理性"三种基本机能。
③ 这种体液理论自公元前5世纪的希腊名医希波克拉底(Hippocrates)开始,一直延续到19世纪现代医学到来之前,认为人体中包括决定健康与性格的四种体液。

意志。

亚当，作为人类的理性，由于屈从于作为人类"欲感"的夏娃而导致了人类的堕落，而夏娃则是因撒旦的唆使而屈从于身体的快乐。严格说来，致使人类堕落的原因既非人的身体亦非人的意志，而是人的理智，它甘愿将上帝的旨意"上下颠倒"，同时背叛上帝的主宰，并放弃自己对意志和感知的主宰。"巴思妇"就女性主宰男性所进行的辩护在其最通常的意义上，乃是支持原罪与堕落对神意的"上下颠倒"。如此看来，"巴思妇"作为一种例释性象征，不仅代表着女性气质，而且也代表着意志屈服于感知的要求及其对理性的操控。"女性气质"和"男性气质""理性"和"欲感"是每个人类灵魂的组成部分。如果说，无论是男性还是女性，其圣洁的灵魂均被比作"耶稣的新妇"，并在《圣经》的比喻性诠释意义上受到"雅歌"（Song of Songs）中那位新娘①的预表，那么同样的，无论是男性还是女性，在其罪孽的灵魂中，女性气质层面亦会凌驾于男性气质层面之上。

"妻管严"或溺爱妻子的丈夫不仅再现了一类男性；他们同时也作为例释性的象征，意味着原罪与魔鬼将神意"上下颠倒"，而这种势力如果足够强大，便会在人类生活的一切领域得以接受。许多中世纪戏剧的基础即在于将神的旨意颠覆，将上帝之爱这一黄金锁链所规约的秩序与等级颠倒过来。中世纪反讽喜剧里那种"上下颠倒"的世界必然是讽刺性的，它应当与理想（传奇）喜剧里的秩序化世界加以对照：奥古斯丁的"世俗之城"与"上帝之城"之间的那种对照。讽刺与传奇是中世纪伟大的叙事文类；两者都是喜剧性的，因为它们从根本上说乃是不同版本的《神曲》。

那位牧师对于人类堕落的寓言式解读，充分说明了中世纪的"反女性主义"。与乔叟的"磨坊主的故事"或"商人的故事"一样，在法布罗故

---

① "雅歌"亦称"所罗门之歌"，《旧约》中颇具文学意味的诗篇，主要讲述所罗门王与苏拉密女之间的浪漫爱情故事。基督宗教的神秘传统，常以此描绘教会或个人与耶稣基督的亲密关系。苏拉密女即此处的"新娘"。

事诗中,性感的娇妻们总能逃脱道德的惩罚。故事中所隐含的观念是:一位年轻的太太无力抵御追求者炙热的爱情攻势,于是顺理成章地与之相好,而这并不背离普遍意义上的女性气质。故事的重点是表现年迈丈夫的愚蠢及妻子与其情人的机灵——并非突出妻子作为真实人物的性格或道德品行。"男性"无力控制"女性"并在体面的"婚姻"中对此加以忍受,这是大多数情色及反女性主义叙事中的寓言主题。乔叟的"婚姻群"(Marriage Group)[①]理念之所以重要,并不只是因为它对现实婚姻进行了主题意义上的探讨,而更多的是因为它借助于一连串(除去"学士的故事")讽刺性例释,以说明"世俗之城"当中"理性"和"欲感"之间那种"上下颠倒"的联系。

如果我们能够避免将"巴思妇"看成是对一个假想人物全部性格的再现(尤其是现代心理学意义上对人物性格的再现),那么我们就无须再钻研其如此这番坦白自己青春岁月背后的"动机",也无须研究其提倡女性主权哲学时的"真实度"。这些问题变得无足轻重——事实上,在前往坎特伯雷的旅途中,也只有两三位与她并肩骑行的朝圣者有可能听到她的"序言"。不过,我们必须提防一种可能性,即我们在关注"巴思妇"这一文学形象时,其意义的多重性会赋予我们全新的自由,进而或许会像小说对历史的误读那样让我们迷失方向。当然,这并不必然就意味着说:"巴思妇"因为不可能成为现代类型意义上的个体再现,便一定是对抽象观念的例释,并借此成为寓言性形象。关于14世纪的"真实"世界,我们已经摆脱了那种基于非历史性断想而进行的琐碎阅读,同样关于14世纪的虚构世界,我们也必须对其加以规避。例释性与再现性的高度融合即便没有表现在同一人物形象之上,至少也会体现于同一则叙事当中,这使得纯粹的寓言和纯粹的现实主义均游离于中世纪晚期的艺术之外。

---

① "婚姻群"理论由哈佛知名学者、杰出的乔叟研究专家乔治·莱曼·基特律治(George Lyman Kittredge,1860—1941)首度提出,认为《坎特伯雷故事集》中存在数个故事以戏剧性对话连成一体,探讨夫妻之间的支配权问题。

"巴思妇"就其出生时的星象影响所做的讲述，清楚例证了乔叟笔下人物形象的模糊意义。

　　金星给我欲望与放纵，
　　火星予我不屈之勇；
　　金牛乃我生辰星位，衔火星于其内
　　呜呼！呜呼！凡爱皆为罪！
　　我定依星象为据
　　永远随心所欲；
　　令我欲罢而不能，
　　我的金星之宫必留好男人

"巴思妇"出生的时辰恰逢金牛宫（Taurus）衔火星从东方的地平线升起。作为金星所守护的两大星座之一，金牛座表现出金星的显著影响；按照中世纪占星术的说法，金星与火星的这种共同影响可能会造就颇似"巴思妇"那样的"性格"。正因为金星星座中的火星曾掌控"巴思妇"的降生，相应地，她不得不重述自己与每个"好男人"的故事。如果我们感觉"巴思妇"这一形象代表了一位假设的"真实"人物，那么我们就要提出这样的问题：14世纪的受众果真相信占星术吗？如果不是，那么乔叟是否希望我们认为："巴思妇"的占星术信念能够打动当时的受众？换言之，该人物视自己为星象操纵的宿命之物，这是否对其形象的意义具有实质性的影响？是否应该将"呜呼！呜呼！凡爱皆为罪！"这句顿呼所包含的巨大反讽理解为一位现实罪者的呼号——其放纵的肉欲使她无法明白：她的性爱是否恰恰残酷地戏仿了"上帝之城"中那种与耶稣结成的爱与姻缘？

　　"巴思妇"可能再现了一位具有自省意识的个体人物，而与此相对应，她也可能例释了一种生命力，其本身并无道德层面的善与恶之分。在中世纪的道德寓言中，火星与金星作为例释性象征代表着"女性化"欲感中的暴躁与情色之力，即身体中企图控制意志与理性的主要动因。

因此,该形象既是例释性的,同时也是再现性的;前者所例释的是一贯挑战上帝旨意的势力,而后者则作为一种再现形式,使得"上下颠倒"神意的罪行体现在一位现实人物身上。对于像"巴思妇"这样复杂的人物塑造,充分领会其中的各种例释及再现因素能够使我们更好地"理解"乔叟,并在其虚构世界和现实世界之间树立一种恰如其分的关联。同时,它也能使我们更彻底地体会到这一人物塑造的艺术性。痴情女人身上所体现出来的人性的感染力,以及那种不加掩饰的情欲所表现出来的震撼力提醒我们,邪恶与罪孽只是存在于恶者与罪者的行为之中,反过来说,罪行与罪者的分离足以使我们在厌恶罪行的同时仍可以喜爱罪者。即便在完全宗教化的社会中,也不乏具有人本主义潜质的作家——薄伽丘和乔叟即明显属于此类,对他们而言,要想在表现神权政治和人本主义宇宙观的同时实现两者之间的妥协,唯一的途径便是利用这种平衡于世俗观与宗教观之间的人物塑造。如何在一个具有例释性本质的传统体系中应对各种新的摹仿性趋向,乃是一种美学层面上的问题。假若该问题能够像上述乔叟的案例那样得以解决,那么它将使得意义更具丰富性和感染力。就这一优势来说,仅仅通过维系旧的传统或是过分迁就于新的现实主义,都是很难实现的。

  例释与再现在虚构世界里的互动,只是作为意义复杂性的一个层面存在于叙事文学当中。我们还可以从再现性叙事中发现心理性层面与社会性层面之间的进一步区分。再现性叙事的大部分意义乃是源自于个人与社会所共同作用的那一区域。有些小说家对人物肖像的社会性更为关注,另有一些则更突出心理描绘,而再现性意义则必须同时在心理性层面及社会性层面上加以审视。它们是小说家关注个体身份和社会民生的产物。类似的,我们也可认为,例释性叙事的意义之所以能够发生根本性变化,乃是因为其象征的属性存在差异:它们可以是正统性及传统性的,亦可为非正统及个性化的。在西方叙事中,不仅再现性趋向往往会取代或操控例释性趋向,而且非正统或个性化象征体系也倾向于取代正统的象征体系。即便当传统象征为现代叙事艺术家们所采纳时,它们常常也是以非传统及非正统的方式得以运用的。对于像詹姆斯·乔伊斯这样的作家来说,其象征不仅涉及弗洛伊德、弗雷泽、萨德①和马索克②,而且也同样关乎天主教仪式或神学——"圣职"(Holy Office)③既是一种神职功能,也是一种成年仪式。类似的,D. H. 劳伦斯也在其所开创的象征体系中很自然地对弗洛伊德和"启示录"加以兼收并蓄,只要看看两篇主要的象征性散文的标题——《无意识幻想曲》(The Fantasia of the Unconscious)和《启示录》(The Apocalypse),我们就能窥见这两大资源在其创作中的相对主导性。

关于叙事中的意义,还有一个重要层面到目前为止几乎未曾被我们论及。在那里,虚构世界与现实世界之间的关联极为薄弱,甚至于近乎失去了关联。在一些小说中,无论是人物身上所体现出来的人性表象,还是某些假想性的人类事件,其实并不存在任何意义,它们仅仅是为了让读者对虚构事件产生兴趣罢了。在纯粹的传奇文学中,人物并非用以再现真实的个体或类型,当然也不是用来例释各种本质或概念。它们只是借用了人类的形态或特征,毕竟这些因素在大部分西方虚构文学中是必不可少的、最起码的叙事工具。此类作品将文学在艺术上的非再现品性发挥到极致。这些"无意义"叙事为了规避意义,往往会采用"美学性"人物类型将其意指潜能局限于叙事的上下文当中。反派、须眉、巾帼:这些美学类型强烈感染着读者的情绪,但却几乎产生不了有意义的影响。在《汤姆·琼斯》中,布利菲尔(Blifil)先生(反面角色)和索菲娅·威斯顿(女主人公)就是近乎纯粹的美学类型。

---

① 萨德(Marquis de Sade,1740—1814):又称"萨德侯爵",法国小说家,因其作品中的虐恋情节而著称;"施虐"(sadism)一词以其得名。

② 马索克(Leopold von Sacher-Masoch,1836—1895):奥地利作家,与萨德齐名,也以其作品中的虐恋因素著称;"受虐"(masochism)一词即以其得名。

③ 乔伊斯曾于1904年发表诗作,以此为题,用讽刺的口吻批判都柏林社会的种种弊病,并树立和捍卫自己的艺术立场。"Holy Office"原指罗马天主教的"圣职部",从中世纪的宗教裁判所演化而来,负责对有害于信仰和道德的异端邪说进行审查和判决。

就纯粹的传奇而言,其智性的真空状态使得它作为一种载体与例释性或寓言性叙事一拍即合,但是当美学类型与例释类型兼容时,当完全情感化的场景或事件与寓言性场景或事件发生融合时,道德趋向与美学趋向之间就会产生复杂的矛盾,进而需要在故事与意义这两方面进行调整。我们很容易理解,在霍桑的叙事作品中,某些元素因其例释性内容而表现出相应的形态,有些则因其再现性肌质而另有所现(如我们在上文已经指出),还有些元素的呈现则完全是出于美学上的苛求,力图使故事所采用的形式能够迎合读者纯粹的情感预期。

如果稍微留意一下菲尔丁在《汤姆·琼斯》中所运用的一些人物塑造样式,我们便能够较清晰地发现,现实世界与虚构世界之间这些不同种类的关联在叙事作品中是如何得以体现的。在该小说中,斯沃肯(Thwackum)与斯奎尔(Square)这两位家庭教师基本上是例释性或寓言性人物。他们主要说来并不是社会性或心理性类型的再现,而是例释了哲学和神学之间针锋相对的立场。然而,同样在这部小说中,乡绅威斯顿却是一位再现性或摹仿性人物。他代表着一种心理类型或气质——也许属于胆汁质——以及一种社会性类型——如其姓名所标示的那样,一位来自英格兰西部的托利党乡绅。由于威斯顿不仅是一种恒定的人格类型——胆汁质,同时也是一种受到具体规约的社会性类型——18世纪的乡绅,所以按照菲尔丁的论断,这种人物塑造的基础乃是以超越时空的方式力求对总体人性保持真实。然而,司各特(Sir Walter Scott)却并不在意菲尔丁本人的观点,相反,他对这一独特的人物塑造给予褒扬,一方面肯定了其描绘的准确性,另一方面又指出,任何其他时空下的作家均未曾如此逼真地创造出这样一位18世纪的英国托利党乡绅。不过对我们来说,协调这些观点似乎轻而易举:我们可以说,该人物塑造的效果在于它恰恰将菲尔丁和司各特二人的观念均付诸了实施。它所代表的人性既是普遍的,也是具体的。

虽然这样的讨论在一定程度上难免流于简单化,但是,只要再稍微细致些去审视菲尔丁在其人物塑造中对例释性、再现性及美学性因素加以融合的方式,那么,我们便可以防止这种讨论变得过于简单化。倘若我们对斯沃肯和斯奎尔这一方与威斯顿这一方进行对比,便会发现:两者尽管就上文所讨论的诸方面而言存在着差异,但他们同时也在诸多特点上表现出统一性。虽然威斯顿本质上属于摹仿性类型,但他过于典型化的品质使其丧失了摹仿的实质特性。相比之下,菲尔丁的同时代作家理查逊(Richardson)笔下的人物则更显出其高度个体化的品性,正因为如此,他们的内心活动也要复杂得多。从真正的意义上说,心理性呈现要比社会性呈现更具摹仿力。社会情境模式下的人物塑造不可避免会伴随着一种泛化过程,它为例释性人物塑造及寓言开辟了道路;相比之下,思想呈现模式下的人物塑造却并不一定需要借助于心理学分类体系。伴随心理性趋向所呈现的人物往往是高度个体化的,他们绝非抽象和泛化的产物,其动机也不易受制于一成不变的道德诠释。所以,当汤姆·琼斯行动时,其"错"与"对"之分对于故事及其意义来说,总是不乏重要性。但是,这种是与非的问题却不能如此轻易地作用于利奥波德·布卢姆的行为,甚至也不能用来针对克拉丽萨·哈罗。与菲尔丁相比,理查逊将其笔下人物的内心活动表现得更为彻底和复杂。事实上,菲尔丁之所以无法理解理查逊,主要就是因为他不能理解理查逊在人物塑造方面的复杂性。对菲尔丁来说,帕米勒(Pamela)是一个善于钻营的伪善者,克拉丽萨则是一位天使——而这两种评判同样都是错误的,因为菲尔丁"看"不到,或完全没有洞见理查逊笔下人物动机的复杂性。约翰逊博士在对理查逊与菲尔丁进行比较时恰恰注意到了这种差异:前者能够窥探钟表的结构,而后者只懂得如何去看时间。约翰逊的比喻尽管对菲尔丁不够公平,但极好地描述了两种人物塑造之间的差异。在过去的两百年当中,菲尔丁对英国小说的深刻影响,一定程度上解释了英国小说为何倾向于对现实主义表现出排斥,而对典型性及寓言性风格却表现出持久的亲和力。

就理查逊的人物塑造所产生的阅读反应而言,读者不会在虚构性人物和现实性类型或观念之间建立联系,相反,他们会在人物的心理与自己作为读者的心理之间寻求关联。与菲尔丁相比，不仅理查逊的人物塑造——由于更深入地扎根于本人生活的土壤当中——更具个性化，而且其读者的反应也要个性得多。理查逊式的人物塑造通常将人物带出"意义"之域。我们当然可以将克拉丽萨看作资产阶级的一种人物类型，而把洛夫莱斯（Lovelace）①视为贵族阶层的一种人物类型，并借此将洛夫莱斯强奸克拉丽萨的企图解读为阶级斗争的一种象征。但是，若过度拘泥于此阐释方法，势必会严重损害人物的个体性。此外，通过提出这种阐释的可能性，我们还可以发现，如果将洛夫莱斯看成一种类型，那么遭受损抑的便不止是该人物自身，更多的则会是其掌控下的受害者。与克拉丽萨相比，洛夫莱斯这一形象的塑造在个性化方面有所逊色，而且其性格在很大程度上乃是依照"复辟时期的公子哥"（Restoration Rake）标准来加以规约的。但是，洛夫莱斯并非我们所标榜的那种典型的理查逊式的人物。帕米勒和克拉丽萨这样的形象才能真正体现出理查逊笔下人物的复杂性，而最能说明这一点的便是，当他执意要将帕米勒解读为"美德有报"的典范形象时，却让自己创造的这一角色遭受冤屈。当然，就其自身成就的思想性而言，理查逊的确存在薄弱之处。尽管他在心理刻画方面称得上是天才，但在所有其他方面却只是一个相当平凡的作家，其思辨力远逊色于菲尔丁。

　　从某种意义上说，洛夫莱斯不仅仅是社会类型——"复辟时期的公子哥"，他同时也是美学类型——"反派角色"，少了他，理查逊所精心打造出来的东西将只是一块没有发条的钟表。不过，洛夫莱斯自身动机的深刻性与复杂性注定了他不可能成为纯粹的美学类型。他拥有丰富的个性。通常，我们绝不会去同情美学性的反面人物，当然也不会去谴责美学性的女主人公。我们不会饶有兴致地去发掘布利菲尔先生或索菲娅·威斯顿与我们自己的关联。同时，这些人物本身也没有暗示出自己与我们借以了解现实世界的那些类型和观念之间存在何种有趣的

————————
　　① 《克拉丽萨》中的花花公子，曾借"英雄救美"之机企图占有克拉丽萨。

对应。他们只是属于故事中的形象，其功能主要是使读者的情感产生两极分化，进而有助于营造出那种追求情节圆满的原始欲望，我们在菲尔丁小说的最后部分往往可以体会到这种峰回路转带来的仓促感。虽然那些美学类型在虚构世界中具有重要的情感价值，但却与现实之间缺乏思想上的关联。所以我们可以说，那些人物几乎并未涉及我们所一直使用的"意义"概念。同样，那种最具摹仿性的人物塑造大体说来似乎也会超越意义之域，只不过是以一种迥然不同的方式罢了。相比之下，高度个体化的人物则能够将读者与虚构世界之间的距离大大拉近，并使得那个世界表现出某种程度的现实可靠性。通过激发人物与读者在心理上的复杂呼应，这种人物塑造为读者提供了一种丰富而又深刻的"经历"——这种经历不仅可以感动读者，还能够锻炼其洞察力和感受力，最终帮助他以本所未有的敏锐和感悟去认识、去理解现实世界。显然，这是一种颇具价值的功能，而且正是在此基础之上，小说的"现实主义"才获得了其存在的充分理由。不过，倘若一部叙事作品——权且假设这样的作品存在——仅仅呈现了其虚构世界与现实世界的这种关系，那么该作品还谈不上拥有了我们在此所论及的"意义"。这并非说此作品就不可能成为展现力与美的伟大之作，更不是说它无法传达重要的伦理价值观。我们在这里乃是人为地将"意义"一词的范畴加以收缩，从而使得所论叙事作品中的人物、行为及虚构世界的背景等具体元素，能够与那些为我们用来认识和理解现实的规约性普遍类型及观念建立某种泛化的、思想性的关联。美学性人物类型的意义与其说是理解层面的问题，不如说是情节层面的问题，而对于拥有发达内心活动的高度个体化人物而言，其意义则主要属于人物塑造方面的讨论。于是，在将人物当作意义加以考察之际，我们会主要关注斯沃肯和威斯顿及其各自在叙事谱系中的祖先与后代所代表的那两种人物类别，因为他们的品性能够真正唤起与现实世界的普遍关联。

由于人物是叙事当中的主要意义载体，因此，我们在探讨意义的章节中首先就是关注人物及其意义的方方面面。尽管物件和行动也可具备例释性或再现性意义,并可通过象征或摹仿——或同时以这两种方式——加以呈现,但是物件除非能变成某种意义上的人物,否则就无法产生行动,而且在人物缺失的情形下,行动也无从谈起。只要叙事作品是意义的结构,再现也罢,例释也罢,那它在某种程度上便会类似于非叙事性话语结构。如此一来,人物即可被视作基本单元,就像句子和段落那样。到目前为止,我们在将人物塑造当作意义加以考察的过程中,往往是将这些基本单元视为意义恒定的静止因素。但是,他们并非如此。随着人物在叙事情节中的运动,其意义也在发生变化,正如词汇的意义在不同的语法环境和上下文当中也会产生变化一样。对于菲尔丁塑造的斯奎尔这一例释性人物来说,当琼斯在摩莉·希格里姆(Molly Seagrim)①的房间挂毯后发现他时,这个人物便转而变成了再现性形象。原本用以代表哲学立场的例释性人物,如今却因所涉情境的变化而走向了那一立场的对立面。在此,他可以意指其所代表的普遍人物类型:伪善与好色之徒。可以说,该人物塑造的突出价值正是在于其例释性与再现性品质之间的矛盾。菲尔丁的文学艺术及其意义在很大程度上乃是依赖于理论和实践之间的差异,为此,他将例释性人物置于再现性情境之中。类似的,当斯奎尔身处弥留之际,他不仅做出忏悔,而且还通过写信多少为汤姆恢复了名誉。这样的一种形象大体说来,既非例释性人物,也非再现性人物,而只是作为情节的机械构件,旨在协助汤姆重新获得自己的合法地位。然而,尽管如此,该人物塑造还是表现出了相当的再现性;这一方面会促使我们关注人物在此处的行为动机,另一方面也足以让我们明白:正是人性将他引入了摩莉·希格里姆的闺房,这与他临终前的人道情怀并无二致。另外,他的临终之举还暗示出一种例释性意义:即这种自然的人道情怀要高于任何一种哲学之道。

---

① 小说《汤姆·琼斯》中主人公汤姆的旧情人,在其怀孕时,汤姆误以为自己是孩子的父亲,直到他偶然发现斯奎尔与摩莉在房里偷情,真相才终于浮出水面。

我们发现，菲尔丁之所以可为用来有效说明意义如何通过人物塑造而得以表达，其原因在于，他成功实现了各种意义元素之间的平衡与协调：这里面包括强烈的摹仿性元素——当然，其中所突出展示的并非心理化再现，而是社会性及伦理性再现；也包括显著的例释性元素——当然，它们时常为主导的社会性摹仿所稀释；此外，还包括强烈的美学或传奇元素，它们既遵循自身的宗旨对叙事的摹仿性及寓言性加以塑型，同时又对两者进行拓展，以创造出新的复杂意义。不过，从另一角度来看，正是由于《汤姆·琼斯》在历史性、摹仿性、教寓性及美学性趋向之间实现了这种卓越的调和，因此，它在意义研究方面的价值反而受到了局限。要更彻底地解决叙事文学中的意义问题，我们就必须借助于历史性考查，以研究教寓性和叙事性趋向的统一，同时突出两类主要的教寓性叙事：讽刺和寓言。

第二部分　意义控制的问题：
寓言（allegory）与讽刺（satire）

要研究叙事中的意义控制问题，一个颇便捷的途径便是仔细考察一下我们的讨论到目前为止所提出的一些类属。诸如历史、传记和自传这样的叙事形式，我们冠之以经验性叙事，因为它们与现实世界存在着具体的关联。我们曾说过，如果叙事与现实世界之间的联系在其具体性上有所削弱时，即不再忠实于具体事实和经历，而代之以更普遍化的理想时，那么叙事作品就会变得更具虚构性。这种围绕现实所进行的虚构性泛化通常由两种对立的趋向加以操控：美学性趋向和思想性趋向，即唯美和求真。传奇便是美学性操控下的极端虚构形式，它在其现实关联性，以及思想内容这两方面均实现了最小化。至于思想性操控下的极端虚构形式，无论它们与真实世界之间存在着怎样的具体关联，我们均冠之以教寓性叙事。要研究叙事的意义控制问题，教寓性形式——主要指寓言和讽刺——恰恰是不容忽视的。

对于虚构作品而言，但凡其叙事结构受到思想性观照的影响，便总会面临两个定义上的棘手问题。而且，这两个问题是相互关联的。其一便是，"教寓性"（didactic）这个字眼在使用过程中既带有纯粹的描述性意义，同时还往往带有贬义。我们可能会将一则"教寓性"叙事看成那种旨在用虚构形式包裹陈腐说教的愚蠢之作，认为它充其量也就是一个不伦不类的故事。当该字眼在此意义层面上得以运用时，它实际上使得所有的评判与理解均沦为了一种想当然。因此，我们的文学批评若要有所改观，就必须使该字眼摆脱那些不恰当的内涵，让"教寓性"一词仅仅指涉那种以思想性及启发性叙事潜能为重的作品，它们既可以是简单的寓言，旨在向读者阐发一则明了的道德训诫，也可以是伟大的思想性传奇，力图为上帝对待人类的方式进行辩护或展现那些掌控人类社会行为的心理法则。一部教寓性作品可以自给自足地阐明一则道德公理，抑或对最具问题化、最深奥的伦理和形而上学的问题进行最审慎的探究。寓言作家不仅仅是指伊索，它同样也包括但丁、弥尔顿、斯威夫特、乔治·艾略特、劳伦斯和普鲁斯特这样的作家。

另一个需要解决的棘手问题是寓言与象征之间所时常引发的区分。这一令人生厌的甄别经布莱克（Blake）和叶芝（Yeats）之手得以在英国文学中变得根深蒂固；它认为象征是有机的、非思想性的，并带有某种神秘的关联——一方面是诗人的意识，另一方面是非现实世界，它身披我们谓之"真实"世界的法衣，成为现实背后的创造性精神或灵魂。以这种浪漫主义本质的观点来看，寓言便与象征形成了对照，因为前者具有显性的思想意识和过度的说教成分，以机械的表象方式反映着现实世界。但是，在叙事艺术（此处，我们必须强调将它与抒情诗分离开来）的实践中，这种区分无论在其绝对意义上具有何种有效性，几乎都是站不住脚的。在抒情诗艺术的批评实践中，我们有可能在象征与奇思妙想（conceit）之间做出有效区分，认为它们分别代表着不同的隐喻过程并借此创造出极不相同的意义（当然，我们应该杜绝任何美学价值层面上的厚此薄彼）。但是，任何在叙事中反复出现的象征，不管是一个物件、一个手势或是一个人物,均受其上下文的规约和限制。叙事要求具备最起码的理性,即便是最为晦涩的意象也势必会受其驯服和制约。叙事的自身规律虽不如物理学定律那样精确明了,但同样客观恒定,这有悖于象征派诗人所实践的那种非思想性、反理性思维模式。我们要做的不是将叙事艺术家们划分为象征主义者和寓言家,而是力求在每一位艺术家的作品中认真把握艺术家的思维及其艺术所特有的例释性、再现性及美学性趋向之间所存在的互动关系。因此,在接下来讨论教寓性叙事的过程中,我们将用"象征"(symbol)一词仅仅指涉所有的例释性意象,而用"象征性"(symbolic)一词表示所有意象的例释性层面。另外,我们还会用"寓言"(allegory)这个概念去代表那种以人物、场景及行为之例释性意义为关注重心的教寓性叙事。尽管《追忆逝水年华》与《仙后》均系教寓性叙事,但斯宾塞所突出的是例释性意义,而普鲁斯特则强调再现性意义。斯宾塞是一位寓言家,而普鲁斯特则不是。乔伊斯远比普鲁斯特更具寓言性,但出乎意料的是,前者的教寓性却远弱于后者。对于乔伊斯而言,寓言已经几乎成为一种纯美学性载体,古今人物的对位关系所带来的娱悦凌驾于其意义层面之上。利奥波德·布卢姆身上的"奥德赛"品质与其说为《尤利西斯》营造了意义,不如说是为其增添了一份乐趣。乔伊斯的例子告诉我们,一位作家偶尔亦有可能在成为寓言家的同时而不必戴上道德家的帽子。

寓言和讽刺,作为教寓性叙事的两种极端形式,并不像传奇那样囿于同现实世界之间的泛化关联,因为这些形式可能会使得传统上颇具再现性品质的意象获得一种规约性"他质"("other"希腊文为 allos, allegoria[寓言]一词即由此得来)意义①。当然,寓言也未必总是以教寓性为宗旨,这一点我们在乔伊斯的例子中已经注意到了。的确,寓言一般来说往往源自将思想性操控作用于传奇和民间故事这样的美学性

---

① 这里所谓的"他质"意义,指的是再现性表象之外的思想寓意,寓言的教寓性即在于此。"寓言"的词源分析,"allos(other)+agora(speaking)"表明了其寓意化的特质。

形式之上,而讽刺则往往发端于将此思想性操控施加于历史、旅行叙事及中篇小说等经验性形式之上。但是,寓言也能够将时事性及历史性具体指涉纳入其规约性的"他质"意义中,而讽刺则同样能够运用"仿"虚构形式(仿史诗、反传奇)以表明颇具普遍意义的思想观念。我们发现,寓言和讽刺乃是混杂的形式——当然,这里是指在自然状态下,而不是在批评家的解剖室中。我们曾在上文指出,菲尔丁作为小说家之所以有其非凡之处,一定程度上乃是由于他能够在其叙事的再现性、例释性及美学性诸层面之间实现一种流动而不失统一的平衡状态。所以,伟大的寓言和讽刺作品通常会关注其自身意象的这三个层面,并对它们之间的相对重要性加以微妙的转切,而不是将其中任何一个层面发挥到至为纯粹的状态。

斯宾塞与但丁是少数几位真正精通寓言性创作的叙事诗人。从他们身上,我们可以多少了解到寓言的本质状态,以及寓言家所必不可少的品质。就这些作家而言,其共同之处包括:卓越的文学修养和语言能力;方言诗歌创作中的驾轻就熟,当然,这基于作家在诗歌创作方面的超凡禀赋和勤奋钻研;对思想内容的深度关注,及其与叙事艺术的美学性追求之间的平衡。而对于这些作家的伟大寓言诗歌来说,其共同之处则在于,它们能够将再现性、例释性及纯美学性元素融汇成一种寓言性混杂体。比如,在《神曲》中虚构人物但丁逐渐对维吉尔表现出钟爱之情——那是一个人,也是一位诗人,更是一位知己。当他们必须在"炼狱"分手时,读者会因为虚构人物之间的别离而深受感染,却几乎不曾想到其中所包含的例释性意义,即主人公脱离了理性的指引。然而反过来说,一旦这种意识果真产生,那么该虚构作品的全部情感力量亦会随之而来。我们会发现,那位神秘主义者在凝视"天国"之际却遗弃了理性的指引,这是何等的可怕。与此同时,这种意识相应地使得二人在字面意义上的分离获得了更强烈的情感效应。类似的,在《仙后》中,盖恩(Guyon)①对"逍遥亭"(Bower of Bliss)②的入侵同样也因为被赋予了一种极富感官之美的诗文，而使得此地的情色之诱极具真实感。不过，如果我们能够稍稍唤起当中的寓言性意义，便会恍然大悟：在如此精巧的伪装背后居然隐匿着不赦之恶。斯宾塞在这里以如此高超的手法营造出再现与例释之间的矛盾性，难怪有些评论家会指责他将邪恶粉饰得过于诱人，而另一些则怪罪他让盖恩摧毁"逍遥亭"。如此一来，这部作品的寓言性意义若不是表现得威力无比，便就是遭到全然忽略。

寓言之所以有别于其他虚构叙事形式，乃是因为其意象的例释性特点。例释性趋向既可能像但丁和乔伊斯的作品那样与再现性趋向发生融合，亦可能如斯宾塞的作品那样与美学性趋向发生融合。然而，就虚构作品来说，例释性只是在罕见的情况下才能完全主导其他两个层面。由于寓言中的象征主义要求具备某种程度的恒定性，因此，寓言在观念呈现方面似乎难免会背上纯粹机械模式的罪名。但是在实践上，寓言性叙事常常并不是手法机械、思维简单的形式。相反，它既是一种思维模式，也是一种讲故事的模式，而且两者之间总存在着积极的矛盾性。与其他"更为纯粹的"思维模式相比，叙事思维所特有的主要品质之一，便在于它能够实现叙事作品中各属性之间的交相辉映。作家出于美学性苛求而为其故事探寻一种赏心悦目的形态，以对其思想内容加以修饰，甚或加以丰富。如果说，诗歌凭借其形式上的严格约束有可能让诗人实现未曾想到过、未曾获得过的意义，那么叙事的美学性及再现性品质同样也能够对作品思想产生柔化效应，而这一点在纯粹话语性或哲学性的思维模式中是无法实现的。

在某些寓言中，尤其是在原始的寓言叙事实践中，美学性及摹仿性

---

① 《仙后》中代表"节制"美德的骑士，他抵制感官和肉体的诱惑，并最终用暴力摧毁了象征性爱和纵欲的"逍遥亭"。
② 《仙后》中妖妇阿克莱莎(Acrasia)的淫荡之所。

因素似乎的确遭到了忽略或让位于单纯的意义。以普鲁登修斯①的《心灵之战》(*Psychomachia*)为例：这是最早的长篇寓言之一，其中的人物是女性斗士，每位均被冠以一种美德或罪恶之名。在这些非现实性的、缺乏美学快感的骑兵突击与单独对决中，美德之师与邪恶之敌决一雌雄。最终，美德一方大获全胜。可以说，我们对《心灵之战》的关注完全集中在这首诗的例释性意义之上。如果我们把道德教寓比作苦口良药，而将再现性或美学性形态想象成糖衣，显然就这部作品来说，糖衣的功能并未得到恰如其分的发挥。只有从寓言性意义的层面来看，两军之间战势风云的突发逆转，或具体交战中就双方对阵人物所做出的独特选择才能表现出的一定的逻辑性、合理性或真实性。寓言性解读将意义赋予字面上的故事——而不是反过来。作为故事本身来说，这首诗既无乐趣可言，也无以开启心智。寓言这种形式本可以利用摹仿性或美学性的复杂形态对各种观念加以探测、认证和丰富，但在这首诗当中，寓言的这种潜能则因其思想意识的绝对主导地位而从未得以发挥。不过，即便如此，叙事作为一种思维模式的价值在这部作品中还是显而易见的。

由于时间上的巨大跨度，我们无从揣摩古典时代晚期及中世纪像普鲁登修斯那样的哲学家—诗人在创作原始寓言时所持有的动机。但是，我们完全有理由相信，这些诗歌之所以得到创作，其原因绝不仅仅是诗人将它们视为传达教寓意义的友好载体。我们猜想，更接近事实的说法或许应该是，寓言性叙事在诗人看来乃是进行哲学探索的真正工具。无论对读者而言，还是对诗人来说，要深入探究一个哲学命题的多重意义，寓言的象征性表达在实践上要胜过中世纪早期哲学那种并不完善的语汇。甚至原始寓言也堪称是一种赋有亲和力的思维模式，而不仅仅是一种有效的修辞手段。作为叙事形式的寓言若要发展，艺

---

① 普鲁登修斯(Prudentius，348—405后)：罗马诗人，其创作深受基督教文化的影响。所著寓言诗《心灵之战》以拟人化手法描绘了美德对罪恶的正义之战。

术家们就必须关注那些为普鲁登修斯所严重忽略的对立趋向,并发掘它们的潜力。

虽然斯宾塞在《仙后》中就英雄体传奇所做的寓言化处理(allegorization)要比乔伊斯在《尤利西斯》中针对摹仿性小说所做的寓言化处理更接近于普鲁登修斯,但是文艺复兴时期的寓言化作家与现代的寓言化作家似乎还是以相反的方向背离了《心灵之战》这一原始寓言。斯宾塞从古代及中世纪英雄体叙事的丰富遗产中汲取美学性意象,并为它们规约了哲学、神学及政治意义;而乔伊斯却为其经验性小说中的再现性意象注入了美学意义。《尤利西斯》中的荷马模式作为受到规约的例释性"他质"意义,指涉了1904年6月16日的摹仿性再现事件。另一方面,《仙后》中的史诗机制则作为主要的再现性手段以表现斯宾塞笔下那种高度思想化寓言所传递的例释性"他质"意义。所以,寓言的决定性特点并不在其意义的本质,而在其意象的强烈例释性品质。不过历史地来看,寓言既是一种思维模式,也是一种讲故事的模式;对于那些视"教"之义务与"乐"之义务不分伯仲的叙事艺术家而言,这两种模式乃是服务于其宗旨的理想手段。就通常的教寓功能来说,寓言与讽刺存在共同之处,对此我们不妨稍作议论,而后再去关注例释性叙事的历史发展。

讽刺和寓言并非相互排斥的模式。寓言的界定特征在其象征性意象而不在其意义,而讽刺的界定则多半顺理成章地取决于其意义。稍后,我们将有机会对一些以讽刺为宗旨的寓言作品进行讨论;不过,首先还是让我们考察一下讽刺文学得以产生的文化语境。历史地来看,讽刺文学乃是作为现实主义的先驱而出现的。在奥古斯都时期的罗马(Augustan Rome)①,以及奥古斯都文学时期的英国(Augustan

---

① 指罗马帝国开国君主屋大维(尊称为"奥古斯都")统治的时期,即公元前27年至公元14年,其间出现了维吉尔、贺拉斯和奥维德等诸多伟大作家。

England)①，讽刺文学的实质几乎就是一种反讽性并置，即用高度再现性的虚构世界去反衬假设性的理想化世界，而后者的价值理念在日常实践中则又不堪一击。正是由于这样的并置，我们的注意力被引向了再现性世界，而不是理想化世界。在裴特洛纽斯的《塞坦瑞肯》当中，诸如英雄式的智慧和坚韧这些史诗性观念，至多也就是提供了一种模糊背景，好让特里马尔奇奥与恩科尔皮乌斯在其跟前丑态百出罢了。讽刺文学需要依赖史诗、传奇及宗教神话当中所特有的理想观念，即理想化的世界是善的，而现实世界是恶的。因此，当讽刺文学兴盛之际，世界正在从理想化导向下的道德机制过渡到经验性导向下的非道德机制。不过，讽刺文学的合理性却在于，它至少能够暂时让读者相信：以漫画形态对现实世界中的社会及道德类型加以再现，其真实性要胜过讽刺文学自身所借以反衬的理想化艺术和思想。作为对现实世界的再现，讽刺文学超越了史诗、传奇及宗教神话。但是，这种优势同时也是一把双刃剑。它既是对某一特定社会背弃昔日理想的批判，也是对昔日理想脱离现实世界的批判。所以，就讽刺作家本人的价值观来说，其定性之难，众所周知。

在长篇叙事进程中，讽刺作家的价值取向经常会发生转切，尤其是当叙事情节的美学性及摹仿性潜能主宰了作家的创作思想之际。讽刺文学具有一种向纯摹仿性叙事靠拢的自然倾向，它当中的人物会丧失其自身作为泛化类型的地位，进而呈现出我们在小说中才能发现的问题化特征。比如，在《堂吉诃德》中，这种转切就是显而易见的：我们不止是看到了小说意义上的人物发展，更多的则是看到了塞万提斯对主人公的再现性意义所表现出来的关注——一个真正的人是如何挣扎于

---

① 指18世纪上半叶英国文学的新古典主义时期，诸如蒲伯及斯威夫特这样的作家均深受古罗马文学先辈的影响；这一历史时期见证了小说和讽刺文学的爆发。

两种世界的矛盾需求之间。在格里美尔豪森①的《痴儿西木传》(*Simplicissimus*)和斯威夫特的《格列佛游记》当中，我们也多少可以发现类似的转切。狄更斯在《艰难时世》中同样无法抵御这种诱惑。对于一则讽刺性叙事来说，如果其美学层面在势力上不断增强，乃至于我们难以对现实世界与理想世界之间的区分进行纯粹的思想性关注，那么，它最终将会从起初的讽刺文学转化为摹仿性小说。于是，我们变成了虚构世界的一部分，并因此在情感上对主人公的幸福、安康深表关切。这种朝向纯粹摹仿性叙事的转化具有服务主题的功效，就像斯威夫特和狄更斯在作品中所表现的那样。在他们看来，如果要在现实与理想的对立需求之间寻找出路，那么人的常识和自发情感作为工具会比理性更为可靠。

罗马讽刺文学因其强烈的再现性特征而对经验性叙事形式表现出天然的亲和。对于滑稽摹仿、对话及哑剧那种实质上的静态讽刺而言，自传（阿普列尤斯）和"真实故事"（卢希安）为其提供了最佳的叙事发展模式。流浪汉结构中那种边旅行、边记录的观察者则从整体上推进了摹仿性虚构文学的叙事技巧，它通过最大化的叙事表达以换取最小化的美学性干扰。但是，长篇讽刺性叙事好像天生就近乎是一种缺乏稳定性的综合体。它不断受到美学性趋向和再现性、例释性倾向的双重威胁，前者注重故事叙述的趣味性，而后者则聚焦于现实世界或理想化世界。以《金驴记》为例，其美学性趋向的实现乃是借助于这样几个途径：主人公的奇异变形，"丘比特与赛姬"的故事插叙，以及卢修斯在皈依女神伊希斯之际所代表的理想对现实的征服——当然，作品的讽刺性也随着这一刻的到来而消失殆尽了。一次真正的奇幻之旅若能在大体上遵循《格列佛游记》和瓦罗式讽刺当中所包含的那种远航—造访—

---

① 格里美尔豪森(Grimmelshausen，约 1621—1676)：德国作家，著有流浪汉小说《痴儿西木传》，以历史上发端于德国的欧洲"三十年战争"(Thirty Years' War, 1618—1648)为背景，采用第一人称视角讲述了孤儿西木(*Simplicissimus*)逃离战乱、邂逅隐士、重返社会，以及万念俱灰后遁入丛林的故事。

驱逐—回归模式，或许便可为再现性、例释性及美学性元素提供最为完美的组合形式，并借此探索某一特定社会与其所承袭的社会、道德理想之间的关系。当讽刺文学从传奇文学的奇异之旅及其他手法中汲取叙事意象时，它便成了一种寓言性文学。其思想性关注使得纯传奇文学中的美学性意象表现出例释性意义，而其美学性关注则使得讽刺文学中的再现性意象表现出摹仿性小说所特有的情感意义。

人们经常试图将《格列佛游记》同各种以叙事或非叙事形式创作的讽刺性反传奇及乌托邦文学联系在一起，却往往忽略了它与寓言性传奇及现实主义叙事之间的密切关联。"小人国历险"中的政治寓言在功效上与《仙后》第五卷中的政治寓言如出一辙。与此同时，整个叙事基调的确立乃取决于那种纯粹为了追求逼真而带来的乐趣。就这一点来说，斯威夫特与其同时代作家笛福存在共同之处。事实上，在阅读《格列佛游记》时，我们并不难区分哪些段落旨在传达寓言性意义，哪些段落为实现纯粹的娱悦性而力图用极具现实主义的细节去呈现非现实性事件。《格列佛游记》第四部分之所以优于前几回历险，某种程度上是因为斯威夫特逐渐认识到如何将例释性、再现性及美学性元素糅合在自己的故事当中。以耶胡（Yahoos）①来说，读者对其产生的反应是：它们例释了人性在丧失理智或其他约束时所表现出来的某些极端层面——暴食、纵欲、贪婪、狂躁、嫉妒。但是，耶胡也作为人类的肉体意象，通过高度再现的方式与出色的身体及心理细节描写而得以展现。它们同样对故事本身的高潮起到了推波助澜的作用，因为慧马之所以决定将格列佛放逐，其动机恰恰在于担心他会怂恿耶胡进行非法阴谋。一方面，格列佛本身是以一个普通人的身份去例释人性之范式，以区别于耶胡所例释的堕落人性和慧马所例释的绝对超人理性；另一方面，他也是一个具有代表性的个体人物，拥有复杂的性格。当格列佛面对驱逐令思忖道，"我认为少一点教条或许更符合理性"，那一刻，我们的反

---

① 《格列佛游记》中的人形生物，以其贪婪、淫荡、肮脏等各种龌龊品行著称。

应是复杂的。我们对受此难题困扰的个体人物深表同情，并因此倾向于赞同格列佛的观点，对慧马理性的生硬流露出憎恶。但是我们也意识到，这一情境在某种程度上也例释了理性在应对人类的问题时所表现出来的局限性。理性是善的，而慧马也是极好的生物，斯威夫特用它们来例释某些可为人类加以借鉴的方式，进而使人类的生活通过非理性（"耶胡主义"）向理性（"慧马主义"）的屈服而得到改观。但是，对于堕落颓废的人类而言，纯粹理性并不可能成为其向导。那位援救格列佛的葡萄牙籍船长在与其他人相处时所体现出来的智慧、慷慨及仁慈，显然对纯粹理性的僵化进行了柔性处理。斯威夫特让格列佛在面对门多萨船长（Captain Mendoza）之际表现出高度的非现实性和荒诞性（作者在许多其他场合亦做了同样的处理），以说明头脑幼稚的人类如何因为过度崇拜而可能导致理性这样的至善之物陷入荒诞之境。《格列佛游记》的第四部分在阐释过程中常常会造成批评上的混乱，这在很大程度上乃是由于评论家们往往会将格列佛本人仅仅视为"现实的"、发展式人物，抑或仅仅将其当作寓言性讽刺的道具。但是，斯威夫特在作品中之所以能够实现其超凡功效和精妙意义，恰恰是因为他拒绝让格列佛在纯粹的现实再现与观念例释之间做出单一的选择。《格列佛游记》的这个部分可谓是伟大而复杂的艺术品；这当然得益于斯威夫特就叙事模式所进行的驾轻就熟的调整和转换，但更重要的原因则在于他能够将这两种虚构的现实意象几近融为一体。小说从第一部分开始即表现为一种寓言性游戏，其中虽然不乏"意义"的片段，但更多的则仅仅是在巨人族与小人族的故事组合当中尝试着各种再现性可能；而小说到了第四部分则成了一张富含意义的羊皮纸，作为叙事艺术家及思想家的斯威夫特可以在那里表现其严肃性和问题化。

《格列佛游记》中的慧马与耶胡在一定程度上例释了讽刺文学所固有的反讽式对照：慧马优于人类，而耶胡次于人类。其主要讽刺目的在于检验这一命题，即"耶胡主义"与"慧马主义"相比，乃是更为典型的人性状态。随着理想化的道德秩序走向崩溃或面临崩溃，此命题似乎凭借其充分的有效性而颇值得关注,因为它采纳了一种复杂的道德意义,甘愿将人类及人类社会视为两者的融合,兼善、恶潜势于一身。耶胡从某种意义上说属于美学性意象。它所引起的憎恶与恐惧不仅与任何规约性的例释意义相去甚远,而且在很大程度上也超越了人们在目睹实际的人或动物时所产生的情感反应。美学性虚构文学既可以凭借女主人公和完美的景致来引发我们对美的感受,同样也会通过恶徒、魔鬼和地牢来激发我们对丑的理解。相比之下,教寓性虚构文学则不仅促进了我们对理性的认识,同时也激发了我们对荒诞的感悟。因此,当讽刺作品表现出例释性时,便经常会伴随着丑陋荒诞的意象;它们不仅例释现实世界的诸多方面,而且,为了检验理想化世界的合理性,这些意象至少还可以产生一种暗示性的对照功效,以反衬理想化世界的诸多方面。但是,讽刺文学中的丑陋荒诞意象明显有别于例释性传奇——它是中世纪及文艺复兴时期大部分寓言文学的基础——当中所包含的相似意象。

那位企图强暴格列佛的雌性耶胡是一个生动的再现性意象,其例释性意义几乎等同于其强烈的美学效果。另一方面,《仙后》中的杜埃莎(Duessa)[①]——其下半身的丑恶之形让诗人不忍去描绘——则不仅代表着传奇文学中的一种女巫类型,而且,她还作为一个例释性象征代表着腐败的罗马教会、巴比伦大淫妇(Whore of Babylon)[②]、苏格兰女王玛丽[③],以及普遍意义上的虚伪本质。当讽刺文学通过关注作品思想而将例释性内涵赋予其意象时,它所包含的象征主义往往是简单明了的,并且很少会损及讽刺文学当中所共有的那种处于强势的再现性

---

① 斯宾塞笔下的女巫形象,在其伪装的美丽外表下实则隐藏着丑陋、邪恶的本质,其名字的词源意义即有二重性的内涵。
② 《启示录》中受到上帝判决的娼妓,她骑着长有七头十角的怪兽,形象奢华、充满权势,代表了离弃上帝转而同世俗与罪恶同流合污的罗马教会。
③ 苏格兰女王玛丽(Mary Queen of Scots,1542—1587):英国历史上一位极富传奇色彩的皇室女性,曾一度投靠伊丽莎白一世寻求庇护,但却遭到长期监禁,直至最终以莫须有的叛国罪名而遭到处决。

效果。然而,对于寓言中的例释性意象来说,它们与现实的关系则显得复杂多义,从而导致其美学性及再现性层面时常易为忽略。例释性意象在原始寓言中可通过上下文进行意义规约,而在中世纪及文艺复兴时期的寓言中,则要求读者具备一些经验方能加以阐释。它是文学及哲学文化的产物。许多世纪以来,这种文化曾将史诗、传奇及宗教神话当作例释性叙事来阐释其中的意象。现在,我们不妨转而考察一下这种丰富的寓言化传统并对其渊源加以概述,为此,我们将因循它所包含的两大脉络:希腊哲学化寓意阐释(allegoresis)和犹太教—基督教经文阐释(exegesis)。当然,阐释传统中的这两种趋向并没有为中世纪的寓言性叙事创造任何模式,而只是为寓言性叙事的创作提供了一个庞大的象征储备。

倘若荷马式吟唱者心中的缪斯曾惠予她的子孙们一种能力,使他们不仅能够清晰地追忆历史,而且也能够洞见未来。那么,对于柏拉图将诗人逐出其理想国之举,他们或许并不会感到太过意外,而真正让他们感到惊讶的倒可能是有人会站出来为他们进行辩护。苏格拉底在向诗人们发出控诉时曾提及这些辩护性的观点,但只是将它们视为缺乏实际意义的因素:

> 然而,赫拉(Hera)受其子捆绑①,赫淮斯托斯(Hephaestus)因帮助自己正在挨打的母亲而被其父掷出天庭②,以及荷马所描述的诸神间的其他战争——无论这些是否该被视为寓言——在此国度中都是无法容忍的事情。因为年轻人并不能判断一件事情是否为寓言性的,而且,那些观念一旦为年轻人所接受,便有可能变得根深蒂固、难以消除。所

---

① 赫拉因其子赫淮斯托斯生来跛足而将其遗弃,后赫淮斯托斯为了报复,发明了一张魔椅赠予其母,将其牢牢束缚,不得脱身。

② 《伊利亚特》第一卷中也沿用了这种说法,即赫淮斯托斯因试图帮助正在挨打的赫拉,结果被父亲宙斯掷向天空,他在空中翻腾了一天,最后落在爱琴海的利姆诺斯(Lemnos)岛上,险些丧命。

以，最重要的事情就是确保他们最初所触及的那些诗歌作品在构思上独具匠心，以宣扬美德为宗旨。

人们通常认为，勒基乌姆学者提亚金尼斯①（约公元前 525 年）最早注意到《荷马史诗》中存在着诸如众神相争这样的不雅之处，并采用寓意阐释法探寻了相关段落中可能包含的"下层意义"（undermeaning [*hyponoia*]）。在提亚金尼斯看来，诸神之间的战争在其字面意义（literal meaning [*logos*]）之下乃是描述了几种对峙的元素——赫淮斯托斯、赫拉及海神（Poseidon）分别代表了火、空气和水——或是道德冲突。阿那克西曼德②、赫拉克利特（Heraclitus）、阿那克萨哥拉③及其他次要的前苏格拉底哲学家们同样注意到了荷马文本中的"下层意义"。兰普萨卡斯人梅特罗多勒斯④作为阿那克萨哥拉的弟子，是最彻底的早期寓意阐释者。他将"物理"意义赋予凡人及众神：阿伽门农是以太（ether）⑤，阿喀琉斯是太阳，海伦是地球，帕里斯是空气，得墨忒耳（Demeter）⑥是肝脏，狄俄尼索斯（Dionysus）⑦是脾脏，而阿波罗则是胆囊。《荷马史诗》的寓意阐释传统早在柏拉图出生时便得以牢固确立，而到了他创作《理想国》之际，该传统则已构成了希腊哲学思辨中的一个重要因素。倘若荷马时代的诗人当时依然在世，那么，他们准会因为这样的发展而唏嘘不已。

---

① 提亚金尼斯（Theagenes of Rhegium，生卒不详）：公元前 6 世纪来自勒基乌姆（位于今意大利南部）的古希腊文学评论家，因其为《荷马史诗》进行的辩护性解读而著称，是寓意阐释法的早期代表。

② 阿那克西曼德（Anaximander，公元前 611—前 547）：希腊天文学家及哲学家。

③ 阿那克萨哥拉（Anaxagoras，约公元前 500—前 428）：希腊哲学家。

④ 梅特罗多勒斯（Metrodorus，生卒不详）：公元前 5 世纪来自希腊重镇兰普萨卡斯（Lampsacus）的哲学家，他在阐释《荷马史诗》时，在寓言性层面上将诸神及其故事对应于宇宙万物的相生相克。

⑤ "以太"，此处指的是高空的清澈气层，是希腊众神居住的奥林匹斯山所企及的区域。柏拉图在《斐德若篇》中将"以太"视为苍穹（heaven）。

⑥ 希腊神话中掌管农业、给予大地生机的女神。

⑦ 狄俄尼索斯：希腊神话中的酒神。

希腊的哲学性寓意阐释之所以得到发展,一种可能的原因即在于,古代史诗传统不仅已经包含了希腊人在历史、地理、宇宙论、伦理学、政治学及生理学方面的一切知识,而且也涵盖了后世学者所着手探讨的许多主题。在希腊理性主义初露端倪之际,只有《荷马史诗》这一文本能够将过去的智慧积累与感官世界中的现实神秘事物联系在一起。史诗所拥有的尊贵地位促使哲学家们不惜动用词源学这种并不可靠的手段,去探寻荷马的神来之笔中所蕴含的"下层意义",并借此发展其自身的理性化学说。

赫希俄德曾试图对史诗传统中的神话元素加以理性化规约,以使它们与现实生活发生更为密切的联系;就这一领域而言,他所创作的两部所谓的史诗,《神统记》(*Theogony*)①及《工作与时日》(*Works and Days*)②,可以说代表了我们迄今为止所能发现的最早尝试。过去,诗歌与哲学在实践上并未成为各自分离的技艺,柏拉图后来甚至在自己的思想中对其理论上的可能性也予以了否认。有证据显示,这两种技艺曾同时出现,但是到了公元前5世纪,荷马寓意阐释与哲学话语再现尽管依然有可能紧密相关,却已经变成了两种不同的思维活动。虽然诗歌化哲学与哲学化诗歌阐释之间的密切联系偶尔会受到文学史家们的误解,但其历史重要性却是不容忽视的。这种现象在12世纪至17世纪那一阶段又得以重现,当时的西方寓言文学恰逢其真正辉煌的岁月,而那些最伟大的想象之作也再次表现出强烈的理性化趋向。如果我们能够对希腊经验做出正确的认识,那么这将有助于我们理解中世纪的相关问题。

按照柏拉图对理想化"教育"的界定,诗人的虚构之作虽说只是美丽的谎言,但却可以有效地服务于教育的宗旨。柏拉图通过这一形象

---

① 赫希俄德创作的诗篇,主要从谱系的角度讲述古希腊诸神的故事,是希腊神话的重要文献。

② 赫希俄德创作的诗篇,主要关注古希腊农业生产技术,同时也包含诸多富于智慧的训诫,强调劳动的重要性,可谓是一部道德格言集和农业历书。

表述旨在暗示:故事中的"样板"(typos)乃是表现故事"道义"(nomos)的方式,而学生从"样板"中所接受到的则是某种印象。随着故事的进展,纯粹的"观念"(doxa)将在一定程度上得以传达。就《荷马史诗》来说,由于众神往往被描绘成引发灾难的罪魁祸首,且喜好倾轧相争——两者均有悖于道义——如此一来,它们便会以错误的"样板"给学生造成不良的印象,以邪恶或愚蠢的观念使学生堕落。作为一位教育家,柏拉图无法接受这样的虚构之作,因为它们不仅以谎言对现实加以再现(那是所有虚构作品的共同之举),而且同样以谎言来表达其学说。很明显,柏拉图意识到了一种意义层面,只要在这个层面之上,虚构作品即便在其字面水平("逻各斯")上流于虚假,却仍可以保持其真实性("样板""道义"及"观念")。或许,柏拉图所心仪的虚构作品指的是诸如道德寓言和"说教故事"(exempla)①那样的东西;就像今天的情形一样,它们在当时亦是儿童文学珍馐的重要组成部分。显然,这些教寓性叙事并不一定都是寓言性的。在《理想国》中,柏拉图没有就哲学家们所假设的"下层意义"加以评判。据他看来,不管那种意义是否存在,它将不会给年轻人铭刻下什么印象。

柏拉图在《理想国》中对诗人的批判及其在《伊安篇》(Ion)②中对寓意阐释家们的批判产生了两个显著的结果:一是旧式的"哲学性"寓意阐释走向衰弱;二是新式的"修辞性"寓意阐释声势渐强。柏拉图力求让哲学家们相信,理性作为发现真理的工具要胜过寓意阐释,他的这一论断主要是基于前者的精确性。而对于修辞学家,柏拉图则让他们相信,《荷马史诗》的道德品性,以及随之而生的文化核心如果无法在现实再现的基础上得到捍卫,便须借助其寓言性(例释性)意义来实现此目的。在许多斯多葛派学者和新柏拉图主义者的实践中,哲学性及修

---

① 古典时期、中世纪及文艺复兴时期,文学中通过讲述名人轶事的方式达到宣扬伦理道德的文类。

② 柏拉图文艺对话录之一,通过苏格拉底与专事吟诵《荷马史诗》的伊安进行对话,探讨了诗歌创作中的灵感问题,指出诗人的创作并非凭借技艺而是借助神灵附体。

辞性寓意阐释依然紧密地交织于同一根绳索。类似的,围绕神话所展开的"物理性"及"道德性"阐释也依旧密不可分地混杂在一起。然而,有一点却是毋庸置疑的:当人们面对柏拉图的责难而为荷马进行辩护时,希腊寓意阐释并非初现端倪,而是正经历着其侧重点的转移,即从哲学家们那种颇具影响的寓意阐释过渡到修辞学家们的寓意阐释——前者从《荷马史诗》的"下层意义"中发掘出所隐藏的新宇宙论,并借此使这些学说身价倍增,而后者则从《荷马史诗》的"下层意义"中探寻某种伦理或宗教信条,将其用以为古代史诗辩护,既驳斥了理性主义者的"美丽谎言"批判,同时也驳斥了道德学家的"有害谎言"批判。我们从锡德尼的《诗辩》及其在意大利文艺复兴时期的先驱之作中所看到的,正是这种辩护性的寓意阐释传统,它与当时刚刚得以复兴的亚里士多德的《诗学》理念融为一体。

在《诗学》中,亚里士多德并未就意义的寓言性层面与再现性层面加以区分。其原因并不难解释。亚里士多德将诗歌视为对行动的模仿(imitation),而真正寓言性的虚构之作却无法满足他的这一观念。如柏拉图所为,亚里士多德将文学当作"摹仿"(mimesis)加以关注。但是,二人在对艺术进行评判时却存在着差异,这并非因为他们持有不同的艺术功能观,而是因为他们围绕真实性产生了不同的理解。亚里士多德在对诗歌与历史加以甄别时颇费了些心思。诗歌之所以凌驾于历史之上,并非因为它能够对现实本身加以再现,而是因为它能够对典型事物加以再现。历史局限于按照实际发生的情况来描述事件,而诗歌则能够按照很可能发生的情况提出假设的事件。诗歌中的行动实施者具有普遍性,因为他们的言行符合人们对于特定人群类型的规约。他们的行动由于遵循或然性及必然性法则而表现出一致性。与历史报道相比,诗歌的优越性在于其一致性和普遍性,同时也在于它并非直接对现实加以再现,而是对操纵现实的各种法则加以再现。在柏拉图看来,既然现实只是对真实事物的模仿,那么诗歌就只能是对模仿的模仿。因此,它背离了真实。然而,对于亚里士多德而言,诗歌则是在抽象化及普遍化的过程中趋向真实。

柏拉图之所以对希腊诗歌颇有微词，可能是因为它无法获得某种寓言性模式。由于柏拉图将理念的哲学当作其出发点，强调通过摹仿性虚构作品中的典型因素去例释各种理念，因此，他必然会不满于那种对现实加以普遍化再现的艺术。即便苏格拉底未曾存在过，恐怕作为艺术家的柏拉图也不得不将其杜撰出来：只有在柏拉图式的对话当中，才有可能将理念与现实融为一体加以再现，而不至于损及任何一方。从希腊古风(archaic)文学或阿提卡(Attic)①文学中幸存下来的少数几则寓言，如柏拉图在《理想国》第7卷中的洞穴之喻或色诺芬的《回忆苏格拉底》②中由普罗狄克斯创作的寓言"赫拉克勒斯的抉择"，都是哲学家的作品，而不是出自诗人之手。这些寓言的意义在它们所处的上下文当中得以规约。就像《荷马史诗》当中的拟人化形象，如惊慌之神(Panic)、逃亡之神(Flight)、恐惧之神(Terror)和争端之神(Strife)，哲学家们的寓言并没有摆脱修辞性人物的宏大谱系。拟人化形象或许可作为证据以说明宗教崇拜——进而也可说明史诗与戏剧——当中所包含的理性化倾向，而寓言则是哲学话语当中的诗化元素。在希腊古典时期接近尾声之际，出现了一个具有自省意识及寓言性表意功能的庞大意象体，它一方面得益于上述两种倾向操控下的文学产品，另一方面也得益于荷马寓意阐释的斯多葛传统及新柏拉图传统当中所包含的大量规约性寓意。

与荷马遭遇的批判颇为相似，圣经文本的真实性和道德性同样也受到了理性主义的责难。相应的，犹太教派或基督教派的辩护性阐释

---

① 古风文学指公元前7世纪至前5世纪的希腊文学，而阿提卡文学主要指公元前5世纪至前4世纪以阿提卡方言为标准文学语言的希腊文学，属于古典希腊(Classical Greece)文学时期。

② 这是色诺芬为其师苏格拉底写的回忆录，书中提到苏格拉底的朋友——哲学家兼语言学家普罗狄克斯——所构思的神话寓言，讲述大力神赫拉克勒斯在美德女神(Virtue)与邪恶女神(Vice)之间如何做出选择。

也易被误当成前苏格拉底时期荷马寓意阐释法在近古时代①的延续。柏拉图及其前辈们将荷马文本理解为神灵启发之作。它们所包含的一切真理无非来自经过再现性例证的"道义",或隐藏于虚构表象之中的"下层意义"。字面意义(除去柏拉图指出的例外情形)是美丽的谎言。柏拉图所说的例外情形是指丑陋的谎言。虽然希伯来释经传统将《圣经》视为神启之物,但是与希腊寓意阐释不同,它认为经文在字面意义及历史意义上都是真实的。东方观念将历史看作宏大的、不断重复的循环,这既是希腊历史思想的特征,同时也可能最初促成了希伯来经文阐释的惯常做法,即一方面依赖于文本字面意义的准确性,另一方面又依靠文本中的客观现实记载所蕴涵的预言性。甚至当斐洛②、奥利金③及其他学者将希腊寓意阐释引入希伯来和基督教释经传统之际,圣经文本所包含的历史意义的主导性及字面意义的绝对准确性也未曾受到过真正的挑战。

　　对圣·奥古斯丁来说,《圣经》是完全真实的。当然,他在日后亦将作为一个代表性例证以说明释经传统实际上极富多样性,同时也极具活力。奥古斯丁在《论基督教教义》(*De Doctrina Christiana*)中曾对释经者的诸多职责加以描述。依他之见,释经者的第一职责乃是理解经文中的字词、语句及比喻所意指的历史人物、言论及事件。上帝是《圣经》的作者,而世俗化的作者只是受到"圣灵"启发的记录员罢了。就其作者身份来说,上帝可算是一位寓言家,他时常将意义隐藏于《旧约》记载的历史事件之中。释经者只有在清晰理解历史意义的基础上,才能进一步去分析上帝在《旧约》和《新约》所载事件中隐藏的意义。

　　由于希腊寓意阐释在揭示"下层意义"的过程中往往使得字面意义

---

① 近古时代大致是指欧洲古典时代(公元前8世纪—后5世纪)与中世纪之间的过渡历史阶段,约从公元300年至600年。

② 斐洛(Philo,公元前20—后50):希腊化时期出生于亚历山大港的犹太教哲学家,致力于运用寓言对希腊哲学和犹太教进行融合。

③ 奥利金(Origen,约185—254):早期基督教希腊教会神学家,致力于校勘希腊文《旧约》,并对《圣经》进行寓意阐释。

遭到破坏,因此,希伯来及基督教文化在强调《圣经》内容的客观真实性之际,自然会对前者表现出一种敌对的姿态。当然,柏拉图的理念(idea)与形式(form)二元论的确也对圣徒保罗(St. Paul)——乃至于对整个基督教神学——产生了深刻影响。正因为传统释经学所包含的这种"现实主义"趋向,希腊思想中的"唯心主义"便无法在正统神学中促成物质世界与精神世界之间的分裂,而它所能做的只是让想象性文学蜕变成柏拉图所认为的那种对于模仿的模仿,同时在近乎每一个基督教时代持续构成主要的异教倾向。希伯来现实主义与希腊唯心主义的融合使得《圣经》无论从其整体还是从其各部分来看,均意味着记录并预言了肉体向精神逐渐演化的过程。《旧约》中的文字被认为包含或预示了《新约》的精神实质。《旧约》中的主人公处于一种发展进程之中,而希腊叙事中的主人公则处于一种静止的状态当中。希腊叙事作品的进程局限于情节当中的行动,而且即便如此,这种行动也只是例证了稳固不变的普遍法则;与此同时,行动的实施者,即人物,亦随情节的展开而演变为愈加恒定的伦理类型。相比之下,亚伯拉罕(Abraham)、雅各布(Jacob)、大卫(David)及参孙(Samson)这些人物则因其个性化发展而成为关注的焦点。在信奉基督教的读者眼中,他们并非代表着各种伦理类型,而是作为原型代表着耶稣,在这一层面上,他们的个性化发展起到了重要作用。

像祭献艾萨克(Isaac)①这样的历史事件,作为经文阐释中的一种原型,首先是被看作耶稣在十字架上的殉难,其次才被视为基督徒个人面对这个世界的罪孽与虚妄而自愿选择死亡。因此,《旧约》的"预表性"(typological)意义不止是对《新约》所载事件的预示,同时也成了基督教的学说。它可以被当成一种教寓,即堕落的人类若要经受耶稣的拯救,那么作为个体的人在精神层面上则不仅需要复现亚当的堕落(这

---

① 《创世纪》中记载的故事,讲述上帝为了试探亚伯拉罕对神的绝对信仰,故意让他献子为祭。

种复现几乎是"人类的堕落"自身所带来的必然结果),同时也需要复现耶稣的生与死。在耶稣那里,"道"(Word)成了"肉身"(Flesh)①。要对《旧约》中的历史进行预表论阐释,就必须履行双重使命:首先是识别某一历史事件(原型)所指涉的耶稣生平中的事件(预表类型),然后再将此基督学意义(Christological meaning)与那种适用于个人的教义性及道德性意义联系起来。因此,预表论意义乃是道德性(或"比喻性"[tropological]②)意义的初始状态。

释经者们还可以通过第三种方式从《旧约》和《新约》所记录的事件中发现意义。这种诠释将那些事件当作各种预示,以更具体的比喻去说明:总有一天,或是在世界末日,重获新生的教会将与上帝实现最终的统一。事实上,当教会中的个人道德生活与耶稣生平中的事件被视为具有某种神秘的同义关联之际,这种精神层面的统一便已经得到了暗示。作为第三种阐释,经文历史事件的"神秘性"(anagogical)意义③并不总是以孤立的经文阐释层面存在着,因为它所依赖的那些具体事件尽管未曾发生过,但它们所预示的教会与上帝之间的精神统一却已显现于耶稣与个体基督教徒之间的圣礼关系(sacramental relationship)当中。

《圣经》的"情节"不仅可以被想象成一条水平线,贯穿历史时间的始终,而且亦可被视为此水平线正上方一条逐渐上升的线条,从人类被逐出地上乐园一直延续到最终与上帝在天上乐园重聚。这条水平的情节线描绘了圣·奥古斯丁"世俗之城"的发展;而这条上升的情节线则描绘了其"上帝之城"的演进。在《圣经》故事中,主人公们的人生轨迹

---

① 《约翰福音》的开篇即写到,"太初有道。道与神同在,道就是神"。这个"道"就是神本身,是耶稣基督,也是神的恩典和真理,属万物之本。同样,在《约翰福音》第一章第一节中,亦有"道成肉身"之说。

② "比喻性"阐释是释经传统的一种方法,它通常旨在借助伦理道德工具对《圣经》文本的意义加以诠释。

③ 神秘性阐释与上文提及的寓意性阐释、比喻性阐释和字面性阐释均为《圣经》阐释的重要方式。神秘性阐释将现实事件投射到未来世界,具有神秘主义色彩。

因循着上升线条的方向,当然,他们只是构成了这一情节中极小的部分。耶稣的一生同样也因循这一运动,并神秘地贯穿其始终。"上帝之城"尽管最初表现为物质和实体形态——对于失乐园之后的那一代人而言——然而最终却会上升为精神形态。未来的事件可以通过先前的事件得以暗示和预表,但不乏晦涩。保罗的著名训诫,"那字句是叫人死,精意是叫人活"①,并非说《旧约》或"旧法"(Old Law)是一个美丽的谎言。它乃是忠告人们从精神层面去阅读那些字句(即《旧约》中的人物、言论及事件),把它们当成对《新约》中"肉身"与"道"的预示。

  在探究历史事件中的意义时,希伯来文化及早期基督教对具体人物与事件进行的分析往往表现出"现实主义"的特征。奥古斯丁鼓励其弟子研究《圣经》中的"事物",这样便有可能从物质属性的理解深入其中所隐藏的神秘意义。经文的"下层意义"不仅包含在《旧约》所载历史的具体现实之中,而且也因为我们依旧从属于历史进程而包含于当下所处的具体现实之中。希腊的历史循环理论往往通过某些个人和事件对人性的常规及普遍法则加以例示,而基督教的历史理论则与此不同,它清晰勾画出一条由始而终的演进历程,赋予每一事件以独特的意义。不仅每个人物都因这些事件而神秘地参与到耶稣的生活中去;其个人的发展也同样推动整个演进历程进一步接近最终的圆满。在希腊文学批评看来,自然法则通常借助于各种典型得以例证,而叙事作品乃是针对这些典型的现实状态所进行的抽象。相比之下,基督教的经文阐释则是将《圣经》视为对现实状态的记录,通过阅读可以发现人类逐渐实现精神至善的故事。

---

① 见《新约》哥林多后书第三章。此处的"精意"(spirit)即表示圣灵。

按照奥古斯丁在《忏悔录》中的记录,他起初发现了摩尼教(Manichean)①哲学家们在其科学中所犯的错误。他本人从信仰那种黑暗的异端学说到皈依基督教上帝的发展过程,包含了对上帝创世的客观思考、希腊的哲学热情及其修辞性寓意阐释、安波罗修②的经文阐释法,直至最终实现其本人的释经法和仁爱之道。作为叙事,《忏悔录》是一则关于心路历程的现实主义记叙。如果说它偶尔也显露出其寓言性意味,那么唯一的解释就在于,它暗示了奥古斯丁这个人物乃属于回头浪子这一类型,就如同年轻时的大卫或圣徒保罗——他们各自身处历史的不同时期,但却因其逐渐归化为耶稣的形象而同时表现出几分"上帝之城"的至善状态。虽然奥古斯丁非常关注于记录自己在每个发展阶段中的情感和观念,但他的方法却不能简单被贴上任何现代意义上的"心理化"标签。对于奥古斯丁这个人物在其不同发展阶段的"性格",我们还谈不上具有相当程度的认识,而且我们在那里也很少能看到现代心理小说中所存在的社会性影响。最重要的是,奥古斯丁没有将心理细节本身当作目的。与卢梭不同,他在对自己的情感及精神生活进行详细记录时,并无意关注其深刻性和独特性。作为一个人物,奥古斯丁属于一种"典型":当然,不是人性的典型——如我们在古典时期的历史及传记中所看到的那些,而是一种精神典型——这有些像柏拉图的理念——在历史中,它表现出对耶稣生平的预示性,而在生活中则意味着对耶稣生平的遵照。

对奥古斯丁来说,人类达至精神圆满的诸阶段乃是通过个人的圆满过程来重现的。个人向上发展,力图与"上帝之城"的情节线索相吻

---

① 摩尼教:一种源自古代波斯祆教(Zoroastrianism)的宗教流派,为公元 3 世纪中叶波斯人摩尼(Mani)所创立。这是一种将基督教与伊朗马兹达教义(Mazdaism)混合而成的哲学体系。奥古斯丁在年轻时曾是摩尼教的追随者,但逐渐对其宇宙论表现出失望。尽管奥古斯丁曾对摩尼教的善恶论心存幻想,但后来在其《论自由意志》中则反驳了摩尼教有关善与恶、光明与黑暗、灵与肉的二元论世界观。

② 安波罗修(Ambrose,约339—397):意大利神学家、布道家、诗人、米兰主教,对奥古斯丁的基督教思想产生了重要影响。

合,等到其精神复活之际,他便成为基督教会的一分子,与上帝结为一体。《圣经》中记载的重要历史事件经过精神层面的阐释而成为个人生活中的重要事件。个人的精神复活本身即预示着整个基督教会最终的躯体复活,并因此表现出"神秘性阐释"的意义。人类及个人的历史、当下和未来全都统一于耶稣,因此,它们同样也展示出从物质到精神的至善潜能。尽管基督教的"情节"最初在人类失去恩典这个部分是悲剧性的,但此后则因其趋向于最终的复活与团圆而表现出喜剧性。

对于复活与团圆这种上升性的普世情节来说,除却喜剧之外还存在另一种可能的表现形式,当然,它不是悲剧,而是反讽。"世俗之城"与"上帝之城"之间的区分意味着一种双重视野,它几乎不可避免地会使得人类世俗行为的再现表现出讽刺性,因为无论其如何理想化,现实状态与精神理想的背离总是存在的。不过,在一些罕见的事例中——如我们在但丁那儿所见——叙事艺术家能够在痛恨罪者所犯罪行的同时,仍旧保持对罪者的钟爱。也正是在这种情况下,中世纪的叙事才得以接近希腊悲剧或文艺复兴时期的悲剧。除此之外,通常的态度则往往是对罪者的愚蠢加以讥讽,因为他为了命运之神所给予的昙花一现的馈赠而将上帝,他唯一的真善,拒之门外。只有像乔叟笔下的"修士"①那样顽固不化的凡夫俗子,才会认为人类注定要遭受天使路济弗尔(Lucifer)的命运——这是修士第一个"悲剧"的主题。当然,就修士作为叙述者所主张的观念而言,乔叟的态度乃是嘲讽性的。在中世纪的基督徒看来,"世俗之城"中人类福祉由盛转衰的悲剧性"跌落"仅仅是作为一种反讽式颠覆,以映衬人类在精神层面上抵达"上帝之城"的潜在可能,即全人类通过耶稣的牺牲所获取的那种潜在可能。

《忏悔录》之所以能够对奥古斯丁这个人物的心路历程进行足够清晰的展示,乃是因为它既可对实际的思想及情感经验加以再现,亦可对

---

① 此处的"修士"出自《坎特伯雷故事集》中的"修士的故事"(The Monk's Tale);在故事开始处,"修士"将"悲剧模式"理解为"那些曾身居高位者的痛苦,他们从显赫之处跌落,无人能将他们从逆境中解救"。

基督教教义进行阐发。这样一来，《忏悔录》便在纯粹观念的话语再现与纯粹现实的叙事再现之间实现了作品张力的最大化。叙事作品很少将现实与观念融合在一起。奥古斯丁的现实再现某种程度上预示了现代传统中的"成长小说"，而他的观念再现则前瞻性地指涉了中世纪神秘主义者的论著。与古典叙事相比，《忏悔录》的摹仿性既有过之，亦有不及。奥古斯丁为日后的基督教寓言既提供了主题，也提供了方法。这一方面得益于他的历史理论，另一方面也得益于他的思想观念，即个人在实现其自身精神圆满的过程中，会复现并预示基督教会的圆满。但是，奥古斯丁与柏拉图一样，无论从其禀性来说，还是从其真理观而言，都无法为基督教寓言提供相应的创作模式。

将奥古斯丁的释经法转化为对想象性叙事的解读，是西方艺术史上最重要的发展之一。然而，这个过程的演进机制却远未得到充分认识。在奥古斯丁的时代到来之际，希腊寓意阐释的发展足以使得这两种传统之间的融合成为可能。此外，还存在其他几种势力，它们也试图对想象性叙事作品进行颇具基督教寓意的阐释，如早期基督教针对异教艺术画像所进行的图示新解、就异教神话中的拟人化现象所进行的哲学性分析，以及古典时代晚期和基督教时代形而上学当中所出现的强烈的柏拉图因素。在诸多围绕维吉尔所做的评注中，希腊化方法与基督教方法即发生了相遇。奥古斯丁熟悉维吉尔关于理想之城的预言，进而在构想"上帝之城"这一观念时深受其影响。要对《埃涅阿斯纪》进行基督教寓意阐释，关键就在于将这部史诗看作一种预言，一种类似于《圣经》及当下事件中所包含的预言。早先的斯多葛派及新柏拉图派寓意阐释曾指出，《埃涅阿斯纪》旨在讲述主人公为实现其道德圆满而历经的渐进过程。然而，如果完全用基督教寓意阐释来解读这部作品，那么埃涅阿斯乃是告别了作为物质世界的"旧特洛伊"，转而前往代表精神世界的"新特洛伊"，这一征途意味着主人公逐渐归化为耶稣形象的历程。只有作为对宗教意象的体现，其道德圆满才能表现出真正的伦理意义。虚构性主人公，就像《忏悔录》中的具体人物那样，可以通过其与经文中各种耶稣类型之间的相似性对经文中的各历史阶段加以复现。类似的,理想之城作为一种类型,则不仅代表了基督教会,同时也代表了天国乐园。

无论是教父还是日后的神学家,他们均未特别提倡将异教性的想象文学当作《圣经》去阅读。虽然在维吉尔这个特殊案例中,人们普遍认为上帝乃是通过一位异教诗人在说话——尤其是在弥赛亚式的"第四首牧歌"①当中,当然《埃涅阿斯纪》亦是如此——但是,这些异教诗人的创作,至少在中世纪早期来说,主要是因其拉丁风格而得以推介。对于具有责任感的神学家而言,经文阐释的方法在他们手中只能适用于《圣经》,因为它与想象性叙事的不同之处在于:它是真实的。意义并非隐藏于文学意象之中,而是隐藏于那些意象所代表的实际事物当中。不过到了 14 世纪,古典神话的传统基督教阐释体系在历经缓慢的积累之后,终得以向世俗诗人提供富含意义的古代文学意象;与此同时,在伟大的释经者笔下,那些同样富含意义的经文意象亦得以通过布道及礼拜仪式而逐渐成为世俗诗人加以应用的素材。

诸如无名氏法语长诗《洁本奥维德》(*Ovide moralisé*)②、皮埃尔·柏绪尔③所著《诗人的寓言》(*De Fabulis Poetarum*)及薄伽丘的《诸神谱系》(*De Genealogia Deorum*)这些 14 世纪的鸿篇之作,不过是神话表征传统——在时间上可回溯至最早期的荷马寓意阐释——当中所衍生出来的终极产品。在诗歌及释经传统的发展过程中,由于赫拉克勒斯和埃涅阿斯这类异教英雄演变成了耶稣的类型,因此,我们便不能将

---

① 维吉尔所著《牧歌集》(*Eclogues*)充溢着浓郁的古罗马田园风采,共包括 10 首诗篇,主要描述牧人的生活、爱情故事与美妙的田园风光,对了解当时的社会及自然环境具有一定的史料价值。其中的第四篇牧歌之所以被誉为"弥赛亚式",乃是因为该诗篇设想了一个孩子的降生将引领人们进入一个充满希望的黄金时代。

② 这是一首八音节双韵体诗歌,长达 7 万行,创作于 14 世纪初,主要旨在对奥维德的《变形记》进行寓言化演绎,借此来体现基督教的思想寓意。这部诗作不仅对乔叟的文学创作产生影响,同时也对中世纪晚期及文艺复兴时期世俗文学的发展产生重要作用。

③ 皮埃尔·柏绪尔(Pierre Bersuire,约 1290—1362):中世纪法国作家、神学家。

中世纪的异教神话阐释视为本质意义上的希腊方法在基督教时代的延续。事实上,释经传统与希腊哲学寓意阐释这两者的实际意义,与其说是在于它们为中世纪叙事诗人树立了其艺术赖以依托的文学模式,不如说是在于它们逐渐积累了一种常规的、具有文化规约性象征意义的经文意象及古典意象体系。这些意象,以及赋予它们意义的文学阐释理论,共同构建了一种多少具有连贯性的文学方法,叙事艺术家们借此便能够在重述传统故事之际,有意识地对其哲学意义加以操控。

除此之外,还存在第三种传统。在那里,古代凯尔特及日耳曼神话和英雄传统当中的意象经受了基督教的重新阐释。但是,由于证据的极度匮乏,该传统本身甚至还只是停留在推测的基础之上。以薄伽丘的《苔塞伊达》(Teseide)①为例,这是一则经典故事在14世纪的人文主义翻版;作者本人的评注或可作为确凿的证据用以说明:在这首诗中,特西奥(Teseo)②和伊波莉塔(Ipolita)这样的人物,乃至于诸多神话人物,共同代表了十三个基督教世纪以来这些形象所获得的文化规约性意义。特西奥的睿智作为该形象的固定特征,使得他成了一种惯常的基督化君主类型——在乔叟的"骑士的故事"当中,该形象还将再次出现。不过,这种证据在阐释下列作品时却很难碰到:围绕亚瑟王题材所创作的不计其数的传奇、《尼伯龙根之歌》、《贝奥武甫》、冰岛的散文体萨迦,以及其他新近脱胎于口头传统——这一点可以通过形式结构加以识别——而产生的作品。

口头创作的卡累利阿诗歌(Karelian Songs)讲述了关于"卡勒瓦领地"(Kaleva District)的神话传说,这些诗歌直到19世纪20年代、30年

---

① 薄伽丘的长篇史诗,该作品巧妙地将骑士传奇与爱情之战融为一体。乔叟在《坎特伯雷故事集》中的"骑士的故事"即取材于此。

② 特西奥是故事中的雅典统帅,当伊波莉塔在塞提亚(Scythia)率妇女将所有的父亲与丈夫杀死并建立女性政权后,特西奥率军讨伐这一罪行,并迎娶伊波莉塔女王为妻。

代及 40 年代才由埃利亚斯·隆洛德①整理出版;在这些诗歌当中,基本上找不到对传统神话进行基督教阐释的痕迹。只有在隆洛德收录的最后一首诗②里,耶稣基督的故事方才受到影射,但其目的乃是在于用完全传统的方式去戏剧化地表现伟大的维那莫依宁(Väinämöinen)③与那位即将把他逐出芬兰的新生儿英雄之间的冲突。有人断言,尽管数个世纪以来,诗人们自身已经成为基督教徒,但《卡勒瓦拉》传统当中那些神灵般的魔法师们却让人感觉与基督教文化格格不入。卡累利阿口头传统所塑造的英雄往往借助强大的魔幻之歌击败敌人,在此层面上,它所保留的神话传统就其"英雄体"而论,要远逊色于《荷马史诗》当中所展现出来的神话传统。几乎所有关于《卡勒瓦拉》的资料均说明,该传统乃是从远古时代——至少就北欧而言——留存下来的。由于它只可能在农民阶层中传播,因此,其摹仿性成分乃是对民间生活的反映。我们可以推测,假如这一传统当初能够身处某种更贵族化、更具理性主义的文化中并依照其自身规律发展下去,那么它就有可能因循希腊及希伯来神话叙事的发展模式,衍生出自身的辅助性评注和阐释传统。这样一来,其传统意象可以如希腊寓意阐释那样,通过指涉现实观念而得到解释,抑或像经文阐释那样,通过指涉宗教学说而得到解释。此时,它与另一种文化传统进行真正合成的时机便成熟了,近古时代希腊和希伯来叙事传统中诸多重要意象之间的合成即如此。

那么,我们到底有无证据显示,这样的合成在凯尔特及日耳曼传统叙事中也完全有可能发生呢?厄文·帕诺夫斯基指出,西方艺术史当

---

① 埃利亚斯·隆洛德(Elias Lönnrot,1802—1884):芬兰文献学家及传统芬兰语口头诗歌学者,其最重要的贡献在于编纂了芬兰民族神话史诗《卡勒瓦拉》。

② 即第 50 首,讲述的是少女玛丽雅达(Marjatta)因食莓果而怀孕生子,这位仅两周大的新生儿面对国王的震怒不仅毫无惧色,相反开口讲话,以确凿的罪名迫使国王离开尘世,而自己则接受神意成为新任国王。这个故事当中存在圣母、耶稣等基督教意象,也在一定程度上反映了芬兰历史上的基督化过程。

③ 芬兰民间传说中的神,拥有音乐及诗歌魔力;在隆洛德的眼中,他是一位充满传奇色彩的古代英雄、一位"不朽的诗人",正是他建立了卡勒瓦领地。

中的某些阶段曾表现出基督教对经典意象的重新阐释。大力神将刻耳柏洛斯(Cerberus)①从冥界拖回阳间的意象对一位古代画家而言,会表现出希腊神话层面的图示意义,而对一位不了解此神话故事的基督教画家来说,则不会产生那样的意义。在后者看来,该意象一旦被清空其图示性内容,便只是一种母题。不过,这种关于一个人将另一种生灵从地下拖出的母题,对他来说,或许暗示了耶稣将亚当从地狱中拖出的寓意。如果他继而运用此经典母题去阐述基督教主题,那么用帕诺夫斯基的术语来说,他便是在创造一个新的意象。

反过来说,那些经典主题——如狄多与埃涅阿斯的故事——到了中世纪晚期便得以呈现在代表中世纪日常生活图景的母题当中:以狄多与埃涅阿斯的故事为例,至少有一种版本将二人描绘成对弈游戏中的小姐和绅士。意大利文艺复兴的成就在于将经典母题与经典主题重新加以组合。然而,即便是那样,此类重新阐释却依然无法摆脱数个世纪以来的寓意阐释影响。一位文艺复兴时期的观众或许会将委罗内塞②的画作"战神与维纳斯"(Mars and Venus)理解为对古代神话人物的逼真再现,但是这幅作品还可以在例释性层面上意指人类性格中色欲与愤怒这两种力量之间的固有关系,而在经典母题与主题缺乏关联的历史时期,这种意义则仅仅停留在神话本身的层面之上。

同样的,当两种文学文化相遇时,也可能产生大致相似的发展进程。以《贝奥武甫》为代表的显著传统性史诗,即对那些具有明确基督教意义的主题表现出亲和的姿态,不仅如此,日耳曼口头叙事也对它们表现出了相同的热情。比如,古英语叙事传统的整体形式机制曾被用以进行相当细致的经文释义工作,或是讲述圣徒与使徒们的故事。日耳曼诗人为表现耶稣及其使徒所采用的文学意象,大约仅在一代人之

---

① 希腊神话中看守冥界入口的恶犬,大力神曾因赫拉故意刁难,而不得不去完成十二种艰难的使命;捉回刻耳柏洛斯就是其中一项。

② 委罗内塞(Veronese, 1528—1588):意大利威尼斯画派三杰之一,他的绘画充满世俗生活情趣,既以现实写真为基础,同时也不乏场面浩大、富丽堂皇的装饰品性。

前,曾同样被用以再现传统中的民间英雄。古撒克逊语诗歌《救世主》即提供了一个尤为突出的例证。我们两次在该作品中发现可被称为皇室宴席的"论题",在这种经过程式化描绘的宴席中,异教时代的扈从和国王经历了他们最宝贵的集体时刻。这些文学意象必定再现了真实的仪式性会晤,在此期间,国王和文武百官的社会及宗教角色获得了最强烈的确认。该"论题"但凡出现在古英语和古撒克逊语的作品中,均包括:"高大的厅堂""长凳""地板""快乐""倾倒出""清亮的红酒""贵族"。此外,《贝奥武甫》和《救世主》的诸多场景中还包括一位在觥筹交错的武士中间来回穿梭的贵族女性形象。无论皇室宴席这一"论题"在古代异教社会中具体再现了何种宗教和社会类型,它在基督教诗人的创作中则往往被赋予新的意图,有时甚至是相反的意图。《救世主》当中的两次宴席场面在形式上近乎一致,但第一次代表的是希律王(Herod)的盛筵,其间莎乐美(Salome)在众武士面前翩翩起舞,而第二次则代表加纳婚宴①,其间那位贵族女性成了圣母玛利亚,走动于宾客之间,发现那"清亮的红酒"已被享受一空。

　　当然,将一种口头叙事传统当中的惯用意象与古典艺术的母题加以类比,难免存在不妥之处。从异教的大力神入侵地狱到形式上相同的耶稣下降阴府,两者在创作时间上相距可能有一千年之久。但是在口头传统当中,对于叙事意象的重新阐释至少在同一代人的历史时期中便开始发生了。这些古老的"论题"不可能就这么空守着,指望在新的语境中得以复制——除非它们已在既往的文学资料中留有记录。关于传统凯尔特及日耳曼叙事意象的重新阐释,即存在两个问题:像皇室宴席这样的"论题",即便运用于具有明显基督教意义的叙事当中,还能在多大程度上保留异教化的意义?而信仰基督教的受众又会在多大程度上有可能对显著异教化的叙事加以重新阐释?

---

　　① 这是《约翰福音》中记载的故事,讲述耶稣及其门徒在加纳城参加婚宴时,施展了变水为酒的奇迹。

对于9世纪英国的文墨之士来说,他们不仅有可能受益于中世纪早期的神话学作者——如塞尔维①、傅箴修②和马提安努斯·卡佩拉③,当然也可能会接触到此后由比德、塞维利亚人伊西多尔④、拉巴努斯·莫鲁斯等人所著的百科全书之作。正因为如此,将贝奥武甫解读成为某种耶稣类型还谈不上是卓绝的创意。口头传统中的吟唱诗人并无"意图"去操控其叙事的"意义"。他的意图就是把故事吟唱出来。所以,倘若我们想知道《贝奥武甫》中的诸多意象在基督教性质的盎格鲁—撒克逊文化中被规约了怎样的意义,那么我们乃是就这首诗的受众提出了一个难以回答的问题。就这首诗本身来说,耶稣未曾在任何地方被提及,而且也没有表达过任何近似于基督救恩的清晰观念。尽管这首诗蕴涵了很高的伦理价值,但这些价值并未超越古典时期英雄人物所示范的那种"自然"道德理念。如果《贝奥武甫》是一则基督教性质的叙事——学者们对此几乎一致予以证实——那么正是在相同的意义上,大力神将刻耳柏洛斯拖出冥界被当成了一种基督教意象:这则叙事的受众凭借其自身学识将其中的异教意义加以清除,使之浓缩为叙事母题,在不改变其形式特征的条件下将这些母题重新阐释为基督教意象,即例释性象征。

在北欧,连续数代人曾围绕各种相对固定的叙事母题进行过重新阐释。关于这一点,最能说明问题的便是欧洲传奇当中那些成为日后

---

① 塞尔维(Servius,生卒不详):公元5世纪罗马文法学家,曾对维吉尔的《埃涅阿斯纪》进行系统批注。

② 傅箴修(Fulgentius,生卒不详):公元5世纪末至6世纪初的罗马神话学家,注重对古典神话文本进行寓意阐释。

③ 马提安努斯·卡佩拉(Martianus Capella,生卒不详):公元5世纪的罗马学者,中世纪早期教育中"三艺"(trivium)、"四艺"(quadrium)学科体系的奠基人。所著寓言体神话《斐萝萝嘉与墨丘利的婚礼》(De Nuptiis Philologiae et Mercurii)讲述司掌表达和解释的神使墨丘利与一位睿智少女斐萝萝嘉(意为语文学)的联姻,七位伴婚少女分别是语法、逻辑、修辞、几何、算术、天文学和音乐。

④ 伊西多尔(Isidore of Seville,约560—636):西班牙塞维利亚大主教,他的不朽贡献《词源》(Etymologiae)20卷是从以往的拉丁语名著中摘录而成的百科全书,该书取材广泛、旁征博引、探本求源,保存了大量的古代珍贵文献。

英国素材(Matter of Britain)①的凯尔特神话所经历的基督化演进过程。诸如哥特弗里德·冯·斯特拉斯堡所著《特里斯坦和伊索尔德》中的"爱情之穴"(Minnegrotte)②、克雷蒂安所著《圣杯的故事》(Conte du graal)中帕西瓦尔和鱼王的对峙,以及《寻找圣杯》(Queste del Saint Graal)和马洛礼(Malory)作品中的格拉海德(Galahad)③或是《高文爵士和绿衣骑士》(Sir Gawain and the Green Knight)中的"绿衣骑士"在亚瑟王宫殿里那种令人惊愕,却又多少让人期盼的降临,——所有这些母题均可被看作是对前基督时代神话的溯源。当然,作为宗教神话中的意象,它们还同时观照着仪式的现实性和最理想的宇宙控制形式。

对于古人而言,现实存在的意指元素和宗教神话的原型完全属于同一事物。古人不可能以现代意义去构想历史。他的意指(即仪式化)行为通过与神话事件的认同而发生于通常的时间序列之外。世俗时间里所出现的那些独特的、无名的、乏味的,以及"罪孽的"事件——其连续性排列即构成现代意义上的"历史"——通过仪式性的死亡、涤罪及重生而经受年度性的销毁。于是,历史性的现实世界经历着年度性的摧毁与重生。宗教时间和世俗时间实现了年度性的同步。我们在更为复杂的古代神学中所发现的"重要纪年"(Great Years)循环体系,甚至于奥古斯丁的双城观念,都保留了一种实质性的宗教原则,通过它,宗教仪式的参与者便得以挣脱历史性时间,转而成为神话事件的参与者。这样,他不仅超越了历史性时间,而且也超越了历史性时间所服务的经

---

① 此概念由12世纪晚期法国诗人让·博代尔(Jean Bodel)在史诗《撒克逊之歌》(Chanson de Saisnes)中提出,主要指亚瑟王及其圆桌骑士的传说;另外两类"素材"是"法国素材"(查理曼大帝及其圣骑士)和"罗马素材"(希腊罗马神话及古典时期历史)。

② 在这个来自"英国素材"的故事中,亚瑟王的骑士特里斯坦因和身为国王未婚妻的爱尔兰公主伊索尔德偷情败露而被迫流亡,途中发现并避难于一处洞穴,即此处的"爱情之穴",故事作者在此留下了丰富的寓意。

③ 亚瑟王传奇中以纯洁著称的骑士,是三位圣杯骑士之一。他曾斗胆入座"圆桌"的"危险之席"(只有注定找到"圣杯"的人方能安坐此空席),经过一番测试,亚瑟王封其为世界上最伟大的骑士。

验性世界。当然,奥古斯丁的阐述对于持异教信仰的北欧人来说是难以接受的,因为它不仅承认了世俗世界的现实性,同时也承认了其独特性。毫无疑问,现代意识当中那种伴随物质宇宙观所引申出来的单一的、线性的、非宗教的历史进化论,对于中世纪的异教徒及基督徒而言乃是完全陌生的。

无论是哪一种文化,其历史观与现实观均不可避免地发生着密切的联系。如果不存在一种永恒的、超越历史影响的宗教时间,那么也就不会存在凌驾于实际生活之上的现实。仪式的功能在于介入历史性时间,使之与宗教时间实现同步化。只要它通过自身的媒介作用使人类行为获得意义,进而通过在人与神之间、现实与神话之间建立起认同关系以实现对历史的超越,那么,它就会与经验性现实及历史性时间保持着联系。人类的最强烈趋向并非去摧毁经验性世界,而是将其转化为神话性世界,在现实生活中重获伊甸园,并一劳永逸地实现神话性现实与经验性现实之间的同步性。

神话中的贝奥武甫早在日耳曼史诗经受基督化重新阐释之前,便已经在历史上耶阿特国王许耶拉克的朝廷中找到了一席之地;同样,爱尔兰神话也是在前基督时代便开始借助于神话历史论①式的变形,将那些具有仪式性意指功能的人物转化为某个准历史性场景中的传奇国王和英雄。具体说来,将凯尔特神话与历史上可能存在的亚瑟王相联系乃是中世纪威尔士叙事艺术家们所取得的成就,而在欧洲大陆的布列塔尼(Brittany)②,他们的同族人则转而负责将此类传奇引入主流化的欧洲艺术当中。

从技术性层面来说,神话和历史的融合,以及异教性意象的基督化再阐释,必定存在某种程度的偶然性。在《贝奥武甫》中,历史上真实的丹麦王宫被赋予了一种神话渊源——北欧谷神的栖身之所,而戈兰德

---

① 神话历史论由公元前 4 世纪古希腊哲学家乌荷米勒斯(Euhemerus)提出,认为神话乃是基于历史事件之上的超自然化重述。
② 威尔士与位于今法国西北部的布列塔尼均属于传统中的凯尔特民族。

尔作为丹麦人所面对的魔怪,其身世则可追溯至《圣经》谱系之中①。罗杰·谢尔曼·卢米斯②曾就圣杯传奇这一事例说明古法语词汇"cors"所包含的巧妙歧义——既可指"兽角"(horn),亦可指"身体"(body)——如何有可能促成关于"圣杯"(sains graaus)的重新阐释:伴随"圣杯"出现的常见缀语"cors benoiz"③使得"圣杯"在凯尔特神话中意味着代表丰裕的"圣角"(blessed horn),而到了12和13世纪传奇文学的圣礼意象中则指涉耶稣的"圣体"(blessed body)。

  在中世纪教会那里,凯尔特及日耳曼神话也许被当成了英雄体叙事形式,而非原封不动的太阳神话和生殖神话。就这两种文化直接发生密切联系的时间而论,法国和爱尔兰要早于英国和斯堪的纳维亚。然而即便如此,我们却并没有多少理由做出如下推断,即对任何一种欧洲文化而言,其英雄体叙事当中之所以存在着历史性元素,仅仅是因为性急的传教士们出于对宗教神话的不满,而促使它进行了仓促的理性化发展。

  卡累利阿地区的口头叙事可能由于未能将其意象重新阐释为基督教象征,从而无法实现其神话与历史的融合。宗教神话中的意象既指涉自身所体现的宇宙力量,同时也关乎自身所加以理想化的具体仪式活动。若要逐渐摒弃仪式,就必须日积月累,从平常的感觉经验中汲取其他元素,或借助于历史事实这一新的现实基础进行美学性模仿。对于历史性时间中的现实而言,无论是先有所意识,后有叙事艺术中的再现,还是颠倒过来,或者同时发生(这是最有可能的情形),某一历史性场景的出现或缺失,总能多少反映出具体叙事作品中现实再现的属性。虽然《卡勒瓦拉》中的诗歌融汇了不少来自芬兰农民生活的细节,但它在本质上仍是仪式化的。比如,其中的百余篇咒文(charms),以及有关

---

① 在《贝奥武甫》中,魔怪戈兰德尔及其母被描述为该隐(Cain)的后代。
② 罗杰·谢尔曼·卢米斯(Roger Sherman Loomis,1887—1966):美国学者,欧洲中世纪文学研究的权威人士,尤以亚瑟王传奇领域的研究著称。
③ "benoiz"在古法语中意为"神圣",基本相当于英文中的"blessed"一词。

农业和机械技术的描绘由于并未充分摆脱魔幻—宗教意义,当然也就无法表现出纯粹为了摹仿而摹仿的印象。这部作品的中心人物不只是存在于历史性时间之外,他们同时将自己作为超人的力量隐藏于农夫的衣着之下。《卡勒瓦拉》中摹仿性细节的数量暗示出理性化过程的端倪,不过它的仪式化痕迹和非历史性语境也强烈暗示出其意象作为象征仍带有相当强烈的宗教色彩。因此,我们无法将它们仅仅理解为对现实的表征,或将它们重新阐释为例释性的基督教象征。

只有当叙事艺术家们开始将其意象理解为对经验性现实——而不是对仪式当中的神话意指性现实——所进行的摹仿,例释性再阐释才会显著作用于传统叙事母题之上。如果这种经验性趋向继续朝着历史性、摹仿性叙事顺利发展,那么这些意象将变为纯粹传统性的再现类型。在北欧,冰岛的家族萨迦就是此类发展的示范性产物。不过,如果经验性趋向受到阻碍,与此同时,具有仪式性象征意义的现实尚存有微弱影响,那么叙事母题则要近乎清空自身的宗教内涵,然后才能经过充分的调整以观照显著世俗化的现实。民间故事、歌谣及传奇正属于这种情形。面对读写技能的不断普及和西方基督教世界的高雅文化,这些传统便流传至相继低等的文化阶层,对摹仿或例释性再阐释所代表的理性化趋向予以抵制。它们中的男女主人公可以保持那份超自然的骁勇与美丽,抑或它们的情节依旧在虚幻之中透出奇异,既无需观照经验性现实,也不必通过意识化规约去例释各种观念。这些叙事中的意象对于神灵或妖魔类型的再现,要比它们对于现实类型的再现更赋功效。作为美学性意象,它们实现了再现性或例释性意义的最小化。

这种美学性虚构在历史上曾表现为宗教神话的非理性化情节和母题,而如今则始终能够为叙事结构提供丰富的资源,甚至在高度理性化的叙事传统中亦不例外。神话原型毕竟是人类的想象之物,它们展示了具有普遍意义的心理模式,即便是最具经验主义取向的受众也会深受其感染。叙事艺术家依据自身不同的观念可能会以数种方式对美学性情节加以理性化:他或许会将美学性意象的意指内涵理解为对基督化原型的模糊预示；他可能会将它们当作例释性象征，以获取经过意识化规约及操控的观念（大多数中世纪及文艺复兴时期的寓言将这两种方法融合在一起）；也许，他还会将美学性意象理解为历史性人物和事件，将它们看作现实世界的再现性意象（这是摹仿性虚构作品的通常情形）；或者，他也可能将它们理解为无意识原型，在不同文化中以略有差异的伪装加以投射，却揭示出各种文化之间相同的人类现实（就像乔伊斯在《芬尼根守灵夜》中的做法）。寓言性叙事将美学性意象用作代表观念的例释性象征，只有它才能做到在对神话进行理性化发展的同时而不必增强其再现性。相比之下，其他对于神话的运用则往往突出现实，在那样的情形中，它们既可作为象征，以代表某种更高层面上的现实（经文阐释及现代文学的"象征主义"），当然也可以作为现实本身。在本章的下文中，我们将考察神话的理性化发展从寓言到摹仿性虚构的历史切变——这一切变化恰逢欧洲理性主义摆脱中世纪思想的抽象知识化进程，转而向现代科学的实证主义发展。

关于叙事，中世纪的常规观念似乎大致关注到了故事意义生成的两种方式：对经验世界的再现与对观念世界的例释。这样的区分甚至可以从"巴思妇"的朴素认识论当中窥见一斑。在《坎特伯雷故事集》中，她在其"序言"的开始处提及两种知识的来源：

> 经验，并非这天下的权威之书
> 然于我倒是颇具用途
> 用以探讨婚姻中的苦痛

这本"权威之书"（auctoritee）来自过去的作家、信条和教寓，它与经验一道引领人们走向智慧，而对巴思妇来说，这样的人生指南在不得已时，亦可弃之不顾。"权威"与经验在乔叟的诗作中随处可见，两者作为潜在的对手相互制衡。乔叟笔下的喜剧性叙述者本人，即时常就经验和"权威"的问题表达过与"巴思妇"几乎截然相反的态度。如《贞女传奇》(The Legend of Good Women)①的叙述者在"序言"中所告诉我们的那样，除非出现特殊情况，否则他不会受蛊惑而抛开书本去直接面对世界：

> 就我而言，虽才疏智浅，
> 却也以读书为快乐之源，
> 我寄忠实和笃信于书籍，
> 从心里向它们表达敬意
> 之诚，纵使有趣事相诱
> 我亦不为心动与书相守，
> 偶有例外乃因恰逢圣日……

当然，他的书籍并非都是知识大全和宗教布道。这位叙述者倒是读了——

> 经过验证的老故事
> 关于圣洁、王国和胜利，
> 关于爱情、仇恨及其他诸多事。

不过，他的读书目的在于追求真理，而非获取直接经验。如果乔叟的人物塑造的确如现代读者所认为的那样，是在反讽意义上指出其叙述者对书籍所表现出来的过于热切的"忠实和笃信"，那是因为乔叟乃是从现代意义上去关注经验的有效性。此叙述者对于权威的信任要比"巴思妇"对于个人经验的依赖，更符合我们称之为"中世纪思想"的假想实体。

与该叙述者不同，前往坎特伯雷朝圣的那位牧师显然对想象性文学形式不抱丝毫兴趣。当轮到自己表演之际，他并不打算真正讲一则

---

① 乔叟诗作，到目前为止得以确认的英国文学中第一首英雄双韵体诗歌，围绕神话及历史传奇中的10位著名女性展开。作者在"序言"里采用中世纪惯常的梦幻形式讲述爱神及其女王谴责睡梦中的叙述者，认为他创作了有损于女性形象的作品，进而要求他创作一首颂扬女性美德的诗歌。

故事：

> 诸位别指望我会把故事讲……
> 为何非要播撒糟粕于田垄，
> 而不依我所愿去把小麦种？

按照牧师的想法——以通向天堂最便捷的途径去指引其听众——其他文学形式都不可能具备宗教布道那样的功效。一则普通的叙事会要求牧师不仅播种"小麦"，还要播撒"糟粕"。在中世纪有关叙事意义的讨论中，"糟粕"还在其他场合被称为"谷糠"或"外壳"，抑或"表皮"，它们由训诫内容以外的故事构成。而作为古代权威的训诫则呈现于叙事的"果实""内核"或"核心"——即牧师的"小麦"当中。正是为了这一内核，乔叟笔下的叙述者方才阅读了那些"经过验证的老故事"。

关于叙事艺术，中世纪批评中小麦与糟粕的二分法并不总是表现为牧师"序言"中的那种清教化取向。对此，乔叟经常以更为古典化的术语来表示：*sentence*（意义）和 *solas*（乐趣）。一则好的故事，如坎特伯雷朝圣途中客店老板哈利·裴莱（Harry Bailly）①所认为的那样，理应在诲人之际予人以乐趣，这无可厚非。客店老板为讲故事竞赛订立了章程：谁讲出"拥有最佳意义和最大乐趣的故事"，谁就享受免费的晚餐。当牧师冷落故事而推崇布道时，他乃是以教导者的身份而不是艺术家的身份在发表言论。对中世纪的叙事艺术家来说，无论他们将其故事的美学性及再现性元素当作纯粹的"糟粕"还是潜在的"乐趣"，都会面临一种挑战，即如何将最大的乐趣与最佳的教寓融合在一起。他们既对故事的教寓性有所意识，当然也同样知道"小麦"仅仅构成了故事的一半。而且，他们中的大多数人均不遗余力地试图将其"糟粕"转化为最大的"乐趣"。教与乐之间的区分往往将批评的关注点集中在作家的哲学观念及其修辞之上，换句话说，也就是集中在其叙事的深层

---

① 《坎特伯雷故事集》中朝圣者们的向导及讲故事竞赛的最终评判者。

"内核"和表层"外壳"之上。事实上,这种区分本身乃是批评传统的产物,它发端于贺拉斯,而后一直延续到文艺复兴,当时的诗歌已被视为修辞的一个分支。我们据此发现,大多数中世纪叙事不仅具有教寓意识,也同样具有修辞意识。

当诗歌归入修辞之际,文学艺术的作用也就被化约为摹仿,以及对个人情感和价值观念的表达。诗歌的功效性一方面源自其训诫内容的合理性,另一方面乃是因为其语言能够有效说服读者将那些训诫当作真理去接受。这种将叙事看作修辞性及哲学性艺术的观点自然会受到中世纪学术文化的青睐,在那里,普遍真理的现实性,以及教条相对于经验的优越性通常毋庸置疑。普鲁登修斯、马提安努斯·卡佩拉和阿兰·德·里耶①的原始化寓言在神职人员当中拥有很好的口碑,而此前,诸如马科罗比乌斯②的《〈西比奥之梦〉评注》那样的作品所阐发的自然哲学曾在他们的成长进程中产生过重要影响,比如,他们可能会依据那些著作认为人类的妊娠期是七个月。对这些读者来说,《心灵之战》《斐萝萝嘉与墨丘利的婚礼》及《安提克劳狄亚努斯》③代表着与现实的对峙——当然,此现实并非是通过杂乱的感官经验所模糊领会到的现实,而是那种业已为理性所阐明、经过哲学传统提炼的现实。原始化寓言的情节在本质上几乎是纯粹思想性的,其观念的模式化运动能够在产生美感和乐趣的同时不涉及任何感官体验所包含的经验性内

---

① 阿兰·德·里耶(Alain de Lille,约 1128—1202):法国神学家、诗人,因其博学而有"百科博士"(Doctor Universalis)之称。

② 马科罗比乌斯(Macrobius,生卒不详):公元 5 世纪罗马文法学家、新柏拉图学派哲学家,曾对西塞罗的《论共和国》(De re publica)第六卷"西比奥之梦"(Somnium Scipionis)进行评注,使得古典时期的众多哲学思想与宇宙观得以在中世纪流传。

③ 《安提克劳狄亚努斯》(Anticlaudianus)是阿兰·德·里耶所著的六音步寓言体长诗,标题的字面意思——"反克劳狄亚努斯"——暗示了阿兰这首诗的主题与西罗马帝国宫廷诗人克劳狄安(Claudian)的政治诗《反对卢斐努斯》(In Rufinum)的主题是相反的;后者旨在对拜占庭帝国奸臣卢斐努斯这一邪恶形象进行攻击,而阿兰关注的则是自然女神如何创造一个拥有灵魂、"完美无缺的人"——安提卢斐努斯(Antirufinus,即"反卢斐努斯"之意)。关于这首诗的标题,国内也有译者将其翻译为"完美的人"或"反克劳狄亚努斯"。

容，对此，现代读者必须充分运用其历史想象才能理解。

就中世纪的叙事艺术家而言，其真正的创作空间乃是在于让修辞性操控下的虚构与哲学性操控下的意义发生交汇与融合。当然，外壳与内核之间这种极为复杂的关系并非所有叙事艺术的内容。修辞传统提供的是外壳，哲学原理提供的是内核，而艺术家必须选择最佳方式以使得具体的内核与具体的外壳相吻合。不过，这种"吻合"在某种程度上会受到文学传统的规约。经文阐释及希腊化寓意阐释衍生出具有神学性意指功能的叙事"主题"和意象，它们所构成的庞大集合体为例释性象征提供了内核与外壳之间在传统意义上的"吻合"。同样，以文学的得体性为例，崇高的修辞风格不仅适合于英雄体传奇，也适合于寓言性传奇所展示的理想化伦理价值观。相应地，文学的得体性也会将法布罗故事诗及动物史诗中那种凡俗的修辞与更具摹仿性的场景和讽刺联系在一起。但是，某一特定意象所表达的具体意义却绝非艺术家所能掌控。由于传统例释性象征的意义会随语境的变化而变化，甚至在《圣经》中亦是如此，所以当经文阐释家们对此有所意识之际，他们便从许多那样的象征当中发现了"好"的意义和"坏"的意义。狮子从贬义上说可能代表撒旦，而在另一语境中，同样的这个意象则可能用作褒义去代表耶稣，"犹大的狮子"①。这种围绕象征进行褒义或贬义解析的惯常做法对于解读中世纪寓言来说至关重要。但是，对哲学意义加以阐释本身来说并非寓言性象征的唯一功能，而这一点恰恰是那些热衷于"理解"寓言性叙事的现代读者们可能会产生的错觉。

由于中世纪及文艺复兴时期的寓言对修辞抱有强烈的偏好，因此叙事外壳所获得的热切关注在某种程度上要远远超过叙事内核的要

---

① 见《圣经·创世纪》第 49 章第 9 节，此处的犹大（Judah）是雅各的四儿子（不是出卖耶稣的"犹大"），按照谱系，耶稣正属于这一支派，所以犹大被其父称为"小狮子"，这就成了耶稣作为"犹大的狮子"（见《圣经·启示录》第 5 章第 5 节）之预表。

求。不妨以"骑士的故事"当中特西奥为其竞技场所建的三座神庙为例①，尽管我们早就了解乔叟所描绘的战神、维纳斯及狄安娜这几个形象，但作者还是为他们泼洒了重彩浓墨，之后方才罢手。另外，在《仙后》当中，一旦我们理解"圣洁之家"（House of Holiness）中的三姐妹菲蒂利亚（Fidelia）、斯珀兰萨（Speranza）及切丽莎（Charissa）分别代表着信念、希望和仁爱，便几乎不再需要下面这些额外的图示化细节：菲蒂利亚的杯子，以及里面那条可怕的蛇、斯珀兰萨的锚和切丽莎的一群乳婴②。在这样的事例当中，由寓言性内核生成的意象虽不乏合理性，但却几乎独立于内核之外，正如抒情诗中的奇思妙想有时会像种子那样发芽、开花，在纯粹的欢愉中恣肆铺陈。毫无疑问，寓言的大部分乐趣表现于艺术家的精巧手法，他可以真正在虚构和复杂的思想性之间做到两全其美。但是，当思想性及虚构性情节进入某一暂时的停滞状态时，就会从那些安静的时刻中生成一种不同的乐趣，此时的诗人会为了自得其乐而运用静态实质的细节对思想性和虚构性情节的内涵加以引申和研磨。就上面提到的两个例子而言，细节描述都是例释性的，其中的每个因素都恰如其分地契合于丰富的象征性意义体系之中。不过，当中世纪的艺术家们开始注意到时间与空间在感官接受过程中的独特之处时，他们便在经验世界中发现了新的意象，并借此深化和美化了对权威世界的阐释。

在中世纪晚期和文艺复兴时期，艺术家们不仅明显热衷于再现他们在经验主义意义上所认识的社会性及心理性类型，同时也注重通过这些再现性意象去例释抽象化伦理及神学思想所包含的本质及普遍观念。在霍桑的《玉石雕像》（Marble Faun）中，令那位年轻的美国清教徒

---

① 在"骑士的故事"中，雅典统帅特西奥在其竞技场东、西、北三个方位分别为战神、维纳斯及贞洁女神狄安娜建造神庙，乔叟在此处借讲故事者之口对神庙中的壁画艺术进行了极为细致的描述。

② 三位姐妹分别向主人公红十字骑士（Redcrosse Knight）传授思想精华；斯宾塞在此处营造出丰富的象征意义：菲蒂利亚的金杯象征基督教信仰，斯珀兰萨的银锚象征矢志不渝的信念，而切丽莎的一群乳婴则象征仁爱。

艺术家希尔达(Hilda)觉得尴尬的是,早期文艺复兴画家使用其情妇和地里劳作的农村姑娘做模特来描绘圣母的真实形象。这些可爱迷人的"上帝之母"不仅象征着霍桑本人在例释性艺术与再现性艺术之间所进行的应力实验,她们同样也象征着诸如但丁、乔叟,甚至朗格兰(Langland)这样的叙事艺术家们所表现出来的一种趋向,即通过13世纪佛罗伦萨及14世纪英国的具体经验事实去测试并例释来自权威的真理。但丁在《神曲》中借助叙事运动的"安静时刻"去实践自己在摹仿性人物塑造方面的卓绝禀赋,并表现出罗马传记作家和历史学家的遗风。由于后浪漫主义时代的批评往往强调再现性因素,再加上但丁及乔叟的叙事艺术中个人经验所发挥的功效,现代读者往往难以觉察到其作品中所潜伏的教条和权威因素。正因为如此,我们未能完全理解中世纪及文艺复兴时期再现性艺术的一个重要作用:将意义赋予其所再现的现实。它之所以能做到这一点,原因不仅在于经验世界本身已经拥有了新的意义表达方式,而且也在于艺术家们从经验世界的诸多细节之下发掘出了传统的例释性象征——当然,这些象征多少包裹在伪装的形式之中。比如说,奥古斯丁所谓"上帝之城"和"世俗之城"的双城观念,就可以在现实政治、社会及宗教制度的层面上,通过但丁笔下的佛罗伦萨或朗格兰笔下的英国来加以例释。

但丁与朗格兰在哲学和气质上要比他们的诗歌乍看上去更趋近似。当然,但丁的精确叙事结构及其广博学识是《农夫皮尔斯》当中所缺乏的。但是,两位诗人均把各自充满活力的本土语言当作得力的抨击工具,以讽刺家的身份向其所处的"世俗之城"表达义愤,因为它们在相当程度上背离了或是未曾兑现"上帝之城"的规训。在所谓的"文艺复兴经验主义"发展成为惯常思维模式之前,再现性人物塑造及场景主要属于喜剧性讽刺作家的表现内容,他们创作的法布罗故事诗及中篇小说很少会去追求严肃性和问题化。严肃的叙事艺术家们则基本依赖于传统的美学性和例释性意象,因为那些意象当中最具严肃性及哲学性趋向的范例可以同精心操控下的寓言相媲美。但是,《神曲》中的伟大寓言设计做到了将再现性意象与作品自身的高度严肃性融为一体。尽管朗格兰在《农夫皮尔斯》中对现实的指涉比但丁在作品中进行得更为隐蔽,但对于英国社会各阶层无法履行基本的社会及政治公平义务这一事实,他还是给予了严肃的启示性意义。朗格兰并未指名道姓地对现实人物加以描述,他所描绘的乃是人物类型,而其中的大多数又至少具有二重指涉性。他笔下的国王不仅是英国国王,也是所有人的国王。他笔下那人头攒动的原野既代表英国,同时也代表整个人类社会。朗格兰对于社会性人物类型的描绘预示了15、16及17世纪的讽刺文学,在那一进程中,例释性象征所包含的寓言性"他质"意义得以越来越牢固地根植于现实世界当中,而具有普遍意义的哲学性及神学性观照则逐渐弱化为晦涩的暗示。以盖依(Gay)的《特里维亚》(*Trivia*)①为例,这首诗与《农夫皮尔斯》的不少部分存在诸多共同之处,但在盖依的笔下,那种普遍意义上的暗示乃是模糊地表现为其伦理取向和古典意味,而《农夫皮尔斯》则通过对社会性及政治性人物类型的再现去展示一种具有迫切启示性的神学。但丁和朗格兰认为堕落者在现实世界中有能力重新拥有某种类似于天堂的东西。因此,他们的讽刺或许在于用现实去对照一种高不可攀的理想。正是由于该理想所表现出来的那种难以企及的高度,以及他们对整个人类生存群体所给予的极度严肃的关注,他们便力求通过现实再现的方式对其理想化观念加以深入探讨和阐释。对于古典时期的叙事文学,朗格兰并不了解,或压根儿不可能加以运用。他对《圣经》烂熟于心,而且广泛阅读了大量的神学作品。不过,与但丁、薄伽丘及乔叟不同的是,他从未品尝过13、14世纪世俗文化借助人本主义复兴所带来的成果。正因为如此,他没有让我们一下子感觉到他是一位典型的英国诗人。按照我们的推想,即便他有机

---

① 约翰·盖依于1716年创作的仿英雄体诗歌。标题源于作者在诗中召唤的女神"特里维亚"——罗马神话中主管三岔路口的女神,因为该作品旨在探讨人们"在伦敦街头走路的艺术";在此层面上,标题"Trivia"也可表示"琐碎"这一双关意义。

会像莎士比亚那样从戈尔丁①译介的奥维德或诺斯②译介的普鲁塔克当中掠取素材,或许他依旧会崇尚自己大智若愚的独特风格。

　　对斯宾塞而言,尽管他本人与朗格兰及《高文爵士和绿衣骑士》的作者之间存在着深刻的亲缘性,但他还是认为乔叟才是英国诗歌之父。乔叟教会了其后继者阅读古代经典作家,以及同时代法国、意大利大师的作品,可以说自斯宾塞的时代起,乔叟的后辈作家们便很少会在这门训练课上出现闪失。斯宾塞从乔叟、奥维德、阿里奥斯托③及塔索④那里学会了如何用诗歌讲故事,这可是他在朗格兰和但丁的作品中所学不到的本领。朗格兰不仅运用释经者的传统象征,同时还将自己的寓意内核嵌入讽刺作家笔下那种泛化的再现性外壳之中。相比之下,但丁在许多时候则将自己的寓言植入传记作家和历史学家笔下那种具体的再现性外壳之中。但是,斯宾塞寓言当中最具特色的意象并非来自经验世界,而是来自神话和传奇当中的仙境。同时,斯宾塞在《仙后》中也没有像但丁、朗格兰、乔叟及薄伽丘那样,为了让其叙事表现出个人经验的效果而采用一位具有再现性权威的叙述者。相反,他的叙述者只是沿袭了维吉尔那类诗人身上所表现出来的气质:博学、虔诚、谦逊,以及对历史的尊重,即便从故事外闯入,也只是为了召唤缪斯女神,以自己的创作去歌颂伊丽莎白女王,并对叙事的进展和意义聊发评论——而绝非为其所述事件提供一种见证式描绘。当然,《仙后》在沿袭维吉尔或是预示弥尔顿的文学史诗之际,并不局限于所谓的美学性(与再现性相对)叙述者这一个方面。假如我们感觉阅读斯宾塞要比阅

---

　　① 戈尔丁(Arthur Golding,1536—1605):莎士比亚同时代的英国翻译家,曾翻译奥维德的作品《变形记》。
　　② 诺斯(Thomas North,1535—1604):莎士比亚同时代的英国翻译家,曾译介普鲁塔克的作品《希腊罗马名人传》(*Plutarch's Lives*)。
　　③ 阿里奥斯托(Ariosto,1474—1533):文艺复兴时期意大利诗人,著有传奇史诗《愤怒的奥兰多》(*Orlando Furioso*)。
　　④ 塔索(Tasso,1544—1595):文艺复兴时期意大利诗人,以传奇史诗《耶路撒冷的解放》(*Gerusalemme Liberata*)著称。

读朗格兰更加自在,那是因为就两者的思想及虚构世界来看,斯宾塞不像朗格兰那样强烈地依赖于具体时空下的智性内容与社会事实。斯宾塞叙事艺术的根系贯穿于古典时期及中世纪的传奇文学,正因为如此,它才能够抵御岁月的反复无常而幸存至今,并依旧与叙事传统融为一体。

斯宾塞笔下的人物、场景和情节,作为其叙事"外壳"的主要部分,往往是取自神话、英雄传说及传奇文学当中的美学性意象,而其道德训诫所依赖的基础则是一种具有明显人本主义特点的基督教伦理和神学。因此,斯宾塞与朗格兰、但丁相比,无论在其意象还是在其观念之中,都会更少地对现实经验世界加以具体指涉。斯宾塞更为关注的是叙事的纯美学性品质,相应的,他对哲学本质的阐释乃是借助于传统美学性意象的运用,而不是通过具体历史及社会性元素的再现。当然,他的史诗及传奇文学创作技法并不仅仅服务于寓言创作的诸多宗旨。事实上,这首诗以维吉尔和弥尔顿的风格对人物类型进行了泛化式再现,并借此实现了作品的绝大部分伦理意义。他笔下的英雄人物尽管例释了具体美德,却依然属于人物类型,并非经过纯粹思想抽象的象征。在这个方面,那些英雄形象有别于他们在历险途中所遇见的次要人物。比如,在"第二卷"当中,骑士盖恩遭遇到代表各种情感的寓言性例释形象,他们与节制美德或为伍或为敌,"羞怯"(Shamefastness)便是其中的一位。阿尔玛(Alma)①就该人物向盖恩做了介绍,当时,她正带着这位英雄观摩一座结构完美的寓言式城堡。此处的"羞怯"是一位忸怩的少女,她拒绝对盖恩的疑问做出回应,直到阿尔玛前来解释方才使得英雄心头的疑云尽释:

"为何你,

---

① 《仙后》第二卷中"节制宫"(House of Temperance)的女主人,拥有闭月羞花之貌,她引领诸位英雄观摩自己的城堡,不仅其中的人物是寓言性的,而且建筑本身的结构也是寓言性的——与人体的口、舌、齿、眼、心等部位相呼应。

尊贵的阁下,对自己如此熟知的东西表示好奇?
她乃是你谦逊品德的根基;
你只拥有羞怯之情,而她却是'羞怯'的化身。"

尽管盖恩拥有且例释了一位节制之士的品质,但他却并不是代表"节制"美德本身的象征。

类似于这种意义的复杂性在所有寓言性叙事当中都或多或少地存在着。有些意象是作为现实类型的再现而实现其表意功能的,而另有些意象则作为受到规约的例释性象征去实现其表意功能。在一则再现性叙事中,如辛克莱·刘易斯(Sinclair Lewis)的《巴比特》(Babbitt),成功的人物塑造乃是一种经验意义上的普遍化类型,通过它,我们便能够把握现实世界。它可求新,亦可猎奇,但必须具有典型性。在寓言性叙事中,卓越的人物塑造——如斯宾塞笔下的"绝望"(Despair)——则是一种例释性象征,我们可以通过其规约性意义去思考现实。但是,即便如"绝望"这样的人物形象也不总是对其名号所指示的抽象观念保持始终如一的例释性意义。应该说,斯宾塞塑造的寓言性形象与红十字骑士及盖恩有所不同,前者只是带有典型人物的微弱特征,而且他们与诸英雄之间的遭遇也未曾引发铠甲骑士通常所经历的刀光剑影。如果我们在摹仿性叙事中只是看到了一个于绝望中几近崩溃的人物,那么在寓言性叙事中,我们则可以发现一位名叫"绝望"的隐居老者几乎仅凭其三寸不烂之舌便能让某个人物拔剑自刎。在现实中,没有人会被理论到绝望的境地。一则摹仿性叙事必须再现某个人物如何遁入绝望之境,而一则寓言性叙事则须对此进行规约性的例释。在《仙后》第一卷中,红十字骑士或许并未完全向绝望屈服,因为他若果真就范,便会杀了自己。然而,他倒是一度近乎屈服,虽说那未必足以展示其陷入绝望的实际心理过程,但至少表现了其绝望的状态,从这个意义上说,他算是一个再现性人物。在红十字骑士决定自杀的最后时刻,尤纳(Una)①通过提醒他是上帝的选民而挽救了他,倒是"绝望"本人此时却陷入了绝望并企图为自己实施绞刑。从寓言性的角度看,这个细节也许是有意义的,至少他的自杀未遂可算如此。但是,此情节在摹仿性层面上的意义却要超过其在寓言性层面上的意义。当"绝望"做出亡命之举时,他暂时再现了一个陷入绝望之境的人。关于这一点,我们不仅可以从他孤独的隐居生活中找到线索,同样也可求证于叙述者所提供的信息,即"绝望"以前曾多次企图自杀。然而,他的永生性、全知性,以及他对红十字骑士身上的罪孽所表现出来的强烈关注,却又同时让他成为观念的例释而非人物的再现。于是,在同一个人物身上既存在伦理及心理状态的再现,也存在伦理及心理本质的例释。这两者之间的相互作用通过《仙后》中那些纯美学性人物类型——须眉、巾帼、恶徒和女巫——所表现出来的强烈情感力量而进一步得以丰富。的确,斯宾塞的叙事在今天看来似乎乃是以例释性及美学性品质为主导,但几乎如所有的寓言一样,其意象的部分意指功能也可单纯通过再现真实世界的方式加以实现。

　　如果说那些将史诗和小说视为叙事艺术典范的批评家们尚未就《仙后》的再现性层面做过总体上的分析(因为这些层面一直被视为想当然之物),那么这一点对于弥尔顿的《失乐园》来说则更是有过之而无不及。弥尔顿或许是在纯寓言性的意义上重述人类堕落的神话,这也是中世纪极为常见的做法。然而,这首诗恰恰通过对其主要人物进行再现性塑造而赋予老故事以一种新的力量和意义。弥尔顿笔下的撒旦之所以成为一种令人惊叹的文学建构,乃是因为他的人性;同样,亚当和夏娃之所以成为如此动人的形象,也是因为其人性。当然,这二人作为人类的第一对父母被逐出伊甸园乃是我们全部痛苦的原因和原型。

---

　　① 《仙后》中代表真理的美丽女子,是红十字骑士追求的目标,也象征着被称为"真教"(True Church)的英国国教。

149 换言之，这则故事仍然属于宗教神话。但是，它并非寓言性叙事；弥尔顿塑造的亚当和夏娃再现了一对人类夫妇，一个完整的男人和一个完整的女人。与阅读乔叟的"婚姻群"故事有所不同，我们在阅读《失乐园》时不能以为其主题无所谓适用于男性还是女性。夏娃是个女人，而不是人类的"阴性"特征。亚当是个男人，而不是"阳性"的理性灵魂。在这首诗中，夏娃的所作所为是女性所特有的，而亚当的所作所为则是男性所特有的。作为假想的个体形象，他们二人的境遇——借用奥尔巴赫的说法——都是问题化的。中世纪的观念认为男性身上的理性灵魂要比女性更为强大，弥尔顿当然对此并无异议，但同样清楚的是，以往就人类堕落所做的旧式寓言性诠释，只是作为背景来烘托这样一则故事：一个男人之所以为圣恩所弃，乃是"出于对妻子的挚爱"。弥尔顿以一种现代视角展示了其令人瞠目的矛盾情结。它不仅反映了《圣经》的一种现代解读，同时也折射出一种现代人物概念。这种矛盾情结或许曾在某些私密时刻让乔叟和但丁备受折磨，但两位诗人均未暗示整个人类会像弥尔顿笔下的亚当那样面临同样令人痛苦的抉择。不过，生活在中世纪的人并没有这样的痛苦，因为对他们而言，故事中的夏娃是人的一部分，而亚当则是另一部分。如果说我们的第一对父母是一个男人和一个女人，那么他们在接受理性的同时便一齐堕落了，而并非先有一个完整的人遭受其灵魂的堕落，然后再有另一个完整的人因为第一个人而遭受灵魂的堕落。

当然，《失乐园》并非英国文艺复兴时期最具再现性品质的叙事。但是，从我们先前一直在探讨的长篇诗体叙事——《神曲》《坎特伯雷传说》《农夫皮尔斯》和《仙后》——这一传统来看，弥尔顿的诗歌成功地将神话与摹仿、例释与再现融为了一体。如此一来，这首诗不仅要比其他作品更接近于真正的史诗，同时它所展现出来的新现实主义特征，无论在理论上还是在实践上，均使得以往的所有作品相形见绌。即便对于最出色的批评家来说，《失乐园》的摹仿性之甚亦足以用本质上的小说性现实主义标准去加以批评而不失合理性。以约翰逊博士为例，他曾提出异议，认为亚当和夏娃乃"处于一种其他男性或女性所无法体验的状态之中"。因此，他们总体说来缺乏人类的典型性。尽管人类堕落的故事总能打动我们，但约翰逊却说，我们其实一直都知道这则宗教神话与自己生活的关联：

> 这些真理因其重要价值而难以推陈出新；我们在幼儿时期便已经被灌输了这些思想；它们已经与我们的个体思想及日常交流融为一体，并被习惯性地编织到整个生活肌理之中。这样，它们便因为缺乏新意而无法产生非同寻常的内心感受：我们过去已知的东西，自然无须去学；而意料之中的东西，当然只会让人感觉平淡无奇。

这些言论可谓暗示了一场叙事批评领域的革命，其观念几乎使得一切围绕早期叙事作品所进行的大大小小的诠释均空前地依赖于经过清晰聚焦的历史视野。中世纪叙事理论中既存在"内核"与"外壳"的二分法，同时也存在一种对峙关系，即一方面是针对权威教条的例释，另一方面是针对经验的再现。它所包含的哲学性取向和修辞性取向，作为批评观念，如今不再唾手可得，相反我们必须通过学习方能获取。弥尔顿不仅从古典史诗中认识到有必要通过对神祇和英雄进行逼真的再现来表达意义，而且又从文艺复兴时期的经验性虚构作品中学会如何通过调整细致的心理再现以期适应史诗传统的美学要求，最终实现了对荷马和维吉尔的超越。通过将寓言（关于它，约翰逊当然亦同样持反对态度）与再现性、神话性元素糅合在一起，弥尔顿凭借其艺术经典创造出许多"非同寻常的内心感受"。然而，当这种求新、猎奇并且崇尚典型性的做法被约翰逊及此后的现实主义理论家们提升为叙事艺术的一项本质规范时，它便如同一枚炸弹对中世纪叙事诗歌的基础进行了史无前例的摧毁。

约翰逊博士就《失乐园》所做的评论昭示了一场革命，它要求叙事艺术家既要有所创新，也要忠实于或然性，说到底就是要对以往人们未曾认识的现实类型进行文学性再现。中世纪的文学文化,以及文艺复兴时期通过伟大史诗那一层面所反映出来的文学文化不仅要求创新(当然不如我们所要求的那般强烈),同时也要求对哲学性真理保持忠实,这往往意味着对普遍观念,即那些"因其重要价值而难以推陈出新的真理"进行独特的文学性阐释。对于中世纪或文艺复兴时期的叙事来说,其新意乃是体现于表层修辞与内在哲学教条之间的"契合",而对于一部现实主义小说来讲,其新意则在于它所再现的虚构世界能够"契合"于它就新的现实情境所表达的内在观念。我们在接下来有关叙事意义的探讨中将对叙事艺术家们最近的创作略作点评,看看他们如何通过运用经验性及虚构性形式使自己的作品获得更具新意、更非同寻常且更赋有普遍意义的现实观念。

现代经验主义所引发的一个结果在于,纯历史性及摹仿性叙事形式与小说之间的界线趋于模糊。比方说,在普鲁斯特、乔伊斯、劳伦斯、沃尔夫(Wolfe)及菲茨杰拉德等人的小说——这些仅仅是众多事例中最明显的几个——最终受到自传文学的深刻影响之后,忏悔文学与小说之间便失去了明确的区分。小说之所以同历史、传记及自传发生汇合,与其说是因为不满于讲故事者的杜撰,不如说是由于现代人不再相信以完全客观的(非虚构性)方式去认识一切人类活动。科学似乎已经显示,亚里士多德在历史和虚构之间所做的区分乃是程度上的区分,而非类别上的区分。一切认识行为和一切讲述行为都会受到艺术传统的影响。由于我们往往借助于文化规约下的类型去理解现实,因此我们只能以再现性虚构的形式对最独特的事件加以叙述,依照自己的最佳理念而非绝对真理去赋予事件以动机、原因和结果。

我们的世界观越是复杂,我们就越是会将典型意义施予那些再独特不过的人类事实。我们关于心理学、比较宗教及社会行为的知识已经使得以往的非理性世界经受了理性化的洗礼。人类作为生命体所施展的行为乃受到两种法则的合力影响,即操控人类自身内在本质的法则,以及操控外在机械性宇宙的法则。假如某个具体人物表现出良好的社会及情感适应性,那么她的快乐情境乃是源自一系列机械性的因果关系。人的幸福不再如亚里士多德所认为的那样,依赖于意识指引下的伦理及社会美德——节制、坚韧、审慎和正义。相反,如果我们幸运,那我们就会拥有美德;如果我们绝望,那我们将无力发现善。当然,这一观念并不完全是针对科学乐观主义所做出的反讽式回应。它是科学自身的推断与发现所带来的逻辑性结论。在机械性宇宙当中,亚里士多德笔下及英雄体叙事当中所构想的道德英雄不过是另一种人物类型罢了。一方面,他与那些中邪的人物、堕落的人物、软弱的人物及愚笨的人物一样,仅仅是传统和环境的消极产物。另一方面,作为人物类型的共同特征,他依旧相信自己能够在性格与境遇的构筑当中发挥操控性及介入性作用。但是在这样的情形下,他的自命不凡往往会使其自身成为他人的眼中钉。与别的人物不同,他不必承受罪孽、耻辱或绝望带来的负担。对于不求甚解的读者来说,他的机智、他的美丽身躯、他的骁勇和泰然仍然值得赞赏,仿佛这些品性都是由他本人所一手造就的。他之所以对人性中黑暗、隐晦和情欲的一面无动于衷,乃是因为他既不会亲身去经历,也不可能相信人类会在那里失去控制力。

在古典时期及中世纪的叙事中,仅有那些最具反讽意义的人物类型才能赶得上心理学家和社会工作者在笔记簿中所做的相关描述。毫无疑问,这其中的原因部分在于早期的读者既喜欢也需要那种有可能会发生,但事实上并未发生的故事。而且,即便是那些从事再现性叙事的作家们也会有意无意地尽其或然性观念所能,对现实情境加以理想化处理。当然,还有部分原因乃是在于我们对反讽性或理想性现实类型的建构发生了观念上的变化。就人类而言,当其行为尚未经受细致而全面的观察描绘之际,他们总是不如过去想象中的那样崇高、理性和自制。但是,这种关于人物形象的悲观理念并不局限于经验性虚构作品当中。事实上,那些代表丑陋和荒诞的意象在历史上可能曾受到过文艺复兴时期及启蒙时代经验性趋向的激发,而如今则得以在当代的许多美学性叙事中占据着主导地位。格里美尔豪森的《痴儿西木传》、笛福的《瘟疫年纪事》或伏尔泰的《老实人》里面的经验性元素便为今天卡贝尔①的《朱根》或巴思（Barth）的《烟草代理商》（*Sot-Weed Factor*）当中那些更为纯美学性的反传奇元素提供了灵感。我们可以将刘易斯·卡洛尔（Lewis Carroll）的《爱丽丝镜中奇遇》（*Through the Looking-Glass*）②当作一种贴切的隐喻，借以描述现代美学性叙事——无论教寓性与否——对史诗和传奇意象加以颠倒的倾向，即它所反映的虚构世界之丑陋与荒诞恰好背离了传奇世界的美好与和谐。在此处，一个多少显得无能为力的孩子成了凡夫俗子的例释性象征。爱丽丝在她的镜像传奇中所发现的最亲和、最具人性的形象乃是一位不懂如何在马背上保持平衡的骑士。伴随维多利亚时代伪道学的消隐，一种更准确的社会性及心理性人物类型描写出现了，相应地，卡洛尔和狄更斯笔下的历险儿童到了20世纪则变成了黑人、犹太人、同性恋、妓女，以及那些被莱斯利·菲德勒③称为"遭受心理剥削"的其他人物类型。于是，诸如布洛斯④的《裸体午餐》这类作品在某种意义上便成了纯传奇文学的镜像。正如传奇作品中的情形那样，其美学性层面完全主导着再现性与例释性层面。然而与传奇不同的是，它们就现实世界所进行的虚构性泛化处理总是趋向于以尽可能纯粹的形式去表现丑

---

① 卡贝尔（James Branch Cabell，1879—1958）：美国奇幻文学作家，他于1919年发表的小说《朱根，一部正义的喜剧》（*Jurgen, A Comedy of Justice*）因内容涉及淫秽而成为颇具争议的作品。这部充满神话元素的传奇小说，讲述了一位当铺老板因为寻找突然失踪的妻子而遭遇到诸多神话及虚构文学中的人物，故事以朱根找到妻子并回归现实生活而告终。

② 这是刘易斯·卡洛尔的儿童文学作品，《爱丽丝漫游奇境记》的续篇，讲述了爱丽丝在梦中穿过一面镜子，来到镜中世界，那里的一切景象都与现实发生了镜像式颠倒。

③ 莱斯利·菲德勒（Leslie Fiedler，1917—2003）：美国文学批评家，推崇大众文学，在评论中常诉诸神话原型及心理学分析，著有《美国小说的爱情与死亡》（*Love and Death in the American Novel*）。

④ 布洛斯（William Burroughs，1914—1997）：美国先锋派小说家，"垮掉派"的重要代表人物，其人其作均备受争议，甚至对簿公堂。其所著半自传体小说《裸体午餐》（*Naked Lunch*）以实验主义创作风格"拼贴"出主人公威廉·李（William Lee）这位瘾君子在美国、墨西哥，以及所谓"国际区"等地的奇幻之旅。

陋。就像纯传奇文学一样,这种纯粹的反传奇文学亦使得其美学性层面摆脱了理性的控制,既能展示纯粹的丑陋,也能展示纯粹的荒诞,从此意义上说,这种形式若被称为反寓言(anti-allegory)也未尝不可。当美学性虚构为纯粹的"耶胡主义"表现趋向所操控时,它在理性及经验层面上的合理性——准确地说,也即它在批评家眼中的合理性——便往往有赖于其身上那种具有普遍意义的讽刺。此合理性当中暗示出所有讽刺文学所包含的矛盾观念:一方面,某一特定社会由于背弃了光辉理想而遭受揶揄;另一方面,那种理想本身也可能只是对真实现状的荒诞性倒置。当然,如果该社会及其所背弃的理想因缺乏充分的独特性而难以为人们所辨识,那么我们便可确信自己乃处于一种纯粹反讽性的、无意义的语境之中,在那里艺术家唯一要关注的就是读者内心的苦痛。

历史学家或传记作家的传统艺术经典为人物类型的描绘提供了充分的施展空间,继而将现代的或然性观念发挥到了极致。事实上,诸如文艺复兴时期本韦努托·切利尼①所著的忏悔式作品在我们看来,与其说是接近于现代自传,不如说是更像文艺复兴时期的虚构之作。它缺乏现代小说和现代忏悔文学中主人公身上所表现出来的个性发展、历史意识或自我反省之类的意义。切利尼的《自传》似乎告诉我们,一位作家即便试图对自己的人生进行不偏不倚的审视,也终会按照叙事艺术家们所创造的再现类型进行记录,而且整个认识过程及全部的讲述过程均会受到艺术性关注的影响。即使我们相信切利尼所述事件的真实性,我们也并非只是热衷于其意义的揭示,甚或其再现性内容的描述,而更多的还是因为崇尚其不可能性。根据切利尼的记载,曾有一位不怀友善的批评家指出切利尼的某部寓言作品缺乏操控性意义,对此切利尼愤愤不平。他告诉读者,一切艺术都必须在美丽的外表之下阐

---

① 本韦努托·切利尼(Benvenuto Cellini, 1500—1571):意大利金银工艺师、雕塑家、画家、音乐家,著有《自传》;尽管书中不乏夸大其词的内容,但仍旧以生动再现的形式反映了16世纪意大利社会各阶层人民的生活现状。

发某种意义,否则便没有任何价值。切利尼在记录其个人生平之际所表现出来的幼稚,不仅说明他在创作《自传》时借鉴了文艺复兴时期散文体虚构文学的叙事类型,同时也说明他本身并未意识到这种依赖性,甚至没有意识到他乃是在创作一部叙事艺术作品。

155　　毫无疑问,切利尼将其《自传》的艺术性归因于生活,而非归因于对生活的讲述。虽然他是一个感情用事、生性冲动又缺乏理性的人,然而他却是一位审慎、传统、理性的艺术家,一旦到了工作台上,他便能做到心平气和、处事不惊。我们完全可以相信他在书中的表白:他不仅全然执着于艺术创作,而且也致力于捍卫艺术所赋予他作为一位大师应有的尊严。的确,这就是《自传》所传达的意义。不过,当切利尼将这部作品视为对其艺术追求的真实描绘时,他并未想到他那充满寓意的金银工艺设计就其原理而言,亦可用以操控一部忏悔文学作品的构建。从我们现代的观点来看,《自传》乃是一部现实主义叙事,在类别上与托马斯·沃尔夫的《天使望故乡》(*Look Homeward, Angel*)并无二致。然而,作为对生平的记录,它却要比沃尔夫的小说少一分可信度。这倒不是因为事实反而比虚构更让人心生疑窦,而是因为切利尼在记录其晦暗的深层本性之际,乃是借助于对外在行为的描述,却并非通过内心体验去对事实加以理解和描述。相比之下,沃尔夫则展示并分析了一位正在觉醒的艺术家内心的激情与个人的经历,他之所以能够为现代读者塑造一种更真实、更普遍的人物类型,原因恰恰在于其具体细节的丰富性。向来,人生不仅是具体的,同时也是隐晦而又非理性的。

　　与切利尼不同的是,沃尔夫在《天使望故乡》当中所看到的意义并非来自所讲述的故事,而是来自故事的讲述过程。正如乔伊斯那样,沃尔夫认为所有的小说在相当程度上都是自传性的。沃尔夫意识到这部作品之所以遭到批评乃是因为它只是被当成了经过简单伪装的自传,为此他指出,即便像《格列佛游记》那样的小说,就其自传性来看,实际上并不亚于任何其他作品。斯蒂芬·迪达勒斯曾就《哈姆雷特》中的自传性因素提出过自己的理论①，凡对此有所了解的读者只要揣摩《芬尼根守灵夜》当中的谢姆（詹姆斯·乔伊斯）与肖恩（约翰·斯坦尼斯洛斯）两兄弟②各自所扮演的角色，便不会草率地漠视那一理论所包含的意义。自约翰逊博士倡导叙事的创新性，以及典型性伊始，凡成就斐然的作家均转向自身内部去寻找借以锻造新式人物类型的现实空间。尽管人类生存的原材料始终如一，但赋之以意义和具体形态的模具倒是在经验性叙事及戏剧创作者手中不断得以翻新。经验性叙事的新意并不依赖于那种脱离现实的想象迸发，而是依赖于观念的创新与新的现实类型的创造。如果说自传与自传体小说之间的确有所差异，那么这种差异并不在于它们各自对事实所采取的忠实度，而在于它们各自在理解事实、讲述事实方面所表现出来的创新度。可以说，作品的艺术性正是体现于认识与讲述行为，而不是借助于事实本身。

在其颇具影响的文章"传统与个人天赋"中，T. S. 艾略特曾就批评家们以研究诗人取代研究诗歌的倾向而颇有微词。或许，他所抱怨的那一批评习惯可以追溯至浪漫主义艺术家进行艺术创作的主导原则，即转向自身内部去寻找新的现实视野。然而，当艾略特做出此番陈述之际，其观念便作为一种时间性错误使得现代艺术家的生平不被重视，同样，如果今天将"传记性谬误"（biographical fallacy）③这一概念本身运用于乔叟和斯宾塞的作品，则也会显得不合时宜。这种时间性错误的产生是因为艾略特过于从字面意义上相信浪漫主义者的宣言——其最令人难忘的形式便是济慈那封关于"消极能力"（Negative

---

① 参见乔伊斯的小说《尤利西斯》，按照此处的所谓"理论"，"哈姆雷特的孙子乃是莎士比亚的祖父"。
② 此处的谢姆（Shem）与肖恩（Shaun）在小说中是双胞胎兄弟，从功能上看，他们分别对应着现实中的乔伊斯本人及其父约翰·斯坦尼斯洛斯（John Stanislaus）。
③ 新批评理论家们所批判的一种观念，即认为文学作品的意义只有通过研究作者的现实"传记性"事件方可得到合理阐释。

Capability)的书信①——艺术家通过对其主人公进行同情性的想象认同而达到消解自身个性的目的。当然，浪漫主义诗人并没有因为关注自己所力图摹仿的现实而遭到消解。相反，两者无时无刻不在发生着融合与贯通，彼此相得益彰。这种兼浪漫主义与现实主义于一身的艺术家，正是通过其本性的展示才得以发现一种用以理解身外现实的新视野。如果将艺术家的个人世界视为原型，那么现实世界则是其预表类型。摹仿自己即摹仿普遍世界。如果有人要研究卢梭、司汤达、狄更斯、福楼拜、托尔斯泰、乔伊斯、普鲁斯特、托马斯·曼、沃尔夫及海明威等人的艺术创作，那么他将不得不研究这些作家自身。艾略特关于诗人与诗歌的区分只有在运用于本韦努托制作的盐瓶②时方才有效，而一旦运用于其《自传》、奥古斯丁的《忏悔录》或是卢梭的《忏悔录》以来任何一部现实主义小说，那一种区分便失去了存在的价值。

在经验性叙事中，认识模式与讲述模式几乎是同一事物的两个层面。在小说中，再现与其所指涉的现实之间存在着紧密的"契合"，而在史诗中则较为松散。只有在理想状态下，两者才会在历史、传记和自传中保持一致。现实主义叙事中任何赋有新意的事物都必须对应着现实当中某种赋有新意的东西。要实现这一点，唯一的途径就是采取一种全新的方式去审视生活。从技术层面来说，这种对于新视野的要求突显了叙事视角的重要性——或许更准确地说，是突出强调了视角、主人公与读者之间的关系。

在忏悔文学中，主人公与叙述者从字面意义上看乃是同一个人。然而在卢梭传授给日后小说家的诸多经验中，有一条便是：即便主人公与叙述者之间存在着字面上的一致性，但仅凭他们之间的时间跨度，小说家仍可在人物与叙述者之间找到充足的距离，以涵盖两者在视角上

---

① 这里的"书信"指的是济慈于1817年写给其弟乔治及托马斯的信件，在这封信中，他首次提出这一理论化表述，认为伟大作家身上都存在着一种否定自我的趋向，一种甘愿放弃理性求索而满足于神秘、疑惑及不确定性的能力。

② 本韦努托为法国国王法兰西一世设计制作的盐瓶，是其现存的艺术品之一。

所包含的潜在反讽性分歧。于是,时间成了人物概念的一个重要维度。它通过创造必要的变化而使得相同的事实获取真正多重性的视角,同时它还强调对知情者(knower)加以定义的重要性,因为只有如此才能对其讲述进行准确地阐释。毕竟,现实存在于观察者眼中,而观察者的眼睛又会随时间的流逝而变化。

对语言的质疑是卢梭传授的另一则经验。《忏悔录》中那位年老的叙述者——正如《红与黑》《追忆逝水年华》及《亚伦的手杖》中的叙述者一样——必须反复言说其年轻的主人公在内心深处所隐藏的东西,它既无法凭借理性去认识,亦无法运用语言去阐发。这位年老的叙述者之所以要承担此任务,原因在于,如果该年轻人能够自己言说,那么这种经历便丧失了记录的价值。凡有意义的经历几乎均可被定义为那种无法加以明确化、表象化叙述的经历。年轻的让-雅各①曾以英雄自居在伯尔尼(Berne)参议院做了一个多小时的精彩演说,其言辞可谓字字珠玑、滔滔不绝,但那恰恰说明他当时只是在进行角色扮演而已。假设他有重要的事情要告诉诸位参议员,那他也许会面红耳赤地傻站在那儿不知所措。

反英雄形象不只是作为一个不善辞令的文弱青年被推上西方叙事舞台,当叙述者试图替他表白内心体验之际,这恰恰导致了新现实类型的创造。它不仅具有创新性,而且还具有典型性,不仅具有特殊性,而且还具有普遍性。在卢梭思想的强烈影响之下,以往曾表现出些许反讽意义的类型,如今则突然转化为新的理想化形象。做一位英雄般的主人公到了现在就是做一个傻瓜,而如今若想成为一位主人公便意味着将沉溺于探究自己的情欲、病态及幻想。正是这种新式(按照传统的道德类型来评判则是反讽式的)主人公的界定为卢梭的《忏悔录》提供了意义。同时,围绕身份和自我辩护所进行的探求又带来了一种新的视野。当然,卢梭留给现实主义小说的遗产不仅包括对新视野的追求,

---

① 即《忏悔录》中的让-雅各·卢梭本人。

也包括他自身所特有的强烈反讽品性。

　　叙事艺术家在接受卢梭就语言及古典美德所持有的悲观主义质疑时，拥有两种选择（它们并不互相排斥）。其一，为了寻求创新性和典型性，作家可以越来越深入地发掘人物的隐晦本质，继而使语言作为表达观念的载体得以承受越来越大的功能性压力；其二，语言自身也可成为艺术的终极材料，从而将所有的人类经验包容在某种形式的语言结构当中。创新因素只有找到某种程式或模式才能成为典型因素，它要么凌驾于语言之上，使得语言无法对其进行准确阐述，要么就已经预表于现存的语法元素和语汇当中。

　　休・肯纳①曾在一篇颇具启发意义的文章中论及"闭合场域中的艺术"（Art in a Closed Field）②，他指出，语言的各种限制为叙事艺术家提供了一种"闭合场"，在那里，有限的元素——当然数量众多——会经受无限的组合与排列。他认为，专注于创作元素的有限性，即场域的"闭合性"（closedness），是现代叙事的特点。如果肯纳的阐述合情合理，那么我们或许可以进一步指出：叙事艺术家将再次面临两种选择，只是这一次它们的本质取向乃是哲学性的。他既可胸怀积极心态和乐观主义立场，尽其所能对诸元素加以精彩而赋有意义的排列组合。当然，他也可怀揣憎恶对诸元素加以排列组合，并在此过程中展示叙事艺术的无能为力和意义缺位。如果说乔伊斯例证了前一种取向，那么贝克特则例证了后者。

　　《芬尼根守灵夜》在追求其卓越的表层设计时，依照中世纪的风格慢条斯理地对作品中的修辞细节进行了组织协调。但更为突出的是，这部作品的意义实现方式也同样展示出了中世纪的品性。其意象并未指涉新式的现实类型，相反，它们却包含着寓言性意义。而当此寓言性

---

　　① 休・肯纳（Hugh Kenner, 1923—2003）：加拿大文学批评家，乔伊斯研究专家。

　　② 参见 Hugh Kenner, "Art in a Closed Field," in *Virginia Quarterly Review* 38, no. 4 (Autumn 1962): 597—613.

意义缺乏文化规约性——即缺乏传统性时,乔伊斯则赋之以私人意义。当然,研究《芬尼根守灵夜》不仅意味着研究乔伊斯私人生活中的意义性元素,同时也必须研究乔伊斯曾接触过的所有书籍:他抑或阅读过这些书,抑或以某种不甚合法的方式从中窃取所需之物。即便是那种患有理想失眠症的理想读者(the ideal reader with the ideal insomnia)①,若缺乏对诗人本身的研究也将无法深入《芬尼根守灵夜》的核心,因为那里隐藏着诗人自己的晦暗之思,它发端于诗人身心的最幽闭处,沿着自内而外的轨迹②引发出人类曾经梦想到的所有意象。对于乔伊斯而言,现实当中的一切类型仅仅是作为象征去表现一则原本隐晦的寓言。

---

① 参见 James Joyce, *Finnegans Wake* (London: Faber, 1975):120.

② 原文在此处的表述"south-north trajectory"经斯科尔斯本人的解释,指的是从"底层"到"表层",即从无意识到有意识的过程,故将其译为"自内而外的轨迹"。

5
叙事中的人物

人物除了决定事件还会做什么？事件若非阐释人物又会做什么？一部影片也好，一部小说也罢，如若不是关乎人物又会成为何物？我们还能从中寻找并发现其他什么东西吗？当一个女人站立着，将手搭在桌子上以某种方式朝你张望，这就是一个事件；假如这不算一个事件，我认为很难说它还会是什么。

亨利·詹姆斯在"小说的艺术"中如是说。詹姆斯在该文中既没有对批评家的"奇怪窘境"（queer predicaments）①表示同情，也未曾对他们的"拙劣甄别"（clumsy separations）——如"小说与传奇之间的经典区分"——予以认可。（不过，这种态度并未阻碍詹姆斯本人在必要之际做出精到的"区分"。此外，我们采用詹姆斯的言论作为探讨人物的起点，并非要问罪于大师的善变无常，而是要从总体上就人物的观念进行阐释）当詹姆斯对小说进行评判时，他有意或无意地完全集中于自己

---

① 詹姆斯在"小说的艺术"中指出，批评家和读者在小说与传奇之间、人物小说与事件小说之间所做的区分只是图一时之便，让自己摆脱"偶尔遭遇的奇怪窘境"罢了。

的小说或是那些最接近他本人的作家所创作的小说。当詹姆斯意在说明人物与事件之间的相互依赖时,他所选择的事件恰恰是一种詹姆斯式的事件。此处的女人乃是一种詹姆斯式的人物。她很可能是伊莎贝尔·阿切尔(Isabel Archer),或是米莉·希尔(Milly Theale),抑或是弗丽达·韦琪(Fleda Vetch)①;而此处的事件经这位大师之手的拓展,可能会被赋予整整一个章节的关注。那个女人的张望意指什么? 而那只手所处的位置又表达了如何丰富的意义? 如此等等。

所有阅读文学的读者都拥有属于自己的人物观与事件观,这些观念作为读者在无意识中所求助的试金石,影响着他们对文学作品的评价。同时,我们当中的每位读者就像马修·阿诺德一样,往往会选择那种相当狭隘局限的评判标准作为试金石。阿诺德强调艺术的高度严肃性,这成了其全部评判标准所指涉的内容。当然,我们很少会如阿诺德那样使自己的评判标准或批评观念受到公众的接受。但是,亨利·詹姆斯——尽管他并没有自负到要赋予我们试金石——倒是就小说的卓越性详尽阐释了自己的观念。他强调指出,"现实感(即具体化所营造的坚实性)对我而言似乎是小说最重要的优势——所有其他的长处均……不可避免地屈从于此"。他又说,艺术"本质上是一种选择,但此选择的主要关注是其典型性和包容性"。所以,我们不妨赞同这种看法,即小说的确或应该言之有物。当然,詹姆斯的观点尽管有根有据、精辟周全,却是不折不扣的小说中心论。他笔下的伊莎贝尔·阿切尔是一位按照他自己提出的现实主义原则而建构的人物。但是,维吉尔塑造的狄多也是如此吗? 詹姆斯本人甚至对唐吉诃德和米考伯先生(Mr. Micawber)②这样的人物持有疑义。他们的现实是"经过作家想象浓墨

---

① 此处的三位女性形象分别出自亨利·詹姆斯的三部小说:《一位女士的画像》(*The Portrait of a Lady*)、《鸽翼》(*The Wings of the Dove*)及《波因顿的战利品》(*The Spoils of Poynton*)。

② 该人物出自狄更斯小说《大卫·科波菲尔》(*David Copperfield*),是一个负债累累,却又对生活充满信心的喜剧形象。

渲染的现实,虽然不乏生动,但若要将其视为一种模式恐怕还值得商榷"。詹姆斯的这一表白具有重要意义。徘徊于个人喜好与创作原则之间的詹姆斯几乎承认了人物塑造当中乃存在着不同的现实类别,并借此为小说与传奇之间的那种"拙劣甄别"留下了用武之地。唐吉诃德既非伊莎贝尔·阿切尔那样的人物,也有别于乔治·艾略特塑造的利德盖特医生(Dr. Lydgate)①。他虽然生动,但并不真实。唐吉诃德身上体现出比伊莎贝尔·阿切尔更多的神话性和虚构性,而伊莎贝尔·阿切尔身上却表现出更多的摹仿性。她可能是唐吉诃德式的形象,而他就是唐吉诃德本人;她可能是典型性的,而他却是原型化的。不过,他们均以各自不同的方式生活着。因此,那种认为人物塑造类型存在伯仲之分的观念是愚蠢的,而认识到其差异的存在则是智慧的开端。

　　以荷马的阿喀琉斯为例,这一高超的人物塑造既无典型性也无或然性,既无包容性也无细节性。我们所看到的阿喀琉斯几乎只是表达了生活的一个层面——愤怒之情。从诗人召唤神助,祈求缪斯吟诵阿喀琉斯的愤怒(愤怒"Menin"②实际上是该诗的第一个词),一直到最终赫克托的葬礼因阿喀琉斯的克制与宽容而得以举行,阿喀琉斯的性格呈现方式总是其愤怒之情的强弱起伏,以及在受到不同刺激时其愤怒之情所表现出来的品性嬗变。如果我们仔细研读该史诗中的一个具体段落,便能够对荷马的人物塑造有一个更加充分的理解。在第 21 卷中,当其好友帕特洛克罗斯(Patroclus)③被杀之后,阿喀琉斯将其此刻的极度愤怒彻底宣泄到特洛伊人身上。在战斗中,他俘获普利安

---

　　① 该形象出自乔治·艾略特的小说《米德尔马契》(*Middlemarch*),与狄更斯笔下的米考伯存在一定的相似性:他们都持有某种入不敷出的生活方式和理想主义的人生观。
　　② "Menin"是希腊文,《伊利亚特》中的第一个词,意为"愤怒"。
　　③ 《伊利亚特》中的英雄,阿喀琉斯的密友,特洛伊战争中为赫克托所杀,他的死致使阿喀琉斯重新参战攻打特洛伊。

(Priam)①之子吕卡翁(Lycaon);当吕卡翁乞求他放其一条生路时,阿喀琉斯做了这样的回应:

> 傻小子,不用给我赎金也用不着花言巧语。若是在帕特洛克罗斯归西之前,我倒是有心对特洛伊人手下留情,将他们生擒后卖往异国他乡。但现在,面对伊利昂(Ilium)②的城池,任何特洛伊人——尤其是普利安之子,只要上天注定他们落到我手里,谁也不能免死。所以,我的朋友,你也必须死。为何面对死亡如此悲泣?即便是帕特洛克罗斯,一个远胜于你的人,也难免一死。而且,你该不会不知道我是哪种人物吧,气宇非凡、武功盖世——我的父亲是个伟人,生我的母亲是位女神——可即便是我,也无法逃避无情的命运与死亡。

这无疑代表着文学的一个伟大时刻,而且这也是人物的伟大一刻。此处,情节暂停。战斗似乎以某种极为"非现实主义"的方式陷入了停滞,当然要思考这一问题,就必须腾出些精力。但是我们不可能这么做,因为惊愕之余,我们的关注点乃集中于二人的对峙。阿喀琉斯在此表达了自己的立场。帕特洛克罗斯死了,而阿喀琉斯的愤怒也不再只是停留在荣誉感之上。当他因复仇而勃然,其愤怒与其为人正相匹配。这是一种不朽的愤怒。它不只是诱发于帕特洛克罗斯之死,同时也是由于阿喀琉斯念及自己的命运。帕特洛克罗斯死了。他自己也必有一死。这天下到底谁才能活着?此番言论吐露了一位人神在面对其个人问题时所怀揣的困惑——为何如他这般拥有天神血统的超人也必须向命运和死亡屈服?

从狭义上说,这一情景是非现实主义的。埃里希·奥尔巴赫不会将其视为真正的摹仿,因为它所关注的是一位英雄阿喀琉斯,并非一个

---

① 即普里阿摩斯(Priamus),《伊利亚特》中的特洛伊国王,其子吕卡翁在战场上为震怒中的阿喀琉斯所杀。

② 古希腊人对特洛伊的称呼。

寻常人物。但是，若从某些非常重要的层面来看，此情景又的确是摹仿性的。死亡对于所有人而言都是共同的。其必然性使得阿喀琉斯显露出英雄形象之外的人性。同时，此情景的摹仿特征还在于其"正确性"。这些话语出自阿喀琉斯之口，绝非偶然。它们不仅言如其人，更以某种方式表现出该人物的本质，而这之所以成为可能，恰恰是得益于该人物的单一性塑造。阿喀琉斯这个形象既不像陀思妥耶夫斯基笔下的人物那样，让我们深深卷入迷宫般的方方面面之中，也不像普鲁斯特塑造的人物那样，使我们在纷繁多样的层面中流连忘返。这是另一种类型的人物刻画，虽然单一无饰，但却如威塞克斯（Wessex）的德鲁伊石阵（Druid Stones）①一样让人心动。在此处的所引段落中，我们可以发现史诗综合体的影响。一方面是历史的在场。阿喀琉斯对于特洛伊及特洛伊战争的影射，使得他的言语中平添了一份历史化风格，同样，他所提及的将俘虏卖为奴隶的细节也起到了这样的作用；而另一方面，作品通过虚构安排了阿喀琉斯与帕特洛克罗斯的相遇，这就等于将情节收住，而以电影特写的方式向我们清晰地呈现出两位个体人物的对峙。此处的对话当然并不会影响到一场战役或是整场战争的结果，它仅仅是借助虚构，以一种激烈的方式去表现阿喀琉斯及其愤怒，同时也是为赫克托之死及普利安与阿喀琉斯的最终对峙做好铺垫。神话的在场既表现于阿喀琉斯对自己神圣血统的指涉，更表现于他所提及的自己命中注定的死亡。他选择了为荣耀而活，宁可英年早逝也不愿享受那种漫长而平静的生活。当然，命运和众神会负责使这一交易的两部分内容均得以保留。但是，我们不仅通过这种观念看到了神话性及相当程度的反摹仿性，我们还通过阿喀琉斯的言语清楚地发现了一位活着的、呼吸着的人。这则简短呈词表现出鄙视与怜悯、敌意与同情之间极富人性的交融，而且，阿喀琉斯的思想变迁——从吕卡翁到帕特洛克罗斯

---

① 在公元前1800年至公元前1400年出现于英国南部的"威塞克斯文化"中，这些神秘的石阵或石圈有可能是原始宗教德鲁伊教（Druidism）的信徒从事祭祀活动的场所。

再到他自己,均因死亡而连为一体——同样也折射出十足的人性,而这种人性的逼真又使得作品表现出摹仿性;其方式就如同耶稣在十字架上发出的呼号:"我的神!我的神!为什么离弃我?"①

荷马在此处对阿喀琉斯进行的特写,以及他在《伊利亚特》和《奥德赛》当中所展示出来的人物刻画,尽管有别于詹姆斯、普鲁斯特或陀思妥耶夫斯基的创作方式,却是地道的真功夫。其部分原因在于人物塑造的单一性。追求人物塑造的某些复杂性并非荷马或其他原始英雄体叙事创作者们热衷的观念,而是我们在后来的叙事中所看到的现象,有时候我们也会认为,那种复杂性乃是作为重要元素存在于富于情趣的人物塑造当中。原始性故事中的人物总是"扁平的""静止的",而且相当"晦暗"。程式化叙事中反复出现的修饰语正是扁平人物塑造的标记。奥德修斯便是这样一位永无困惑的人——无论我们何时见到他,总是如此。在那些大大小小的事件当中,抑或是身处神仙、凡人和妖魔当中,他都会向我们表现出这种品质。不管眼下处境需要什么——力量、计谋、高雅、慷慨——他总会表现得恰如其分。如乔伊斯所云,我们几乎找不到其他文学形象能兼有这么多种姿态。他是珀涅罗珀的丈夫、卡吕普索的情人、忒勒玛科斯的父亲、莱耳忒斯(Laertes)的儿子、武士、探险家、讲故事者、竞技者、患难者、凯旋者、哀求者乃至君王。而且无论是哪一种处境,他均会做出正确的应变,使自己不仅能够忍受于逆境之中,而且还能取得胜利。除了假扮某种角色去愚弄敌人之外,他没有什么变化,也不会变老。他从不会张口结舌,或是行为笨拙,他甚至从未做过普通人。就像阿喀琉斯那样,他也是一块独立巨石,只是其规模可能要略逊一筹。然而,我们却很少注意到这一点,因为荷马能够以精湛的手法去拿捏这些巨石化形象。

詹姆斯·乔伊斯正是看到了奥德修斯身上的这种无变化性,方才出于反衬的目的将其运用于他自己的奥德修斯故事——《尤利西

---

① 耶稣被钉在十字架上临死前所说的话,参见《马太福音》第27章第46节。

斯》——当中去。在奥德修斯离别的那20年中,伊萨卡似乎未曾发生过什么变化;而在埃克尔斯街(Eccles Street)7号的房子①里,仅仅20个小时便发生了许多事情。坐在戴维·伯恩的酒吧中,利奥波德·布卢姆呷了一口勃艮第,注视着两只苍蝇缠在一块儿趴在玻璃窗上嗡嗡作响,此时,他的思绪借助普鲁斯特式的联想过程回溯到多年之前的光景,"好像悄悄地触摸一下,便将往事向自己倾诉。伴随这触摸,他的感官润湿了并回忆起来"。他记起与摩莉在霍斯的山丘上初次品尝爱情的情景,当时他们相互依偎在彼此的怀抱中,布卢姆吃了一口摩莉嘴里的香籽糕,"亲嘴儿,她吻了我",他回忆着。接着他又思忖,"我。而我此刻呢"。叙述者告诉我们,"缠在一块儿的苍蝇嗡嗡地叫着"。摩莉与利奥波德缠在一起20年,恰如这两只苍蝇短暂的一刻,现在已经发生了如此巨大的变化,以至于乔伊斯能够将一种巨大的情感压力汇聚于那个小小的短语之上,"我。而我此刻呢"。但是,与《荷马史诗》中的原型相比,布卢姆并非一种"更好的"人物刻画,而仅仅是一种不同的类型罢了。

那种具有内在变化的发展式人物(developing character)在叙事文学中乃是相当滞后的概念。当然,我们也拥有一些诸如"前途黯淡的英雄"(unpromising hero)这样的原始母题,讲述一位愚笨或胆怯的年轻人如何摇身一变成为英雄。比如摩西和贝奥武甫,在他们身上我们便可发现这一点;另外关于阿喀琉斯,还存在着一些与荷马描述相异的故事,它们当中也流露出类似的痕迹。这种本质上具有神话特征的模式常常被嫁接到历史人物身上,莎士比亚在《亨利五世》中对"哈尔亲王"(Prince Hal)②的人物塑造便是如此。不过,这种人物——其内在发展具有至关重要的作用——在我们的叙事文学中基本上属于基督化时期的创作元素。大多数前基督化时期的史诗类英雄体叙事都是基于那种

---

① 《尤利西斯》中主人公利奥波德·布卢姆的居所。
② "哈尔亲王"即《亨利四世》中威尔士亲王亨利,他从一位桀骜不驯的王子形象转变为后来投身于"英法百年战争"的英王亨利五世。

流芳百世的观念之上,即通过英勇壮举活在民族的记忆之中。正是由于这一观念,阿喀琉斯从墨涅拉俄斯(Menelaus)①那儿感受到了自己所受的羞辱,并对此耿耿于怀。他曾做出抉择,宁愿在短暂之中活出荣耀,也不愿在安泰之中庸碌一生。如果他必须在大庭广众之下蒙羞,致使自己的后世名望只因这伤痛的一幕而黯然失色,那么荣耀又何足轻重?只要一种文化还强调英勇壮举和后世名望(古条顿②欧洲文化即如此),其文学便总会关注人物的此类外在属性。而当这种英勇功勋的公共概念为个体灵魂与上帝之间的私密关系所取代时,往往会产生与此文化相伴而生的文学:它会关注这种私密关系,直至最终去关注人的内在体验中所包含的其他层面。耶稣就是以这样的方式去修订"诫命"的——

> 你们听见有话说,不可奸淫。只是我告诉你们,凡看见妇女就动淫念的,这人心里已经与她犯奸淫了。③

他(He)的这种举措乃是在强行使其文化中多一份对内心体验的认识,而少一些对外在行为的关注。在古希伯来文学中,我们曾发现一些故事从犯罪与忏悔的层面讲述人物的变化。大卫的罪孽——为娶拔示巴(Bathsheba)为妻而害死她的丈夫——便是一则犯罪与忏悔的故事。但是,这个故事却是决然从主人公的外在情境来进行观照的:

> 一日,太阳平西,大卫从床上起来,在王宫的平顶上散步,看见一个妇人沐浴,容貌甚美。④

随着故事的推进,这一幕一幕的场景按理说都应该能使人物个体产生强烈的情感体验,但此处的叙事却是一路闲庭信步,对内心的狂暴并未

---

① 《荷马史诗》中的一位主要人物,海伦的丈夫、古斯巴达国王、希腊统帅阿伽门农的弟弟。《荷马史诗》中,特洛伊战争的爆发正是由于其妻海伦受到特洛伊王子帕里斯的诱拐。
② "条顿"(Teuton)即原始日耳曼之意;条顿人是古代日耳曼人的一支。
③ 参见《马太福音》第5章第27节。
④ 参见《旧约·撒母耳记下》第11章第2节。

表现出明显的意识。即便在上面所引的经文段落中,拔示巴的美貌也只是作为一个事实被客观地表现出来,而不是依照大卫的视角或大卫在关注她时所做出的反应来呈现。无论是希伯来还是希腊原始叙事文学中,内心活动仅仅是一种表现而并非呈现。当然,人物的不可捉摸,即他们的晦暗性,既不算瑕疵也不是缺陷,而不过是一种特点。大卫的故事当中所蕴涵的力量正在于它以这种就事论事的方式去叙述那些充满暴力和情感的事件。对于现代读者而言,人物塑造的这种晦暗性具有一种轻描淡写(understatement)的功效,它能够在淡漠的叙事语调与人物内心在读者想象中所表现出来的激荡之间营造出反讽性的张力。我们将此类反讽的自觉运用称为曲言法(litotes),在诸如《贝奥武甫》这样的日耳曼叙事中,我们发现该手法乃是一种重要特征。这种针对曲言性反讽的自觉运用只不过是叙述者从自身的角度意识到原始叙事中的曲言性本质。而批评家的判断一旦受到情感趋向的影响,便往往赋予这种明抑暗扬手法以特殊的价值;他们会颇为怀旧地将其看作"古典性局限"(classic restraint),但问题是一个人不去做自己未曾想到的事情,并不意味着什么局限。明抑暗扬的叙事风格尽管与晦暗静止的人物相联系,但仅仅是作为一种成功的叙事程式与原始叙述行为相契合。在所有的文化当中,这种风格向来是英雄体叙事创作中的必然之物。

正如耶稣关于心中奸淫的表述所示,基督教的内趋性(inwardness)为关注内心体验开辟了一条通道;而其他方式则似乎是叙事发展过程中自然衍生的产物,它们一来得益于叙事实验的展开,二来得益于非叙事性文学对叙事的影响,尤其是希腊悲剧和"第二诡辩学派"(Second Sophistic)①的演讲术修辞。基督化方式经圣·奥古斯丁之手演变成为寓言性和自传性再现,以突出发展式人物的内心体验;而戏剧性和修辞

---

① "第二诡辩学派":公元1世纪至3世纪前后兴盛于罗马帝国时期的希腊诡辩学家,这也是该时期最具影响力的文学、文化运动,它使得古希腊的文学经典、演讲术及修辞学经历了一次复兴。

性方式则经奥维德之手发展成为全知式的戏剧化再现,以把握困境中的人物在关键时刻所产生的内心活动。通常说来,现代心理叙事可能与奥维德式传统及奥古斯丁式传统均有所关联。

当基督教观念与晚期凯尔特传奇发生融合之际,发展式人物便开始出现于西方虚构性叙事当中。关于这种融合,一个极好的例证就是帕西法尔(Perceval)或帕西瓦尔(Parzival)①的故事,它在12世纪时经过克雷蒂安·德·特罗亚和沃弗兰·冯·埃森巴赫之手达到了一个很高的发展阶段。沃弗兰所著《帕西瓦尔》的新英文版,译者们将其称为西欧文学中第一个展示"主人公内心发展"的故事。伴随其逐渐趋向基督化寓言的过程,该叙事经历了许多变化,包括想象出一个有关圣杯的独特基督教背景,以及主人公从高文到帕西瓦尔的逐渐替换。但是,其最重要的发展——克雷蒂安和沃弗兰的处理均表现出这一特征——乃是将帕西瓦尔作为一位发展式主人公来呈现。在沃弗兰作品的第5卷中,帕西瓦尔谈及自己年轻时的一次愚蠢之举,"就算这位女士的确做错了什么,我也不该抢走她的胸针,还夺了她的金戒指,这让我恨不得今生来世都永远遭受耻辱和鄙视。那时的我是个傻子,算不上男人,尚未懂得智慧"。这样的一席话对于传奇文学中的人物塑造来说,具有革命性的意义。可以说,从帕西瓦尔到斯宾塞的红十字骑士仅有一步之遥。当然,这并非说动态的人物就必然会使得传奇胜过那种表现静态人物的叙事。当沃弗兰的《帕西瓦尔》问世时,其对手哥特弗里德·冯·斯特拉斯堡几乎同时创作出自己的伟大传奇《特里斯坦》,而其中并无任何发展式人物塑造的迹象。对于哥特弗里德来说,基督教与其说是一种帮助,不如说是一种阻碍。他所塑造的人物尽管被抹上了一层中世纪基督教的色彩,但在本质上却是异教性质的。传统故事并不追求人物的发展或变化。无论是过去还是现在,它压根就与那种故事

---

① 帕西瓦尔和帕西法尔是同一位亚瑟王圆桌骑士(只是在不同作家的笔下称呼稍有差异),也是著名的圣杯骑士之一。

类型无缘。

我们应该注意到,以发展式手法去处理人物未必需要对其内心活动加以事无巨细的展示。即使像帕西瓦尔这样的人物也具有一定的扁平感和晦暗性。发展式设计本身主要是一种情节设计,而不是一种人物设计。它意味着以有限的细节对人物进行远距离关注,从而使得其变化在某一具体背景的映衬之下易于得到显现。斯宾塞通过将人类心灵拆分为诸多构成元素而得以将不相干的内容过滤掉,并因循不同线索去展示《仙后》第一卷和第二卷中"圣洁"骑士圣·乔治①与"节制"骑士盖恩的发展演变。那种朝着某一特殊方向发展的叙事通常属于说教故事和寓言。但是倘若人物仅仅因为年龄和经验发生变化,而并未依照道德规约的方向去发展,那么这样的人物则可能不会像纯粹的发展式人物那样遁入某种局限性的情节模式之中。变化是对人物塑造加以摹仿性处理的一个层面。发展实际上属于一种道德母题,它作为一个功能化因素十分接近神话模式或任何传统故事线索,并因此使得人物自身的发掘受到了程度上的限制。虽然帕西瓦尔有所发展,但我们对他的了解甚至要远少于我们对阿喀琉斯或奥德修斯这种本质上保持静止的人物所具备的认识。帕西瓦尔的人物塑造囿限于其发展式母题,即他在基督化骑士精神层面所取得的进步,而阿喀琉斯的人物塑造则囿限于荷马对"愤怒"这一现象的主题性关注。不过,荷马对于摹仿的驾驭要胜出沃弗兰一等。后者围绕基督教意义上的发展观念对帕西瓦尔加以呈现,相比之下,荷马就"愤怒"这一层面对阿喀琉斯所进行的人物呈现则显得更为彻底。即便是圣·奥古斯丁本人——其心理洞察无疑是深刻的——也旨在借助例示性(exemplary)风格对自己的人物加以利用,以服务于某种道德宗旨,同时他还选择甚至可能更改和歪曲其过去经历中的事件,以服务于宗教目的,这正是他看中忏悔叙事形式的

---

① 圣·乔治(St. George):基督教圣徒,传说中的屠龙英雄;《仙后》第一卷中的红十字骑士,即其化身。

主导动机。

　　于是，我们可以在两类动态人物塑造之间进行甄别：发展性(developmental)人物塑造，在那里人物的个性特质被弱化，从而彰显其在以道德观照为基础的情节线索中所历经的发展（如《帕西瓦尔》、《仙后》卷一、《天路历程》、《远大前程》和《权力与荣耀》①等作品中的情形）；时间性(chronological)人物塑造，在那里人物的个性特质被复杂化，从而突出人物在以时间为基础的情节线索中所历经的渐进式变化。这后一种情节设置与人物塑造具有高度的摹仿性，也可能是诸如小说这样的现实主义虚构作品所拥有的主要显著特征。当然，小说作为文学形式的出现则要等到西方文化进化出足够复杂的时间意识，以形成此类人物塑造所要求的那种时间性区分。E. M. 福斯特曾就此情形进行过简洁的概括，他将古代叙事和现代叙事之间的对照视为"价值性生存"(life by values)和"时间性生存"(life by time)。现代小说批评家们对于时间的重视，不只是作为一种花哨的手段来炫耀批评家们的别出心裁；对于以时间为主要结构性元素的文学作品——它们出现于18世纪及其之后——而言，这乃是认真专注于它们的读者所必然产生的反应。

　　现代叙事艺术家们在将叙事聚焦于一位重要人物时，既可运用传统方法，亦可采用新方法。斯蒂芬·迪达勒斯这个人物在《一个青年艺术家的画像》与《尤利西斯》中之所以表现出明显的差异，一个主要原因就在于乔伊斯在这两部作品中突出了不同的人物塑造类型。在《画像》中，斯蒂芬的性格受到了弱化以展示其美学层面的发展，他作为一位艺术家身兼神父—教师和罪者—替罪羊的宗教功能。不过在《尤利西斯》当中，他却是以时间性方式而非发展性方式得到观照，他被冻结在一天的时间之内，而不是迅速行进于这一时间以实现某种演化之目标。而

---

① 格雷厄姆·格林的重要代表作，以20世纪30年代墨西哥的反天主教革命为背景，讲述了一位天主教神父亡命天涯的故事。小说表现出作者将宗教主题及象征主义，融入惊悚文学的创作特征。

且，其性格的呈现也多了一份开阔而少了一份局促。然而即使是在《画像》中，乔伊斯仍利用了现代方法的优势对其发展式人物加以丰富化和复杂化的呈现，从而使得斯蒂芬无论是作为个体还是作为类型均获得了高度具体化的效果，在这方面，它甚至超越了狄更斯在《远大前程》中所塑造的匹普（Pip）形象。匹普在其特殊性和象征性上均有所缺乏。他具备典型性，但不具备原型性，而且其故事强烈依赖于当时的公众信仰，体现了道德说教故事的那种凝聚性力量；相比之下，斯蒂芬的故事则故意退化为歧义性和反高潮，这些品质与其说是例示性的，不如说是摹仿性的。

假如我们果真要在人物与事件之间做出区分——此时，我们便回到了詹姆斯提出的问题，而这正是我们对人物进行讨论的肇始之处——那么，我们就必须以人物的内心体验为依据。在詹姆斯用以解释事件的例子中，那位女性将手搭在桌上张望着，这若是在戏剧中几乎算不上是一个事件（有人难免要在此影射詹姆斯作为戏剧家的失败），但倒更有可能成为电影里的事件，当然最有可能出现在小说当中。这种可能性的递进乃是因为该事件的实质在于人物的心理。在戏剧中，唯有语言或行动能够揭示人物。在电影中，特写镜头要比戏剧舞台更加有效地借助纯粹的表情和姿势来揭示人物心理。但是只有在叙事中，人物的内心体验方能得以真正被触及。这再次印证了福斯特的言论，"小说家在此拥有真正的特权"。人物塑造中的最核心元素正是这种内心体验。我们在这方面的获取越少，那么其他诸如情节、评述、描绘、暗示和修辞等叙事元素就必须发挥越大的作用。一则成功的叙事未必需要强调内心体验并对其进行详细呈现；不过，要想让人始终保持对它的关注，就必须准备好用其他元素加以补偿。希腊传奇用以补偿的方法是错综的情节设置、生动的描述，以及绚丽的修辞，同样其16、17世纪英法两国的效仿者们亦是如此。另外，诗歌在叙事中也能起到这种补偿作用。当弥尔顿在《失乐园》中描绘撒旦时，仅仅一个充满力量的诗性短语，如"忧虑/栖在他黯然的双颊之上"，便无需再对人物进行细致的分析或对人物的内心体验进行复杂的戏剧化处理。一位叙事艺术家可以运用许多方法来呈现其人物的精神世界。在此,我们并不需要也不指望去穷尽所有的可能性,而只是就其中一些更为重要的方法展开研究。

在叙述过程中,对内心体验加以呈现的最简单方法是直接叙事性陈述。在《尼雅尔萨迦》当中,叙述者用冲动和任性来形容她,这样便以简单、直接的方式告诉了我们其性格的关键特征。她后来的所有行为均发端于冲动和任性这两条为人之道,当然她的不诚实倾向也起到了作用,这个特征乃是通过一个名为赫鲁特(Hrut)的人物①(我们从故事中得知他"在重要事情上总是值得信赖的人")同样以简单、直接的方式得以呈现。赫鲁特在此萨迦的首个段落中便指出哈尔盖德拥有"盗贼的眼睛"。这些特点,再加上一处重要的身体细节——她长长的金发——便是我们完全理解其性格所需的一切。萨迦的人物塑造几乎可以作为一种纯粹、完美的事例来说明人物的外在处理方法。萨迦中近乎每个人物的正式登场都是用一两个表现人物属性的句子来实现的。即便是《尼雅尔萨迦》中最具复杂性的人物,即尼雅尔本人,也是以这种方式出场的。他的所有后续行为都在其开场性描述中得以暗示。首先,我们在此了解到他的家世,而后故事告诉我们:

> 他拥有财富和俊美,但有个长不出胡须的特征。他在法律上的出色才干无人能及。他乃智慧之士,能够洞见未来。他的忠告富于明智,为人和善;凡他建议民众去做的事从未让他们失望。他心地善良、思想高尚,既赋有先见之明,又拥有非凡的记忆力。任何遭遇困难的人只要求教于他,问题总能迎刃而解。

---

① 这是《尼雅尔萨迦》开篇处出现的人物,英姿飒爽、武艺高强,是哈尔盖德的叔叔。当他首次遇见哈尔盖德时,便做出了预言性的评价,"的确是个漂亮姑娘,……不过我很奇怪,这双盗贼的眼睛何以进入我们这个族裔。"

>他的妻子名叫伯格托拉（Bergthora）。她是斯卡费丁（Skarphedin）的女儿，一位杰出的高尚女性，不过性情有些暴烈。

萨迦文学对人物极为关注。它们用于人物塑造的描述性语汇既丰富又灵活。通过将少数几种特征组合在一起，萨迦的叙述者便得以构建出一个人物形象，这颇似分子由原子组合而成的道理。但是，萨迦从不试图探入人物的内部。它只是描述言语和行为，而对人物思想则从不分析。不过，萨迦的重要时刻往往还是属于人物。当我们上面所描述的那位任性而冲动的女性人物哈尔盖德身为人妻之际，她便挑起事端。她结了三次婚，却总是惹怒丈夫——至少有一回还挨了丈夫的教训，并且蓄意或意外致使其每一任丈夫命归黄泉。当她的第三任夫君，即贡纳尔这位伟大的武士，遭受敌人包围时，他成功进行了自我防御直到其弓弦发生断裂。于是，他求助于妻：

>他对哈尔盖德说："将你的两绺头发给我，你和我母亲帮我把它们拧成一根弓弦。"
>
>"这有什么用吗？"她问道。
>
>"于我性命有用，"他回答说，"因为只要我的弓箭派上用场，他们便永远不会战胜我。"
>
>"那我现在要提醒你，"她说，"你曾动手打过我。你现在保全自己的性命能有多长时间与我无关。"
>
>"人人都该为了自己的声望而有所作为，"贡纳尔说道，"我不会反复请求于你的。"

这个萨迦告诉我们，他仅凭一戟之刃便得以长时间地遏制敌人的进攻，"但最终还是为他们所杀"。尽管我们无法洞察哈尔盖德的内心世界，但她在此处的举动恰恰成为我们关注其内心世界的渠道。这一事件完美体现出那种"任性而冲动"的性格。该人物塑造具有双重合理性——一是就女性特征的叙事呈现而言；二是就通常的人性而言。一则叙事若试图鲜明生动地展现人物特征，便可借助于这种经过简单构思的人物，他无须表现出复杂性或丰富性，却照样能够获得其意义与影响的深刻性。就像阿喀琉斯那样，哈尔盖德也属于独立巨石般的人物塑造，不过却给人留下了更为深刻的印象，因为雕塑家手中的锤子以最少的敲凿实现了其形象的刻画。如史诗一样，萨迦中的人物是在情节意义上加以构思的。在这种完全自给自足的叙事世界中，人物不会被赋予任何与当下情节无关的属性。这种节约的呈现方式，使得人物的每一层面均可在情节中产生意义，继作为一种重要因素而有助于史诗和萨迦实现其卓越的人物塑造。

虽然这种直接叙事性陈述，作为对人物内心体验加以再现的方式，同样存在于其他原始文学形态中，但只有在冰岛才得到了最具活力的发展。家族萨迦之所以能够与中世纪所有其他文学形态区分开来，乃是因为它们拥有一种尤为显著的特征，即热衷于对我们称之为社会行为（manners）的内容加以关注。在萨迦人物的分子结构中，个体属性如原子一般发挥作用，常常表现出社会属性。当然，它们并不只是生理特点或是用以进行纯粹道德指涉的特点，而是通过显著、公认的社会评判标准得以表达的属性。以对贡纳尔进行的描述为例，他在许多方面似乎源自真正的原始英雄体传统，是一位典型的体格化英雄。故事告诉我们，他是何等的高大强壮，又是何等出色的游泳高手。从这些方面来看，他与贝奥武甫那样的英雄无甚差异。但是，他身上还富有更多的品质：

> 他相貌英俊，肤色白皙，鼻梁挺拔，鼻尖略翘。他双眼湛蓝，面颊红润，满头漂亮的金发。他涵养不俗，富有活力，慷慨大方，性情温和；他善择良友，数虽不众，但竭尽忠诚。他家道富有。

此段外在描述要比史诗中的类似描述表现得更为细致。但是，这并非关键所在。诸如"涵养不俗"（kurteiss）和"家道富有"（auðigr at fé）这样的字眼主要涉及的是社会行为和社会地位。莱昂内尔·特里林①曾说过,所有虚构文学中的人物——甚至普利安和阿喀琉斯也不例外——都是因其可被观察的社会行为而存在。事实或许的确如此,不过就社会行为语境下的人物呈现而言,阿喀琉斯并未达到贡纳尔和尼雅尔那样的程度。诺斯洛普·弗莱曾就人物塑造进行过一番纲要性的剖析,其方法是依照人物对自身环境的操控来实现对人物的定位。但是,贡纳尔和尼雅尔对自身环境的操控几乎与阿喀琉斯和贝奥武甫旗鼓相当。区别在于,这两位冰岛英雄的人物塑造更为关注人物与社会环境的关系,当然从此意义上说,也就更具摹仿性。如果将阿喀琉斯塑造成出生高贵或贫贱,或是飞黄腾达,便没有什么意义,因为这些因素就他的情形来说并不重要;它们作为对社会行为的描述,在史诗那样的世界中恰恰缺乏实质的意义。但是在萨迦的世界中,它们却不乏意义,这或许是因为萨迦人的自主选择,抑或是出于萨迦传统的自身要求。

　　萨迦的人物塑造技法介于英雄体史诗与社会风俗小说之间。即使像简·奥斯丁这种非体格化(unphysical)小说家在引介人物时所采用的技法,也会让人联想起萨迦的直接描述风格。比如说,她对爱玛·伍德豪斯(Emma Woodhouse)②的介绍就与萨迦的人物介绍存在相似之处,而且这种外形介绍大量散见于简·奥斯丁的作品当中。当然,与萨迦叙述者相比,她的描绘要远更为体察入微,她对反讽的运用也远更为精巧别致,但尽管如此,两者在技法上却有着惊人的相似。虽然在简·奥斯丁的作品中,我们也的确发现存在着一些分析性段落旨在处理其主要人物的心理状态,但其大多数次要人物则仅仅得以从外部加以认识,只有些简短的介绍性段落对他们的思想、道德及社会行为加以描述。如果像哈尔盖德这样的巨型化人物按照客厅比例进行缩小,她可

---

① 莱昂内尔·特里林(Lionel Trilling,1905—1975):美国文学及社会文化批评家,哥伦比亚大学资深英语教授,其批评承袭自阿诺德以来的英国人文批评传统,突出文学和文化的社会历史层面和道德心理层面。

② 简·奥斯丁所著小说《爱玛》中的女主人公。

能会轻松自如地在简·奥斯丁的女性人物中找到一席之地。

在大多数文学中,那种直接窥视人物心理、对人物思想而非对言语和行为加以戏剧化处理或分析的观念似乎出现得相当滞后。萨迦文学对这种观念的排斥几乎让人感觉是一种针对它的禁忌,不过事实可能是:原始文学的叙述者们只是不懂得这种呈现技法罢了,正如文艺复兴以前的画家不了解透视法一样。在过去,叙事艺术家常常采用超自然手法(例如"机械降神")以敞开其人物的心扉。当阿喀琉斯在与阿伽门农的争吵过程中愤怒到极点之际,荷马告诉我们:

> 现在,珀琉斯①之子倍感这切肤之痛,因为在他长满毛发的胸膛内,他的心绪踟蹰于两种抉择之间:要不从腰际拔剑出击,杀死阿特柔斯②之子,要不就抑制自己的愤怒,束缚自己的气节。

不过,他并未接着去叙述阿喀琉斯的内心冲突,而是戏剧性地引入雅典娜,她只现身于阿喀琉斯一人,并说服后者用言语而非行动去发泄此刻的愤怒。这种情形在现代小说中也许会作为某种内部心理过程而通过内心独白或分析性叙事加以呈现,但在荷马那里却表现为神灵的介入,以及命运和众神之愿所代表的外部过程。雅典娜在这里所做出的一句主要规劝之言是,假如阿喀琉斯愿意在此刻放弃暴力,那么众神便会加倍以荣耀回馈于他。原始叙事正是在这些心理性时刻屡屡诉诸神话,而不是借助于摹仿。在《出埃及记》中,正是上帝让法老对摩西冷酷无情。③甚至当《创世纪》中的约瑟在原谅其诸兄长之际也说到,"现在不要因为把我卖到这里,自忧自恨,这是神差我在你们以先来,为要保全生命……这样看来,差我到这里来的不是你们,乃是神,他又使我如法

---

① 史诗《伊利亚特》中英雄阿喀琉斯的父亲。
② 史诗《伊利亚特》中希腊统帅阿伽门农的父亲。
③ 参见《旧约·出埃及记》第10章第1节。

老的父,做他全家的主,并统治全地的宰相"①。这种处理人物思维过程的方式虽然在本质上是神话性的,而不是摹仿性的,但以现代眼光来看却颇具几分现实主义的效果。对于一位萨迦人物来说,他的举手投足总是依照其首次在故事中亮相时被作者赋予的属性,进而其行为也往往因为那些属性而表现出机械性的特征。但是,当某个人物的思维过程,以及发端于此思维过程的行为受到突发性的超自然影响时,该人物便不可避免地会表现出其行为上的异常之态。当然,对于20世纪的读者而言,那些不规则行为恰恰凭借其非理性特征而体现出本质意义上的人性。

  无论是在异教化还是基督化的综合性史诗形式中,超自然模式均作为一种固有技法被用以展示人物心理过程并提供行为动机。埃涅阿斯离开狄多的动机所呈现的方式是以神托梦于他,并提醒他不要忘记自己的命运。在早期叙事中,梦境常用于此目的,而且极适合于那种在神话与摹仿之间寻求平衡的人物塑造。梦境既可用以指涉那些掌控我们命运的神祇,亦可代表人类的心理过程。约瑟的兄长们认为,约瑟的梦②只是其野心的反映,而且当他们叫喊着"你看!那做梦的来了"之际,其言语间透出极度的敌视和畏惧;但这些梦境经过诸多事件证实乃是受神灵所启,而不只是反映约瑟的过度自负。

  在基督化综合性史诗中,魔鬼形象具有显著的"机械降神"功能,它有助于行为动机的戏剧性表现,以及人物性格的揭示。在《耶路撒冷的解放》中,当塔索试图促使杰尔南多(Gernando)③做出愚勇好斗之举,他便引入"暗中蛰伏于身边的魔鬼/让心存疑虑者就范"。这魔鬼"在他耳边窃窃私语"长达四个诗节,于是"怒火中烧/其恶毒的烈焰燃及每一根筋脉,/他的轻蔑之情在胸中膨胀,溢于言表/他的神色傲慢,出言不

---

① 参见《旧约·创世纪》第45章第5节及第8节。
② 约瑟梦见自己所捆的禾稼为其哥哥们所捆的禾稼围着下拜,另又梦见太阳、月亮与11颗星向其下拜。参见《旧约·创世纪》第37章第5至第10节。
③ 塔索在此作品中塑造的挪威王子形象。

逊"。这便是爱德华·费尔法克斯①在 16 世纪对塔索进行的英文版诠释:弥尔顿笔下的撒旦多少得益于塔索塑造的魔鬼形象。甚至在如《劫发记》(The Rape of the Lock)那样的仿英雄体史诗中,这种创作手法在一定程度上也被用来模拟人物的行为动机。

另一种呈现人物心理活动的技法是"内心独白",它拥有古老而辉煌的历史。由于该术语常被笼统地应用于现代小说,且时而与"意识流"这一概念互换着使用,因此无论我们采用哪个术语,都必须首先对其稍稍加以定义与澄清。"意识流"准确地说乃是一个心理学术语而并非文学术语。它所描述的是一种思维过程的模式。"内心独白"则是一个文学术语,其意义近似于无声的自语(unspoken soliloquy)。所以,在此处的研究当中,"意识流"这个术语将被用来表示文学中得以呈现的任何不合逻辑、违背语法,基本上属于联想性的人类思维模式。这些思绪可以是口述的,亦可为无言的。作为一种文学现象,意识流的发展还是较为晚近的事情,其最显著的根源可追溯至洛克就思维的内在机制所提出的理论,以及斯泰恩(Sterne)在《商第传》(Tristram Shandy)中对洛克思想的应用。内心独白则属于另一类现象。在叙事文学中,它可以无需任何介入性的叙述者而直接、即兴地呈现人物所未言传的思想。就像直接引语或对话那样,它是叙事文学中的戏剧性因素,但它只存在于叙事文学当中,因为只有在那里,人物的独白才能够做到虽未得以言说,却仍可为读者领会。当然,此言论并不像乍一听上去的那样空洞无味。在戏剧中,人物独白必须说出声来以使观众理解,同时,说话的人物必须具有一种独白化品性。哈姆雷特是莎士比亚塑造的"伟大独白者"。作为一个人物,他专为独白所量身定制,而诸如奥塞罗这样的人物则缺乏此品性。但是在叙事文学中,任何人物不管其做出口述性独白的可能性有多小,都可以向读者敞开心扉,显现其内心所想。对

---

① 爱德华·费尔法克斯(Edward Fairfax,约 1580—1635):英国翻译家,《耶路撒冷的解放》是其译自塔索的代表作。

于那种平庸的凡俗之士——利奥波德·布卢姆或许算是这样的人物——而言,戏剧家们很难展示其思想,但小说家们却能够直接向读者揭示任何人物的内心世界。在叙事性人物塑造的演进历史中,一个重要发展即表现为现代文学在无特定场合要求的情形下对内心独白加以广泛运用。相比之下,古代叙事则较少使用内心独白,而且即便用了也只是用于极为特殊的场合。作为一种叙事手法,内心独白远比意识流拥有更为悠久的历史,不过由于这两种手法在乔伊斯和弗吉尼亚·伍尔芙这类现代作家的笔下得以融合,因此我们常常无法对它们加以甄别,并始终没有意识到它们各自甚为相异的历史。

内心独白在古典叙事艺术家那里表现出许多有趣的特点,其中有一些能够使之与该手法在后世的演绎区分开来,而另有许多特点则似乎得以保留在其现代形式之中。在古代,那些开创并利用独白手法的作者包括荷马、阿波罗尼奥斯、维吉尔、奥维德、朗戈斯和以弗所人色诺芬。然而对于这些创作者而言,尽管他们在运用这一手法时不乏卓越的技巧和驾驭力,却从不滥用。在古代文学中,这种技法并未被广泛地付诸实践。

荷马对于内心独白的运用颇为有趣。他的做法是将程式化行为与充分的随意性和灵活性融合在一起。通过比照,我们没有在现存的本土语原始史诗中发现内心独白的使用。比如,在《贝奥武甫》中就不存在任何这样的痕迹。我们无法知晓荷马是否开创了这种技法,还是仅仅在运用希腊口头叙事当中的一种普通手段,因为我们几乎找不到其前辈创作者所留下的作品记录。但是,我们可以发现他所持有的观念使得内心独白有可能成为其创作中的一种技法——事实上,在任何文学中,这种观念对于内心独白的出现都必不可少。在《伊利亚特》中,有一半的内心独白都在关键时刻反复提及一整行诗句:*alla ti e moi tauta philos dielexato thymos*(但我的内心[*thymos*]为何与我如此争辩?)。奥德修斯在其独白中使用这一说法以表达恐惧(《伊利亚特》,第11卷第402行)。墨涅拉俄斯在其独白中也使用它来表达恐惧(第17卷第

97行)。阿革诺耳(Agenor)在其独白中同样使用它来表达恐惧(第21卷第562行)。此外,赫克托也在其独白中使用它来表达恐惧(第22卷第122行)。而对于向来无所畏惧的阿喀琉斯来说,尽管这一诗行没有在其独白中得以运用,但却出现于赫克托死后阿喀琉斯对战友们发表的言论之中,正是在那一刻,他的思绪从战争和特洛伊人转向了帕特洛克罗斯那未曾受到体面葬礼的死亡之躯(第22卷第385行)。在每种情形下,当然也包括此处的情形,相同的诗行会出现于独白的关键之处,此时,人物的思想便得以从无价值或是不恰当的顾虑或情感,转向有价值或是恰当的顾虑或情感。在这四处表达战斗恐惧的内心独白中,该诗行均展示出人物从恐惧到勇气的心理变化。

在关注到此现象后,我们便可以从中获取诸多认识。我们会明白荷马如何能够通过援用一种程式而使得阿革诺耳这样的次要人物——一位在整部《伊利亚特》中仅作片刻舞台亮相的人物——在那一场合显得如此重要和生动。当然,这种程式尽管能够赋予人物以生动性,却无法对他们加以个体化处理。事实上,但凡程式化的创作往往都倾向于通过典型性来实现统一,而并非旨在实现人物的个体化。不过,荷马却能够在需要之际将个体化色彩贯穿于其程式当中。赫克托的独白因表达了其本人在独特处境中的具体思想,而在篇幅上超过阿革诺耳的独白三倍之多。但是,就反复出现于荷马式内心独白中的这行诗句来说,我们所能得到的最重要的认识便是,它在作者的头脑中所暗含的有关人类心理本质的设想。"thymos"这个字眼在意义上有几分近似于内心或思想,它与个体人物的意志相互争执("dielexato")。于是,人物心理被划分为两部分,彼此就控制权展开争夺,其方式常常暗示出自我与超我的概念,前者关注的是自我维护,而后者则驱使个体人物实施可为接受的行为。这种心理分裂的概念对于内心独白技法的发展似乎至关重要,荷马在叙事艺术方面的追随者们正是把握住了这一概念并对其加以利用。古代关于思维的盛行观念无疑得益于柏拉图,他将思维描述成"灵魂[心理取代了内心作为精神话语者的身份]与其自身就任何被关注的主题所进行的对话"("泰阿泰德篇",189E;"智者篇",263E①)。这当然也是对荷马所持观念给予的精确描述。我们可以在荷马的创作中发现一种戏剧性的小程式,即一个人物似乎即将妥协于其"内心"的怂恿,但随即又会通过我们一直在讨论的那行程式化诗句来实现理智的复苏,继而做出正确的抉择。

荷马不仅将这一程式化诗行用于阿喀琉斯的口述性言语中,而且也将其用于其他人物的那些非口述性思想之中。这就例证了古代文学的创作倾向,即把思想仅看作是消除声音的言语。这种将思想视为心灵对话的观念采取了与口头言语相同的语言形式,在近几个世纪以前的岁月中,它始终是关于思想本质的主导设想。这一观念的盛行对于文学中的思想再现至关重要;因为如果思想仅仅是非口述性言语,那么它便可以依照言语再现的方式进行完全相同的再现,而且那种用以组织和增强言语的技艺,即修辞的技艺,则既可以贴切地运用于实际口述出来的语句,也同样适用于非口述性言语。所以,只要这种观念占据优势,那么借助于思想进行的人物塑造就相当于通过修辞所进行的人物塑造。就人物思想而言,存在着一种理论——它在17世纪的欧洲初现端倪,而真正开始影响叙事文学则要等到18世纪——认为思想或许并不仅仅是非口述性话语,而完全是另一种言语表达类型。在此理论的影响之下,叙事性人物塑造领域产生了一场革命,继而为意识流创作铺平了道路。作为一种叙述方法,意识流创作使得情节沦为了一种印象和思绪,同时人物思想的语言组织所依照的乃是心理学原理,而不是修辞学原理。但是在古代文学中,思想与修辞却往往难以进行区分。在我们接下来即将讨论的古典文学独白中,大部分都未必是那种非口述意义上的内心独白。对于那些诗人而言,不管他们是否有可能将自己要表达的内容视为口述性对象,都会经常诉诸口述引语的词句。这一问题将在"附录"中得到更详尽的讨论。

---

① "泰阿泰德篇"(Theaetetus)和"智者篇"(Sophist)均出自柏拉图的对话录。

当然,荷马对于人物行动的关注要胜于他对人物思想的关注。在我们先前探讨过的所有荷马式独白中,人物总能够获取某种正确的行动方案,并最终将其付诸实施。但是,正如任何发明过老鼠迷宫的心理学家所证实的那样,真正有趣的心理过程乃始于当思想遭遇棘手问题的时刻。同样,当叙事艺术家选择对挣扎于两难处境中的人物进行聚焦之际,叙事文学中的内心独白技法便真正开始了其自身的改良和发展。就我们所知,叙事文学在这方面的发展必须归功于罗德人阿波罗尼奥斯。尽管他无疑从希腊悲剧家身上汲取了营养,但作为一位叙事艺术家,他远未被赋予应有的赞誉。维吉尔向阿波罗尼奥斯习得了这一技法,而奥维德则可能对他们二人均有所借鉴,"附录"中的例子将对此有所说明。当然,伴随技法的改良也会出现程式化的问题。我们可以发现,内心独白技法在其自身的发展过程中已不再如荷马处理得那么灵活。虽说荷马在其修辞方面是程式化的,但就其对独白手法的运用来看则颇具灵活性。在《奥德赛》中,大多数独白自然都是出现于奥德修斯从卡吕普索的殷勤到淮阿喀亚人的好客这一路上所经历的孤独时刻。在这些独白当中,有几则都是通过完全相同的诗行来引入的:*oxthesas d'ara eipe pros hon megaletora thymon*(他极为动情地向自己坚强的内心诉说)。它们通常也是以一个完全相同的短句开篇:*O moi ego*(吾悲矣)。但是,运用这一手法的时机和场合似乎仅仅取决于叙事的逻辑,而并非取决于那种要求在高度特殊化情境中,使用某一特殊独白类型的传统。不过,伴随阿波罗尼奥斯的出现,这一传统便诞生了——它围绕叙事所营造的高度特殊化情境,使得一种极为特殊的独白类型成为必要。如果说在《伊利亚特》的诸部分当中,荷马对独白进行的简单运用旨在呈现那些挣扎于恐惧之中的人物,那么与之不同的是,此处的传统则往往将独白本身推至中心地位,通过思想而非行动来突出人物塑造,并最终导致独白技法本身的程式化,而这一程式化传统的肇始者正是阿波罗尼奥斯。

在《阿尔戈》中,仅有的一处独白出现于第3卷中的一个关键时刻。

身为异乡土地上的陌生人,伊阿宋及其阿尔戈号勇士们必须执行国王埃厄忒斯(Aeetes)①布置的艰巨任务。要完成这一使命,就必须求助于埃厄忒斯的女儿,即那位精通法术的美狄亚。众神有意帮助伊阿宋,便设法让美狄亚遭受厄洛斯(Eros)②的一箭之伤,好让她爱上这位俊美的不速之客。中了箭创的美狄亚身处两难境地:一边是她刚刚获得的爱情,另一边是她对父亲的忠孝。她无法将自己的全部心事向人倾诉。于是,她试图通过与自己展开争辩来解决这一困境。阿波罗尼奥斯对她的心理斗争进行了详尽的刻画,将叙事性分析与一长段内心独白组合起来。(参见"附录"中的文本及译文)我们不妨将此段落的各种特点划分为诸多细目,以对照该技法在其他作品中的运用:其一,独白者是位女性(荷马塑造的所有独白者都是男性);其二,她坠入了情网;其三,此刻乃危机时分;其四,她身陷两难境地,一方面是"道义"的制约,另一方面又为欲望所驱,在此处便表现为忠孝与爱情之间的进退维谷;其五,在其所处的情境之中,她无法向任何人吐露心声;其六,她视自杀为一种可能的出路。

维吉尔在《埃涅阿斯纪》中就狄多这个人物所做的呈现,明显是对阿波罗尼奥斯的版本进行了相当程度的借鉴。他为狄多安排了一个妹妹安娜(Anna);在狄多与埃涅阿斯所历经的爱情磨难中,安娜通常充当狄多的知己(正如卡尔基奥佩③对于美狄亚的关系)。但是,狄多同样也会陷入无人倾诉的境地。深夜时分,她独自卧床(就像美狄亚那样),在爱情与荣耀相互对峙的需求之间进行着权衡,并最终决定选择自杀作为唯一的出路。(参见"附录"中的文本及译文)在特洛伊遭受沦陷的过程中,埃涅阿斯企图杀死海伦。对此,维吉尔运用了精湛的独白技法加以呈现,但尽管如此,作者赋予伊阿宋与埃涅阿斯的内心独白还

---

① 希腊神话中的科尔基斯(Colchis,今格鲁吉亚西部)国王,美狄亚之父,在智取金羊毛的故事中为阻挠伊阿宋及阿尔戈号上的勇士,而布置了不可能完成的任务。
② 希腊神话中身背弓箭的小爱神,对应于罗马神话中的丘比特。
③ 卡尔基奥佩(Chalciope)是埃厄忒斯的大女儿,美狄亚的姐姐。

是无法与上述女性相提并论。由于在这些诗作中陷入情网而不能自拔的乃是女性形象，因此，那些最令人关注、最具意味的独白自然要归她们所有。自叙事的早期发展以来，性别与心理就不可避免地建立了一种相得益彰的关系。假如让阿波罗尼奥斯或维吉尔重新讲述《奥德赛》的故事，而不仅仅是对其加以模仿，那么我们便很可能会以荷马未曾想见的方式洞察到卡吕普索、喀耳刻、瑙西卡（Nausicaa）①或珀涅罗珀的精神世界。（我们发现，《荷马史诗》中与此最接近的事例是珀涅罗珀在第 20 卷当中向阿尔忒弥斯［Artemis］②所做的祷告。这尽管算不上是内心独白，却预示了阿波罗尼奥斯笔下美狄亚的祷告和内心思想）从美狄亚和狄多到安娜·卡列尼娜和摩莉·布卢姆，对于心理层面的叙事性关注往往聚焦于那种沉冥于情欲之中的女性所经历的内心体验。毫无疑问，古代叙事对于女性心理的强调得益于这样一种盛行的观念，即女人比男人更富于情欲。奥维德曾就此为我们做过精练的总结，在他的讲述中，朱庇特（Jove）与朱诺（Juno）③就男性与女性之间究竟哪一方会从情爱中获得更大乐趣的问题发生了争端。依照奥维德的说法，此处的天王和天后求助于半男半女的忒瑞西阿斯（Tiresias）④来解决争端，结果，这位先知因断言女性较男性获得更大乐趣而领受到了朱诺的报复。

在奥维德的《变形记》中，男性神祇和凡界男人被爱情之箭射中的概率似乎与女性形象旗鼓相当，但是这些男性人物仅仅将其欲望转化为行动，并试图通过强制手段或骗术去征服他们所贪恋的女性人物。

---

① 史诗《奥德赛》中淮阿喀亚国王阿尔喀诺俄斯的女儿；正是在她的帮助下，落难之中的奥德修斯受到了国王的热情款待。

② 希腊神话中掌管狩猎、生殖、分娩等诸多领域的月亮女神，对应于罗马神话中的狄安娜（Diana）。

③ 朱庇特（Jupiter，亦称为 Jove）是罗马神话中的主神，朱诺为其妻，他们分别对应着希腊神话中的宙斯及其妻赫拉。

④ 希腊神话中的著名先知，一度曾化身为女性，正是由于他的这一特殊经历，朱庇特与朱诺让他来就此处的争端进行评判，由于忒瑞西阿斯支持朱庇特的观点而触犯了朱诺，结果遭受到双目失明的惩罚。

而在恋爱中的女人那里，戏剧独白方才获得了充分施展的机会。不过我们发现，奥维德对该技法的运用和发挥要比阿波罗尼奥斯和维吉尔自由得多。虽然他以非常简洁的方式重新讲述了伊阿宋和美狄亚的故事，但他为美狄亚安排的一段内心独白在篇幅上完全可与阿波罗尼奥斯版本中的对应部分相媲美，可以说他准确捕捉到了《阿尔戈》中最有意思的部分，并有效地对其进行了发挥。这个传说出现于《变形记》的第7卷中，不过很快便在接下来的第8卷中又讲述了一则类似的故事：郁郁寡欢的斯库拉（Scylla）①如美狄亚一样将自己的父亲出卖给俊美的敌人——即此故事中的米诺斯（Minos）——而且，斯库拉也在历经思想斗争及做出决定的时刻进行了相似的独白。紧接着这则故事之后又在第9卷和第10卷当中出现了三个相关的传说，讲述背运的女性如何遭受不幸的恋情，它们均以现成的模式为人物提供了进行内心独白的机会：爱上同胞哥哥的比布利斯（Byblis）②；爱上另一位姑娘的伊菲斯（Iphis）③；爱上亲生父亲的密耳拉（Myrrha）④。《变形记》中的所有长篇内心独白都在这四卷中得到了诠释。此外，它们还保留了《阿尔戈》当中美狄亚内心独白的所有特征，唯一的例外在于，自杀这一可能性并没有为全部女性人物所考虑。这些独白者都是女性——坠入情网——身处危机时刻——挣扎于情欲和道义之间——而且，她们找不

---

① 此处的斯库拉不同于《奥德赛》中提到的同名女海妖，后者与另一女海妖卡律布狄斯（Charybdis）分别控制着一处海峡的两侧，吞噬过往水手；而这里的斯库拉则是麦加拉（Megara）国王尼索斯（Nisus）的女儿，因爱上父亲的敌人——克里特国王米诺斯，而出卖了自己父亲。

② 希腊神话人物，爱上自己的亲哥哥，但遭到后者拒绝，最终在长途跋涉的追逐中忧伤地死去。

③ 希腊神话人物，自出生之日起，母亲便偷偷将其当男儿养育，因为其父曾发誓只要男孩，若生女孩则格杀勿论。在奥维德的《变形记》中，伊菲斯爱上了一位名叫伊安忒（Ianthe）的姑娘，并渴望娶其为妻。最终神灵介入，将其变为男儿身，满足了其心愿。

④ 希腊神话人物，在奥维德的《变形记》中，她通过伪装成妾得以同自己所爱的父亲同床，当这一阴谋被发现后，恼羞成怒的父亲持剑追杀她，走投无路的密耳拉在神灵的帮助下变成一棵树，后从树干中分娩出阿多尼斯（Adonis）。

到任何可以倾诉的对象。

在古代文学史诗中,重要的内心独白往往会采取某种极为特殊化的形式。在上文所引证的每个案例中,人物均处于两难境地,而其独白则均通过思想斗争的方式得以呈现,并在某些场合——尤其是在专注于该技法的奥维德那里——将这种思辨模式推至一种极为复杂的境界。(例如密耳拉的内心独白,其部分内容可参见"附录")这种内心争辩(interior debate)模式的萌芽当然可以上溯至荷马在《伊利亚特》中所使用过的恐惧独白(fear-monologue)程式,但是独白技法在亚历山大作家和罗马作家的演绎中既让思想斗争获得了细致刻画,同时也营造出一种强烈的修辞功效,而在荷马那里,这些东西全都荡然无存了。在奥维德式的独白当中,人物被深深湮没于其思想斗争过程,以至于艺术家对于人物本身的关注几近消失。这种思想斗争模式有可能是当时修辞学家接受标准化训练的内容之一。我们知道,埃阿斯(Ajax)①与尤利西斯就阿喀琉斯的铠甲所展开的那场著名争辩——奥维德也对此进行了讲述——在修辞学校里乃是作为一种训练来加以使用的。就我们一直所讨论的古代叙事独白而言,当我们深入人物内心活动的最强烈之处,我们所能发现的则并非心理而是修辞。正是修辞主导着人物塑造中的内心独白,它存在于从古希腊到文艺复兴的全部西方文学之中,也包括乔叟的叙事和莎士比亚戏剧中所包含的那些伟大独白。在我们看来,所谓独白中的修辞即以形式外衣为包装的语言,它以读者或观众为聚焦点,关注他们的反应,为感染他们而对文字进行艺术化处理。相比之下,心理则意指一种重现思维言语过程的真正尝试——这些文字的组织模式并非诉求于言辞的艺术性,而是要关注实际的思想,其聚焦点着眼于人物而非受众。意识流强调采用心理趋向模式,内心独白在传统上则要求进行修辞性展示。尽管两者常常融合于现代叙事当中,

---

① 特洛伊战争中希腊著名勇士,在阿喀琉斯被杀之后,曾与尤利西斯联手夺回阿喀琉斯的遗骸,在论功行赏之际,二人为得到阿喀琉斯的铠甲而展开争辩。

但趋向性仍旧存在，比方说乔伊斯在《尤利西斯》中总是突出意识流和人物心理，而福克纳在《喧哗与骚动》中则更重视修辞性独白。

在古代作家那里，独白作为一个固定环节为高超的言辞技巧提供了展示平台。于是，独白技法也就自然被希腊散文体传奇吸纳到其高度风格化的模式之中。在《以弗所传说》(《哈布罗科姆斯与安蒂亚》)及《达夫尼斯与赫洛亚》中，我们发现独白技法同样被运用于关键时刻。传奇与早先的文学性史诗在诸多方面存在着明显差异，这多少关系到它们对内心独白的处理方式。传奇以散文体进行创作；它们不关注那些记录于传统当中的历史性传奇人物的事迹；它们的主要内容是爱情——一个男人和一个女人所平等共享的爱情。随着史诗中的男性英雄形象被传奇中更具情欲趋向的人物所取代，我们也开始发现男性人物的爱情独白与传统的女性爱情独白得以联袂登场。在传奇当中，这类独白出现的常规之境，往往是人物坠入情网的那一刻。就色诺芬的《以弗所传说》而言，哈布罗科姆斯与安蒂亚二人均在那一关键时刻沉浸于相似的独白之中。(参见"附录"中的文本及译文)这些独白类似于奥维德及其先前作家笔下的独白，只是篇幅要短小简单得多。色诺芬倾向于将它们以口述式哀叹和祷告的形式分散在作品中，而不是诉诸真正的内心独白技法。在朗戈斯的《达夫尼斯与赫洛亚》中，这种因爱情的降临而发出颂扬(或哀叹)之辞的新型独白程式在两位恋人身上均得到了细致的表现。我们可以从例子(见"附录")中看出，此处的程式与色诺芬所使用的程式颇为相似，但处理得更为精巧别致。达夫尼斯的独白，甚至试图暗示人物思绪从一物到另一物的联想式跳跃，当然，这些个体思想仍旧表现出修辞高于心理的特征。

在古代叙事中，人物思想总是蜕变为非口述性言辞(unspoken speech)，同时，文学中的人物言辞又在相当程度上弱化成非书面化写作(unwritten writing)。无论是在拉丁文学中，还是在希腊文学中，那种基于既定标准进行创作的文学语言均已出现；而且，这些文学语言逐渐地疏离了平常的说话方式，从而一方面使得叙事文学几乎不可能再对寻常言语进行再现,另一方面也使得它无法再现任何寻常的人物思想。虽说像裴特洛纽斯这样大胆的革新者能够做到将显著的通俗化语言风格引入其叙事当中,但若想表现出希腊语言的文学性就意味着在创作时要去效法阿提卡希腊语。如此一来,文学性和摹仿性便不可能同时得到体现。随着文学性拉丁文与通俗化拉丁文之间鸿沟的扩大,罗马作家们同样无法对人物思想进行现实主义的再现。只有当叙事文学开始以西欧诸方言的形式获得书面化地位时,它才有可能再一次对人物思想模式进行现实主义再现。但是,这种新式文学若要将内心独白重新发展为重要的文学手段,首先就必须应对一系列的原始史诗和"武功歌",因为那些作品所强调的是人物行为而非人物思想。乔叟在《特洛伊罗斯与克瑞西达》当中对于内心独白的运用几乎与色诺芬在《以弗所传说》中的做法如出一辙,我们不妨以此为例,对内心独白技法的发展历史做出恰如其分的认识。传统的情欲叙事要求男女主人公在爱情降临之际发出内心独白,这也正是乔叟所给予我们的东西。(具体文本可参见"附录")事实上,古代程式对乔叟的深刻影响促使他对原始素材进行了重大的变更。《特洛伊罗斯》的大部分内容乃是直接译自薄伽丘的《菲洛斯特拉托》(Filostrato)①。但是,《菲洛斯特拉托》仅仅展示了初坠爱河的特洛伊罗斯对爱神所做的祈祷,它缺乏传统叙事中恋人为情所困而发出的那种独白。乔叟为了弥补这一缺陷便利用了薄伽丘的暗示:恋爱中的特洛伊罗斯沉湎于歌唱。于是这位英国诗人翻箱倒柜,最终在彼特拉克(Petrarch)那里找到了一首十四行诗,似乎与此情境不无契合之处,于是他将其译成"特洛伊罗斯之歌"。这首诗将修辞发挥到了极致,并且与第2卷中克瑞西达的独白形成鲜明的对照。当然,克瑞西达在那里所做的独白本身也是出于对原始素材所进行的变更。乔叟在克瑞西达的独白中对薄伽丘的背离不仅是为了寻找替代

---

① 薄伽丘所著爱情叙事诗,为乔叟的《特洛伊罗斯与克瑞西达》提供了素材和灵感,莎士比亚又在乔叟版本的基础上创作了同名悲剧。该诗标题的字面意思为"被爱击倒",国内也有译者将其译为《爱的摧残》。

性的素材，同时也是为了深入发掘其女主人公的性格。乔叟对这两处独白的不同处理清楚表明了他在叙事艺术发展中的重要地位。他所塑造的克瑞西达不仅比薄伽丘笔下的对应形象展示出更为复杂的性格，而且其思想流变也要比任何既有的叙事独白表现出更为强烈的心理化趋向。我们从这里可以看到人物独白从修辞到心理的渐变。希腊传奇中的诸多女性形象，以及那位以第三者身份出现的遗孀狄多，都是乔叟在此处进行人物塑造时所借鉴的对象，但是乔叟将其人物置于心理性及社会性关注的新领域之中，并使得这两种关注通过独白中的一处关键之词而得以精彩的呈现，"我是我自己的女人，悠闲自在"。乔叟笔下的富贵遗孀尽管身着特洛伊服饰，但在此刻却基本上成了一位中世纪晚期的女性。她的言语若用在"巴思妇"身上也不无妥当，而其人物塑造则如坎特伯雷的朝圣者们那样，使得英国文学中的人物塑造走向了伊丽莎白时代戏剧所引以为豪的那一伟大兴盛。乔叟和莎士比亚之所以能在这一文学层面取得骄人的成就，很可能与他们在修辞性与心理性人物塑造之间的徘徊不定有着密切关联。

就叙事文学而言，我们可以说，独白在所谓的传奇当中倾向于修辞化，而在所谓的现实主义叙事当中则往往倾向于心理化。事实上，此差异对于这两种叙事形式的区分来说不仅甚为关键，而且也是极为根本的。其重要性既超越了一部作品的创作时间、源地或虚构地，同时也超越了单纯的创作内容问题。《居鲁士大帝》这部17世纪的鸿篇传奇之作充满了修辞性的独白和自语，并忠实承袭了色诺芬所著的《居鲁士的教育》，以及赫利奥多罗斯所著的《埃塞俄比亚遗事》。虽然它比乔叟的《特洛伊罗斯》晚了将近300年之久，却更加突出修辞性，而对心理层面则较少关注。实际上，它可谓是纯传奇文学在现实主义冲击到来之前所发出的最后喘息。当然，它也并非没有自己的优点，只是这些优点常流露出洛可可式的过度雕琢痕迹，缺乏平衡性与和谐感。17世纪是叙事文学中各种重要流派得以划分的重要转折点。随着经验主义哲学的兴起，以及随后心理科学的必然发展，叙事性人物塑造也不可避免地经历了从修辞到心理的转向。对于现代作家来说,心理科学那不断增长的生命力和影响力带来一个重大问题,即如何在利用日益发展的人类心理知识的同时,不至于丧失修辞本身所能营造的那些文学效果。这个问题意味着创作者要获取全新的、可行的方式将心理与修辞组合在一起,当然,伟大的叙事艺术家们已经找到了解决该问题的种种办法。狄更斯几乎可以说是因其天真而不朽,而福楼拜则是倚仗其知识。伟大的禀赋或超凡的努力都可以创造出杰出的作品,不过它们之间会存在着极大的差异。

并非所有的作家都必须等着 17 世纪的到来或是一门名为心理学的正式学科的问世,才去尝试在人物塑造中对心理与修辞加以协调。欧洲作家中第一位克服此难题的作家是薄伽丘。早在《居鲁士大帝》中的纯修辞性技艺得以施展的 300 年前,他便不遗余力地试图将内心独白从传统操作的模式中解放出来,避免一味地把它用作一种固定环节去表现爱情萌生时所带来的苦闷,或是去表现情欲和操守之间的矛盾所引发的思想斗争。在他创作的上百个传说中,许多都曾频繁地在各种场合对内心独白加以运用,并附有引申的段落对其人物的思想加以叙事分析。通常说来,薄伽丘对于人物的关注要比欧洲大陆其他创作中篇故事的作家更胜一筹。《罗马人传奇》作为古代传说及传奇与短篇方言叙事之间的重要联系环节,基本上关注的是适用于说教故事的单纯叙事结构;即便是薄伽丘在文艺复兴时期的追随者及效仿者们,也往往会比薄伽丘本人更为关注情节而较少关注人物。这种人物性关注显著地贯穿于整部《十日谈》(*Decameron*)之中,但里面最为突出的恰恰是一则似乎最不需要进行人物关注的故事:第八天的第七个故事,这基本上是一则围绕恶作剧展开的法布罗故事诗。它与乔叟的"磨坊主的故事"属于同一类别,甚或可以与之共享诸如"学者的复仇"那样的描述性标题,但是在薄伽丘的手中,它在相当程度上背离了标准的法布罗故事诗,并几乎完全丧失了与这一族类的相似性。其情节简单明了:一位学者爱上一位小姐,结果却被后者作弄,在天寒地冻的庭院里待了一晚上。为了报复,他便作弄这位小姐,让她在赤日炎炎之下一丝不挂地度过了一整天。这一简单的叙事框架完全没有提供任何机会去表现像"磨坊主的故事"中所包含的那种插科打诨,对此,薄伽丘的做法是将关注转向细节,挖掘其人物的情感与思想状态,这对于此前的欧洲文学来说几乎是空前的。抛开其简单的情节不谈,这个故事乃是集子中篇幅最长的故事之一,要比《十日谈》里的一般故事长三倍之多。也许有人不禁要问,为何要将这些艺术资源浪费在这么一则无甚名堂的故事之上,为何人物塑造会如此重要,为何这两个人物的冷热之苦,以及其他身体与心理之痛,需要得到如此详尽的呈现;尤其值得疑问的是,既然在大多数被认为与薄伽丘的创作有所类似或可能为薄伽丘加以借鉴的故事中,两位主要人物往往会达成和解,那么为何这一传统做法却没有在该故事中得以运用呢?对于这种种"为什么",倒是存在一个答案,即薄伽丘有意表现这位小姐所遭受的痛苦,特别是要尽可能表现出那种具有质感的痛,与此同时,他还要让我们对那位学者的报复之举怀揣同情。只要对该故事中内心独白的使用加以仔细研究,并对人物思想过程进行叙事分析,便会发现这则故事的设计主要是为了让我们在对报复者心存同情之际,不至于弱化此复仇本身带给我们的痛苦感受。对于特别热衷于强烈情感并能与之产生共鸣的现代读者来说,这种做法使得该故事要比某些其他故事更为有趣。当然,这并不能解释薄伽丘为什么会仅仅选择这个故事来营造此效果,而且即便对他本人而言,这也是唯一的尝试。路易吉·格罗托①这位"亚得里亚盲人"和桑索维诺②及其他学者都曾提及一种可能的答案,即这则故事从某种层面上说乃是自传性的。

如果此话属实,那么这将比任何其他理由更好地解释该故事中人

---

① 路易吉·格罗托(Luigi Groto,1541—1585):意大利盲人诗人及戏剧家,有"亚得里亚(意大利北部城市)盲人"之称。

② 桑索维诺(Sansovino,1521—1586):意大利著名学者、作家及文学评论家,对但丁及薄伽丘著有评述。

物塑造的深刻性和心理趋向。对于将叙述者自身置于叙事当中的做法（即一种自传性姿态，并不一定与自传性形式存在必然关联），我们通常将其看成是一种"浪漫主义"倾向。不过，我们或许更应该把它当作是一种现实主义倾向。不管这种做法是否会殃及我们的文学史所做的简练划分，现实主义与我们称之为"浪漫主义"的欧洲现象乃是以一种极为复杂的方式交织在一起。当然，我们仍可恰如其分地认为，现实主义所代表的是一种与浪漫主义相反的观念。事实上，这种在叙事中采取自传性姿态的现实主义倾向不仅是区分小说人物塑造与所有早期叙事人物塑造类型的主要层面之一，同时也密切关系到人物呈现在修辞性方法与心理性方法之间的差异。小说家倾向于将自身置于其人物当中，反过来说，也就是倾向于从自己身上发现众多的戏剧性可能，包括渴求、被压制的欲望、伪装和反伪装、崇高与堕落。为什么《克莱芙王妃》（La Princesse de Clèves）[1]在人物塑造方面似乎要胜过短短一代人之前作为先辈文学形式的传奇？无疑，这部作品所包含的更为具体的历史背景功不可没，但其主要原因依我们来看，则在于拉法耶特夫人将自己的情感投射到三角悲情中的人物心理之上。伴随蒙田（Montaigne）而进入法国文学中的个人化品性在一个世纪之后通过塞维尼夫人[2]的书信及其好友拉法耶特夫人的小说得以发扬光大。即便是在文化相对落后、保守的英国，我们不也从鲁滨逊·克鲁索乃至摩尔·弗兰德斯和罗克萨娜[3]身上看到了许多笛福的影子吗？而理查逊的伟大之处，难道不是主要得益于他能够将自己的情感融入其笔下那些书信者——特别是女性主人公——所体验的情感之中吗？菲尔丁和

---

[1] 法国作家拉法耶特夫人（Mme. de La Fayette, 1634—1693）的代表作，被誉为第一部法国历史小说，同时也是开创现代心理小说的先驱之作。小说讲述了一位贵族夫人在丈夫与情人之间、道德与人性之间痛苦挣扎的悲剧故事。

[2] 塞维尼夫人（Mme. de Sévigné, 1626—1696）：法国散文家，因其给家人及亲友——尤其是给女儿——创作的书信而享誉文坛，这些书信后经整理得以正式出版。

[3] 这三位人物均出自18世纪英国小说家笛福的代表作，分别为《鲁滨逊漂流记》《摩尔·弗兰德斯》和《罗克萨娜》（Roxana）。

萨克雷将自己的性格主要投射在其叙述性角色身上,而理查逊和斯泰恩则将其叙述者当作人物,并将自己的心灵投射到其笔下所有的人物身上。简·奥斯丁或多或少乃是将自己投射到其作品中所有的女性主人公身上,而对于其他人物的处理方式则更接近于菲尔丁,这在一定程度上解释了为什么在她的创作艺术中,我们能体会到某种介于菲尔丁和理查逊之间的平衡感。

就小说时代的所有文学巨匠而言,我们可以不夸张地说,其主要的共性之处就在于他们对人物刻画所给予的特殊观照,而与这一观照密不可分的乃是艺术家依据其自身心理层面对人物进行的创造。诸如乔伊斯、劳伦斯、普鲁斯特、陀思妥耶夫斯基、托尔斯泰、福楼拜、巴尔扎克和司汤达这些风采各异的人物,他们之所以能够联系在一起,其主要因素不正在于这一共性之处吗?在英国,当自传性文学创作正历经蓬勃发展之际,小说也恰恰在同一时期得以兴起。佩皮斯①、伊夫林②、西伯③、吉本④和鲍斯威尔⑤等人的创作便是通过显著的自传体形式体现了这一风尚。而在法国,卢梭则为即将出现的叙事时代确定了基调,他不仅开创了作为自传的小说,同时也开创了作为小说的自传。

在英国,劳伦斯·斯泰恩为正在兴起的小说叙事提供了认识论工具。对于20世纪的小说家来说,这一工具将会在叙事结构方面赋予一种重要的选择或补充,而不再局限于神话性或虚构性情节组织模式,或是萨迦和历史作品的线性时间模式。斯泰恩认为,小说的叙事表达可

---

① 塞缪尔·佩皮斯(Samuel Pepys,1633—1703):英国海军行政长官,著名的日记作家;《佩皮斯日记》为复辟时期的社会生活及历史事件提供了重要的原始文献。

② 约翰·伊夫林(John Evelyn,1620—1706):英国文化学者、作家,涉猎广泛,与好友佩皮斯一样,他创作的日记也为其在文坛上赢得一席之地。

③ 科利·西伯(Colley Cibber,1671—1757):英国桂冠诗人、喜剧作家兼演员,所著《喜剧家科利·西伯的人生辩护》开创了个人化、轶事化自传的英国传统。

④ 爱德华·吉本(Edward Gibbon,1737—1794):英国历史学家,著有《罗马帝国衰亡史》,此外还创作了大量书信、回忆录等自传性作品。

⑤ 詹姆斯·鲍斯威尔(James Boswell,1740—1795):英国传记作家,著有《约翰逊传》,另留存有大量的日记和手稿。

以借助于洛克的联想模式来进行。他通过这一观念向未来的小说家们表明,人物实际上也能够创造情节。威廉·詹姆斯所提出的"意识流"这一术语本身即源自以休谟和洛克为鼻祖的那一谱系的经验主义哲学家们所倡导的思想,而斯泰恩则是第一位使"意识流"成为小说创作因素的作家。在此,我们必须注意到洛克及休谟的认识论思想与我们一直称之为自传化风尚的概念之间存在着何等密切的联系。洛克的理论源于他对其自身认知过程的观察。事实上,实验心理学直到我们所处的这个世纪才得以发展,而在此之前,大部分关于认知过程的探索都是以自我分析为基础,包括弗洛伊德的某些最早、最具戏剧性的心理学突破。于是,小说人物塑造方法的发展,以及人物内心活动从修辞呈现到心理呈现的转化,便紧密地关联着我们称之为浪漫主义的整体思想运动,尤其是关联着自传化风尚的兴起——其源头可追溯至诸如蒙田和切利尼等文艺复兴时期的自传作家,并最终根植于像圣·特雷莎①和圣·奥古斯丁这样的基督教人物。

  在18世纪以后的叙事文学中,用于呈现人物内心体验的两种主要手法与阿波罗尼奥斯及其追随者所采用过的手法完全相同:其一,叙事性分析,在那里人物思想会多少以阐释性评注的形式经受叙述者的头脑过滤;其二,更为直接、更为戏剧化的内心独白。正如在薄伽丘的作品中那样,在19世纪的小说中,这两种技法也常常在同一则叙事中得以一起使用,不过有些小说家似乎只对其中的一种表现出明显的偏好。乔治·艾略特在《米德尔马契》当中倾向于既叙述又评述。司汤达在《红与黑》当中尽管也会时常进行评述,但在相当程度上乃是借助于内心独白来实现戏剧化的效果。直到19世纪行将终了之前,内心独白似乎并未发展出任何为其自身所特有的句法模式。传奇作家们的精巧修辞已不复存在,而那种蜿蜒杂乱的意识流创作则尚未被掌握并化约为

---

  ① 圣·特雷莎(St. Theresa,1515—1582):西班牙天主教圣徒,其自传性作品不仅表现出强烈的神秘主义神学色彩,同时也如圣·奥古斯丁的《忏悔录》那样,注重表现个人化的精神体验。

一种具有独特现代性的新修辞变体。举例来说,于连(Julien Sorel)的那些非口述性思想是以散文体形式来呈现的,但却与其口述引语的散文体形式颇为相像。现代意识流的非散文式句法(un-proselike syntax)自身作为一种文学手段在 19 世纪似乎成了关注变态心理过程的副产品。如果说心理学本身的发展乃是从变态案例的研究中获得其真正的驱动力,那么同样的,人物独白中的心理化散文形式也主要归功于像陀思妥耶夫斯基那样富于活力和影响的作家对精神紊乱所给予的关注。正如古代叙事独白中的情形那样,变态个体以及处于异常压力下的正常个体,也使得 19 世纪的作家们有机会去实现人物塑造的非凡效果,这不仅反映在当时的叙事作品中,而且也表现于诗歌的戏剧独白风尚之中。

　　人物独白中所显露出来的真正现代性特征在于以联想性语言模式去实现意识流的连贯性,托尔斯泰的《安娜·卡列尼娜》在其情节走向结尾的地方正是展示这种现代性独白的原初场合之一。乔伊斯极有可能对此有所借鉴,这不亚于他从杜亚丹①的《月桂树被砍了》(Les Lauriers sont coupées)当中所学到的经验,不过他却只将功劳归于这位名不见经传的法国人。《安娜·卡列尼娜》第 7 卷中的最后 4 个章节,特别是第 27 至第 29 章,都是用以展示安娜在即将自杀之前所发出的内心独白。她的头脑陷入了无序,各种眼下的感官印象、回忆及其对自身处境的分析使她的思绪成了一团乱麻。托尔斯泰往往习惯于通过内心独白来实现人物心理过程的戏剧化处理,但在此处,为了对安娜的思想状态进行戏剧化的呈现,他放弃了自己在内心独白的创作中所通常使用的那种多少具有逻辑性和连贯性的句法模式,转而诉诸意识流的联想性模式。这两种艺术手法如此有效地融合于安娜的思想中,以至于我们从都柏林郡(County Dublin)到约克纳帕塔法郡

---

　　① 杜亚丹(Édouard Dujardin, 1861—1949):法国作家、诗人,意识流技法的早期实践者,在小说创作中有意识地采用内心独白技法;《月桂树被砍了》是体现其意识流创作的典范之作。

(Yoknapatawpha County)都能感受到其影响的存在①。安娜是那种挣扎于情欲与操守之间、沉冥于自杀念头当中的孤独女性,在其充满悲凉的最后时刻,她的文学祖先——狄多和美狄亚,以及奥维德笔下那些郁郁寡欢的恋人——都成了其身后隐现的幽灵;但是,英国启蒙运动的哲学家们,以及鄙俗化牧师所讲述的离奇故事,也都参与到了这令人难忘的骇人一幕中。②

这种在连续性内心独白中运用意识流思想模式的观念可以归功于杜亚丹,但应该注意到,乔伊斯本人并未采用这种技法。尽管他在《尤利西斯》中可能会随时切入其人物的思想过程,然而他的最主要精力却只是放在下列三个固定环节上:"普洛透斯"(Proteus)③章节中的斯蒂芬、"瑙西卡"章节中的布卢姆,以及"珀涅罗珀"章节中的摩莉。虽然乔伊斯在写作技法上的创新是空前的,但在此处,布卢姆对于爱情的冥思却让人联想起特洛伊罗斯——一个可怜的人物形象,遭受爱情的背叛,以及达夫尼斯——一个喜剧化的形象,对爱情有所不忠;而摩莉则类似于克瑞西达与赫洛亚,这不仅是因为她如克瑞西达那般"悠闲自在",而且也是因为她既像克瑞西达那样对爱情不忠,同时也像赫洛亚那样坚持对爱情的信念;所有这三位作家——朗戈斯、乔叟和乔伊斯——均利用了内心独白对人物思想过程加以展示并进行了戏剧化处理。此外,尽管摩莉在《尤利西斯》中的终极独白从本质上说是喜剧性的,但它在技术层面上与安娜·卡列尼娜的终极独白之间所表现出来的亲缘性却是超乎寻常的。乔伊斯身上那种为荣格所赞赏的女性心理学知识无疑

---

① 都柏林郡和约克纳帕塔法郡,分别是乔伊斯和福克纳在各自的小说创作中所选择的主要故事环境。

② 按照斯科尔斯本人的解释,这里的"英国启蒙运动的哲学家们"和"鄙俗化牧师"分别指的是洛克等经验主义者和《商第传》的作者斯泰恩(其本人亦是牧师,《商第传》可谓是一部充满情色幽默的"离奇故事"),两者都对意识流文学创作产生过深远影响。

③ 希腊神话中的一位早期海神,在《奥德赛》中,他是海神波塞冬的臣仆,放牧海豹,能够预知未来,善于变形。

在很大程度上要归功于他的敏感性及其婚姻,但同时也多少要归功于托尔斯泰,归功于从司汤达——历经乔叟、薄伽丘、奥维德和维吉尔——一路回溯至罗德人阿波罗尼奥斯所创建的叙事传统。

伴随后洛克时代的(post-Lockean)内心独白力图对人物思想过程进行摹仿性、心理性而非修辞性的戏剧化呈现,一个问题也最终现身了。倘若我们要摒弃修辞在强化表达方面的特殊功效,倘若处于主导地位的摹仿趋向促使我们去关注那些已知情景中的普通人物,如何才能避免流于平庸和琐碎?福楼拜在《包法利夫人》中曾旁敲侧击地提出同样的问题。书中的叙述者在谈及罗道夫(Rodolphe)①时说道:

> 他无法辨别——作为一位混迹于风月场上的男人——普通字眼中所隐藏的独特情感。娼妓或荡妇们也曾在他耳边发出过同样的呢喃,所以,他无法真正相信这回听到的话就是出于诚心实意。这让人觉得可耻,他想;那些夸张的表露中掩饰着平庸的情感。就好像内心的充实有时也难免诉诸空洞的词句,因为我们谁也不可能完全弄清楚自己的需求、想法或悲伤,而人类的语言就像一口破锅,我们想在它上面敲出旋律以感动星辰,结果却只引得狗熊翩翩起舞。

福楼拜在此谈论的当然是语言,但他的观点也同样适用于任何以纯语言形式去再现思想过程的尝试。在《包法利夫人》中,福楼拜自己并不滥用内心独白,而是时而诉诸叙事性分析,时而采用我们或可称之为实体对应物(physical correlatives)的方式去象征性地表现人物的思想状态。在叙事性分析中,他超乎寻常地热衷于评述并直接操控读者的反应。在爱玛与罗道夫私通的问题上,他尤为细致地为前者留有同情之意,其手段是直接告诉我们她的真诚,同时暴露他的虚伪和浅薄,就像刚才所引段落中揭示的那样。当然,这种技法并非创新,至少薄伽丘曾

---

① 小说《包法利夫人》中的庄园主,一度让包法利夫人陷入痴情的情场老手。

经常运用它。我们之所以要在此有所提及,主要是因为在众人看来,福楼拜已经摒弃了叙事性评述并将作者排除在其小说之外。实际上,他的举措乃是通过不突出其叙述者的个性,以使得他所做的评述(虽为数不多,但颇具意味)获得一种客观冷静、不偏不倚的权威性,当然这种评述事实上既非客观冷静,亦非不偏不倚,而是对福楼拜的情感与思想进行的一种改良的、低调的投射,也正是在这一有限意义上,它表现出了自传性的特征。

就展现人物的内心体验而言,福楼拜的另一方法更为重要,它源自福楼拜对作为情感载体的语言所怀揣的不满。他通过利用实体对应物去表现爱玛的思想过程,从而为他解决了一个问题:如何在对爱玛进行现实主义呈现之际,不至于使得她的思想语言受到修辞的强化,继而背离他对爱玛性格的构思——超凡的情感能量与一种极其寻常的智性相结合。福楼拜通过使用她的狗、她的新娘花束、比内(Binet)①的车床,以及其他实体物件来象征爱玛的思想状态,这样便能够依照自己所构想的意象去表现爱玛的内心世界,不至于因为过多地依赖叙事性分析而阻碍叙事的晓畅,或是让她的思想语言受到修辞的强化和扭曲。

乔治·艾略特作为一位在禀赋上迥异于福楼拜的叙事艺术家,偏好以更为直接的方式来解决上述问题,为此,她将人物塑造的重点放在叙事分析之上,当然,在此过程中会不可避免地导致叙事流出现迟滞的现象,普鲁斯特即付出过同样的代价——任何分析性叙事艺术家均会如此,无论他有何等伟大。《米德尔马契》当中到处都充斥着分析性段落,故事的推进因此而表现出一种反刍式的节奏。但是慢工出细活,叙述者可以在分析性段落中不断从对人物的具体观照,转到以第一及第二人称复数视角来进行细致入微的道德升华。《米德尔马契》的大部分力量和美感正是借此而得以体现的,就像下面这一段文字所示:

---

① 《包法利夫人》中的税务员及地方消防队长,爱好用车床制作餐巾套环。

我也并不以为,卡苏朋(Casaubon)女士①结婚六周后的一阵哭泣便意味着其境况的悲剧性。当想象中的未来被新的真实未来所取代时,心中的些许失落和脆弱也并无异乎寻常之处,而我们也不指望大家会为了那些并无异乎寻常之处的东西而深受感动。那种于司空见惯当中所衍生出来的悲剧元素尚未渗透人类粗陋的情感世界;而且,我们的躯体恐怕也无法承受多少那样的东西。倘若我们对所有的寻常生命都保持一种敏锐的洞察与感知,好像能够听见草儿的生长和松鼠的心跳,那我们就等于放弃了身边的寂静而选择死于对面那巨大的声响。事实上,我们当中最聪明的人乃是怀揣愚笨游走四方的人。

这是多么的"非福楼拜式"(un-Flaubertian),然而又是何等的细腻。她的修辞总是控制得赋有艺术性和震撼力,其精挑细选的隐喻使之能够完美地契合于她那令人惊叹的思想张力,其活力亦足以使她的散文饱含同情而又不至于沦为感伤。即便是此处所引用的这一简短段落也已对其端倪有所展露。当然,只有到了《米德尔马契》第 20 章的语境里,我们方能对其艺术性加以充分的领会。由于这部小说中的人物无法被赋予某种超凡的思想以进行艾略特在此作品中所反复强调的那种道德升华,因此叙述者就必须履行这一使命。这种由叙述者发出的"入侵"并不真正像许多现代批评家向我们宣称得那般"非福楼拜式"。我们不妨回顾一下上文曾引自《包法利夫人》中的那个段落,便可发现福楼拜笔下的叙述者与《米德尔马契》中的叙述者拥有相似的思想运动模式:从小说中人物与场景的具体细节描绘,转换到以第一人称复数视角围绕人类所进行的道德升华。

尽管福楼拜与艾略特未必如前人所以为的那样缺乏相似性,但对

---

① 此人物即《米德尔马契》中的女主人公多萝西娅·布鲁克(Dorothea Brooke),她满怀浪漫理想,嫁给了志大才疏的卡苏朋牧师,不久便陷入婚姻的不幸。

我们而言,这两位作家仍可代表两种主要方式去回应一个问题:既然寻常人物用于说话及表达思想的语言模式存在先天不足,继而无法产生作者为他们所设计的那种趣味和情感,那么在这种情况之下,作者应该如何以一种有趣的、不乏感染力的方式去再现寻常人物的内心世界?艾略特主要依赖于叙事性分析,而福楼拜则基本诉诸实体对应物的象征化运用。艾略特在英国文学中的最伟大信徒 D. H. 劳伦斯,从某种意义上说,也是福楼拜的门生。在劳伦斯的一部相对次要的小说《亚伦的手杖》中,就有一段文字很能说明问题;如上文所引福楼拜小说中的段落一样,这一段也同样流露出对于文字的不满:

> 亚伦以他自己有力的——不过只是潜意识的——方式实现了这一点。他是位音乐家。因此,即便是他那些最为深邃的观念也并非文字观念,他的思想本身不是由文字和理想化概念所构成的。它们,也即他的思想与观念,也是晦涩、不为所见的,无论用多少文字去表现,它们都只会如电子振动一样不为所见。假如我,作为一位文字使用者,必须将他的意识振动转化为有限的文字,那只是我个人所为。我不过是在以另一种方式去展现这个人物罢了。他会用音乐说话,而我则用文字说话。
>
> 他通过其有意识的灵魂所发出的那种听不见的音乐,清晰地传达了心中的意义,正如我用文字表达意义一样:或许还要比我清晰得多。但那只是借助于他自己的方式:他正是通过其自身的方式实现了我必须用文字方可表达的东西。这些文字是我本人的事情,而他的思想则是音乐。
>
> 那么,善良的读者,别冲我抱怨,也不要咒骂我,说那个该死的家伙压根儿不会聪明到能想出这许多富于智慧的东西,也不可能意识到所有这些细致入微的精妙之处。你们完全正确,他的确没那么聪明,但如我所言,在他身上,这一切都不是问题;如若你们不以为然,那便留给你们来证明吧。[第13章]

毫无疑问,面对这样的一个段落,面对该文字使用者所交出的这份投降书,福楼拜一定会陷入绝望(兴许还会茶饭不思),但是有一点是清楚的,即它乃是衍生于作家对作为情感载体的文字所持有的不满,而福楼拜本人则是最早阐明这种不满的叙事艺术家之一,并且这种不满也是大部分现代小说的典型特征。就劳伦斯的情形而言,他在多数较出色的小说中之所以诉诸象征主义,主要是为了提供一种工具以向读者表现人物的本质,因为这些人物自身多少存在着不善言表的障碍。在叙事性分析中,劳伦斯对其人物的认同和反感往往会显得极其强烈,从而使得读者有可能做出与叙述初衷刚好对立的反应。对于劳伦斯而言,象征常常是比分析更为有效的工具,其原因仅仅是在于他无法保持一种冷静的叙事性同情,而这恰恰是乔治·艾略特所强烈依赖的有效手段。劳伦斯的《瓢虫》《狐》和《上尉的布娃娃》这几部中篇小说都是围绕标题中的象征而进行创作的,它们均象征着各自作品中的人物——其构思旨在使那些象征能够履行某些人物塑造的职责,从而减少原本对叙事性分析或内心独白所提出的更高要求。这三部中篇小说无疑属于劳伦斯最为成功的叙事创作典范。

关于借助语言模式进行思想传达,以及通过思想去进行人物塑造的做法,福楼拜和劳伦斯都曾指出过其局限性,当然这也是那些从事现代意识流人物塑造的伟大实践家们所面临的问题。不过,他们拥有许多解决该问题的办法。如果人物具备足够的智慧和敏锐,那么不妨让他亲自来表述自己的心理过程。斯蒂芬·迪达勒斯或昆丁·康普生(Quentin Compson)尽管可以被塑造成乔伊斯和福克纳所乐意想见的那般能言善辩和敏感锐利,而绝不会让任何人就其或然性产生质疑。另一方面,假如人物处于亚正常状态,则又会出现其他的解决办法。赛普蒂默斯·史密斯(Septimus Smith)与班吉·康普生(Benjy Compson)便属于此类别。曾有一位心理学家证实说,班吉并非真正的精神病患者,而不过是一种文学构想。此话若属实,那这对于班吉而言乃是幸运的,因为他可以适得其所地待在书本之中。事实上,福克纳与弗吉尼亚·伍尔芙乃是将这两个人物身上的假想性思维局限当作摆脱常规修辞的途径,从而得以将一种更具诗性的语言模式引入人物独白当中。其结果便是一种超级意识流,借此人物的受限思维便会对正常的思维模式加以极度扭曲,从而使得人物以超越自身能力所及的水平进行更为有效的表达。如班吉的独白所示,此手段若用在大师手中则会成为一种强有力的表现技法。不仅如此,它还意味着人物塑造开始从纯粹的摹仿观念当中解脱出来。从《喧哗与骚动》到《我弥留之际》只一步之遥;在《我弥留之际》中,福克纳仅仅因循叙事传统以他自己的修辞对几乎所有人物的独白语言模式加以强化——既有疯癫的,也有理智的。一旦现实主义教条被打破,继而失去其作为基本叙事法则的地位,那么问题也就随之消失了。

在《都柏林人》中,乔伊斯严格奉行了福楼拜的训诫,为了营造悲情效果,他甚至采用非言语性表达去展示真实情感,正如"会议室里的常春藤日"(*Ivy Day in the Committee Room*)①中所朗诵的那首致帕内尔的挽歌。然而在《尤利西斯》当中,利奥波德·布卢姆的内心独白——尽管也同样出色地在心理、修辞及诗歌之间达成了妥协——在乔伊斯看来却并不能完全令人满意地表现布卢姆的性格。按照劳伦斯在《查泰莱夫人的情人》中的说法,人类心理可划分为他所谓的"上层意识"(upper consciousness)与"下层意识"(under consciousness)。"内在直觉知识"(inner intuitive knowledge)在"自觉意识"(admitted consciousness)层面上获得其语言化表述,而在此"自觉意识"层面之下还存在着另一层面。尽管劳伦斯在这里小心翼翼地力图回避弗洛伊德的术语,但他明显指的就是潜意识。他所提出的问题是如何在小说中实现那种非言语性的下层意识。乔治·艾略特虽然缺乏弗洛伊德的帮助,却也曾意识到即便在一个人的祈祷当中,也常常会隐匿着其自身所

---

① 乔伊斯的短篇小说,对当下爱尔兰政治生活进行了讽刺性反思,该作品收录于小说集《都柏林人》中;常春藤日是爱尔兰独立运动领袖帕内尔(Charles Parnell,1846—1891)的纪念日。

无以察觉的某种心理层面。这种意识是现代人物观与古代人物观之间的一个重要区别。在古代叙事中,祈祷尤其被用来表现人物的思想和性格,具有不容置疑的有效性;这种观念一直传承至莎士比亚,在那里其人物通过祈祷和独白所进行的心声表露,就是为了让观众体会到绝对的确凿性。然而任何关注于人物塑造的现代作家,比方说乔治·艾略特,会发现自己有必要成为——借用福楼拜的措辞——一位三重性的思想家(a triple thinker)①,也就是说,此现代作家尤其必须关注个体上层意识禁止用语言去表现的那部分思想区域。对于乔治·艾略特来说,其解决方法仅仅是让上帝般的叙述者介入并对这一隐性层面进行言语化表达,而对乔伊斯来说,则似乎有许多奏效的办法。

我们不妨考察一番下面这段由斯蒂芬在"普洛透斯"章节中所做的内心独白。他在问自己是否也能像勃克·穆利根(Buck Mulligan)②那样去援救一位溺水者:

> 他干过的,你干得了吗?假定附近就有只船。当然,那儿还会为你摆个救生圈。你干不干?九天前有个男子在少女岩的海面上淹死了。他们正等着尸体浮上来。说实话,我还真想干。我会试一试,尽管算不上什么游泳高手。水带着凉意和柔和。在克朗戈伍斯,我把脸没入一盆水里,什么也看不见。谁在我背后?快点上来,快点!你没看见潮水从四面八方迅疾地往上涨吗?刹那间就把浅滩变成一片汪洋,颜色像椰壳。假如我的脚还能挨着地,我就想救他一命,但也要保住我自己的命。一个即将淹死的人。他的眼睛从死亡的恐惧中向我惊呼。我……跟他一道沉下去……我没能救她。水,痛

---

① 福楼拜原本借此概念说明艺术家或思想家应该既无宗教,亦无故土,甚至没有任何社会信仰。

② 这是小说《尤利西斯》开篇处出现的第一个人物——医科学生,一位文化上的古典主义者、哲学上的愤世嫉俗者和生活上的享乐主义者。

苦的死亡：消逝了。①

最后一行里的弗洛伊德口误——我没能救的人是她而非他——乃是乔伊斯展示潜意识功效的合理方式。尽管关于其母亲的回忆处于被抑制的状态，但当它足够接近斯蒂芬眼下的思绪，并因此使得两个层面之间的联想性跳跃成为可能，这时候前者便会闯入后者。

就如何通过内心独白去表现潜意识的问题，这一解决方法当然不乏功效，但只是部分有效，因为它所能处理的那些人物思想依然必须躲避审查，继而以言语表述的形式闯入劳伦斯所谓的"上层意识"流之中。同样，乔伊斯在表现布卢姆的内心思想时也运用了类似的口误，比如该人物在言语中冒出"这位妻子的追求者们"（the wife's admirers）而不是"这位妻子的顾问们"（the wife's advisors）。不过，这再一次留下了太多隐藏的东西，因而难以让乔伊斯满意。他绝非那种做事不彻底或仅仅满足于解决部分问题的人。"喀耳刻"章节便是乔伊斯就如何突出潜意识问题而提出的主要解决途径。他只是采用了超现实主义或表现主义的戏剧化手法，于是布卢姆便能够演绎出一番启示性的弗洛伊德式幻觉，进而为人物的下层意识提供了更为彻底的描绘，这是任何内心独白也无法企及的。评论家们常将其称为"梦幻序列"（dream sequence）或诸如此类的说法，并试图将情节纳入两位主人公之一或彼此的迷醉意识当中。这些尝试难免会站不住脚，因为乔伊斯在此已经放弃了运用现实主义方法去解决人物塑造的问题（正如他在"独眼巨人""太阳神牛"和"伊萨卡"诸章节中所做的那样）。乔伊斯认识到，潜意识本身并不受制于现实世界的自然法则，正如它同样也游离于社会道德准则的约束之外。于是，乔伊斯诉诸超现实主义的幻觉，作为对其进行戏剧化处理的恰当模式。我们从乔伊斯和福克纳二人身上看到，摹仿性人物塑造若被推向极致便会走向自身的消亡。一旦叙事艺术家最终深入心理的迷宫之中，便会发现那里面所装着的并非机械性的神奇之物，而是

---

① 此段参考了萧乾等所译《尤利西斯》的对应部分。

一个神话和魔怪的世界。幸亏有了弗洛伊德和荣格,弥诺陶洛斯(Minotaur)①依然还活在那迷宫的深处。也许,正是在人类的潜意识中,叶芝才发现了那头恶兽②,它正慵懒地走向——借用乔伊斯或可做出的表述——它的"重现"(re-arrival)。

在人物呈现的过程中,通过意识流独白去突显人物的内心体验乃属于一种摹仿性趋向,而一旦当这种趋向抵达心灵的堡垒,便不可避免地会化解为神话性的表现主义模式。另一方面,叙事性分析趋向则以一种不同的方式去实现自身的消解。乔伊斯对布卢姆的刻画乃是根植于这样的信念,即布卢姆的性格可以得到彻底的表现,继而产生出一个复杂但不乏连贯的真实的布卢姆意象,一个拥有完整心理性及社会性存在的健全者所展示出来的合理而稳固的形象。但是,一位作家也有可能不再相信还存在那种作为实质整体的自我,如劳伦斯所云,"绝大多数人并无任何核心自我。他们全都是碎片",或如普鲁斯特所云,"我们当中谁也无法占有一种具有共性的实质整体"。当然,劳伦斯和普鲁斯特在这些段落中所谈论的是不同的对象——劳伦斯是说人们没有灵魂,而普鲁斯特则是指出,我们的存在依赖于围绕我们自身所做出的多重理解,这些理解不仅来自我们本人,也来自他人,进而使得我们的存在沦为了一种相对性的事物——但他们二人均真正抓住了一个颇具现代性的问题,而且这个问题正在对现代文学产生着深刻的影响。20世纪人物塑造的一个重要趋向是不再力图探求个体人物的心理,而是把焦点转向如何去把握那些并无绝对事实效应的"印象"。这种人物塑造作为主导技法往往出现于由叙述者操控的小说中,如《吉姆爷》、《好兵》(The Good Soldier)③、《追忆逝水年华》、《押沙龙,押沙龙!》及《亚历山

---

① 希腊神话中长着牛头人身的魔怪,被克里特国王弥诺斯囚禁在迷宫之中。
② 此处"慵懒"前行的"恶兽"(rough beast)出现于叶芝的诗歌《第二次降临》(The Second Coming)的结尾处。
③ 英国小说家福特·马多克斯·福特(Ford Madox Ford,1873—1939)的重要代表作,以其倡导的印象主义创作手法讲述了两对夫妇的情感纠葛及悲剧人生。

大港四重奏》①。这种技法被埃里希·奥尔巴赫描述为"一种能够将现实分解为多重(multiple)及多价(multivalent)意识反映的方法",不过奥尔巴赫对运用此技法的小说公然表示反对,因为他在那些作品中(正确地)感觉到"某种与它们所再现之现实相敌对的东西"。人物塑造在19世纪伟大现实主义小说中所依赖的内心独白和叙事性分析方法,到了20世纪则大体上遭到了摒弃,这一方面是由于作家们发现它们不足以去应对那一重要的亚语言性(sub-verbal)下层意识世界;另一方面也是因为作家们已经对现实主义的真实性失去了信任。大部分现代叙事均能够意识到可知世界与真实世界之间的鸿沟,这使得人物的现实主义呈现就其必要性来说,远不如它在前一个世纪中表现得那样强烈。贝克特与杜雷尔的人物塑造尽管相互之间存在着很大差异,但它们与托尔斯泰及乔治·艾略特的人物塑造相比也同样存在着巨大的差异。

关于叙事艺术家如何呈现个体人物,以及如何探究人物的个体存在,我们已在上文有所讨论。然而到目前为止,我们尚未对所谓的典型人物进行过任何技法和宗旨意义上的探讨。这个明显的疏忽背后潜藏着一个原因——在我们看来,只要一个人物成为一种典型,那么他便算不了真正意义上的人物。尽管"典型"(type)这个字眼本身不乏歧义且常常运用得不够精确,但我们知道,它的全部意指功能乃是表明某种外在于人物自身的东西。一个典型可用以指代那种最笼统的观念,就像"埃弗里曼"(Everyman)②可以表示一种普遍人性那样;或如维吉尔的斐玛(Fama)③代表谣言那样,用以指代一种具体的非人化实体;抑或如斯宾塞的"绝望"那样代表一种心理状态。我们有宗教性典型(基督形象、圣母形象等)、心理性典型(既可指亚里士多德式的心理学,也可

---

① 英国小说家劳伦斯·杜雷尔的小说四部曲,故事以二战前后的埃及亚历山大港为背景,从不同视角讲述相同的事件;杜雷尔将其核心主题称为"对现代爱情的审视"。

② 该形象出自英国15世纪末的同名道德剧。

③ 希腊神话中的谣言女神,维吉尔在《埃涅阿斯纪》中将其描述为:"长着翅膀,拥有成千上万只眼睛、耳朵和嘴巴。"

指弗洛伊德式的心理学)、生理性典型(既可指琼生式的气质类型,亦可指外胚层体型或内胚层体型①)、智力性典型(斯沃肯、斯奎尔、邦葛罗斯博士②)、社会性典型及地理性典型——这里所列举的仅仅是耳熟能详的事例。这些概念当中有许多均可追溯至古代文学,其思维方式以泛化为特征。它在迥然不同的事物当中寻找普遍的、同一的元素。它总是倾向于对人物进行非人化处理(dehumanization),无论是在狄奥佛拉斯特的"人物"当中,还是在希腊"新喜剧"中,抑或是在叙事性寓言中,我们都能发现这种现象。但不管是在哪一种情形之下,只要我们将人物当作典型,便不再把他看成是一个个体形象,而是将其视为某种宏观构架中的组成部分。此构架可以凭借其自身的道德性和神学性代表某种本质上属于超文学性的体系;当然,它也可能会代表叙事情境本身的一个部分。当我们将人物看作恶棍、纯情少女、狡猾之徒、合唱式人物③及送信者之际,我们实际上并未把他们视为人物本身,而不过是将其看作服务于整体的元素、情节或意义的组成部分。

当然,对于同一个人物,我们既可关注其个体化特征,亦可将其视为某一宏观体系的组成部分。即便是一位"原型化"人物,也仅仅是某一类型的人物。某个替罪羊形象与其他所有的替罪羊形象都会存在一些共性。而且,即便作为一个个体人物,其品性也多少会取决于他在读者记忆中所唤起的各种相关典型形象。匹克威克先生(Mr. Pickwick)和山姆·韦勒(Sam Weller)④虽说是高度个体化的人物,但他们与其

---

① 琼生式的气质类型是指,英国戏剧家本·琼生的"气质喜剧"中受到某种主导情欲操控的人物类型;"外胚层及内胚层体型"作为生理学概念,即平常所说的消瘦型体格与肥胖型体格。

② 邦葛罗斯博士(Dr. Pangloss)这一形象出自伏尔泰所著小说《老实人》(Candide),与《汤姆·琼斯》中的斯沃肯、斯奎尔一样属于家庭教师类型。

③ 这一概念源自古希腊悲剧中的合唱,现用以代指文学作品中那种既参与到情节当中,同时也对情节进行反讽式评述的人物类型。

④ 狄更斯小说《匹克威克外传》中,匹克威克先生的仆从。

文学上的前辈形象存在诸多的共性特征,如汤姆·琼斯和帕特里奇(Partridge)①、罗德里克·兰登(Roderick Random)和斯特拉普(Strap)②、唐吉诃德和桑丘·潘沙;而其文学上的后继者们则包括像哈克·费恩和吉姆,乃至于福尔摩斯和华生医生等诸如此类的人物。在高度个体化的人物塑造中,这样的弦外之音对于知识型读者而言意味着思想与情感上的额外馈赠。反过来说,那些基本上属于"典型"类别的人物塑造也可能被赋予充分的个体性,进而使得其感染力从它们所针对的文化精英延伸至文化程度相对逊色的读者。如果教师们建议自己的学生去"为了故事"而阅读《仙后》,那他们便会对斯宾塞的艺术造成损伤,而如果他们就《汤姆·琼斯》提出相同的建议,却不会对菲尔丁的艺术造成像前者那样的危害。不过,斯宾塞的人物倒是的确带有一些个体性的因素,它们在自身"典型性"的界限范围内发挥作用,而且斯宾塞确实是以"故事"的形式去操控这些人物的。我们当然可以将他视为一位讲故事者而去阅读其作品,但那样的话,他便失去了其作为叙事艺术家所应获得的认可。他的人物乃是伴随着一种知识的音乐而舞蹈,假如我们决定对此音乐充耳不闻,那这舞蹈则势必会显得粗陋细琐。对于菲尔丁而言,故事先于意义,诸如乡绅威斯顿这样的人物所表现出来的个体性在斯宾塞的作品中是绝无仅有的。但是,要想全面理解乡绅威斯顿,我们就必须在个体性与典型性这两个层面上同时对其加以考察。菲尔丁视其人物为普遍人性的典型代表,超越时空界限的束缚。然而,司各特在赞赏乡绅威斯顿这一人物塑造时,恰恰是因为该形象明显属于特殊时空下的产物。对于如此出色的人物塑造,现代人则极有可能会围绕其独特性和原创性来表达我们自己的赞叹——毕竟,没有谁再像那样去搞创作了。不过对于知识型读者来说,人物无论

---

① 在菲尔丁的小说《汤姆·琼斯》中,帕特里奇原为学校教师,但因被误当成私生子汤姆·琼斯的生父而被迫背井离乡。
② 在斯摩莱特的小说《兰登传》中,斯特拉普是主人公兰登早年的同学,他作为侍从伴随兰登前往伦敦寻求发展。

其个体化程度如何彻底,均可借助于各种家族相似性而变得更为丰满,从而使自己联系着观念世界、社会性领域,以及文学的过去。安娜·卡列尼娜的丰富性得益于我们在她与包法利夫人及狄多之间所发现的姊妹关联。多萝西娅·布鲁克的丰富性则得益于我们在她与爱玛·伍德豪斯及圣·特雷莎之间所发现的姊妹关联。而伊莎贝尔·阿切尔的丰富性则在于我们从她身上不仅发现了她与多萝西娅·布鲁克及司各特的狄安娜·维隆(Diana Vernon)①之间所具有的相似性,而且还发现了她与罗马女神狄安娜(身背弓箭的少女)之间的相似性;与梅瑞狄斯②笔下那位来自克洛斯威斯旧宅的狄安娜一样,她显然也唤醒了关于狄安娜女神的记忆,但是詹姆斯笔下的女主人公却通过姓名实现了更为巧妙的暗示③。叙事的理想读者——无论是在古代还是在现代——都必须积极对叙事在人物方面的侧重点做出回应,按照叙事本身所要求的那样对个体性或"典型化"关联给予优先考虑,将其置于最显著的地位;但最为重要的是,这样的读者必须在考察人物的过程中能够对琳琅满目的叙事性人物塑造做出恰如其分的灵活应变。也许,我们无需杰出的读者去促成伟大叙事作品的创作,但我们绝对需要杰出的读者对叙事作品进行卓越的理解与鉴赏。

---

① 该人物是司各特小说《罗布·罗伊》(Rob Roy)中的女主人公。
② 乔治·梅瑞狄斯(George Meredith,1828—1909):英国维多利亚时期小说家、诗人,著有《利己主义者》(The Egoist)、《克洛斯威斯的狄安娜》(Diana of the Crossways)等小说及大量诗歌作品。
③ 伊莎贝尔名字中的"Archer"恰好是弓箭手的意思,这就暗合了狄安娜女神的神话形象。

6
叙事中的情节

　　情节可被定义为叙事文学中动态的、连续的元素。叙事中的人物，或任何其他元素，一旦表现出动态特征，便是情节的一个组成部分。空间艺术如果只是将其素材同时或无序地加以呈现，便不存在情节；但一组相似的连续画面若以某种有意义的顺序加以排列（如霍加斯①所绘《浪子的历程》②）便开始拥有了情节，其原因在于它进入了一种动态而又连续的状态。一卷电影胶片上所包含的图像则是以空间形态展现这种情节潜势的极致情形。亚里士多德在考察悲剧时曾说，情节是摹仿性文学作品的灵魂。E. M. 福斯特在讨论小说之际曾含蓄地对亚里士多德的观念提出挑战，并将人物的重要性置于情节之上。个中的原因，我们将在谈及现实主义小说的典型情节时加以讨论。在第 5 章开篇处所引段落中，亨利·詹姆斯试图模糊情节与人物的差异，而促使他这么做的原因实则与 E. M. 福斯特的上述动机并无二致。相比之下，亚里士多德的思考乃是绝对化的。他可以构想出没有多少性格研究

---

　　① 霍加斯（William Hogarth, 1697—1764）：英国画家，西方连环画艺术的先驱。
　　② 霍加斯的代表油画作品；《浪子的历程》（*A Rake's Progress*）以连续 8 幅系列油画展现了一位浪子从继承遗产，到历经声色犬马的腐败生活后锒铛入狱，直至最后在疯人院了却一生的故事。

(ethos)的悲剧,但绝不会想象出那种缺乏行动(praxis)的悲剧①。尽管叙事艺术与戏剧艺术存在诸多方面的差异,甚至其中的一些也并不为亚里士多德所了解,但他显然正确地道出了一个观念,即在时间性艺术形式中,那种动态且连续的元素乃是最基本的。关于这一点,他时而称其为"行动",时而又称其为"神话"(mythos)②,而我们则将其称为情节。人们时常在故事、情节和行动之间进行区分,而我们在此则仅对故事与情节做简单的甄别:故事是叙事形式中代表性格和行动的笼统概念,而情节则作为一种更为具体的术语仅仅意指行动本身,而把针对性格的观照降至最低限度。

原始性史诗叙事平衡于两种世界之间:一方面是仪式与传说,另一方面则是历史和虚构。同时,其情节本身也处于一种过渡阶段,一方面是民间传统的简单情节构思,另一方面则是传奇和历史的那种具有自觉艺术性或自觉经验性的情节构思。这些情节是属于片段性的,它们以某种时间顺序去呈现一位英雄的事迹(或"功绩"),可能始于其出生之日,也可能以其死亡告终。《吉尔伽美什史诗》(*Epic of Gilgamesh*)③是最早的、以书面形式保存的西方史诗,而且也是最具原始性的史诗,在这部作品中出现了完整的时间序列。《贝奥武甫》的出现相对要晚得多,但在其原始性方面仅略有逊色,其情节片段被缩减为两个主要部分,后一部分包括了英雄之死。在《伊利亚特》中,我们只发现了经过详尽发挥的单个情节片段,而英雄的出生与死亡则均未包括在行动的时间跨度之内。通过这三部作品(它们尽管没有以时间顺序

---

① "ethos"源自希腊文,在戏剧文学中可指影响人物行为的性格或气质因素,而"praxis"则意为行动,在亚里士多德那里相当于"情节";正如他在《诗学》中所指出的,"悲剧中没有行动,则不成悲剧,但没有'性格',仍然不失为悲剧"。

② "mythos"在希腊文中的原意与文字或传统故事等有关;亚里士多德所谓的"mythos"也与我们今天所说的"情节"非常近似,但为示与后者在字面上的区分,仍按本书其他章节中的统一译法,采用"神话"这一表述。

③ 这是迄今世界上发现的最古老的史诗,其文本残片可回溯至公元前两千多年,主要讲述了美索不达米亚神话英雄吉尔伽美什国王的历险之旅,及其寻求永生的故事。

来创作，但代表了演化过程中的三个序列阶段），我们便可以探求叙事情节构思的发展脉络。史诗起初是作为一种文选式创作，以时间顺序去记录英雄事迹。其统一性表现为主人公所提供的那种简单的统一性：在时间上，他按照先后顺序将事件联结起来；而在主题上，他则通过其性格中的持续性因素，以及这些因素所必然引发的相似情境而将事件联结起来。史诗一旦得以传奇化，往往会演进为英雄事迹的无限衍生，中世纪有关亚瑟王朝和卡洛林王朝的文学集成便属于此类情形。从《罗兰之歌》到《愤怒的奥兰多》，我们即可追踪到这种演化——在此，史诗的简单线性情节被传奇文学的多瓣性（multifoliate）情节所取代。当然，史诗也可能会演化成一则围绕单个事迹所展开的紧密结构型叙事。从亚瑟王传奇文学中不仅衍生出《高文爵士和绿衣骑士》这种精细之作，同样也产生了像马洛礼所著《亚瑟王之死》那样相对松散的文选式作品。《愤怒的奥兰多》与《高文爵士和绿衣骑士》两者均展示出传奇文学追求精彩故事的趋向，但阿里奥斯托的精彩乃是在于其装饰及优雅的变奏，而创作《高文爵士》的诗人则将其精彩表现为作品的平衡与持重。

  原始史诗的简单线性结构——关于英雄事迹的纪事——为非英雄体的流浪汉叙事提供了基本框架。流浪汉叙事向我们呈现的是一位非英雄、一个无赖之徒的种种经历，那些事件通过他自己的眼睛得以观察，并因此而存在于现实世界。但是，流浪汉叙事在其情节设置上非常接近史诗性的武功歌，即由单个主人公来统领全篇。当然，它并非那种从生到死的平稳结构，因为流浪汉形象通常是在讲述自己的人生故事，所以没有条件在故事中将其本人的出生和死亡当作清晰的情节边界。流浪汉叙事的片段式情节是小说中所采用的最原始的形式，但它始终保持着活力，即便在今天也仍然风采依旧。小说由于缺乏其自身的形式，一直以来都是从先于它的文学形式中汲取营养，而我们在考察早期叙事形式的情节特点时，将尽力在头脑中贯穿这一思想。现在，不妨让我们回到史诗本身去。

史诗情节在某种程度上是通过史诗的人物塑造来表现的。情节是主人公概念中所固有的，当然这个概念只有在该人物通过行动得以表现之际方可实现。我们可以在《荷马史诗》中发现，作者背离了传统史诗对英雄功绩的讲述模式。虽然阿喀琉斯作为人神（man-god）所表现出来的问题不仅是其人物塑造的一部分，而且对其行为也有所影响，但荷马在向我们进行叙事呈现时并没有像创作《吉尔伽美什》或《贝奥武甫》的诗人那样突出其神话性。尽管采用"中间切入法"（in medias res）开始故事讲述的观念已经被视为西方文学中一种典型的"史诗性"手法，但无论是对荷马来说，还是对提出这一手法的贺拉斯而言，此观念都不仅仅意味着从中间开始，而后再去对主人公人生的两端进行填充。如果我们将阿喀琉斯的人生看作正在讨论的"事情"，那么这则叙事——不同于《吉尔伽美什》，或《贝奥武甫》，或《罗兰之歌》，抑或是《熙德之歌》——既是从中间开始，同样也在中间结束。阿喀琉斯的功绩，或阿喀琉斯的人生，甚或阿喀琉斯的死亡并非这则叙事的主题。《伊利亚特》的情节聚焦于这位英雄的一个人生片段，正如其人物塑造也同样聚焦于其心理的一个层面；两者均有一个共同的主题——愤怒。《伊利亚特》的情节就是阿喀琉斯走向愤怒的故事——如何及为何愤怒——以及其愤怒得以平息的故事——如何及为何得以平息。该叙事的终结是赫克托的葬礼，而并非阿喀琉斯之死或特罗伊的沦陷。其原因在于，那场葬礼表明阿喀琉斯战胜了其最大的对手——他自己。它说明，积压在其心头的怨愤终于得以清除。尽管他的次要对手赫克托从葬礼中获得了荣耀，但那仅仅是在他的容忍之下方才实现的，因此，阿喀琉斯从那场葬礼中获得了更大的荣耀。经过神灵的帮助，他重新回到了自我，这则叙事也达到了平衡之境。于是，故事吟唱者的声音亦随之而终。

　　批评家们历来煞费苦心地试图确立《贝奥武甫》所包含的"统一性"，并借此说明其叙事的艺术性。但是，它作为叙事所具有的统一性却往往受制于其创作构思的约束。就它当中那些显著的统一性类型而言,有许多乃是任何单一主人公英雄体叙事所必然具备的。然而,我们在《伊利亚特》中发现的那种统一性却并非创作《贝奥武甫》的诗人所能企及,因为后者代表的传统就其演进程度来说,尚不足以让诗人获得那种本质上属于虚构性创作的构思方式。而这正是我们就《伊利亚特》的情节所要提出的主要观念。在那里虚构起到了重要作用,也许可以说是在保持整部叙事不介入传奇文学领域的前提之下,实现了虚构的最大化。正如在伟大的小说中那样,在伟大的史诗当中,各种极端化叙事因素之间的平衡同样也是缺乏稳定性的。

随着传统的史诗形式分解出经验性与虚构性因素,与它们相匹配的情节构思类型也往往会得以完善和发展。历史化形式的出现相当容易,因为它们非常接近于原始英雄体叙事的形式。历史叙事中的情节属于一种时间性序列,它能够根据其主题的要求涵盖任何时间段。如中世纪欧洲的情形所示,纪事与年鉴是最简单的历史叙事形式,它们所赖以产生的文化拥有了书写和线性时间概念,但尚缺乏一种成熟的历史学理论。纪事通常依照编纂者所确认的时间点以作为对人类活动进行记载的开端,或是以其文明的创立为肇始,一直持续到当下——此时,它便与年鉴产生了融合,当然后者仅仅是对事件所做的年度性记录。这种历史书写对于真正的叙事性历史而言,就如同日记或日志对于真正的叙事性传记或自传的关系。在这种记录当中,我们往往能感觉到它们缺乏叙事艺术中的两个重要因素:选择性(selectivity)和运动性(movement)。这两者相互联系。在纪事、年鉴和日记中,选择性的缺乏会阻碍运动性,并抑制任何情节类元素的发展。但是,技艺高超的日记作家能够感受到其生活中的某种情节,继而会半无意识地选择恰当的素材,就像佩皮斯与鲍斯威尔所做的那样。同样,手法精巧的年鉴作家或纪事作家也会如此。

情节必须包括(在这个问题上,亚里士多德对必要的陈旧之论并不避讳)一个开始部分、一个中间部分,以及一个结尾部分。就历史叙事来说,这意味着必须从历史当中发现一个主题,并使它摆脱那些仅与之存在时间关联的次要内容：比如波斯与希腊的冲突、伯罗奔尼撒战争、万人远征行①、犹太战争②，或类似的主题。这些主题为叙事情节提供了现成的开始部分、中间部分和结尾部分。同样，单个人物的一生也可为情节提供简洁的程式。还有什么开篇会比诞生更加完美，抑或还有什么结尾能比死亡更加出色？这不过是契合于经验性叙事的古老史诗程式。当然，这种情节亦可通过理想化处理以适用于虚构性叙事，就像色诺芬笔下的《居鲁士的教育》那样：一部按照传记方法创作的教寓性传奇，大多数有关亚历山大大帝的传奇作品和圣徒传记也是如此，可以说，它们均发端于色诺芬对传记形式和教寓、传奇元素所进行的开创性组合。

古代史诗往往通过主人公极其英勇的壮举去展现其人生，而传记作家则力图寻找能够尽显其主题人物的各种片段。对于那些在本质上乃至在情节构思上均属虚构的叙事作品来说，其创作趋向要么是聚焦于主人公身世中的一个单独片段（《伊利亚特》《高文爵士和绿衣骑士》），要么便是聚焦于一组单独的片段序列，比如希腊传奇中将恋人不断拆散的干扰因素均穿插于坠入爱河与终成眷属这两个时刻之间，前者是故事本身的开端，而后者则是故事的必然结局。所有的情节都依赖于紧张与缓解。叙事中的最常见情节是传记型（从生到死）和传奇型（从欲望到圆满），因为它们与情节所要求的紧张和缓解构成了最为显著的对应。故事之所以能在如此漫长的岁月中始终让人们为之心动，其原因之一即在于它们的工整性（neatness）。读者可在完成一则叙事的阅读之际，获得一种平衡感——一种在激情得以释怀之后所实现的近乎清静的心理状态。任何叙事，只要它能够留给读者此番心境，便可

---

① 即公元前 5 世纪，希腊军人及历史学者色诺芬曾参与领导，并在《远征记》中记载了希腊"万人"雇佣军成功从波斯撤退的壮举。

② 即公元 1 世纪的犹太军人及历史学者约瑟夫斯（Josephus）在其《犹太战争史》（*The Jewish War*）中所讲述的，耶路撒冷的沦陷，以及犹太人反抗罗马帝国统治的大起义，直至罗马军队完全摧毁耶路撒冷的历史。

谓拥有了一个情节。

　　古代叙事文学当中往往存在着分裂式发展趋向,其甚为彻底的表现之一即在于,经验性叙事突出人物塑造,而虚构性叙事则注重表现历险。随着现代历史学在18及19世纪的发展,又进一步出现了"科学性"和"艺术性"历史学家之间的明显分化。"艺术性"历史学家坚持在其作品中保留情节和人物,因而在叙事艺术中占有一席之地。相比之下,"科学性"历史学家则将这些叙事特征纳入社会及经济影响因素的客观考察之中。卡莱尔(Carlyle)笔下的《法国大革命史》可用以例证那种具有自觉意识的艺术性历史。科学性历史的兴起类似于小说作为文学形式的兴起。艺术性历史叙事处于科学性历史的高度经验主义与小说的传奇化经验主义之间,因而不得不保持警惕,以避免这两极中的任何一方侵入。可以说,卡莱尔的著作至少与狄更斯的小说《双城记》一样都是出色的叙事艺术作品,而后者得益于对卡莱尔的阅读则是公认的事实;而且,卡莱尔的这部作品从总体上看乃是一部具有历史准确性的著作。不过,对专注于事实的现代严肃学子而言,他们并不会在卡莱尔那儿耗费时间,与此同时,那些不求甚解或年龄较小的学生则被送上狄更斯的作品,因为在小说中,历史的药丸之外包裹着一层厚厚的虚构糖衣。《双城记》至今依旧是中学课程里的一道主食,而《法国大革命史》却几乎无人问津。

　　此刻对于文学形式的研究使得我们更加贴近教育过程中的某些实际问题,进而提醒我们,文学传统和教育传统存在着相互依存的关系。现代大学的标准化课程,以及这些课程在树立"普通"读者的偏见方面所产生的广泛影响,在相当程度上决定了哪些过去的作品和哪些种类的作品仍然是我们现存文学传统中的组成部分。不管怎么说,如今的学术导向对文学的后世传承所产生的影响乃是自亚历山大时期以来最为强烈的。凡是被排斥在大学课程之外的作品,很少会有可能得以长期幸存下去。而且,这些课程本身的设计也越来越着眼于操作的简洁和便利,并非以最为优化的方式去展示它们的内容。科研院校之所以采取四学季制(quarter system)这样的措施,乃是为了最高效地利用学校资源,而不是为了最合理地进行文学教育。我们发现越来越多的课程被切割为整齐的历史片段,或被塞进狭隘的通用类别中。对于那种既非小说亦非戏剧,既非浪漫派亦非维多利亚式的文学作品而言,其命运着实可悲矣。在我们的叙事文学教学过程中,一个尤为突出的重大缺陷即在于,我们关注了小说却放弃了所有其他的叙事形式。由于我们将相当多的注意力放在小说上,因而忽视了其他叙事形式所取得的伟大成就。由于那些叙事形式不符合我们的现代化课程设置,于是一代又一代的学生自入学到毕业竟从未意识到它们具有关注的价值。诸如叶芝的短篇散文故事和肖恩·奥凯西(Sean O'Casey)的《自传》等极为精彩的创作在读者与批评家的漠视中近乎销声匿迹,而叶芝的抒情诗和奥凯西的戏剧却在所有的地方得以讲授和阅读。我们需要树立一种较当今更为彻底的认识——而且这种认识有必要得到更为广泛的传播——即小说尽管可能是迄今演化出来的最伟大的叙事形式,但依然只是诸多古代及现代形式中的一种。我们理应对小说之外的古代及现代叙事形式给予关注和善意的理解,这既是得益于它们自身所具备的价值,同时也是由于它们能够帮助我们揭示小说的本质。

我们到目前为止所一直探讨的经验性叙事,具有两种主要情节形式:(a) 历史化形式。它基于历史上一个具有前因后果的事件或一组相互联系的事件序列,将其从那些次要的、偶然的环境因素中剥离出来,并以一则叙事的形式而独立存在。(b) 传记体形式。它以一个实际人物的出生、经历和死亡为叙事构架。从某种程度上说,自传体形式与传记体形式就情节而言是相同的,但是两者在视角层面上却迥然不同,而且视角的差异必然会关系到一处情节性差异,因为自传体形式的结局不可能来自主人公的死亡。这种在叙事艺术中最易达至的平衡方式无法为自传作家所享用。他必须去寻找另一种可供其叙事赖以依托的平衡方式,要不就让它悬而未决,来个"未完待续"。这就意味着,作者需要发现某种其他的解决方法,使自传体叙事的情节线索获得某种具有审美快感的终结。实际上，这一做法经常不为采纳。大多数自传作家往往在过了自然终结点之后还会继续向前，试图达到叙述者之死那一无法实现的平衡。但是，就自传作为表达创作者内心体验的故事来说，其自然终结点并非他的死亡，而是他接受自我、认识其本性、承担其使命的那一刻。圣·奥古斯丁在《忏悔录》中的主体叙事部分，即以第 8 卷结尾处的宗教皈依为终点，当然那一皈依所带来的影响又接着以神学研究及圣经评注的形式拓展出另外几卷。卢梭的叙事同样是在第 8 卷达到了高潮与化解，此时的他看到了《法兰西信使》(Mercure de France)上所刊载的第戎学院(Dijon Academy)有奖征文通知①。他告诉我们，"在我读到此通知的一刻，我发现了另一个宇宙，变成了另一个人"。稍后，他又说起，"我的全部余生和不幸均不可避免地源自那一刻的疯狂"。《忏悔录》的第 2 部分一直持续到第 12 卷，而且卢梭还打算创作第 3 部分，不过并未落实。一旦自传体作品超越了作者接受其使命的那一刻，那么它的关注必然会转向外部，进而使得其形式也必然会表现出开放性结局。切利尼的自传以其 1562 年启程前往比萨作为结束。乔伊斯的《画像》（这部作品若不从其视角上看而是从其情节和内容上看，乃属于自传体叙事）以 1902 年斯蒂芬启程前往巴黎而告终。然而，这两次启程就情节而言却是迥然相异的。切利尼此时六十有二。自从他在梦幻之中感受到上帝对他及其工作的赞赏——这件事发生于其故事的中途——他的叙事便已经获得了一种开放式结局。但是对于乔伊斯的叙事而言，当斯蒂芬接受了其使命并打算同样接受那一使命所要求的自我放逐之后，故事即走向了终结。

　　对自传作品的这个特点进行观察是一回事，而希望它们都能在最具审美快感的地方打住则是另一回事。如果读者对虚构性作品和纪实性作品之间的差异有所意识，那么他们就这两类作品所持有的不同态

---

① 卢梭在此次以科学和艺术的道德影响为主题的论文竞赛中脱颖而出，荣获头奖；这篇著名的论文即通常所说的"论科学和艺术"(Discours sur les sciences et les arts)，卢梭在文中就科学艺术对人类发展的负面影响进行了阐述。

度便会在此刻产生影响，继而将不同的审美原则付诸实践。当乔伊斯为了以虚构形式创作自传而将其中心人物命名为迪达勒斯之际，他乃是在告诉我们，他可能会对其生平中的某些事实做出诗性的变更；而且，他还有意要将其叙事的终结设置在一个赋有审美快感和充满意义的时刻。当华兹华斯为其自传体叙事冠以"一位诗人的思想成长"这一副标题时，他也同样旨在呈现一则有条不紊的规整叙事。但是，创作纪实性自传的作家则无须以同样的要求去安排自己的故事。在现今的肖恩·奥凯西6卷本自传当中，前两卷即精彩地向我们描绘了作者本人如何在成长过程中获得了使命感，而在那之后，他的叙事与其说是自传，不如说是变成了回忆录。他将关注的目光转向外部，对诸如叶芝、格雷戈里夫人（Lady Gregory）和 AE① 这些人物进行了出色的描绘。其头两卷采用的是经过严密操控的自传体形式，而当年轻的肖恩确定并接受了自己的使命之后，该形式便走向了松散开放的格局。但是它依然是叙事，仍旧是艺术。它之所以是艺术，其原因不仅在于他对格雷戈里夫人和 AE 这样的人物所进行的近乎漫画式的描绘，也在于他对细节的筛选，同时在于他为诸章节所设计的一种类似于舞台幕布的明快终结方式，当然还在于他的散文风格——尽管它从鄙俗俚语到绚彩华章无所不包，但却总是能够做到妙笔生辉。同时，肖恩的自传之所以还具有叙事性，乃是由于其时间性的基础构架必然会提供一种松散的片段模式——数次危机和数次化解——以通过叙事表达的方法去落实作品里那些松散的日志性元素。在奥凯西的这则叙事中，具有典型长篇自传特征的那一部分在情节安排上采用了历史性经验叙事的简单线性时间设计。但是，这部自传在其早先部分的情节构思中所依赖的传统模式，则为该作品提供了远更为有力的叙事表达。这一模式便是有关救赎与赎罪的基督教故事，圣·奥古斯丁曾将它视为其个人历史的

---

① AE（George William Russell；1867—1935）：即爱尔兰民族主义作家、诗人、画家兼批评家乔治·威廉·拉塞尔，"AE"是其笔名；他是爱尔兰文艺复兴运动的代表人物之一，其诗歌往往充满神秘主义色彩。

体现，而如今该模式却已披上了世俗化的外衣，用以构建艺术家或作家们的生平故事。卢希安曾就自己如何成为一名文学家而做过简要的自传性描述，那其中就已经表现出了该模式的端倪。当然，它作为一种形式得以真正确立则要归功于奥古斯丁——正是他展示出情节模式如何能够与内心感悟在长篇叙事中进行组合。诸如乔伊斯这样的作家，由于深谙自传体传统的属性，而能够以超乎寻常的彻底性去利用该传统的各种层面。当乔伊斯将"拥有永恒想象力的牧师"作为真正的使命赋予斯蒂芬之际，他不仅利用了整个基督教寓言传统——奥古斯丁和圣·特雷莎曾借此对自传体形式进行了丰富——而且还利用了整个关于艺术家如何走向成熟这一叙事传统——在此方面，卢希安和切利尼同样是令人崇敬的先驱。因此，乔伊斯的叙事创作尽管看上去似乎是围绕诸多片段所进行的一种松散的时间性组合，实际上却有着如天主教礼拜仪式那般规范化和模式化的形态。在《尤利西斯》和《芬尼根守灵夜》当中，乔伊斯转向了新的模式，并进行了伟大的叙事实验。在《画像》中，他则乐于以传统框架去实现前所未有的创作成就。

模式化叙事与纯粹时间性叙事之间的关系，如我们所一直认为的那样，乃是自传体情节构思的一个方面，它能够说明历史性叙事的总体状态。科学性历史创作往往会背离艺术性叙事模式。同样，科学性的传记创作亦是如此。而自传之所以能够留在叙事艺术的王国之中，一方面是由于它不可能成为科学性叙事；另一方面也是因为它无法利用主人公的死亡这一完满的叙事化解方式。那些追求艺术品位的历史和传记作品，常常摒弃纯粹的时间性叙事而倾心于更具审美快感的模式。这实际上也就意味着，历史性叙事往往会去借助神话或虚构性表达方式，它为了实现其艺术性而不惜牺牲科学性。对于受到艺术性导向驱使的历史学家或传记作家来说，他甚至会在动笔之前便着眼于那些在他看来属于潜在主题的人物和事件，并从中寻找其作品所需的具有审美快感的模式。每一位历史学家或传记作家，但凡希望将其读者群拓展到专业同行之外，都会在某种程度上表现出艺术化趋向。在古代，此类普通读者乃是唯一的受众,与此相应,所有的历史性及传记性叙事均趋于艺术化。然而随着专业性及学术性被动受众的增加,创作者无需再像过去那样追求作品的吸引力。于是,教科书获得了其生存发展的空间,同样,卡莱尔所鄙视的敌人德莱厄斯达斯特(Dryasdust)①也因此赢得了大显身手的机会。一位历史学家,若能做到将科学性和艺术性融为一体并同时保证任何一方的损耗实现其最小化,则无疑会是克利俄(Clio)这位司掌历史的缪斯女神所最为青睐的。但是,历史性叙事就像其更为年轻的亲眷——小说——那样,是一种不稳定的复合体,面对虚构性和经验性这两股对峙势力的不断围攻,它总是会陷入顾此失彼的危险境地。

如果说历史性情节设计往往要比传统史诗的情节设计缺少些艺术性,那么虚构性情节设计则常常表现出更高的艺术性。当然,要在虚构性情节设计与传统或神话性情节设计之间划清界限,却并非总是易事;而且,由于叙事艺术从未完全丧失其传统特征,因此虚构性情节可以将自己建构成神话,同样神话也有办法转变为虚构化叙事。关于我们所使用的"神话"这一概念,虽然在之前已经有所触及,但恐怕还是有必要在此对其意义加以澄清。不妨首先指出我们对这一术语的运用如何不同于诺思罗普·弗莱在《批评的解剖》中所做的那番颇具影响的定义。"从叙事的层面来看,"弗莱告诉我们,"神话即对那些达到或近乎达到人类欲望最大极限的行动所进行的摹仿"。神话中的人物是诸位神祇,他们"拥有美丽的女人,以超凡的力量相互争斗,他们抑或抚慰、帮助凡人,抑或从他们那不朽的自由之巅观望其苦难"(第136页)。这种神话定义尽管为讨论带来了一定程度上的便捷,但多少破坏了叙事历史的事实。奥维德在《变形记》当中所塑造的神灵固然符合这种描述,然而

---

① "德莱厄斯达斯特"是司各特小说作品中的文学虚构形象,常以权威人士的身份负责介绍枯燥乏味的历史细节或背景资料;卡莱尔的《克伦威尔书信演说集》开篇章节即以"反对德莱厄斯达斯特"命名,在那里这位迂腐的老学究被当作"烦心者"(Vexer of Minds)而成了批判的对象。

在更为原始的神话叙事中，神灵们又是何种情形呢？阿斯加尔德（Ásgard）①的毁灭乃是北欧神话中众神心头挥之不去的阴霾。就像凡人那样，他们必须接受自己的命运。诸如阿提斯（Attis）、阿多尼斯（Adonis）、奥西里斯（Osiris）和塔穆兹（Tammuz）这些为《金枝》所突出关注的神祇形象②在各自的神话呈现中并未从事所谓"达到或近乎达到人类欲望最大极限"的行动。这些神话所表现出来的不只是人类的强烈愿望，它们还投射出人类的恐惧。与许多真正的神话叙事相比，伪神话——如阿普列尤斯所讲述的有关丘比特与赛姬的故事——倒是更接近于弗莱对神话的定义。

　　弗莱的定义突出了神话的超自然属性，而与之不同的是，我们所采用的定义则强调其传统属性。我们一直将"神话"和"传统叙事"这两个术语作为同义词加以运用，原因是"神话"这个词在希腊文中恰恰含有传统叙事之意。不过，我们就神话所提出的涵义还有可能进一步得以完善，并至少可以相当明确地区分出三种不同的原始传统叙事——正是从它们所赖以生存的大多数文化当中，我们的所谓史诗方能时而获得供其自身进行演化的温床。布罗尼斯拉夫·马林诺夫斯基③在对当代新几内亚（New Guinea）原始社会进行研究时发现，土著人自己对下面这三种故事进行了甄别："kwanebu"，即想象性民间故事，旨在娱乐受众；"libwogo"，即传奇，一种讲述寻常事件或奇异事件的准历史性故事，受众往往将其视作真实的历史；以及"liliu"，即宗教神话，它用以表达并解释原始神学、风俗和伦理。借此，我们可以看出史诗性叙事对此类原始叙事模式进行混合处理的方式。而且我们还能发现，以真实历

---

①　北欧神话中的众神所栖之处；与希腊罗马神话的不朽之神相异的是，北欧诸神会经历一场天崩地裂、战火纷飞的灾难，而他们的栖居之地也会被摧毁，众神亦难逃厄运。

②　这几位形象分别来自小亚细亚神话、希腊神话、埃及神话和两河流域神话，他们的故事大体上均与生殖神话相关。

③　布罗尼斯拉夫·马林诺夫斯基（Bronislaw Malinowski，1884—1942）：波兰人类学家，社会人类学功能主义学派的先驱，在20世纪西方人类学领域占有重要地位。

史形态出现的传奇和以娱乐形态出现的民间传说之间所存在的区分,预示了后史诗(post-epic)叙事在经验性体系和虚构性体系之间产生分化的倾向。当然在此原始文化中,所有这三类文学都是传统性的;这些故事从一位公认的"所有者"手中传给其继承人。在这样的文化中,具备历史准确性的叙事自然是件稀罕物,同样新创故事出现的概率也不可能有多高。不过无论是哪一种文化,其最依附于传统的形式当然还是宗教神话,正是在那里,各种文化状况以及古代人类的观念、信仰得到了最为深刻的揭示。

首先,宗教神话的发展不受理性或经验性模式的挑战,无须对自然现象加以解释。它专注于对超自然的观照,而且由于其自身的宗教特点,它尤为显得刻板和传统。作为宗教真理的体现,它不容篡改或装饰。正如在希腊所发生的那种情况,当神话遭遇到理性主义的批判时,便会丧失其借助宗教性刻板和超自然执着所形成的特殊品质。于是,它当中的超自然因素便会发生萎缩,抑或有意识地通过虚构性或寓言性的形式得以呈现。同时,它那些经过严格保存的传统故事也因而得以变更或改编,经受理性化和人本化的处理或是富于想象的夸张。一种文化但凡失去了其神话层面的天真,便再也无法失而复得。但是,神话在放弃自身独特品性的过程中却能够通过死亡而获得新生。由于神话性叙事乃是借助故事的形式去表达深层的人类忧虑、恐惧和欲望,所以神话故事的情节可谓是相应叙事元素的储藏库,在以故事形式展现人类精神的过程中,它们具有关键作用,必定能够接近读者并深深打动他们。

尽管前历史时期的雾霭遮蔽了真实情形,但我们仍可推断,宗教神话乃是最古老的叙事形式。当讲故事的技术还不够复杂,尚不足以将娱乐或记载历史视为己任之时,它必然是原始神学的御用工具。宗教神话根植于人类就其最为关注之事所进行的仪式庆典。神话的功能,如西奥多·盖斯特曾在其假说中令人信服地指出,乃是"将仪式程序投射到理想情境的高度,并借此对那一情境加以客体化和复制"。宗教神话是魔幻与宗教之间的联系环节。它并非是对自然现象做出的"解释",而是对仪式——其本身即从自然现象崇拜演化而来——进行的伪装。这些仪式的发展旨在通过摹仿性地实施自然界的循环过程,以图为那些过程提供魔幻般的促进作用。虽然宗教神话的种类有很多,但其中最重要的往往还是关系着那些围绕植物生长的年度循环所进行的庆祝仪式。

由于这种仪式对于叙事中的情节概念极为重要,因此我们必须稍作停留,以对其进行一番探讨。我们就这些问题所拥有的知识乃是文学研究中相当晚近的成果,而且我们对它们的理解还远未结束。不过,弗雷泽及其研究领域内的后继人类学家和文学专家们已经提供了非常清晰、有力的见解,从而能够帮助我们了解这种仪式的本质及其在表现文学素材方面所起到的作用。生殖仪式依赖的基础是循环性时间概念,而不是线性或前进性时间概念。在原始社会中,时间主要是被当作对单个年度进行划分的手段,而并非用于对连续数个年度的累积。一年的划分依据是春分、秋分和冬至、夏至,它们代表了太阳每年在天上的运行,并可用以指示降雨、气温及其他与植物生命循环相关的自然现象在季节上的变化。在世界上的不同地方,这些出现于年度循环中的天文节气虽然可以代表不同的气候条件,但它们却不可避免地会被视为年度性的标志阶段,以表示生殖与贫瘠、生命与死亡,乃至于善与恶等势力之间的对抗。与这种对抗相联系的仪式,形态各异。但是,几乎所有这些形态都是用以表现季节模式(Seasonal Pattern)中四大元素的一种或几种。这些元素,用盖斯特的术语来说,就是"禁欲、净化、生机和欢庆"仪式。它们常常体现于宗教神话当中,在那里该季节模式的部分或全部内容可以通过宏大的叙事形式得以呈现,从而将年度性的魔幻仪式转化为一种永恒、超验的形态。

就我们对叙事文学情节的考察来说,生殖仪式及其相关的宗教神话当中存在着两个至关重要的层面。二者均关系到那些对神话产生影响的演化进程。一个是随着某一文化中的时间运动概念,从原始的循环论转变为更复杂的线性论,神话会经历怎样的变化;另一个则是,当神话从仪式中被剥离开来而仅仅沦为文学的权宜之需时,它又会经历怎样的变化。要考察这两种变化,就必须对照所谓的生殖仪式基本形态。在禁欲、净化、生机和欢庆这一进程中,我们看到的是一种循环过程。欢庆可以被当作该循环的最高点,正是在此处,生殖力一方面得以确保,但另一方面又会不可避免地导向禁欲,因为人们的关注会从丰收之年转向下一年度,而那时的生殖力尚无保证。不过,这种循环可以随时终止。仪式往往关系到季节模式四大元素中的一两个,而神话则既可处理一两个元素,亦可应对整个循环过程。以叙事形式出现的神话及神话戏剧正是衍生于诸如此类的仪式。但是,由于叙事与戏剧之间存在着固有的文学性差异,所以这两种形式对于宗教素材的处理方式终究会存在区别。同时,两者均在一定程度上会受到其他文学形式的影响——我们或可称之为"污染"(不含贬义)。

叙事性神话在形式上与叙事性民间故事及传奇具有相似之处,而且在相当程度上与仪式——其自身在形式上即戏剧性的——发生了剥离。鉴于此,它必然会更容易受到这种"污染"。于是,叙事文学以史诗的形式在古代文学中获得了其最伟大的发展,也即我们所指出的,一种融神话、传奇和民间故事于一身的混合体。但是,戏剧在形式上却非常接近于仪式,无论是在古希腊还是在中世纪的欧洲,它往往会借助神学名义下的形式出现。因此与叙事相比,戏剧必然会保留更多的仪式性模式。那些对希腊戏剧乃至于对西方文化产生深刻影响的仪式正是F. M. 康福德在《古希腊喜剧源流》(*The Origins of Attic Comedy*)中所梳理出来的四种类型:其一,送走死神;其二,夏天与冬天的战斗;其三,年轻的与年老的国王;其四,死亡与复活。吉尔伯特·穆赖和康福德将希腊悲剧和喜剧的渊源均归于这些相同的仪式类型。悲剧和喜剧之间的区别起初是针对宗教素材所产生的不同态度,它与两者在侧重点上的差异相联系。随着戏剧从仪式的演化越来越深入审美关注的领域,那种追求形式工整的美学冲动(它对戏剧中的修饰和精制趋向起着支配作用)强化了悲剧与喜剧对仪式化循环中的对立层面加以聚焦的原始倾向。悲剧往往专注于禁欲和净化,而喜剧则常常专注于生机与欢庆。埃斯库罗斯的悲剧屡屡采用循环三部曲的形式,涵盖了整个季节模式的大部分内容,但后来的戏剧家则倾向于摆脱悲剧性循环模式而转向个体化戏剧创作——它们突出季节模式中令人生畏的一面,以一连串导致死亡或遭受社会放逐的事件为基础,发展出一种典型的情节设计。喜剧中所强调的是季节模式中快乐的一面,其典型情节往往终结于婚姻、欢庆,以及与社会的重聚或妥协。这些程式原本只是戏剧性的,但却不可避免地以各种方式影响着叙事文学的发展:悲剧直接影响叙事性历史的情节构思;喜剧直接影响传奇文学的情节构思;小说则最终对悲剧和喜剧程式加以兼收并蓄,而且常常是同时进行的。

喜剧性和悲剧性情节的这种演化与分离是神话素材在摆脱仪式性神学之际所经历的最重要变化。此外,在神话素材方面,还存在着另一变化对叙事文学来说也极为重要,它关系到循环时间语境中的神话如何向线性或前进性时间语境中的神话发生转化。对宇宙进行理性认识,作为一种普遍趋向,虽说在大多数文化之中常会有所体现,但几乎可算作我们西方文化的身份特征,而人类在时间观念方面的上述变化则是该普遍趋向的一个层面。盖斯特曾就迦南①季节神话中巴力(Baal)②与雅姆(Yam)③之间的斗争进行过意义研究,他所提出的观点对于考察这种时间观念与神话及文学的关系来说至关重要。在这场斗争中,巴力所代表的力量必须获得胜利才能使年度循环模式得以更新,从而确保大自然获得又一年的生殖力。盖斯特就此冲突如何关系到时

---

① 主要包括以色列、巴勒斯坦和黎巴嫩在内的古代地区名称;《圣经》中上帝赐给以色列人祖先的"应许之地"即被称作迦南。
② 巴力是古代迦南宗教里的主神,相当于希腊神话中的宙斯,常被赋予司掌生殖、雨水和农业等权力。
③ 雅姆是古代迦南宗教里的海神,相当于希腊神话中的波塞冬,是司掌风暴和灾难的死亡之神,常以七头龙兽的形象出现,它与《圣经·旧约》中提到的怪兽利维坦有着密切关联;在迦南宗教里,它是主神巴力的冤家对头。

间观念的发展进行了相当清晰的阐释,我们在这里不妨直接对其加以引用。

> 神(巴力)与龙(雅姆)之间的这种斗争——相当于仪式中为引入新生命期而施行的对抗——乃是世界范围内季节神话的一个惯常主题。此外,随着时间概念从循环模式向线性模式的发展,这种斗争既可往后回溯至创世说,亦可向前引向末世论;在更为原始的思想体系中,它只是被视为单次后续生命期的必要开端,而现在它则不仅被当作是整个系列的必要开端,而且也被看成是新体系在当下体系终结之际得以建立的必要开端。用我们所熟悉的犹太教及基督教关于创世论和启示录的语言来说,上帝曾在历史的起点讨伐并征服了利维坦,同样也必然会在其终点重施此举以引入新的时代。

在犹太教及基督教的宗教神话中,人类的整个旅程处于"创世纪"与"启示录"之间,即《圣经》的第一卷及最后一卷:前者是诞生,后者是借以缔造重生的死亡;前者是伊甸园中不朽的完美生命,以及随后因为被逐而失去永生,后者是人类在"上帝之城"新耶路撒冷获得拯救而摆脱死亡。犹太教和基督教的宗教神话受到前进性时间观念的支配,生殖仪式的年度循环模式也相应地变成了一种有始有终的线性螺旋模式:处于此螺旋终点的重生之死(death-which-is-birth)对等于其肇始处的死亡之生(birth-which-is-death)。

就我们一直在讨论的宗教神话而言,其整体叙事模式既包括至善状态的丧失——对应于仪式中的禁欲和净化,也包括新的理想状态的获得——对应于仪式中的生机和欢庆。这种失去至善状态的模式或堕落模式,乃对应于戏剧中的悲剧模式;而那种获得新的理想状态的模式或兴起模式,则对应于戏剧中的喜剧模式。不过,我们可以对演化自希腊戏剧的悲剧及喜剧形式与叙事神话中那种广义的堕落—兴起模式进行某种程度的区分。喜剧和悲剧在希腊的演化均背离了宗教神话而趋向于使其自身形式达到一种文学上的尽善尽美。这种演化就其参照系而言少了一份普世性而多了一份人本性,这就意味着它会采用其他类型的模式去取代仪式化类型的模式。在悲剧和喜剧日趋注重其审美实现的过程中,悲剧在历史中那一更为久远且更具英雄气质的时代找到了自己关注的领域,其具体的故事素材来自诸如《荷马史诗》那样的叙事文学,而后者本身作为史诗混合体即从已被取代的宗教神话中抽取创作元素。悲剧作家往往对其叙事原料中最具神话性的素材表现得情有独钟,这并非巧合,而是一种必然。在希腊,最终能够主导悲剧创作的情节方案是相当有限的。正如康福德曾经指出的那样,"悲剧家必须取材于某个传统故事('神话')及其准历史性人物,他尽管有可能对细节加以修改,甚至创造新的人物,但却无法更改最重要的事件"。对于喜剧而言,伴随其在希腊戏剧中的演化,它最终将关注重心置于当代素材而非历史素材,并依据传统的仪式化松散结构从主题上对这些素材加以组织。在悲剧展示"神话"的地方,喜剧则呈现"逻各斯"或主旨思想。由于悲剧在情节方面为传统所操纵,因此悲剧作家们不得不在创造性的人物塑造方面格外有所作为。既然情节作为悲剧的主导"灵魂"在相当程度上保持恒定,那么悲剧作家们便只能借助于创造极具张力的人物个体,以赋予情节所要求但却未必提供的行为动机。另一方面,喜剧作家则以那些复制于当下生活的人物形象为基础,转向准现实主义的人物塑造。康福德在喜剧的发展历程中发现了"一种从神秘剧向哑剧的稳步变迁",在此过程中,人物塑造倾向于从职业类型(昂首阔步的军人和学识渊博的医生)转变为那种根据年龄、性别及气质进行细致分类的人物类型。喜剧形式的"尽善尽美"在于将当下生活中具有典型意义的泛化人物,与那种基于错综关系及终成眷属的灵活情节相结合。这便是希腊"新戏剧"及其全部后继形态所采用的模式。悲剧形式的"尽善尽美"则在于对具体人物和情节加以发掘或改编,以使之契合于那种由自负、缺陷、沦落和领悟所构成的极为严格的模式,这也正是亚里士多德所发现并确立的理想悲剧模式。

传奇文学为了给读者以乐趣，往往会诉诸喜剧的欢娱模式，并将叙事中极易实现的扩展化、宽银幕化（cinemascope）创作应用于其中；同时，它还会以丰富的修辞和隽永的描绘去取代喜剧中的愚行蠢态。传奇文学对于装饰、美化及营造悬念之乐的追求往往会抑制喜剧中的纯粹娱乐性元素——这些元素并不真正属于喜剧的情节设计，而是属于围绕情节设计所进行的处理。在《汤姆·琼斯》中，我们可以发现菲尔丁在传奇情节中实现了娱乐性元素的回归，并使得两者配合得天衣无缝。同样，我们在菲尔丁的文学先辈朗戈斯那里也发现了类似的处理方式。尽管他在这方面进行得远未如菲尔丁那般彻底，但却在一定程度上将传奇带回到它原先得以萌发的喜剧土壤之中。

如果说我们能够在纯粹的传奇作品中看到一种经过改良和替换的生殖仪式层面，那我们在教寓性小说或寓言中则可以发现一种朝向宗教神话素材的回溯。如我们所指出的，诸如堕落与兴起、被逐出伊甸园与登上新耶路撒冷、死亡与复活这样的圣经模式，其本身即体现了古代社会季节循环仪式中的线性时间结构。西方教寓性叙事一直以来基本上都是专门伺服于基督教功能，它们在中世纪后期及文艺复兴时期发展至巅峰。像但丁和斯宾塞这样的寓言作家便是刻意依照圣经体系去建构其叙事作品的，甚至圣·奥古斯丁在呈现自己的人生故事之际也采用了这种伟大的基督教原型模式。《圣经》是伟大而不容亵渎的基督教神话汇编，它作为叙事艺术家的储藏库使他们能够通过运用具有传统意义的素材去强化其故事，或从中借用各种模式以进行他们的叙事表达。

就对西方文学产生影响的方式而言，诸如伊甸园和新耶路撒冷这样的观念要比情节设计模式发挥出更为复杂的作用。"堕落"的观念认为，人类与生活在黄金时代的祖先相比乃处于卑劣之境，从奥维德的《变形记》到 薇拉·凯瑟（Willa Cather）的《哦，拓荒者们！》，这些叙事作品的基调均体现着此观念的影响。相似的，新耶路撒冷的观念，即那种认为人类会走向"上帝之城"的看法，也对西方叙事，尤其是对世俗化形式的乌托邦叙事,产生了巨大的影响。人类在尘世之中构建理想社会,作为一种可能性,乃存在于前基督教时期,它在柏拉图的《理想国》中得到了充分的体现;但是在基督教世界中,它便不可避免地会与基督教的"上帝之城"发生冲突抑或是产生融合。这种认为在尘世间有可能缔造出"理想之城"的观念,正如布莱克所云,乃意味着要将新耶路撒冷建立在"英国那片充满绿意的乐土之上";尽管这多少沾染了些异教的味道,但对一切自由、进步的思想来说却是至关重要的。基督教与马克思主义之间之所以会产生敌对,一个重要原因就在于两者对这一关键问题持有不同的观点。在教寓性叙事中,那些被我们称作乌托邦式的小说对这种进步的可能性采取接受的态度(如 B. F. 斯金纳①的《沃尔登第二》),而那些被我们称作反乌托邦式的小说(如奥威尔的《1984》)则表现出反对的姿态。将叙事作品投射到未来社会是一种极其大胆的观念,而且也是西方文学所发掘并利用的最新叙事可能性之一。太空之旅,无论怎样富于想象,至少在其谱系上可以回溯至卢希安;但通向未来的时间之旅则真正是 19 世纪的一个发展。自从线性时间观念得以演化之日起,自从新耶路撒冷被确立为人类生存的未来疆界而与创世说中的历史疆界比肩而存,这种新的叙事可能性便出现了。当然,叙事文学真正能够对这种未来加以着力表现则是相当晚近的事情。科幻叙事在我们这个时代的蓬勃发展得益于对此处女地所进行的开拓,而参与到抢占这片领土的则不仅仅包括那些从事教寓性小说创作的作家,更包括那些主要从事虚构性传奇创作的作家。最终,这些叙事形式找到了真正的天然生长土壤。如果说神话与历史属于过去,摹仿属于当下,那么纯粹的传奇则真正属于未来,因为它完全摆脱了任何对事实之真或感知之真所可能进行的指涉。这一叙事演化片段由于是在相当晚近的时期才得以发生的,所以多少能让我们感受到叙事艺术所经历

---

① B. F. 斯金纳(B. F. Skinner,1904—1990):美国著名行为主义心理学家,哈佛大学心理学教授;他出于对当代美国社会文化的建设性批判而创作了乌托邦小说《沃尔登第二》(Walden Two),其作品描绘了一个通过行为科学原理构建的理想社会。

的那种伟大、持续且不可阻挡的演化进程。尽管科班学府和职业作家在接受未来主义小说这个概念时往往会表现出几分踟蹰，但是不可避免地，他们将为此做出适应性调整。未来的传奇在很大程度上乃是我们自己的文学，因此我们必须着手去了解它。其情节既可能源自古希腊传奇所包含的分离、危险和重聚情节；也可能会源自简单而古老的旅行模式——路上叙事或旅途叙事；抑或源自各种既有的乌托邦和反乌托邦程式。就传奇文学来说，只会存在构思者在思维上的局限，而不会存在历险变奏与思想表达方式上的局限。然而，文学批评是无法探知未来的，我们在此必须返回对传奇中所最为常用的一种情节模式加以考察。

　　远行之旅（如《埃涅阿斯纪》）与还乡之旅（如《奥德赛》），以及由远航、收获及回归所构成的探寻之旅（如《阿尔戈》），都是英雄体传奇那一介乎于原始史诗和情爱传奇之间的体裁所采用的典型情节。文艺复兴时期诸多传统的传奇叙事——从起始处的《愤怒的奥兰多》到终点处的《居鲁士大帝》——往往注重对英雄素材与情爱素材的组合，它们要比单纯突出情爱成分的希腊传奇或一味强调英雄成分的古代文学史诗更多一份平衡。但是自阿波罗尼奥斯起，那种将探寻之旅与爱情故事结合起来的模式，便已经得以确立并成为一种叙事手法。骑士风范的理想与典雅情爱的理想在中世纪后期均显得极为重要，它们为英雄传奇与情爱传奇的融合奠定了完美的思想基础。当这种思想语境与基督教的宗教神话及其精神化趋向发生融合之际，它便创造出了诸如塔索的《耶路撒冷的解放》和斯宾塞的《仙后》那样的人本主义传奇。

　　到目前为止，我们已经讨论过历史性、神话性及虚构性情节形式。现在，我们还需要考察一下摹仿性叙事通常所采用的情节形式。我们可以在古代戏剧中清楚地看到，摹仿性叙事在其情节方面正好与神话性叙事相对。就情节设计而论，"哑剧"作为古代戏剧中的一种再现形式与悲剧及"新喜剧"均存在着迥然之异。康福德曾这样描述道："在亚历山大时期的作家那里，哑剧根本没有情节；它所再现的人物处于一种没有变化的情境之中。它将关注点完全聚焦于人物研究之上，而这个问题恰恰是终极现实主义发展道路上的最大障碍。"当然，就像"狄奥佛拉斯特式的人物"那样，古代哑剧所关注的是普遍的人物类型，而非独特的个体形象。在《摹仿论》那部伟大的著作当中，其最不可撼动、最具价值的部分乃是在于奥尔巴赫使我们认识到：伟大的现实主义叙事把针对个人的悲剧性关注与针对社会的喜剧性关注结合起来，以使得其创造的现实再现不仅能够正确地反映现实状况，同时也能够在不顾及社会等级地位的情况下展现出对个体人物的悲剧性及问题化关注。"狄奥佛拉斯特式的人物"所包含的典型形象并非个体人物，而是代表着一种社会畸形，进而恰如其分地通过喜剧方式加以呈现并依照社会规范加以嘲讽。伟大的严肃小说之所以能够表现出问题化品性，在相当程度上乃是因为小说家力求将个体化人物置于典型情境之中，或是——以另一种方式来表述——将悲剧人物置于喜剧化情境当中。我们可以发现，这种现象在戏剧中的出现要早于小说。莎士比亚作为人物创造者的伟大天赋之一便在于，他有能力赋予典型模式以个性化。正如在其文学滋养下的伟大小说家一样，莎士比亚将自己投射到人物身上，通过他们的视角去看待事物。托马斯·莱默①曾就莎士比亚的人物塑造进行过批评，认为他未能履行传统的修辞技法，也即依照典型从外部加以建构。尽管我们都知道，莱默错误地批评了莎士比亚的人物塑造，但我们对其观点背后所蕴涵的敏锐观察倒是应该多一份了解。莎士比亚在创造其人物时，并没有按照传统修辞方法所要求的那样去诉诸典型。《威尼斯商人》中的夏洛克便可作为一个例证，以说明一种社会典型（贪婪的犹太放高利贷者）在其个体化程度上如何超越了喜剧性人物塑造的规范。夏洛克的某些诗行（"难道犹太人没有眼睛？"）即便不足以使该形象从喜剧人物变为悲剧人物，但至少能够使之表现出

---

① 托马斯·莱默（Thomas Rhymer，约 1643—1713）：英国戏剧评论家、史学家，在《悲剧之管见》（*A Short View of Tragedy*）中，他曾对莎士比亚的悲剧创作加以批评。

问题化的倾向。类似的，莫里哀在《恨世者》(Misanthrope)中所呈现的社会典型在其个体性方面也超越了传统角色——"哑剧"或"人物"中的"愤世嫉俗之士"——通常所表现出来的合理限度。对于莫里哀剧中的人物阿尔赛斯特(Alceste)①，卢梭可能秉持了一种严肃的姿态——这种严肃无疑是过度的反应；同样，夏洛克在19世纪则会被表现为一个悲剧人物——这是另一种过度之举；但是，这些过度诠释之所以成为可能，乃是得益于个体性或悲剧性"蟾蜍"置身于社会性或喜剧性"花园"时所产生的问题化品质。诸如于连、拉斯科利尼科夫、爱玛·包法利和安娜·卡列尼娜，这些人物不正是在摹仿域中演绎其神话命运模式的个体形象吗？

创造这些人物的小说家们不仅借助于古老的悲剧模式以展现其情节；他们还常常因为神话模式在19世纪语境中的不协调性而获得丰富、复杂的反讽效果。乔治·艾略特曾指出，像圣·特雷莎所经历的那种英雄人生根本就不可能为多萝西娅·布鲁克所拥有。她的这种抱怨乃是以更为婉转的口吻重述了司汤达就19世纪的平庸乏味所表达的不满，以及福楼拜针对他那个时代的典型资产阶级所表达的仇视。那种对悲剧性程式和喜剧性程式加以区分使用的规范之举到了19世纪，则让位于一种新的强大趋向，即通过某一共同载体将新古典化现实主义对社会典型的展示，与传奇化现实主义对独特个体品性的表现联结为一体。小说的巨大优势在于找到了一种办法，将围绕个体人物所进行的悲剧性关注和围绕社会所进行的喜剧性关注结合起来。尽管小说家们将这种趋向称为"现实主义"，并以为自己得到了对"现实"加以再现的终极手段，但我们切不可信以为真。他们所获取的仅仅是一种新的规范。这种规范在叙事文学中要比在戏剧文学中更容易实现，而且其本身也会随着各种针对个体人物及社会的新构思方法的出现而发生变化。心理学和社会学这样的新兴科学，对个体人物及社会的艺术化

---

① 莫里哀的喜剧《恨世者》中的男主人公，一位典型的愤世嫉俗者。

再现不可避免地产生着影响,为叙事艺术家们提供了新的意义模式和情节设计类型;但是它们同时也与艺术展开争夺,以获取对现实再现的控制,并最终促使叙事艺术与戏剧艺术均背离了本质上属于摹仿性或现实主义类型的表达程式。在这些最新的科学分支得以兴起之前,文学操控着当下;正如在历史学实现其科学性之前,文学操控着过去。历史创作在古代之所以相当明显地表现为一门艺术,乃是因为历史学在当时还不是十分科学,尚不足以形成科学性历史创作对艺术性历史创作的挑战。同样在19世纪,当围绕社会和心理研究的科学正缓慢地承受着分娩之痛时,小说也是以完全类似的方式控制着当下社会及心理现实的阵地。但如今,这些科学则成茁壮之势,积极发挥着影响,从而迫使叙事艺术家们做出抉择:要不就拥护它们,为博取"现实主义者"的身份而创作出具备心理学及社会学之科学性真实的小说,要不就如普鲁斯特和乔伊斯所洞察的那样,完全放弃"现实主义",以寻求一种能够促进叙事艺术兴旺发展的新体系。当然,这乃是我们的预测。现实主义小说的兴起肇始于对社会性、心智性及情感性典型形象的识别,以及出于喜剧性和讽刺性目的对它们进行的呈现。

像菲尔丁这样的小说家基本上是着眼于对普遍性人物典型加以再现,而这些小说家得以兴起之前的序曲——也许是不可缺少的序曲——便是"狄奥佛拉斯特式的人物"在17世纪的复活。尽管菲尔丁能够极为成功地在其情节主导类小说中采用泛化的人物形象,但摹仿性人物塑造在其极致状态下,则要求超越菲尔丁在《汤姆·琼斯》中业已达到的创作水平,以图进一步摆脱情节的束缚。摹仿性情节的终极形式就是"生活的切片",它几乎相当于一种"无情节"。自然主义小说家们常常会选择这种形式进行创作,其结果实际上就是将叙事文学引入社会学家的研究领域当中,创作者凭借其录音机便能够创作出一部像《桑切斯的孩子们》(*The Children of Sanchez*)①那样的作品——它不仅生动有力,而且对生活事实的保真度是任何虚构性叙事所望尘莫及的。无论是哪种叙事形式,一旦被推向功能的极致状态而使其身上的"杂质"得以清除,便会遁入艺术世界或现实世界的外部边缘地带。于是,历史性叙事会因为变得科学化而缺乏生机;摹仿性叙事会因为变得社会学化或心理学化而成为学术性的个案史;教寓性叙事则会变成激励性的或形而上的创作。对于传奇来说,由于它把讲故事的趋向发挥到了最为纯粹的地步,于是成了唯一具有艺术必然性的叙事形式。但是,传奇文学在其艺术走向极致化的过程中,由于过度疏离观念世界或现实世界,往往会导致其吸引力的减弱。就一则纯粹的故事而言,它无须通过观念或现实性摹仿去牵系人类的问题和经历——若此状态可被实现,那将会使得成年读者对它完全失去兴趣。当然,这种虚空的无限性在某些儿童故事中倒是有所显现。但是从总体上看,叙事艺术家们已经意识到其艺术中的纯粹性所包含的危险,并有意或无意地对其加以规避。人们所最为欣赏的叙事作品,乃是那些将不同叙事类型最为有效、丰富地组合起来的作品:史诗和小说。史诗尽管受到其神话及传统文化影响的操控,却能够在其强大的混合体当中包容虚构性、历史性及摹仿性素材。同样对于小说而言,虽然占据主导地位的是围绕现实社会中的个体人物所形成的不断发展的现实主义构思,但在其叙事表达中也利用了神话性、历史性及传奇性模式。伟大的历史性叙事和杰出的寓言性传奇,同样也将许多叙事类型融合在其复杂的结构之中。传奇性叙事为了实现其自身的丰富性而求助于教寓性寓言或摹仿性人物塑造。历史性叙事为了吸引并打动读者,而求助于神话性情节设计或传奇性历险。神话、摹仿、历史、传奇和寓言均各自发挥着作用,这不仅可以实现相互之间的促进,而且对于叙事艺术家来说,如果其思想和

---

① 美国人类学家奥斯卡·刘易斯(Oscar Lewis,1914—1970)于1961年发表的作品,旨在对一个生活在墨西哥城贫民区的家庭进行纪实性再现。

艺术的功力足以使他对诸多的叙事可能性加以融合与操控，进而实现最为丰富的组合，那么这也会成为对叙事艺术家的一种奖赏。

未来叙事文学发展的可能性在于新的组合方式，它们也许会衍生于小说这一现今明显作为文类而崛起的形式与诸如传奇、历史那种更为古老的形式之间。正如亨利·福西雍①在《艺术形式的生命》(*The Life of Forms in Art*)中所指出的，艺术形式的发展往往均会依照一种循环模式，它可被描述为四个阶段：原始阶段、古典阶段、风格化阶段和巴洛克阶段。从司汤达到托尔斯泰所处的那个时期，小说实现了其古典形式；而在爱德华时代的作家手里，小说则转向了风格主义(mannerism)，诸如高尔斯华绥、本奈特及普鲁斯特那样的作家均朝着系列小说(sequence novels)的方向对小说形式加以拓展，就像斯诺和鲍威尔②现今所创作的那些小说，或是如连环漫画和肥皂剧那样没有止境的叙事作品；小说到了乔伊斯、福克纳和贝克特那里便转向了巴洛克阶段，这些作家以几乎突破极限的力度对现实主义范式加以扭曲和发掘。按照福西雍的说法，继巴洛克阶段之后便会出现原始主义的回归。关于这一点，我们或许可以从流浪汉叙事在当代的回归现象中窥见一斑。但是，文学形式并不完全等同于福西雍所考量的那种造型艺术形式，而且小说的巴洛克转向并不仅仅意味着重新唤起对原始神话的关注，它同时也意味着小说再次转向叙事性传奇。

小说，作为一种受到摹仿性趋向操控的形式，往往会从其他形式那里汲取情节素材。我们可以发现，小说这种形式从17世纪的滥觞期一直到目前为止，表现出了其情节资源方面的渐进式变化。《堂吉诃德》作为该形式的伟大先驱，就其情节来看，乃是在传奇作品的探寻模式与历史性传记那种从生到死的模式之间进行妥协的结果。《托姆斯的拉

---

① 亨利·福西雍(Henri Focillon, 1881—1943)：法国艺术史家。

② 安东尼·鲍威尔(Anthony Powell, 1905—2000)：英国小说家，有"英国的普鲁斯特"之称，著有12卷系列小说《伴随时光之曲而舞》(*A Dance to the Music of Time*)。

托里罗》则出现得更早,尽管略逊一筹,但同样作为小说的先驱,其影响并不亚于前者;它通过其流浪汉形式既展示出那种简单的路上叙事或旅途叙事元素,同时也展示出历史性自传的时间模式。这两种组合(传记—探寻和自传—旅途)主导着小说的兴起。《吉尔·布拉斯》及其效仿之作代表着自传—旅途模式;《汤姆·琼斯》及其后继之作则代表着传记—探寻模式。当然,这两种模式亦会发生融合。比方说,斯摩莱特在《兰登传》中便将传奇文学的爱情—探寻情节随意嫁接在本质上属于流浪汉风格的模式之上。但总体而言,18世纪小说所遵循的是流浪汉式、历史—传记式,以及情爱式的情节程式,而那种以惨烈死亡和/或遭受社会遗弃为终结的悲剧情节程式——虽然屡屡为19世纪现实主义小说家们在其最伟大的作品中加以运用——却是它们所力图规避的。18世纪作家围绕这种悲剧情节程式所进行的创作,比如理查逊的《克拉丽萨》和神父普雷沃①的《曼侬·雷斯科》(Manon Lescaut),正是因为它们的离经叛道而引人注目。但是,我们所认为的那些能够代表欧洲大陆现实主义小说之伟大时期的作品——《红与黑》《包法利夫人》《罪与罚》《安娜·卡列尼娜》《父与子》——通常都会反映出一种对于古代悲剧程式的严密遵循(不管是否刻意所为)。这些伟大的现实主义小说通过利用其在摹仿性和神话性特点之间的对峙而创造出其自身的力量。它们的人物是高度个体化的鲜明社会典型,而他们赖以运动的模式则源自悲剧中的"神话"。尽管这些人物的行动是英雄化的,但他们本身却要比我们在英雄体叙事中所看到的独立巨石化形象更为透彻地展现于我们的眼前,其亲和力甚至超越了欧里庇得斯戏剧中那些经过精雕细琢的人物。

  由于小说中的摹仿性叙事往往会加强并拓展对人物内心活动的处理,因此,最具悲剧色彩的人物便成了最富于强烈情感的形象。现代悲

---

① 神父普雷沃(Abbé Prévost,1697—1763):法国小说家、神父,其最广为流传的代表作《曼侬·雷斯科》,描写了爱慕虚荣的美貌女子曼侬与其恋人之间的悲欢离合。

剧通常总是强烈情感的悲剧。当它们被用作摹仿性替换物去取代那种以惨烈灾祸为必要元素的古老神话模式，现实主义小说家们便开始为他们心目中更具现实主义风格的新式悲剧树立一种理论上的依据。古代程式显得太过神话性，或许也太过舞台表演性，而小说家们则致力于寻求一种契合于新式现实主义悲剧观的情节设计。在本书第197页①上曾引自《米德尔马契》的段落中，乔治·艾略特便是在以一种更趋摹仿性导向的方式对悲剧进行重新定义。阿诺德·本奈特在《老妇人的故事》(*The Old Wives' Tale*)中亦步其后尘，试图通过对悲剧进行定义而将其纳入摹仿性叙事的领域。自然主义者们从达尔文的自然选择学说中发现了他们所需要的决定论品质——借此，他们便可在文学中用一种新的宿命论元素去替代传统神话体系中那主宰人类命运的复仇女神。从阿诺德·本奈特这位典型的爱德华时代的小说家身上，我们可以看到，创作者试图以一种本身即更为寻常的情节结构去呈现这一新型的寻常悲剧。为了规避那种以大灾大难为终结的悲剧程式，本奈特又重新回到以线性时间为基础的历史性模式。如此一来，神话与历史之间的古老亲缘关系便得以再次焕发生机。本奈特对人性的精细审视通过纯粹时间性视角重新将决定论的层面引入叙事艺术当中，在此，时间取代了命运而成为灾难的操纵者。当本奈特试图对索菲娅(Sophia)和康斯坦丝(Constance)②的人生做出悲剧性及喜剧性反应时，他并未诉诸悲剧和喜剧的神话模式，而是通过时间性模式让读者去体验那些经过平淡再现的人生中的沉与浮。

　　伴随20世纪的到来，叙事中的情节设计以前所未有的方式受到了时间的操控。起初，各种历史性叙事的传统时间程式得以在非历史性叙事中大显身手；接着，便开始出现了那种以时间重构为基础的情节，它使得叙事的化解不只是情节终了的静止状态，而更是一种柳暗花明

---

① 系原著页码。以下各处引自本书的页码均属此情形，不再一一做注释。
② 索菲娅和康斯坦丝是本奈特所著小说《老妇人的故事》中的两位女性主人公。

的平衡状态；那些在时间拼图游戏中缺失的部分最终都将各就其位，并因此而构成一幅完整的图案。在《福赛特世家》(*Forsyte Saga*)中，高尔斯华绥使得冰岛家族萨迦的传统时间模式重新派上了用场，并借此持续讲述了福赛特家族几代人的故事。这种叙事的结局往往是开放式的。它从不需要得到化解，相反却会如连环漫画或肥皂剧中的人物生活那样无限期地持续下去。D. H. 劳伦斯在创作《彩虹》和《恋爱中的女人》时便采用了类似的模式，而且其诸多元素还出现于诸如 C. P. 斯诺的《陌生人和兄弟们》，以及安东尼·鲍威尔的《伴随时光之曲而舞》等系列小说当中。现代叙事的时间情节趋向乃是作为一种要素，旨在服务于突出表现叙事人物之总体趋向。松散的时间情节将人物塑造从戏剧创作的局促设计中解放出来，并使得其发展不再拘泥于神话性结局所规定的必要条件。像流浪汉小说这种简单且相对原始的形式之所以能够保持活力，乃是因为其片段化模式赋予了人物以自由、充分发展的空间而不会受制于紧密型情节的要求。E. M. 福斯特曾指出，人物必然会背离亚里士多德的学说而获得超越情节的优先地位。这在相当程度上是一位趋向于摹仿性创作的现代小说家所做出的断言。

现代心理学的兴起，作为 19 世纪晚期的一个现象，标志着摹仿性叙事进入了其巅峰发展时期。同时，它也为那种以发现真正使命为内容的传统自传情节模式提供了一些新的变体。乔伊斯的《画像》采用了卢希安和圣·奥古斯丁的传统模式，但劳伦斯的自传体小说《儿子与情人》则并非如此。尽管《儿子与情人》在情节设计上存在着家族萨迦的痕迹，但是这部小说的真正情节所讲述的故事，则是关于保罗·莫瑞尔(Paul Morel)如何试图解决他与母亲的独特关系中所产生的问题。对于这样一部小说，即便用临床心理学的标准术语去表达其情节概要，也不会对故事造成太大的损害。在弗洛伊德的学说广为流传之后，这种新的心理化情节几乎成了一种与古希腊传奇同样重要的程式。自我的发现、心灵创伤的愈合为叙事艺术家们提供了一种以心理学，而非以神话为参照系的新型喜剧程式。与此相对，那种因心灵创伤而非"性格缺陷"(hamartia)所导致的个人毁灭则提供了一种新型悲剧模式。同样，仪式性—传奇性的圣杯追寻在现代小说中亦转化为对身份的心理探求。关于心理性人物塑造所受到的新关注，我们曾在上文第5章中就其所引发的一些问题进行过讨论。但是，其总体效应则表现为将古老的传奇程式从严肃小说当中驱逐出去，进而使它们遁入格雷厄姆·格林(Graham Greene)称其为"娱乐"的王国之中。小说与娱乐之间的这种划界作为一个特点反映出当前小说发展的分化倾向。

于是，人物与情节再次趋于分离。严肃作品因强调经验性而捕捉人物，而历险故事则抓住情节。从菲尔丁到托尔斯泰，小说家们曾对这种趋向加以摒弃，但现代小说家们却发现这种趋向越来越难以抵制。在《尤利西斯》中，乔伊斯的叙事对其所借用的《荷马史诗》结构只是给予了大致上的遵循，其真正所关注的对象乃是人物，而并非情节。它比《艺术家的画像》更似一幅画像——多了一份静态，少了一份动态；多了一份摹仿，少了一份神话。普鲁斯特的伟大叙事同样通过发现自我和接受使命的自传性情节向传统表达了敬意，但在人物与情节之间也还是对前者表现出了更大的兴趣。现代小说家的叙事很少会与传统情节形式达成妥协，因此为了使它们获得某种张力，以及化解的途径，现代小说家们便试图从绘画与音乐当中汲取构建的技巧。当一部叙事作品被称作"画像"之际，这即在告诫读者，一方面不要对情节抱有多少期望，另一方面要注意：叙事的化解途径在于艺术模式的完成，而不在于人物的寿终正寝。乔伊斯在其早先的《画像》初稿中，曾将文学性画像定义为一种对历史加以呈现的尝试；这种呈现不是去诉求"其生硬的回忆性层面"，而是把历史当作"流动的现时继承"。因此，一幅画像"并非识别身份的证明，而是表达情感的曲线"。

先辈小说家们往往通过告诉我们，"后来"每个人物身上所发生的事情而实现其叙事的终结。我们可以发现，这种现象不止存在于狄更斯的文学中，在巴尔扎克和乔治·艾略特的作品中也不例外。但是，劳

238 伦斯·杜雷尔这位现代作家却可以通过提供"创作点"(workpoints)①的形式去结束其《亚历山大港四重奏》；这种手法暗示出该叙事在时间上所进行前后延伸的诸多可能性，进而也就表明，我们在第4卷末尾处所看似抵达的平衡状态，实际上具有相当程度的人为性。与绘画一样，音乐也受到了叙事艺术家们的征用；其目的在于寻求表现叙事张力和情节化解的新花样，以取代传统的故事终结方式。E. M. 福斯特曾专以普鲁斯特的循环乐句为例来说明小说的"节奏"，正如他曾以詹姆斯在《奉使记》中的沙漏形构思为例去说明小说的"模式"。但是从更为宽泛的意义上说，普鲁斯特小说的节奏感和音乐性则不仅仅在于通过主题变奏的方式对各种情境加以重复，同时也表现为其诸多人物自身得以聚合、分离及重聚的方式——就像是伴着安东尼·鲍威尔所谓的《时光之曲》而跳起的舞蹈。无论是普鲁斯特，还是鲍威尔和杜雷尔，虽然其主要作品均遵循着自传性和时间性叙事的传统情节，但却能同时兼顾对各种主题及其变奏进行更为严肃的关注。如果说高尔斯华绥和本奈特对时间表现出了相当程度的忠诚，那么，这些作家则是效忠于音乐并从中找到了一种美学原则。借此，他们不仅使得时间的处理方式更具创意，就像音乐中的时间处理那样，而且也能在获得形式美的同时，不会因为受制于传统情节的化解模式而牺牲其人物塑造。

然而总体说来，情节在所有叙事层面中不仅是最重要的，而且就其大致轮廓而言，也是最少发生变化的。在小说中，我们对事件多样化的要求往往甚于对情节多样化的要求。当我们碰到一则现代流浪汉故事时，不管其叙述者是菲利克斯·克鲁尔(Felix Krull)②还是奥吉·马奇(Augie March)③，我们大体上都会对作品的情节走势有所了解。虽然我们并不清楚这一路上具体会发生哪些事件，但我们对于自己要到达

---

① "创作点"是杜雷尔在小说末尾处附加的注释性内容，这种手法使得其作品获得了一种开放性。
② 托马斯·曼在小说《骗子菲利克斯·克鲁尔的自白》中塑造的主人公形象。
③ 美国犹太作家索尔·贝娄在小说《奥吉·马奇历险记》中塑造的主人公形象。

的目的地却是心中有数。与人物塑造的细节相比,事件所包含的细节同样富于变化,也正是在这一领域,我们期望作者能够施展其情节构思中的创造性。从广义上说,情节总是"神话"(mythos),而且也总是传统性的。对于像简·奥斯丁之类的作家而言,这种广义上的情节仅一种便可满足其全部小说的需要。不过关于"情节"(plot)这个字眼,尚有一些狭义上的理解还不曾为我们所讨论。因此,在我们结束本章之前,至少必须对其有所提及。

　　叙事中的每一种可拆分元素可以说都拥有其自身的情节,而这一自足的微观系统中所包含的张力与化解则能够对总体系统起到添砖加瓦的作用。不仅每个片段或事件拥有其开端、中间和结尾,而且每个段落和每个句子亦是如此。正是在这些细小的地方,而不是在我们一直所讨论的宽泛领域,个体成就方可得到恰如其分的评价。在这里,我们可以发现文学大师与蹩脚作家或熟练文人之间的区别。在这里,每一部作品均获得其自身的价值,而不是沦为某种复杂传统类别的组成部分。若仅凭情节概要,我们常常无法将伟大的作品与平庸的作品区分开来。最伟大的叙事作品之所以能引起我们的响应,乃是因为它当中那种由人物塑造、行为动机、描写及议论所构筑的语言能够向我们传达其思想品性,也即它所蕴含的理解力和感知力——正是借助于这种品性,虚构性事件才得以与感官世界或观念世界发生联系:它可以是艺术家在描绘我们赖以生存的现实世界时所展现出来的准确性与洞察力,抑或是艺术家在虚构文学中、创造理想世界之际所彰显的美与理想主义。叙事作品的灵魂并非情节,而是思想品性(它通过人物塑造、行为动机、描写及议论所构筑的语言加以表达)。情节仅仅是不可或缺的躯壳,只有赋之以人物和事件的血脉,它才能够创造出必要的、可被赋予生命的黏土。

7
叙事中的视角

视角的问题是叙事艺术所特有的问题,这与抒情诗或戏剧文学中的情形有所不同。就定义来看,叙事艺术需要有一则故事和一位讲故事人。叙事艺术的实质既存在于讲述者与故事的关系之中,也存在于讲述者与读者之间的那种关系当中。因此,叙事情境总是不可避免地表现出反讽性。与其他文学形式相比,叙事艺术对于反讽品性的营造具有得天独厚的条件。这种反讽性,对于戏剧家而言只有煞费苦心方能获取,在抒情诗人那里则完全是陌生的,而对于叙事艺术来说却是天然的基础。

反讽往往源于理解上的不一致。在任何情形下,如果一个人所知道或感悟到的东西多于——或少于——另一个人,那么反讽就必然会在实际意义上或潜在意义上存在着。无论以叙事艺术中的哪部作品为例,均大致存在三种视角——人物的视角、叙述者的视角,以及读者的视角。随着叙事文学复杂程度的加深,叙述者与作者之间所衍生出来的清晰差异又导致了第四种视角的发现。叙事反讽乃是这三四种视角之间的差异所造就的功能。叙事艺术家们一直以来总是乐于运用这种差异以营造各种各样的效果。

如果我们刨根究底试图弄清楚反讽何以能够实现其所营造的效

果,那我们最终将会触及一片在很大程度上未曾得以研究的领域:故事如何且为何在人类的生活中发挥着作用。当然,对于这片陌生之地,我们无需做太多探索便可大胆推断:故事的魅力主要在于它们提供了一种生活的仿真,从而使得读者能够参与到事件当中而无需卷入其后果,这不同于现实世界中后果必然伴随事件的情形。如此一来,我们从叙事文学中所获得的愉悦本身,即可被看作视角差异或反讽的一种功能。由于我们并未介入被再现的行动之中,因此与那些处于行动当中的人物相比,我们总是享有某种优势。而叙事中的简单反讽(simple irony)①常常就是对这种优势的利用。当荷马让我们得知雅典娜正在欺骗赫克托,以让他相信自己并非独自迎战阿喀琉斯之际,这种简单反讽的运作便能够使我们从此叙事当中获得更多的愉悦。一方面,我们赋予赫克托的同情得到了增强;另一方面,我们也在为他的失利做着情感上的准备。针对这种失利,我们获得了双重意义上的解脱:一是因为我们没有介入这种仿真的生活当中;二是因为我们所特有的先见之明使我们对这一特别的灾祸做好了防御准备。反讽在叙事艺术中的应用既可以表现出此处的这种简单效果,亦可展示出格外复杂的效果;而且,对于反讽的操控乃是视角的一个主要功能。

如果我们将视角操控这一问题置于历史视野中加以考察,便会得到两个明显的结论。首先,我们可以看到,针对视角操控当中所固有的反讽可能性,叙事艺术家们无论是在意识上还是在实践上均处于不断发展的态势,而我们恰恰可以从此进程中发现文学史所表现出来的真正意义上的演化。其次,我们还可以看到,这一演化并非稳步渐进的过程,而是如技术的发展那样,在短短几个世纪中便实现了迅速增殖。当小说作为一种文学形式得以兴起之际,视角操控技术正经历着真正伟大的实验和发展。如我们将要看到的,这一重要的发展乃源自叙事艺

---

① 澳大利亚文学批评家穆基(D. C. Muecke)在《反讽指南》(*The Compass of Irony*)中曾提及此概念,意指表面上的真实言论、合理期望和有效设想与反讽者的实际意图或事实情况相违背。

术家们为实现经验性和虚构性叙事技法的有效组合而面临的问题和机遇。

要着手理解此发展进程得以运作的方式,我们只需对叙述者权威这一视角层面的问题稍作探讨,并研究其在古代叙事文学中的表现及历史演变。在神话性或传统性叙事中,受述事件总是处于久远的历史之中,传统本身即具备其固有的权威性。史诗诗人是传统的守护者,他同时扮演着艺人和历史学家的角色。传统赋予他权威性,但也限制了其灵活性。像《荷马史诗》当中那种召唤缪斯女神的惯常做法很可能说明:希腊史诗诗人乃试图将权威从禁锢的传统转向灵感,因为后者能够借助于个性和创造性而变得更为自由。获得灵感的诗人必须只对他的缪斯女神负责,而其缪斯女神也只可通过他来说话。召唤缪斯女神的做法使得权威从传统向诗人的创造力转移,当然,这并非,也绝非史诗的必要特征。《吉尔伽美什》和《贝奥武甫》这两部史诗当中便无此特征。召唤神灵的技法极有可能是在希腊晚期口头史诗中所衍生出来的一种复杂特征,它揭示了一种更趋虚构化的叙事创作倾向。《荷马史诗》虽然保留了原始史诗的许多英雄体特征,但在形式上却要比早先的《吉尔伽美什》或后来的《贝奥武甫》更为复杂,而且实际上也已经开始向传奇靠拢。荷马叙事的艺术建构本身即这一过程的标志;毕竟,史诗通常不会表现出如《伊利亚特》或《奥德赛》那般出色的结构与完整的形式。

希腊历史学家们在其叙事中则采用一种新的权威去取代传统的权威。作为叙述者的"博学家"并非一位记录员或讲述人,而是一位调查者。他审视历史的目的在于将事实从神话中分离出来。希罗多德的权威与其说是来自他所掌握的资料,不如说是来自他用以处理那些资料的批判精神。如果说传统诗人必须使自己局限于其故事的某一版本之中,那么"博学家"则会在寻求事实真相之际提出几种相互冲突的版本。修昔底德便是古代"博学家"的完美典型,他从业已搜集到的证据当中得出结论,并借助于这些结论的准确性来实现自己的权威。

就我们通常在经验性叙事中所能发现的叙事权威而言，还存在另一种在古代文学中不易发现的主要来源。这便是见证者的权威。我们曾在别处就前罗马时期的叙事如何罕用第一人称进行叙述的情形做出过评述。这种第一人称叙述手法的缺失在色诺芬的《远征记》中表现得最为突出。在那里，作者目睹了所述事件并且在其中扮演了重要角色。可是，他却采用了第三人称进行叙述，并在第1卷第8章中做了一个随意的自我介绍（色诺芬，一个雅典人），而且，他起初还让自己的手稿以他人的名义在世上流传。修昔底德在《伯罗奔尼撒战争史》的第4卷中也采用第三人称进行了苍白的自我描述，只是到了第5卷中方才短暂地表现出见证者的个体特征——不过，即便在那里，他也只是突出自己在历史调查过程中的闲情逸致而并非观察的即刻性。类似的，公元1世纪的约瑟夫斯在讲述《犹太战争史》的故事时，尽管也在开篇处声称自己是事件的参与者和见证者，却同样借助于这种看似超然的视角。当然，恺撒在《高卢战记》中也采用了这种表面上显得不偏不倚的视角（不过，在其现代翻译者当中，至少有一位选择了用第一人称对整部叙事加以呈现）。这种在历史性作品中采用第三人称叙述的做法，究其原因，恐怕是在于"博学家"的可靠性对古人而言似乎要明显高于目击者。一部力求事实真相的文献，若看上去不太个人化，便更有可能赢得赏识。这其实就是在以另一种说法表明：对古代经验性叙事产生主导作用的是历史而非摹仿。经典历史作品中的重要元素包括战斗或争端双方所采取的立场、发生的事件，以及可能说过或本该说过的言论。我们在现代经验性叙事中——既包括历史，也包括新闻和现实主义小说——所关注的乃是"事物当初的风貌"。有些古代作家的确能够让我们感受到事物当初的样子，这也是我们今天珍视他们的原因；但是，他们给予我们的这种感受几乎总是源自他们在专注于其他事物时所做出的偶然或顺便之举。柏拉图在《吕西斯篇》(*Lysis*)①中将苏格拉底当作第一人称加以呈现,并就一座体育场的日常活动为我们进行了格外详尽的描绘。而色诺芬本人尽管没有以第一人称进行叙述,却能够让我们时常在《远征记》当中感受到那一艰险壮烈的征途在当初应有的风貌。但是,古代对于第一人称叙事的运用从总体上说,似乎并非旨在进行事实性或摹仿性再现,而是为了表达极不可靠的、单方面的"辩护"(*apologiae*)——约瑟夫斯即一例,他的《自传》与其本人的历史并不是十分吻合,而且通常被认为是他所有创作当中最缺乏可信度的作品。在罗马时期,第一人称叙事曾被用于裴特洛纽斯和阿普列尤斯所书写的那些虚构之作,并最终由圣·奥古斯丁在其高度经验性的《忏悔录》中加以采纳。显然,奥古斯丁通过第一人称叙事所树立的真实标准远远背离了"辩护"那一早先的自传体模式。

然而我们应该记得,到目前为止我们尚未对视角进行过全方位的考察,而只是关注了某一特定叙事所引发的有关权威的具体问题。在希腊传奇中,我们可以找到大量采用第一人称进行叙述的情形。比如,赫利奥多罗斯的《埃塞俄比亚遗事》即充满了这样的情形,并分散于一大群叙述者当中。阿喀琉斯·塔提奥斯的《琉基佩与克勒托丰》则几乎完全是以第一人称的形式进行演绎——故事由克勒托丰告诉叙述者本人,而后者在开篇的数页之后便消失了,再也没有出现过。但是,我们在希腊传奇中倒是没有发现过作者—叙述者(author-narrator)声称自己曾目睹或参与了他所叙述的事件,并借此将权威建立在自己的证据之上。大体说来,这些作品均满足于自身的虚构性,而无意去追求逼真性或可靠性。朗戈斯在《达夫尼斯与赫洛亚》开篇处所做的声明虽然并非希腊传奇的惯常手法,但却出色地表达了这一观念的精髓。如他所告诉我们的那样,他曾经看到过一幅动人的绘画,描述的是一则爱情故

---

① 柏拉图的早期对话录之一,主要讲述苏格拉底与吕西斯等人就"友谊"这一论题展开的讨论。

事（*historian erotos*①）。于是，他找人（一位阐释家）对其进行了解读，以便将它书写下来。这个故事尽管大致是在讲述一幅绘画所再现的某个过去的真实事件，但其真正的存在理由则在于：它对那些初涉爱情的人来说是一种教育，对那些已经拥有爱情经验的人来说乃是一种回忆，而对所有的人来说将会成为一部令人愉悦的美妙之作（*ktema terpnon*②）。朗戈斯将其故事的存在价值直接落实到故事对读者所产生的审美感召之上，并借此证明他完全理解自己的形式；这或许有助于解释他在这部作品中所取得的非凡成就。

在古希腊传奇的最后一部作品（后世的拜占庭创作者不计在内）《琉基佩与克勒托丰》当中，我们可以发现阿喀琉斯·塔提奥斯徘徊于朗戈斯的处理手法与自传式叙述者的观念之间。与朗戈斯一样，他的开篇也始于自己曾经碰到爱情时，对一幅画作进行的描绘。但是，他并无意要告诉我们那幅画作中所呈现的故事，相反，他向我们介绍了另一位赏画者，即克勒托丰；此人迫不及待地要讲述其历险之事，按照他的说法，那故事宛若虚构之作（*mythois eoike*③）。到了故事的结尾处，作者已经忘记了自己在开篇处曾引入过一位观赏画作的第三人称叙述者。他在克勒托丰讲完故事之际，便径直将一切归于终结。如此一来，这部传奇乃是徘徊于两种趋向之间：一方面，如朗戈斯所为，将权威寄托于艺术之上，而另一方面则将权威寄托于证据之上；同时，这部传奇还徘徊于两种处理技法之间：一方面是标准的传奇文学技法，即在作者—叙述者本人用以进行故事呈现的大框架中采用第一人称叙事，而另一方面则是阿普列尤斯和裴特洛纽斯所采用的那种真实见证性叙事。

我们在此处乃是力图有效地区分经验性叙事中的第一人称言说者

---

① 此处随文希腊语注释的字面意思是"关于爱情的历史故事"。
② 此处随文希腊语注释的字面意思是"令人快乐的财物"；希腊文"ktema"相当于英文的"possession"，可代指出色的艺术或文学作品。
③ 此处随文希腊语注释的字面意思是"如传说一般"。

（见证式叙述者或自传式忏悔者）和虚构性叙事中的第一人称言说者（他们有可能作为人物将自己的故事告知最初的作者——叙述者，这样便常常会形成故事的套层模式和叙述内部的叙述者；他们也可能作为自我辩护者，出于道德或美学意旨的考虑而对自己的人生进行理想化处理）。叙事艺术在其发展过程中所衍生出来的新的视角操控方法能够迅速与旧的方法产生融合，并借此得到进一步完善。随着叙事艺术日趋复杂，艺术家们不断力求将不可能转化为可能——既抓住经验性叙事的"鱼"，亦要兼得虚构性叙事的"熊掌"。在阿普列尤斯和裴特洛纽斯那里，我们可以发现此过程乃是在一种相当简单的水平上发挥着作用。就像后世的小说家那样，他们试图同时生活在两种世界当中，在显著经验性的模式与实足虚构性或传统性的模式之间寻求妥协。在《金驴记》和《塞坦瑞肯》当中，诸位拉丁作家们不仅引入了其所宣称的那些来自主人公叙述者的目击证据；同时，他们还允许其叙述者讲述自己曾听说过的、或偶然听到过的有趣故事，比如这两部作品中所出现的那些发生于米利都和以弗所的丧葬趣闻——它们具有明显的米利都风格。不仅如此，阿普列尤斯还以类似的方式在其作品中引入了有关丘比特与赛姬的美丽传奇。而且自他那个时代开始，传奇性插曲的运用便使得叙事作品获取了一种本所未有的异质品性。这一点在塞万提斯及其后继者那里尤为突出。

　　阿普列尤斯尤为懂得，像"丘比特与赛姬"这样的传说乃是从其自身的美学优势当中获得权威性，而与此不同的是，他所讲述的有关卢修斯的基本故事则宣称自己是目击式的证据。在第10卷中，阿普列尤斯打算向我们报道一则审判。尽管卢修斯并不在当时的审判现场（实际上，他是被拴在马厩里），但阿普列尤斯还是让卢修斯告诉读者说，虽然他当时并不在场，不过他会将自己在马厩中掌握在手（准确地说，是蹄子）的那些信息拼凑起来，提供给大家。很显然，卢修斯在此情境中所扮演的角色有点像"博学家"，而他作为"博学家"或见证者所讲述的事件则有意要与"丘比特与赛姬"那样的睡前故事保持类别上的差异。

到了罗马时代的末期,几乎所有借以构建叙事性权威的途径都曾以这样或那样的方式被利用过。一位处理历史事件的作家可能会在诸多姿态中任意挑选一种:他可以是一位历史学家(塔西佗),也可以是一位受到神灵启发的诗人(维吉尔,奥维德),抑或是两者之间的某种身份(卢坎)。而要处理更为近代的事件,作家则可能以他自己的名义去呈现一种个人的见证性描述(奥古斯丁),或是以一个人物的名义去进行一种虚构性描述(裴特洛纽斯),抑或是采取两者之间的某种姿态(阿普列尤斯)。如若一位作家对于虚构性再现的关注甚于他对传统性、历史性或摹仿性再现的关注,那他便可能会创作一则毫无根据的故事(以弗所人色诺芬的《以弗所传说》),或是一则带有自身美学性及教寓性合理取向的故事(朗戈斯的《达夫尼斯与赫洛亚》),抑或是一则趋向于目击性证据的故事(阿喀琉斯·塔提奥斯的《琉基佩与克勒托丰》)。像卢希安这样的讽刺家则可能会彻底改变绝大多数的传统权威类型,转而采用见证性叙述的形式创作出一则纯属荒诞不经的"真实故事"。

伴随此处所提及的诸位作家,叙事文学作为一种用古典语言创作的鲜活艺术形式走向了终结。变化未必意味着发展或进步,但若没有变化,艺术便失去了生命。文学的不朽乃表现为其形式上的不断变化。虽然在罗马帝国走向衰败和没落之后的一千多年中,人们的阅读和书写仍然离不开西面的拉丁文和东面的希腊文,但叙事形式在这一时期却并未发生变化,而且自罗马时代晚期或后罗马时代开始,便未曾出现过用古典语言创作的重要叙事作品。与此同时,以欧洲方言进行创作的口头文学却在沿着正常轨迹向前发展,并在此过程中逐渐认识了书面古典文学,继而使得其自身也逐渐演化为一种书面文学。面对受到普遍使用的拉丁文,各种口头方言的存在为西欧的文学发展创造了条件。不过,这些条件并不同于那些曾经兴盛于希腊和罗马的发展条件。当书写作为一种叙事表达媒介而为人们所意识到,其结果几乎必然会导致西欧史诗在尚未达到希腊史诗的发展高度之际便得以化约为书面形式。同时,伴随基督教及其拉丁语的传播所形成的松散统一体,多种语言的存在，也使得语言之间的翻译成了叙事创作中的一种重要活动。

就叙事作品的权威性问题而言，中世纪情境所带来的发展结果乃是针对传统权威进行大力的延展与多样化处理。自然，口头传统中的叙事会通过传统来寻求其合理性。但是，随着口头叙事在中世纪晚期让位于书面叙事，大多数叙事作家却依然将传统奉为其叙述行为中的权威。马洛礼在其文字中常提及"如那部法国作品所云"，对此，我们再熟悉不过。在他之前的大多数伟大叙事先驱们也曾说过类似的话。乔叟、哥特弗里德、沃弗兰、克雷蒂安，以及无数其他次要的作家所创作的代表作品均为传统性叙事，而且其传统性通常也为这些作家本人所承认。尽管我们在上文一直将权威当作视角方面的问题加以探讨，但权威的问题并不仅仅局限于视角；它在很大程度上关系到整个叙事形式的发展问题。在那种由传统叙事所主导的文学文化中，大部分今天为我们所知的叙事形式是不可能得到发展的。因此，历史创作——无论是作为我们所认识到的现代观念，还是希腊人所认识到的古代观念——均无法在中世纪立足。当然，真正虚构性的传奇文学亦遭受到相同的命运。

（我们在此处正进入一片杂乱的术语丛林之中，不过如果我们稍加留神，便可以找到穿越的路径。按照传奇这个字眼在通常情形下的使用，马洛礼、乔叟、哥特弗里德、沃弗兰及克雷蒂安所创作的主要叙事作品便可称为"中世纪传奇"。它们从准确意义上说有别于"武功歌"，因为后者在气质及诗歌技巧方面更接近于英雄体史诗。不过，按照我们在此讨论中所一直使用的"浪漫"[romance]这个字眼，它则意指一位个体作家出于美学目的而创作的虚构作品，与传统性或历史性叙事相对。希腊传奇便是这种意义上的传奇。《帕西瓦尔》则不是；它基本上是属于传统性的，其作者所扮演的是一位美化者和改编者而不是创造者。在这里，我们觉察不到价值评判的存在。因此，真正的问题在于如何对作家身份进行不同方式的处理。"小说"这个词所包含的一种原初之意是指"一种新事物"，而一则传统故事则算不上是"一种新事物"。像《达夫尼斯与赫洛亚》这样的创造性虚构便是具有新意的。乔叟在《坎特伯雷故事集》中所讲述的故事乃属于传统性的,而且其素材也均源于传统;但是采用朝圣者这种框架手法却十分有创意,大大超越了先前已知的实验举措,这不仅表现在其框架设计方面,而且还表现在它对传统人物类型的创造性沿承。一位作家越是对其创作素材采取灵活的姿态,就越能够摆脱传统性或神话性叙事的束缚,同时也就更接近于创造性或传奇性叙事。就希腊传奇而言,尽管它们显然算不上是非神话性虚构创作的最新形式,但却能自由地为其人物命名,自由地为其故事设置时间和空间,并可自由地运用其爱情、分离、历险及团聚等模式去实现事件的变化和多样性。相比之下,一位试图对帕西瓦尔或特里斯坦的故事进行改编的创作者则往往缺乏这样的自由。而且,此类故事本身并非个体作者的虚构性创造,而是源于"神话"在口头及书面传统中不断流传之际所经历的缓慢累积与嬗变)

在我们看来,所谓的中世纪传奇实则并非传奇,而只是精心制作的神话性叙事(对照于17世纪的虚构性法国传奇)。正因为如此,它们往往以十分公然的姿态从传统当中获取其权威性。当然,中世纪传统叙事素材的运用可在其虚构性上突破马洛礼之类的作家所以为合理的限度。从《高文爵士与绿衣骑士》那种得以完美构建的叙事作品中,我们能够看出传统性叙事在向真正的虚构文学迈进。这种发展一方面明显地表现为故事的精致形态与结构——就此而论,几乎所有其他的中世纪叙事都会显得随意草率和杂乱无章;另一个明显的表现则在于,学者们无法为这部作品找到任何真实的素材来源。就我们在此所考察的这个样品来说,叙事中的创造性活动远远超出了当时的正常水平。《高文爵士与绿衣骑士》的故事乃是由个体创造性天才所做出的那些非凡的跳跃式发展之一(塞万提斯的《堂吉诃德》亦是如此)。当一种文学文化已经无法找到有效的发展演变之术,正是那些天才之作得以重获生机。英国文学对于这则故事的排斥——无疑源自它那种并不流行的创作方言——多少可以解释英国叙事文学在15及16世纪早期的惨淡景象:为了使其病入膏肓的躯体重现生命的迹象,它不得不引入西班牙流浪汉文学和意大利文学史诗,并对希腊传奇加以复兴和译介。不过,尽管高文爵士的故事大抵属于无中生有,但在其作者那里却依然是以传统故事的形态加以呈现的,因为作者以前不仅听到过,而且还读到过这个故事。可以说在叙事中诉诸传统,作为一种程式,乃深深铭刻于中世纪文学家的思维模式当中,而我们就独创性这一艺术价值所形成的现代观念则对那样的思维模式相当陌生。

在中世纪的叙事文学中,人们很难发现那种自感其故事纯属无中生有的作家,同样,"博学家"和见证者的身影也难得一见。而就文艺复兴时期产生于方言文学当中的新叙事形式来说,一个最突出的层面即在于,见证性叙述者开始出现于各种不同的语境之中,那里既有但丁的《神曲》,也有切利尼的《自传》和《托姆斯的拉托里罗》之类的流浪汉故事。无论在古代,还是在现代,新创故事、个人故事和以超常现实姿态自居的故事,往往都会倾向于采用见证性叙事形式。我们甚至可以说,摹仿性叙事的天然形式即见证性的第一人称叙事。叙事中的详尽、逼真,以及诸多其他被我们视为现实主义身份特征的品性,均属于见证性视角的天然功能。在易卜生的戏剧到来之前,欧洲舞台未能接受现实主义,而在那之后,现实主义也仅维持了很短的时间。这其中的部分原因在于,戏剧舞台上缺乏像见证性叙述者那样的简单技术手段去充当事件的现实主义过滤器。与此相对,在诸如《神曲》和《格列佛游记》之类的"非现实主义"叙事当中——更不用说在《摩尔·弗兰德斯》《蓝登传》及《帕米勒》等更趋向现实主义的作品里——那些为我们所感知并响应的现实主义元素多少均得益于见证者或自传式叙述者就受述事件所轻松实现的色调营造。

在小说的发展过程中,流浪汉叙事形式扮演了一个至关重要的角色。它所依赖的权威往往是一位正在讲述自身经历的流浪汉叙述者。《托姆斯的拉托里罗》在形式上颇似《塞坦瑞肯》(就我们所拥有的现存文本而言)和《金驴记》,区别只是在于,它在一定程度上清除了后两者当中所固守的奇幻因素。我们常常给任何以流浪汉为主人公的小说相当宽泛地贴上"流浪汉式"的标签。这一做法尽管从某种意义上说有其合理性，但是我们不该以此掩盖一个事实，即流浪汉叙事形式从其最初的状态一直到《哈克贝利·费恩》和《麦田守望者》，始终都与自传式的见证性叙事形式保持着强烈的亲缘关系。流浪汉叙事本身仅仅是作为一个层面表明了叙事形式在中世纪晚期及文艺复兴时期所历经的快速演化。在传统中心化（tradition-centered）叙事艺术经过数个世纪的发展之后，经验性及虚构性趋向最终得以在西欧茁壮发展起来。圣徒传记和纪事作品在数个世纪中曾被当作经验性叙事，当然两者通常都缺乏我们在希罗多德和修昔底德那里所发现的历史性姿态；而曾被当作虚构性叙事的作品则主要是以传统为导向、以骑士精神为内容的伟大叙事集成，抑或是法布罗故事诗那样的短篇叙事——常常表现出与前者相当的传统性导向：它们是米利都传说的继承者，正如骑士叙事作为一种文学集成乃脱胎于口头传奇、英雄体史诗以及"武功歌"。

  与古代曾发生的情形一样，中世纪末的叙事艺术家们也开始用见证者、"博学家"或创造者的权威去取代传统叙事的权威。古典文学所受到的重新关注使得诸如召唤缪斯这种借以背离传统的程式再次成为作家们信手拈来的工具。但是，文艺复兴时期的创作者在对散文体虚构形式进行尝试之际，却很难利用那些史诗程式。为了构筑自己的权威，他远更为倾向于在手法上摹仿那公认的经验性散文叙事的创作者——历史学家。在欧洲，伴随经验主义思想的发展，希罗多德曾提出的那一古老区分再次出现了：一边是说谎话的诗人，另一边是以散文体进行创作、讲实话的历史学家。随着叙事的真实性开始进一步遭受无所不在的质疑，最终任何叙事均无法再通过依赖传统那一靠山去建立自身的权威性。创作者们要不就倾向于摒弃所有逼真化和史实性的伪装，以诗歌形式进行创作；要不就倾向于坚持这些特点，以散文形式进行创作。传奇变得更像小说，且表现出更为明显的虚构性。法布罗故事诗和中篇小说则多了一分摹仿性，而少了一分明显的虚构性。产生于 16 世纪上半叶的两部南欧叙事作品即可作为典型个案以表明叙事类型的这种新分化：来自意大利的《愤怒的奥兰多》和来自西班牙的《托姆斯的拉托里罗》。这两部作品将叙事的可能性推向了极致。它们所代表的创作趋向之间存在着的矛盾性解释了《堂吉诃德》这部伟大的中介之作如何得以缔造。研究塞万提斯在该叙事中对权威问题的处理方法能够让我们深受启发。同时，这种探讨所揭示的东西对于理解小说作为一种文学形式的兴起亦具有十分重要的意义。

在《堂吉诃德》第 2 部的开头几章里，有关权威的问题曾在堂吉诃德、桑丘和学士参孙（Sanson）之间的一次讨论当中有过十分详尽的探究。该讨论在一定程度上依赖于参孙对诗人和历史学家所做的区分：

> 以诗人的身份去写作是一回事，而以历史学家的身份去写作则是另一回事：诗人所讲述或歌颂的并非事物的实际情形，而是其理想状态。与此相反，历史学家的书写则不是为了描绘事物的理想状态，而是为了记载事物的实际情形，既不添枝加叶，也不偷梁换柱。

由于整部叙事围绕现实主义和理想主义人生观之间的相互作用而得以展开，因此，诗人与历史学家之间的矛盾对于全书的整体构思来说，乃是具有关键意义的环节。在处理权威这一问题的过程中，塞万提斯采取了许多旨在让读者陷入困惑的对立姿态。他时而会坚持事件记录的历史真实性，时而又会坚持其创造的自由。在该故事第 1 部的"序言"中，他首先采取了美学性或虚构性立场，承认这本书是"我头脑中孕育的孩子"，指望它"无比的漂亮、活泼和聪明"。但是到了该序言的末尾，他却放弃了这一立场，转而采取了"博学家"的姿态，要呈现一段"真实而坦诚的……讲述来描绘大名鼎鼎的堂吉诃德·台·拉·曼却，在蒙贴艾尔郊原的居民看来，他可是多年来当地最贞洁的情人、最英勇的骑士"。

在第 1 部第 2 个片段的开始处，塞万提斯便引入了一些叙事改良手法，使自己能够在坚持叙事的史实性之际，依然可以完全保持其想象的自由。在第1个片段末尾的第8章当中，他指出自己到目前为止始终是在依照着一部文献进行创作（伪装的传统诉求）的，不过，此文献却在关键之处戛然而止。他不仅希望那些"通晓拉·曼却的饱学之士"将会在他们的"卷宗档案室"中有所发现（伪装的历史诉求），同时也希望会出现一部后续的文献。而当这样的文献果真亮相时，却是以阿拉伯文书写的，其作者熙德·阿梅德·贝南黑利，乃是一位阿拉伯历史学家。于是，叙述者在一位摩尔翻译者的帮助下得以将故事继续讲下去。他指出，该作者是一位阿拉伯人，"而那个民族乃是以撒谎成性著称的"；不过正因为作者来自那个敌对的民族，所以他对事实做手脚的形式只会是隐瞒某些针对堂吉诃德的颂扬，而不会是用虚构的素材去美化这一纪事。塞万提斯接着在此（准确地说，是其作者—叙述者所为）对历史做了一番恭维，语气之甚使得其赞誉之辞本身产生了反讽的功效：

> 历史家的职责是要确切、真实、不感情用事；无论利诱威胁，无论憎恨爱好，都不能使他们背离真实。历史孕育了真理；它能和时间抗衡，把遗闻旧事保存下来；它是往古的迹象，当代的鉴戒，后世的教训。①

通常而论，塞万提斯给我们的印象主要是一位反传奇作家；应该说，他在某种程度上确是如此。但是，他与经验主义取向同样也保持着距离。他很清楚自己的作品乃是介于诗人与历史学家的创作之间——用我们的话来说，便是处于虚构性叙事和经验性叙事之间。尽管他攻击了传奇作家的过度理想主义，但他同时也在不断提防着历史学家，以防止他们过度地入侵自己的虚构王国之中。在第1部的第47章中，塞万提斯曾假借这部经典之作表达了那必定属于他本人的虚构观——该

---

① 此段引文及下文各处出自塞万提斯原著的引文，均参照了杨绛先生的《堂吉诃德》译本，仅有个别表述为贴近《叙事的本质》原著所引英文版而略加改动。

姿态具有强烈的现实主义暗示,但并未完全固守经验主义的立场:

> 编故事得投合读者的理智,把不可能的写成很可能,非常的写成平常,引人入胜,读来可惊可喜,是奇闻而兼是趣谈。要作品完美,全靠逼真摹仿[de la verisimilitudy de la imitación],否则刚才所说的种种要求都办不到。

在此声明(这乃是一种标准的文艺复兴美学观)当中,不可能之事本身并不遭到排斥,条件是要做到看似可能。在熙德·阿梅德·贝南黑利身上,塞万提斯找到了其理想的叙事手段——一位历史学家,但只是一位阿拉伯的历史学家,因而也就成了一位不可信赖的历史学家。在第2部的第5章当中,作者—叙述者便利用了这位历史学家的不可靠性:

> 这部传记的译者译到这里,怀疑这一章是假造的,因为在这一章里,桑丘·潘沙的谈吐不像他往常的口气;他头脑简单,绝不会发出那么精辟的议论。不过译者尽责,还是照译如下。

这便是塞万提斯在经验性与虚构性之间实现鱼和熊掌兼得的一种办法。当然,他也让自己的读者享受到了同样的特权。当他以"博学家"叙述者的身份碰到另一个必须面对的问题时,他亦通过类似的方法加以解决。在第2部当中,第1部所讲述的故事据说已有图书版在世间流传,而且还落到了故事人物的手上(尽管此前一直以为第1部故事的书面创作远在第2部中的事件发生之后)。桑丘向其主人提出这样一个问题:历史学家如何能做到就两个单独相处的冒险者所遭遇的事情进行真实的讲述——这乃是"博学家"专门需要应付的问题。而堂吉诃德的回答对于塞万提斯而言,就意味着将那种受到神灵启发的诗人所获取的特惠待遇拿来进行喜剧性的类比:"我告诉你,桑丘……写咱们这部传记的一定是个法师;这种人笔下要写什么,眼睛里就看见什么。"堂吉诃德的解释再恰当不过,因为这正是事实所在;不过,此处所说的法师不是熙德·阿梅德·贝南黑利,而是塞万提斯自己。他会充分利用各种历史性姿态,但又绝不放弃自己作为创造者所拥有的特权。他要尽力拓展其所包容的叙事疆域,在虚构与经验主义这相互排斥的两极之间实现富有张力与活力的融合——这些不仅是他的目标,同时也是其身后许多从事小说创作的后继者们所瞄准的目标。

要探究这些目标,我们就必须考察叙述者所可能采取的主要姿态,以及小说家们在处理这些姿态时所采取的种种方法。为方便起见,我们将把这一考察划分为针对见证性叙述形式的讨论与针对其他类别的叙述形式的讨论。虽然我们将尽可能多地展现各种叙述姿态,但这并非以分类本身为乐,而是着眼于澄清小说家们在寻求充分实现经验性与虚构性世界的兼收并蓄之际,所引发的诸多问题和冲突。

见证者

见证者这一手法可以通过许多不同的方式加以运用。他的眼睛既可向内转,从而使其自身成为叙述内容;抑或向外转,从而使其他人物或社会事件成为关注的重点。在见证性叙述形式中,对于人物的考察和对于视角的考察有着密切的联系。当叙述者受到人物化处理时,他将优先于事件和场景而成为叙事发展的主导因素。无论该叙述者是一个像本韦努托·切利尼那样的真实人物,还是如摩尔·弗兰德斯那样的虚构形象,情况均是如此。但是,当叙述性人物有别于作者之际,便会出现一种反讽性差距;而当叙述性人物有别于其自身作为事件的参与者时,则又会出现另一种反讽性差距。比如说,在《格列佛游记》中,视角上的差异大体上是处于格列佛与斯威夫特之间,读者对此有所了解并站在斯威夫特那一方。相比之下,在《远大前程》中,这种差异则处于作为参与者的匹普与作为叙述者的匹普之间,而狄更斯和读者所认同的乃是叙述性匹普的视角。就某位现实人物的自传来说,由于读者可能会利用外部知识去联系作品,因此,视角的问题——正如我们对这类作品的全部情感反应一样——会变得复杂起来。这种情形不仅会发生于诸如卢梭的《忏悔录》那种公开的自传体当中,同样也会发生于诸如《大卫·科波菲尔》那种隐性的自传体当中。

　　在自传体的见证性叙事形式中,往往会出现真实与虚构之间的区分。这个问题尽管使得针对该形式的讨论变得颇为棘手且时而令人困惑,但却不容忽视。它在某种程度上关乎这样一个重要问题:叙事何时可谓艺术,何时又不再是艺术而属于其他什么类别——比如说社会科学,或是哲学。如果我们力图使自己的甄别标准契合于虚构与非虚构或艺术性与事实性叙事之间的某种划分,那么我们将发现,总有一些界线模糊的个案会带来麻烦。此外,某些现实人物的生平传记,诚如文学形象克勒托丰所言,往往会难免近似于虚构之作,因为它们的建构似乎是以美学性情境为基础的。当然,我们在此处的意旨倒不仅仅是要在事实性与虚构性自传之间进行明确的区分,更多地乃是为了观察它们发生联系和互动的方式。这两者在实践中的主要差别可以从两种层面上加以考察:一是对读者的意义,二是对作者的意义——如果叙事中的自传性人物存在于故事之外的现实世界中。从读者这方面来看,问题即在于他的预期。假如他相信自己正在阅读一位真实人物的传记,那他就不会以自己原本——有意或无意——所期望的那种标准去关注叙事的匀称和意义。简单而平实的事物,若能让我们确信其在现实中的存在,似乎更能让人提起兴致,而且也会更显得赋有意义。在18世纪那样的时代,追求事实作为一种现代精神刚刚得以初露锋芒,自传文学的繁荣当然也就不足为怪。同样,诸如笛福和理查逊那些千秋各异的作家,自然也会不遗余力地采用事实上的自传性文献形式去从事其小说创作。就一则虚构的见证性叙事而论,不管它是指向内还是指向外,其作者都希望自己的叙事作品能够表现出某种程度的事实效应,从而使得任何声称包含"真实内容"的文献均可打动读者。当然,一部小说的作者所遇到的问题并不等同于一位试图以小说形式呈现自我生平及性格的作者所面临的问题。像笛福那样的作家可以极自由地对事实进行变通,让鲁滨逊·克鲁索的历险比其真实原型亚历山大·赛尔柯克(Alexander Selkirk)的历险远更为漫长和刺激。他的想象空间广阔无垠；唯一的问题在于如何通过足够的制约以维持叙事形式最初所提供的那种事实性幻觉。相比之下，一位真正的自传作家则必须选择并安排其生平中的事件，使它们获得一种叙事性形态和模式。即便是日记作家，也往往会从其记录当中除却无数琐碎的细节。同时，一位日记作家若对自己的日记进行第二稿创作——如鲍斯威尔所为，甚至佩皮斯也可能这样做过——便已经在向虚构文学靠拢。尽管事实性自传与虚构性自传也许各自拥有截然不同的衍生方式和动因，但叙事性趋向则往往会使两者更为紧密地结合在一起。

对于向外而非向内聚焦的见证性叙事来说，事实性和虚构性的两极之分同样存在。此类见证者曾作为一种最具人气的创作手法受到从卢希安到斯威夫特再到塞缪尔·巴特勒①等叙事讽刺作家及乌托邦作家的青睐。故事越是奇幻，就越是需要见证者身上表现出更多的经验性神韵。斯威夫特的天赋得以彰显的一个最确凿的例证，便在于他将格列佛当作见证者加以利用，满口都是事实化的细节。另一方面，作家可以通过与叙事发生利害关系而使简单的事实变得引人入胜。为此，他会将其见证性叙述者当作真实的回忆录作者，将自己的姓名赋予这位叙述者，而且还在其叙事中选取现实的真人来充当人物——《鲍斯威尔欧陆周游记》(*Boswell on the Grand Tour*)②便是一例。但是即便如此，在我们的回忆录作家当中仍然有许多是出了名的"骗子嘴"——福特·马多克斯·福特、奥利弗·戈加蒂③、乔治·摩尔④和弗兰克·哈里斯⑤等便是其中的几位——我们之所以这么说，乃是因为他们在叙

---

① 塞缪尔·巴特勒(Samuel Butler, 1835—1902)：英国维多利亚时期小说家，著有讽刺乌托邦小说《乌有乡》(*Erewhon*)。

② 英国18世纪作家鲍斯威尔创作的日记，讲述了其成长过程中在欧洲大陆游历的见闻和思考。

③ 奥利弗·戈加蒂(Oliver Gogarty, 1878—1957)：爱尔兰诗人、小说家兼政治家，曾涉足体育和医学，著有若干诗集、戏剧和小说。

④ 乔治·摩尔(George Moore, 1852—1933)：爱尔兰自然主义小说家。

⑤ 弗兰克·哈里斯(Frank Harris, 1856—1931)：爱尔兰作家，曾著有因色情描写而备受争议的回忆录《我的生活与爱情》(*My Life and Loves*)。

事创作中往往会受到虚构性冲动的驱使。这一挥之不去的冲动旨在对叙事加以塑形、改良;它所要呈现的并非那些说过的话或发生过的事,而是可能该说的话或可能该发生的事。叙事艺术是讲故事的艺术,一个人越是具有文学修养和艺术悟性,就越会感觉到那种驱使自己以事实为代价去寻求美和真的创造性压力。叙事艺术是妥协的艺术,在那里,有收获便总会有牺牲作为代价。讲故事者常常必须在枯燥乏味与花言巧语之间做出选择,而伟大的讲故事者则不可避免地会贬抑前者而推崇后者。就算叙事艺术家所呈现的虚构之作能够做到与活着的或死去的现实人物不发生具体关联(正如惯常的免责声明一而再、再而三所谎称的那样),那也仅仅是回避了诸多妥协中的一种,而并没有解决他所面临的全部问题。另一方面,即便像见证性报道者这种看似稳妥、便捷的叙述模式,也常常会在呈现完全虚构的系列事件之际使艺术家遭遇麻烦与困难,而要找到解决问题的途径,唯有通过妥协或借助于一点骗术。

见证性叙述若要获得事无巨细的强大功效,就必须同时接受某些限制性因素。见证者无法了解一切。他只能知道唯一一个人的思想——即他本人的思想。关于这个问题,我们曾就阿普列尤斯的做法进行过研究,而且在叙事发展史上还存在着许多其他的案例。但是,小说家们却是乐此不疲地决心要抛开见证性叙述的限制条件而去享受其所带来的益处。如果说小说这座摇摆不定的大厦乃是建立在经验主义与虚构之间的妥协基础上,那么小说家们的这种决心则最为充分地说明了此妥协的本质。在此,我们不妨对那些存在着千差万别的小说家们进行关注,并从他们的创作实践中找出一些实例加以考察。

商第作为第一人称叙述者虽号称是见证者,但他所叙述的每件事几乎都好像是在他还没来得及去做任何见证之际便已经发生了。当然,《商第传》并非一部寻常的小说,而且我们完全有理由相信,斯泰恩就小说这种新文学形式所进行的肆意处理,在某种程度上属于故意的戏仿。但是,我们可以找到远比斯泰恩更为严肃的小说家,他们也同样拒绝接受见证性叙述的限制因素。小说家中最细致的那一位——福楼拜,在《包法利夫人》的开篇处就夏尔·包法利①报到上学一事进行了见证性描述,可是我们的见证者很快便遁化为脱离肉体的灵魂,在时空中纵情游弋,从而得以揭示其人物的隐秘思绪和行为。福楼拜希望通过那一见证性开场来营造一种无以复制的逼真感。为此,他毫不犹豫地临时炮制出一个见证者,但接着又在数页之后使他隐身而去。从某种程度上说,狄更斯在《荒凉山庄》中所为人称道的那种手法——将非实体化全知与直接报道相结合——亦是得益于相同的创作趋向。然而,狄更斯主要说来乃是一位修辞方面的天才,他所注重的是表现两个叙述者之间在语言、语气及理解上的对照,而福楼拜则更加热衷于实现其笔下两种视角的无缝对接。在小说《胜利》中,康拉德也同样运用了福楼拜在《包法利夫人》中所采用的手法。他在开篇处即推出一位本土化见证者:此人虽无名无姓,但显然是朔姆贝格(Schomberg)的旅馆门廊上出现的坐客之一。接着,康拉德便让该人物销声匿迹以使读者亲临岛上,在那里他们聆听着莉娜(Lena)、海伊斯特(Heyst)及其他人物在私下里的谈话,与此同时却甚至没有意识到其见证式向导已经通过这些事件消失得无影无踪。关于小说家如何既要鱼儿又要熊掌的问题,普鲁斯特在《追忆逝水年华》中曾给予我们一些堪称是所有文学中最为显著的事例。叙述者马塞尔在无数场合——事实上,是习惯性地——告诉我们其他人物的思想和行为,而这一切却是作为人物的马塞尔原本所无以知晓的。普鲁斯特曾针对见证性视角进行过极为精妙的超越,在其中的一个场合,他即通过马塞尔之口为自己的做法进行了辩解。如马塞尔所告诉我们的那样,他时常躺在床上想起在贡布雷(Combray)度过的昔日时光,以及:

> 我在离开这座小城多年以后方才了解到的有关斯万(Swann)在我出生前所经历的一段恋情,其细节上的精确性

---

① 夏尔·包法利是主人公爱玛的丈夫,一个老实勤勉但平庸懦弱的小镇医生。

印证了一种现象：有时候，数世纪前已故人士的生平要比挚友的人生经历更易于为我们所把握；这似乎是一件不可能的事情，就像在过去，与身处异地的人进行交谈似乎也是不可能的——因为那时候的我们尚未意识到会存在某种手段能将那种不可能转化为可能。

虽然普鲁斯特在此并没有为我们命名这种类似于电话技术的手段，但我们知道，马塞尔通过它便能极为准确地了解到那些单靠经验性方式所无法获取的信息。同时，我们可以确信，这种观念与普鲁斯特的整体美学是一脉相承的；它不断提及经验性模式的局限因素，并竭力维护记忆和想象等非实体性要素所产生的超凡功效。有一种观点认为，作家在把握"真实"人物时无需借助于这些美学要素，对此，普鲁斯特是完全持否定态度的。反过来说，只要见证者具有足够的想象力，他就无需像马厩中可怜的卢修斯那样受制于任何纯粹的物理束缚。普鲁斯特指出，既然我们都是构建自己人生的造物主，那么，作为见证者的叙述者与作为创造者的叙述者之间就不存在什么相互排斥。叙事艺术家曾经将自己看作是受到神灵启发的诗人，此后则为了扮演见证者和"博学家"那种更具经验性趋向的角色而摒弃了前一种身份。如今，普鲁斯特的创作美学又使得叙事艺术家们重新收复了一些失去的阵地。而在此之前，很少有作家能够建立起如此精妙的美学体系，更不用说为了体现并证实这种美学体系而创作出一部如此伟大的虚构性鸿篇巨制。但是，至于其他的妥协方式，则是在现代时期才得以发展起来的。

其一便是典型的康拉德式的妥协。在这里，见证者（马洛①）会讲述一位主人公（库尔兹，吉姆爷）的故事，并试图通过对其经历进行想象性的参与，进而去理解该主人公。这种手法在现代小说中颇为奏效。

---

① 马洛（Marlow）是康拉德多部小说中的人物和叙述者；下文紧接着所提到的两位"主人公"库尔兹（Kurtz）和吉姆爷（Lord Jim），分别来自康拉德的小说《黑暗的心脏》与《吉姆爷》。

叙述者通过对他人经历的想象性参与而实现对后者的认识，这样主人公的故事，便得以作为一种外在标志或象征去揭示叙述者的内在故事。正因为想象所起到的核心作用，主人公生活的事实性或经验性层面反而成了叙述者认识过程中的附属物。这种叙事当中的核心关注点并非事实上所发生的事件，而是那些在叙述者看来业已发生的事件中所包含的意义。康拉德的美国追随者们凭借此叙述模式同样也取得了卓越的成就。菲茨杰拉德、福克纳和沃伦都曾对此基本技法进行过变奏式处理。在《了不起的盖茨比》中，尼克·卡罗威（Nick Carraway）是盖茨比人生衰亡的见证者，他不仅为该叙事增添了详尽的细节，而且还针对人物行动注入了盖茨比本人所无法提供的领悟。对于美国作家来说，这种分裂式主人公具有重要的价值。叙事艺术家们向来都面临着一个巨大问题——当然，这也是一个古老的悲剧问题：如何在呈现人物时既使之足够粗鄙，以展示出其"自命不凡"（hybris）和"性格缺陷"（hamartia），同时又使之足够敏锐，以达至其终极发现和自我认识。由于戏剧中的事件快速地发生于我们的眼前，所以，人物会突然从傻子或鄙俗者或受骗者的状态转切到觉醒状态或是悲剧中，那种"即是终结"（is all）的"成熟"（ripeness）状态或"随时准备着"（readiness）①的状态。这种突发式转切在戏剧中并不会造成前后一致方面的问题，但对于更具连贯性的书面叙事形式来说，这个问题却是无法回避的。因此，当主人公分裂为简单、刻板的行动者和复杂、敏锐的情节参与者时，小说家们所面临的一个大问题便得到了解决。马洛可以为库尔兹或吉姆承担理解认识的工作；同样，卡罗威对于盖茨比的关系，《国王的人马》（All the King's Men）②中杰克·伯顿（Jack Burden）对于威利·斯塔克

---

① 此处分别引用了莎士比亚在《李尔王》（第5幕第2场）及《哈姆雷特》（第5幕第2场）中谈及死亡与命运的台词；前者说"成熟即是终结"（Ripeness is all），后者云"随时准备着就是了"（the readiness is all）。

② 美国南方作家罗伯特·潘·沃伦（Robert Penn Warren）的代表作，通过讲述农家子弟威利·斯塔克在仕途上的发家史和堕落史，揭露了美国社会的不公与政坛的腐败。

(Willie Stark)的关系,以及福克纳的《押沙龙,押沙龙!》当中昆丁·康普生和施里夫·麦坎农(Shreve McCannon)对于萨德本(Sutpen)的关系均是如此。当然,与这些作家中的任何一位相比,福克纳就见证性视角所进行的实验都是最为彻底的。在他那些极为恣肆、颇具想象的处理手法中,他会全然不顾及作品的逼真性,进而在呈现像杰生·康普生(Jason Compson)那样的人物形象时,会让他们凭借一种在现实主义层面上无法得以解释的方式去直接进行自我揭示。杰生或是班吉在说话时,究竟是处于何种情境之下,对象是谁?在《我弥留之际》中,福克纳甚至不再尝试采用方言语汇去表达人物的独白,而是借助他自己的福克纳式的修辞去包装他们的所有言语。

多重叙述者是另一种康拉德式的技法,福克纳在《押沙龙,押沙龙!》中曾对其加以运用——当然,经过了他本人的调整。关于这一技法,有几点是值得关注的:首先,希腊传奇作家赫利奥多罗斯及其在欧洲的效仿者(如苏德莱女士)都曾广泛地运用过这种技法。由于叙述者数量的增加,证据成了道听途说,而经验主义创作则变成了传奇文学。叙述者的多重化作为一种典型特征不仅存在于具有传奇文学趋向的现代小说(像康拉德、福克纳和伊萨克·迪内森的小说就明显属于此类)当中;它同样也存在于早期的哥特派浪漫主义小说,以及像《呼啸山庄》那种在小说与哥特故事之间进行妥协的作品之中。现代作家往往热衷于采用多重化的叙述者,或力图对经验性见证式叙述的局限性加以规避,这种倾向表明了"现实主义"作为一种叙事美学势力的衰退。

叙述者的多重化还具有一个有趣的功效。它往往会将主要叙述者放在"博学家"的位置上,使得他像《吉姆爷》里的马洛那样从别人告诉他的不同版本的故事中探寻真理。(当然,见证性叙述者的多重化问题远不同于奥维德的《变形记》或《一千零一夜》那种纯虚构性叙事中所出现的相互关联的讲故事者)但是,在康拉德或福克纳的现代小说中,即便主要叙述者被赋予了"博学家"的经验性姿态,其作品所关注的重点却依然是想象的真实,而并非事实的真实。福克纳本人曾指出,在《押沙龙,押沙龙!》中,我们是从最不可靠的叙述,也即罗莎·科德菲尔德(Rosa Coldfield)作为见证者的叙述,转向最为可靠的叙述,同时也是施里夫和昆丁的叙述——这两位叙述者所展示的事件乃源自他们的想象,而并非建立在经验性证据的基础之上。与普鲁斯特一样,康拉德和福克纳也在其创作中坚持想象性真实高于经验性真实的主张。

围绕见证性叙述者这一基本手法还存在着另一种变体,即主要运用于现代小说创作中的不可靠见证者。通过此手法,整部叙事便能够获得一种极具反讽的品性。与此同时,读者将肩负起一项特殊使命——愉悦的推论(enjoyable ratiocination);这意味着他们将试图去领会讲故事的人物自身所无法理解的事情。由于不可靠见证者能够引发多种思考的可能性,因此,它已经作为一种颇受欢迎的手法得以在教寓性及讽刺性叙事作品中运用,如《拉克伦特堡》(Castle Rackrent)①和《格列佛游记》。流浪汉叙事尤其善于利用见证性叙述者在观察或理解事物方面的能力缺陷以营造作品的讽刺效果。流浪汉叙述者身上所表现出来的青涩,在此过程中常能派上用场。在斯摩莱特的笔下,当前去参加卡塔赫纳港包围战的罗德里克·兰登天真地试图为其首长们的英明进行辩护时,恰恰是在以一种反讽的姿态对英国的军事理念进行讽刺性的批判。类似的,天真的哈克·费恩就密西西比河民风所表达的批判也是因为他表面上的单纯而变得远更为强烈。通过扩大或缩小见证性叙事中事件发生的时间与假设性叙述时间之间的距离,作家便能够调节叙事当中的反讽品性。狄更斯所著《远大前程》中的匹普,以及威尔斯所著《托诺·邦盖》中的乔治·邦德雷佛(George Ponderevo)均系见证性叙述者,他们作为流浪汉类型的后裔继承了勒萨日和斯摩莱特对西班牙流浪汉原型所进行的柔化处理。但是,匹普和邦德雷佛在讲述其自传性的故事时,乃是采用了一种成熟视角去审视自己的所作

---

① 爱尔兰小说家玛丽亚·埃奇沃思(Maria Edgeworth, 1767—1849)创作的小说,作品反映了18世纪末,爱尔兰贵族阶层对农民的剥削及其在经济和权力方面的衰退。该作品常被视为第一部用英语创作的历史小说。

所为,从而使得作为人物的自我与作为叙述者的自我之间产生了反讽性差距。而对于在讲述故事之际缺乏这种时间性视角的年轻流浪汉来说,读者则通常会借助于反讽性差距对他们加以审视。读者往往倾心于那种看似最值得信赖的视角,当然这依赖于叙事作品就可信度所提出的标准。在《远大前程》中,叙述者匹普作为成熟而睿智的视角很容易为读者所认同,但在《呼啸山庄》中,洛克伍德(Lockwood)与奈莉(Nelly)的"睿智"视点对许多读者来说,则似乎在理解其故事人物与事件的充分性上要逊色于匹普在《远大前程》当中,或是马洛在《吉姆爷》当中的表现。此外,不可靠叙述技法在诸如纪德①和 F. M. 福特等现代大师的手上还演绎出了更为复杂的变奏。尤其是纪德,他在《背德者》(*L'immoraliste*)和《窄门》(*La Porte étroite*)中对叙述的不可靠性加以利用,并通过《伪币制造者》(*Les Faux-Monnayeurs*)那部艺术化力作将该技法推向主导创作原则的高度——它在小说发展中的作用堪比路易吉·皮兰德娄②的《六个角色》(*Six Characters*)③对戏剧发展所产生的意义。在此类作品中,共享式视角对于营造反讽效果的必然性遭到了刻意的破坏。这使得读者不再是反讽行为的同谋者,而至少在部分层面上成了反讽行为的受害者。

小说中的不可靠或半可靠叙述者对于原始或古代叙事来说,乃是相当陌生的特征。虽然一则"辩护"的作者也会因其倾向于竭力对自己加以正面呈现而"不足为信"(*cum grano salis*④),但创造虚构性的不可

---

① 安德烈·纪德(André Gide,1869—1951):法国作家,1947 年诺贝尔文学奖得主,西方现代小说创作的先驱之一。

② 路易吉·皮兰德娄(Luigi Pirandello,1867—1936):意大利戏剧家兼小说家,1934 年诺贝尔文学奖得主,其贡献在于"果敢而灵巧地复兴了戏剧艺术和舞台艺术"。

③ 《六个角色》是皮兰德娄最伟大的戏剧创作之一,剧名全称为《六个寻找剧作者的角色》,在剧中,六个戏剧角色试图寻找一位剧作家来完成他们未尽的故事;这一旨在颠覆传统戏剧模式的创作,模糊了现实与舞台的界限,对荒诞派戏剧的发展产生了重要影响。

④ 此处的拉丁语随文注释,相当于英文的"with a grain of salt",表示凡事都不轻信,而是有所保留。

靠见证者，作为一种观念，却是经验性及反讽性时代的复杂产物。不可靠性本身首先要求对可靠性进行相当彻底的思考，而后才能在小说中得到认可和利用。它在现代小说中的频繁使用也从一个侧面说明，现代作家力图让读者参与到创造行为当中来。文艺复兴时期的寓言作家便希望读者努力参与到其作品当中，进而使得他们的全部学识与才智都能与作者的多义性叙事产生关联。类似的，现代小说家也常常期望这样的深度参与，但因其受到经验性，而非形而上导向的影响，故而他所探究的重大问题乃是如何去呈现人物内外的真实事件；相比之下，寓言作家则主要意在让读者自己去弄清楚这些人物和事件所意指的内容。

叙事中的见证者既可讲述一则看似真实的故事，亦可讲述一则纯粹虚构的故事。他可能是主人公或观察者，亦可能是双重角色。他既可能是一位具有内在趋向的自传作家，亦可能是一位具有外在趋向的回忆录作家，抑或是两者兼顾。他可能是辩护者或忏悔者，或兼而有之。他既可能受限于其眼所见，亦可能为弥补此缺陷而以"博学家"的身份进行发现，甚或借助于他那不乏自信的想象。他甚至还可以摆脱肉体的束缚，转而变得无所不知。他可能是真实的化身，亦可能完全或部分的不可信赖。他对故事的报道既可能诉诸其主观评价，亦有可能借助于直观即时的呈现，当然也可能会通过两者之间的某种妥协方式得以进行。我们之所以必须对所有这些，乃至更多的可能性加以考察，其目的并非要对叙事作品进行重新分类，而是旨在就叙事艺术中一个最富于变化的层面来保持我们自己的灵活反应。在亨利·詹姆斯出现之前，视角问题在很大程度上乃是文学批评所忽略的对象。而自詹姆斯以来，围绕该主题已经产生了大量的论述，但往往都是建立在不够完善的知识与认识的基础之上。与小说批评中的所有其他主题相比，这一主题更需要我们在研究任何文学作品之前，首先将头脑中的传统教条予以清除。

"博学家"及其他叙述立场

"博学家"是一位以调查者身份出现的叙述者,他以自己所能搜集到的证据为基础去实现一则叙事的建构。"博学家"并非叙事中的人物,当然也不完全是作者本人。他乃是扮演一种角色以体现作者的实证能力。自希罗多德和修昔底德以来,"博学家"便关注着如何在读者面前确立自己作为通晓事实者的身份。他是一位孜孜不倦的调查者和分析者,一位冷静公正的评判员——简单地说,就是一位权威人士。他不仅可以按照自己的原则对事实加以呈现,而且也可围绕它们展开评价、比较、训诫和归纳,告诉读者该何所思,甚至暗示他们该何所为。历史书写自其肇始之日起,便与修辞存在着密切关联。古代的"博学家"懂得,言说者的首要任务之一,即在于让受众确信其权威性及其处理眼下问题的能力。"博学家"式的叙述者作为一种基本的叙事元素曾出现在诸如《汤姆·琼斯》《红与黑》《名利场》《战争与和平》及《诺斯特罗莫》(*Nostromo*)那样的小说当中。

此类作品中的评述内容常被贴上"介入性"(intrusive)的标签,实则仅仅是"博学家"的例行公事罢了。他的任务即按照自己的意愿进行随时随地地亮相,并就所述事件对读者的反应加以引导。《荷马史诗》的创作者——那位受到神灵启发的诗人——可谓是"博学家"在叙事方面的前辈,两者之间存在着古老而天然的亲缘关系。由于神灵所赋予的自由,诗人便获得了一种全知能力,进而能够详述赫克托投入战斗之前的内心思想,或是海伦与帕里斯之间的私下谈话。同样,希罗多德尽管试图与诗人划清界限,但他也让我们听见了波斯国王大流士与其妻阿托撒在私底下的交谈。然而,随着历史书写在启蒙时代的欧洲愈发受到经验主义缜密作风的影响,历史学家们不得不放弃诗人的那种无所不知的特权。与此同时,小说家们则迅速占领了这片被清空出来的叙事领域。

亨利·菲尔丁在《约瑟夫·安德鲁斯》及《汤姆·琼斯》这两部小说

中均开诚布公地指出,其叙述者在权威性上既是对史诗诗人的效仿,也是对"博学家"的效仿。这一兼收并蓄的立场,在小说文学形式的发展史上具有举足轻重的作用。就虚构性与经验性叙述模式的融合而论,菲尔丁在这些小说中的实践并不比塞万提斯在《堂吉诃德》中的表现高明多少,但菲尔丁针对其实践所提出的理论阐释却已成为小说批评中的重要文献资料。他称自己为一名历史学家和传记作家,并竭力使其叙事有别于诸如法国作家在模仿希腊传奇时所创作的那种传统虚构性叙事。他所赞赏的作家不仅包括塞万提斯,也包括17世纪晚期及18世纪早期的法国原初现实主义者(proto-realists):斯卡隆、勒萨日和马里沃①。对于小说来说,有一点极为重要:虽然菲尔丁认同他那个时代的新现实主义精神,但他对英国经验主义小说那种诉诸见证性叙述的倾向还是予以了抵制。我们必须记住,笛福、理查逊、斯泰恩、斯摩莱特,以及范妮·伯尼②这些作家所创作的大部分富有创意的小说均采用了见证性形式——它可以是回顾性的,亦可以借助书信和日记的形式而表现出即刻性。(斯摩莱特尽管在《费迪南伯爵》③的第一章里试图说明自己为何不去使用见证性形式,但这并不足以抵消一个事实,即他感觉到这种实践的合理性尚需证实)甚至简·奥斯丁最初就《理智与情感》和《傲慢与偏见》所创作的文章,显然也是以书信体形式来表现的。而菲尔丁作为这群早期英国小说家当中唯一真正在行的古典主义者,则力图将古典历史与史诗的"博学家"和诗人元素保留在新式的英国小说当中。从某种程度上说,他不过是在效仿其欧洲大陆的文学先辈们:塞万提斯的影响自不待言,斯卡隆所著《滑稽小说》中的叙述者则

---

① 马里沃(Pierre de Marivaux,1688—1763):18世纪法国古典喜剧的泰斗,写实主义小说的先驱。

② 范妮·伯尼(Fanny Burney,1776—1828):英国小说家,女性文学的早期代表,她在菲尔丁等18世纪小说家与简·奥斯丁等19世纪初的小说家之间架起了一座桥梁。

③ 小说全名为《法索姆伯爵费迪南历险记》;故事主要讲述了一位花花公子招摇撞骗的一生。司各特曾指出该小说展现了一幅"人性之恶的完整画卷"。

影响尤甚。但即便如此,菲尔丁还是针对其自身实践提出了理论支持,并在《汤姆·琼斯》中取得了巨大成功,而他在"博学家"与诗人之间所实现的独特融合则不仅成为英语叙事文学的一个重要元素,而且还通过拜伦和司汤达成了19世纪欧洲小说大发展进程中的一个元素。

当然,菲尔丁在《汤姆·琼斯》和《约瑟夫·安德鲁斯》当中所设计的叙述者并不完全是"博学家"与诗人的混合体。十分清楚,他同时还在扮演着纯虚构性叙事的创造者。理论上说,他已经将其故事所承受的历史之重,从人物、地点和事件等具体事实转切为典型人性的普遍事实。但从实践上看,他时而会扮演"博学家"的角色(告诉我们他不可能发现的事情),时而也会扮演诗人的角色(如其所愿随时揭示无言之思),当然也会扮演创造者(坦诚自己乃是在编造故事并将其艺术问题置于读者的面前——比如他想知道怎样才能解救监狱中的汤姆·琼斯,而又不至于违背其或然性的现代标准)。作为创造者,他可以掌控自己的人物并使他们各显其能;作为"博学家",他的唯一使命便是寻觅真理。就像塞万提斯那样,菲尔丁既掌控了经验性创作这条鱼,也把握了传奇性创作这块熊掌,但他又更进一步,让读者不仅成为其帮手,更成为其同谋。后来的英国小说家——萨克雷、安东尼·特罗洛普①和梅瑞狄斯——虽然也曾像菲尔丁那样将叙述者当作创造者,但却遭到了一些严厉的批评,其原因在于他们将这种游戏玩得并不成功。魔术师不该让观众看出他变戏法的手段。同样,小说家也不该将其人物当作傀儡或假借故事的叙述者来暴露自己的技术问题。作为作者,他完全可以在一则前言中将它们称为"妙着儿"(ficelles),并向读者突出其解决问题的技巧。有一种观点认为,小说的真实性乃取决于读者的"信赖"。显然,这是站不住脚的。事实上,小说的真实性更有可能依赖的是读者的半信与半疑之间所产生的复杂互动。在这个时代,没有人会

---

① 安东尼·特罗洛普(Anthony Trollope,1815—1882):英国维多利亚时期最伟大的小说家之一,其系列小说展现了从小镇生活到议会政治的广阔现实主义画卷。

相信一位魔术师能凭空变出鸡蛋或兔子。我们知道那只是一个把戏。有些魔术师承认它是其表演的一部分，而有些魔术师则不然，但是这种告白本身并非我们评判或欣赏它们的依据。

詹姆斯学派的现代文学魔术师们发明了一种所谓让作者消失的伟大戏法。在英国小说中，亨利•詹姆斯和詹姆斯•乔伊斯二人均将此视为自己的一个目标。这源于他们通过阅读福楼拜书信所吸纳的观念——如那些信中不止一次地写到——作者在其作品中应该像宇宙中的上帝：无处不在却又无迹可寻。乔伊斯，作为这两个信徒中更加出众的一位，似乎在其相当早的人生阶段便形成了戏剧艺术高于叙事艺术的观念——当然，他此后逐渐疏离了这一观念。而另一方面，詹姆斯则在其后期作品中愈发执着于使叙事艺术表现出戏剧性。乔伊斯最初对三类文学艺术进行了区分：抒情诗、史诗和戏剧。他（准确地说，是斯蒂芬•迪达勒斯）发现，这三类文学艺术所呈现的演进模式反映了艺术家逐渐让自己淡出艺术的过程。以此观点，抒情诗艺术因其最具人格化而属于最低层次，而戏剧艺术则因其最具非人格化而属于最高层次。

乔伊斯的这一观念或许有其价值，不过却包藏着概念混淆的端倪，而且这种混淆在我们所处的时代业已蔚然成风。实际上，乔伊斯就这三类文学艺术所做的区分并非形式上的区分——尽管它不幸受到如此这般的呈现。在现实中，一部叙事作品有可能是抒情诗艺术。以海明威的《太阳照样升起》为例，艺术家、叙述者及主人公几乎实现了统一，而且明显对行动采取了相同的视角和一致的态度。同样，一部叙事作品亦有可能——事实上，也远更为惯常地——表现为戏剧艺术。在罗伯特•潘•沃伦的《国王的人马》中，叙述者明确指出他本人与受述事件实际发生时的那个自己是明显不同的；当然，作为人物的杰克•伯顿及作为叙述者的杰克•伯顿这两种角色，与作为艺术家的沃伦也是迥然相异的。但是，实际的舞台戏剧与乔伊斯所谓的戏剧艺术之间依然存在着概念上的混淆。

这种混淆之所以会产生，亨利•詹姆斯难逃其咎。他寻求将舞台戏剧的形式特征移置到小说当中去，以图用类似的方法使艺术家淡出艺术。这对他而言无疑是正确的方法。但问题是，他在诸多序言中对自己的方法进行了诠释和捍卫，而那些序言如今已经成了一股强大的批评势力。于是，这位大师身后的信徒们便着手对其批评言论加以采集和评注，从中梳理出一套主要涉及视角操控的规范体系，并试图借此去评判所有其他的叙事创作。但是，他们的体系乃是建构于一种极不可靠的基础之上。在戏剧艺术与戏剧形式之间产生混淆的背后，其实是另外两者之间的概念模糊：一方面是必须淡出的艺术家，另一方面则是有别于艺术家且在叙述方法中所不可或缺的叙述者。这种混淆乃是詹姆斯和乔伊斯所共有的现象。但是，詹姆斯强调将叙述者隐匿于一个被称为"中心意识"（central intelligence）的人物身上，认为这是最具戏剧性的讲故事方式；而对于乔伊斯来说，尽管他经常使其人物思想得以自我表白，却也能够施展出真正体现叙事艺术的精彩手法，例如《尤利西斯》中的"独眼巨人"章节。我们常听人说，乔伊斯代表了小说艺术的穷途末路。实际上，詹姆斯的影响一旦胜出，则可能要产生远更为严重的后果；因为詹姆斯的方法不可避免地会通过一种艺术性的自杀而导致叙事艺术的死亡。叙述者必须消灭自己以献身于艺术。

　　詹姆斯笔下的自贬式叙述者既非"博学家"，也非见证者，而且还排斥诗人和创造者所享有的特权，因此这样的叙述者或许可被称为记录员。诸如海明威的《白象似的群山》中那种非人格化且不为所见的故事叙述者便是一位记录员，同样，詹姆斯所著《波因顿的战利品》中的叙述者亦是如此。不过，在这两部叙事精品之间还是存在着非常大的差异。詹姆斯与海明威乃是以两种最为独特的英语散文文体来进行各自的文学创作。在海明威的故事中，无论是那种不为所见的叙述者，还是诸位人物，他们均以独特的海明威式语言（Hemingwayese）去说话和思考。而在詹姆斯的小说中，所有的语言则遁化为那种带有詹姆斯风格的詹姆斯式的思绪。叙述者消失的结果并非艺术家的淡出，而是不断提醒他的在场——就好像上帝无处不在而又不为所见，但我们却总能听见他的喘息。

在詹姆斯那里,叙述方面的问题变得尤为复杂,这源于他对传统叙述特权的排斥。他不仅不打算像"博学家"那样进行评述,反倒是接受了自阿普列尤斯以来,叙述者们曾竭力回避的见证性视角及其局限因素,而且,他在接受这种视角的过程中并没有获得直接报道在逼真性方面所给予的补偿性回报。而对于乔伊斯来说,虽然他在《尤利西斯》当中即真正开始利用其创作手法上的纯叙述性层面,但他在那部作品中却依然能够在需要之际借助于内心独白去自由呈现人物的思想。不仅如此,他还空前地将单部文学作品中所采取的多样化叙述姿态发挥到了极致。"埃俄洛斯"中的新闻标题由谁所写?"伊萨卡"中的那些问题由谁所问,又是由谁作答?"卡吕普索"中,在那位酒吧客的叙述之上所叠加的赘生叙述由谁所作?"瑙西卡"中那情意绵绵的散文究竟系谁所为?"太阳神牛"中是谁在对所有的英语散文文体进行戏仿?而贯穿于"欧迈俄斯"中的那些步履蹒跚、有气无力的语句又属于谁?乔伊斯的叙述者就像变色龙一样,总能使自己与环境保持协调,但同时又不像真正的变色龙那样仅仅着眼于隐蔽。乔伊斯所设计的各种叙述姿态都是为了对他手上的素材加以利用。而普鲁斯特在其伟大作品中则采取与乔伊斯相反的手法,将一切全都纳入单个叙述者身上。马塞尔的沉冥式叙述,时而会让人想起乔治·艾略特。而且,与乔伊斯的叙述一样,它也是无所不包的。时间与空间得以自由地在其头脑中过滤。普鲁斯特对所有的传统叙述特权均加以利用。其叙述者既可发表评述,也可揭示内心活动,抑或以见证者的立场对其参与过的及未曾参与过的事件加以呈现。亨利·詹姆斯可以被看成是站在乔伊斯与普鲁斯特这两位巨人之间,而同时又与这两者的世界格格不入。虽然他也会像乔伊斯那样不去亲自介入叙事当中,但其文体固有的机械性却总是暴露了他的存在。他仅仅戴着一张面具,而那张面具看上去却与他的脸庞毫无二致。与普鲁斯特一样,他也会通过一种中心意识对其故事进行过滤,但不同于普鲁斯特的是,他在时间和空间上将那种意识拴牢,其结果便是为了追求工整性而牺牲了充满生机的广阔天地。他的那些名副其实、卓越不凡的成就恰恰是在其自我强加的限制条件下所取得的。这充分证实了他的文学技艺。我们在此也无意要轻视那些技艺或那样的成就,而是要指出詹姆斯的影响如何倾向于同整个叙事进程背道而驰,进而只是在叙事发展的历史长河中留下了水面上的一个短暂漩涡,却没有为叙事的发展开创一股通向未来的潮流。

詹姆斯及其追随者对于小说批评的影响并不难解释。就像17世纪的法国戏剧评论家们一样,他们显然将本质上桀骜不驯的艺术形式化约成了条条框框。然而,视角的同一性终究不可能抵御乔伊斯和普鲁斯特所带来的那种冲击,正如戏剧的三一律同样也无法幸存于莎士比亚正不断提升的威望。批评绝不能将艺术化约为规则。它的宗旨不该是为艺术家们立法,而应该是促进对艺术作品的理解。

全知概念

在上文中,我们考察了"博学家"及其相关的叙述姿态,并就詹姆斯对全知的批判进行了探讨。詹姆斯及其后继者(尤其是帕西·卢伯克①,正是他创作了那部颇具影响的《小说的技巧》)所攻击的那种全知叙述乃是由诗人、"博学家"和创造者所构成的融合体;《战争与和平》中的叙述声音即带有此融合体的特征,而类似的叙述声音还出现于《米德尔马契》《红与黑》《名利场》,以及《汤姆·琼斯》当中。但是"全知"本身与其说是一种描述性概念,不如说是以小说家与上帝之间的假想性类比为基础而确立的一种定义——前者是创造者,后者是全知的宇宙造物主。这一类比因其表现出某种显著的实用价值,而得以作为文学研究中的一个术语受到广泛接受。但是正如大多数类比那样,此类比也会导致我们无法看清楚受类比对象的某些层面。就小说的全知叙述而

---

① 帕西·卢伯克(Percy Lubbock,1879—1965):英国批评家、传记作家,亨利·詹姆斯的好友及追随者,著有《小说的技巧》(*The Craft of Fiction*)。

论,此类比掩盖了该小说技法中所蕴含的一种重要的二元性。全知意味着像神一样可以无处不在。上帝知道一切,因为他存在于每一个地方——而且是同时。但是,一位小说的叙述者却是内嵌于一件受到时间束缚的艺术品当中。他的"知道"不是同时性的,而是继起性的。他并非同时存在于所有的地方,而是时而在这儿,时而在那儿,时而探测这个或那个人物的思想,时而又转移到其他视角。与上帝不一样,他会受到时间和空间的束缚。因此,就托尔斯泰笔下的叙述者来说,其界定性特征乃部分地表现为他对各种可分离视角的利用,我们不妨将此属性称为多面性(multifariousness)。当然,这种叙述者还拥有另一个界定性特征,即他会将那些视角分解为一种单一的权威式构想。我们往往将上帝的无所不知及其无处不在视为不可分割的神性功能,但对于小说的全知叙述者,我们却将其分割为一个多面性因素和一个一元性因素。这种叙述者所获取的多重认识,将最终融合为一种单一的现实与一种单一的真理。

当詹姆斯围绕全知而展开批判之际,他对托尔斯泰叙述模式中的这两种属性采取了略微不同的处理方法。与多重视角相比,单一视角更受詹姆斯的青睐。而且他还进一步强调,这种单一视角应该属于情节框架内部的一位人物,而不是属于那种身处情节之外、冲着读者讲话的无形之躯。詹姆斯和卢伯克在批评托尔斯泰叙述中的这两个属性时,均采用了一种纯美学性表达语汇。在他们看来,如果作家所运用的视角在数量上超过"对象的处理"所需,那么这便是艺术的失败。(此评判本身可能即基于奥卡姆剃刀①那一逻辑原理所进行的类比;依照此原理,这两种论点就其合理性而言乃是简者居上)另一方面,作家若是将任何运用于情节框架之外的视角落实到某一叙述性角色的身上,那

---

① 奥卡姆剃刀(Occam's razor)这一著名理论由英国中世纪逻辑学家、圣方济各会修士奥卡姆的威廉(William of Occam,约1288—约1348)提出。它指的是,两种处于竞争关系当中的理论,若能得出同样的结论,那么简单的那个更好。"剃刀"一词即表明要剔除不必要之物。

么这便是戏剧化处理的失败，因为它依赖的是讲述（telling）而非展示（showing）。戏剧在于展示，而叙述则在于讲述；詹姆斯的偏好使他自己钻进一个不可避免的怪圈之中，以至于要去责难叙事文学的叙述部分。这种纯美学性论证本身即存在着破绽，韦恩·布思①在《小说修辞学》一书中曾就此进行过卓有成效的探讨。当然，詹姆斯就充分全知立场所表现出来的本能排斥，从某种程度上说，亦可有其合理性解释，但那些理由却遭到了詹姆斯与卢伯克的回避，因为它们并不属于美学性层面，没有涉及小说的技巧问题。

我们在此前曾指出，詹姆斯就全知的多面性所持有的规避姿态在某种意义上乃属于其特立独行之举，即他将个人的偏好与局限上升为一种艺术原则。但是，他就全知的一元性及权威性层面所发出的质疑却完全是另外一回事。只要我们告别了美学的王国——尽管这无疑是詹姆斯所强烈反对的——那么，我们便可就詹姆斯的质疑立场做出令人信服的解释。美学性批评往往会将艺术品从其赖以产生的情境中剥离开来，认为艺术家的选择只是受制于艺术性原则，而艺术家所处的"环境"（milieu）即便有可能为创作提供原材料，也并不会影响艺术家的美学性取向。这就意味着，一种具体的艺术形式越是与其"环境"发生紧密关联，那么纯粹的美学性批评在应对那一形式之际就会越发显得力不从心。于是，现实主义小说在美学性批评家手中便成了烫手的山芋；同样，19世纪的审美家们亦将现实主义这一文学模式视为眼中钉。从史诗到小说等各种与经验性趋向保持一定关联的叙事艺术，在其得以建构的过程中总会受制于诸多文化条件——它们会渗透到创作者的美学取向之中。这既是叙事艺术的一个重要问题，也是它的巨大优势，而小说的显著特征正在于此。如果说见证性叙述者这一手法是流浪汉叙事及其相应的简单现实主义形式所具备的特点，那么全知叙

---

① 韦恩·布思（Wayne Booth，1921—2005）：美国文学批评家，"芝加哥学派"的重要传承者，《小说修辞学》是其最著名的代表作之一。

述者——诗人、创造者,但主要是"博学家"——这一手法则是复杂现实主义所具备的特点。虽然这两种小说类型在其历史发展过程中相互关联,但可靠叙述者作为一种简单类型乃是主导了从《拉托里罗》一直到18世纪那段时期的现实主义,而全知的"博学家",作为塞万提斯和菲尔丁所预示的一种复杂类型,则是属于黑格尔和斯宾格勒的时代——19世纪。现代小说家往往会通过这样或那样的方式对充分全知加以规避,但这种倾向与叙事传统当中的诸多其他历史发展一样,均不属于美学层面上的问题。相反,它关系到整个文化语境中的特定嬗变。正因为如此,这种19世纪叙述手法的某些层面到了20世纪便不再能够维系下去。

为了更清楚地了解哪些全知层面失去了其合理性,以及它们为何会遭遇这样的变化,我们有必要做两件事——我们须对视角本身的属性进行更为细致的探讨,尤其是要注意它在哪些层面上无法被用作纯粹的美学技法或艺术手段;同时,围绕视角的这些非美学性层面,我们还必须关注某些宏观的文化发展如何会对其产生影响。首先,关于视角本身的属性问题,我们可以说,它对于创造者与观察者而言并非同一回事。如果我们对一位普遍化的"小说家"及其同样普遍化的"读者"加以考察,我们便能发现,视角在小说家那里乃是其操控和组织创作素材的基本方法。一旦视角得以确定,那么小说家的这一选择及与之相应的语言模式,便会影响他对人物、事件及所有其他再现之物的展示。而对于读者来说,视角则并非一个美学性问题,而是一种认识模式。在一部具体的小说当中,视角控制着读者对所有其他元素的印象。我们并非用自己的眼睛去理解一部小说。眼睛看到的只是印刷机在页面上留下的墨迹。然而,一则故事之所以能够作为一个整体对我们的意识施加影响,恰恰是因为借助于那些墨迹的作用——它设法将所见、所闻、气味、口味及感触在不经意间传递给我们,使其无需以正常方式经受感觉器官的过滤即可渗透到我们的观念之中。这些感觉材料在我们意识中的组合并非由我们的感官或意志所控制。我们在阅读之际不是主观地去创造一则故事。故事的建构在于作者,而对于我们来说,操纵此建构的基本元素就是借以对人物和事件进行过滤的视角。由于叙述视角与读者的认识之间存在着极为密切又活跃的关系,因此它不可能被当作一个纯美学性问题去研究。正如心理学知识可以在人物塑造方面影响小说家的选择和读者的预期,同样对于作者和读者来说,认识论的知识及观念也不可避免地会围绕我们的认识方式和认识对象对视角问题产生影响。一部作品越是表现出现实主义或再现性趋向,那么这些非美学性压力便会愈发显得咄咄逼人。所以与其他大部分文学艺术家相比,小说家会因其强烈的再现性偏好而在这些问题上更多地受到"时代精神"的驱使。

西方文化从文艺复兴至今所经历的整体思想运动,乃是一场在形而上学、伦理学及认识论领域摆脱教条、确定性、僵化性及所有绝对真理的运动——正是它孕育了小说并将其推向主导文学形式的高度。这一新的哲学现实主义与小说的兴起存在着非常密切的联系(如伊恩·瓦特①曾所指出),并不可避免地营造出我们称之为相对主义的文化语境。如今即便是科学知识,通常也会被视为暂时、相对的真理,因此在援用"相对性"概念时,我们不必太过依赖爱因斯坦的物理学——或许,它也会被证明是靠不住的。不仅是物理学家,事实上,我们的全部非文学性知识及认识来源,也即自然科学、社会科学,以及步其后尘的哲学和神学,均已引导我们将真、善、美看作相对之物而非绝对真理。(真、善、美这些字眼本身恰恰通过其所宣称的普世性而表现出陈腐守旧的一面)而小说作为一种重要的文学性认识来源则在整个运动中起到了不可或缺的作用,尤其是它对社会试图强加于个人道德行为之上的绝对命令(categorical imperative)②提出了质疑。

通过对这一宏观的文化发展进程加以关注,我们便可发现,充分全

---

① 伊恩·瓦特(Ian Watt,1917—1999):英国文学批评家、文学史家。
② 康德的形式主义伦理学概念,用以指一种超验的普遍道德规律和准则。

知性叙述模式所表现出来的一元化权威在现代时期已经变得难以维系了，而相比之下，同样的那一种模式所表现出来的多面性相对主义却似乎愈发合乎时宜。出于戏剧性层面的考虑，詹姆斯以其纯美学性术语提出要将视角置于情节框架之内，但是他所提供的论证并不充分。就现代读者而言，叙述者与其说是需要接受戏剧化处理，毋宁说是需要接受相对化处理。一位叙述者，若缺乏某种程度的可疑性，若不能在某种程度上接受反讽性审视，便会与现代气息格格不入。现代读者不会因为叙述者的叙述行为或是他对多重视角的运用而感到心烦意乱。我们之所以愿意让福特笔下的道威尔（Dowell）①，或康拉德笔下的马洛，或福克纳笔下的昆丁，或普鲁斯特笔下的马塞尔无休止地讲下去，乃是因为他们就故事的多面性所做出的一切应对方案均是在我们的眼前加以展示的。在这样的小说中，作者并没有消失。他常常堂而皇之地站在其代理者的身后。但是通过赋予自己一副虚构之躯，作者便会置身于反讽性差距之中：这种差距并非存在于作者或叙述者与人物之间，而是存在于真实的有限认知与可疑的绝对真理之间。这种反讽同时在两个方向上发挥着作用。如果读者力图将一则像《好兵》这样的故事化约为单一的绝对意义，那么他本人就会成为此反讽作用下的受害者。而他仅有的其他选择则是去接受作品意义的有限阐释，将此意义中的部分内容视为无法揭示的晦暗之物——这就意味着要置身于反讽性差距之中，与道威尔握着手说，"我也不知道"。

如果福特的方法是解决视角问题的一种现代之术，那么乔伊斯在《尤利西斯》中所采用的方法则属于另一种。其多面性的发展线索通向故事之外，超越了情节框架，但它们并非由一只单独的权威之手所掌控。与萨克雷在《名利场》中设置的傀儡人物有所不同，《尤利西斯》中的木偶形象可以找到他们所需要的操控者来施展自己的本事，而且在表演结束之际也没有人会将他们放回箱子里。通过摒弃旧式的权威叙

---

① 英国小说家福特代表作《好兵》中的不可靠叙述者。

述手法,现代小说家们得以趋向于新的创作策略,发掘其艺术当中新的可能性。这未必就是进步,而仅仅是一种必要的、有价值的变化,就如同废弃一处耗尽的矿脉,转而去其他地方进行挖掘一样。当然,挖掘并非采矿。它常常更为刺激,尽管不总是劳有所报。但是,我们不必在托尔斯泰和乔伊斯或普鲁斯特的方法之间做出选择。倘若现代小说家实现了一种在我们看来似乎颇有裨益的艺术风格,那么这并不意味着乔治·艾略特的成就必然会沦为糟粕。如果我们因为全知叙述中所表现出来的显著确定性和一元化趋向而去责难19世纪的伟大现实主义作家,那么这就如同谴责但丁过于信仰中世纪版的上帝一样荒唐可笑。我们之所以珍视异度时空下的作品,原因之一即在于那些作品拥有我们感到陌生的观念。它们有助于将我们从自身文化的认知牢狱中释放出来。

不过假如我们攻击现代作家,指责他们使世界沦为相对主义的分崩离析之态,指责他们将小说创作建立在反讽性与歧义性的基础之上——如韦恩·布思在《小说修辞学》中的所为——那么,这就意味着我们对昔日的时光依然心存怀旧之情,希望自己能像当初的读者那样总能从作品中获取某些确定性因素。对于现代文学而言,其自身不可避免的现代性成了其遭受责难的罪名。作为纯美学性批评的典型特征,这一责难乃是将艺术视为无时间性的界域,在那里每一种美学性方案均可为每一位艺术家所利用。但是在实践中,所有的美学性选择却都会受制于各种文化因素,而这些因素又会随着时间和地点的变化而产生差异。新亚里士多德学派的批评家们对于文类(genre)这一概念的理解可谓深厚。他们不会因为一部讽刺作品没有成为一首抒情诗而加以指责。但是,他们对于时代和文化状况的把握常常显得不够明确;他们在聚焦于文类的功效之际,往往使自己忽略了历史对于作家使用文类的影响。换言之,艺术家只能从自己所能企及的东西当中进行选择,这在一定程度上属于文学传统的问题,同时也在一定程度上属于时机和"环境"的问题。如果批评家们对这些制约因素保持更为强烈的敏锐性,那么他们可能就不会将其私下的"我不喜欢它"上升为绝对的"它不怎么样"。当然,这种敏锐性无需完全成为文学批评的障碍。即便是对于全知视角这一问题本身,批评家们亦可做到既保持敏锐性又实现批评性。事实上,现代文学批评完全有理由将当代小说中的伪全知斥责为一种针对旧式叙述立场的空洞模仿;或者,它也可以聚焦于现代小说在解决不断变化的视角问题时所产生的其他败笔,比如 D. H. 劳伦斯在其整个创作生涯中就视角操控所遭遇的困惑——从《白孔雀》(*The White Peacock*)的极度拙劣一直延续到他最为出色的小说创作。劳伦斯的作品中之所以会产生这一问题,其原因乃是在于他试图成为反叛者、先知和艺术家,一方面攻击旧的真理,但同时又接受真理性观念,力求在叙事形式中以新的真理去取代旧的真理。这样一来,他所强调的全知对于他所身处的那个世界来说,便成了一种时代错位的产物。他的艺术与他的价值观在视角处理的层面上发生了交汇与冲突。这是他最大的弱点,暴露了其大多数长篇小说中的结构性缺陷,而这种缺陷之所以可为容忍,则完全得益于他在语言品性方面所展现出来的高超技艺。他与"时代精神"展开对抗,坚持诉诸那些缺乏真正使用价值的美学性素材,进而在其创作工具的失败当中品尝到"时代精神"的报复。在一个由相对论统治的时代,绝对的全知立场仅有可能在两类作品中获得成功:一类是像《烟草代理商》那样刻意成为时代错位之作;另一类仅仅保留了全知,而在其他方面则摒弃了小说的传统经验性及再现性趋向。

在做了上述探讨之后,此刻我们似乎有理由将关注点从新近的历史情境转到眼下的当代状况,甚或还要稍稍将我们的批评眼光投向未来。但是,要想在研究当代状况之际充分考虑到其复杂性,恐怕还得另写一部与本书篇幅相当的著作;而要想考察未来的情形,则意味着要大肆诉诸亚里士多德所谓的审议性修辞（deliberative rhetoric）①，从而使我们扮演起立法者的角色，而颇具反讽的是，这种对于文学批评来说不甚妥当的做法恰恰是我们先前所斥责的对象。但尽管如此，在当代情境之中倒的确有一个层面乃是我们在结束本章之前有必要提及的：它不仅十分密切地关系到我们对于视角的探讨，而且也很可能会影响未来叙事艺术的发展。当代叙事艺术所受到的最为强大的影响并非任何广义上的美学影响，甚或文化影响。"时代精神"已经加快了其音乐的节奏；传统也已将其进化的舞蹈跳得近乎疯狂，各种创作风格以令人眼花缭乱的姿态相互更替着，其程度之甚勘比视觉艺术风格的不断衍生。当"现实主义"这一关键概念失去其生命力之际，由各种互为斗争的叙事元素所构成的小说统一体正开始走向瓦解。虽然这些发展过程不乏意义，而且也可进行深入的调查，但是有一个技术性的变化或许要比它们都更为重要：它对叙事传统所产生的影响在其深刻性上不亚于文学的诞生。这便是电影的发明，与之相伴而生的是音频与视频之间所实现的同步技法，以及灵活的呈现方式——既可在影院直接观赏，抑或在家中通过电视进行播放。

　　电影从其形式来看，基本上是叙事性的而非戏剧性的。如果这种说法尚难以一目了然，那我们不妨指出，电影之所以是一种叙事形式而并非戏剧形式，乃是因为它没有直接、不带叙述地对故事加以呈现，相反它总是借助于一个受到操控的视角，即摄影机镜头。通过这一技术手段，它可以使焦点变得锐化或是模糊，既可近摄亦可拉远；它可以给予影像以色彩和明暗，而且还可利用与之同步的音频——一方面提供片中人物的声音，另一方面又提供持续的言语评述、音乐、噪音或无声。要理解放映机的视角如何将电影同舞台戏剧区分开来，读者只需想想现场观看足球或棒球比赛与观看电视转播之间的差异。在体育场中，

---

① 亚里士多德在《修辞学》（*Rhetoric*）第一卷第三章中提出的一种修辞术（即演说的艺术）类型，它主要指就未来的行政决策进行审议、讨论，"提出劝告"。

观众对展现于眼前的整体事件做出回应。他的眼睛可以随意选择观察对象,凡是事件中引发视觉关注的方面均不放过。然而,由电视转播的比赛却是通过摄影机镜头来观看的,它包括远景和特写、解说员的口头评述,以及录影带重放所产生的时间错位和视角切换。当然,体育不是艺术,但对于我们来说,它到底该被看作戏剧还是叙事,则要取决于我们是直接观看,还是通过一种视角化的媒介来加以过滤。

照此说来,电影当属叙事性的形式,但它却常常与舞台戏剧争夺消费者的注意力和财力支持。文学领域出现的这一新生事物使得戏剧与书籍均颇感畏惧,这不仅在于它对观众和读者的争夺,更重要的乃是在于它对艺术家的争夺。"下面怎么办?"这个伟大的艺术难题曾经因为叙事传统发展步伐的加快而突显于早先的文学形式中,但是一旦到了电影的阵地上,却成了无时无刻的激励和自由填写的空白支票。电影艺术的诗人一方面可以通过占据先前的艺术形式来为他的新式创作媒介给养——就像莎士比亚及其同时代作家从历史作品和传奇作品中掠取情节一样;另一方面,他们也可以完全利用这种新技术本身去创造新的故事类型——正如书写的发明同样也曾为创造复杂的传奇情节立下过汗马功劳。但是,无论采取哪种方法,这种新的形式都能够为艺术家们提供一扇扇敞开的大门。相比之下,旧的形式除了还能采用镜壁(mirrored walls)①进行装点之外,则几乎陷入了黔驴技穷的田地。在早期的书写时代,吟唱诗人和抄写员比肩共存。类似的,我们今天的书籍、戏剧和电影似乎也实现了和平共处。然而,书籍和戏剧不过是羔羊而已,与之相伴的却是一头初露锋芒的幼狮。在戈蒂耶②和唯美主义者们发出的"为艺术而艺术"的战斗口号声中,米高梅电影公司(MGM)的那头老狮子所发出的得意吼叫曾让人感觉那似乎是一次不经意的反讽事件,它所带来的与其说是威胁,毋宁说是笑话。但是,随

---

① "镜壁"作为一种墙饰,旨在使室内空间显得比实际空间更为宽敞。
② 特奥菲尔·戈蒂耶(Théophile Gautier,1811—1872):法国文艺批评家、诗人,欧洲唯美主义运动的先驱。

着电影找到了诸如雷诺亚①、伯格曼②、特吕弗③、雷奈④、费里尼⑤及安东尼奥尼⑥这样的艺术家之后，我们开始惊愕地发现，笑话竟然在我们的眼前变成了预言。于是，我们必须面对这样一种可能性：书本叙事或许会衰落为一种稀有的、次要的艺术。既往的文学丰碑将会留存下来，就像《荷马史诗》那样，让我们回想起一种业已消逝的文学媒介。但是，先前的讲故事形式，包括小说在其黄金时期——19世纪——所取得的伟大成就，对于叙事的创作者而言则可能失去了其可行性。当然，如果我们现在就认定书面叙事绝对会成为历史，则未免有邪说或幻想之嫌。不过，这种可能性在某种现实意义上又的确是存在着的。虽然我们在今天还能从每一个讲述传统下流笑话的推销员身上找到口头诗人的影子，但那与荷马比起来却远非一码事。尽管知识性散文与新闻书写无疑还会在相当长的时间里得以幸存，但叙事艺术的主要推动力则很可能会从书本转向电影，这正如很久以前从口头诗人转向书本作家的情形。的确，万物尽在流变。没有任何其他领域能够像叙事文学那样将这一真理发挥到如此境界。对于抒情诗和戏剧来说，它们自萨福（Sappho）和索福克勒斯（Sophocles）以来并未发生巨大的变化，这恐怕是得益于其更为完美的形式。然而，叙事文学乃是最不安定的形式，其不尽完美的品质和内在矛盾促使它始终在试图寻找一种无法实现的理想之境。正是由于这一极具人性的奋斗，叙事艺术的研究才得以成为文学研究中最为迷人的篇章。

---

① 让·雷诺亚（Jean Renoir，1894—1979）：法国著名导演，20世纪中叶最具影响力的法国电影人。

② 英格玛·伯格曼（Ingmar Bergman，1918—2007）：瑞典著名导演，享誉国际的电影大师。

③ 弗朗索瓦·特吕弗（François Truffaut，1932—1984）：法国著名导演、编剧及影评家。

④ 阿兰·雷奈（Alain Resnais，1922—）：法国著名导演，新浪潮电影的代表。

⑤ 费德里科·费里尼（Federico Fellini，1920—1993）：意大利著名导演，现代艺术电影的重要代表人物。

⑥ 米开朗基罗·安东尼奥尼（Michelangelo Antonioni，1912—2007）：意大利享誉国际的现代主义电影导演。

8

叙事理论,1966—2006:一则叙事

聚焦、预叙、倒叙、同故事叙述、异故事叙述、故事内叙述(我们玩开心了没有?)、杂语、叙述读者、紧张因素与不稳定因素、揭示功能、人物区、模糊时间性①。有没有人想要大喝一声,"够了,打住!"

我之所以在开篇处对过去四十年来叙事理论家们提出的那一长串五花八门的术语进行这一番不完全的列举,其目的有二:首先是为了指出,叙事理论在诸多方面始终处于不断发展的态势之中;其次乃是为了承认,这头硕大的"术语之兽"有可能因其狰狞的面目而让非专业人士产生畏惧心理。所以,我在此处的宗旨乃是在规避那头"野兽"的同时,充分展示那些与《叙事的本质》一书在文学叙事研究方面最具关联的成就。因此,我并不打算研究过去四十年来所新创的那一系列叙事学语汇,甚或是分析批评理论史与叙事研究之间的相互关系;实际上,我倒是打算去建构一则由三部分组成的叙事:首先是纵览该领域内的主要

---

① 此处所列举的聚焦(focalization)、预叙(prolepsis)、倒叙(analepsis)、同故事叙述(homodiegetic)、异故事叙述(heterodiegetic)、故事内叙述(intradiegetic)、杂语(heteroglossia)、叙述读者(narrative audience)、紧张因素与不稳定因素(tensions and instabilities)、揭示功能(disclosure functions)、人物区(character zones)和模糊时间性(fuzzy temporality)均为叙事理论发展过程中所衍生出来的术语和概念;关于它们,国内已有相关译著或著作进行过介绍与阐述(个别译法略有差异),此处不再一一赘释。

趋向，其次是就叙事元素的研究进行更为细致的论述，最后还要就当前状况做一个简要考察。更具体些说，第一部分将(1)简要探讨过去四十年来叙事理论研究在聚焦范围上的扩大——从文学叙事到叙事——及其可能对文学叙事研究所产生的影响；(2)描述这一时期三种突出的总体叙事概念：作为形式系统的叙事、作为意识形态工具的叙事，以及作为修辞的叙事。这些概念支撑着不同的理论及阐释体系。当然，无论是这些概念之间，还是那些与之相应的体系之间，均会时而发生重叠并产生相互影响。从某种程度上说，此处的讨论将是斯科尔斯和凯洛格的"意义"章节之更新版；第二部分将会关注这些叙事概念是如何影响到斯科尔斯和凯洛格所探讨的叙事三要素——情节、人物及视角——关于该论题，我会将其调整为更加宽泛的叙事话语类别；第三部分将简要概述当前叙事理论中正在探讨的某些极为重要的问题。

尽管本章节并无甚叙事性可言，借用布赖恩·麦克黑尔的话说，便是仅具有"微弱的"叙事性，但我还是刻意将它称为一则叙事。其原因在于，我想让大家注意到那当中乃存在着一个我所希望看到的生成性紧张因素（a productive tension）。一方面，按照文类的传统要求，该研究综述必须采用上帝式的全知视角来讲述。而另一方面，任何叙事理论家但凡具有一丁点自知之明，都一定会敏锐地意识到这一综述过程中所必然产生的选择性，以及他本人的有限视角与上帝视角之间的天壤之别。为了在反映此紧张因素的同时，不至于使其左右我的讨论，我会在遵守文类的传统规约之际偶尔插入一些提示，以说明我只是围绕1966年以来叙事与叙事理论之间的关系，在诸多叙事可能性当中创作一则叙事而已。[i]*

---

* 这里的标识"i"在原著中是阿拉伯数字的尾注（尾注见书末"注释"部分）记号"1"，为了与本译文中"译者注"的数字记号有所区分，此处将原著中的尾注记号"1"更改为罗马数字记号"i"，下文中的另外6处尾注记号亦做了相应调整。

第一部分:四个主角与更多的情节

我永无止息地穿梭于文化的每个角落,并为无数的言论所援引——我可解释经验;我可表达信仰、意见和世界观;我是身份概念的核心;我是"此",我是"彼",而且,我毫无疑问是"他者"。借用一位致力于我这门艺术的伟大现代主义实践家的话说,我已成为后现代身份名副其实的化身。①

一号主角:研究对象

我们正生活在"叙事转向"的时代中。在这样的一个时期,叙事凭借其普遍性和重要性赢得了广泛的口碑并成为人们研究的对象。医生、律师、心理学家、男性和女性实业家、政治家,以及形形色色的政治问题专家——这里只是列举了众多人群中的一小部分而已——现如今都将叙事当作了"至尊话语"(Queen of Discourses)及其工作当中的一个重要组成部分。这些人群认识到,叙事对事实及经验加以把握的方式恰恰是其他解释和分析模式——如统计、描述、概括,以及通过抽象概念进行的推理——所无法做到的。诸如"叙事性解释""叙事性理解""作为思维方式的叙事",以及"叙事性身份"之类的表述已经通用于学术界内外的会话当中。在此,不妨仅举一例为证:2004 年美国总统大选之后,民主党派的政治家们便声称,他们的候选人约翰·克里之所以输给乔治·布什,乃是因为克里未能以一种清晰兼具说服力的叙事去表达他对于革新美国的展望。

---

① 詹姆斯·费伦在本章的每一节讨论之前都附上这样一段斜体文字,以叙事性口吻将叙事理论当作人格化的叙述者,其用意如他本人在文中所说,乃是为了说明他在此处进行的叙事理论研究综述只是"在诸多叙事可能性当中创作一则叙事而已"。

由于"叙事转向"的出现,叙事理论如今的研究对象涵盖了整个历史进程中以各种介质出现的全部叙事类型:个人的、政治的、历史的、法律的,以及医学的叙事等不胜枚举——它们身披古代的、中世纪的、近代的、现代的,以及后现代的外衣,采用口头的、印刷的、视觉的(电影、雕塑、绘画、演出)、数字的,以及多媒体的格式。如此一来,叙事理论的发展已经从1966年斯科尔斯和凯洛格的踪迹所至之处,通向了更为纵深的领域。他们的研究乃是凭借其雄辩之风将小说这一当时的主导叙事研究对象置于更加广阔的文学叙事的历史及认识当中;而今天的当代叙事理论则将文学叙事置于叙事自身这一更具广义的概念之中。此变化对于文学叙事的研究来说具有两个主要影响:其一,衍生于文学叙事研究的诸多理论,包括那些着眼于情节、人物及叙事话语研究的理论,在其潜在层面上乃具有更为重要的意义——当然,它们也在经受着更为缜密的审视。这些理论可以大大有助于探讨叙事是如何,又是为何能够作为如此独特的强大模式对经验进行解释、对知识加以建构的。但是,这些理论也会经受测试,看看它们是否仅仅适用于文学叙事那一特殊情形。其二,在联系其他叙事类型的基础上所发展出来的理论能够为文学叙事提供新的阐释。其方法既可以是突出相似性,也可以是强调差异性,当然亦可对文学叙事本身进行认识上的修正。

二号主角:作为形式系统的叙事

> 不以规矩,不成方圆。但有时候,规矩会让我懊恼;它们使我感到拘束、局促、闭塞——仿佛被套在框子里一般。

大概就在斯科尔斯和凯洛格完成本书的第一版之际,结构主义在法国的兴起便催生出一个梦想,即依照某种语法模式对作为形式系统的叙事进行全面的描述。虽说这一梦想从未成为现实,但结构主义叙事学还是为叙事研究揭示了许多真知灼见,并创造出诸多富有生命力的研究手段。此外,结构主义叙事学——如今常被称为经典叙事学——为此后大量出现的叙事理论提供了一个起点。当然,那些理论所选择的发展方向既不会为结构主义者们所预见,也不会为他们所赞同。尤其值得一提的是,今天依然处于发展之中且生机勃勃的认知叙事学研究,虽然时常关注自身与结构主义叙事学的差异,但却与后者拥有一个共同的目标,即围绕叙事的本质进行全面的形式化阐释。经典叙事学以结构语言学为模型,并因此将其所预期的形式系统构想为一种语法。相比之下,认知叙事学作为更具跨学科性质的尝试,则将自身的形式系统构想作为叙事在其生产及消费过程中所依赖的心智模型的组成部分。结构主义叙事学的最突出贡献表现在叙事话语的研究方面,尤其是热奈特①所著的《叙事话语》(*Narrative Discourse*)一书。关于这一点,我会在涉及叙事话语的那个部分进行较为详尽的讨论。在此,我将聚焦于结构主义运动这一更为宏观的语境,并概述结构主义与认知主义观念之间、围绕作为形式系统的叙事所产生的一些相似点和差异性。

结构主义的首要原则是:意义的创造是有章可循的活动。所以,它试图在不同的意义创造领域(如文学、时尚,甚至于某一特定文化)中找到潜伏的规章制度——也即各种准则和惯例。结构主义的第二原则是:语言是所有符号系统的原型,因此,它的学科模型应该是语言学。更具体些说,结构主义者们所从事的叙事研究——也即托多罗夫②在其1969年所著《〈十日谈〉的语法》(*Grammaire du Décaméron*)一书中所命名的"叙事学"——主要是建立在索绪尔的结构语言学基础之上,同时也在次要程度上依赖于俄国形式主义者们的诗学研究。ⅱ正如索绪尔将语言的形式系统(语言)与个别性言说(言语)区分开来,同样,结构主义者们也对叙事形式系统(叙事的语法或诗学)的识辨与具体叙事作品的阐释任务进行了甄别。此外,正如索绪尔着眼于分析语言的构成

---

① 热奈特(Gérard Genette,1930—):法国文学批评家、修辞学家及结构主义叙事学的重要代表人物。

② 托多罗夫(Tzvetan Todorov,1939—):出生于保加利亚的法国叙事理论家、哲学家,"叙事学"一词的最早使用者。

要素及其相互之间的关系,结构主义者们的主要关注点同样在于发现叙事的基本元素,以及它们之间的关系。换句话说,他们的目的是要找到叙事的描述性语法,而不是寻求阐释个别叙事作品的方法(当然,描述性诗学不可避免地会表现出阐释的痕迹)。

结构主义叙事理论的一部重要先驱之作是普洛普[①]的《民间故事形态学》(*Morphology of the Folktale*, 1928),它研究的是俄罗斯民间故事那一庞大的语料库当中所包含的共性元素。索绪尔、普洛普,以及经典叙事学家们均以各自不同的方式诉诸索绪尔对选择原则(纵聚合原则)与排列原则(横组合原则)所做的区分[②]。举例来说,纵聚合原则规定,若要为句子安置主语,我们就必须从语言词库所包含的一系列名词或名词短语当中进行挑选;而若要安置谓语的话,我们则必须从那一词库所包含的一系列动词或动词短语当中进行挑选。与此相对,横组合原则规定:(a) 主语和谓语的组合乃构成句子;(b) 哪些名词短语可以与哪些动词短语进行语法性组合。这样,"有在垫子上(the have is on the mat)"这个句子就是一个非语法性句式,因为它违反了纵聚合原则;同样,"垫子猫在上面坐破损的起身(the mat the cat on sat ripped got up)"这个句子也是一个非语法性句式,因为它违反了横组合原则;而对于该版《叙事的本质》来说,其所有的句子(想必)都是符合语法的,因为它们同时遵循了这两种规则。

普洛普通过对其语料库进行分析,找到了俄罗斯民间故事中所隐含的纵聚合及横组合性操控规则。他发现,所有故事的建构均源于为数不多的几种基本人物角色("英雄""协助者""施予者""恶徒"等),而

[①] 普洛普(Vladimir Propp, 1895—1970):俄国形式主义理论家,结构主义叙事学的重要先驱。

[②] 索绪尔曾提出"纵聚合关系"(paradigmatic relations)和"横组合关系"(syntagmatic relations)这一对概念,国内学者也时常采用"联想关系"(associative relations)和"句段关系"(syntagmatic relations)的提法。简单地说,前者指由不在场的语言要素所构成的潜在记忆序列(具有可替换性),而后者则指由在场的语言要素所构成的现实序列(相当于搭配关系)。

这些人物本身则又作为元素存在于31种基本事件之中(如"英雄"发现他人之需;"英雄"经受考验)。此外,虽然这31种事件并非为每一则故事所囊括,但它们却总是以相同的顺序发生。于是,这31种事件中的每一个便代表了一种纵聚合类别,而其发生的恒定顺序则表明了它们在进行组合时所遵循的横组合原则。

如我们在下文将要看到的,尽管普洛普的研究对结构主义的人物与情节观念产生了影响,但结构主义者们还是意识到,俄罗斯民间故事只是叙事的一种特殊形式,而并非一种原型案例。说得更笼统些,结构主义者们所做出的诸多关注——从纵聚合原则与横组合原则之间的关系到俄国形式主义围绕"故事"(一则叙事中事件的时间序列)与"情节"(一则叙事在对那些事件加以再现时所采用的序列)所做的区分,再到那种远比普洛普的俄罗斯民间故事更为丰富的叙事语料库——最终得以使他们获取了其最为不朽的发现:叙事的内容(what)与方式(how)之间的区别,也即他们所谓的"故事"(récit)与"话语"(discours)之分。从某种意义上说,结构主义者们乃持有这样一个基本认识——尽管他们并未如是表述——即俄罗斯民间故事采用恒定序列对事件加以呈现的做法非但不算典型,反倒是有所异常的,因为叙事中借以对所选事件进行排列的规则事实上具有相当大的灵活性。热奈特围绕时间性所展开的研究,如我在下文所讨论的,即可用以说明这些灵活的组合背后所隐含的诸多原则。

故事/话语之分对于叙事学来说至关重要,因为它考虑到——(a)叙事元素的两类不同组合:集于故事概念之下的事件、人物和场景(亦可称作事件与存在项),以及集于话语概念之下、所有用于呈现这些元素的手段;(b)一种认识,即这两类组合中诸元素之间的关系会因不同的叙事而产生极大的变化;(c)同一则叙事通过跨越不同媒介所产生的不同版本之间的比较(当一则叙事从一种媒介转换到另一种媒介时,其主要变化乃是发生于话语层面而非故事层面)。当然,尽管我将故事/话语之分描述为结构主义最为不朽的发现,但这并不意味着该区分从未受到过质疑或挑战。事实上在美国,从结构主义到后结构主义的演变速度之快曾使得二元对立的解构迅速成为一种惯常之举。[iii]在围绕故事/话语之分所展开的诸多解构之中,最引人注目的当数乔纳森·卡勒①所为。卡勒指出,叙事具有双重逻辑,即故事中的行动逻辑和话语中的主题、文类及良构(well-formedness)逻辑,而要顾及此双重逻辑,则势必会破坏故事相对于话语的显著优先性。浪漫喜剧中的恋人之所以喜结良缘,究竟是因为他们自己的行动所致,还是因为主题和文类的连贯性要求促使他们所为? 卡勒认为,在索福克勒斯的《俄狄浦斯王》当中,俄狄浦斯之所以被认为是杀死拉伊俄斯(Laius)②的凶手,其原因并不在于故事中存在着无可争辩的证据,而是在于话语逻辑要求将其行动视为完成他所要履行的预言。哈里·肖③曾以历史性而非解构性的方式指出,若将故事与话语绝对地划分为各自为阵的界域,那么在此基础上所建构的理论便无法充分描述维多利亚时期小说中的叙述者角色。我本人在《活着即为讲述》(Living to Tell About It, 2005)一书中则指出不应将这一区分视为叙事元素之间的僵化界线,相反,应该把它看成是有益的启发性界线。但是无论如何争论,故事/话语之分在叙事理论中的价值是无法被抹杀的。而且,无论对于哪一种论调来说,这一区分最起码可被当作一个起点以考察作为形式系统的叙事。

认知叙事学接过经典叙事学所要解决的根本问题,即叙事文本系统的内在规则是什么? 并将它转化为另一个问题:究竟是什么样的思维工具、进程及活动使我们有可能去建构和理解叙事? 另外,认知叙事学还聚焦于作为认识工具的叙事本身,也即研究叙事如何有助于人类去组织和理解经验。这样一来,认知叙事学并非将结构语言学当作其

---

① 乔纳森·卡勒(Jonathan Culler,1944—):康奈尔大学英语教授、文学理论家,著有《结构主义诗学》《论解构》和《文学理论》等重要作品。
② 《俄狄浦斯王》中的底比斯国王,俄狄浦斯的父亲。
③ 哈里·肖(Harry Shaw,1946—):美国康奈尔大学英语教授,主要从事19世纪英国小说及叙事诗学的研究。

学科模型,而是运用认知科学的理念,包括(认知)语言学、认知心理学、进化心理学、社会心理学、心智哲学及其他领域。在认知叙事学的诸形态中,有一类所强调的是框架(或图式)与脚本对于作者及读者的重要性。框架是总体性概念,可被我们用作边际或界限以容纳,并更好地理解经验;脚本则是反复出现的行动模式或序列。所以,框架指的是我们对总体经验区域所持有的认识,而脚本指的则是我们对那些区域中的事件之普遍情景或序列所持有的认识。比方说,当我们步入一家美食餐馆时,我们所采用的框架会有别于走进五金店甚或快餐店的情形。而我们之所以能够在美食餐馆点菜,在五金店购买工具,乃是因为我们知道相关的脚本。框架所提供的是惯常的、默认的知识,而叙事则可以通过背离标准模式去激活那些知识并使之复杂化。作为一种相对说来还算年轻的研究领域,认知叙事学尚处于理论观念的表达与测试阶段。但即便如此,莫妮卡·弗卢德尼克[①]与戴维·赫尔曼还是分别在《建构"自然"叙事学》(*Toward a "Natural" Narratology*, 1996)和《故事逻辑》(*Story Logic*, 2002)当中为我们提供了两类颇具价值的认知叙事理论。

弗卢德尼克所主张的是一种广义的叙事理论,它依赖于三种认知框架之间的相互关系:其一,用以理解会话性叙事的框架,包括我们对其可述性(tellability)和评价点(point)的关注;其二,通过我们在自然世界中的涉身经验(experience of embodiedness)所衍生出来的框架——即她所谓的体验性(experientiality);其三,用以在更为宏观的解释体系中对原先令人费解的文本数据加以"自然化"(naturalize)或复原的框架。弗卢德尼克创造出"使叙事化"(narrativize)和"叙事化"(narrativization)这样的术语,以说明读者如何借助于叙事性图式对文本进行自然化处理。弗卢德尼克的研究产生了许多启发性的影响,其

---

① 莫妮卡·弗卢德尼克(Monika Fludernik, 1957—):奥地利人,现为德国弗莱堡大学英语教授、文学批评家,认知叙事学研究的重要代表人物。

中值得一提的是,它认为叙事性(使得文本成为叙事而非他物之品性)的基础并非在于讲述者和事件序列的存在,而是在于她所谓的体验性,也即我们在世界中的涉身经验。正因为如此,弗卢德尼克往往会格外强调叙事的某些常规元素,而对其他元素则并不给予重视。叙事的关键在于那些付诸行动与思考的人物主角,而不是围绕某个明确终点所展开的行动序列。这样,基于我们的涉身性(embodiedness)所产生的认知框架便使得行动和思考成了至关重要的活动,而叙事化框架一旦为我们所把握,那么即便是针对意识的再现——权且认为它不会导致相关意识发生变化或出现其他传统的叙事性影响——我们也依然会发挥叙事图式的作用。如此一来,弗卢德尼克不再认为叙事乃完全基于故事/话语之分,而是转而去强调体验性之重要,以及读者在对文本进行叙事化建构时所发挥的积极作用。

在《故事逻辑》中,赫尔曼就基于认知导向的叙事理论提供了一种不同的视野,它所强调的是赫尔曼称之为故事世界(storyworld)的概念。对赫尔曼来说,叙事分析旨在说明"阐释者在重构经过叙事编码的故事世界时所采取的方法";他所谓的故事世界指的是"接受者在试图理解一则叙事之际所运用的各种思维模型,它们关注的是:在这种由接受者重构的世界中,谁对谁或与谁做了什么,何时何地,以及为什么,又是以何种方式"(5)。于是,他对自己的考察进行了划分,详尽探讨了故事世界中"微观设计"(microdesigns)与"宏观设计"(macrodesigns)所因循的内在原则;他拿这两个概念来分别表示用以建构和理解故事世界的局部策略与总体策略。我们在微观设计中所要展现的能力包括将文本数据梳理为状态、事件和行动,将脚本应用于行动序列,辨识人物在那些序列中所扮演的各种角色,以及我们处理对话的能力。而我们在宏观设计中所要展现的能力则不仅包括将故事世界根植于某一特定语境之中,还包括对叙事的时间、空间及视角进行概念化处理。即便从这一简短的概括当中,我们也能看出,赫尔曼要比弗卢德尼克更热衷于故事与话语之间的甄别及其对诸元素所做的划分。但尽管如此,赫尔曼的分析却是以修正性的姿态去阐述常规叙事组件目录中所包含的几乎每一种元素。我将在讨论叙事元素的时候,就弗卢德尼克与赫尔曼二人理论中的某些具体问题做出进一步探究。

三号主角:作为意识形态工具的叙事

> 我是政治的,并且——或"因为"?——我是个人的。①
> 我可以反映并变革社会秩序。我会进行询唤和教诲,也会进行抵制和挑战。我跌落在生活的荆棘上,我流血了;②我就是生活的荆棘,我带着刺。

新批评的正统观念强调文学文本的自治性并极力推崇维姆萨特③所谓的"语象"(Verbal Icon)学说,但新批评理论自20世纪60年代之后即走向衰竭,此后的西方批评便开始聚焦于文学与社会的相互关联,尤其是文学(某些情况下也包括文学理论)在灌输、强化、挑战或变革文化信仰与价值体系方面所起到的作用。在叙事研究方面,这一发展则显著地体现于一系列研究课题之中,而且这些课题之间本身即存在着许多重叠的现象:(a)女性主义及种族批评理论家们的研究。它强调种族、性别和阶级在叙事的写作、阅读及理论化过程中所造成的差异。(b)福柯理论影响下的研究。它关注的是小说在规训其读者方面所起到的作用。(c)诸如弗雷德里克·詹姆逊所从事的那种以马克思主义理论为导向的研究。它注重在文学叙事的阅读过程中,考察作品在其

---

① 20世纪60年代末至70年代初,西方女性主义运动有一句著名口号,叫作"个人问题即政治问题"(The personal is political)。

② "我跌落在生活的荆棘上,我流血了"出自英国诗人雪莱的《西风颂》。

③ 维姆萨特(W. K. Wimsatt, 1907—1975):美国新批评理论的重要代表人物,主张用"语象"这一术语来指示文学意象,以说明文学的形象性与语言的使用存在着重要关联。

生产之际所处的宏观经济和阶级体系。(d) 酷儿理论(queer theory)①的尝试。由于异性恋作为一种常态往往会心照不宣地指引着许多针对个体叙事作品的阐释,以及某些针对人物和情节的理解,因此酷儿理论所要做的便是力图颠覆那样的传统观念。(e) 后殖民理论的各种分析。这些研究所关注的是后殖民状况如何对叙事的建构与接受产生影响。(f) 新历史主义针对文学叙事所展开的研究。它将文学叙事置于其在创作之际所处宏观文化话语的网络之中,进而使得文学叙事不可避免地与那一网络产生相互影响的作用。

这一研究模式与那种将叙事当作形式系统的研究存在着显著的差异,其原因既在于它对政治的强调,同时也在于这样的政治介入常常会为批评家们提供一种借以审视研究对象的滤镜。起初,从事叙事形式系统研究的理论家们与那些将叙事当作意识形态工具加以考察的理论家们彼此沿着平行的轨道各行其是,甚至相互猜疑。但是随着时间的推移,这两条轨道发生了交汇,彼此之间的不信任也已烟消云散。那些对形式和政治加以兼顾的批评家们已经证实,这两种关注之间不仅没有必然的矛盾,而且还可以相得益彰。在 20 世纪 80 年代中期,仅有为数不多的研究表明,文本的形式特征研究如何有可能与作为意识形态工具的文本研究发生关联,这其中便包括斯科尔斯所著《文本的力量》(1986)一书。斯科尔斯确认了严肃的文本研究所包含的三大步骤:其一,阅读,这主要着眼于发现文本赖以建构的二元对立;其二,阐释,这个工作所关注的是如何在文本的二元对立与宏观的文化准则之间建立联系,从而具体说明文本该如何审视那些二元对立之间的关系(比如,文本是否对某一种文化准则有所偏向?),并确定其针对那一关系的态度(比如,它对那种偏向性是褒还是贬?);其三,批评,此项任务旨在就文本对那些文化准则所持态度进行评价。在这些步骤当中,阐释的作

---

① 作为后结构主义理论体系下衍生出来的激进产物,"酷儿理论"兴起于 20 世纪 70 年代,兴盛于 20 世纪 90 年代;它旨在向社会常态提出挑战,尤其是竭力批判传统的异性恋霸权,更重要的是,它作为一种策略旨在为边缘群体建立一种政治联盟。

用乃表现为在文本细节与宏观文化准则之间建立联系,并借此将文本视为一种意识形态的工具。但是,这种工具发挥其功效的独特方式乃是依赖于它针对具体的二元对立所进行的选择与组合。换句话说,由于斯科尔斯将阅读视为阐释的基础,因此,他的方法当中并不存在关注文本形式特征与关注文本作为意识形态工具之间的矛盾。与此同时,斯科尔斯的方法还强调,读者不该只是文本意识形态信息的被动接受者,相反,他应成为那一信息的积极评价者。如此一来,作为语象的文本便带着它那令人啧啧称赞的完美形式,走向了穷途末路的境地。倘若说斯科尔斯的这种方法存在任何问题,那么这问题就在于它将二元对立视为文本建构所赖以实现的主要基础。^{iv}

当然,在文本形式与意识形态之间建立关联的研究方法并不止于此。还有两种方法对于发展中的叙事理论尤为重要,而且我将主要借助它们来说明如何把叙事当作意识形态工具加以研究:一是巴赫金就小说作为对话性话语所给予的关注;二是女性主义批评和理论中被称为女性主义叙事学的那一分支。1918 至 1929 年之间,数位俄国知识分子走到了一起并形成了一个学术圈,巴赫金便是其中的成员,此外还包括梅德维杰夫(Pavel Medvedev)和沃洛希诺夫(Valentin Voloshinov)——这两位学者的作品时而被认为是出自巴赫金之手。巴赫金的理论创作直到 20 世纪 80 年代早期,方才引起西方学界的广泛关注,当时出现了两部新译的巴赫金著作:《对话的想象》及《陀思妥耶夫斯基的诗学问题》。巴赫金的叙事研究方法之所以与经典叙事学存在着巨大的差异,乃是因为他对语言本身持有极为不同的观念。

如上文所指出的,索绪尔语言学当中的一个关键区分在于"语言"和"言语"之别,换言之,就是形式的、抽象的语言系统与使用中的语言之间的区别。对索绪尔来说,"语言"使得"言语"成为可能,而"言语"则导致"语言"中的历时性变化。索绪尔主要着眼于描述"语言"的要素与结构,同样结构主义叙事学家们则关注于书面叙事的语法。然而,巴赫金却与他们形成了对照,他主要关注的是"言语",而且的确如他所见,

"言语"的多样性如此之甚,任何试图全面把握"语言"的努力均注定要以失败告终。此外,"言语"的多样性作为一种功能,也不仅仅体现于说话者所使用的一系列语义形式和句法结构,它同时还体现在语言和意识形态之间不可分割的关联之上。语言的社会属性指的是,不同的社会群体会创造出独特的措词与句法模式,而那些模式必然会承载相应群体的意识形态价值。这样,每一个言语既传达出语义意义,同时也传达出意识形态意义,因为每一个言语所承载的不仅是内容,而且还包括一整套与其独特措词及句法相联系的价值观念。任何说话者均不可能完全成为其言语的拥有者,因为那言语中的语汇已为他人所用,且伴有先前使用过的痕迹。于是,巴赫金将任何一种语言,比方说英语,均看成是由近乎不计其数的社会方言或微型语言(或语域——基于该术语众多意义中的一种而言)所构成,而其中的每一种又都充斥着意识形态价值。譬如,我们可以识别出法律语言、街头语言、学术语言、大众传媒语言,等等。另外,一个特定社会常常会在其社会方言中建立起一种等级体系,其中的一些要比另一些更加被官方所认可并因此而更具权威性。对巴赫金来说,一个人要想将自己塑造为成熟的说话者,就意味着要建立起自己与现存权威话语之间的联系,而实现这一目标的方式乃是采用他所谓的内在劝说话语(internally persuasive discourses)——此类话语为个体社会成员所重视,却又与他们在社会等级体系中所处的地位没有关联。

巴赫金指出,小说是文学艺术的最高形式,因为它最为有效地将一个社会的多种方言纳入彼此之间的对话关系之中。这种对话的实现途径可以是对诸方言进行序列性组合,或是采用巴赫金所谓的"双声话语"(double-voiced discourses),也即在单个言语中使用一种以上的方言。为了借助于这些方言去展示巴赫金所谓的杂语或复调,有一些小说会促使一种方言凌驾于其他方言之上。而另外一些小说,在巴赫金看来,则要胜过所有其他的小说,比如陀思妥耶夫斯基的那些作品——它们的复调展示能够使得任何一种方言乃至于任何一种意识形态立场均无法占据主导地位。

　　巴赫金对叙事话语的研究产生了广泛的影响。他在《对话的想象》中就狄更斯和屠格涅夫笔下的双声话语所做的分析,以及他在《陀思妥耶夫斯基的诗学问题》中就复调所做的分析,为此后的研究提供了广为接受的模型。另外,他就语言和意识形态之间的联系所提出的观点也几乎被所有其他的意识形态批评模式所采纳。在下文论及叙事话语的那个部分中,我会就伊恩·麦克尤恩①所著《赎罪》(*Atonement*)中的一个段落做出一些巴赫金式的分析。

　　从整个20世纪70年代一直到80年代中期,女性主义理论和批评就特殊历史时刻性别在叙事生产和消费中所起到的举足轻重的作用,进行了赋有价值的研究。正是在这一时期,结构主义叙事学逐渐陷入了低迷,而后结构主义理论却凭借其针对描述性诗学的可能性及可取性所持有的怀疑姿态,发展成为新的正统观念。接着,苏珊·兰瑟②于1986年提出将结构主义叙事学的精确分析与女性主义的政治关注相结合起来,以促使这两种研究方法相得益彰。起初,有一些叙事学家觉得形式研究与政治研究两者之间难以协调,还有一些女性主义批评家则认为叙事学不过是一种空洞的形式主义。但是,兰瑟及其他学者的研究如今却已将女性主义叙事学打造成为了叙事理论当中的一场重要运动。其核心的理论原则是:作者、叙述者、人物,以及读者的性别不仅与叙事研究存在关联,而且在某种意义上还是叙事形式的内在元素。于是依照这一观点,任何围绕作为形式系统的叙事所进行的描述,但凡将性别排除在外,都是有所欠缺的。与此同时,女性主义叙事学的研究也已显示出对形式与性别之间的相互关联及进行历史化处理的重要性:虽然这种关联本身一直存在于叙事的历史进程之中,但其确切属性却会随着时间的流逝而发生变化。女性主义叙事学所提出的问题涉及

---

　　① 伊恩·麦克尤恩(Ian McEwan,1948—):英国小说家,布克文学奖获得者。
　　② 苏珊·兰瑟(Susan Lanser,1944—):美国布兰迪斯大学英语教授,美国女性主义叙事学的代表人物。

叙事的所有元素,但其主要贡献到目前为止乃是体现于叙事话语的研究之上;关于那些贡献,我将在下文进行更为详尽的论述。

四号主角:作为修辞的叙事

> 我是多层面的,有所意图,关乎伦理。抑或,我是平面化的,意义单一,旨在说教。

总体而论,修辞性方法之所以不同于结构主义、认知及意识形态的研究方法,乃是因为它一方面关注到了修辞三角(rhetorical triangle)上的所有三个点——作者、文本和读者——在叙事意义生成过程中的作用,另一方面又较少关注那些恒定不变的规章制度或先验的政治信仰。在这里,我要专门论及修辞性方法的三种类型:它们均特别强调读者在意义生成过程中的作用,与此同时,它们对那些引导读者功能的文本信号也保持着强烈的关注,并且承认作者是文本的建构动因。对于这三类方法中的头两类来说,文本当中的空白(gaps)尤为重要。沃尔夫冈·伊瑟尔(Iser)通过对胡塞尔(Husserl)和英伽登(Ingarden)的现象学加以利用,认为作者、读者和文本之间存在着一种动态关系,在那里读者先是追随作者的预构(prestructured)文本信号,但随后又会不可避免地遭遇到那些信号当中的空白。针对那些空白,不同的读者会以不同的方式去加以填充,从而为叙事文本潜在意义的实现提供了不同的具体可能。正是部分得益于这种英伽登—伊瑟尔模型的影响,梅尔·斯滕伯格①乃得以围绕这三种相互联结的叙事关注进行了赋有创意的研究:悬念(suspense)——涉及读者对尚待讲述的内容所保持的关注;好奇(curiosity)——涉及读者对已述内容中的空白所保持的关注;以及惊讶(surprise)——涉及读者通过意外方式对空白加以填充时所经历的认识活动。按照斯滕伯格的观点,叙事是一种话语模式,在其

---

① 梅尔·斯滕伯格(Meir Sternberg,1944—):以色列特拉维夫大学诗学及比较文学教授、叙事学家,《圣经》叙事诗学的研究专家。

中发挥主导作用的是这三种关注之间的相互影响。ᵛ关于第三类方法，我将给予最多的篇幅加以讨论，原因在于，与其他两类方法相比，它对斯科尔斯和凯洛格的情节、人物及叙事话语等诸范畴做出了更大的贡献。而这一方法之所以能够得以衍生，则要归功于韦恩·布思，正是他将"芝加哥学派"①的新亚里士多德主义诗学修正为一种叙事的修辞学。

此方法将叙事看作是围绕人物和事件所进行的一种有意图的交往之举：某人在某场合出于某种目的告诉他人某事发生了。就其对交往行为的强调而言，这一方法特别关注讲述者、受众及已然事件之间的关系。另外，按照此方法在聚焦于某种（或多种）意图时所包含的认识，叙事乃意味着一种多层面的交往：在那里，讲述者试图把握并影响其受众的认知、情感和价值观。这种方法还规定，在讲述已然事件的过程中，叙述者所谈及的人物彼此之间应表现出具有伦理维度的互动关系；同时，对于这些围绕人物及其行动所做的报道来说，无论是进行讲述，还是加以接受，也都必须表现出其伦理维度。因此，该方法所观照的目标不仅包括受述内容（the told）的伦理取向，而且也包括讲述行为（the telling）的伦理取向。

这一方法可以追溯至亚里士多德在《诗学》中就悲剧所下的定义，即悲剧乃是对行动的摹仿，能够引起怜悯和恐惧，并导致那些情感的净化。该定义将悲剧及其对观众的影响联系起来，从而使得修辞学成为诗学的一部分。芝加哥大学的第一代新亚里士多德派批评家们曾于1953年发表了宣言书，他们也以大致相同的方式将修辞学纳入诗学当中。R. S. 克莱恩②在他那篇具有开创性意义的《情节概念与〈汤

---

① 20世纪30年代至50年代间兴起的文学批评流派，肇始于芝加哥大学，之所以被贴上"新亚里士多德主义"的标签，乃是因为它强烈地关注了亚里士多德的人物、情节及文类等诸多观念。尽管它对当时盛极一时的新批评形式加以批判与修正，但却时而被学界看作是新批评运动的组成部分。

② 克莱恩（R. S. Crane, 1886—1967）：芝加哥大学英语教授，著名文学理论家，"芝加哥学派"文学批评的创始人之一。

姆·琼斯〉的情节》一文中指出,菲尔丁小说形式的关键在于其情感效应;具体说来,当汤姆即将兑现其生来注定要上绞架的预言时,却得以从绞索下逃脱并与索菲娅·威斯顿幸福地步入婚姻殿堂,而读者在此过程中所体验到的愉悦即所谓的情感效应。克莱恩从这一情感效应出发,研究了菲尔丁在下列两个方面所进行的具体选择:一是事件的序列;二是菲尔丁就谁是真正了解汤姆身世的人所进行的各种揭示,从而反向推导出此情感效应得以生成的原因。相应的,克莱恩就那些选择所做出的分析则为他的情节定义提供了基础,即情节是人物、行动和思想的综合体,其构思旨在通过一种独特方式去感染读者的情绪。

布思,作为克莱恩的学生,在其《小说修辞学》(1961)当中则对诗学与修辞学之间的关系加以颠倒,并借此为更广泛的叙事修辞研究铺平了道路。《小说修辞学》的初衷是为了捍卫某些在20世纪中叶业已陷入失宠境地的叙事技法,尤其是诸如菲尔丁、狄更斯、艾略特和其他18及19世纪小说家们所采用的那种公开的作者议论手法。当然,在布思看来,这种议论也并非总是有效的,相反他指出,任何涉及其有效性的评判都要取决于这种议论与小说的总体意旨——以独特方式打动读者——之间的关系。如果这种议论对该意旨起到了促进作用,那么,它就是有效的;如果这种议论对该意旨产生了削弱作用,那么,它便是无效的。

布思在进一步探讨该问题的过程中指出,无论是哪种技法,它对读者所产生的影响都只会是此,而不会是彼,因此,任何技法从根本上说都是修辞性的。如此一来,布思乃是围绕小说与修辞之间的关系展开了更大范围的论述,而他就公开的作者议论这一技法所进行的探讨便仅仅成了其中的一部分。小说家所面临的选择并非运用修辞与否,而是运用哪一种相关的修辞——公开议论或是不做议论,对戏剧性场面加以呈现抑或对事件进行总结,凡此种种,不一而足。

这种带有修辞性本质的叙事观乃影响着布思就作者、叙述者及读者之间的关系所给予的考察,而最重要的关系则存在于作者——或用布思创造的术语来说,即"隐含作者"(implied author)——与叙述者及作者的预期读者(intended audience)之间。(布思的所谓"隐含作者"指的是作者在叙事创作过程中所建构的自身形象)隐含作者的表达可以是直接或间接性的,这要看采用的是哪一类叙述者。对于可靠叙述来说,叙述者的报道和评价会得到隐含作者的认可,因而这样的叙述便是针对作者的读者(author's audience)所进行的直接表达。而对于不可靠叙述来说,叙述者的报道和评价则不会得到隐含作者的认可,因而这种叙述也就成了间接表达。关于可靠叙述和不可靠叙述,我将在论及叙事话语的那一部分中进行更为充分的讨论。

通过对作者、叙述者及读者之间的修辞性对话加以关注,布思得以在《小说修辞学》的尾声就伦理批评进行了一次早期的介入。布思探讨了其所谓的"非人格化叙述"(impersonal narration)在被用以再现道德沦丧的人物时,所产生的道德影响。在布思那里,"非人格化叙述"不仅可以指某一人物的叙述(第一人称叙述,或如我们在下文将要看到的,由热奈特提出的更为精确的表述——同故事叙述),而且也可以指意识中心的叙述。布思认为,恰恰是这种追随人物内心活动的行为,通常会使得那一人物可以至少获取某种程度的同情。布思担心,这样的同情有可能会背离作者就人物的道德缺陷所设置的信号。在20世纪60年代,布思的这部分论述招致了反对的声音,而其中的大多数恰恰来自他自己的读者——比如,斯科尔斯和凯洛格在本书第278页上的评述——而且,如布思在第二版(1983)的"后记"中所指出的,他本人不久也感觉到这一点仍有值得商榷之处。不过,布思坚持认为伦理乃是修辞学不可或缺的组成部分。而且,他在1988年所著的《我们所交的朋友》(The Company We Keep)一书中,又重新回到这一具有普遍意义的论题上来。他在该书中指出,由于叙事作品的修辞性建构可以引导读者去选择某一特定的欲望趋向,因此叙事作品不可避免地会染指读者的价值观念,至少可以影响我们对事物的取舍。布思在更为广义的层面上,将他所关注的作者与读者之间的复杂交往,发展成为一种以书为友的隐喻——它们可能是益友,也可能是损友。

如今,布思的研究已在许多方面得到了修正与拓展,这使得他的修辞性方法不仅将叙事看作有意图的交往行为,而且还表现出三种可为识别的核心原则:

(Ⅰ)它假设在作者效能、文本现象(包括互文关系),以及读者反应之间存在着一种循环关系。作者设计文本,以独特的方式感染读者;那些文本设计要得以表达,就必须借助于词汇、技法、结构、形式,以及文本的互文关系;读者反应作为文本设计过程中所产生的一种功能,能够指导作者如何通过文本现象对文本加以设计。

(Ⅱ)此方法认识到叙事交往中所出现的多重读者。彼得·拉比诺维茨曾令人信服地指出,虚构性叙事中存在着四种截然不同的读者。我本人在《作为修辞的叙事》(*Narrative as Rhetoric*,1996)一书中则建议对拉比诺维茨的模型做一番改动,以将其叙述读者的概念与杰拉尔德·普林斯的结构主义之洞见——即叙述者的在场乃隐含着受述者(narratee)的在场——区分开来。正是那一番改动使我们获得了5种读者:

1. 有血有肉的读者或实际的读者:我们每个人均被赋予了伟大(也许并没有那么伟大)的个体性,以及共同的人类禀赋。

2. 作者的读者:作者的理想读者。修辞性模型认为,有血有肉的读者力图进入作者的读者当中,以领会叙事作品为读者参与所提供的各种激励因素。

3. 叙述读者:这乃是有血有肉的读者在叙事世界中所采取的观察者立场。在小说中,我们所采取的这一立场使得我们对人物的真实性深信不疑。这种进入叙述读者的能力,作为一个重要原因,解释了我们为什么可以对虚构性叙事做出情感上的反应。

4. 受述者:叙述者的发话对象,他既可能是人物化的,亦可能是非人物化的。

5. 理想的叙述读者:叙述者心目中所假想的完美读者;他被寄希

望于对叙述者所传达的每一点精微之意都能够做到心领神会。这种理想的叙述读者与实际的受述者之间可能会,也可能不会碰巧发生重合,而且对于修辞性阐释而言,它既可能是,也可能不是一个重要的组成部件。

(Ⅲ)修辞性方法还注意到个体叙事作品往往以显性或隐性的方式,树立自己的伦理标准。因此,它首先会关注那些标准是如何影响作者的读者所做出的判断,然后再由它自身对那些标准及其在叙事中得以展现的方式进行评价。如此一来,修辞性批评家乃是从内向外,而不是从外向内地进行伦理批评。也就是说,她并非将一种业已存在的伦理体系应用于叙事之上,而是力求发掘文本的内在价值体系,以及作者是如何凭借那一体系去实现叙事的交往意图。接下来在最后一个步骤中,批评家会引入她本人的价值观念,以对文本的价值体系及其应用做出评判。通过从内向外,而非从外向内的研究,修辞性批评家便可让自己的价值观念经受挑战,并最终借助于阅读体验使之得以改观。

第二部分:情节、人物及叙事话语 自1966年以来

情节的历程

是的,哦亲爱的,是的——绝对如此——我拥有一个情节。凡我所到之处,至少会带有一个情节。

"叙事作品的灵魂并非情节,而是思想品性(它通过人物塑造、行为动机、描写及议论所构筑的语言加以表达)。情节仅仅是不可或缺的躯壳,只有赋之以人物和事件的血脉,它才能够创造出必要的、可被赋予生命的黏土。"(《叙事的本质》,第239页)

这些总结性语句出现于1966年版《叙事的本质》中论述情节的那

一章;它们反映出当时的普遍观念,而究其根源,则可能表现在这么几个方面:E. M. 福斯特对人物的偏好胜过他对情节的重视;亨利·詹姆斯在不少"序言"中往往将技法视为小说"工艺"中最重要的元素;此外,当时盛行的"新批评"正统学说将文学看作是一种特殊的语言运用。然而,过去的四十年来,叙事理论中的情节已经从罗德尼·丹泽菲尔德①的境地中解脱出来,进而赢得了远比以往更多的尊重。伴随着情节在其命运的沉浮中所经历的这一变化,它所指涉的内容也得到了拓展:按照当年斯科尔斯与凯洛格所下的定义,情节作为一个较故事"更为具体的术语",乃是"仅仅意指行动本身,而把针对性格的观照降至最低限度"(第 208 页);相比之下,大多数当代叙事理论家则把情节当作一种更具包容性的术语加以使用。在《情节阅读》(*Reading for the Plot*,1984)一书中,彼得·布鲁克斯②将情节视为——借用他在副标题中的措词——叙事的"构思与意图"之关键所在。在海登·怀特③看来,"情节化"(emplotment)乃是历史创作的一项根本任务,它意味着将一系列事件转化为一个连贯的整体,从而以更为宏观的图景去展现那些事件。保罗·利科④也同样使用了这一术语,以说明叙事如何既做到将其不同元素置于彼此之间的意义关系当中,同时又能够使那些元素与更为宏观的叙事要旨发生意义关联。而我本人则以 R. S. 克莱恩的情节观为基础,在《阅读人物,阅读情节》(*Reading People*,*Reading Plots*,1989)中提出了一个替代性的术语,"叙事进程"(narrative progression),以表示那种由文本从头至尾的运动及作者的读者就那一

---

① 罗德尼·丹泽菲尔德(Rodney Dangerfield,1921—2004):美国著名喜剧演员,其最出名的口头禅是"无人敬我"(I get no respect)。

② 彼得·布鲁克斯(Peter Brooks,1938—):美国叙事理论家,现为耶鲁大学比较文学教授。

③ 海登·怀特(Hayden White,1928—):美国著名历史哲学家、思想史家及文学批评家,新历史主义理论的代表人物。

④ 保罗·利科(Paul Ricouer,1913—2005):法国著名哲学家、阐释学家及现象学家。

运动所做出的动态反应组合而形成的综合体。并且我还指出,进程乃是叙事形式的一个核心概念。在我即将对布鲁克斯及我本人的观点加以论述之前,我首先想考察一下:当叙事被视为形式系统时,情节会有怎样的表现。

由于结构主义往往关注叙事的内在模式,并赋予描述性诗学以凌驾于阐释之上的优先地位,因此,它的情节处理方法也同样会深受这一倾向的影响。结构主义的情节研究并非以故事/话语之分为基础,去探讨故事是如何借助于话语实现其情节转换,而是通过追随普洛普的做法,试图发现个体叙事或可辨文类的各种表层结构之下所隐匿的深层事件结构。在此类分析当中,最具洞察力的要数托多罗夫在《散文的诗学》(*The Poetics of Prose*, 1977)中就经典侦探小说所做的分析。他认为这些小说当中存在着两种彼此之间甚至无需发生关联的故事:犯罪的故事与破案的故事。此外,由于犯罪的故事并不具有即刻的在场性,而且探员总是能够免于严重的伤害,因此,破案的故事乃是作为一种中介处于读者与犯罪的故事之间。

就结构主义的情节研究而论,最为极端的事例当数结构人类学家列维-斯特劳斯(Claude Levi-Strauss)围绕索福克勒斯的《俄狄浦斯王》所展开的神话分析。在列维-斯特劳斯看来,借助于神话这种方式,文化便得以确认并时而解决自身的内在冲突。他指出,《俄狄浦斯王》的深层结构情节乃是基于四种"神话素"(mythemes)(特定文化的核心信仰):过高估价血缘关系(俄狄浦斯与母亲约卡斯塔的乱伦);过低估价血缘关系(俄狄浦斯杀死其父拉伊俄斯);否认我们由大地所生(俄狄浦斯杀死斯芬克斯),以及肯定我们由大地所生(俄狄浦斯的肿脚)。无论人们如何以其他方式看待列维-斯特劳斯的分析,有一点是可以肯定的,即它的确支持了彼得·布鲁克斯在《情节阅读》中所提出的观点:结构主义研究倾向于对情节进行空间化处理。说得再明确一些,列维-斯特劳斯的观点——神话作为工具能够帮助人们应对其文化中的矛盾因素——预示了认知叙事学的构想,即叙事乃是一种建构和理解世界的资源。

虽然我们在上文中看到了莫妮卡·弗卢德尼克的认知研究是如何削弱情节而突出体验性和叙事化,但是其他流派的认知叙事学则对情节给予了更多的重视。帕特里克·科姆·霍根①在《思维及其故事:叙事的共性与人类的情感》(The Mind and Its Stories: Narrative Universals and Human Emotions,2003)一书中指出,有三种故事结构的运用是超越文化界线的,因而可被称为名副其实的共性元素:浪漫式结构、英雄式结构和牺牲式结构。浪漫式结构涉及恋人之间的关系,尤其是他们的分离和重聚。英雄式结构则不仅涉及权力的纷争及其在某一特定群体中的化解,而且还涉及该群体针对外部群体的有害入侵所展开的防御。牺牲式结构则是关于公众所遭受的巨大伤害,以及这种伤害如何通过一个或多个社会成员的牺牲行为而得以愈合。当然,霍根并非认为这些反复出现的"故事结构"本身即情节,或是认为所有情节都至少会以这些结构中的一种来作为其自身的内在基础。相反他指出,在人们经常讲述的叙事当中,这些结构乃是其情节的典型特征;而与此同时,个体情节也可能会在援用一个或多个这样的结构之际,恰恰与它们发生了背离。

爱玛·卡法莱诺斯②在《叙事的因果性》(Narrative Causalities,2006)一书中,将普洛普所开创的功能分析与认知叙事学对文本处理的关注加以结合。卡法莱诺斯识别出叙事因果体系中所潜藏的 10 种功能(比如一种均衡被打破,一个行动元[actant]决定矫正此局面,该行动元采取行动,均衡得以恢复),以及读者设置那一因果体系的种种方式。卡法莱诺斯的研究不仅为情节的结构提供了新的见解,而且还重申了叙事与因果解释之间的密切关联。

---

① 帕特里克·科姆·霍根(Patrick Colm Hogan,1957—):康涅狄克大学英语教授,主要研究领域包括比较文学、文化研究及认知科学。
② 爱玛·卡法莱诺斯(Emma Kafalenos,1939—):美国叙事理论家,执教于圣路易斯华盛顿大学比较文学系。

戴维·赫尔曼围绕情节所进行的认知研究，乃是衍生于他针对文类和优先原则之间的联系所形成的观念。优先原则意味着"在处于一组 Z 条件下时，优先将 X 看成 Y"。同时，赫尔曼所阐述的条件组合又恰恰关联着某些显著的文类差异。换言之，赫尔曼力图解释为什么一个人物在某些条件组合(Z)下从事某些行为(X)，便总是会指示出某种文类(Y)。在此认知导向的指引下，赫尔曼将这些条件组合划分为各种"过程类型"(process types)，如行动(doing)过程、感知(sensing)过程和存在(being)过程——认知理论所做出的这些分类能够帮助我们理解各种人物行为。接着，他又考察了不同的过程类型是如何以典型的方式在不同的文类中进行组合。我们不妨从赫尔曼那些细致缜密的分析当中，抽取两个简单事例为证：在史诗里，行动过程要比存在过程更为重要，而在心理小说当中，感知过程则要比行动过程更为重要。

在《情节阅读》中，布鲁克斯开创了一种心理分析方法以强调情节的时间维度。为了在情节的时间性与生命的时间性之间建立关联，他依照弗洛伊德的《超越快乐原则》对情节阅读进行了分析，并发展出一种模型将叙事描述为追求终结的欲望。于是在他看来，情节的开端便是激起欲望，情节的中段主要是通过重复以推迟和拖延欲望的满足，而情节的终止则是前两个部分所酝酿起来的压力得到了令人满足的释放。比如在简·奥斯丁的《傲慢与偏见》中，情节的开端将伊丽莎白和达西的婚姻作为欲望加以引入，而后便是漫长的情节中段对二人的婚姻实施拖延——其手段是让情节复杂化，并对二人之间的各种会面和误解进行带有一定差异的重复。最后，情节的末尾通过他们的婚约满足了欲望。布鲁克斯的研究模型尽管颇具影响，但也遭到了批评——尤其是来自苏珊·韦奈特[①]的批评，原因是该模型中包含着一种臆断，即男性的性反应轨迹是所有情节的内在模式。

---

① 苏珊·韦奈特(Susan Winnett，1954—)：美国学者，现执教于德国汉堡大学英美研究系，主要从事性别与叙事研究。

苏珊·弗里德曼①于1993年所提出的空间化(spatialization)概念并非旨在复兴结构主义的研究手段,而是为了用另一种方法对情节观念进行复杂化处理。她的核心论点是,叙事不仅具有穿越时间的横向运动,而且还具有一种将叙事的横向面与文学、历史及心理性互文本(intertexts)联系起来的垂直维度——正是它使得情节的空间观得以复现。文学性互文本既包括各种文类模式,也包括先前的具体叙事;历史性互文本涉及的是更为宏观的社会秩序,包括文化叙事在内;而心理性互文本则包含着各种抑制(repression)与回归(return)模式,它们不仅存在于作者与素材的关系当中,也存在于文本自身的内部。

于是,弗里德曼在研究《傲慢与偏见》时便着重关注了奥斯丁的婚姻情节是如何与先前的各种婚姻情节发生互动,进而使得伊丽莎白不仅在一定程度上实现了对达西的改造,同时也在一定程度上幸运地成为达西宽容品性的受惠者。另外,她还突出关注了小说对婚姻市场的评述,以及那一市场对女性经验和抉择所施加的束缚与限制。夏洛蒂·卢卡斯宁愿出于现实考虑嫁给了自负而木讷的柯林斯,也不打算形单影只地度过一生;这样的抉择对于历史性互文本的讨论来说,具有重要的研究价值。最后,弗里德曼还试图对奥斯丁本人作为单身女性的经历与伊丽莎白命运的横向展开了比较,从而探寻两者之间所隐含的联系(这其中既有相似点,也有差异性)。

弗里德曼的空间化研究作为一个实例说明了女性主义批评家如何聚焦于情节模式中所包含的性别政治。雷切尔·杜普莱西斯②在《超越终结的写作》(Writing Beyond the Ending,1985)当中,言简意赅地道出了许多女性主义情节研究所因循的论断,"意识形态乃纠结于叙事结构之中"(5)。情节的性别意识形态得以显现的方式涉及诸多方面的

---

① 苏珊·弗里德曼(Susan Stanford Friedman,1943—):威斯康星大学麦迪逊分校英语系教授,主要从事性别与女性研究。
② 雷切尔·杜普莱西斯(Rachel Blau DuPlessis,1941—):美国诗人、散文家及女性主义批评家。

问题,比如:情节如何对男性和女性人物的作用加以限制或增强;它们如何对某些类型的冲突加以确立,而对其他的冲突则予以忽略;以及它们如何对那些冲突所可能带来的结果进行想象。历史,无论是社会性的还是文学性的,都会更青睐于某些情节并借此将它们与某些文化价值观念联系在一起。比如,《傲慢与偏见》就是婚姻情节的一种类型;这种情节在英美两国的社会史及文学史上声名显赫,它既推崇异性恋与婚姻,同时也试图通过强化父权制秩序——一方面为婚姻市场树立规范,另一方面将女性的合法地位框定在家庭的圈围之中。正如杜普莱西斯和许多其他女性主义批评家所指出的那样,女性作家、男女同性恋小说家,以及有色人种小说家围绕情节所展开的实验应该被理解为形式革新与政治主张的复合体:打破序列,如弗吉尼亚·伍尔芙所云,既是向常规的情节模式发出抗议,同时也是为了探寻各种形式以展现那些模式所忽略的诸多经历与价值观念。

詹尼特·温特森①的小说《写在身体上》(Written on the Body)即可从打破婚姻情节序列的角度进行有益的解读。它所追踪的并不是单独的一对情侣是如何终成眷属,而是一位无名氏的人物叙述者围绕爱情与失去所经历的多重体验。在传统的婚姻情节中,性行为往往被禁闭在小说结束之后、那未曾得以讲述的夫妻生活当中,而温特森的主人公却拥有多个性伴侣。尽管在温特森的描绘中,人物叙述者与一位名叫露易丝(Louise)的恋人发生了短暂的结合,并由此而表现出婚姻情节的取向,但温特森接着却背离了那一情节,转而聚焦于叙述者是如何失去露易丝,以及他是如何努力去接受这一事实。此外,与婚姻情节对异性恋的强化趋向不同,温特森对那种想当然的立场采取了挑战的姿态:第一,在她的描述中,人物叙述者的性伴侣既有男性亦有女性;第二,她拒绝对人物叙述者本身的性别加以确认。同时如标题所示,《写

---

① 詹尼特·温特森(Jeanette Winterson,1959—):英国小说家,其作品及个人生活中的同性恋取向使她成为英国当代备受关注与争议的作家之一。

在身体上》也是一则有关阅读的寓言。主要恋人之间的关系可被视为一种类比,意指作者和叙述者这一方与隐含读者及有血有肉的读者那一方之间的关系。如此一来,这种对人物叙述者自身性别加以模糊的形式取向便产生了其政治功效:它不仅置阅读经验于窘境之中,而且还表明阅读欲望正如所有其他的欲望一样,不能简单地受制于性别和性征上那一刀切式的分类。

我本人针对情节所采取的修辞性研究方法最初在《阅读人物,阅读情节》一书中提出,而最近为了对该方法进行详尽阐述又在《体验小说》(即将出版①)当中就情节的起始、中段和结尾进行了更全面的探讨。如我在上文所指出的,此方法要求我们用"进程"这一术语去替代"情节"。作为一种综合体,进程代表了文本的内部运动,其中既包含文本从头至尾的发展,同时也包含作者的读者对那一发展所产生的动态反应。文本内部运动取决于不稳定因素与紧张因素的引入、纠结及其化解(常常只是部分化解)。不稳定因素与紧张因素均系悬而未决之物,但前者涉及的是故事性元素,尤其是人物及其处境,而后者涉及的却是话语性元素,比方说作者、叙述者和读者之间在认识上的差异(例如在悬疑作品中)或是涉及不同价值观念和理解能力方面的问题(例如在包含不可靠叙述者的叙事作品中)。读者在追踪不稳定因素及紧张因素的运动之际,会产生三大类关注:摹仿类(mimetic),即关注具有现实可能性的人物及其与我们相仿的世界;主题类(thematic),即关注叙事的思想、价值观和世界观;合成类(synthetic),即关注作为人工构想的叙事。通过因循叙事的内部动力,读者不仅发现了这些关注点,同时他们还会积极参与到许多更为具体的反应活动当中去:对人物进行评判,对他们施予希望、欲望和期望,并就总体的叙事形态和方向提出尝试性的假设。当然,《体验小说》还探究了作者的读者对叙事进程进行阐释性、

---

① 该著作的标题全名为《体验小说:判断、进程及修辞性叙事理论》(*Experiencing Fiction: Judgments, Progressions, and the Rhetorical Theory of Narrative*),已由俄亥俄州立大学出版社于 2007 年出版。

伦理性及美学性评判的重要意义。

如果我们要对《傲慢与偏见》的进程加以分析，就得突出下列两个方面之间的互动关系：一是伊丽莎白与达西喜结良缘的发展经过；二是奥斯丁对伊丽莎白作为单身无产女性所处境遇的主题化。这样一来，我们从摹仿性故事中所体会到的愉悦便可通过那一主题化处理而得到增强，并表现出深刻的语境化。我们不妨仅举一个显著事例以说明这种关系：柯林斯的数次求婚——首先是向拒绝他的伊丽莎白，接着是向接受他的夏洛蒂·卢卡斯——并不止是对此后达西向伊丽莎白求婚的拖延或预示。相反，它们对伊丽莎白来说代表着另一种命运，意识到这一点不仅能够增强我们对伊丽莎白嫁给达西这件事所表现出来的欲望和满足感，与此同时也是在强调，那才是伊丽莎白的幸运所在。

另外，该分析还会聚焦于伊丽莎白在逐步理解其自身处境方面与奥斯丁的读者之间所存在的差异。就此关注而言，一个显著的事例即在于奥斯丁围绕丽迪亚与威肯私奔那一次要事件所做的处理。伊丽莎白在造访彭伯里庄园（Pemberley）期间从达西那儿得知了这件事，而几个月之前，她曾拒绝了达西的首次求婚，并且同样也是在数个月之前，她通过考察达西在遭拒之后所写来的信件而意识到，自己完全错误地评判了达西和威肯。在这次造访期间，伊丽莎白既了解到事情的来龙去脉，又从雷诺兹太太口中听到有关达西人品的证明，而且还与达西相处了一段时间。通过这些途径，她对达西的人品有了深刻的认识，并开始爱上了他。然而当简（Jane）在信中告诉她丽迪亚离家出走时，伊丽莎白便认为自己的感情将不会有什么结果，因为在她看来，丽迪亚让全家所蒙受的耻辱必然会加深达西对这个家庭的反感。

不过，奥斯丁却给予了读者一系列不同的期望，其方式是通过建立起一种模式，一方面就达西的人品提供充分的信息，好让我们觉得伊丽莎白与他的订婚具有可取性；另一方面又确保伊丽莎白幸福之路上的威胁因素总能得以驱除。就该模式的这一部分而言，最显著的事例莫过于伊丽莎白不顾其母反对而成功拒绝了柯林斯的求婚——当然，同属于这一部分的还包括简的患病及其随后的康复,以及伊丽莎白本人继达西首次求婚后所发生的转变。于是,在奥斯丁的读者看来,丽迪亚的行为尽管对伊丽莎白最终的幸福构成了一个重要障碍,但这种障碍只是暂时性的,与此同时,我们则专注于去发现此障碍将如何得以消除。奥斯丁的本事在于将此障碍用作一种手段以说明达西是如何发生了转变,进而便能够使我们对他做出更为积极的道德评判。达西非但没有置班纳特一家于不顾,相反,他亲自应对威肯并尽力让坏事变好事。当伊丽莎白因为他的行动而向其表达感激之情时,达西亦鼓起勇气进行了第二次,当然也是一次成功的求婚。奥斯丁的读者之所以从二人的订婚当中感受到巨大的满足,乃是因为此订婚意味着这两个人物成长过程的圆满终结。

人物的特点

> 我是人,思想还是语言?全都是吗?什么都不是?如果全都是的话,那我的哪个部分是故事?假如什么都不是,那又是谁或东西在说这些话?

"那种认为人物塑造类型存在伯仲之分的观念是愚蠢的,而认识到其差异的存在则是智慧的开端。"(《叙事的本质》,第 161 页)

过去的四十年来,叙事理论对于人物的研究并非总是遵照着这种智慧——当然,造成此类偏差的原因是各不相同的。结构主义叙事学关注的是内在规则,因此它力图超越叙事表层结构当中的人物塑造类型,转而去发现所有人物形象的共性之处。在这方面,普洛普所从事的俄罗斯民间故事研究再次提供了一种赋有影响的范式,其关注焦点是人物在深层结构情节中所发挥的作用。普洛普不仅辨别出了 31 种事件,他还发现了 7 种反复出现的角色:英雄、伪英雄、恶徒、被寻找者与她的顾问①、调遣者②、施予者、协助者。结构主义者们对于普洛普研究方法的沿袭存在于两条相异却又相容的发展轨道上。一条是发端于普洛普的嫡系分支：A. J. 格雷马斯③曾一直致力于研究他称之为行动元的因素，并试图就其所扮演的角色发展出一种具有普遍意义的分类体系。其结果便是他一度提出的6元素分类体系："主体""客体""发送者"④"协助者""接受者""反对者"。（格雷马斯后来对此模型加以修正，将"协助者"和"反对者"改称为正向与负向的"助动元"[auxiliants]，但这一修正实际上并未做出多大改进）

在第二条发展轨道上，人物的内在构成要素虽然也受到了普洛普式的关注，但它们从根本上说却是属于语言学意义上的。正如一个具体的语义能指——譬如"男人"一词——可拆解为诸如，＋有生命的、＋人类的、＋男性的等语义标记，同样，人物亦可拆解为一系列与某个专有名词相关联的述语（predicates）。而这两种发展轨道之所以能够最终发生融合，则不仅是因为彼此均摒除了人物的个体性，而且也是因为那些归属于某个专有名词之下的述语能够通过它们所履行的普洛普式或格雷马斯式的普遍功能而得到进一步鉴别。

认知叙事学家们同样也在两个方向上朝前迈进着。戴维·赫尔曼对格雷马斯的行动元论述进行了改良。为此，他利用了近来语言学有关句法学和语义学之间的交叉理论。这一理论强调指出，若要对一个句子的意义给予充分的阐释，就有必要既关注句法学所描述的语法角色（名词短语与动词短语相联系），同时作为补充，还要关注语义学当中

---

① 通常指的是民间故事中的公主与她的父亲。
② 即民间故事中披露他人之需的角色，因而也是调遣英雄的人物类型。
③ 格雷马斯（A. J. Greimas, 1917—1992）：立陶宛裔法国著名结构主义语言学家，符号学"巴黎学派"的代表人物。
④ "发送者"（Sender），也有译为"发出者"，指的是主体为达至客体（目标）所依靠的外在驱动力或动因，既可是具体的人物形象，亦可是抽象的概念。

所包含的题元角色(thematic roles)①或参与者角色(比如"施事"[Agent]、"受事"[Patient]、"工具"、"目标")。在"狗吃了我的家庭作业"和"我的家庭作业被狗吃了"这两个句子中,尽管名词的语法角色各不相同,但它们的参与者角色却是相同的(狗是"施事",家庭作业是"受事")。再举一例,在"狗吃了我的家庭作业"和"狗死了"这两个句子中,"狗"的语法角色是相同的,但它们的参与者角色却是不同的(第一句中是"施事",第二句中则是"受事")。赫尔曼将这一研究应用于认知叙事学,实现了从"行动元"这一术语到"参与者"这一术语的转换;他对10种不同的参与者或题元角色加以分类,并意识到相同的参与者可以在叙事进程中扮演多种题元角色,正如不同的参与者能够分享相同的角色一样。另外,如我们在上文所见,由于赫尔曼的认知视角促使他将故事看作一种方式,供人们构建一个由各种过程组合起来的观念世界,因此他认为,当人物参与不同类型的过程时,他们会呈现为不同的角色。接着,赫尔曼又利用M. A. K. 韩礼德②的功能语言学对过程类型加以区分,具体包括物质过程(如"我再次将球放在篮子里")、心理过程(如"我斟酌了自己的选择")、关系过程(如"我是海象")、行为过程(如"我哭了")、言语过程(如"我重复了我的建议"),以及存在过程(如"你的汽车在车道上");此外,赫尔曼还运用这一分类法对参与者角色加以辨别。

而在弗卢德尼克那里,人类意识及体验性则成了关注的重点。这使得她不仅将人格(personhood)视为叙事性的本质所在,而且还将其视为读者赋予叙事的核心框架。这一框架可以有效地协助读者对文本加以叙事化处理,从而使我们能够应对那些极其缺乏行动序列的文本,或是那些无法准确加以标准化分类的叙述者。譬如,尽管我们可能不

---

① 认知语言学概念,指动词所述事件或状态中的参与者角色,也即对参与者在不同事件中所扮角色的分类。
② M. A. K. 韩礼德(M. A. K. Halliday, 1925—):英国著名语言学家、系统功能语言学派的创始人。

清楚《写在身体上》当中那位人物叙述者的性别,但我们对此形象的人格却并不存在疑问。当然,"人格"这个概念的伸缩性也并非没有节制。如果叙述过程中不断变更所提供的人物信息或使用多种互不相容的代词去指示他们,那么这样的叙事便会超越我们所理解的人格框架内容,从而使得叙事化处理无法得以实现。

就作为意识形态工具的叙事类别而论,巴赫金在其理论中所阐述的人物观可能是最为激进的。他对未完成性对话的推崇表明了他的潜在论断,即小说的实质乃是由对话性所建构的。也正是在这一论断的影响下,其人物观和情节观得到了相应的发展。实际上,巴赫金就对话性所表现出来的强烈关注颠倒了故事/话语之分的显性逻辑。如上文所指出的,那种逻辑认为人物与事件拥有一种独立于话语再现之外的品性。但是按照巴赫金的研究方法,这两种元素的重要性却主要缘自它们在作者的对话编排中所发挥的作用。这样一来,人物的重要性与其说是在于其性格体征,不如说是在于他们同小说中的一种或多种方言及其所反映出来的意识形态立场之间所建立的联系。类似的,情节的重要性也并非停留在如何将诸多事件整合为一种宏观设计,而更多地体现于它们是如何追踪诸方言之间对话的轨迹与终结(或无终结)。虽然巴赫金可谓是文学批评家当中的一种全适供血者——也就是说,他的思想几乎被用以服务于每一种重要的批评方法——但是,他关于人物和情节隶属于话语的观念却尚未得到大多数叙事理论家的采纳。

其他的意识形态批评家们往往关注人物再现如何与个体叙事的意识形态内涵发生功能性关联。于是,诸如《抗拒的读者》(*The Resisting Reader*,1978)一书中所展现的朱迪思·费特利[①]这样的女性主义者们便将聚焦点放在——(a)某一具体人物的特点是如何关联着叙事建构在历史节点上所因循的性别文化认识;(b)男女人物在情节中所扮演

[①] 朱迪思·费特利(Judith Fetterley,1938—):纽约州立大学英语系教授,其研究领域主要涉及女性研究、同性恋及"酷儿"理论,曾提出"抗拒性阅读"这一概念。

的具体角色,以及那些角色所揭示的性别意识形态。费特利在对这些关系加以分析时指出,由男性作家所创作的美国经典小说往往诱使女性读者进行自我背叛,因此,她认为女性应该抗拒那样的读者立场。

对于亚历克斯·沃洛克①而言,作为意识形态工具的叙事使得人物处于一种更为宏观的研究视野之中。为此,他在《以一对多》(*The One vs. the Many*, 2003)中提出了另一种研究方法。沃洛克一开始就对人物的形式理论进行了一番有益的阐释,首先他认为在作为"指代"的人物(也即摹仿性的人物)与作为"结构"的人物(也即叙事设计元素的人物)之间经常存在着一种矛盾;接着,他又引入两个相关的概念,即人物空间与人物系统。人物空间指的是任何人物所获取的文本空间量,它是指代性人物与结构性人物之间发生对抗的结果:作为指代的人物趋向于进行空间扩张,而作为结构的人物则会对那一趋向加以抑制。人物系统指的是以一种宏观结构对叙事中的所有人物空间进行的分配。以这些概念为基础,沃洛克便能够对主人公与其他人物之间的结构性关系加以研究。他认为,在现实主义小说中,尤其是在19世纪的欧洲现实主义小说中,这些结构性关系乃充斥着对抗。在沃洛克看来,想象性人物若要获得各自应有的充分表现,就必然意味着次要人物有可能占据更多的空间,甚至还会喧宾夺主。因此,主人公要想占据中央舞台,那么次要人物就必须做出牺牲。沃洛克接着援引了马克思主义的观念——即叙事文学反映其创作所依存的社会经济现实——并认为,19世纪小说中次要人物的牺牲体现了资本主义体制下的社会分层现象。所以,当沃洛克声称"次要人物是小说中的无产阶级"(第27页,着重号由原作者加)时,他并非在运用一种富于想象的隐喻,而是在小说形式与社会经济进程之间建立起一种强烈的关联。

在《阅读人物,阅读情节》一书中,我本人则不仅提出了一种不同的

---

① 亚历克斯·沃洛克(Alex Woloch, 1970—):斯坦福大学英语系副教授,主要从事小说和叙事理论研究。

人物观念，而且还认为，在沃洛克所谓的作为指代的人物与作为结构的人物之间乃存在着一种不同的关系。在我看来，人物具有三种构成要素，分别对应于读者在叙事进程中所形成的三大类关注：摹仿类（作为具有现实可能性的人物，也即沃洛克所谓的指代性人物）、主题类（作为代表更广泛阶层或体现一系列思想的人物），以及合成类（作为人工构想的人物，也即沃洛克所谓的结构性人物）。除此之外，不同的叙事进程还会以各自独特的方式引导我们进行动态关注，并借此在这些元素之间确立不同的关系。在现实主义叙事中，进程通常会将人物的摹仿类和主题类元素置于前景，而将合成类元素置于背景。在非现实主义模式中，摹仿类元素往往不是遁入背景就是以反摹仿性的方式存在，但不管在哪种情形下，合成类元素都会受到前景化处理。与斯科尔斯和凯洛格一样，我认为这三类元素之间所可能出现的多重关系就其美学价值来说，并不存在任何清晰划分的等级体系。

关于叙事话语的话语

> 就我所知，我是到目前为止唯一可靠的叙述者。

"叙事艺术的实质既存在于讲述者与故事的关系之中，也存在于讲述者与读者之间的那种关系当中。"（《叙事的本质》，第 240 页）

或许是因为叙事理论向来都在印证着斯科尔斯与凯洛格的断言，它在过去的四十年中所取得的最重要的发展，乃是其关于叙事话语的研究。我就巴赫金与布思展开的讨论已经显示了他们所做出的诸多贡献，所以在此，我将聚焦于热奈特、女性主义叙事学家，以及某些建立在布思研究基础之上的修正与延伸。接着，我还会从伊恩·麦克尤恩的《赎罪》——这样一部 1966 年之后出现的叙事作品中挑出一个段落，以进行例示性的分析。

故事/话语之分的影响之所以经久不衰，其原因之一即在于，热奈特在《叙事话语》里解决了叙事原理中的许多复杂问题，并因此而展示出其巨大的功效性。热奈特为他的这本书加上了"论方法"（An Essay in Method)这一副标题,言下之意,他所做的乃是一种非同凡响、具有自省意识的批评探索——既表现其理论性意义,也彰显其阐释性意义。他从头至尾所关注的内容不仅涉及普鲁斯特的《追忆逝水年华》,而且还涉及叙事话语的原理;他利用这些原理对普鲁斯特加以阐释;与此同时,又通过普鲁斯特去揭示叙事话语的新原理或现存原理的新功效及局限性。当然在热奈特广博的研究当中,最重要的贡献还是在于他对时间性以及声音和视野所进行的分析。

时间性在热奈特那里是作为一种功能而加以研究的,它可以反映出内容(what)与方式(how)之间的关系,更具体地说,就是故事的事件与呈现这些事件的话语方式之间的关系。热奈特将其针对这些关系的讨论划分为三个层次:时序(order)、时距(duration)和频率(frequency)。时序指的是事件的实际时间序列与它们的话语序列之间的关系。叙事通常会确立一种基本的时态性"现在"。当事件的话语序列因循其时间序列时,那么话语的时态性"现在"也就会相应地因循事件的时态性"现在"。当话语叙述的某件事先于时态性"现在"而发生,我们就称其为倒叙(或闪回)。有些叙事,如石黑一雄①的《盛世遗踪》(*The Remains of the Day*),对倒叙手法有着强烈的依赖:人物叙述者史蒂文斯(Stevens)虽然在用"现在"时态详述其自驾旅行的经过,但总是偏离那一叙述,转而报道其过去的事件。当话语叙述的某件事将会在时态性"现在"之后发生,我们便称其为预叙(或闪前)。例如,在麦克尤恩的《赎罪》中,叙述者就主人公布里奥妮(Briony)进行报道时说,"60年后,她将会描述自己如何在13岁时便得以通过其创作徜徉在整个文学史当中,从最初那些发端于欧洲民间传说源流的故事,到带有朴素道德取向的戏剧,直至实现一种不偏不倚的心理现实主义——这是她本人在1935年酷暑期的一个特殊的早晨所发现的"(38)。在这部小

---

① 石黑一雄(Kazuo Ishiguro,1954—):日裔英国小说家,其代表作《盛世遗踪》荣获1989年布克文学奖。

说中，预叙的情形并不多见，因而此处的这个例子显得尤为突出。

时距指的是一则事件或一系列事件的发生所需要的时间值与阅读那一事件所需要的时间值两者之间的关系（因此，时距在某种意义上是时间与空间之间的关系——二者分别代表事件的时间范围与事件在叙事文本中所获得的篇幅）。在《汤姆·琼斯》中，亨利·菲尔丁笔下的叙述者在第3卷第1章里使用了5个段落，而仅以一个句子涵盖了汤姆12年的生活；这一叙述以调侃的口吻邀请其睿智的读者去填补那12年中所发生的事件。在《遗失》(Missing)中，米歇尔·赫尔曼①用了20页的篇幅去再现其年迈的主人公黎芙姬·瓦西莱夫斯基（Rivke Vasilevsky）沐浴这一事件。频率指的是一则事件出现的次数与它被叙述次数之间的关系。默认的频率关系乃是一对一的，这样的叙述可被称为单一性（singulative）叙述。但是在所谓的概括性（iterative）叙述中，有些事件可能会发生多次而仅被讲述一次。普鲁斯特的那部小说开篇即一个著名的例证："Longtemps, je me suis couché de bonne heure"（在很长一段时期里，我都是早早就躺下了）。另外，在所谓的重复性（repeated）叙述中，有些事件可能仅发生一次，但却被讲述多次。譬如，在托尼·莫里森的《宠儿》当中，塞斯为了不让孩子回到奴隶制的桎梏之下而将其杀害，这一事件被讲述了三遍。

针对热奈特就时间性所展开的研究，戴维·赫尔曼进行了有益的补充，提出了模糊时间性的概念。这是他在分析故事世界（storyworld）中的"时间问题"时所涉及的一个层面。赫尔曼指出，热奈特的研究方法是设想我们总能发现故事的内在时间性，也即故事事件的时序、时距与频率。但是有许多叙事作品，尤其是创伤类叙事作品，我们则很难对它们做出如此清晰的判断。当然，这种模糊时间性未

---

① 米歇尔·赫尔曼（Michelle Herman, 1955—）：俄亥俄州立大学英语系教授、作家，小说《遗失》是其发表于1990年的处女作，故事的女主人公是一位膝下儿女众多，却孤独生活在纽约寓所中的89岁波兰移民黎芙姬·瓦西莱夫斯基；为了一串自己珍藏多年却不翼而飞的礼服项链，她的寻觅计划逐渐变成了对自己一生往事的追忆。

必就意味着叙事形式的拙劣,而要对这个问题进行准确地回答,我们就必须考察此模糊性究竟是加强了,还是削弱了叙事的有效性。

在热奈特围绕声音和视野所展开的研究当中,最重要的一点认识即在于"视角"这一术语是存在缺陷的,因为它混杂了叙事话语所包含的两种不同元素:谁说(声音)和谁看,或更为宽泛地说,即谁认识(视野或热奈特所谓的聚焦)。对这两者加以甄别,能够使我们对每一方均获得更为深刻的理解。在论及声音时,热奈特认为,传统关于第一人称和第三人称的分类法(此外还包括各种细化的类别,如第一人称观察者、第一人称主人公、第三人称全知视角,以及第三人称有限视角)也存在着不足,因为所有的个体叙述者都能够——而且,事实也常常如此——说"我"。在热奈特看来,传统分类法的意图乃是为了弄清楚声音如何关系到主要的故事事件层面,也即他所谓的叙事作品的故事层。传统上被称作第一人称的叙述者,无论是主人公还是观察者(如哈克·费恩与尼克·卡罗威),均存在于那一层面,并可与其他人物发生相互作用,或可能曾经与其他人物发生过相互作用——这要取决于叙述时间。传统上被称作第三人称的叙述者则存在于故事世界中的另一层面,在那里他们通常不会与人物直接发生相互作用(如菲尔丁所著《汤姆·琼斯》中的叙述者,或乔治·艾略特所著《米德尔马契》中的叙述者)。于是,热奈特提议用基于故事层面的分类法去取代基于语法人称的分类法:诸如哈克·费恩与尼克这样的叙述者是同故事性的;而像菲尔丁和艾略特所采用的叙述者则是异故事性的。关于所谓的第二人称叙述,热奈特并未给予多少关注。不过在本文的末尾处,我会回到这一问题上。

此外,在考察声音所依存的故事层之际,热奈特还注意到"故事内"(intradiegetic)声音与"故事外"(extradiegetic)声音。故事内声音的叙述乃是嵌入在基本的情节层面当中。譬如,无论是康拉德所著《黑暗的心脏》中马洛的叙述,还是詹姆斯所著《螺丝在拧紧》(*The Turn of the Screw*)中家庭女教师的叙述,均属于故事内叙述,因为它们包含在框架叙述者所发出的另一种叙述声音当中。相比之下,异故事叙述者便代表了一种典型的故事外声音,但他们并非唯一的一种:从标题(包括章节标题)和卷首引文中,也可以听见故事之外的声音。

针对视野,热奈特提出了"聚焦"这一新的术语,并且围绕它区分出了三种不同的类型。值得注意的是,他没有将此分类法与那种基于声音的分类法加以对应。也就是说,他所依赖的分类基础并不是认识者(perceiver)的身份(人物、叙述者,以及假想的观察者等),而是叙述者与人物之间的知情比例。在他所谓的零聚焦(此概念后经威廉·内尔斯①的有益修正而发展成为自由聚焦)当中,叙述者比人物知道得更多,并享有在故事世界中自由移动的特权,他可以先评述一下此事件和此人物,接着再去评述彼事件和彼人物。乔治·艾略特在《米德尔马契》中,借助于叙述者的提醒让读者注意到第29章开篇处的自由聚焦:"在来到洛威克镇数周之后的一个早上,多萝西娅——不过为什么总是多萝西娅?难道唯有她的视角才能观照这场婚姻吗?"接着,叙述者便转而对卡苏朋进行了评述。在热奈特所谓的外聚焦当中,人物比叙述者知道得更多,因为叙述者仅局限于对自己所能观察到的人物行为加以报道。热奈特用以引证的例子是达希尔·哈米特②的小说《马耳他之鹰》(*The Maltese Falcon*);哈米特的叙述者仅对萨姆·斯佩德(Sam Spade)③的外表加以描述,却从未采用斯佩德本人的视角,也从未展示斯佩德的所思所想。在内聚焦当中,叙述者和人物知道得一样多,因为叙述者囿限于人物的视角中。亨利·詹姆斯的小说或许算是内聚焦的最佳例证了。但是,正如斯科尔斯和凯洛格在讨论内心独白时所指出的那样,这一贯穿于叙事历史的技术手段可以一直追溯至古希腊时期

---

① 威廉·内尔斯(William Nelles,1953—):麻省州立大学达特茅斯分校英语系教授,主要从事叙事理论与中世纪文学研究。

② 达希尔·哈米特(Dashiell Hammett,1894—1961):美国著名的"冷硬派"(hard-boiled)侦探小说家。

③ 小说《马耳他之鹰》中的侦探及主人公。

的叙事作品。

尽管热奈特就声音与视野(或聚焦)所做的区分几乎已受到普遍认可,但他围绕聚焦所提出的具体观念却历来成为叙事学家之间发生激烈争论的诱因。诸如西摩·查特曼①那一类叙事学家,他们往往关注故事与话语之间的严格区分,并借此断言异故事叙述者(乃至于回顾性的同故事叙述者)不可能成为聚焦者,因为他们并非故事世界的组成部分,进而造成他们的报道在类别上不同于人物的认识。当然还有一些叙事学家,如米克·巴尔②则认为聚焦对于所有语言性叙述来说皆必不可少,因为任何叙述都不仅意味着说话或书写(于是也就有了声音),同时还意味着从某个视角去说话或书写。作为特别关注叙事阅读体验的研究者来说,我本人则认为巴尔的观点更具说服力:对于读者而言,要理解声音与视野之间的差异,就不能仅仅局限于那种对故事与话语加以一刀切的划分原则,而更要关注叙述者和人物在认识活动方面的相似性。

再近一些来说,曼弗雷德·雅恩也同样采取了"无聚焦即无叙述"的立场;他从认知主义视角出发对聚焦加以研究,并使用"窗户"对其加以隐喻,从而进一步深化了对这一概念的理解。当聚焦打开进入叙事世界的窗户时,会选择其中的一扇而放弃另一扇(例如选择某一人物的窗户而非叙述者的窗户);这样一来,聚焦便能够引导读者去认识那一世界中的某些方面而忽略其他方面。除此之外,这些窗户还可以借助与读者及叙事世界之间的关系而或多或少得以清晰定位,并或多或少实现对那一世界的敏锐洞察。在此基础上,雅恩考察了一种聚焦连续体,包括"严格聚焦"(strict focalization)——聚焦者处于明确界定的时空位置当中;"环绕聚焦"(ambient focalization)——事件或人物可通过多个角度加以认识;"弱聚焦"(weak focalization)——时空位置无法落

---

① 西摩·查特曼(Seymour Chatman,1928—):美国叙事修辞理论家,经典叙事学派的代表人物。
② 米克·巴尔(Mieke Bal,1946—):阿姆斯特丹大学文学理论教授、叙事学家。

实;以及零(或自由)聚焦——视角不可确定。

　　针对热奈特的视野及声音研究,还有一种认知主义修正也颇具价值。这便是艾伦·帕默①的小说人物心理研究。在帕默看来,围绕人物言语及思想报道——直接、间接或自由间接,结构主义者们的讨论显得太过细琐,因而无法对小说中的人物思想再现提供充分的阐述。帕默通过引入持续意识框架(continuing consciousness frame)这一概念而意识到,那种逐句调查行为报道是如何向思想报道转切(以及视野和声音随之在叙述者与人物之间的转切)的做法是存在缺陷的。如我们将在下文所见,帕默的观念使我们认识到,此类细微的波动常常并不会改变人物心理活动再现的基本叙述框架。

　　帕默的研究还与认知心理学中的"心理理论"(ToM)建立起关联。该理论乃是另一种框架,但凡在推断身体行为背后的心理状态时,我们都会运用这一框架。正是得益于这种"心理理论",我们方能将体态姿势理解为他人心理意图的表征。不妨从丽莎·詹赛恩②的《我们为何读小说》(Why We Read Fiction,2006)中援引一例:当学生举手时,教师会将此行为视作一种寻求关注的欲望表达而不是其腋下有痛。只需稍加思考,我们便可发现,文学叙事之所以强烈依赖于"心理理论",其原因既在于人物必须不断通过行为观察去推断其他人物的心理状态,同时也在于类似的过程必然会发生在读者身上。

　　而对于女性主义叙事学家来说,她们所取得的丰硕成果则离不开结构主义的叙事话语分析。正是在那一分析的基础上,她们对性别政治给予了关注。在 1989 年出版的《性别化介入》(Gendered Interventions)一书中,罗彬·沃霍尔③将关注点投向维多利亚时期那

---

　　① 艾伦·帕默(Alan Palmer,1950—):英国独立学者、叙事理论家。
　　② 丽莎·詹赛恩(Lisa Zunshine,1968—):美国肯塔基大学英语教授,主要学术领域包括复辟时期及 18 世纪英国文学和认知文化研究。
　　③ 罗彬·沃霍尔(Robyn Warhol,1955—):美国女性主义叙事学家,现为俄亥俄州立大学艺术与人文院系杰出教授,主要从事 19 世纪英国女性文学研究,以及女性主义文学批评。

些带有异故事叙述者的小说,以研究其中针对受述者(即叙述者的假想读者)所进行的直接发言。结果,她发现男性和女性作家就此所运用的处理方式通常都是存在差异的。维多利亚时期的女性作家在其针对受述者的发言中,屡屡采用沃霍尔所谓的"吸引型"(engaging)策略。此类技法一方面旨在拉近叙述者与受述者之间的距离,另一方面也力图拉近受述者与实际读者之间的距离。相比之下,男性作家则往往让其叙述者采取"疏远型"(distancing)策略。此类技法强调叙述者与受述者之间,以及受述者与真实读者之间的差距。在较近创作的《哭个痛快》(Having a Good Cry, 2003)一书中,沃霍尔以更为宽泛的视野考察了叙事形式——包括叙事话语——与性别文化观念之间的相互影响。她分析了叙事话语、程式化情节及叙事阅读所引起的身体反应,并探究了它们如何关联着男性气质(masculinity)、女性气质(femininity)和阴柔气质(effeminacy)——这一跨越性别界线的第三类概念。其结果乃是围绕叙事阅读与性别化主体性发展之间的联系,进行了一次赋有启发意义的研究。

苏珊·兰瑟于1992年出版的《虚构的权威》(*Fictions of Authority*)一书聚焦于作为叙事话语元素的声音,在那里虚构性叙事的女性创作者们,面临着如何主张并树立权威的问题。兰瑟提出的"权威"这一概念,阐明了女性主义叙事学家们在形式与意识形态之间所建立的那种联系,"某一特定声音的权威……乃衍生于社会属性及修辞属性的结合"(6)。其社会属性源自声音与说话时现存权力等级体系之间的关系(例如在19世纪的美国,白人男性的声音就其权威来说要甚于白人女性,而白人男性和女性又都比黑人男性拥有更多的权威)。声音的修辞属性来自说话者在采用具体文本策略时,所表现出来的技巧。当然,那些文本策略乃是独立于社会等级制度而存在的。兰瑟认为,尽管所有的个体女性作家对权威均不乏矛盾心态,但写作本身恰恰是以一种含蓄的方式表征了对权威的主张——或至少是探求。按照她所提出的观点,小说当中存在着公开型声音与私下型声音之间的基本形式差异:叙述者若向虚构世界之外的受述者发言则拥有公开型声音,而若向虚构世界内的受述者发言则拥有私下型声音。兰瑟接着又辨别了三种主要声音:作者型、个人型和集体型。作者型声音是公开的;同时,它们也是异故事性的,当然亦可能是自我指涉性的。个人型声音可以是公开的或私下的,但它们属于自身故事(autodiegetic)当中那种以自觉方式讲述其本人故事的叙述者。而集体型声音则既可能属于某一位代表集体的个体发言人,也可能属于某个以第一人称复数进行叙述,或以相辅相成的方式进行序列化叙述的群体。

兰瑟并未就这三种主要声音建立起一套政治性或美学性的等级划分,而是指出每一种声音所包含的主张与风险。作者型声音要求获得最高权威,但那一主张也有可能会遭遇最强烈的抵制,因为女性在传统上一直处于社会等级体系的下层。这一点有助于解释为什么在整个小说史当中,许多采用作者型声音的女性作家会为自己起男性笔名。个人型声音所主张的乃是一种较为有限的权威。对于那些缺乏既定社会权威的人来说,它们更具吸引力。然而,无论是叙述者还是人物,一旦其"超越了女性气质可为接受的界线"(19),那么即便是这种较为有限的权威主张,亦有可能遭受抵制。集体型声音的权威主张则是通过其自身与所代表集体之间的关联而得以实现的。与此同时,这些声音也在含蓄地挑战着西方小说中将权威与单一声音相联系的主导范式。

艾莉森·凯斯①在题为《编织情节的女性》(*Plotting Women*,1999)一书中对叙述与情节的交汇地带加以考察,进而确认并分析了一种她称之为女性叙述(feminine narration)的叙事话语。在女性叙述的建构过程中,叙述者往往太过幼稚或愚拙,以至于无法积极地将事件塑造成一则连贯的、带有一系列主题论点的叙事。凯斯认为,这样的叙述在 18 世纪即被视为女性叙述的特征,并且一直持续到 19 世纪末。如

---

① 艾莉森·凯斯(Alison Case,1961—):美国叙事理论家、威廉姆斯学院英语系教授。

果说沃霍尔和兰瑟的根本关注点是作者的性别,那么凯斯的研究则迈出了重要的一步,将性别化技法与作者的性别区分开来。如她在定义中所示,女性叙述之所以会展示出女性气质,其原因并不在于作者的性别,而是在于叙述者的表现(和那些涉及性别的文化陈规)。于是,男性和女性作家均可采用女性叙述,而男性和女性叙述者也均可表现出女性气质。

我在上文谈及修辞模式之际曾指出,可靠叙述对于布思来说乃意味着隐含作者对作者的读者进行直接交流,而不可靠叙述则属于一种间接交流的方式。但是,我们有必要认识到,不可靠性存在着多种表现形式,并且叙述者也许在某些方面是可靠的,而在其他方面则是不可靠的。我在《活着即为讲述》那本书中指出,由叙述者执行的三大功能可被描述为,在三条不同的交流轴线上所发挥的作用:他们会进行报道(因循事实、人物及事件这一轴线),会进行阅读或解释(因循感知/阐释这一轴线),当然也会进行伦理判断(因循伦理/价值评判这一轴线)。如此一来,他们便成为可靠或不可靠的报道者、阐释者或评判者。此外,他们为实现不可靠性而采取的方式既可以是提供歪曲的报道、阐释与评判,也可以是不充分履行自身的功能(对他们所观察到的内容进行不充分报道;就他们所报道的内容仅提供部分正确的阐释;在他们所进行的价值评判中浅尝辄止)。这些因素导致每一条轴线上都会区分出两种不可靠性,从而总共构成了六个类型:错误报道、错误阅读(或错误阐释)和错误判断(或错误评价);不充分报道、不充分阅读(或不充分阐释),以及不充分判断(或不充分评价)。此分析说明,不可靠叙述技法乃是一种迂回之术:作者需要使一个文本适用于两种读者和意图(一种为叙述者所有,另一种为作者所有)。在《活着即为讲述》当中,我突出研究了这一迂回之术是如何在人物叙述中发挥作用的。同时我注意到,单个文本其实是在两种不同轨道上实现了交流:一是在叙述者与受述者之间(叙述者功能之轨道);二是在作者与作者的读者之间(揭示功能之轨道)。毋庸说,作者有时候无法做到让单个文本的某一部分同时充分服务于这两个目的。而且依我来看,在这些情形之下,揭示功能通常都会超越叙述者功能。

我在上文中还曾指出,修辞性研究不仅关注受述内容的伦理,而且也关注讲述行为的伦理。更宽泛地说,这种研究认为叙事的伦理维度发端于四种不同伦理立场之间的动态交互关系:人物相对于彼此所采取的立场;叙述者相对于人物和受述者所采取的立场;隐含作者相对于叙述者、人物、受述者和作者的读者所采取的立场;以及有血有肉的真实读者相对于前三种立场所采取的立场。于是,受述内容的伦理乃体现于第一种与第四种立场之间的关系当中,而讲述行为的伦理则体现于第二、第三及第四种立场之间的关系当中。

为了展示这一理论性叙事话语研究对于阐释的意义,我现在即要对一个具体的文学段落进行细读。我不否认在刚刚讨论过的理论家当中存在着差异,但我在此处所强调的是他们的不同见解如何能够在彼此之间实现相辅相成。我要考察的这个段落来自伊恩·麦克尤恩所著《赎罪》中的"第一部";它描述了两位中心人物——塞西莉娅·塔利斯(Cecilia Tallis)与罗比·特纳(Robbie Turner)——初尝禁果这一事件。塞西莉娅是富有的塔利斯家族的长女,而罗比则是效力于该家族的女清洁工所生之子。他们自小青梅竹马,但只是刚刚意识到彼此之间两厢情愿的爱情——并开始为之付诸行动。这一事件发生于塞西莉娅家中的藏书室。

> 在被他挤靠在角落之际,她又一次用手攥紧他的脖子,将肘部搁在他的肩上,继续亲吻他的脸。那一刻本身来得并不艰难。他们屏住呼吸,等待着那层薄膜的破裂,而在破裂发生之际,她便迅速扭过脸去,不过并未出声——仿佛这是个事关荣耀的问题。他们靠得更近、更深,在随后的连续几秒钟内,一切都停歇了。这里没有忘情的亢奋,取而代之的却是平静,而使他们陷入平静的则并非因为这一惊异时刻的到来,而是因为一种令彼此生畏的回归之感——他们在幽暗中面对面凝

视着对方难以辨清的眼睛,此刻,那种非人格化的成分已消逝而去。当然,就一张脸来说,并不存在抽象之处。一位是格蕾丝和厄内斯特·特纳的儿子,另一位是艾米莉和杰克·塔利斯的女儿,他们是童年的伙伴,大学时代的相知;而此刻,他们乃是在一种无垠而平静的快乐状态中面对着这一人生的重大转变。亲近一张熟悉的脸庞并无滑稽之感,相反却是奇妙无穷。罗比注视着这个女人,这个与之一直相识的姑娘,心中不禁思忖:这变化完全属于他自己,如降生人世一样刻骨铭心,一样体现出生命的本质。自他出生的那天起,还未曾发生过如此独一或如此重要的事情。她同样也凝视着他,惊讶地意识到自己的改变,并痴迷于那张美丽的脸庞,那张她有生以来的习惯教会她予以忽略的脸庞。她轻声叫着他的名字,好似一个孩子在尝试发出清晰的声音。而当他以她的名字做出反馈时,那名字听上去就像一个新的词汇——音节虽然依旧,但意义却发生了变化。终于,他说出了那三个简单的字;即便有再多的逢场作戏或虚情假意,也不会让它们失去分量。她重复了那些字,并以完全相同的强调方式突出第二个字,仿佛她才是首先说出那三个字的人。虽然他并无宗教信仰,但要说没有想过在房间里存在一位隐身的神祇或证人,却是不可能的;而他们口中道出的话语,则像是彼此留在一份无形契约上的签名。(128—129)

让我们首先考察一下时间性。小说的"第一部"大致上因循着时间顺序,讲述了1935年炎炎六月的一天所发生的事件。我之所以说"大致上",乃是因为这一叙述不仅利用倒叙手法为我们提供了理解当天事件的语境,而且也带有我在上文曾加以引用的预叙内容。除此之外,就六月的那一天而言,其时间界限内还包含一些伴随空间转换而发生的时间切变:该叙述会在一段时间内追随某一空间位置上的一个或多个人物,然后当空间位置发生转换时,便会在时间上进行回溯并着手描述另一个人物的行动。不过在本段落当中，由于罗比与塞西莉娅所关注的是当下的生命与奇迹如何依赖于过去而产生，因此他们的思绪乃是从当下切换到过去，而后又回到当下。这一运动可以通过段落中的一个句子得以例证，"一位是格蕾丝和厄内斯特·特纳的儿子，另一位是艾米莉和杰克·塔利斯的女儿，他们是童年的伙伴，大学时代的相知，他们在一种无垠而平静的快乐状态中面对着人生的重大转变"。起初，他们是以孩提时代的身份出现的，接着便转而将他们以往的关系划分为两个主要的时间与空间框架（在塔利斯庄园度过的童年期；在剑桥度过的青年时代），最后终止于当下的这一时刻。接下来的两个句子则追踪了罗比的思绪变迁：从当下到不久前的往昔，再一路追溯至其出生之日。而对于塞西莉娅来说，她则意识到自己"有生以来的习惯"——忽略他的那张脸；当她重新呼唤罗比时，她乃是将自己转移到那一习惯形成之前的时间中，进而在说话时就"好似一个孩子在尝试发出清晰的声音"。

就频率而言，该事件仅被叙述过一次。此后不久，这两位恋人将会在结束做爱之前被塞西莉娅的妹妹布里奥妮撞个正着；而当天晚上，布里奥妮将错误地指认罗比即对她表姐罗拉实施性侵犯的人。那一指认不仅将致使罗比锒铛入狱，而且接着还将促使他加入英国军队，作为获取减刑的条件。罗比在当兵期间参与了1939年的敦刻尔克大撤退，小说的"第二部"对此进行了叙述。在这个夜晚之后，塞西莉娅和罗比曾在书信中提及"藏书室中的一个安静角落"，但那是该叙述中唯一明确回到此事件的地方。其结果是——不妨借用所引段落当中的一个短语——突出了此事件在这一叙事作品中的独一性与重要性。

在该段落中，存在着两种显著的时距维度。第一种，也即时序和时距之间的关系问题，我已经有所论及。尽管人物的意识频频回到过去，但那些回溯的时距却是极小的，许多年的岁月可以借助于"童年的伙伴，大学时代的相知"这样的简洁表述得到概括，而处于当下的时驻（stopped time）瞬间却受到了铺陈性的描述："此刻，他们乃是在一种无垠而平静的快乐状态中面对着这一人生的重大转变。"第二种维度,即时驻期本身的时距,乃是相对于围绕该时驻期的叙述时距来说的。要理解该叙述的延展性时距(extended duration),方法之一便是比较时间值上的差异,一方面考察塞西莉娅和罗比需要多久以进行肉体上的结合,相互凝视、说出彼此的名字,以及此后的"我爱你";另一方面再看看阅读此段落需要花费多长时间。当然,为了领会该叙述的延展性时距,还可以停下来琢磨后一段落中出现的第一个句子:"大概有半分钟的时间,他们一动不动。"

现在,不妨转而考察一下该段落的叙述视角。我们可以从中看到,帕默所提出的"持续意识框架"这一概念不仅具有其重要价值,而且在分析聚焦运动方面也体现出其自身的优势,不再像以往那样仅仅通过逐句调查的方式去关注聚焦运动。随着该段落从描述人物的身体行为(两位人物之间所发生的性关系)转入报道他们的思想及其他心理活动,我们当然可以借助于经典的语法性分析注意到聚焦是如何在此过程中发生了切换。于是,我们会将人物行为报道的聚焦归因于叙述者,而将该段落中剩余部分的聚焦归因于相关人物。帕默的观念之所以使我们认识到该方法的局限性,乃是因为它就叙事话语在此处的运作方式提供了一种更为全面、更为充分的阐释。每一件经过报道的事情——发生性关系,以及与之相伴的感觉体验、情感反应和思想,包括人物彼此就对方所做出的推断——均处于塞西莉娅和罗比的持续意识框架之中。尽管该段落涵盖了人物从共同意识到个体意识的发展过程,但那一运动只是提供了主题性的变奏,而并非展露它们之间的巨大差异。我们不妨对前四个句子中的某些元素做一番考察。第一句中有关塞西莉娅身体动作的描述尽管是以异故事叙述者的声音加以进行的,但在相当程度上处于人物的意识框架之中。"那一刻本身来得并不艰难"乍一看似乎属于叙述者做出的另一外部描述,但稍加考察便会发现"并不艰难"乃是描述了那一肉体上的插入行为对于塞西莉娅和罗比而言带来了什么样的感受。"仿佛这是个事关荣耀的问题"初看上去好像只是为了表现出叙述者全知能力的缺乏,但此分句更适合于被理解成罗比就塞西莉娅扭过脸去这个动作所进行的推断。或许短句"一切都停歇了",最能说明那种逐句展开的聚焦分析如何通过关注持续意识框架而得以改观。它显然不是叙述者——作为此场景的特权式观察者——通过其窗口对事件做出的客观报道,而是就两位人物的共同心理体验所进行的一种表达。

此外,他们的共同意识还表现在下面的这个句子当中,"亲近一张熟悉的脸庞并无滑稽之感,相反却是奇妙无穷"。但是,当叙述转向两人的个体意识时,该段落则采用了带有差异的重复,并借此说明,他们的心理活动已经超越了思想层面,进而触及双方的愉悦之情,以及彼此从对方身上、从此刻的分享当中所获得的神奇之感。一方的心理活动在另一方那里得到了映射:罗比注视着塞西莉娅,思考着自己在对她的认识方面所发生的巨大变化;她同样也凝视着他,并"惊讶地意识到自己的改变"。他们先后轻声呼唤着彼此的名字,接着又说出"我爱你"。最后,尽管该段落以罗比的意识告终,但他所思忖的却是当着一位看不见的、准宗教性的见证者之面来共同订立他们的盟约。

现在,不妨再转而对声音进行一番考察。我们可以发现,该段落不仅出色印证了巴赫金所关注的杂语现象,而且还极好地阐释了热奈特在声音与视野/认识之间所做出的区分。虽然我们可以确信,该段落中人物的持续意识框架发挥着主导作用,但我们也必须看到,此段落中的声音并非仅仅由人物所发出。同时存在着的还有异故事叙述者自己的声音,它与人物的声音融合于各种间接引语的句子当中。(出于方便之考虑,同时也是为了依照这样一条原则,即此类叙述者的默认性别就是作者的性别,我将暂时用"他"来代表叙述者。但是我们不久将会发现,《赎罪》的一个突出特点,即在于其情节展示能够对我们的声音认识产生影响)有时候,声音的融合乃意味着我们无法对叙述者的声音和人物的声音加以区分,正如"亲近一张熟悉的脸庞并无滑稽之感,相反却是奇妙无穷"之类的句子所显现的那样。同时,我们之所以无法区分这些声音也是因为——用巴赫金的话说——他们有着相同的语域，均属于那种受过良好教育的上层中产阶级。罗比与叙述者及塞西莉娅共享着这一语域，这说明他在剑桥所接受的教育在此时产生了重要影响。那位女佣人的儿子至少在此层面上获得了与其雇主之女平等的身份。不过，与罗比这种平等地位的表征相对照的却是阶级所扮演的角色——它几乎让所有人都情愿去相信布里奥妮的指认，即那位女佣人的儿子就是强奸罗拉的罪犯。

在该段落的其他地方，我们还可以发现那些具有高度或然性的人物声音，进而使我们更加接近于他们的实际思想。在"当然，就一张脸来说，并不存在抽象之处"这个句子中，"当然"之意似乎不仅属于罗比，同时也属于塞西莉娅。然而，"如降生人世一样刻骨铭心，一样体现出生命的本质"①却只属于罗比；在此句中，从一个短语到下一个短语之间发生着快速运动，而每个短语又转而对前一个短语加以完善。与此同时，"就像一个新的词汇——音节虽然依旧，但意义却发生了变化"则属于塞西莉娅；在此句中存在着从类比到解释类比意义的快速运动。同样属于塞西莉娅的还包括"有生以来的习惯"这一短语。类似的，"未曾发生过如此独一或如此重要的事情""一位隐身的神祇或证人"，以及"一份无形契约上的签名"则似乎属于罗比的声音。

除此之外，该段落还在身体语言、声音本身的语言及宗教语言之间构建起一种巴赫金式的对话。关于身体语言，我们可以从"他们的呼吸""薄膜""彼此的眼睛"和"脸庞"这些指涉当中发现明显的痕迹。但是，身体语言还表现在罗比就此刻与自己出生的那一刻所进行的比较当中，因为在这两种情况下，都发生了某种具有生命本质意义的事件，并且那一事件意味着他的身体与一个女性的身体之间发生了关联。从这一维度来看，该段落的身体语言则又可联系到罗比在致塞西莉娅的

---

① 译文在反映原文（"as fundamental, as fundamentally biological, as birth"）短语之间的关系方面有所欠缺，难以充分展现下文所谓短语之间的"快速运动"和相互完善。

信中所运用的语言——那封信,他从未打算让她看到,但阴差阳错地让布里奥妮给递送了过去。在信里,他写道,"梦中,我亲吻你的下面,甜甜湿湿的。想象中,我整天都在与你做爱"(80)。那封信的赤裸表白使得塞西莉娅意识到自己一直压抑着对罗比的情感,继而导致他们之间发生了这一事件。那信中的语言虽说没有在该段落中加以重复,但提供了一个潜文本以反衬此处更为优雅的身体语言。其最为清晰的体现即在于,由肉体交合所带来的"忘情的亢奋"只是作为对照有所提及,而真正的意图乃是为了突出他们所感受到的平静。这种粗俗语言与优雅语言之间的隐性对话,一方面表达了罗比和塞西莉娅寻求身体结合的欲望驱动,同时也在强调,他们的性关系超越了其身体层面的意义。

当然,此对话性效果还因为这些身体语言与声音语言及宗教语言之间的关系而得以增强。我所说的声音语言指的是麦克尤恩就罗比和塞西莉娅如何说出对方名字,以及两人如何分别讲出那三个简单的字所进行的描述。在这些描述的背后,我们可以听见"罗比·特纳""塞西莉娅·塔利斯""我爱你"和"我爱你"这样的直接引语。这些描述通过关注此刻每一位说话者与上述言语之间的陌生化关系,同样也使我们体会到那些言语的陌生化效果。另外,人物言语的序列性也使得该效果得以增强。当塞西莉娅试图叫出罗比的名字之际,那一冲动本身即突显了该段落所传达的潜在心理活动:由于她对罗比的认识已经发生转变,因此她觉得自己不得不重新称呼他——好像她是第一次知道他的名字。类似的,同样是由于她对罗比的认识已经改变,因此当罗比叫出她的名字时,她获得了一种全新的倾听感受。他们就像伊甸园里为上帝创造的神奇万物并加以命名的亚当和夏娃,但不同的是,他们乃是在为彼此命名。无论对人物来说,还是对麦克尤恩的读者而言,这种潜在的心理活动与陌生化效果均得以传承至该序列中的下一个逻辑步骤,即各自向对方说出"那三个简单的字"。他们在相互认识上的转变导致彼此之间的重新命名,接着这种重新命名又促使双方互诉"我爱你",而此互诉对于他们业已转变的认识而言则不仅是一种表达,同时也是一种兑现。在此相互理解的语境中,"我爱你"这一表述——无论是对这两位人物来说,还是对该叙事中的其他成员及作者的读者来说——都绝非廉价之物。的确,即便对罗比这个不信教的人而言,这种情感互诉所产生的满足感也足以激发出其宗教的语言。正因为如此,他不禁想象"在房间里存在一位隐身的神祇或证人"。借助于上述语言之间的对话,在罗比和塞西莉娅发生性关系的过程中,其身体、心理及精神等诸层面之间的融合得到了强调。

麦克尤恩在这里所运用的技法,特别是他对人物意识的再现,常常导致人物自身与作者的读者在认识上产生分歧。但是,如此一来,这些技法便会让我们对正在得以揭示的内容产生惊异之感。该段落作为一个部分乃包含在一则非同寻常的事件之中,它展现出爱情在萌发之际所具有的力量、神奇和美丽。如上文所指,该部分是那一爱情故事中最为精彩的地方,它不仅支撑着此后便天各一方的恋人,同时——由于布里奥妮错误地指认罗比为强奸罗拉的凶手——也向我们强调了塞西莉娅和罗比为此所承受的绝对灾难性的后果。

但是如果我们的分析到此便宣告结束,则未免结束得过早,因为麦克尤恩后来告诉我们,在小说世界中,布里奥妮乃是此段落的作者;这一姗姗来迟的揭示使得我们对该段落的理解更趋复杂。在这里,修辞性方法作为研究叙事话语的手段尤其值得重视。在小说的最后一部分中,麦克尤恩借助于1999年布里奥妮在其77岁生日庆典之后所写的一篇日记告诉我们:(a)布里奥妮的小说旨在为自己曾经对罗比与塞西莉娅造成的伤害寻求赎罪;(b)她打算用其小说的"第一部"及"第二部"对真实事件进行准确地再现,但在"第三部"中则会刻意对历史加以改动——而且,是重大的改动:按照"第三部"所表现的内容,塞西莉娅和罗比将重新团聚,而布里奥妮则几乎处于某种程度的赎罪情怀之中,预备着向所有的当事人忏悔自己对罗比做出的错误指认。但是,按照故事世界里的现实情形,罗比乃是在敦刻尔克大撤退的过程中丧命,而塞西莉娅则是在短短数月之后死于贝尔罕姆地铁站的爆炸。为寻求赎罪，布里奥妮唯一能做的便是诉诸她的小说，也即麦克尤恩的《赎罪》中所包含的"第一部""第二部"和"第三部"。

因此，若要重新审视这一段落，那么首要的问题即在于如何重新理解下面几者之间的关系：作为隐含作者的麦克尤恩，在布里奥妮的小说及麦克尤恩的小说中均作为人物的布里奥妮，以及作为"第一部"之作者的布里奥妮。无论在麦克尤恩的小说中，还是在布里奥妮的小说中，作为人物的布里奥妮于1935年正值13岁之际，当时的她不过是一位初露头角且想象力有限的作家，仅仅在朦胧之中开始发现其他人也有着与她自己一样生动鲜活的意识，"她知道每个人都极可能拥有她那样的思想——尽管这么认为会破坏她的秩序感。她明白这一点，但只是一种相当肤浅的认识；她并没有真正对此有所体会"(34)。此外，布里奥妮尚未有足够的能力去辨识他人思想的复杂性，而这种局限性也促使她对罗比进行了错误的判断：在读了他写给塞西莉娅的信之后，她便将他视为"躁狂者"；接着，当她发现一个身影从强奸罗拉的现场逃跑之后，她又在自己就躁狂者行为所臆想的简单叙事之中为罗比进行了对号入座。于是，麦克尤恩一方面告诉我们，作为作者的布里奥妮明显是在展示作为人物的布里奥妮身上的局限性；另一方面又要求其读者认识到：她的批判性自我呈现，乃是其试图通过小说进行赎罪的一个组成部分。不仅如此，麦克尤恩还要求我们将她的作者行为——描绘罗比与塞西莉娅在她闯入藏书室之前所经历的那一幕——看作是其寻求赎罪的另一重要组成部分。通过对现代主义小说的诸多意识再现技法加以操控，该段落不仅使罗比、塞西莉娅，以及他们的结合赢得了鲜活持久的生命，与此同时也在隐性层面上确认了她作为人物对他们所进行的剥夺。

重新审视这一段落所涉及的第二个问题则超越了其具体细节，转而聚焦于布里奥妮的叙事及麦克尤恩的叙事，这两者当中所包含的更为宏观的伦理维度。如果说布里奥妮在"第一部"中围绕自己、罗比和塞西莉娅所进行的再现是为了对自己的错误进行指认及其可怕影响承担责任,那么她在"第三部"中篡改历史的做法是否意味着她并不打算为那一罪过及其后果承担最终的责任?而这种对历史记录的更改是否表明,她不过是在以一种更为复杂的方式回归到自己在13岁时所热爱并加以创作的感伤传奇?抑或,当她以作者身份决定在其小说中更改历史结局时,那是否意味着她在凭借一种合乎情理的手段去抵制自己在日记中所说的"最荒凉的现实主义",而以一种更好的方式去缅怀罗比和塞西莉娅?再者,从麦克尤恩的方面来说,既然他在揭示功能与叙述者功能之间所建立的不寻常关系,使得读者在相当长的时间里对自身阅读活动的本质浑然不知,那么这当中又包含着怎样的伦理维度呢?更具体地说,如果作者让读者在情感和伦理上介入一则由深重之罪与虔心悔过所构成的情节当中,但结果却在那一冗长的介入过程之后向读者揭示:在故事世界中,那罪过是真实的,而那悔罪却是虚假的,那么这又属于何种伦理之举呢?我们该如何理解布里奥妮对罗比的错误指认与麦克尤恩对其叙事本质的错误指认之间所存在的明显类比关系?要想负责任地回答这些伦理问题,恐怕还得撰写另一篇长文,而且,我确信那些回答本身也会成为争论的对象。但是,我的答案中所包含的具体阐述仅仅是次要的;重要的是,我们应该认识到,这些问题产生的直接原因乃是麦克尤恩对其叙事话语的处理。[vi]

当然,这些问题还会联系到女性主义叙事学家们就麦克尤恩的创作技法所可能提出的意识形态问题。关于性别与权威之间的关系,麦克尤恩持有怎样的观念?而这种观念又是如何通过那些技法得以揭示的?如果我们认为,麦克尤恩有意指使我们将布里奥妮篡改历史的抉择视为对其责任的一种逃避,那我们便可断言,他在"第一部""第二部"及"第三部"中尽管赋予了作为作者的布里奥妮以强大的权威,但最终却通过日记的引入对那一权威进行了暗中破坏。另一方面,倘若我们发现麦克尤恩是要引导我们对布里奥妮篡改历史这一行为的合理性加以认可,那我们便可断言,他乃是在赐予她一种难得的权威,以促使她将自己的虚构叙事行为与其赎罪行为联系起来。更笼统地看,女性主义叙事学家们所提出的问题或许会围绕这样一个现象,即麦克尤恩所讲述的故事乃是关于一个人的过失及其为此而可能进行的赎罪,但他所选择的呈现方式却是聚焦于一个年轻姑娘的过错,以及一位成熟女性小说家的抉择。关于麦克尤恩在叙述手段方面所表现出来的性别政治,女性主义叙事学家们还可能会聚焦于他所选择的一则中心事件——一位年轻女性遭受到性侵犯,但最终却爱上并嫁给了那位施暴者——在他们看来,这恐怕是另一个值得质疑的问题。还是那句话,要想负责任地回答这些潜在的问题,就有必要单独撰文进行讨论,但重要的是应该认识到,这些问题乃是直接缘自麦克尤恩的叙事。

第三部分:悬而未决的不稳定因素

[我有博大之躯,我可包罗万象。]

如我所希望的那样,现在我们可以清楚地看到,这则由叙事和叙事理论之间的关系所构成的叙事当中乃包含着许多情节,而且那些情节的演变发展也可能会受到诸多方面的影响。所以在我结束自己的论述之际,我并不想摆出尘埃落定的架势。当然,我也不想让人以为:这则叙事正在接近某种平衡状态,乃至于当中的理论与叙事会如同浪漫喜剧中的恋人那样,生活在相互理解和幸福美满的永恒状态之中。相反,这则叙事不仅拥有诸多悬而未决的不稳定因素,而且那其中还会不断出现新的不稳定因素。正如斯科尔斯和凯洛格所充分论证的那样,新的不稳定因素之所以会产生,乃是因为当历史与文化(包括文学之历史与文化)中的变迁促使叙事形式发生革新之际,叙事本身也在不断发生着演化。导致新的不稳定因素出现的另一个原因在于,任何名副其实的理论体系在解决某些问题的同时,往往不是揭示出其他问题,便是忽略了其他问题。而后,当理论家们就这些问题提出解决方案时,宏观理论体系也随之得以修正,进而又开始下一轮循环。新的不稳定因素得以产生的最后一个原因是,跨学科性发展造就了叙事研究的新方法,它们在处理新问题或老问题时均与过去存在着实质性的差异。近来,许多批评家一直在致力于从达尔文的《物种起源》学说中开发出一种针对文学叙事的研究方法。它依据进化观念对人物的行为,以及作者和读者的行为加以审视,并借助于自然选择的主导机制去解释他们的动机与活动(例如,伊丽莎白·班纳特之所以想嫁给达西,乃是因为达西作为她社交圈中的主要男性,能够提供最佳的机会以使她的基因在未来的子孙后代中延续下去)。当"文学达尔文主义"发展到其自身进化的这一阶段时,我感觉它成了一种过度依赖于演绎思维的模式;正是在此模式之下,自然与文化之间的复杂关系退化成了那种将自然置于文化之上的单一形态。当然就功效而论,这种研究方法尽管并不能很好地解释伊丽莎白起初为何会拒绝达西,但在解释伊丽莎白为何会嫁给达西的问题上倒是有着上佳的表现。不过问题在于,如果"文学达尔文主义"最终证明是一种富有成效的新叙事研究方法,那它最起码将会就人物与情节提出新的理解。

在此,我并不想去推究文学达尔文主义的命运,也不会转而去预测叙事理论的未来。相反,我打算在论述的末尾处强调一下目前仍属悬而未决的四种不稳定因素:前两种涉及的是叙事与叙事理论之间的关系,而后两种则属于叙事理论自身内部的问题:

1. 叙事理论和非摹仿性叙事传统。布赖恩·理查逊①在《非自然叙述声音》(*Unnatural Voices*, 2006)一书中令人信服地指出,大多数现存的叙事理论乃是源于摹仿说导向下的叙事研究,其结果是造成对叙事的本质——尤其是叙事话语的本质——进行误导性的概括。理查逊一方面告诉我们,伴随这一摹仿说导向还同时存在着一种刻意对其加以规避的悠久叙事传统;另一方面,他又围绕如何拓展并修正当下理论

---

① 布赖恩·理查逊(Brian Richardson,1953—):美国马里兰大学英语系教授,主要研究领域包括叙事理论、戏剧诗学,以及20世纪文学。

提出了许多颇具价值的建议。在理查逊所分析的问题当中,尤为值得关注的是第二人称(或直接发言)叙述、"我们"叙述,以及多人称叙述。除了这些具体特点之外,理查逊的研究还为我们开创了一种新的理论探索模式。

2. 叙事理论和数字叙事。伴随数字技术的到来,以及早期超文本叙事的发展,围绕数字叙事和书面叙事之间的差异产生了大量言过其实的论断。但是,随着数字技术的不断发展,以及叙事艺术家们在其创作中对这一新式媒介的不断运用,数字叙事和书面叙事之间的差异倒是有可能会变得越来越重要。伴随那些差异的发展,叙事理论唯有经受修正才能充分展示出每一种叙事的独特性。玛丽-劳雷·瑞安在《作为虚拟现实的叙事》(*Narrative as Virtual Reality*, 2001)一书中,即为这些发展提供了极好的研究基础——之所以这么说,其原因恰恰在于,她在关注数字叙事及其所唤起的交互作用时,乃是将其置于由书面叙事和诱发于书面叙事的沉浸感(immersion)所共同创造的虚拟现实语境之中。

3. 叙事理论、虚构与非虚构之间的界线,以及跨界交互影响(cross-border traffic)。关于历史创作与虚构创作之间在技法上的相似点,包括情节化之必然性,海登·怀特曾进行过研究。受其影响,一些理论家指出,虚构和非虚构之间的界线不过是虚幻之物。但是多里特·科恩①则对此予以了反驳,认为"虚构性标记"(signposts of fictionality)乃是独特存在的,例如,它可以自由地运用内聚焦和不可靠叙述。在这方面,理查逊的研究亦可用来支持科恩的论断。从我本人的修辞观来看,保留虚构与非虚构之间的界线具有一个重要的优势,即它能够有助于解释我们为何会就具体叙事做出不同方式的反应,与此同时,这样的争论还会让我们注意到各种跨界现象——包括技法、人

---

① 多里特·科恩(Dorrit Cohn,1924—):美国叙事理论家、文学教授,曾执教于哈佛大学。

物、地点等诸多方面。苏珊·兰瑟则考察了另一种跨界现象：在虚构性叙事及非虚构性叙事当中，作者的陈述可以获得相似的"附属意义"（attachments）。兰瑟以令人信服的论证说明，在虚构界域内有许多评述——譬如叙述者就世界本质所做出的概括性声明——乃直接附属于其作者，仿佛那评述是在虚构界域之外产生的一样。

4. 叙事空间。关于叙事时间，热奈特、利科、布鲁克斯、赫尔曼，以及其他学者都曾进行过颇具意义的研究。而就叙事空间来说，虽然在叙事理论的整个发展史上也曾有过一些不容忽视的探讨，但没有受到相同程度的关注。不过近来，随着各种流派的批评家将其注意力转向空间在叙事当中的重要性，这一局面也在发生着变化。不妨仅举两例为证：苏珊·弗里德曼在对"空间化"加以研究之后，近来又积极倡导"空间诗学"的发展。这种诗学一方面认识到空间与时间的密切关联；另一方面又将空间视为叙事结构的一个动态元素，而不只是静态的背景。玛丽-劳雷·瑞安则从认知主义视角出发，提出"文学地图学"（literary cartography）这一课题，以分析读者为重构叙事空间的心理地图而采用的策略。[vii]

就叙事理论和其研究对象之间的关系来说，这则叙事还远未结束，但不管怎样，我围绕该叙事过去四十年来的历史所进行的阐述总算得以幸运告罄。为了向斯科尔斯和凯洛格的这部开创性著作表示敬意，同时也是为了再次强调叙事与叙事理论之间那种密切的发展式关联，我打算援引并改动一下他们的结句——他们在末尾处乃就其论题创作了一则简短而富有启发的叙事："叙事文学乃是最不安定的形式，其不尽完美的品质和内在矛盾促使它始终在试图寻找一种无法实现的理想之境。正是由于这一极具人性的奋斗，叙事艺术的研究才得以成为文学研究中最为迷人的篇章。"（282）在此，我想将句中的主语从叙事文学变换成叙事理论并做如下结语：叙事理论在其最佳状态下乃是各类研究中最不安定的一种；由于其自身不尽完美的品质，同时也是由于其研究对象的奇谲和变幻,叙事理论始终在不停地寻求一种无法实现的理想之境:对故事及讲故事的普遍性和功效性进行全面的阐释,简言之,即对叙事自身的本质加以阐释。正是得益于这一令人生畏,同时又让人振奋的挑战,叙事理论才成为当代智性探索活动中,一项最具活力和价值的事业。

附　录

这些材料旨在提供相应文献,就关乎人物自语和独白作为人物塑造手法的那部分讨论(第5章)加以说明。出于诸多方面的考虑,我们认为有必要对材料中的古典文本进行重新翻译(由罗伯特·斯科尔斯负责)。我们之所以要提供这些新的译文,并非要试图超越以往的译者——他们的技能总体而言远在我们之上——而是因为就我们所要考察的问题而言,有些层面在大多数翻译中乃是处于完全隐匿的状态。古典文本的译者不只是将事物从一种语言中提取出来,然后再将其置于另一种语言当中。他同时还必须将事物从一种时间中提取出来,并对其加以调整以适应另一种时间。他不仅在翻译,同时也在赋之现代意识。在实践上,这通常意味着引入某些与时俱进的元素,摒除原文在一定程度上所存在的重复与绮丽,并且在诸如我们所关注的那些段落中,用"她想"(She thought)取代"她说"(She said)。对于研习文学史的学生来说,那些就语言的有效性及语言和思想的关系所形成的现代观念,往往使得现代翻译沦为一种危险的辅助手段。任何翻译,但凡以现代文学之身份去体现其有效性的,向来都会付出代价。而这代价则意味着要对过去之过去性(pastness of the past)造成不可避免的牺牲。

1. 阿波罗尼奥斯,《阿尔戈》,第 3 卷,772—801。

"Δειλὴ ἐγώ, νῦν ἔνθα κακῶν ἢ ἔνθα γένωμαι;
πάντῃ μοι φρένες εἰσὶν ἀμήχανοι· οὐδέ τις ἀλκὴ
πήματος· ἀλλ' αὔτως φλέγει ἔμπεδον. ὡς ὄφελόν γε
Ἀρτέμιδος κραιπνοῖσι πάρος βελέεσσι δαμῆναι,
πρὶν τόνγ' εἰσιδέειν, πρὶν Ἀχαιΐδα γαῖαν ἱκέσθαι
Χαλκιόπης υἷας. τοὺς μὲν θεὸς ἤ τις Ἐρινὺς
ἄμμι πολυκλαύτους δεῦρ' ἤγαγε κεῖθεν ἀνίας.
φθίσθω ἀεθλεύων, εἴ οἱ κατὰ νειὸν ὀλέσθαι
μοῖρα πέλει. πῶς γάρ κεν ἐμοὺς λελάθοιμι τοκῆας
φάρμακα μησαμένη; ποῖον δ' ἐπὶ μῦθον ἐνίψω;   780
τίς δὲ δόλος, τίς μῆτις ἐπίκλοπος ἔσσετ' ἀρωγῆς;
ἦ μιν ἄνευθ' ἑτάρων προσπτύξομαι οἶον ἰδοῦσα;
δύσμορος· οὐ μὲν ἔολπα καταφθιμένοιό περ ἔμπης
λωφήσειν ἀχέων· τότε δ' ἂν κακὸν ἄμμι πέλοιτο,
κεῖνος ὅτε ζωῆς ἀπαμείρεται. ἐρρέτω αἰδώς,
ἐρρέτω ἀγλαΐη· ὁ δ' ἐμῇ ἰότητι σαωθεὶς
ἀσκηθής, ἵνα οἱ θυμῷ φίλον, ἔνθα νέοιτο.
αὐτὰρ ἐγὼν αὐτῆμαρ, ὅτ' ἐξανύσειεν ἄεθλον,
τεθναίην, ἢ λαιμὸν ἀναρτήσασα μελάθρῳ,
ἢ καὶ πασσαμένη ῥαιστήρια φάρμακα θυμοῦ.   790
ἀλλὰ καὶ ὧς φθιμένῃ μοι ἐπιλλίξουσιν ὀπίσσω
κερτομίας· τηλοῦ δὲ πόλις περὶ πᾶσα βοήσει
πότμον ἐμόν· καὶ κέν με διὰ στόματος φορέουσαι
Κολχίδες ἄλλυδις ἄλλαι ἀεικέα μωμήσονται·
ἥτις κηδομένη τόσον ἀνέρος ἀλλοδαποῖο
κάτθανεν, ἥτις δῶμα καὶ οὓς ᾔσχυνε τοκῆας,
μαργοσύνῃ εἴξασα. τί δ' οὐκ ἐμὸν ἔσσεται αἶσχος;
ὤ μοι ἐμῆς ἄτης. ἦ τ' ἂν πολὺ κέρδιον εἴη
τῇδ' αὐτῇ ἐν νυκτὶ λιπεῖν βίον ἐν θαλάμοισιν
πότμῳ ἀνωΐστῳ, κάκ' ἐλέγχεα πάντα φυγοῦσαν,   800
πρὶν τάδε λωβήεντα καὶ οὐκ ὀνομαστὰ τελέσσαι."

我好生凄苦。为何厄难处处与我相逢?无论如何选择总令我心碎,这伤无药可医——它是胸中无尽的灼痛。但愿我在见到他[伊阿宋]之前,在卡尔基奥佩的儿子们前往亚加亚之前,便已死在阿尔忒弥斯的快箭之下。难道是某位神祇或复仇女神将他们带到此处,让我们为之伤怀落泪?若他注定会死在这片新垦之地,那就让他喋血疆场吧。我怎能背着父母去配制魔药？我该跟他们编造怎样的故事？还有什么计谋或是妙策能够助他一臂之力？我如何才能避开他的同伴，好与他独自交谈？我是何等不幸。我无法指望他的死能消除我的伤痛；相反，他的死只会让我愈加神伤。别了，我的荣辱之心；别了，我的流芳之名。只求在我的保护之下，他可免遭伤害，如愿而归；让死去的人是我吧。是的，就在他大功告成的那一天，我会死去，我会悬梁自尽或是饮鸩而亡。不过，即便如此，还是会有人在我死后散布流言蜚语；我的毁灭将成为远方城邦的谈资笑料；而这里的科尔基斯妇女则会以低俗的口吻窃窃嘲弄我的名声：这就是那个因爱上陌生人而死去的女人，一个向淫欲低头而置家族与父母名声于不顾的女人。哦，都是因为这一片痴情，我背上了那千夫所指的骂名。我宁愿自己今夜就在房中意外死去，好让我在未及完成那一令人羞于启齿的阴谋之前，逃离这所有的一切耻辱。①

美狄亚在此处所说的言语乃是用口头自语的形式加以呈现的，它通过 φώνησέν τε（她说）这一表述开始，而以 'H（她讲到，或她讲完）这一表述结束。相比之下，狄多所做的独白就此层面来说则大不一样。

2. 维吉尔，《埃涅阿斯纪》，第 4 卷，534—552。

> "en, quid ago? rursusne procos inrisa priores
> experiar, Nomadumque petam conubia supplex,　　535
> quos ego sim totiens iam dedignata maritos?
> Iliacas igitur classis atque ultima Teucrum
> iussa sequar? quiane auxilio iuvat ante levatos
> et bene apud memores veteris stat gratia facti?

---

① 关于此处及以下各处古典文献，国内几乎没有现成的译本可供参考，译者在翻译时为防止意义变形，仅做到以内容为主，形式尽量兼顾。

quis me autem, fac velle, sinet ratibusque superbis   540
invisam accipiet? nescis heu, perdita, necdum
Laomedonteae sentis periuria gentis?
quid tum? sola fuga nautas comitabor ovantis?
an Tyriis omnique manu stipata meorum
inferar et, quos Sidonia vix urbe revelli,   545
rursus agam pelago et ventis dare vela iubebo?
quin morere ut merita es, ferroque averte dolorem.
tu lacrimis evicta meis, tu prima furentem
his, germana, malis oneras atque obicis hosti.   340
non licuit thalami expertem sine crimine vitam   550
degere more ferae, talis nec tangere curas;
non servata fides cineri promissa Sychaeo."

现在我能做什么？回去——作为一个笑柄——去寻觅往日的求爱者并乞求同我一向鄙视的努米底亚①人结为夫妻？或是跟随特洛伊的舰只，唯命是从？我曾帮助他们增强实力，而如今这又有何意义？他们还会带着感激之情念及我过去对他们的鼎力相助吗？谁会让我（就算我想去）——谁又会允许我——这个遭人嫌弃的苦命鬼登上他那艘豪迈之舟？现在，绝望的人儿，你明白了，你终于了解到了拉俄墨冬②的这些子孙们是何等背信弃义。但是，倘若我无法以一位孤独流亡者的身份去追随那些斗志昂扬的水手，那我是否可以带着我所有的子民与将士加入他们的行列？我还能否让那些难离故土的西顿人再次扬起风帆？不，既然命该你死，还是用短剑结束苦痛吧。我的妹妹[安娜]啊，你为何要倾听我的眼泪，怂恿我

---

① 北非古国，位于今阿尔及利亚和突尼斯境内。
② 希腊神话中的一位早期特洛伊国王。

陷入这负心之爱?为此,我承受了所有这些苦痛,几近疯狂。
为何我无法如荒野鸟兽一般不为姻缘所动,远离此番忧愁?
叙凯欧斯啊①,我未能信守在你骨灰前留下的誓言!

　　这一段显然属于非口头自语,也即内心独白。它由该段前一行的表述 *secumque ita corde volutat*(于是,她在心中思忖)引入。而关于这段自语的结尾,则可以从两个方面加以考虑。该段后一行中出现的短句是 *Tantos illa suo rumpebat pectore questus*(她从胸中呼号出这些哀恸)。可以看出,*corde volutat*(她在心中思忖)与 *rumpebat pectore*(她从胸中呼号)似乎并不十分吻合。或许,维吉尔只是机械地使用这两种短句,而并没有关注我们在此所提出的问题。但是,若考虑到他一贯的谨慎态度和敏锐眼光,我们也许更应该认为,他乃是想要暗示一种心理进程,即从狄多开始对自身处境的考虑转化为那种无法压抑在心头,而不得不呼号出来的痛苦感受。大多数古代文学中的独白通常都是用诸如"她说"(She said)和"她讲到"(She spoke)这样的程式来开始和结束的。但是,维吉尔却超越了这些程式,在创作上不拘一格,充分展示出创作者的应变能力。这种对细节的关注不仅是书面叙事得以取代口头叙事的主要原因,同时,也解释了两千年来我们对这位曼图亚②诗人所怀有的敬意。

　　(此所译段落的后半部分颇为艰涩,而且还包含一两个悬而未决的文本争议。所以出于必然,该译文在处理上要比其他任何版本更多一份大胆和自由,但是最后几句却是例外——它们完全忠实于原文,并因此而表现出脱节杂乱的现象:从一个主题跳转到另一个主题,从一股思绪跳转到另一股思绪。它们不仅构成人物塑造的组成部分,同时也说明,维吉尔一方面旨在对思想语言进行心理刻画,另一方面又试图在狄多的前半段独白中表现其强大的修辞效果)

---

①　维吉尔的《埃涅阿斯纪》中,迦太基女王狄多的亡夫。
②　维吉尔的出生地,位于今意大利北部。

3. 奥维德,《变形记》,第 10 卷,319—333。

       illa quidem sentit foedoque repugnat amori
       et secum "quo mente feror? quid molior?" inquit
       "di, precor, et pietas sacrataque iura parentum,   321
       hoc prohibete nefas scelerique resistite nostro,
       si tamen hoc scelus est. sed enim damnare negatur
       hanc Venerem pietas: coeunt animalia nullo
       cetera dilectu, nec habetur turpe iuvencae   325
       ferre patrem tergo, fit equo sua filia coniunx,
       quasque creavit init pecudes caper, ipsaque, cuius
       semine concepta est, ex illo concipit ales.
       felices, quibus ista licent! humana malignas
       cura dedit leges, et quod natura remittit,   330
       invida iura negant. gentes tamen esse feruntur,
       in quibus et nato genetrix et nata parenti
       iungitur, ut pietas geminato crescat amore."

    对于自己心中的罪恶情欲,她有所意识并竭力克制;我究竟何去何从,我到底欲求何物,她追问着自己。哦,众神啊,我祈祷,哦,子女的孝道与父母的圣权,快阻止这罪行,快让我躲开这邪恶——若这果真算是邪恶的话。但是,这种爱倒未必该遭受孝道之谴:其他动物均可任意媾和;小牝牛与其父交配何耻之有,马与其女交媾亦无耻可言。山羊可与其所生母畜行淫,即便是鸟禽也会与其亲生骨肉繁衍后代。快乐的生灵方可活得如此惬意。人类的干预带来这些恶毒的戒律;凡自然应允之事,均为这可憎的戒律所拒。不过,听说甚至在有些人类的部落当中,母亲和儿子、父亲跟女儿也会进行媾和,好让这双重之爱更显孝道……[此段之后另有 20 行高度修辞性

的句子]

奥维德在此并非要关注这段自语当中所包含的内省性（inwardness）。在第 320 行中，"问"这个字眼几乎意味着一种法律审讯，而密耳拉则既是公诉人又是被告（就像斯蒂芬·迪达勒斯在《尤利西斯》的某些段落中所表现的那样）。这一段自语在第 356 行，依照惯例以 Dixerat（她说完）结束。相比起来，维吉尔在转向人物内心时往往采用"她在心中思忖"这样的表述，以及一种趋于个人非理性化的思想模式，而奥维德则将其咬文嚼字般的论述和语言游戏——诸如 quia iam meus est, non est meus（因为他已经属于我，所以他现在不属于我）等表述——一直贯穿始终，乐于依据情境而创造出各种语言模式。不过，在最后的几行当中，奥维德又凭借其一出精彩的"修辞妙着儿"（coup de rhétorique）向我们展示，他同样也堪称心理学家；在这里，法理的精神与这位女子本身的意志可谓势不两立。而最终做出决断的正是这位女子：

> velle puta; res ipsa vetat; pius ille memorque
> moris—et o vellem similis furor esset in illo.

即便你意欲如此，但终究还是无济于事；他是个正直的守法之士——哦，我多么希望他曾爱我，如我爱他一般。

密耳拉的情欲通过其修辞性的论述策略加以宣泄，正如狄多借助于痛苦呼号将自己的无声独白推向高潮。如此说来，奥维德与维吉尔笔下的独白就其整体形式来看，颇有几分相似之处。但是，正因为奥维德所采用的乃是一种业已归为传统的手段或"论题"，所以，他就必须将此传统发挥至矫饰主义（mannerism）①的境地；他必须对那一论题的诸多可能性做出近乎过度的发掘，将关注点从所再现之物转向再现形式。因

---

① 亦称"风格主义"，原指文艺复兴鼎盛时期之后至巴洛克时期之前的一种欧洲艺术风格。它主张突破古典艺术的传统原则，强调以夸张、扭曲和不平衡的手段进行戏剧化的艺术再现。

此在艺术形式上,从古典化到矫饰化或洛可可(rococo)①风格的必然转变,在此处便可体现为维吉尔与奥维德之间的差异,而在现代文学中则会体现为托尔斯泰与乔伊斯之间的差异。

4. 以弗所人色诺芬,《哈布罗科姆斯与安蒂亚》,第 1 卷,第 4 部分,1—3,4,6—7。

IV (1) Λαβὼν δὴ τὴν κόμην ὁ ᾿Αβροκόμης καὶ σπαράξας τὴν ἐσθῆτα «φεῦ μοι τῶν κακῶν» εἶπε, «τί πέπονθα δυστυχής; ὁ μέχρι νῦν ἀνδρικὸς ᾿Αβροκόμης, ὁ καταφρονῶν ῎Ερωτος, ὁ τῷ θεῷ λοιδορούμενος ἑάλωκα καὶ νενίκημαι καὶ παρθένῳ δουλεύειν ἀναγκάζομαι, καὶ φαίνεταί τις ἤδη καλλίων ἐμοῦ καὶ θεὸν ῎Ερωτα καλῶ. (2) ῏Ω πάντα ἄνανδρος ἐγὼ καὶ πονηρός· οὐ καρτερήσω νῦν; οὐ μενῶ γεννικός; οὐκ ἔσομαι καλλίων ῎Ερωτος; νῦν οὐδὲν ὄντα θεὸν νικῆσαί με δεῖ. (3) Καλὴ παρθένος· τί δέ; τοῖς σοῖς ὀφθαλμοῖς, ᾿Αβροκόμη, εὔμορφος ᾿Ανθία, ἀλλ', ἐὰν θέλῃς, οὐχὶ σοί. Δεδόχθω ταῦτα· οὐκ ἂν ῎Ερως ποτέ μου κρατήσαι.»

哈布罗科姆斯一会儿揪着头发,一会儿撕扯衣服。哦,这是怎样的痛苦! 他说道。我到底怎么了? 坚强的哈布罗科姆斯啊,你连厄洛斯都敢鄙视,你常让那爱神蒙羞,可如今你却俯首称臣,沦为一个姑娘的奴隶;而且,有个人似乎比我更俊美,我得管那厄洛斯叫爱神。现在,我成了最柔弱的男人。难道我不能反抗? 难道我不能勇敢地证明自己比厄洛斯更强大? 现在,我要击败这小小神祇。那姑娘漂亮吗? 漂亮又如何。哈布罗科姆斯啊,发现安蒂亚美貌的只是你的眼睛,而并不是——除非你果真那么想——真实的自我。若我将此牢记心中,厄洛斯便无法将我掌控。

(4) Ταῦτα ἔλεγε, καὶ ὁ θεὸς σφοδρότερος αὐτῷ ἐνέκειτο καὶ εἷλκεν ἀντιπίπτοντα καὶ ὠδύνα μὴ θέλοντα. Οὐκέτι δὴ καρτερῶν, ῥίψας ἑαυτὸν εἰς γῆν «νενίκηκας», εἶπεν, «῎Ερως, μέγα σοι τρόπαιον ἐγήγερται κατὰ ᾿Αβροκόμου τοῦ σώφρονος. ἱκέτην ἔχεις . . . .»

他虽然如是说,但爱神却越发将他紧逼,使他迫不得已去

---

① 原指兴盛于 18 世纪法国的艺术样式,风格精巧、柔美、繁琐,较先前的巴洛克艺术更具浮华、矫饰的作风。

领受那强加的煎熬。最终,这痛苦让他无法忍受,他扑倒在地,说道,你已将我击垮,厄洛斯,你理应为战胜贞洁的哈布罗科姆斯而赢得丰碑……

哈布罗科姆斯的这一段自语——明显是大声说出来的(εἶπε, ἔλεγε)——此刻变成了向厄洛斯的祈求:这位年轻人恳请爱神施与怜悯,让他获得安蒂亚。紧接下来便是安蒂亚本人的自语;我们借此乃了解到,她同样也一直处于相似的思想斗争之中:

(6) ... «Τί» φησὶν «ὦ δυστυχὴς πέπονθα; παρθένος παρ' ἡλικίαν ἐρῶ καὶ ὀδυνῶμαι καινὰ καὶ κόρῃ μὴ πρέποντα. Ἐφ' Ἁβροκόμῃ μαίνομαι καλῷ μέν, ἀλλ' ὑπερηφάνῳ.

(7) Καὶ τίς ἔσται ὁ τῆς ἐπιθυμίας ὅρος καὶ τί τὸ πέρας τοῦ κακοῦ; Σοβαρὸς οὗτος ἐρώμενος, παρθένος ἐγὼ φρουρουμένη· τίνα βοηθὸν λήψομαι; τίνι πάντα κοινώσομαι; ποῦ δὲ Ἁβροκόμην ὄψομαι;»

……啊,她说道,我到底怎么了?我还只是个少女,却过早坠入了爱河;一种奇怪的癔病将我折磨,对一个年轻姑娘而言,这有失体统。哈布罗科姆斯让我爱得疯狂,他相貌英俊,气度非凡。然而,这情欲终会有何结局?我的苦痛又如何得以平息?这个为我所爱的男人,他是那样的难以接近,而我作为少女又总为陪伴四处相随。我能找谁来帮我?我能向谁吐露这一切心事?我将在何处见到哈布罗科姆斯?

虽然安蒂亚与美狄亚及其他郁郁寡欢的女性形象有着类似的境遇,但是两者之间还是存在着相当明显的差异:前者的困扰是可以得到解决的,而后者在那种"悲剧性"或史诗性人物自语中所提出的问题则是一种真正无法解决的矛盾。所以,哈布罗科姆斯和安蒂亚在历经许多考验与苦难之后终得以结为连理。同样,在朗戈斯的《达夫尼斯与赫洛亚》当中也存在这些传统做法;它们在相同的时刻往往会出现相同的固定片段。但是,朗戈斯是一位卓越的艺术家。他笔下的人物自语内涵丰富,这不仅得益于其生动展现的细节,而且也在于他对人物采取了某种真正意义上的心理刻画。当然,在朗戈斯的作品中,主宰人物自语的语言传统依旧是以修辞性为主的。譬如,赫洛亚的天真烂漫就被表现得极富艺术性。

5. 朗戈斯,《达夫尼斯与赫洛亚》,第 1 卷,第 14 及第 18 节。

(14) "Νῦν ἐγὼ νοσῶ μέν, τί δὲ ἡ νόσος ἀγνοῶ· ἀλγῶ, καὶ ἕλκος οὐκ ἔστι μοι. λυποῦμαι, καὶ οὐδὲν τῶν προβάτων ἀπόλωλέ μοι· κάομαι, καὶ ἐν σκιᾷ τοσαύτῃ κάθημαι. πόσοι βάτοι με πολλάκις ἤμυξαν, καὶ οὐκ ἔκλαυσα· πόσαι μέλιτται κέντρα ἐνῆκαν, ἀλλ' οὐκ ἔκραγον. τουτὶ δὲ τὸ νύττον μου τὴν καρδίαν πάντων ἐκείνων πικρότερον. καλὸς ὁ Δάφνις, καὶ γὰρ τὰ ἄνθη· καλὸν ἡ σύριγξ αὐτοῦ φθέγγεται, καὶ γὰρ αἱ ἀηδόνες· ἀλλ' ἐκείνων οὐδείς μοι λόγος. εἴθε αὐτοῦ σύριγξ ἐγενόμην, ἵν' ἐμπνέῃ μοι· εἴθε αἴξ, ἵν' ὑπ' ἐκείνου νέμωμαι. ὦ πονηρὸν ὕδωρ, μόνον Δάφνιν καλὸν ἐποίησας, ἐγὼ δὲ μάτην ἀπελουσάμην. οἴχομαι, Νύμφαι, καὶ οὐδὲ ὑμεῖς σώζετε τὴν παρθένον τὴν ἐν ὑμῖν τραφεῖσαν. τίς ὑμᾶς στεφανώσει μετ' ἐμέ; τίς τοὺς ἀθλίους ἄρνας ἀναθρέψει; τίς τὴν λάλον ἀκρίδα θεραπεύσει; ἣν πολλὰ καμοῦσα ἐθήρασα, ἵνα με κατακοιμίζῃ φθεγγομένη πρὸ τοῦ ἄντρου, νῦν δὲ ἐγὼ μὲν ἀγρυπνῶ διὰ Δάφνιν, ἡ δὲ μάτην λαλεῖ."

我一定是病了,但这到底是哪种病呢?我有痛感,却无伤痕。我忧心忡忡,却未曾让一只羊儿丢失。我坐在极为阴凉的地方,却仍感灼热。有多少次荆棘的刺伤未曾让我流泪?有多少次蜜蜂的蜇咬未曾让我呻吟。但此刻我心中的刺痛却有过之而无不及。达夫尼斯如花儿一般可爱,他的笛声如夜莺那样悦耳,但我却不在意那花儿和夜莺。我希望自己变成一支长笛,让他将我吹奏,或是化作一只羊儿,让他像牧人一样将我看护。哦,无情的泉水啊,你让达夫尼斯变得如此动人,却让我依然如故。① 哦,仙女们啊,我因这爱而痛不欲生,可你们却无动于衷,看着我这位在你们身边长大的姑娘陷入无助。当我撒手人寰,谁将为你们编织花环?谁将看护我可怜的羊羔?谁会照料我那鸣叫的蟋蟀?我曾费了好大气力将它捉住,让它在洞穴外催我入眠,但现在,我因为达夫尼斯而

---

① 在第一卷中,当达夫尼斯在仙女洞的泉水中沐浴时,站在一边的赫洛亚则认为,正是这泉水方才使得达夫尼斯获得美丽。

无法入睡,即便那蟋蟀的鸣叫也定无济于事。

　　赫洛亚的爱情独白在此乃是出声表达的哀叹。这位姑娘的天真烂漫展现得可谓出神入化。无论是丰富、准确的细节,还是恬淡、朴实的语气,她都应有尽有;但是艺术家出于情感效果的考虑,同时也进行了艺术性的结构重复,而这种干预则体现出作者对其所选素材的精雕细琢。赫洛亚的哀恸之辞与达夫尼斯紧接下来所做的独白之间存在着诸多似曾相识之处,这说明朗戈斯并未像二流艺术家那样满足于照搬程式,相反,他乃是在试图营造一种承继性效果(cumulative effect)。

　　(18) "Τί ποτέ με Χλόης ἐργάζεται φίλημα; χείλη μὲν ῥόδων ἁπαλώτερα καὶ στόμα κηρίων γλυκύτερον, τὸ δὲ φίλημα κέντρου μελίττης πικρότερον. πολλάκις ἐφίλησα ἐρίφους, πολλάκις ἐφίλησα σκύλακας ἀρτιγεννήτους καὶ τὸν μόσχον ὃν ὁ Δόρκων ἐδωρήσατο· ἀλλὰ τοῦτο φίλημα καινόν. ἐκπηδᾷ μου τὸ πνεῦμα, ἐξάλλεται ἡ καρδία, τήκεται ἡ ψυχή, καὶ ὅμως πάλιν φιλῆσαι θέλω. ὦ νίκης κακῆς· ὦ νόσου καινῆς, ἧς οὐδὲ εἰπεῖν οἶδα τὸ ὄνομα· ἆρα φαρμάκων ἐγεύσατο ἡ Χλόη μέλλουσά με φιλεῖν; πῶς οὖν οὐκ ἀπέθανεν; οἷον ᾄδουσιν αἱ ἀηδόνες, ἡ δὲ ἐμὴ σύριγξ σιωπᾷ· οἷον σκιρτῶσιν οἱ ἔριφοι, κἀγὼ κάθημαι· οἷον ἀκμάζει τὰ ἄνθη, κἀγὼ στεφάνους οὐ πλέκω. ἀλλὰ τὰ μὲν ἴα καὶ ὁ ὑάκινθος ἀνθεῖ, Δάφνις δὲ μαραίνεται. ἆρά μου καὶ Δόρκων εὐμορφότερος ὀφθήσεται;"

　　　　赫洛亚的亲吻究竟对我做了什么?她的双唇比玫瑰还要柔软,她的嘴巴比蜂蜜还要香甜,可她的亲吻却比蜜蜂的蜇咬更加令人伤痛。我曾时常亲吻羊羔,我也常常亲吻道尔孔(Dorcon)①赠她的小狗与牛犊,但赫洛亚的这个吻却带给我从未有过的感受。我的气息急促不定,我的心情七上八下,我的灵魂逐渐融化——但我还想再次将她亲吻。哦,多么不幸的胜利②,哦,这奇怪的病疾,我甚至不知如何将它描绘。是否赫洛亚口服了毒药再将我亲吻?那为何她却未曾丧命?夜莺们歌唱得何其甜美,而我的长笛却默不做声。小羊们蹦跳

---

　　① 故事中的牧人、达夫尼斯的情敌,常赠送礼物给赫洛亚以博取芳心。
　　② 达夫尼斯此前与道尔孔围绕谁更美丽进行了一番言语较量,由赫洛亚充当裁判,结果达夫尼斯胜出,并获得奖励——赫洛亚的亲吻。

得何其欢快,而我却坐在这里发呆。花儿们生长得多么鲜艳,可我却没有编织花环。紫罗兰与风信子正值绽放;达夫尼斯却萎靡不振。难不成那道尔孔终会比我长得俊美?

6. 乔叟,《特洛伊罗斯与克瑞西达》,第 1 卷,第 58—62 诗节;彼特拉克,第 88 首十四行诗;薄伽丘,《菲洛斯特拉托》,第 1 部分,第 38—39 诗节;乔叟,《特洛伊罗斯与克瑞西达》,第 2 卷,第 100—116 诗节。

Chaucer

58

"If no love is, O God, what fele I so?

And if love is, what thing and which is he?   401

If love be good, from whennes comth my woo?

If it be wikke, a wonder thynketh me,

Whenne every torment and adversite   347

That comth of hym may to me savory thinke;   405

For ay thurst I the more that ich it drynke.

59

"And if that at myn owen lust I brenne,

From whennes cometh my waillynge and my pleynte?

If harme agree me, wherto pleyne I thenne?

I noot, ne whi unwery that I feynte.   410

O quike deth! O swete harme so queynte!

How may of the in me swich quantite,

But if that I consente that it be?

60

"And if that I consente, I wrongfully

Compleyne, iwis; Thus possed to and fro,   415

Al steereles withinne a boot am I
Amydde the see, bitwixen wyndes two,
That in contrarie stonden evere mo.
Allas! what is this wonder maladie?
For hete of cold, for cold of hete, I dye."   420

                    61

And to the god of love thus seyde he,
With pitous vois: "O lord, now youres is
My spirit, which that oughte youres be.
Yow thanke I, lord, that han me brought to this;
But wheither goddesse or womman, iwis,   425
She be, I not, which that ye do me serve;
But as hire man I wol ay lyve and sterve.

                    62

"Ye stonden in hir eyen myghtily,
As in a place unto youre vertu digne;
Wherfore, lord, if my service or I   430
May liken yow, so beth to me benigne;
For myn estat roial here I resigne
Into hire hond, and with ful humble chere
Bicome hir man, as to my lady dere."

乔叟

                    58

"若此非爱,神啊,那这番感受算是何物?
若此即爱,那他究竟是怎样的东西?
若爱为善,那我从何而来的痛苦?
若爱为恶,我倒视之无比神奇,
凡他所带来的坎坷与荆棘

我都乐于把味来品；
越是干渴则越是斟酌相饮。

59

"若是这情欲来得心甘情愿，
那我的哀号与咒怨又是从何而来？
若是快乐，缘何我却以泪洗面？
也不知自己为何总是这副憔悴形骸。
哦，这活着的死亡与甜蜜的伤害如此奇怪！
它们之所以能在我心中肆虐，
岂非我自己的意愿所决？

60

"若这一切乃我自愿所为，
那我的抱怨则是在歪曲事理；
好似在一叶无舵之舟上来回
跌撞翻滚，在那大海的无边之际，
有两股永远相向的风在不断吹袭
哀哉！这到底是何种神奇的病患？
冷中带热，热中带冷，让我命绝人寰。"

61

他对爱情之神如是说，
声音里带着虔诚："哦，我的神，
你将原本属于自己的精神赋予了我。
你带来了这一切，神啊，我要向你感恩；
然而我却不知她到底是女神还是女人，
但既然让我将她侍奉是你的决断；
我便做她的男人，生死相伴。

62

"在她眼中，你尽显神权之高，

你的力量可谓名副其实；
所以，神啊，假如我的祈祷
能让你满意，请对我施与仁慈；
我宁愿放下我的王室之尊交她把持
我愿怀揣卑谦做她的夫婿
也希望她成为我可爱的娇妻。"

Petrarch

S'amor non è, che dunque è quel ch'io sento?
Ma, s'egli è Amor, per Dio che cosa e quale?
Se bona, ond'è l'effetto aspro mortale?
Se ria, ond'è si dolce ogni tormento?

S'a mia voglia ardo, ond'è 'l pianto e lamento?
S'a mal mio grado, il lamentar che vale?
O viva morte, o dilettoso male,
Come puoi tanto in me, s'io no 'l consento?

E s'io'l consento, a gran torto mi doglio.
Fra si contrari venti in frale barca
Mi trovo in alto mar, senza governo,

Sí lieve di saver, d'error sí carca,
Ch'i' medesmo non so quel ch'io mi voglio;
E tremo a mezza state, ardendo il verno.

彼特拉克

此番所感若非爱情则当为何物？
若此即爱，神啊，那它会是怎样的情状？
倘为善，为何如此让人伤怀绝望？
倘可憎，又为何那一切的苦痛令人眷顾？
既把爱情向往，却缘何落得悲切恸哭？

若是为情所困,聊发这心中的惆怅又能怎样?
哦,活着的死亡,快乐的忧伤,
你未经应允如何在我的心田停驻?
若甘愿受之,那我这哀痛委实寻错了缘故。
我发现自己身陷那相向吹拂的风儿之间
乘坐残破的无舵之舟,在大海的深处。
因我那满脑的迷乱和阅历的肤浅,
竟不知自己的心愿到底唯何是图,
在盛夏里瑟瑟发抖,在寒冬中倍感暑酷。

Boccaccio

38

E verso Amore tal fiata dicea
con pietoso parlar:——Signor, omai
l'anima è tua che mia esser solea;
il che mi piace, però che tu m'hai,
non so s'io dica a donna ovvero a dea,
a servir dato, che non fu giammai,
sotto candido velo in bruna vesta,
si bella donna, come mi par questa.

39

Tu stai negli occhi suoi, signor verace,
si come in loco degno a tua virtute;
per che, se 'l mio servir punto ti piace,
da quei ti priego impetri la salute
dell'anima, la qual prostrata giace
sotto i tuoi piè, sí la ferir l'acute
saette che' allora' le gittasti,
che di costei 'l bel viso mi mostrasti.

薄伽丘

38

他不时敬慕地祷告：
啊，我的爱神，
从此您便是我的灵魂。
这使我欣悦万分，
因您已赐给我侍奉伊人的机运，
我不知她是淑媛还是女神。
缟巾玄衣的女郎，
都不及我眼前的这位女子漂亮。

39

真正伟大的神祇啊，您就在她的眼睛里！
那里恰与您的神力相契。
所以，我的祷告若能取悦您几分，
恳求您从她眼中找到治愈我心灵的药剂。
我的心灵已受重创，
扑倒在您的脚旁。
当您让我看到伊人的脸庞，
您的锐矢便已将我的心儿射伤。①

与哈布罗科姆斯的独白（见上面第四段文献）一样，特洛伊罗斯的独白也分成两部分，一是自语，二是面向爱神的直接发言。由于它们表现出如此显著的相似性，再加上我们也缺乏证据说明两者之间存在任何直接的借用关系，因此可以认为，我们在这里所面对的乃是一种非常强大的传统或"论题"。在乔叟创作的那则由两部分构成的独白当中，只有第二部分出现于他所借鉴的素材，也即薄伽丘的《菲洛斯特拉托》。

---

① 关于38和39这两段译文，参见薄伽丘《薄伽丘的爱情谈：爱情十三问与爱的摧残》，肖聿，译，台北：英属盖曼群岛商网路与书股份有限公司，2006年，第164页。

显然,乔叟急迫地感觉到了那一传统形式在此所具备的艺术必要性。因此,他并不满足于效仿薄伽丘,而是四处寻找相关资料以完成上述"论题"。薄伽丘曾说,特洛伊罗斯为了寻觅快乐而歌唱;乔叟从此暗示中受到启发,于是为特洛伊罗斯选择了一首感伤之歌,好在他求爱之际能派上用场。但是乔叟并未亲自作歌,而是求助于彼特拉克的第 88 首十四行诗;这首诗充分复现了我们一直在探讨的自语传统。可以说,乔叟的选择非常恰当。

对特洛伊罗斯来说,他的自我表白乃是自然地体现出彼特拉克的语言风范,而就克瑞西达而论,她的言说(尤其是第 108—109 行)则让我们想起了巴思妇。所以,在特洛伊罗斯与克瑞西达之间存在着一种巨大的、反讽性的情感之壑:在某种程度上,这一差异可以通过文学及文化观念加以阐释。特洛伊罗斯这个人物所因循的文学传统同样也作用于他的伟大后继者,那位遭受理想破灭的堂吉诃德·台·拉·曼却。另一方面,克瑞西达则不仅是一位现实主义者,同时也代表着一种现实主义的人物塑造。与塞万提斯的伟大叙事一样,乔叟的《特洛伊罗斯与克瑞西达》之所以成为一部伟大的作品,其主要原因在于:它利用了浪漫主义和现实主义这两种世界观之间的冲突及其所产生的文化张力。就此处所呈现的整个段落来说,只有少数几行零散的诗句可称得上是取材于《菲洛斯特拉托》。这两段独白中所展示出的广阔视野和精湛技艺令人叹为观止;如此非凡的艺术品质自然能够从德莱顿口中赢得那不朽的赞誉之辞:这的确可谓是"上帝的丰厚馈赠"(God's Plenty)[①]。

(请注意:这段人物自语为了与它当中的其余现实主义特征保持协调,显然从头至尾意在通过非言说性的人物思想来加以呈现;但是,乔叟依然采用了"seyde"[说]和"seide"[说]这些字眼来表示克瑞西

[①] 这是约翰·德莱顿(John Dryden,1631—1700)在其《古今寓言故事集序》中,就乔叟的《坎特伯雷故事集》所做的著名评价。

达的言语化过程）

350　Chaucer

100

And, lord! so she gan in hire thought argue
In this matere of which I have yow tolde,　　　　　695
And what to don best were, and what eschuwe,
That plited she ful ofte in many folde.
Now was hire herte warm, now was it colde;
And what she thoughte, somwhat shal I write,
As to myn auctour listeth for tendite.　　　　　　700

101

She thoughte wel, that Troilus persone
She knew by syghte, and ek his gentilesse,
And thus she seyde: "al were it nat to doone,
To graunte hym love, yit, for his worthynesse,
It were honour with pleye, and with gladnesse,　　705
In honestee with swich a lord to deele,
For myn estat and also for his heele.

102

"Ek wel woot I, my kynges sone is he;
And sith he hath to se me swich delit,
If I wolde outreliche his sighte flee,　　　　　　710
Paraunter he myghte have me in despit,
Thorugh which I myghte stonde in worse plit;
Now were I wis, me hate to purchace,
Withouten nede, ther I may stonde in grace?

103

"In every thyng, I woot, ther lith mesure;　　　　715

For though a man forbede dronkenesse,
He naught forbet that every creature
Be drynkeles for alwey, as I gesse.
Ek sith I woot for me is his destresse,
I neaughte nat for that thing hym despise, 720
Sith it is so, he meneth in good wyse.

104

"And ek I knowe, of longe tyme agon,
His thewes goode, and that he is nat nyce.
Navauntour, seith men, certein he is noon;
To wis is he to doon so gret a vice; 725
Ne als I nyl hym nevere so cherice,
That he may make avaunt, byjust cause,
He shal me nevere bynde in swich a clause.

105

"Now sette a cas: the hardest is, ywys,
Men myghten demen that he loveth me; 730
What dishonour were it unto me, this?
May ich hym lette of that? why nay, parde!
I knowe also, and alday heere and se,
Men loven wommen albiside hire leve,
And whan hem list no more, lat hem leve. 735

106

"I thenk ek how he able is for to have
Of al this noble towne the thriftieste,
To ben his love, so she hire honour save;
For out and out he is the worthieste,
Save only Ector, which that is the beste; 740

And yit his lif al lith now in my cure.

But swich is love, and ek myn aventure.

107

"Ne me to love, a wonder is it nought;

For wel wot I my self, so god me spede,

Al wolde I that no man wiste of this thought, 745

I am oon the faireste, out of drede,

And goodlieste, whoso taketh hede,

And so men seyn, in al the town of Troie.

What wonder is, though he of me have joye?

108

"I am myn owene womman, wel at ese, 750

I thank it god, as after myn estat,

Right yong, and stonde unteyd in lusty leese,

Withouten jalousie or swich debat;

Shal noon housbonde seyn to me 'chek mat.'

For either they ben ful of jalousye, 755

Or maisterful, or loven novelrye.

109

"What shal I doon? to what fyn lyve I thus?

Shal I nat love, in cas if that me leste?

What, pardieux! I am nat religious.

And though that I myn herte sette at reste 760

Upon this knyght, that is the worthieste,

And kepe alwey myn honour and my name,

By alle right it may do me no shame."

110

But right as whan the sonne shyneth brighte,

In March, that chaungeth ofte tyme his face,　　　765
And that a cloude is put with wynd to flighte,
Which oversprat the sonne as for a space,
A cloudy thought gan thorugh hire soule pace,
That overspradde hire brighte thoughtes alle,
So that for feere almost she gan to falle.　　　770

111

That thought was this: "allas! syn I am free,
Sholde I now love, and putte in jupartie
My sikernesse, and thrallen libertee?
Allas! how dorste I thenken that folie?
May I nat wel in other folk aspie　　　775
Hire dredful joye, hire constreynte, and hire peyne?
Ther loveth noon, that she nath wey to pleyne.

112

"For love is yit the moste stormy lyf,
Right of hym self, that evere was bigonne;
For evere som mystrust, or nice strif,　　　780
Ther is in love; som cloude is over that sonne.
Therto we wrecched wommen nothing konne,
Whan us is wo, but wepe and sitte and thinke;
Oure wreche is this, oure owen wo to drynke.

113

"Also thise wikked tonges ben so preste　　　785
To speke us harm; ek men ben so untrewe,
That right anon, as cessed is hire leste,
So cesseth love, and forth to love a newe;
But harm ydoon is doon, whoso is rewe;

For though thise men for love hem first to-rende, 790
Ful sharp bygynnynge breketh ofte at ende.

114

"How ofte tyme hath it yknowen be,
The tresoun that to wommen hath ben do!
To what fyn is swich love, I kan nat see,
Or wher bycometh it, whan it is ago. 795
Ther is no wight that woot, I trowe so,
Wher it bycometh; lo, no wight on it sporneth;
That erst was no thing, into nought it torneth.

115

"How bisy, if I love, ek moste I be
To plesen hem that jangle of love, and dremen, 800
And coye hem, that they seye noon harm of me.
For though ther be no cause, yit hem semen
Al be for harm that folk hire frendes quemen;
And who may stoppen every wikked tonge,
Or sown of belles whil that thei ben ronge?" 805

116

And after that, hire thought bygan to clere,
And seide: "he which that nothing undertaketh,
No thyng acheveth, be hym looth or deere."
And with an other thought hire herte quaketh;
Than slepeth hope, and after drede awaketh; 810
Now hoot, now cold; but thus bitwixen tweye,
She rist hire up, and wente hire for to pleye.

100

天啊！她的思绪开始陷入迷惑

正如我告诉您,这事关她所遇到的麻烦
到底该做什么,什么不该做
那无尽的纠缠时常剪不断理还乱
她的心是一阵寒来一阵暖
我将稍作笔墨,书写她心中所想
全然依照我的作者①所说来把它讲。

101

她满心欢喜:自己曾亲眼目睹
特洛伊罗斯的人品和高贵,
于是,她说:"即使无以把爱表露,
但凭他的出类拔萃,
也值得与此贵人相随,
这将带来愉悦、舒心和体面,
于我有益,使他康健。

102

"我深知他乃吾王之子;
而他又乐于跟我相见,
若是彻底逃离他的视线,
怕是他要憎恶于我,
如此,我反会愈加遭罪;
若是明智,何如要节外生枝,
舍弃宠幸而将仇恨招惹?

103

"我知道,凡事皆要把握尺度;
尽管有人要将醉酒杜绝,

---

① 乔叟在《特洛伊罗斯与克瑞西达》中,虚构了一位名为罗利乌斯(Lollius)的作者,他是叙述者所讲故事的来源。

但依我看来,他并非要让所有人
一生一世做到滴酒不沾。
既然他因我而郁郁寡欢,
我便不能仅凭此而将他看扁,
毕竟,他的确对我是一往情深。

104

"我早就对他的人品有所了解,
他有良好的秉性,既不愚笨,亦不自矜。
依众人所说,这些与他毫无关联;
如此恶习,凭其智慧足以规避;
当然,我也不会让他受宠若惊,
要不他会以此为由而自鸣得意
无论如何,他将无以让我束手就擒。

105

"眼下的事情的确糟糕透顶,
人们会以为他向我倾心;
这让人脸红的事儿叫我何去何从?
我能拿他怎样?神啊,我无能为力!
我也知道——而且天天耳闻目睹,
这城里到处都有男人将女人去爱,
但他们却决然不会因此蒙羞。

106

"我还想,他如何值得拥有
这城里最可爱的佳丽,
若她守身如玉,方可成其爱妻;
因为他从里到外皆高贵无比,
唯有那至尊的赫克托在他之上;
然而他却将人生托付于我。

但这就是爱情，是命运安排的结果。

107

"要说他爱上我，这倒不足为奇；

因为我很了解自己，神可为我作证，

当然，我并不愿让人知道这个想法，

我当数最美的女人，这毫无疑问，

而且品行至善，大家有目共睹，

特洛伊城的人们也是有口皆碑。

若他因我而乐，这何怪之有？

108

"我是我自己的女人，闲适无忧，

感谢神灵，让我以这般身份承蒙保佑，

得以在那生机盎然的草地上享受青春与自由，

那里既没有妒忌，也无激烈的争吵；

不会有丈夫冲我说'你小命难保'①。

因为他们要不就是鸡肚猴肠，

要不就是见异思迁，爱发号施令。

109

"我该怎样是好？如此生活有何意义？

若是爱情让我心仪，我又何苦将其舍弃？

哦，苍天有眼！我可不是修女。

如果我决意死心塌地

将这位至尊无上的骑士追随，

并且不忘守护我的尊严与名誉，

这爱情便自然不会让我蒙羞。"

---

① 乔叟在其诗歌中时而会使用中世纪源自阿拉伯语的外来词；此处的棋类竞技术语"将军"(checkmate)即一例，它在阿拉伯语中的原意是"国王死了"(输局已定)。

110

但正如那三月的艳阳天，
好似孩儿脸一样多变
乌云片片随风而起，
不时将那太阳完全遮蔽，
一阵阴霾掠过她内心的思绪，
将她美好的愿望团团包围，
乃至于她担惊受怕，几乎眩晕。

111

那想法是这样的："哦！既然我活得自在，
如何现在为了爱情却要葬送
我的独立，放弃我的自由？
哦！我怎会动起那愚蠢的念头？
前车之鉴，难道我还没看清
他们的快乐总有束缚、苦痛与忧患？
天下从来没有哪个女人不因爱情而神伤。

112

"爱情是最不消停的生活，
自古以来，即是如此；
总有某些猜疑或愚蠢的争斗，
与爱相随；总有乌云将那太阳遮蔽，
我们这些可怜的女人却不知何从何去，
只得坐着流泪，冥想苦思；
逆来顺受，这便是我们的不幸之源。

113

"还有许多人总对我们
恶语相加，而男人们则又是如此虚假，
一旦欲望得以平息，

他们便会另求新欢,终止爱情;
但伤害一旦造成便不容我们后悔,
虽然男人们为了爱情可以插刀两肋,
但总是开头激情四射,末了却无以善终。

114

"许多次,人们曾屡屡听说,
女人如何遭受男人的背叛!
我不明白,这样的爱情究竟意义何在,
也不清楚它在消逝之际会是何种下场。
我猜想,这世上大概无人知晓
它会沦为何物。瞧,谁都不屑将它关注
凡事若始于空洞,则必以虚无终了。

115

"若要追求爱情,那我得倍加小心
以取悦那些爱情的判官与谈客,
好让他们不要对我进行中伤诋毁。
因为即便毫无理由,他们也会以为
凡让朋友快乐的人,必定居心叵测;
毕竟,谁能阻挡那张张恶口,
或是拿在手里摇晃的铃铛?"

116

在那之后,她的思绪开始明朗,
她说:"不管想法多么美好,
若不付诸行动,便会毫无所获。"
可转念一想,她心里又不禁慌张;
希望进入了梦乡,恐惧随之醒来;
一会儿热,一会儿冷;左右徘徊,
她站起身,让自己出门得些消遣。

（本附录所引文献的版本如下：阿波罗尼奥斯、奥维德及朗戈斯——出自《洛布古典文库》；维吉尔——出自奥斯丁 [R. G. Austin] 版的《埃涅阿斯纪》第 4 卷；色诺芬——出自《法兰西大学古典丛书》[1]；乔叟和彼特拉克——出自鲁特 [R. K. Root] 版的《特洛伊罗斯与克瑞西达》；薄伽丘——出自"意大利作家文库" [Scrittori D'Italia]。正如大多数早期作品的现代版本那样，这些文本当中也被插入了引号或单引号，并随之被附以现代人关于思想及话语本质的认识，它们常常与原文本的精髓貌合神离）

---

[1] 这是一套由法国美文出版公司（Les Belles Lettres）自 20 世纪 20 年代起编纂的大型系列丛书，主要包括希腊及拉丁文古典文献，类似于英语学界的《洛布古典文库》。

注　释

总注及致谢

　　我们之所以就各个具体章节提供注释，乃是出于几点考虑。首先，由于我们自己的论述必须能够——抑或未能够——自圆其说，加之我们的叙事艺术观在其形成过程中也得益于各种研究著作，所以我们引用"权威"的目的与其说是为了支撑自己的论述，毋宁说是为了尽可能地表达谢意。其次，我们还考虑到有些读者可能会希望就这一研究主题的某些层面进行有所突破的探讨。对于这样的读者，我们则力图推介一些颇为有益的文本，特别是那些比较容易获取、价格又相对低廉的重印本。在本书中，我们没有为具体段落提供数字标识来对应具体的注释（第8章除外），原因是我们受惠的范围通常都是笼统而宽泛的，故而难以精确指明。不过，这些注释在排序上倒是大致与诸论题在书中得以探讨的顺序相对应。

　　在此，我们还想提一下本书在创作过程中所受到的其他帮助，并就我们之间合作关系的性质稍作解释——当然，首先要指出的是我们彼此的支持，毕竟，这事关本书的缘起。这本书发端于一系列长期的非正式讨论，主要都是围绕我们所合作开设的一门大学叙事文学课程。我们的诸多想法原本只是停留在其自身的个人口头传统当中；多亏了威斯康星大学人文研究所的介入，斯科尔斯于 1963 年从该校获得访学资助，最终得以将这些想法落实到纸上。于是，我们对数年来所进行的那些讨论开始进行记录，并借助美国邮政服务的传递对内容加以扩充和完善。首先完成的第 3、5、6、7 章，以及最后完成的第 1 章便是在麦迪逊分校出色的工作环境下写出的初稿；这些章节不仅得益于与马歇尔·克拉格特、裘力斯·维恩伯格（Julius Weinberg）和斯坦利·罗森（Stanley Rosen）所进行的交谈，而且也得益于同前来做短期访问的娜塔丽·萨洛特①和瓦尔特·昂格神父②所进行的讨论；同样也是在麦迪逊，艾米特·班纳特（Emmet Bennett）、弗利德里希·索姆森（Friederich Solmsen）、阿兰·雷诺阿（Alain Renoir），以及热尔曼·布瑞对这些业已完成的手稿进行了审读和评价。所有这一切讨论和批评均让我们受益匪浅，但最令我们难以忘怀的一则建议来自布瑞小姐；她冲我们说道，"哇！你们可不能那样说普鲁斯特"。（我们屈服了。）与此同时，第 2 章和第 4 章的初稿正由罗伯特·凯洛格在夏洛茨维尔（Charlottesville）进行书写；这些章节乃受惠于奥利弗·李·斯蒂尔（Oliver Lee Steele）那细致的批评眼光。在接下来的一年中，我们又相互交换章节，数易其稿——这是一项颇费辛劳才得以完成的工作。在最后准备书稿、校样及索引的过程中，我们还得到了康斯坦斯·默克尔（Constance Merker）、帕特里夏·莱德劳（Patricia Laidlaw）及克里斯托弗·帕克（Christopher Parker）的出色协助。另外，我们在此期间还曾获得由爱荷华大学和弗吉尼亚大学所提供的一些资助。

因此，这本书完全是真正意义上的合作，而并非两个人各自创作的简单相加。我们感到，这一合作成果并非任何一方所能单独胜任。我

---

① 萨洛特（Nathalie Sarraute, 1900—1999）：俄裔法国犹太作家，"新小说"流派的先驱。

② 昂格（Rev. Walter Ong, 1912—2003）：美国耶稣会神父、宗教学家及文学教授。

们为这项工作的完成而倍感欣慰,同时,也对在这项工作中给予我们帮助的人士深表谢意,包括那许多曾经为我们的思考做出过贡献的朋友与同事——他们的帮助成了一种难以觉察的习惯。

关于翻译的说明

本书中所有的引申译文均由作者翻译(第 2 章的中古拉丁文及所有的冰岛语段落由罗伯特·凯洛格负责,其他则由罗伯特·斯科尔斯负责)。关于这其中的道理,我们在"附录"中已做了部分解释。不过在此,我们可以就那一观念再增加一点,以说明我们对翻译古代语言乃至现代语言的态度。如果我们将不同人手的译文加以拼凑,势必会产生不必要的排异性。因此,我们尽可能将翻译限制为单个人手的工作,从而至少保证所译全部段落乃经由同一中介进行处理,做到译文无论是忠实还是生硬,雅致还是偏差,都能实现程度上的一致性。当然,就我们的能力所及,在翻译的标准上乃是选择重信轻雅,使我们对自己本土语言的热爱隶属于我们对他国语言的关注。

第 1 章

就前人学术影响的惠及性而言,那种最难以定量分析的通常也最为深刻。虽然一个事实或想法常常可以通过当事人的思想运作加以追踪,但那些对其思维方式本身产生影响的语言结构则会无孔不入,乃至于有时候无法得以描述。当然在其后各章节的注释中,我们会力图就自己所受到的学术影响进行更为具体、有限的说明。在这里,我们希望提及某些学者;他们的研究为我们的思考提供了必不可少的平台。首先要提到的是,埃里希·奥尔巴赫与诺斯洛普·弗莱。在本书中,我们或许看似屡屡与这两位伟大的先生发生争吵,不过这是学生与老师之间的争吵。《摹仿论》(*Mimesis*, trans. by Willard R. Trask [Princeton

University Press，1953/Anchor，1957]）和《批评的解剖》(*Anatomy of Criticism* [Princeton University Press，1957])①这两部著作为我们提供了研究的坐标。它不仅为我们最初围绕叙事传统展开的讨论确立了方向，而且将其影响始终贯穿于我们这一研究的肌质与结构当中。

让我们受益匪浅的著作还有雷纳·韦勒克与奥斯丁·沃伦所著的 *Theory of Literature*（rev. ed. Harcourt，Brace，1955 [Harvest paperback]）；该书不仅结构合理、简明扼要，而且还提供了丰富的参考文献。另外，值得一提的是伊恩·瓦特那部富于洞见的著作 *Rise of the Novel*（University of California Press，1960 [paperback，1964]）。关于这四部著作，以及其他研究作品中所出现的重要理论资料，罗伯特·斯科尔斯在我们的讨论得以开始之初便已将其汇编成册，参见 *Approaches to the Novel*（Chandler paperback，1961）。

第 2 章

得益于对语言起源的着迷，人类已经为这一主题创造出了大量的文献，它们均属于推断性研究，而且若以现代标准来看，大多还显现出几分动人的幼稚，参见 Alf Sommerfelt,"The Origin of Language：Theories and Hypotheses,"*Journal of World History*，Ⅰ（1953—1954），885—902。查尔斯·霍克特曾讨论过语言的起源、人类的生物进化，以及文学在原始文化中的作用，参见 Charles F. Hockett, *A Course in Modern Linguistics*（Macmillan，1958），pp. 553—586。在对原始文学进行科学研究的早期阶段，弗朗茨·博厄斯的鸿篇巨制可谓是典范之作，尤其是 *Race, Language and Culture*（Macmillan，1940）和 *Primitive Art*（Harvard University Press，1927）。对于普通读者而言，有两本关于原始文学的著作值得关注，分别是莫里斯·鲍拉（Sir Maurice Bowra）所著 *Primitive Song*（World Publishing Company，

---

① 为方便读者直接检索原著，凡"注释"中出现的参考文献信息均直接采用原文。

1962)和约瑟夫·坎贝尔(Joseph Campbell)所著 *The Masks of God: Primitive Mythology* (Viking, 1959)。北美印第安传说是原始叙事的典型实例,汤普森曾就此写过一则长达 65 页的概论,参见 Stith Thompson, *The Folktale* (Holt, Rinehart and Winston, 1946)。这本书为民间传说提供了最佳导读。

关于米诺斯文字,参见 Sterling Dow, "Minoan Writing," *American Journal of Archaeology*, LVIII (1954), 77—129; Michael Ventris and John Chadwick, *Documents in Mycenaean Greek* (Cambridge University Press, 1956); 以及 John Chadwick, *The Decipherment of Linear B* (Cambridge University Press, 1958 [Modern Library paperback])。

关于帕里的观点——文学由口头及书面这两大分支构成,可以参见其论文"Whole Formulaic Verses in Greek and Southslavic Heroic Song," *Transactions and Proceedings of the American Philological Association*, LXIV (1933), 180。当帕里于 1935 年去世时,他乃是哈佛大学古典文学系的一位助理教授。他的创作仅出现于学术期刊及其博士论文,*L'Épithète traditionelle dans Homère* (Paris, 1928)。幸运的是,帕里辞世的悲剧并未终止他在南斯拉夫开始的调查研究。他的学生阿尔伯特·B. 洛德,如今已是哈佛大学斯拉夫语及比较文学领域的教授;他曾陪同帕里前往南斯拉夫,并且自始至终都是帕里在其研究过程当中的重要合作者。洛德搜集了大量的南斯拉夫口头叙事,其文本及翻译正由塞尔维亚科学院与哈佛大学出版社以《塞尔维亚—克罗地亚英雄歌》(*Serbocroatian Heroic Songs*)为标题联合出版。此外,洛德还曾为帕里的创作梳理出一份清单,参见 A. B. Lord, "Homer, Parry, and Huso," *American Journal of Archaeology*, LII (1948), 43—44。

对于研究叙事文学的普通学生来说,洛德的著作《故事歌手》(*The Singer of Tales* [Harvard University Press, 1960/Atheneum paperback, 1965]），要比他所搜集的文本远更为重要。洛德超越帕里的地方在于，他对口头诗歌与书面诗歌之间的关系加以关注，分析了其中所有可以想见的层面，并且将其获得的结论应用于《荷马史诗》批评。虽然我们在本书中主要依赖于《故事歌手》一书来描述口头传统，但却不能因此给读者造成这样一种错误的印象，以为口头英雄史诗的创作在帕里和洛德之前一直未曾受到过学术界的关注。这其中尤为重要的研究包括：V. V. Radlov, *Proben der Volkslitteratur der türkischen Stämme*, 10 vols. (St. Petersburg, 1866—1904); Hector M. and Nora K. Chadwick, *The Growth of Literature*, 3 vols. (Cambridge University Press, 1932—1940); R. Trautmann, *Die Volksdichtung der Grossrussen*. I, *Das Heldenlied* (Heidelberg, 1935); 以及 C. M. Bowra, *Heroic Poetry* (Macmillan, 1952)。此外，还有一本更为轻便的简明著作——自然要比上述文献更局限一些，即 Jan de Vries, *Heroic Song and Heroic Legend*, trans. B. J. Timmer (Oxford University Press, 1963 [paperback])。

关于口头及书面文学文化所特有的各种思维模式，最近的两部研究著作分别是：Eric A. Havelock, *Preface to Plato* (Harvard University Press, 1963), 以及 Jack Goody and Ian Watt, "The Consequences of Literacy," *Comparative Studies in Society and History*, V (1963), 304—345。在这两者当中，哈夫洛克（Havelock）在对口头传统加以界定时，更倾向于关注这一传统是如何将"语法"附加在日常语言这种非文学性话语之上。这些口头语法在诗歌叙事当中非常显著，参见 *The Singer of Tales*, pp. 35—46; 以及 Frederic G. Cassidy, "How Free Was the Anglo-Saxon Scop?" in *Franciplegius*: *Medieval and Linguistic Studies in Honor of Francis Peabody Magoun, Jr.*, edd. J. B. Bessinger, Jr., and R. P. Creed (New York University Press, 1965)。

关于洛德对《奥德赛》中"凌辱""责难"和"认出"这一重复模式的分析，可参见 *The Singer of Tales*, pp. 174—177。关于口头叙事结构的理论研究,还有两部著作,分别是:Vladimir Propp, *Morphology of the Folktale*, trans. Laurence Scott, Publication of the Indiana University Research Center in Anthropology, Folklore, and Linguistics 10 (Bloomington, 1958),以及 Alan Dundes, *The Morphology of North American Indian Folktales*, Folklore Fellows Communications 195 (Helsinki, 1964)。另外,在一次令人振奋的神话研讨会上,有一篇论文因其对传统情节结构的研究而颇值得关注,发表于 1955 年出版的《美国民俗学杂志》(总第 270 期),参见 Claude Lévi-Strauss, "The Structural Study of Myth," *Journal of American Folklore*, October-December, LXVIII (1955), 428—444。

关于《荷马史诗》在希腊文化思想的传播过程中所起到的作用,可参见 Werner Jaeger, *Paideia*: *The Ideals of Greek Culture*, trans. Gilbert Highet, 2nd ed. (Oxford University Press, 1945), I, 3—56。阿尔昆曾证实林迪斯坊的修道院中僧侣们吟唱英雄史诗的事情,关于该证据的讨论,可参见 Eleanor S. Duckett, *Alcuin, Friend to Charlemagne* (Macmillan 1951)。关于比德所著的《英国人民基督教史》,曾出版过一个简明译本,由约翰·斯蒂文斯(John Stevens)翻译,L. C. 简(L. C. Jane)校订,收录在"埃弗里曼经典文库"(Everyman's Library)①当中。关于其中涉及凯德蒙的故事,可参见该书 IV. 24 (pp. 205—208)。

最早将帕里—洛德口头程式创作假说应用于中世纪方言叙事研究的学者是小 F. P. 马古恩。其重要学术论文包括:F. P. Mogoun, Jr., "Oral-Formulaic Character of Anglo-Saxon Narrative Poetry," *Speculum*, XXVIII (1953), 446—467,以及随后的 "Bede's Story of Cædmon: The Case History of an Anglo-Saxon Oral Singer," *Speculum*, XXX (1955), 49—63; "The Theme of the Beasts of Battle

---

① 此文库是由兰登书屋(Random House)出版发行的系列丛书,旨在向大众人群及文化精英提供世界经典文学读本。

in Anglo-Saxon Poetry," *Neuphilologische Mitteilungen*, LVI (1955), 81—90; 另有译著《卡勒瓦拉》,参见 *The Kalevala, or Poems of the Kaleva District*, compiled by Elias Lönnrot(Harvard University Press, 1963); 此外还有几部围绕芬兰及盎格鲁—撒克逊口头传统所做的更为详尽的研究。马古恩到1964年为止,所完成的著述清单可参见 *Franciplegius*, pp. 3—16。

关于基涅武甫在其诗歌中对口头程式语汇的使用,罗伯特·戴蒙德曾进行过调查研究,具体可参见 Robert Diamond, "The Diction of the Signed Poems of Cynewulf," *Philological Quarterly*, XXXVIII (1959), 228—241。我们就《救世主》(*Heliand*)所进行的讨论要归功于马古恩对《序言》(*Præfatio*)和《诗篇》(*Versus*)的简明编译,具体可参见"The *Præfatio* and *Versus* Associated with Some Old-Saxon Biblical Poems"in *Medieval Studies in Honor of J. D. M. Ford*, edd. Urban T. Holmes, Jr., and Alex. J. Denomy, C. S. B. (Harvard University Press, 1948), pp. 107—136。有些日耳曼程式在现存的盎格鲁—撒克逊诗歌叙事主体中仅仅出现过一次,从未受到过学界的关注,而《救世主》则可以用来对那些程式加以有效证实,具体可参见 Robert Kellogg, "The South Germanic Oral Tradition," *Franciplegius*, pp. 66—74。关于《贝奥武甫》语汇使用的传统特征,有两篇未经发表的博士论文给予了颇为专业的分析,参见 Robert P. Creed, "Studies in the Techniques of Composition of the Beowulf Poetry" (Harvard, 1955),以及 Godfrey L. Gattiker, "The Syntactic Basis of the Poetic Formula in Beowulf" (Wisconsin, 1962)。另外,还有几篇业已发表的论文同样将《贝奥武甫》的语言特点当作研究主题,参见 Jess B. Bessinger, Jr., "Beowulf and the Harp at Sutton Hoo," *University of Toronto Quarterly*, XXVII (1958), 148—168; Robert P. Creed,"The Making of an Anglo-Saxon Poem," *ELH*, XXVI (1959), 445—454; Robert P. Creed, "The Singer Looks at His Sources," *Comparative Literature*, XIV (1962), 44—52;以及 William Whallon,

"The Diction of Beowulf," *PMLA*, LXXVI (1961), 309—319。

其他有关盎格鲁—撒克逊诗歌叙事当中,口头程式创作的研究包括:Robert P. Creed, "The andswarode-System in Old English Poetry," *Speculum*, XXXII (1597), 523—528; Robert P. Creed, "On the Possibility of Criticizing Old English Poetry," *Texas Studies in Literature and Language*, III (1961), 97—106; Stanley B. Greenfield, "The Formulaic Expression of the Theme of 'Exile' in Anglo-Saxon Poetry," *Speculum*, XXX (1955), 200—206; Wayne A. O'Neil, "Another Look at Oral Poetry in The Seafarer," *Speculum*, XXXV (1960), 596—600; Lewis E. Nicholson, "Oral Techniques in the Composition of Expanded Anglo-Saxon Verses," *PMLA*, LXXVIII (1963), 287—292; 以及 Robert E. Diamond, *The Diction of the Anglo-Saxon Metrical Psalms*, Janua Linguarum, Series Practica X (The Hague: Mouton, 1963)。

除了《荷马史诗》和南斯拉夫、芬兰及盎格鲁—撒克逊史诗之外,关于传统叙事中存在口头程式的例证,可参见 Stephen G. Nicholas, Jr., *Formulaic Diction and Thematic Composition in the "Chanson de Roland*," University of North Carolina Studies in the Romance Languages and Literatures 36 (Chapel Hill, 1961); James Ross, "Formulaic Composition in Gaelic Oral Literature," *Modern Philology*, LVII (1959), 1—12; R. A. Waldron, "Oral-Formulaic Technique and Middle English Alliterative Poetry," *Speculum*, XXXII (1957), 792—801; 以及 Paul Beekman Taylor, "The Structure of Völundarkviða," *Neophilologus*, XLVII (1963), 228—236。

在帕里、洛德及马古恩之后,尚未有人对法罗群岛的传统歌谣进行过调查研究,而且早期的那些详尽描述也缺乏英文翻译。这些歌谣在今天的表演中有的会长达 1500 多行,由大批的舞蹈演员来歌唱;它们不仅保留了来自 5 世纪及 6 世纪的英雄传奇,而且还保留了那些直到相当晚近才得以产生的故事。关于这些重要的叙事诗歌当中所出现的程式化特征,德布尔不仅在研究上依然是最出色的,而且也在文献引证方面做到了细致周全,参见 Helmut de Boor, *Die Färöischen Lieder des Nibelungenzyklus*(Heidelberg,1918)。格伦特维格(Svend Grundtvig)和布洛赫(J. Bloch)搜集了大量的法罗语歌谣,到目前为止已经整理出四卷,现在正处于出版过程当中,里面包括了克里斯蒂安·马特莱斯(Christian Matras)教授用德文书写的评注,参见 *Føroya Kvæi:Corpus Carminum Færoensium*(Copenhagen:Munksgaard, 1941—1954)。

艾因哈德所著的 *Vita Caroli Magni*(《查理曼大帝传》)已有译本出版(University of Michigan Press,1960),译者是塞缪尔·特纳(Samuel Epes Turner);这部作品不仅就加斯科尼人在比利牛斯山区对查理曼后卫部队发动进攻这一事件提供了重要资料,而且其本身也是中世纪历史编纂的一个有趣实例。关于罗兰史诗的发展,存在着诸多可借以阐释的历史文献和传奇素材,德弗里斯曾在其著作中就此进行过简明的概述,参见 Jan de Vries, *Heroic Song and Heroic Legend*, pp. 22—43。

中世纪的冰岛萨迦文学在叙事批评中相对来说受到了冷落,这与它们所表现出来的艺术多样性和感召力形成了反差。目前现存的萨迦文献数量巨大。对它们进行编辑、翻译和分类的工作,一直是一项艰巨的任务。在诸多叙事类型中,*Íslendinga sögur*("家族萨迦")如今已为大多数批评家视为冰岛文学的最高成就;它们在类别上似乎模棱两可,一方面可被当作是严肃的历史,而另一方面——如它们自己所坦陈的那样——亦可成为富于浪漫的奇谲想象。在欧洲,直到19世纪才得以演化出具有类似摹仿性的散文体虚构文学,在此之前,则未曾有过一套恰当的美学理论将"家族萨迦"当作叙事艺术来加以研究。即便当这样的理论出现之际,人们也常常不愿将其付诸应用,而倒是出于这样或那样的先入之见,更倾向于将萨迦故事用作文献资料去阐释斯堪的纳维亚的历史或文化。当然,一切正在发生着变化,而这要归功于一代知识渊博高深的冰岛本土学者型批评家,其中最杰出的当数西格德尔·诺达尔(Sigurður Nordal)与艾纳尔·斯韦恩松(Einar Ólafur Sveinsson)。关于这一现代冰岛文学研究学派所取得的最突出成就,我们可以在"古冰岛语文本研究学会"(Íslenzka Fornritafélag)所推出的萨迦读本中,通过其提供的详尽学术介绍而得以窥见一斑。尤其值得一提的是,诺达尔所编的《埃吉尔萨迦》(Egils Saga)和斯韦恩松所编的《尼雅尔萨迦》(Brennu-Njáls Saga)。而由古德尼·约翰松(Guðni Jónsson)教授负责主编的冰岛语叙事散文则几乎涵盖了全部的相关文献,现正由冰岛萨迦出版公司(Íslendingasagnaútgáfan)以价格适中的非评注本出版发行,到目前为止已经出了其中的 34 卷。

有一种传统观念认为,"家族萨迦"乃是口头传统的直接产物。克努特·列斯托尔(Knut Liestøl)曾就此做出过经典表述,具体可参见 The Origin of the Icelandic Family Sagas (Oslo, 1930)。然而自此以后,学术界的思潮则趋向于背离这一口头传统说,转而演变为一种仅属于现代意义上的个体作者身份说。在本书中,我们不无忐忑地试图在理论上实现回归,进而在观念上与列斯托尔存在几分类似。我们不能凭借纯粹的外部证据便认为作者身份在 13 世纪的冰岛已经获得了其现代意义上的"个体性";另一方面,我们可以在诸多文本自身当中发现大量的高度程式化语汇,以及"论题"结构;这些证据足以说明,以口头方式创作长篇叙事作品是完全有可能的。在我们看来,这个问题——无论是针对《荷马史诗》、盎格鲁—撒克逊叙事诗,还是针对冰岛萨迦——均无法通过美学价值的诉求而得以解决。萨迦故事——或更为准确地说,最出色的萨迦故事——的确堪称是手法精湛、叙述娴熟的文学极品。但是,这个事实与它们的作者身份问题却没有什么关系。从纯粹形式的层面来看,它们代表着传统口头艺术的特点。在本书中,我们围绕"家族萨迦"还提到了多少有些离经叛道的观点,这要归功于一位年轻的美国学者近期所发表的言论,参见 Theodore M. Anderson, in *the Problem of Icelandic Saga Origins*, Yale Germanic Studies 1 (New Haven, 1964)。13世纪的冰岛所遭遇的文化孤立从许多方面来看与其说是赋有真实性的,不如说是表面化的。早在12世纪,教会学校里便出现了相当可观的学术活动。拉丁文知识若谈不上普及,至少也算不上是鲜为人知的;而且,中世纪学术研究的强烈理性化倾向必定对思想精英产生过影响。13世纪继承了书本文化与学术研究习惯。然而与此同时,拉丁语书本文化尽管在斯诺里·斯特拉森的《天下或挪威列王纪》与《散文埃达》那里明显遭到了抵制,但它所教授的技法却又成为方言传统加以利用的对象。因此,我们不得不在两种文化力量之间的微妙关系当中,去理解这一极为复杂的现象。围绕这种关系,加伯利·特维尔-彼得曾进行过精彩的分析(但美中不足的是,作者将"口头"与"无形式"简单等同起来),参见 Gabriel Turville-Petre, *The Origins of Icelandic Literature* (Oxford University Press, 1953)。

关于中世纪及现代冰岛文学,有这样一部英文版概述专著可供参考:Stefán Einarsson, *A History of Icelandic Literature* (The Johns Hopkins Press for the American-Scandinavian Foundation [ASF], 1957)。当然,要了解最全面的古代冰岛文学,则需参考 Finnur Jónsson, *Den Oldnorske og Oldislandske Litteraturs Historie*, 2nd ed., 3 vols. (Copenhagen, 1920—1924)。关于"家族萨迦",还有一部简明导读可供参考:Peter Hallberg, *The Icelandic Saga*, trans. Paul Schach (University of Nebraska Press [paperback], 1962);译者在书中提供了一则颇具价值的文献综述。关于冰岛散文叙事,威廉姆·克尔的批评鉴赏最为出色,参见 W. P. Ker, "The Icelandic Sagas," Chapter III in *Epic and Romance* (London, 1897 [Dover paperback ed., 1957])。对于从事深入研究的学生及学者而言,还有两种出版物亦具有难得的参考价值:*Catalogue of the Icelandic Collection*, 3 vols.

(1914，1927，1943)，以及 *Islandica*(康奈尔大学图书馆菲斯克①冰岛文库的年度出版物)所提供的参考文献。它们几乎完全由已故的海尔曼松②独自负责完成。

《诗体埃达》(依照传统亦可称为"智者塞蒙恩德的埃达"或"塞蒙恩德的埃达")这一 13 世纪的文选已有译本出版，参见 *The Poetic Edda*, trans. Henry Adams Bellows (New York：The American-Scandinavian Foundation，1926)。13 世纪冰岛作家斯诺里·斯特卢森就神话、文学典故及诗学所创作的论述("斯诺里埃达"[*Snorra Edda*])——常被称为《散文埃达》或《新埃达》——也已部分被翻译，参见 Snorri Sturluson, *The Prose Edda*, trans. Arthur Gilchrist Brodeur (New York：ASF，1929)。关于"埃达"这一提法从何而来，目前尚无明确的解释。不过它乃是一个专有名词，而不是一种文学类别的指称。斯诺里将他的书称作"埃达"，于是，自此以后的传统便开始用同样的名称来代指这部诗歌文选。尽管这两部"埃达"在诸多其他方面存在着相当大的差异，但的确构成了前基督教时代神话与传奇的重要宝藏。关于北欧神话，有这样一部方便可靠的导读可供参考：E. O. Turville-Petre, *Myth and Religion of the North：The Religion of Ancient Scandinavia* (Holt, Rinehart and Winston, 1964)。

遗憾的是，整部《斯特龙戈萨迦》还没有被译成英文。"家族萨迦"这一重要部分的翻译工作目前正在进行过程当中；此外，还有一个出色的——当然只是萨迦文学的一小部分而已——萨迦故事也已经有了译本，参见 Anne Tjomsland, *The Saga of Hrafn Sveinbjarnarson*, Islandica, XXXV (1951)。斯诺里·斯特卢森的《天下》(*Heimskringla*)

---

① 菲斯克(Willard Fiske, 1831—1904)：美国学者、北欧语言研究的权威专家，尤以冰岛语言及文化研究著称；曾向康奈尔大学捐赠设立冰岛文库(Fiske Icelandic Collection)，专门从事整理、出版与冰岛相关的文献资料。

② 海尔曼松(Halldór Hermansson, 1878—1958)：康奈尔大学"菲斯克冰岛文库"的首任馆长。

现有两个译本：Lee M. Hollander (University of Texas Press [ASF], 1964)，以及 Samuel Laing, revised by Peter Foote and Jacqueline Simpson, 3 vols. (Everyman's Library, 1964, nos. 717, 722, 847)。除了《天下》中所描绘的那些挪威国王之外，还有一位国王的萨迦堪称伟大之作：*The Saga of King Sverri of Norway*, trans. John Sephton (London: David Nutt, 1899)。另有两部萨迦涉及冰岛人发现北美的事件，现已有译本，参见 *The Vinland Sagas*, trans. Magnus Magnusson and Hermann Pálsson, (Penguin, 1965)。此外，还有两部文选提供了历史作品的节录，参见 Jacqueline Simpson, *The Northmen Talk* (University of Wisconsin Press, 1965)，以及 Henry Goddard Leach's *A Pageant of Old Scandinavia* (ASF, 1946)。

自 1957 年开始，托马斯·纳尔逊父子公司（Thomas Nelson and Sons Ltd.）便以"纳尔逊冰岛文库"（Nelson's Icelandic Texts）的名义推出了一系列冰岛萨迦的编著，书中配有英文对照翻译，以及实用的介绍和注释。这一系列的出版物由西格德尔·诺达尔与加伯利·特维尔-彼得担当总主编。到目前为止，该系列已经出版了四卷：*The Saga of the Jomsvikings*, ed. N. F. Blake；*The Saga of Gunnlaug Serpent-Tongue*, edd. P. G. Foote and R. Quirk；*The Saga of King Heidrek the Wise*, ed. Christopher Tolkien；以及 *The Saga of the Volsungs*, ed. R. G. Finch。在现存的日耳曼古代文学遗产当中，类似于《伏尔松萨迦》（*The Saga of the Volsungs*）这样的故事相对来说并不在少数。除了芬奇（R. G. Finch）在上述作品中所做的介绍和注释之外，还可参考哈托在其翻译的中古高地德语史诗《尼伯龙根之歌》当中所提供的精彩评论，参见 *The Nibelungenlied*, trans. A. T. Hatto (Penguin, 1965)。关于最近出版的其他萨迦英文译本，大致上可以甄选如下：*Njal's Saga*, trans. Magnus Magnusson and Hermann Pálsson (Penguin, 1960)；*The Laxdoela Saga*, trans. A. Margaret Arent (University of Washington Press [ASF], 1964)；*Egil's Saga*, trans.

Gwyn Jones (Syracuse University Press [ASF], 1960); *The Saga of Grettir the Strong*, trans. G. A. Hight, ed. Peter Foote (Everyman' Library, no. 699, 1965); *Eirik the Red and Other Icelandic Sagas*, trans. Gwyn Jones (Oxford World Classics, 1961); *The Sagas of Kormák and The Sworn Brothers*, trans. Lee M. Hollander (Princeton University Press [ASF], 1949); *The Saga of Gisli*, trans. George Johnston (J. M. Dent, 1963); *Eyrbyggja Saga*, trans. Paul Schach and Lee M. Hollander (University of Nebraska Press [ASF], 1959); 以及 *The Vatnsdaler's Saga*, trans. Gwyn Jones (Princeton University Press [ASF], 1944)。

保罗·格雷在其未曾发表的博士论文中为我们提供了这样一个观点,即非传统性书面叙事乃是在摹仿一位讲故事者向其隐含受众叙述自己的故事;具体可参见 Paul Gray, "James Joyce's Dubliners: A Study of the Narrator's Role in Modern Fiction" (University of Virginia, 1965)。诺斯罗普·弗莱在其文类理论中使用"叙事呈现的根基"这一表述来对史诗和小说加以区分,参见 *Anatomy of Criticism* (Princeton University Press, 1957), pp. 246—249。关于歌谣及其与更长篇幅的传统叙事形式之间的关系,威廉姆·恩忒斯托曾做过一番深厚而博学的研究,具体可参见 William J. Entwistle, *European Balladry* (Oxford University Press, 1939)。

第 3 章

第三章当中所展示的古典文学观,实际上乃是各种观念的融合。这当中所涉及的古典学者既有正统的,亦有非正统的;这当中所涉及的思想既有来自某些常规学术资源的信息,也有我们通过将自己的古典文学经验与这一领域内专业批评家及学者的观点进行互动所形成的各种理念。在此,我们必须提及如下赋有启发的论著:Rhys Carpenter's, *Folk Tale*, *Fiction*, *and Saga in the Homeric Epics* (University of

California Press, 1946 [paperback, 1958]); 关于这本书, 我们只是引用了其中的观点, 而并未接受其术语。此外, 还有 F. M. Cornford's, *Thucydides Mythistoricus* (E. Arnold, 1907)。关于希腊历史编纂学, 可参见 J. B. Bury, *Ancient Greek Historians* (Macmillan, 1909); 关于早期希腊文化的其他方面, 可参见 John Forsdyke, *Greece Before Homer* (Parrish, 1956 [Norton paperback, 1964]); 以及 Jan de Vries, *Heroic Song and Heroic Legend*, trans. B. J. Timmer (Oxford University Press, 1963 [paperback]); 关于整个希腊文学, 可参见 Moses Hadas, *A History of Greek Literature* (Columbia University Press, 1950 [paperback, 1962])。

另外, 我们还必须在此对两大赋有人文精神的出版项目——"洛布古典文库"和"企鹅古典丛书"表达我们的感激之情。"企鹅"版的翻译通常更趋"现代"而灵气; "洛布"版的翻译则更趋字面化, 从而能够使那些对古典语言熟而不精的研究者拓展其能力并对原文加以阅读。我们要感谢所有那些为了这两个项目付出辛劳的人士, 他们的努力使得读者能够以各种各样的方式获得持续不断的帮助。

关于罗马历史学家的总体情况, 我们认为莱斯特纳的著作颇具价值, 参见 M. L. W. Laistner, *The Greater Roman Historians* (University of California Press, 1947 [paperback, 1963])。关于圣徒传这一早期叙事形式, 我们多少有所忽略, 不过, 我们很乐意向读者推荐一本书: Hippolyte Delahaye, S. J. : *The Legends of the Saints*, trans. V. M. Crawford (Longmans, Green, 1907 [University of Notre Dame paperback, 1961])——这部作品在紧扣其中心议题的同时, 就叙事发展的诸多层面提出了颇具启发意义的见解。我们想推荐给读者的另一套丛书是多顿出版公司(Dutton)就中世纪历史叙事所推出的平装本翻译系列, 包括: Geoffrey of Monmouth's *History of the Kings of Britain*, Sir John Froissart's *Chronicles of England, France, and Spain*, 以及 Villehardouin and de Joinville, *Crusade Memoirs*。另外, 在此系列当中

还有一本出色的文选可供参考;译者在书中提供了一则非常全面且富于启发的介绍,具体可参见 Medieval Russia's Epics, Chronicles, and Tales, trans. Serge A. Zenkovsky。关于从希腊化时期到俄罗斯文学兴起之间的东欧文学,我们尚未发现令人满意的英文著作。不过,倒是存在这样两部易为获取的作品,尽管它们大体上属于历史研究的范畴,但其中所论及文学的章节仍值得向读者推荐: W. W. Tarn, *Hellenistic Civilization*, revised by G. T. Griffith (World, 1952 [Meridian paperback, 1961]);以及 A. A. Vasiliev, *History of the Byzantine Empire* (University of Wisconsin Press, rev. ed., 1952 [paperback, 2 vols., 1961])。关于西欧叙事在后古典时期的发展,我们应该提及如下著作:约翰·西蒙兹(John A. Symonds)的两卷本《意大利文学》(*Italian Literature* [Capricorn paperback])——虽然有些陈旧,但内容非常全面; Erich Auerbach, *Introduction to Romance Languages and Literatures*, trans. Guy Daniels, 1948 (Capricorn); W. P. Ker, *Epic and Romance* (见第二章注释); Charles H. Haskin, *The Renaissance of the Twelfth Century* (Harvard University Press, 1927 [Meridian paperback, 1957])——特别是其中论及历史作品的部分。

第 4 章

在整个第四章当中,小罗伯森所提出的"历史批评"观念对我们来说,乃具有指导性的意义,具体可参见 D. W. Robertson, Jr., "Historical Criticism," *English Institute Essays*, 1950, ed. Alan S. Downer (Columbia University Press, 1951), pp. 3—31。关于我们在讨论中世纪叙事艺术时所提及的例释性层面,罗伯森做了一番赋有启发的分析,参见 D. W. Robertson, Jr., *A Preface to Chaucer* (Princeton University Press, 1962)。作为对艺术史及思想史的一项重大贡献,罗伯森教授的著作涉及 5—17 世纪的欧洲叙事研究。正是得益于它,我们不仅对乔叟的"巴思妇"进行了讨论,而且还对"小麦"和"糟粕"这两个中世纪的修辞概念进行了探讨。关于这些表述及类似说法,可参见 Bernard F. Huppé and D. W. Robertson, Jr., *Fruyt and Chaf: Studies in Chaucer's Allegories* (Princeton University Press, 1963), Chapter I, "An Approach to Medieval Poetry"。另外,近期围绕作为诗人—修辞学家的乔叟所取得的研究成果是:Robert O. Payne, *The Key of Remembrance: A Study of Chaucer's Poetics* (Yale University Press, 1963)。其中关于经验和权威的作用,尤其可参见该书的第二章,"乔叟论诗歌艺术"(*Chaucer on the Art of Poetry*)。

我们就古代文学中荷马寓意传统所进行的概述,特别要归功于约翰·泰特(John Tate)发表的一系列论文,具体参见 *The Classical Quarterly*, XXIII (1929), 41—45, 142—154; XXIV (1930), 1—10;以及 XXVIII (1934), 105—114。另参见 E. R. Curtius, *European Literature and the Latin Middle Ages*, trans. Willard R. Trask (Pantheon Books for the Bollingen Foundation, 1953 [Harper Torchbooks, 1963]), index under "allegory";以及 Jean Pépin, *Myth et allégorie; les origines grecques et les contestations judéo-chrétiennes* (Paris, 1958)。

关于经文阐释中的预表论概念及其区分于希腊寓意阐释方法的诸多特征,让·丹尼洛曾做过细致的介绍,参见 Jean Daniélou, *From Shadows to Reality*, trans. Walston Hibbard (London: Burns and Oates, 1960)。就《圣经》的四重意义阐释①来说,最为详尽的权威论述出自吕巴克,具体可参见 Henri de Lubac, *Exégèse médiévale: les quatre sens de l'Écriture*, 4 vols. (Paris, 1959—1964 [in progress])。另参见 Beryl Smalley, *The Study of the Bible in the Middle Ages*, 2nd ed. (Oxford: Basil Blackwell, 1952)。要了解作为释经者的奥古斯丁,可参见 *De doctrina christiana*, trans. D. W. Robertson, Jr.

---

① 即字面意义、象征意义、比喻(道德)意义及神秘(末世)意义。

(Library of Liberal Arts,1958);该书附有引言及参考文献。

关于中世纪古典叙事的寓意阐释,奥斯古德的介绍最为出色,具体参见 Charles G. Osgood, *Boccaccio on Poetry: Being the Preface and the Fourteenth and Fifteenth Books of Boccaccio's* Genealogia Deorum Gentilium *in an English Version with Introductory Essay and Commentary* (Princeton University Press, 1939 [Library of Liberal Arts, 1956])。关于维吉尔叙事的寓意阐释,参见 D. Comparetti, *Virgilio nel medio evo*, ed. G. Pasquali, 2 vols. (Florence, 1937—1941)。关于奥维德,参见 E. K. Rand, *Ovid and His Influence* (Boston: Marshall Jones, 1925)。关于如何正确使用寓意阐释——尤其是预表论阐释——对中世纪叙事进行批评,唐纳森等人在各自的文章当中进行了生动的论述,参见 E. Talbot Donaldson, Robert E. Kaske, Charles Donahue, and Richard H. Green in *Critical Approaches to Medieval Literature*, Selected Papers from the English Institute, 1958—1959, ed. Dorothy Bethurum (Columbia University Press, 1960)。

关于叙事意向如何能够作为一个母题和主题而得以分析,我们借鉴了厄文·帕诺夫斯基在其造型艺术研究中所应用的类似概念;具体参见 Erwin Panofsky, *Studies in Iconology* (Oxford University Press, 1939 [Harper Torchbooks, 1962]), pp. 3—31。除了帕诺夫斯基之外,另有两部出自艺术史家之手的作品对研究中世纪及文艺复兴时期寓言的学生而言,其价值也绝不逊色于文学学者的著作;它们分别是: Jean Seznec, *The Survival of the Pagan Gods*, trans. Barbara F. Sessions (Pantheon Books for the Bollingen Foundation, 1953 [Harper Torchbooks, 1961]);以及 Emile Mâle, *Religious Art in France of the Twentieth Century*, trans. Dora Nussey (E. P. Dutton, 1913 [reprinted as *The Gothic Image* by Harper Torchbooks, 1958])。

关于神话研究中的宗教与世俗之分,可参见 Mircea Eliade, *The Sacred and the Profane*, trans. Willard R. Trask (Harcourt, Brace,

1959 [Harper Torchbooks, 1961]）。围绕亚瑟王神话、传说及传奇等各种表现形式，大批学者专家都曾做过研究，具体可参见 *Arthurian Literature in the Middle Ages: A Collaborative History*, ed. Roger Sherman Loomis (Oxford University Press, 1959)。卢米斯教授新近的研究成果则探讨了神话向寓言性传奇的发展，参见 Roger Sherman Loomis, *The Grail: From Celtic Myth to Christian Symbol* (Columbia University Press, 1963)。休·肯纳的论文"闭合场域中的艺术"（Art in a Closed Field）已收录到罗伯特·斯科尔斯的编著当中，参见 *Learners and Discerners*, ed. R. Scholes (University Press of Virginia, 1964)。

第 5 章

这一章所表现出来的归纳性可能是本书中最为纯粹的。就内容来说，它几乎没有以任何形式综合其他专家学者所提出的观念。相反，它主要得益于本书作者长期以来对源文献资料的研究。不过，有些专著和编著仍可能因其相关性、确证性或补充性而受到引用。文中所提及的那些出自詹姆斯、特里林及弗莱的文章可参见 R. Scholes, *Approaches to the Novel* (Chandler, 1961)。福斯特在《小说面面观》(*Aspects of the Novel* [Harvest paperback])论及人物的那两个章节当中经受住了时间的考验，而且现在看来，它们似乎成了那本书里最出彩的部分。

关于《尼雅尔萨迦》及哥特弗里德所著《特里斯坦》的英译本，我们向读者推荐"企鹅古典丛书"的精彩翻译。本章中所提及的沃弗兰的《帕西瓦尔》已有了新的英译本和导言，参见 Wolfram von Eschenbach, *Parzival*, trans. Helen M. Mustard and Charles E. Passage (Vintage Books, 1961)。费尔法克斯的塔索译本本身即可称得上是一部重要的英语诗篇（如德莱顿所认为的那样）；现已由摩羯宫出版公司（Capricorn）推出了平装本。

关于文中所引柏拉图的文献(以及所有其他来自柏拉图的文献),我们必须告诫读者放弃所有的译文。对于读者来说,哪怕仅对希腊文略知一二,也应该使用"洛布"文本及其对照翻译,同时还可以利用里戴尔(Liddell)与司各特(Scott)所编著的《希腊语英语词典》(*A Greek-English Lexicon*);这样一来,读者便可直接对关键的字词和短语加以斟酌。

若要对17世纪法国传奇做一番全面而积极的理解,我们可以推荐George Saintsbury's *History of the French Novel*, Vol. I (Macmillan, 1917)。关于英国小说的发展前身,最近刚出版了一部不乏价值的著作:Margaret Schlauch's *Antecedents of the English Novel 1400—1600 (from Chaucer to Deloney)*, (Oxford University Press, 1963)。

从传奇文学到现实主义文学的这一过渡时期,流传着诸多短篇叙事形式,而其源文献对于仅懂得英语的读者来说,难度可想而知;不过最近,这一状况已经有了明显的改观。《罗马人传奇》的斯旺—胡珀译本[①]如今已由多佛出版公司(Dover)推出了平装本。另外还有几部关于晚期欧洲及英国短篇叙事的编著也已经出版:*The Palace of Pleasure*, ed. Harry Levtow and Maurice Valency (Capricorn, 1960),这是一部出色的中篇小说集,主要涵盖的是14世纪;*A Hundred Merry Tales and Other Jestbooks of the Fifteenth and Sixteenth Centuries*, ed. P. M. Zall (Bison, 1963),这是一部纯粹的英国文献选集;*The Hundred Tales*, trans. R. H. Robbins (Crown Publishers, 1960〔hard cover〕),这是15世纪法国文集(*Les Cent Nouvelles Nouvelles*)的第一个英译本。关于薄伽丘的作品,理查德·奥尔丁顿(Richard Aldington)的翻译不乏生动(而且,就我们所核对的几处来说,也是相当准确的),最近已由月桂出版公司(Laurel)以平装本系列

---

① 此处的译本指的是 Gesta Romanorum, ed. & trans. Charles *Swan* and Wynnard *Hooper* (New York: Dover, 1959)。它最初由斯旺于1824年译出,后由胡珀于1876年重新修订。

推出。关于薄伽丘的故事来源，我们的参考作品是：A. C. Lee, *The Decameron; its Sources and Analogues* (D. Nutt, 1909)。

关于内心独白及其他技法如何在深入人物意识的终极秘密时陷入困境，娜塔丽·萨洛特曾在其文章当中做过精辟的阐述，参见 Nathalie Sarraute, "From Dostoievski to Kafka" in *The Age of Suspicion*, trans. Maria Jolas (G. Braziller, 1963)。其他与第五章相关的文献材料可在"附录"中查找。

第 6 章

关于这一章当中所提出的某些概念，我们参考了以下著作：Bronislaw Malinowski, *Myth in Primitive Psychology* (New York University Press, 1926); Theodore H. Gaster, *Thespis* (Revised edition for Anchor paperback, 1961); Theodore H. Gaster, *Oldest Stories in the World* (Viking, 1952 [Beacon paperback, 1958]); F. M. Cornford, *Origins of Attic Comedy*, ed. Theodore H. Gaster (Anchor, 1961)。同样对我们产生影响的是艾利亚德围绕时间所展开的讨论，具体可参见 Mircea Eliade, *Myth of the Eternal Return* (Pantheon Books, 1954 [后又于 1959 年作为"哈珀火炬丛书"(Harper Torchbook)以《宇宙与历史》(*Cosmos and History*)的标题出版])。另外，亨利·福西雍的思想在我们的观念得以发展之初也曾产生过重要影响。他的著作《艺术形式的生命》(耶鲁大学出版社，1942)理应让更多的读者受益。

第 7 章

与第 5 章一样，本章的内容同样也相对独立于前人的批评观念。但是，它所探讨的主题却要狭小得多，继而造成它所赖以运作的批评理论框架也必然相当紧凑。围绕视角所展开的真正学术化批评肇始于亨利·詹姆斯的诸多"序言"(Prefaces)。随后所进行的讨论总是从帕西·卢伯克的《小说的技巧》开始,直到韦恩·布思的《小说修辞学》结束;具体参见 Percy Lubbock, *Craft of Fiction* (Jonathan Cape,1921[Viking Compass,1957]),以及 Wayne C. Booth, *Rhetoric of Fiction* (University of Chicago Press, 1961 [now in paperback])。关于该主题的完整文献,可参见弗里德曼(Norman Friedman)于1955年12月发表在《现代语言协会会刊》(*PMLA*)上的论文,"小说中的视角"(Point of View in Fiction)。

第8章

i 关于如何就该领域进行全面探讨的问题,还有一种不同的处理方式,参见《叙事理论劳特利奇百科全书》(*The Routledge Encyclopedia of Narrative Theory* [2005]);这是一部长达718页的大部头之作,参与者超过200人之多,所包含的词条从"行动元"(actant)一直到"作者文本"(writerly text)共涉及大约450个论题。若要大致了解该领域的近期发展现状,可参见布莱克威尔出版社(Blackwell)出版的《叙事理论指南》(*Companion to Narrative Theory* [2005]);这部长达571页的书卷包括35篇文章,其所论议题从叙事理论史一直延展到叙事与音乐之间的关系。

ii 同样受到俄国形式主义者及结构主义语言学影响的相关研究来自包括洛特曼(Juri Lotman)与乌斯宾斯基(Boris Uspensky)在内的莫斯科—塔图(Moscow-Tartu)学派。当然,这一研究就其影响来说尚不足以与法国结构主义者们相提并论。另一类重要的结构主义研究——时间上要早于大多数法国学者——乃是由包括穆卡拉夫斯基(*Jan Mukarrovsky*)和特鲁别茨柯依(Nikolai Trubeckoi)在内的布拉格学派展开的。要对这些研究团体有一个详尽的纵览,并借此了解相关的重要文献,可参见《约翰·霍普金斯文学理论与批评指南》(*Johns Hopkins Guide to Literary Theory and Criticism*)第二版当中由玛戈林(Uri Margolin [围绕莫斯科—塔图学派]),以及多勒泽尔(Lubomir Dolezel [围绕布拉格学派])所注释的相关词条。

iii 就叙事所展开的重要解构性研究主要归功于保罗·德曼、J. 希利斯·米勒和芭芭拉·约翰逊；那一研究出色地对文本个案进行了分析，并向非解构性方法提出了理论挑战。但是，我在此叙事当中并未就那一研究加以详述，其原因在于，我认为它没有能够对叙事理论的情节、人物及叙事话语认识产生持久的影响。如若现在所探讨的不是1966年以来的叙事理论，而是那之后的文学批评，那么解构在我的故事当中可能要表现得更为显著一些。换言之，尽管解构主义曾以雄辩之理认为所有的叙事、叙事元素及叙事理论均无法逃避被解构的命运，但叙事理论却继续寻求实质性的——当然也有可能只是暂时性的——叙事理解方法、叙事本身，以及两者所包含的诸多元素。

iv 关于这一潜在的问题，详见我在《阅读人物，阅读情节》一书第二章中所展开的讨论。

v 同样值得关注的是，斯滕伯格就叙事元素及技法这一方，与其功能那一方的关系所进行的研究。他令人信服地提出一则"普洛透斯原理"(Proteus Principle)，认为"在不同的语境中……相同的形式可以履行不同的功能，而不同的形式却可以实现相同的功能"("普洛透斯"①，第148页)。

vi 在《体验小说》一书论及《赎罪》的章节中，提供了我本人的答案。

vii 早先的重要研究包括洛特曼的《艺术文本的结构》(*The Structure of the Artistic Text*)和巴赫金在《对话性想象》(*The Dialogic Imagination*)中就"小说的时间形式与时空体"(Forms of Time and the Chronotope in the Novel)所撰写的论文。其他有价值的新近研究成果则包括曼弗雷德·雅恩在《叙事理论劳特利奇百科全书》中就"空间"这一词条所做的综述，以及戴维·赫尔曼在《故事逻辑》中论及"空间化"的章节。

---

① 这是一篇由斯滕伯格所撰写的论文，发表在1982年《今日诗学》(*Poetics Today*)第3期上，具体文献信息可参见本书"参考文献"。

参考书目

Aristotle. *Poetics*. Oxford: Clarendon Press, 1968.

Austen, Jane. *The Complete Novels*. Oxford: Oxford Univ. Press, 1994.

Bakhtin, Mikhail. *The Dialogic Imagination*. Edited by Michael Holquist, translated by Caryl Emerson and Michael Holquist. Austin: Univ. of Texas Press, 1981.

Bal, Mieke. *Narratology*. Second Edition. Translated by Christine van Boheemen. Toronto: Univ. of Toronto Press, 1998.

Booth, Wayne C. *The Rhetoric of Fiction*. Chicago: Univ. of Chicago Press, 1961.

——. "Afterword." In *The Rhetoric of Fiction*. Second Edition. Chicago: Univ. of Chicago Press, 1983.

——. *The Company We Keep*. Berkeley: Univ. of California Press, 1988.

Brooks, Peter. *Reading for the Plot*. New York: Knopf, 1984.

Case, Alison. *Plotting Women*. Charlottesville: Univ. Press of Virginia, 1999.

Chatman, Seymour. *Coming to Terms*. Ithaca: Cornell Univ.

Press, 1990.

Chomsky, Noam. *Syntactic Structures*. Paris: Mouton, 1957.

Cohn, Dorrit. *The Distinction of Fiction*. Baltimore: Johns Hopkins Univ. Press, 1999.

Conrad, Joseph. *Lord Jim*; *Heart of Darkness*; *Nostromo*. Oxford: Oxford Univ. Press, 1994.

Crane, R. S. "The Concept of Plot and the Plot of *Tom Jones*." In *Critics and Criticism*. Edited by R. S. Crane. Chicago: Univ. of Chicago Press, 1952, pp. 616 - 647.

Culler, Jonathan. "Story and Discourse in the Analysis of Narrative." In *The Pursuit of Signs*. Ithaca: Cornell Univ. Press, 1981, pp. 169 - 187.

Darwin, Charles. *The Origin of Species and The Voyage of the Beagle*. New York: Alfred A. Knopf, 2003.

De Man, Paul. *Allegories of Reading*. New Haven: Yale Univ. Press, 1979.

Dolezel, Lubomir. "Prague School Structuralism." In *Johns Hopkins Guide to Literary Theory and Criticism*. Second edition. Edited by Michael Groden, Martin Kreiswirth, and Imre Szeman. Baltimore: Johns Hopkins Univ. Press, 2005, pp. 773 - 777.

DuPlessis, Rachel Blau. *Writing Beyond the Ending*. Bloomington: Indiana Univ. Press, 1985.

Eliot, George. *Middlemarch*. Edited by David Carroll. New York: Oxford Univ. Press, 1986.

Fetterley, Judith. *The Resisting Reader*. Bloomington: Indiana Univ. Press, 1978.

Fielding, Henry. *Tom Jones*. Edited by Fredson Bowers. New York: Modern Library, 1985.

Fitzgerald, F. Scott. *The Great Gatsby*. New York: Scribner's, 1953.

Fludernik, Monika. *Towards a "Natural" Narratology*. New York: Routledge, 1996.

Forster, E. M. *Aspects of the Novel*. New York: Harcourt, Brace & World, 1964.

Foucault, Michel. *Discipline and Punish*. Translated by Alan Sheridan. London: Allen Lane, 1977.

Freud, Sigmund. *Beyond the Pleasure Principle*. Translated by James Strachey. New York: Bantam, 1963.

Friedman, Susan Stanford. "Spatial Poetics and Arundhati Roy's *The God of Small Things*." In *A Companion to Narrative Theory*. Edited by James Phelan and Peter J. Rabinowitz. Oxford: Blackwell Publishing, 2005, pp. 192 – 205.

——. "Spatialization: A Strategy for Reading Narrative." *Narrative* 1 (1993), pp. 12 – 23.

Genette, Gérard. *Narrative Discourse*. Translated by Jane E. Lewin. Ithaca, New York: Cornell Univ. Press, 1980.

Greimas, Algirdas Julien. "Actants, Actors, and Figures." In *On Meaning: Selected Wrtings in Semiotic Theory*. Translated by Paul J. Perron and Frank H. Collins. Minneapolis: Univ. of Minnesota Press, 1987, pp. 106 – 120.

——. *Structural Semantics*. Translated by Danielle McDowell, and Alan Velie. Lincoln: Univ. of Nebraska Press, 1983.

Hammett, Dashiell. *The Maltese Falcon*. New York: Knopf, 1957.

Halliday, M. K. *An Introduction to Functional Grammar*. Second edition. London: Edward Arnold, 1994.

——. "Types of Process." In *Halliday: System and Function in Language*. Edited by Gunther Kress. Oxford: Oxford Univ.

Press, 1976, pp. 159 – 173.

Herman, David. *Story Logic*. Lincoln: Univ. of Nebraska Press, 2002.

Herman, David, Manfred Jahn, and Marie-Laure Ryan, eds. *The Routledge Encyclopedia of Narrative Theory*. New York: Routledge, 2005.

Herman, Michelle. *Missing*. Columbus: Ohio State Univ. Press, 1990.

Hogan, Patrick Colm. *The Mind and Its Stories: Narrative Universals and Human Emotions*. New York: Cambridge Univ. Press, 2003.

Iser, Wolfgang. *The Act of Reading*. Baltimore: Johns Hopkins Univ. Press, 1978.

——. *The Implied Reader*. Baltimore: Johns Hopkins Univ. Press, 1974.

Ishiguro, Kazuo. *The Remains of the Day*. London: Faber and Faber, 1989.

Jahn, Manfred. "The Mechanics of Focalization: Extending the Narratological Toolbox." *GRAAT* 21 (1999), pp. 85 – 110.

——. "Windows of Focalization: Deconstructing and Reconstructing a Narratological Concept." *Style* 30 (1996), pp. 241 – 267.

James, Henry. *The Art of the Novel: Critical Prefaces*. New York: Scribner, 1962.

——. *The Turn of the Screw and Other Stories*. Edited by T. J. Lustig. New York: Oxford Univ. Press, 1998.

Jameson, Fredric. *The Political Unconscious*. Ithaca: Cornell Univ. Press, 1981.

Johnson, Barbara. *The Critical Difference*. Baltimore: Johns Hopkins

Univ. Press, 1980.

Kafalenos, Emma. *Narrative Causalities*. Columbus: Ohio State Univ. Press, 2006.

Lanser, Susan. *Fictions of Authority*. Ithaca: Cornell Univ. Press, 1992.

——. "The 'I' of the Beholder: Equivocal Attachments and the Limits of Structuralist Narratology." In *A Companion to Narrative Theory*. Edited by James Phelan and Peter J. Rabinowitz. Oxford: Blackwell Publishing, 2005, pp. 206 – 219.

——. "Toward a Feminist Narratology." *Style* 20 (1986), pp. 341 – 363.

Levi-Strauss, Claude. "The Structural Study of Myth." Translated by Claire Jacobson and Brooke Grundfest Schoepf. In *Myth*. Edited by Thomas Sebeok. Bloomington: Indiana Univ. Press, 1958, pp. 81 – 106.

Lotman, Juri. *The Structure of the Artistic Text*. Translated by Gail Lenhoff and Ronald Vroon. Ann Arbor: Dept. of Slavic Languages and Literature at the Univ. of Michigan, 1977.

Margolin, Uri. "Moscow-Tartu School." In *Johns Hopkins Guide to Literary Theory and Criticism*. Second edition. Edited by Michael Groden, Martin Kreiswirth, and Imre Szeman. Baltimore: Johns Hopkins Univ. Press, 2005, pp. 660 – 665.

McEwan, Ian. *Atonement*. New York: Doubleday, 2001.

McHale, Brian. "Weak Narrativity: The Case of Avant-Garde Poetry." *Narrative* 9 (2001), pp. 161 – 167.

Miller, J. Hillis. *Reading Narrative*. Norman: Univ. of Oklahoma Press, 1998.

Morrison, Toni. *Beloved*. New York: Knopf, 1987.

Nelles, William. "Getting Focalization into Focus." *Poetics Today* 11

(1990), pp. 365-382.

Palmer, Alan. *Fictional Minds*. Lincoln: Univ. of Nebraska Press, 2004.

Phelan, James. *Experiencing Fiction*. Columbus: Ohio State Univ. Press (forthcoming).

——. *Living to Tell about It*. Ithaca: Cornell Univ. Press, 2005.

——. *Narrative as Rhetoric*. Columbus: Ohio State Univ. Press, 1996.

——. *Reading People, Reading Plots*. Chicago: Univ. of Chicago Press, 1989.

Phelan, James and Peter J. Rabinowitz, eds. *A Companion to Narrative Theory*. Oxford: Blackwell Publishing, 2005.

Prince, Gerald. "Introduction a l'étude du narrataire." *Poetique* 14 (1973), pp. 178-196.

Propp, Vladimir. *Morphology of the Folktale*. Translated by Laurence Scott and Svatava Pirkova-Jakobson. Austin: Univ. of Texas Press, 1968.

Proust, Marcel. *A la recherche du temps perdu*. Translated by C. K. Scott Moncrieff and Terence Kilmartin. New York: Modern Library, 1992.

Peter J. Rabinowitz. *Before Reading*. Second Edition. Columbus: Ohio State Univ. Press, 1998.

——. "Truth in Fiction: A Reexamination of Audiences." *Critical Inquiry* 4 (1977), pp. 121-141.

Richardson, Brian. *Unnatural Voices*. Columbus: Ohio State Univ. Press, 2006.

Ricouer, Paul. *Time and Narrative*. 3 volumes. Translated by Katherine Blamey and David Pellauer. Chicago: Univ. of Chicago Press, 1984—1988.

Ryan, Marie-Laure. "Cognitive Maps and the Construction of Narrative Space." In *Narrative Theory and the Cognitive Sciences*. Edited by David Herman. Stanford, CA: Center for the Study of Language and Information, 2003, pp. 214–242.

———. *Narrative as Virtual Reality*. Baltimore: Johns Hopkins Univ. Press, 2001.

Saussure, Ferdinand de. *Course in General Linguistics*. Edited by Charles Bally and Albert Sechehaye, translated by Roy Harris. London: Duckworth, 1983.

Scholes, Robert. *Textual Power*. New Haven: Yale Univ. Press, 1985.

Shaw, Harry. "Loose Narrators: Display, Engagement, and a Search for a Place in History." *Narrative* 3 (1995), pp. 95–116.

Sternberg, Meir. "Proteus in Quotation-Land: Mimesis and the Forms of Reported Discourse." *Poetics Today* 3 (1982), pp. 107–156.

———. "Telling in Time (II): Chronology, Teleology, Narrativity." *Poetics Today* 13 (1992), pp. 463–541.

Todorov, Tzvetan. *Grammaire du Décaméron*. The Hague: Mouton, 1969.

———. *The Poetics of Prose*. Translated by Richard Howard. Ithaca: Cornell Univ. Press, 1977.

Twain, Mark. *Adventures of Huckleberry Finn*. Edited by Emory Elliott. New York: Oxford Univ. Press, 1999.

Warhol, Robyn. *Gendered Interventions*. New Brunswick: Rutgers Univ. Press, 1989.

———. *Having a Good Cry*. Columbus: Ohio State Univ. Press, 2003.

White, Hayden. *Metahistory*. Baltimore: Johns Hopkins Univ. Press, 1973.

Wimsatt, W. K. *The Verbal Icon*. Lexington: Univ. of Kentucky Press, 1954.

Winnett, Susan. "Coming Unstrung: Women, Men, Narrative, and Principles of Pleasure." *PMLA* 105 (1990), pp. 505-518.

Winterson, Jeanette. *Written on the Body*. New York: Knopf, 1992.

Woloch, Alex. *The One vs. the Many*. Princeton: Princeton Univ. Press, 2003.

Zunshine, Lisa. *Why We Read Fiction*. Columbus: Ohio State Univ. Press, 2006.

索 引

(索引中的页码为原著页码,检索时请查本书边码)

注:此索引涉及作者、作品和术语。在所有知名作者的姓名条目下,均提供其相关著作索引。在术语的索引方面,我们特意将涉及其定义和说明的段落标示出来,从而使得此索引亦可发挥词汇表的功能。关于各种叙事形式(小说、传奇等),我们均把它们列于"叙事形式"的总条目之下。除"致谢"外,"注释"部分未在索引范围之内。①

A

Acknowledgments 致谢 355-356
Aeschylus 埃斯库罗斯 223
Aesop 伊索 14,106
Alain de Lille, *Anticlaudianus* 阿兰·德·里耶,《安提克劳狄亚努斯》141
Alcuin 阿尔昆 32,34
Alexander-romances 亚历山大传奇 80
Alexandrian literature 亚历山大时期的文学 67,74
Alfred the Great 阿尔弗雷德大帝 37
Allegoresis, Greek 寓意阐释,希腊 123,130-131,141; and Judeo-Christian 犹太教—基督教 117
Allegory 寓言 105-159; Christian 基督教 167-169; Medieval and Renaissance (experience *vs.* authority in) 中世纪及文艺复兴时期(经验相对于权威) 138-143, (point of view in [视角]) 145-146, (social *vs.* psychological representation in [社会性再现相对于心理性再现]) 143-151; as a mode of thought 作为一种思维模式 109-110; primitive 原始性 110,117,141; typo-

---

① 该"索引"基本依据的是 1966 年版,并未将 2006 年版中由费伦教授添加的最后一章涵盖在内,同时也因为新版增加了一个章节,所以原著中个别涉及"附录"部分的索引页码发生了偏差,译者已按新版进行了相应调整。

logical, tropological, and anagogical meaning in 预表性、比喻性及神秘性 124; vs. symbolism 相对于象征主义 106 - 107

Amalgam, see Epic synthesis; Novel synthesis 叙事混合体,参见"史诗综合体";"小说综合体"

Anaxagoras 阿那克萨哥拉 118

Anaximander 阿那克西曼德 118

Anti-hero 反英雄 158

Antonioni, Michelangelo 米开朗基罗·安东尼奥尼 281

Apollonius of Tyre 泰尔人阿波罗尼奥斯 68

Apollonius Rhodius 罗德人阿波罗尼奥斯 20, 178, 193, 195, 353; *Argonautica*《阿尔戈》14, 67, 80, 228, 338, (monologues in [独白]) 181 - 184

Apuleius, Lucius 阿普列尤斯 79, 244 - 245, 259, 271; "Cupid and Psyche" "丘比特与赛姬" 113, 219; *De Magica*《论魔法》76; *Golden Ass* (*Metamorphoses*)《金驴记》(《变形记》) 75 - 77, 113, 246 - 247, 251

Arabian Nights《一千零一夜》263

Ari the Wise "智者阿里" 46

Ariosto, Lodovico 阿里奥斯托 145; *Orlando Furioso*《愤怒的奥兰多》208, 228, 252

Aristophanes 阿里斯托芬 78

Aristotle 亚里士多德 4, 12, 52, 87, 151 - 152, 207, 211, 226, 236, 279; and Plato 柏拉图 120 - 121; *Poetics*《诗学》62, 119 - 121

Arnold, Matthew 马修·阿诺德 160 - 161

Arthurian literature 亚瑟文学 35 - 36; romance 传奇 130

Auerbach, Erich 埃里希·奥尔巴赫 149, 162, 203; *Mimesis*, 5, 85, 229

Austen, Jane 简·奥斯丁 174 - 175, 191, 206, 239; *Pride and Prejudice*《傲慢与偏见》267; *Sense and Sensibility*《理智与情感》267

B

Balzac, Honoré de 巴尔扎克 9, 88, 192, 237

Barbour, John, *The Bruce* 巴伯,《布鲁斯本纪》42

Barth, John, *The Sot-Weed Factor* 巴思,《烟草代理商》153, 279

Beckett, Samuel 贝克特 6, 16, 159, 203, 233

Bede 圣比德 34, 41, 133; *The Ecclesiastical History of the English People*《英国人民基督教史》32 - 33

Bellow, Saul 索尔·贝娄 The Adventures of Augie March《奥吉·马奇历险记》238

Bennett, Arnold 本奈特 237-238; The Old Wives' Tale《老妇人的故事》235

Beowulf《贝奥武甫》22, 24, 34-37, 40-42, 45, 48, 53, 56, 58, 78, 130-131, 133, 135, 155-156, 179, 208-210, 242

Bergman, Ingmar 英格玛·伯格曼 281

Bersuire, Pièrre 皮埃尔·柏绪尔 De Fabulis Poetarum《诗人的寓言》129

Bible 圣经 121-128; Book of Revelation 启示录 99; Exodus 出埃及记 33; Genesis 创世纪 33; Gospels 福音 pseudo-Tatian harmony of 他提安四福音合参伪著 34; Hebrew and Christian exegesis 希伯来及基督教释经 95, 122, 130-131, 138, 141; New Testament 新约 34, 93, 165; Old Testament 旧约 33, 51, 53, 79, 165, 176; plot 情节 124, 226-227; Song of Songs "雅歌" 95

Bildungsroman "成长小说" 127

Biologists 生活学家 74

Biologoumena "来自生活的表演" 74

Blake, William 布莱克 106

Blind Harry, The Wallace 布莱因·哈里,《威廉·华莱士列传》42

Boccaccio, Giovanni 薄伽丘 15, 98, 145, 146, 193, 195-196, 299; Decameron《十日谈》189-190; De Genealogia Deorum《诸神谱系》129; Filostrato《菲洛斯特拉托》187, 294-295; Teseide《苔塞伊达》129-130; psychological characterization in 心理性人物塑造 189-191

Boios, Ornithogonia 博伊奥斯,《化鸟记》71

Booth, Wayne C., The Rhetoric of Fiction 韦恩·布思,《小说修辞学》273, 278

Boswell, James 詹姆斯·鲍斯威尔 192, 211, 258

Brontë, Emily, Wuthering Heights 艾米莉·勃朗特,《呼啸山庄》262, 264

Bunyan, John, Pilgrim's Progress 班扬,《天路历程》169

Burney, Fanny 范妮·伯尼 267

Burroughs, William, Naked Lunch 布洛斯,《裸体午餐》153

Butler, Samuel (1835-1902) 塞缪尔·巴特勒 258

Byron, George Gordon, Lord 拜伦 267

C

Cabell, James Branch, Jurgen 卡贝

尔,《朱根,一部正义的喜剧》153
Cædmon 凯德蒙 32-34
Caesar, Julius, *De Bello Gallico* 恺撒,《高卢战记》72, 243
Capella, Martianus, *De Nuptiis Philologiae et Mercurii* 马提安努斯·卡佩拉,《斐萝萝嘉与墨丘利的婚礼》133, 141
Caricature 滑稽摹仿 113
Carlyle, Thomas 卡莱尔 218; *French Revolution*《法国大革命史》212-213
Carmina rustica 田园诗 37
Carroll, Lewis, *Through the Looking-glass* 刘易斯·卡洛尔,《爱丽丝镜中奇遇》153
Cather, Willa, *O Pioneers!* 薇拉·凯瑟,《哦,拓荒者们!》227
Céline, Louis-Ferdinand 塞利纳 16
Cellini, Benvenuto 本韦努托·切利尼 193, 217, 256; *Autobiography*《自传》154, 156, 215, 250
Cervantes, Miguel 塞万提斯 15, 55, 58, 205, 246, 268, 274; *Don Quixote*《堂吉诃德》112, 161, 233, 250, 267, 295, (point of view in [视角]) 252-255
Chanson de Roland《罗兰之歌》14, 37-40, 42, 53, 58, 208, 210
Character, Theophrastian 狄奥佛拉斯特式的人物 13, 15-16, 229-230, 231
Characterization, methods of: chronological *vs.* developmental 人物塑造, 时间性塑造方法相对于发展性塑造方法 165-170; expressionistic *vs.* impressionistic 表现主义相对于印象主义 202-203; illustration *vs.* representation 例释相对于再现 89-105; interior monologue *vs.* stream of consciousness 内心独白相对于意识流 177-203; projection of author's psyche 作家的心理投射 191-194; psychological representation 心理再现 126; psychological *vs.* rhetorical 心理性相对于修辞性 181, 185, 188-193; through supernatural machinery 超自然手法的利用 175-177; type characterization 典型化人物塑造 87, 126, 144, 204-206, (esthetic types [美学类型]) 99, (historical changes in types [人物类型的历史变迁]) 151-159
Characterization, in various kinds of narrative: allegory 各种叙事中的人物塑造;寓言 143-151; heroic narrative (epic) 英雄体叙事(史诗) 165-166; novel 小说 191; romance 传奇 168-169; saga 萨迦 171-174, 176
Characterization, in various narrative

artists：Boccaccio 不同叙事艺术家作品中的人物塑造：薄伽丘 181-191；Homer 荷马 161-165；Homer vs. Joyce 荷马相对于乔伊斯 164-165；Henry James 亨利·詹姆斯 160-161；St. Augustine 圣·奥古斯丁 79

Characterization vs. plot 人物塑造相对于情节 80, 237

Chariton, *Chaereas and Callirhoe* 卡里同,《凯勒阿斯与卡利罗亚》68

Charlemagne 查理曼大帝 32, 38

Chaucer, Geoffrey 乔叟 6, 127, 143, 145, 156, 195, 248, 296-299；*The Canterbury Tales*《坎特伯雷故事集》138-140, 249,（"marriage group [婚姻群]"）95, 149,（Clerk's Tale ["学士的故事"]）95,（Knight's Tale ["骑士的故事"]）7, 55, 130, 142,（Merchant's Tale ["商人的故事"]）95,（Miller's Tale ["磨坊主的故事"]）95, 189,（Parson's Tale ["牧师的故事"]）94-95, 139-140,（Wife of Bath's Prologue ["巴思妇"序言]）91-98, 138-140；*Legend of Good Women*《贞女传奇》138-139；*Troilus and Criseyde*《特洛伊罗斯与克瑞西达》8, 55, 187-188, 292-295；monologue in Chaucer 乔叟作品中的独白 185, 187-188；representation and illustration in Chaucer 乔叟作品中的再现与例释 91-98

Chrétien de Troyes 克雷蒂安·德·特罗亚 41, 55, 167, 248；Perceval（*Le Conte du graal*）帕西瓦尔（《圣杯的故事》）14, 134

Christian reinterpretation of pagan images 异教性意象的基督化再阐释 129-137

Cibber, Colley 科利·西伯 192

Cicero 西塞罗 64, 66-67

Cid, see *Poema de mio Cid* 熙德,参见"《熙德之歌》"

Cinema, and narrative tradition 电影及叙事传统 280-281

City of God vs. City of Man "上帝之城"相对于"世俗之城" 95, 124-128, 143

Cleitarchus 克来塔卡斯 65-66

Conceit 奇思妙想 107, 142

Conrad, Joseph 康拉德 277；*Lord Jim*《吉姆爷》203, 263-264；*Nostromo*《诺斯特罗莫》266；*Victory*《胜利》260；point of view in Conrad 康拉德作品中的视角 54, 251

Cornford, F. M., 康福德 10, 61, 225, 229；*The Origins of Attic Comedy*《古希腊喜剧源流》222；*Thucydides Mythistoricus*《修昔底

德:神话与历史之间》61
Criticism:archetypal 批评:原型 9；Christian reinterpretation of pagan images 异教性意象的基督化再阐释 129-137；historical criticism 历史批评 83；scriptural exegesis 经文阐释 117
Curtius, Ernst Robert, *European Literature and the Latin Middle Ages* 恩斯特·罗伯特·库提乌斯,《欧洲文学和拉丁中世纪》26
Cynewulf 基涅武甫 22

D

Dante (Alighieri) 但丁(阿利吉耶里) 106, 109, 127, 146, 226, 278；*Commedia*《神曲》15, 95, 108, 143-145, 149, 250-251；and Langland 朗格兰 143-145
Darwin, Charles 达尔文 235
Defoe, Daniel 笛福 87, 114, 267；*Journal of the Plague Year*《瘟疫年纪事》153；*Moll Flanders*《摩尔·弗兰德斯》76, 191, 251, 256；*Robinson Crusoe*《鲁滨逊漂流记》7, 257；*Roxana*《罗克萨娜》191
Deor《戴欧》34-35
Dickens, Charles 狄更斯 153, 156, 161, 189, 205, 237；*Bleak House*《荒凉山庄》268；*David Copperfield*《大卫·科波菲尔》256；*Great Expectations*《远大前程》76, 169-170, 256, 264；*Hard Times*《艰难时世》113；*A Tale of Two Cities*《双城记》213
Dinesen, Isak 伊萨克·迪内森 16, 262
Dostoievsky, Feodor 陀思妥耶夫斯基 163-164, 192-193；*Crime and Punishment*《罪与罚》234
Doxa "观念" 119
Doyle, A. Conan 柯南·道尔 205
Drama 戏剧 4, 16, 53, 62, 269, 281；comic vs. tragic plots 喜剧情节相对于悲剧情节 223, 225；New Comedy "新喜剧" 67, 75, 204, 226；Old Comedy "旧喜剧" 75；and ritual 仪式 222；soliloquy in Shakespeare 莎士比亚作品中的人物自语 201；tragedy 悲剧 64, 234-235, 237
Dramatic monologue 戏剧独白 194
Dryden, John 约翰·德莱顿 349
Dujardin, Édouard, *Les Lauriers sont coupées* 杜亚丹,《月桂树被砍了》194
Durrell, Lawrence 杜雷尔 6, 16, 203；*Alexandria Quartet*《亚历山大港四重奏》203, 238

E

Edda, Poetic,《诗体埃达》22,34-35,44-46,48,51

Edgeworth, Maria, *Castle Rackrent* 玛丽亚·埃奇沃思,《拉克伦特堡》263

Einhard, *Vita Caroli Magni* 艾因哈德,《查理曼大帝传》38-39

Einstein, Albert 爱因斯坦 276

Eliot, George 乔治·艾略特 9,106,161,199-201,204,206,230,237,271,278; *Middlemarch*《米德尔马契》193,196-198,235,272

Eliot, T. S., 艾略特 80; "Tradition and the Individual Talent" "传统与个人天赋" 156

Ephorus 埃福罗斯 63

Epic 史诗 11-12,36,53; epic and romance 史诗与传奇 7; Greek tradition 希腊传统 29,31,118-119,179; written epic 书面史诗 14; see also Narrative forms: epic 另参见"叙事形式:史诗"

Epic synthesis (amalgam) 史诗综合体(混合体) 13,15,28,35,41,45,58,61,80,163,210-211,219,222,225,232; in Milton 在弥尔顿作品中 149

Epopoios "史诗创作者" 59,66

Esthetic types 美学性类型 101-102

Euripides 欧里庇得斯 234

Evelyn, John 约翰·伊夫林 192

F

Fairfax, Edward 费尔法克斯 177

Faroese ballads 法罗语歌谣 34,53

Faulkner, William 福克纳 5,16,199-200,202,233,261,277; *Absalom, Absalom!*《押沙龙,押沙龙!》203,262-263; *As I Lay Dying*《我弥留之际》262-263; *The Sound and the Fury*《喧哗与骚动》185,200

Fellini, Frederico 费德里科·费里尼 281

Fiedler, Leslie 莱斯利·菲德勒 153

Fielding, Henry 菲尔丁 87,108,141,205,237,274; *Joseph Andrews*《约瑟夫·安德鲁斯》266-268,(Preface to [前言]),15; *Tom Jones*《汤姆·琼斯》68,99-105,226,231-232,234,266-268,272,(point of view in [视角]) 266-268; illustration and representation in Fielding 菲尔丁作品中的例释与再现 100-105

Finnsburg Fragment 残诗《费恩堡之战》34

Fitzgerald, F. Scott 菲茨杰拉德 151; *The Great Gatsby*《了不起的盖茨比》261

Flacius, Matthias, *Catalogus Testium Veritatis* 马提亚·弗拉齐乌斯,《真理见证者目录》33

Flaubert, Gustave 福楼拜 9, 156, 189, 192, 199, 206, 230, 268; *Madame Bovary*《包法利夫人》195-196, 197-198, 234, 259-260

Fleming, Ian 伊恩·弗莱明 16

Focillon, Henri, *The Life of Forms in Art* 亨利·福西雍,《艺术形式的生命》233

Ford, Ford Madox 福特·马多克斯·福特 258, 264; *The Good Soldier*《好兵》203, 277

Formula, (Lord's definition of) 程式,(洛德的定义) 25,(Parry's definition of [帕里的定义]) 20, 25; for fear-monologue in Homer《荷马史诗》中的心理恐惧独白 179-180

Forster, E. M., 福斯特 164, 171, 207, 236, 238

Frazer, Sir James 弗雷泽 98, 221; *The Golden Bough*《金枝》9, 218

Freud, Sigmund 弗洛伊德 9, 79, 85, 98, 192, 200, 202, 236

Frost, Robert, "The Death of the Hired Man," "The Vanishing Red," 弗罗斯特,《雇员之死》、《正在消逝的红》4

Frye, Northrop 弗莱 10, 51, 54-55, 174; *Anatomy of Criticism*《批评的解剖》218-219; his definition of "*epos*," 他对"史诗"的定义 54; his definition of fiction 他对小说的定义 54

Fulgentius 傅箴修 133

G

Galsworthy, John 高尔斯华绥 233, 238; *The Forsyte Saga*《福赛特世家》235-236

Gaster, Theodore H., 西奥多·盖斯特 10, 220-221, 223

Gay, John, *Trivia* 约翰·盖依,《特里维亚》144

Genesis (Old Saxon)《创世纪》(古撒克逊语) 33

Geoffrey of Monmouth, *History of the Kings of Britain* 杰弗里,《英国君王史》8

Germanic oral narrative 日耳曼口头叙事 17-56, 131-133

Gesta Romanorum《罗马人传奇》68, 189

Gibbon, Edward 爱德华·吉本 192

Gide, André, *Les Faux-Monnayeurs*,

L'Immoraliste, *La Porte étroite* 安德烈·纪德,《伪币制造者》、《背德者》、《窄门》264

Gilgamesh（*Epic of*）《吉尔伽美什》（史诗）208-210, 242

Gogarty, Oliver 奥利弗·戈加蒂 258

Golding, Arthur, translation of Ovid 亚瑟·戈尔丁, 对奥维德作品的翻译 145

Gottfried von Strassburg 哥特弗里德·冯·斯特拉斯堡 55, 248; *Tristan und Isolt*《特里斯坦和伊索尔德》134, 168

Gower, John, *Confessio Amantis* 约翰·高厄,《情人的忏悔》68

Greek romance 希腊传奇 14, 16, 67-68, 75, 80, 171, 188, 228; interior monologue in 内心独白 185; and plot 情节 236-237; point of view in 视角 244-245

Greene, Graham 格雷厄姆·格林 237; *The Power and the Glory*《权力与荣耀》169

Gregory, Lady Augusta 格雷戈里夫人 216

Grettis Saga《格雷蒂尔萨迦》48

Grimmelshausen, *Simplicissimus* 格里美尔豪森,《痴儿西木传》112, 153

Groto, Luigi 路易吉·格罗托 190

Guillaume de Lorris, *The Romance of the Rose* 基洛姆·德·洛利,《玫瑰传奇》42, 92-93

H

Harris, Frank 弗兰克·哈里斯 258

Havelock Eric A., 哈弗洛克 25

Hawkes, John 霍克斯 16

Hawthorne, Nathaniel 霍桑 99; representation and illustration in 再现与例释 89-91; *The Marble Faun*《玉石雕像》143

Hegel, G. W. F., 黑格尔 274

Heliand《救世主》33-34, 132

Heliodorus, *Aethiopica* 赫利奥多罗斯,《埃塞俄比亚遗事》14, 68, 80, 188, 244, 262

Hemingway, Ernest 海明威 156; "Hills Like White Elephants,"《白象似的群山》270; *The Sun Also Rises*《太阳照样升起》269

Heraclitus 赫拉克利特 118

Herodotus 希罗多德 13, 46, 59, 60-61, 63, 243, 251, 252, 266

Hesiod 赫希俄德 59; *Theogony*《神统记》73, 118; *Works and Days*《工作与时日》118

History, contrasted with myth 历史, 对照于神话 134-136; Greek *vs.* Christian theories of, 希腊历史理论相对于基督教历史理论 125

Hobbes, Thomas 霍布士 64; his translation of Thucydides 对修昔底德作品的翻译 61

Hogarth, William, *Rake's Progress* 霍加斯,《浪子的历程》207

Homer 荷马 11, 17, 21-23, 36, 51-53, 57-59, 70, 122, 130, 150, 169, 175-176, 209, 241, 251; *Iliad*《伊利亚特》11, 50, 60, 70-71, 161-165, 179, 182, 184, 208, 210, 212; *Odyssey*《奥德赛》8, 14, 26-27, 66, 70-71, 73, 161-165, 181, 183, 228; characterization of Achilles 阿喀琉斯的人物塑造 161-164; Homer and Plato 荷马与柏拉图 117-120; Homeric *topoi*《荷马史诗》的"论题" 27; use of the interior monologue 内心独白的运用 178-182

Homeric allegoresis《荷马史诗》的寓意阐释 118-121

Homeric epic《荷马史诗》13, 19, 20, 25, 29, 40, 44, 53, 58, 117-120, 242

Homeric *paideia* 荷马式教育 29

Horace 贺拉斯 209

Hrólfs Saga Kraka《霍尔夫斯·克拉卡萨迦》45

Hume, David 休谟 192

Hyponoia "下层意义" 117-125

I

Icelandic narrative (family saga) 冰岛叙事(家族萨迦) 43-51, 137, 236

Iconography 图示学 85

Illustration, in narrative (defined) 叙事中的例释(定义) 84-89; and theme 主题 28

Image 意象 131

Interior monologue 内心独白 271; in Chaucer 在乔叟作品中 187-188; in Greek romances 在希腊传奇中 185; in Homer 在《荷马史诗》中 178-182; vs. stream of consciousness 相对于意识流 177-203; see also Stream of consciousness 另参见"意识流"

Irony, and point of view 反讽,以及视角 53, 240-241; and the unreliable eye-witness 不可靠见证者 263

Isidore of Seville 塞维利亚大主教伊西多尔 133

J

James, Henry 亨利·詹姆斯 164, 192, 206, 207, 265, 276; *The Ambassadors*《奉使记》238; "The Art of Fiction" "小说的艺术" 160-161; *The Spoils of Poynton*《波因顿的战利品》270

Johnson, Samuel 塞缪尔·约翰逊 87, 101, 149-150, 155; *Rasselas*《拉索勒斯》7

de Joinville, Jean 让·德·热安维尔 43; *Mémoirs*《回忆录》72

Josephus, *The Jewish War* 约瑟夫斯,《犹太战争史》243; autobiography 自传 244

Joyce, James 乔伊斯 5, 6, 16, 54, 85, 90, 98, 108-109, 111, 151, 155, 156, 158, 192, 195, 221, 233, 343; *Dubliners*《都柏林人》200; *Finnegans Wake*《芬尼根守灵夜》138, 155, 159, 217; *A Portrait*《画像》53, 170, 215-217, 236, 237; *Ulysses*《尤利西斯》5, 101, 107, 170, 178, 183, 185, 194, 199-203, 237, 270-271, 277, 342-343; illustration and representation in 例释和再现 90-91; and Henry James, 以及亨利·詹姆斯 268-272

Jung, Carl 荣格 9, 91, 195, 202

K

Kalevala《卡勒瓦拉》53, 130, 136

Karelian oral narrative 卡累利阿口头叙事 130, 136

Keats, John 济慈 156

Kenner, Hugh, "Art in a Closed Field," 休·肯纳,"闭合场中的艺术"158

L

La Fayette, Mme. de, *La Princesse de Clèves* 拉法耶特夫人,《克莱芙王妃》191

Langland, William 朗格兰 146; *Piers Plowman*《农夫皮尔斯》42, 144-145, 149; Langland and Dante 朗格兰与但丁 143-145

Language 语言 17; linguistic change in 语言变化 24; and narrative evolution 叙事演进 247; and thought 人物思想, 186, 195, 198; written language in ancient Greece 古希腊书面语言 29

Lawrence, D. H., 劳伦斯 5, 106, 151, 192, 203; *Aaron's Rod*《亚伦的手杖》157, 198; *The Apocalypse*《启示录》98-99; *Fantasia of the Unconscious*《无意识幻想曲》98-99; *The Ladybird*, *The Fox*, and *The Captain's Doll*"瓢虫"、"狐"和"上尉的布娃娃" 199; *Lady Chatterley's Lover*《查泰莱夫人的情人》200; *The Rainbow*《彩虹》236; *Sons and Lovers*《儿子与情人》236; *The White Peacock*《白孔雀》277-278; *Women in Love*《恋爱中的女人》236

Lay of Hildebrand《希尔德布兰特之歌》34

Lazarillo de Tormes《托姆斯的拉托里罗》74，233，250-252，274

Le Sage, Alain René 勒萨日 264，267；*Gil Blas*《吉尔·布拉斯》74，234

Lewis, Oscar, *The Children of Sanchez* 奥斯卡·刘易斯，《桑切斯的孩子们》232

Lewis, Sinclair, *Babbitt* 辛克莱·刘易斯，《巴比特》147

Lindsay, Sir David, *Squire Meldrum* 大卫·林赛，《乡绅梅尔德伦传》41-42

Linear B B类线性文字 19

Literature, definition of 文学的定义 18

Livy 李维 63-64

Locke, John 洛克 177，192

Logographos"故事创作者"59，66

Logos"字面意义"117

Longinus 朗吉弩斯 74

Longus 朗戈斯 178，195，226，299；*Daphnis and Chloe*《达夫尼斯与赫洛亚》68，185，245，247，249，345-346

Lönnrot, Elias 埃利亚斯·隆洛德 130

Loomis, Roger Sherman 罗杰·谢尔曼·卢米斯 135

Lord, Albert B., 阿尔伯特·洛德 9，25-27，30-31

Lubbock, Percy, *The Craft of Fiction* 帕西·卢伯克,《小说的技巧》272-273

Lucan 卢坎 80，247；*Pharsalia*《法萨利尔》71

Lucceius 卢克乌斯 66

Lucian 卢希安 72，216-217，227，236，258；"The Dream""梦想"77；*True History*《真实故事》14，77-79，112，247

Lyric, (defined) 抒情诗, (定义) 4，16，38，53，269，284

M

Machiavelli, Niccolò 马基雅维利 64

Macrobius, *Somnium Scipionis* 马科罗比乌斯,"西比奥之梦"141

Magoun, F. P., Jr., 小 F. P. 马古恩 32

Malinowski, Bronislaw 马林诺夫斯基 219

Malory, Thomas 马洛礼 134，248-249；*Morte d'Arthur*《亚瑟王之死》209

Mann, Thomas 托马斯·曼 5，91，156；*Felix Krull*《菲利克斯·克鲁尔》238

Manners (in saga)（萨迦中的）社会风

俗 173-174

Marivaux, Pierre de 马里沃 267

Masoch, Leopold von Sacher 马索克 98

Matter of Britain "英国素材" 133-134

Maurus, Hrabanus 拉巴努斯 34, 133

McCarthy, Mary 玛丽·麦卡锡 16

Medieval narrative theory 中世纪叙事理论 150

Melville, Herman 麦尔维尔 91

Menippean satire 梅尼普讽刺 14, 74, 78

Mercier, Vivian, *The Irish Comic Tradition* 维维安·梅西耶,《爱尔兰喜剧传统》75

Meredith, George 乔治·梅瑞狄斯 206, 268

Metrodorus of Lampsacus 梅特罗多勒斯 118

Milton, John 弥尔顿 71, 106, 146; *Paradise Lost*《失乐园》88, 148-150, 171, 177

Mime 哑剧 13, 67, 113, 229-230

Molière 莫里哀 88; *Le Misanthrope*《恨世者》230

Montaigne, Michel de 蒙田 191, 193

Moore, George 乔治·摩尔 258

Motif 母题 27, 131, 136; *see also* Topos 另参见"论题"

Munckaksy, Mihály von 蒙卡奇 85

Murray, Gilbert 穆赖 10, 222

Myth, definition of 神话,定义 12, 28; and history 历史 134-136; and plot 情节 218-236

Mythos, (defined) "神话",(定义) 12

N

Narrative, definition of 叙事,定义 4; oral 口头叙事 17-57; oral *vs.* written 口头叙事相对于书面叙事 18

Narrative forms, evolution of 叙事形式,演化 10-16; limits of 限制性因素 232; varieties of: allegory 多样性:寓言 14, 28, 76, 107, 168, 265, allegorical anatomy 寓言式解剖 42-43, anti-allegory 反寓言 154; annals 年鉴 64, 211; apology 辩护 73, 81, 244, 264; autobiography 自传 13, 73, 79, 86, 113, 151, 154-159, 211, 234, (and eye-witness narrator [及其见证式叙述者]) 256-258, (and plot [及其情节]) 214-217, 237, (factual *vs.* fictional [事实性相对于虚构性]) 257; ballad 歌谣 42, 56, 137; beast epic 动物史诗 141; biography 传记 13, 65-66, 86, 151, 211, 234, (and plot [及其情节]) 212, 214; *chansons de geste* 武功歌

38，248，251；chivalric cycles 骑士叙事系列 251；chronicle （biographical）纪事（传记性）42，（historical [历史性]），40，41，86，211，251，281；comic strip 连环漫画 236；confession 忏悔录 73，76，77，79，81，151，154-159；diary 日记 86，211，258；"entertainment,""娱乐" 237；epic 史诗 39，40，43，49，57-59，69，112，153，157，174，247，248，251，269，274，(and plot k[及其情节]) 208-210；epistle 书信 72；*exemplum* "说教故事" 119，168，189；fable 寓言 14，15，106，119，226；fabliau 法布罗故事诗 141，144，251，252；folktale 民间故事 12，15，40，41，56，108，137，219，222；history 历史 15，28，42，45，47，49，58，62-65，86，108，151，157，222，231，233，266，(mock-history [仿历史]) 113，(and plot [及其情节]) 211-214，218；journal 日志 211；legend 传说 12，15，219，222，251；lie 谎言 73；Life "身世" 65；memoirs 回忆录 65，72，216；Milesian tales 米利都传说 74-75，251；novel 小说 15，16，43，49，57，58，65，67，151，154，157，158，160，169，209，213，214，

223，229，231-236，241，266，267，(autobiographical [自传性]) 156-159，(characterization in [人物塑造]) 192-206，(definition of [定义]) 6-7，(and eye-witness narrator [及其见证式叙述者]) 256-265，(historical [历史性]) 67，(novel of manners [社会风俗小说]) 174，(place of novel in narrative tradition [小说在叙事传统中的地位]) 3，9，(and plot 及其情节) 233-239，(and point of view 及其视角) 256-282，(rise of [兴起]) 252-255；novella 中篇小说 67，108，144，252；picaresque 流浪汉式 73-78，233，236，238，251，263，274，(and plot [及其情节]) 209；romance 传奇 14，15，38，41，42，45，55，58，66-69，70，73，85，95，106，108，112，116，137，153，160，188，208-209，223，232-233，242，252，262，281，(anti-romance [反传奇]) 7，14，114，153，(heroic vs. allegorical [英雄体相对于寓言体]) 141，(and plot [及其情节]) 212，218，226-229，(romance defined [传奇的定义]) 6-7，99，248-250；romance lives 传奇身世 65；sacred myth 宗教神话 15，28，

40，41，112，134，136，149，226，（and plot 及其情节）218-226；saga 萨迦 43-51，53，130，236；saint's life 圣徒生平 66，251；satire 讽刺 72，74，76，95，107，（and eye-witness narrator [及其见证式叙述者]）258；science fiction 科幻小说 227；"slice of life" "生活的切片" 232；soap opera 肥皂剧 236；theogony 神统记 71；traveler's tale 旅行者的传说 73，78，108，（mock journey [仿游历体]）77；utopian 乌托邦式 67，78，114，227，（anti-utopian [反乌托邦式]）227，（and eye-witness narrator [及其见证式叙述者]）258

Narrative modes, evolution of 叙事模式，进化 13-15；empirical 经验性叙事 13-15，28，48，105-106，157，（historical, point of view in [历史性叙事，视角]）242-244，（historical vs. mimetic [历史性相对于摹仿性]）13-15，（mimetic [摹仿性]）74，（mimetic and plot [摹仿性及情节]）229-232；fictional 虚构性 13-15，48，105-106，（didactic [教寓性]）14-15，87，106，116，232，262，（esthetic [美学性]）116，（romantic [传奇性]）13-14；synthesis of fictional and empirical 虚构性与经验性的综合 254-255

Nibelungenlied《尼伯龙根之歌》45，58，130

Nichols, S. G., Jr., 小 S. G. 尼克尔斯 38

Ninus Romance《尼努斯传奇》68

Njál's Saga《尼雅尔萨迦》47，48，171-174

Nomos "道义" 119，122

North's Plutarch 诺斯译介的普鲁塔克 145

Novel synthesis 小说综合体 105，252-255，279-280，（and point of view [及其视角]）259

O

O'Casey, Sean, his autobiography 肖恩·奥凯西，及其自传 214，216

Old English narrative tradition 古英语叙事传统 32-36，132

Old Saxon narrative tradition 古撒克逊语叙事传统 132

Oral narrative 口头叙事 9，12，17-56，70，82；Anglo-Saxon, Finnish, Greek, Old Icelandic, Old French, South Slavic 盎格鲁—撒克逊语、芬兰语、希腊语、古冰岛语、古法语及南部斯拉夫语 26

Oratory 演说 65

Origen 奥利金 122

Orwell, George, 1984 乔治·奥威尔，《1984》227

Ossian 俄相 7

Ovid 奥维德 80, 145, 167, 178, 181, 184, 194 - 195, 247, 353; *Amores, Ars Amatoria, Heroides*《恋歌集》、《爱的艺术》、《名媛信札》72; *Metamorphoses*《变形记》71 - 72, 183 - 185, 218, 229, 263, 341 - 343; interior monologues in Ovid 奥维德作品中的内心独白 184 - 186

Ovide moralisé《洁本奥维德》129

P

Panofsky, Erwin 厄文·帕诺夫斯基 10, 131

Paris, Gaston 加斯顿·帕里斯 38

Parry, Milman 弥尔曼·帕里 9, 18, 20 - 21, 25, 26

Pepys, Samuel 塞缪尔·佩皮斯 192, 211, 258

Pericles《佩力克里斯》68

Personification 拟人化 121, 128

Petrarch 彼特拉克 187, 294, 299

Petronius 裴特洛纽斯 79, 186, 244 - 245; *Satiricon*《塞坦瑞肯》13, 73, 74, 77 - 78, 80, 112, 246 - 247, 251

Philo 斐洛 122

Photius, *Chrestomathy* 弗提乌斯,《文学选读》29

Pirandello, Luigi, *Six Characters in Search of an Author* 路易吉·皮兰德娄,《六个寻找剧者的角色》264

Plato 柏拉图 29, 122, 127, 244; *Ion*《伊安篇》119 - 120; *Phaedrus*《斐德若篇》19; *Republic*《理想国》15, 25, 78, 116 - 120, 227; *Sophist*《智者篇》180; *Theatetus*《泰阿泰德篇》180; and Aristotle 及亚里士多德 120 - 121; and Homer 及荷马 117 - 120

Plot 情节 28, 80, 207 - 239; defined 定义 12, 207 - 208, 238; and Bible 圣经 124, 226 - 227; Christian 基督教 126; comic and tragic 喜剧性及悲剧性 223, 225; and concept of time 时间观 221, 235 - 236; psychological 心理性 236; romantic 传奇 212, 218, 226 - 229; tragic formula of 悲剧程式 234 - 235; and autobiography 自传 214 - 217, 237; and biography 传记 212, 214; and character 人物 237; and epic 史诗 208 - 210; and Greek romance 希腊传奇 236 - 237; and historical narrative 历史叙事 211 - 214, 218; and mimesis 摹仿 229 - 233; and music 音乐 238；and myth 神话 218-226；and novel 小说 233-239；and picaresque 流浪汉式 209

Plutarch 普鲁塔克 65-66，86

Poema de mio Cid《熙德之歌》42，210

Point of view 视角 239-282；and irony 反讽 240-241；and problem of authority 及有关权威的问题 242-248

Point of view, methods of handling：the eye-witness 视角的处理方法：见证者 80，243-245，250-251，256-265，270-271，274，(in classical narrative [在古典叙事中])，72-79，(*vs.* the creator or maker [相对于创造者或缔造者]) 261，(the unreliable eye-witness [不可靠见证者]) 263；the *histor* "博学家" 58，242-243，246，250-251，253-255，261，265-268，270，274，(*vs.* the bard [相对于诗人]) 266，272，274，(*vs.* the eye-witness [相对于见证者]) 242-245，250-251；omniscience 全知 272-279；multiple narrators 多重叙述者 262；the recorder (defined) 记录员（定义）270

Point of view, in various forms：autobiography 不同叙事形式中的视角：自传 157；film 电影 280-281；Greek romance 希腊传奇 244-245；Medieval and Renaissance allegory 中世纪及文艺复兴时期的寓言 145-146；in oral narrative 在口头叙事中 51-56

Point of view, in various writers：Cervantes 不同作家采用的视角：塞万提斯 252-255；Fielding 菲尔丁 266-268；James (the "central intelligence") 詹姆斯（"中心意识"）268-276；Joyce 乔伊斯 268-272

Polybius 波利比奥斯 63

Pope, Alexander, *The Rape of the Lock* 蒲伯，《劫发记》177

Posidonius 波西多纽斯 63

Pound, Ezra 庞德 70

Powell, Anthony 安东尼·鲍威尔 233；*The Music of Time*《伴随时光之曲而舞》236，238

Praefatio and Versus《序言》与《诗篇》33

Prévost, Abbé, *Manon Lescaut* 神父普雷沃，《曼侬·雷斯科》234

Proust, Marcel 普鲁斯特 5，6，16，106，151，156，163-164，192，197，203，231，233，237-238，263，271，277；*À la recherche du temps perdu*《追忆逝水年华》107，157，203，260

Prudentius 普鲁登修斯 111；*Psycho-*

machia《心灵之战》110，140
Ptolemy, *Life of Alexander* 托勒密，《亚历山大传》65

Q

Queste del Saint Graal《寻找圣杯》134
Quintilian 昆提连 64，72

R

Rabelais, François 拉布雷 55，78
Realism 现实主义 28，85，203，231，250-251，263，274；decline of realism 现实主义的衰落 5，6；justification of realism, 103；nineteeth-century realism 19 世纪现实主义 6，8；realism *vs.* rationalism 现实主义相对于理性主义 58；*vs.* relativism 相对于相对主义 276；seen as an aspect of romanticism 作为浪漫主义的一个层面 191；seen as related to satire 与讽刺的关联 112
Reeve, Clara, *The Progress of Romance* 克拉拉·里夫,《穿越时代、国家与风尚的传奇之旅》6-8，9，67
Renoir, Jean 让·雷诺亚 281
Representation in narrative, defined 叙事中的再现,定义 84-89；psychological *vs.* social 心理性相对于社会性 98-99，105；representation and motif 再现与母题 28
Resnais, Alain 阿兰·雷奈 281
Rhetoric 修辞 62，64，67
Rhymer, Thomas 托马斯·莱默 230
Richardson, Samuel 理查逊 87，191，257，267；*Clarissa*《克拉丽萨》234；*Pamela*《帕米勒》251；illustration *vs.* representation in 例释相对于再现 100-105
Robertson, D. W., Jr., 小罗伯森 10
Romance, *see* Narrative forms：romance 传奇,参见"叙事形式:传奇"
Rousseau, Jean Jacques 卢梭 126，156，192，230；*Confessions* 忏悔录 81，156-158，215，256
Russell, George (AE) 乔治·拉塞尔 216

S

de Sade, Marquis 萨德 98
Sæmundar Edda《塞蒙恩德的埃达》22-23
Saga, defined 萨迦,定义 50；characterization in 人物塑造 171-176；*see also* Narrative forms：saga 另参见"叙事形式:萨迦"
St. Ambrose 圣·安波罗修 125
St. Augustine 圣·奥古斯丁 77-79，85，89，167，169，192，226，236，

247; *Confessions* 忏悔录 76, 125 - 128, 156, 215 - 217, 244; *De Doctrina Christiana*《论基督教教义》122; and scriptural exegesis 经文阐释 122 - 128

St. Paul 圣徒保罗 123 - 125

St. Theresa 圣·特雷莎 193, 206, 217, 230

Salinger, J. D. , *Catcher in the Rye* 塞林格,《麦田守望者》251

Sansovino 桑索维诺 190

Sappho 萨福 281

Satire 讽刺 105; Roman satire 罗马讽刺文学 113; Varronian satire 瓦罗式讽刺 113; see also Menippean satire; Narrative forms; satire 另参见"梅尼普讽刺";"叙事形式:讽刺"

Scarron, Paul 斯卡隆 58; *Roman Comique*《滑稽小说》267

Scott, Sir Walter 司各特 100, 205

deScudéry, Madeleine 苏德莱 262; *Artamène, ou le Grand Cyrus*《居鲁士大帝》14, 188 - 189, 228

Seneca 塞内加 71

Servius 塞尔维 133

de Sévigné, Marie 塞维尼夫人 191

Shakespeare, William 莎士比亚 53, 68, 87, 145, 165, 188, 201, 229 - 230, 272, 281; *Hamlet*《哈姆雷特》155, 178; *The Merchant of Venice*《威尼斯商人》230; *Othello*《奥赛罗》178; Shakespearean soliloquies 莎士比亚作品中的人物自语 178, 185

Sidney, Sir Philip, *Arcadia* 锡德尼,《阿卡狄亚》68; *Defense of Poesy*《诗辩》15, 120

Sigurðarkviða in Skamma《西格尔德短歌》48

Sir Gawain and the Green Knight《高文爵士与绿衣骑士》35, 134, 145, 209, 212, 249 - 250

Skaldic poetry 吟游诗歌 46

Skinner, B. F. , *Walden Two* 斯金纳,《沃尔登第二》227

Smollett, Tobias 斯摩莱特 267; *Roderick Random*《蓝登传》74, 234, 251, 263 - 264; *Ferdinand, Count Fathom*《法索姆伯爵费迪南历险记》267

Snow, C. P. , 斯诺 233; *Strangers and Brothers*《陌生人和兄弟们》236; *A Time of Hope*《一个充满希望的时代》74

Soliloquy 人物自语 see Interior monologue 参见"内心独白"; Shakespeare; Stream of consciousness "莎士比亚";"意识流"

Sophocles 索福克勒斯 282

Spengler, Oswald 斯宾格勒 274

Spenser, Edmund 斯宾塞 6, 71, 111, 156, 204, 226; *The Faerie Queene*《仙后》86, 88, 93, 107, 109, 114, 116, 142, 145 – 149, 168, 205, 229

Stendhal 司汤达 156, 192, 195, 230, 233, 267; *Le Rouge et le Noir*《红与黑》157, 193, 234, 266, 272

Sterne, Laurence 斯泰恩 191 – 192, 267; *Tristram Shandy*《项狄传》7, 177, 259

Stream of consciousness, derivation of the term 意识流, 术语渊源 192; in modern fiction 在现代小说中 194 – 203; *vs.* interior monologue 相对于内心独白 177 – 203; *see also* Interior monologue 另参见"内心独白"

Sturlason, Snorri 斯诺里·斯特卢森 43; *Heimskringla*《天下》45 – 47

Sturlunga Saga《斯特龙戈萨迦》45, 47, 49

Swift, Jonathan 斯威夫特 78, 106, 258; *Gulliver's Travels*《格利佛游记》7, 86, 113 – 114, 155, 251, 256, 263

Symbolism *vs.* allegory 象征主义相对于寓言 106 – 107

Synthesis, *see* Epic synthesis; Novel synthesis 综合体, 参见 "史诗综合体"; "小说综合体"

T

Tacitus 塔西佗 41, 64, 247

Taillefer 泰耶弗 37

Tasso, Torquato 塔索 145; *Gerusalemme Liberata*《耶路撒冷的解放》177, 229

Tatius, Achilles, *Leucippe and Cleitophon* 阿喀琉斯·塔提奥斯,《琉基佩与克勒托丰》68, 244 – 245, 247

Telegony《泰列格尼》66

Thackeray, W. M., 萨克雷 191, 268; *Vanity Fair* 名利场 266, 272, 277

Theagenes of Rhegium 提亚金尼斯 117

Theme 主题 26, 131; *see Topos* 参见 "论题"

Theocritus 狄奥克里特 68; *Idyl No. 15* ("Adoniazusae") "田园诗" 第15首(《阿多尼斯》)13, 74

Theophrastus 狄奥佛拉斯特 204; Theophrastian character 狄奥佛拉斯特式的人物 88

Thórdarson, Sturla, *Íslendinga Saga* 斯特拉·索尔达森, "冰岛人萨迦" 47

Thucydides 修昔底德 13，47，59，61-64，243，251，266；*Peloponnesian War*《伯罗奔尼撒战争史》60，243

Tolstoy, Leo 托尔斯泰 9，156，192，195，204，206，233，237，273，277，343；*Anna Karenina*《安娜·卡列尼娜》85，183，194，234；*War and Peace*《战争与和平》266，272

Topos 论题 132；defined 定义 26-28

Translation 翻译 337，356

Trilling, Lionel 莱昂内尔·特里林 174

Trollope, Anthony 安东尼·特罗洛普 268

Truffaut, François 弗朗索瓦·特吕弗 281

Turgenev, Ivan 屠格涅夫 9；*Fathers and Sons*《父与子》234

Turner, Paul 保罗·特纳 77

Twain, Mark 马克·吐温 205；*Huckleberry Finn*《哈克贝利·费恩》251，263-264

Type character, *see* Characterization 典型人物，参见"人物塑造"

V

Varro 瓦罗 74，78；*see also* Satire 另参见"讽刺"

Vergil 维吉尔 14，69-71，80，108，146，150，161，178，181，182，184，195，204，206，247，299；*Aeneid*《埃涅阿斯纪》70，183，228，339-341；fourth *Eclogue* 第四首"牧歌"128

Veronese, Paolo 委罗内塞 131

Villehardouin, Geoffroi de, *De la Conqueste de Constantinople* 维勒哈杜因，《君士坦丁堡征服记》72

Völsunga Saga《伏尔松萨迦》45

Voltaire 伏尔泰 78；*Candide*《老实人》153

Völuspá《沃卢斯帕》23

W

Waldere《瓦尔迪尔》34

Walpole, Horace, *The Castle of Otranto* 贺拉斯·沃波尔，《奥特朗托堡》7

The Wanderer《流浪者》35

Warren, Robert Penn, *All the King's Men* 罗伯特·潘·沃伦，《国王的人马》261-262，269

Watt, Ian 伊恩·瓦特 276

Wedgwood, C. V. 韦奇伍德 41

Wells, H. G., *Tono-Bungay* 威尔斯，《托诺·邦盖》74，76，264

Weston, Jessie, *From Ritual to Romance* 杰茜·韦斯顿，《从仪式到传奇》9

Widsith《威德西斯》34-35

Wolfe, Thomas 托马斯·沃尔夫 151, 156; *Look Homeward Angel*《天使望故乡》155

Wolfram von Eschenbach 沃弗兰·冯·埃森巴赫 6, 55, 248; *Parzival* 帕西瓦尔 167, 169, 248

Woolf, Virginia 弗吉尼亚·伍尔芙 15, 178; *Mrs. Dalloway*《达罗卫夫人》199

Wordsworth, William, *The Prelude* 华兹华斯,《序曲》216

X

Xenophanes 色诺芬尼 59

Xenophon 色诺芬 63, 353; *Anabasis*《远征记》72, 243-244; *Cyropaedia*《居鲁士的教育》14, 67-68, 78, 188, 211; *Memorabilia*《回忆苏格拉底》121

Xenophon of Ephesus 以弗所人色诺芬 178; *Ephesian Tale* (*Habrocomes and Anthia*)《以弗所传说》(《哈布罗科姆斯与安蒂亚》)68, 185, 187, 247, 343-344

Y

Yeats, W. B., 威廉·巴特勒·叶芝 106, 216

致中国读者的话[①]

这本书主要涉及的是西方叙事,尤其是欧洲和美国的叙事。然而,从某种意义上说,此书创作的肇始却是在中国。差不多60年前,我去过香港。当时,我服役于朝鲜战争期间的美国海军。我们的船舰在战事平息之际停泊于香港,这使得我们有机会登岸去了解这座城市。尽管那时候我们其实正与中国处于交战的状态,但我必须告诉你们:在结识了那些身在香港地区的中国人民之后,我便开始为我们这两个国家之间的兵戎相见而感到遗憾。我想,"我们在这里进行了一场错误的战争"。

但是在香港,我还碰到了其他的事情。我遇见了一位澳门的年轻女性;她全家都来自中国。我们彼此讲述那些出自两国文化当中的故事。她会说英语、葡萄牙语和广东话,而且还懂普通话。她的学识和才智令我钦佩。同时,她还很会讲故事。这次经历使我意识到自己在叙事方面的孤陋寡闻。我所讲述的那些故事大多窃取自莎士比亚;我竭尽所能将莎翁戏剧转述为叙事形式,而她所讲述的故事却取材于极其丰富的叙事文化。正是由于这次经历,当我结束在海军的服役期之后,

---

[①] 这段话系罗伯特·斯科尔斯应译者之邀专为《叙事的本质》中译本所作,并不包含在原著当中。

便将叙事研究当作自己在研究生阶段所追寻的目标。为此,我选择了康奈尔:它是那时候少数几所提供叙事研究机会的大学之一。

然而在研究过程当中,我发现了一个问题,即在当时尚未有人以著作的形式就叙事研究进行系统的介绍。因此,我必须亲自动手去写这样的一本书;当然这离不开我的一位朋友兼同事的协助,他的知识填补了我的不足,而且与我一样,他对叙事研究也是满腔热忱。这便是《叙事的本质》第1版在我香港之行的15年后最终得以创作的原委。

该书历经四十载一直在印,并已出了多个不同语种的译本。然而,时至推出新版之际,我的合作者却已仙逝,加上我自己亦因耆艾之躯而有些力不从心,未能获得就此书第1版之后的叙事发展情况应有的全面了解。于是,我再次寻求帮助,并幸运地邀请到詹姆斯·费伦——《叙事》杂志的主编,来书写那40年当中所发生的事情。

最后,我还得补充一点。在我从康奈尔获得博士学位的许多年之后,我的女儿辛西娅也成了那里的学子。她主修中文,并在大学三年级的时候去了一趟香港。如今,这本最初缘起于香港地区的著作得以在中国出版,而那则多年前开始的故事也因此画上了句号。我欢迎你们阅读这书中的文字,并希望你们能从中受益。

罗伯特·斯科尔斯
2010年1月

《叙事的本质》译后谈[①]

叙事有本质吗？有人不禁会问。的确，在这样一个"后理论"思潮弥漫的学术时代重新拣回那本被中国学界遗忘殆尽的经典叙事学著作（它有一个今天看起来不乏"土气"的名字——《叙事的本质》），似乎需要一些逆流而上的勇气。南京大学"当代学术棱镜译丛"的主编们慧眼识珠，将罗伯特·斯科尔斯、詹姆斯·费伦及已故的罗伯特·凯洛格所著《叙事的本质》(2006)一书之简体中文版权买下，并于2015年1月由南京大学出版社正式出版。事实上，这本书的第1版早在1966年便已问世，是当时西方叙事学研究领域的重要书目，也是费伦教授当年作为本科生，在波士顿学院英文专业就读时所碰到的一本对其未来学术生涯产生重要影响的著作。如今，当我们重新审视该书的价值，似乎不仅没有如事先所预料的那样嗅到书页中散发的陈旧气味，相反却感受到了一种在今天看来颇为难得的学术的真诚，风格的沉潜与思辨的清新。

斯科尔斯在《前言》中不乏谦逊地指出，"这本书似乎牢牢定格在它自己的时间里……毕竟，《叙事的本质》曾经为开创叙事学研究做出过自己的贡献……。不过《叙事的本质》依旧在印，而且似乎还能够为叙事学历史与理论提供有效的视角。当然，这一视角在某种程度上说也是代表了20世纪中期那一特殊的历史时刻"。(《前言》)在后结构主义理论思潮正忙于匍匐潜行的时刻，《叙事的本质》似乎在以它绅士般的风雅向古典传统脱帽致敬,同时也在冥冥之中召唤着一个新的叙事批评风尚的到来。或许,正是基于这样一种开放而又不乏开创的学术心态,作者对那本业已在西方批评界被赋予传奇地位的经典之作——埃里希·奥尔巴赫的《摹仿论》——发出了挑战:

> 尽管这是一部伟大的作品,但奥尔巴赫对现实主义原理的热心专注使得他不愿或无法接受20世纪小说,尤其是像弗吉尼亚·伍尔芙、普鲁斯特和乔伊斯这样的作家。……奥尔巴赫对于后现实主义小说的不满,在二流学者当中引起了共鸣,我们几乎可以在当下文学评论和期刊的每一页上找到这样的不满;在那里,许多优秀的当代作品不是受到敌视即遭遇冷落。目前学界对当代文学的态度同样也制约着对过去文学的看法。因此,这种用19世纪现实主义标尺衡量所有小说的倾向自然会妨碍我们理解其他各种叙事。此"小说性"(novelistic)方法不仅让普鲁斯特、乔伊斯、杜雷尔和贝克特深受其害,也使得斯宾塞、乔叟以及沃弗兰·冯·埃森巴赫备受煎熬。要想找到一种途径,使得叙事研究摆脱小说性方法的局限性,我们就必须打破那些常用于叙事讨论过程中,诸如时间、语言及狭隘文类划分的条条框框。②

《叙事的本质》大抵做了这样几件事:第一,让两个多世纪以来主导西方叙事文学传统的小说"回归原位","继而从总体上去把握叙事的本质及西方叙事传统,将小说仅仅视为诸多叙事的可能性之一"。这是全书思想的灵魂。在斯科尔斯等人看来,现实主义小说的出现对于叙事文学研究而言乃是一把"双刃剑":一方面,世界文学名人殿堂中有了托尔斯泰、屠格涅夫和巴尔扎克,而另一方面,批评领域产生了一种强大的"小说中心论";人们对于整个叙事文学的认知几乎完全依赖于其"小说阅读经验",由此产生了诸多可能的"小说之父",甚至作为口述《奥德赛》的吟唱诗人荷马也不例外。可以说,《叙事的本质》做了一件重大的、具有"拨乱反正"意义的工作——重新定位现实主义小说在西方文学文化当中的历史功绩。第二,弥合两大叙事模态(口头叙事与书面叙事)在其"文化意义上"的断裂,通过梳理广义上的"文学"之历史演进路径,重新打通书面叙事与口头叙事之间的经脉。第三,追本溯源,探求自《荷马史诗》以降西方文学叙事的古典传统,审视史诗文化母体中"事实性"与"虚构性"这两大叙事趋向如何从兼容到分离再到重新汇合。第四,考察"后古典叙事"的形式内涵,聚焦于叙事学研究当中具有"普遍性""恒久性"的四大叙事理论层面:意义、人物、情节和视角。第五,回顾四十年来(1966—2006)的叙事研究流变,在强调动态发展体系的基础上"提供一则关于叙事理论的叙事"。(《前言》)很明显,斯科尔斯在第 1 版《前言》中所表露出的那种学术谦逊,同样在费伦教授那里得到了延承——"一则关于叙事理论的叙事"以它充满机智诙谐的宽容与大度,试图规避那种"大一统"式的宏观理论话语,转而将叙事理论(如叙事文学一样)视为一项"最不安定"却"最具活力和价值"的事业。

《叙事的本质》因其跨越文学古今、贯穿文类界域、融通文学文化的独特学术定位使得翻译成为一项颇具挑战的使命。首先,该书的大量篇幅围绕西方叙事的古典传统展开并随之向读者展示了众多古典文献资源和古典文化信息。譬如公元 1 世纪的古罗马讽刺家裴特洛纽斯(Petronius)及其创作的叙事作品《塞坦瑞肯》(*Satyricon*)和公元 3 世纪希腊传奇作家赫利奥多罗斯(Heliodorus)及其创作的《埃塞俄比亚遗事》(*Aethiopica*);再比如古希腊克里特文明时期被称为"米诺斯 B 类线性文字"和中世纪法国南部的奥克语方言"普罗旺斯语"。这些概念在书中并没有任何来自作者提供的知识背景,而是直接作为学术常识融入行文当中,故使得《叙事的本质》绝非如其颇为"低调"的名称所暗示的那般仅仅是一本叙事学"入门"之作。换言之,"作者的读者"显然不是普通读者,而是具有相当程度的古典文学文化内涵的专业人士。由于目前国内详尽系统论述西方古典文学传统的一手研究成果几近空缺,加之学界围绕这一方向进行细致研究的从业人员及所产生的学术影响十分微弱，翻译过程中译者为了增强《叙事的本质》一书的可读性，减少读者因频繁查阅文献而影响阅读效率，特意对所有出现于书中的艰涩概念进行了认真调查、梳理和归纳，并以"译者注"的形式逐条呈现（全书"译者注"一项达三万多字）。通常来说，本书围绕生僻文学概念所提供的"译者注"强调以言简意赅的方式传递最直接的知识信息，但遇到与叙事文学本身存在潜在关联或是读者可能心存好奇的古典文献，译者也会在"译者注"中稍作延伸，其目的在于使阅读《叙事的本质》更加具有"体验性"。比如上文所提及的《埃塞俄比亚遗事》，"译者注"是这般做出的：

> 又称《提亚戈尼斯与卡里克列娅》（*Theagenes and Chariclea*），由公元3世纪希腊传奇作家赫利奥多罗斯（Heliodorus）创作的传奇。该作品自16世纪起风行欧洲，曾对英国早期传奇小说产生影响。故事讲述埃塞俄比亚公主卡里克列娅因母亲怀她时凝视白色大理石雕像而生来肤白，母后为避通奸嫌疑，将其送交他人抚养，成年后，卡里克列娅经历了与提亚戈尼斯的爱情，以及接踵而至的磨难，关键时刻其身世为父王所知，继而得以与提亚戈尼斯终成眷属。

又比如，在处理书中一处提及中世"寓言解剖"类叙事作品《玫瑰传奇》（*The Romance of the Rose*）之际，"译者注"如是说："13世纪法国寓言长诗，典雅情爱（courtly love）文学的典范之作，以玫瑰作为贵族女性的象征，向世人宣讲情爱之道。前半部分由基洛姆·德·洛利思（Guillaume de Lorris）所作，后半部分由让·德·梅恩（Jean de Meun）完成。"此类"译者注"以相对客观的准批评视角对所涉作品加以"短平快"式的点评，大致做到将具体作品落实在西方文学文化的传统坐标当中，减少阅读过程中的概念疏离和语义隔阂。

翻译《叙事的本质》的另一个突出难点在于原著作者的卓绝文学修养，由此带来的是批评话语中所饱含的修辞意识与隐喻特质。这无疑给文本信息的转换进程增加了额外的负担。比如在"叙事中的意义"那一部分的末尾处,当作者论及《芬尼根守灵夜》时写到,"因为那里隐藏着诗人自己的晦暗之思,它发端于诗人身心的最幽闭处,沿着自内而外的轨迹引发出人类曾经梦想到的所有意象"。这一句当中的"自内而外的轨迹"乃是译者转化之后的结果;原文"south—north trajectory"若直译当是"南—北轨迹",但置入译文的上下语境中便颇为突兀,令人费解。为此,译者特意致信斯科尔斯教授,就此处的表述加以咨询,得到的回复是:"在此处,南—北意味着从底部到顶部,或是从无意识到意识。在北美,我们会认为澳大利亚位处'底下'(down under)。我估计你们在中国亦有类似的观念,相信北为顶,南为底。"③不过,若译为"从底部到顶部",显然与"从南到北"一般造成语义晦涩;同样,若译为"从无意识到意识"又在很大程度上破坏了原文的隐喻效能,故而最终翻译为"自内而外",既保持足够的修辞价值,同时也能暗示作者希冀传达的语义本质。另一个极佳的事例出现在原著的194页上。在那里,作者论及了《安娜·卡列尼娜》中女主人公在自杀前所呈现出的内心独白:

> Anna is the forsaken female, torn between love and loyalty, contemplating suicide; and the shades of her literary ancestors, Dido and Medea and the unhappy lovers of Ovid, loom behind her in her pathetic final moments; but <u>the philosophers of the English Enlightenment and the ribald parson's cock—and—bull story</u> also participate in this powerful and terrible scene. (Scholes, etc.)

安娜是那种挣扎于情欲与操守之间、沉冥于自杀念头当中的孤独女性,在其充满悲凉的最后时刻,她的文学祖先——狄多和美狄亚,以及奥维德笔下那些郁郁寡欢的恋人——都成了其身后隐现的幽灵;但是,<u>英国启蒙运动的哲学家们,以及鄙俗化牧师所讲述的离奇故事</u>,也都参与到了这令人难忘的骇人一幕中。

可以看出,画线着重标记的部分并非明晰的批评话语,即便细致阅读了该章节中先前围绕启蒙时期英国哲学或是18世纪感伤主义小说所提及的相关信息,也未必能够在此处有效捕捉原著者的修辞内涵。鉴于此,译者经与斯科尔斯教授本人确认后为此段增加了一则"译者注":

> 按照斯科尔斯本人的解释,这里的"英国启蒙运动的哲学家们"和"鄙俗化牧师"分别指的是洛克等经验主义者和《商第传》的作者斯泰恩(其本人亦是牧师,《商第传》可谓是一部充满情色幽默的"离奇故事"),两者都对意识流文学创作产生过深远影响。

另外一个翻译上的难点在于原著批评话语的"信息默认"现象。比如作者在一处写到,"福楼拜通过使用她的狗、她的新娘花束、比内(Binet)的车床以及其他实体物件来象征爱玛的思想状态";对于未尝细致阅读过《包法利夫人》或是没有留意作品中那位爱好用车床制作餐巾套环的税务员及地方消防队长,"比内的车床"这一表述可能会完全沦为一个抽象的符号。对于此类潜在的语义缺失,译者同样借助"译者注"加以简略说明。又譬如作者在论及乔伊斯的潜意识表征方式之际如是说,"幸亏有了弗洛伊德和荣格,弥诺陶洛斯(Minotaur)依然还活在那迷宫的深处。也许,正是在人类的潜意识中,叶芝才发现了那头恶兽,它正慵懒地走向——借用乔伊斯或可做出的表述——它的'重现'(re-arrival)"。针对这样一句富含隐喻编码的论断,译者有必要借助"译者注"说明:这"弥诺陶洛斯"乃是希腊神话中长着牛头人身、被克里特国王弥诺斯囚禁在迷宫之中的魔怪;同时也有必要协助读者认识到这样一个"典故",即那"慵懒"前行的"恶兽"(rough beast)出现于叶芝的诗歌《第二次降临》(*The Second Coming*)的结尾处。

《叙事的本质》如斯科尔斯在《致中国读者的话》中所言,尽管"主要涉及的是西方叙事",却因其最初的构思肇始于香港地区而多少与中国

(读者)产生了某种意义之上的情缘。如今,《叙事的本质》如斯科尔斯所期待的那样与广大的中国学人实现了一次历史性的相遇(尽管姗姗来迟);它的出席无疑会为中国叙事学领域的研究增添新鲜血液与活力。这本成书于1966年的学术经典专著为西方学界重新关注并首次以一种全新的现代姿态正式进入中国学者的视野,似乎也在回应着自培根、笛卡尔以来所提出的一个有关"现代性"的著名悖论:古人之所以"古"乃是相对于我们现代人立足当下的时间倒推模式而产生,从世界发展的总体时间性来说,却恰恰得出了相反的结论——古人活在世界的青年期,"我们才是古人"。从此意义上说,《叙事的本质》的确是在努力尝试向古代文学叙事传统汲取理论精髓,但其真正的意图却非唯"古"是从,而是立足现代,以古典文学文化为鉴,突出现代叙事文学的"古老"——抑或说是一种经过叙事传统磨砺之后达至的"成熟"。尚必武教授在《当代西方后经典叙事学研究》中指出,"后经典"叙事研究阶段"除了具有'跨国界''跨媒介'的特征之外,还具有'跨学科'(即研究方法的拓展)的特点",显然,《叙事的本质》若从这一评判标准来看,丝毫没有"落后"之嫌,正相反,它在很大程度上以它自己的方式预表了我们这个时代的叙事学发展风尚。

叙事的"本质"源于它在贯穿世界文学文化地图进程中所独具的流动性,说到底乃是根植于人类生存的独特精神体验,它在文学层面上回应着 T. S. 艾略特的文学传统观,甚至在哲学层面上契合于伯格森的时间绵延说。叙事的"本质"在乎其里,亦在其表,存于古而鉴于今。

注解[Notes]

① 本文曾发表在《叙事研究前沿》(第二辑)2016年。

②《叙事的本质》,罗伯特·斯科尔斯、詹姆斯·费伦、罗伯特·凯洛格著,于雷译,南京:南京大学出版社,2015年。本文凡出自该作中的引文均直接引用,不再另注。

③ 此回复来自2010年5月6日,斯科尔斯教授发给译者的电子邮件。

引用作品[Works Cited]

Scholes, Robert Phelan, James and Kellogg, Robert. *The Nature of Narrative*. New York: Oxford UP. 2006.

罗伯特·斯科尔斯,詹姆斯·费伦,罗伯特·凯洛格:《叙事的本质》,于雷译。南京:南京大学出版社,2015 年。

[Scholes, Robert Phelan, James and Kellogg, Robert. *The Nature of Narrative*. Trans. Yu Lei. Nanjing: Nanjing UP, 2015.]

马泰·卡林内斯库:《现代性的五副面孔》,顾爱彬、李瑞华译。南京:译林出版社,2015 年。

[Calinescu, Matei. *Five Faces of Modernity*. Trans. Gu Aibin and Li Ruihua. Nanjing: Yilin Press, 2015]

尚必武:《当代西方后经典叙事学研究》,北京:人民文学出版社,2013 年。

[Shang, Biwu. *Contemporary Western Narratology: Postclassical Perspectives*. Beijing: People's Literature Publishing House, 2013.]

《当代学术棱镜译丛》
已出书目

媒介文化系列

第二媒介时代 [美]马克·波斯特

电视与社会 [英]尼古拉斯·阿伯克龙比

思想无羁 [美]保罗·莱文森

媒介建构:流行文化中的大众媒介 [美]劳伦斯·格罗斯伯格 等

揣测与媒介:媒介现象学 [德]鲍里斯·格罗伊斯

媒介学宣言 [法]雷吉斯·德布雷

媒介研究批评术语集 [美]W. J. T. 米歇尔 马克·B. N. 汉森

解码广告:广告的意识形态与含义 [英]朱迪斯·威廉森

全球文化系列

认同的空间——全球媒介、电子世界景观与文化边界 [英]戴维·莫利

全球化的文化 [美]弗雷德里克·杰姆逊 三好将夫

全球化与文化 [英]约翰·汤姆林森

后现代转向 [美]斯蒂芬·贝斯特 道格拉斯·科尔纳

文化地理学 [英]迈克·克朗

文化的观念 [英]特瑞·伊格尔顿

主体的退隐 [德]彼得·毕尔格

反"日语论" [日]莲实重彦

酷的征服——商业文化、反主流文化与嬉皮消费主义的兴起 [美]托马斯·弗兰克

超越文化转向 [美]理查德·比尔纳其 等

全球现代性:全球资本主义时代的现代性 [美]阿里夫·德里克

文化政策　[澳]托比·米勒　[美]乔治·尤迪思

通俗文化系列

解读大众文化　[美]约翰·菲斯克
文化理论与通俗文化导论(第二版)　[英]约翰·斯道雷
通俗文化、媒介和日常生活中的叙事　[美]阿瑟·阿萨·伯格
文化民粹主义　[英]吉姆·麦克盖根
詹姆斯·邦德:时代精神的特工　[德]维尔纳·格雷夫

消费文化系列

消费社会　[法]让·鲍德里亚
消费文化——20世纪后期英国男性气质和社会空间　[英]弗兰克·莫特
消费文化　[英]西莉娅·卢瑞

大师精粹系列

麦克卢汉精粹　[加]埃里克·麦克卢汉　弗兰克·秦格龙
卡尔·曼海姆精粹　[德]卡尔·曼海姆
沃勒斯坦精粹　[美]伊曼纽尔·沃勒斯坦
哈贝马斯精粹　[德]尤尔根·哈贝马斯
赫斯精粹　[德]莫泽斯·赫斯
九鬼周造著作精粹　[日]九鬼周造

社会学系列

孤独的人群　[美]大卫·理斯曼
世界风险社会　[德]乌尔里希·贝克
权力精英　[美]查尔斯·赖特·米尔斯
科学的社会用途——写给科学场的临床社会学　[法]皮埃尔·布尔迪厄
文化社会学——浮现中的理论视野　[美]戴安娜·克兰

白领:美国的中产阶级 [美]C.莱特·米尔斯
论文明、权力与知识 [德]诺贝特·埃利亚斯
解析社会:分析社会学原理 [瑞典]彼得·赫斯特洛姆
局外人:越轨的社会学研究 [美]霍华德·S.贝克尔
社会的构建 [美]爱德华·希尔斯

新学科系列

后殖民理论——语境 实践 政治 [英]巴特·穆尔-吉尔伯特
趣味社会学 [芬]尤卡·格罗瑙
跨越边界——知识学科 学科互涉 [美]朱丽·汤普森·克莱恩
人文地理学导论:21世纪的议题 [英]彼得·丹尼尔斯 等
文化学研究导论:理论基础·方法思路·研究视角 [德]安斯加·纽宁 [德]维拉·纽宁主编

世纪学术论争系列

"索卡尔事件"与科学大战 [美]艾伦·索卡尔 [法]雅克·德里达 等
沙滩上的房子 [美]诺里塔·克瑞杰
被困的普罗米修斯 [美]诺曼·列维特
科学知识:一种社会学的分析 [英]巴里·巴恩斯 大卫·布鲁尔 约翰·亨利
实践的冲撞——时间、力量与科学 [美]安德鲁·皮克林
爱因斯坦、历史与其他激情——20世纪末对科学的反叛 [美]杰拉尔德·霍尔顿
真理的代价:金钱如何影响科学规范 [美]戴维·雷斯尼克
科学的转型:有关"跨时代断裂论题"的争论 [德]艾尔弗拉德·诺德曼 [荷]汉斯·拉德 [德]格雷戈·希尔曼

广松哲学系列

物象化论的构图 [日]广松涉
事的世界观的前哨 [日]广松涉

文献学语境中的《德意志意识形态》 [日]广松涉

存在与意义(第一卷) [日]广松涉

存在与意义(第二卷) [日]广松涉

唯物史观的原像 [日]广松涉

哲学家广松涉的自白式回忆录 [日]广松涉

资本论的哲学 [日]广松涉

马克思主义的哲学 [日]广松涉

世界交互主体的存在结构 [日]广松涉

国外马克思主义与后马克思思潮系列

图绘意识形态 [斯洛文尼亚]斯拉沃热·齐泽克 等

自然的理由——生态学马克思主义研究 [美]詹姆斯·奥康纳

希望的空间 [美]大卫·哈维

甜蜜的暴力——悲剧的观念 [英]特里·伊格尔顿

晚期马克思主义 [美]弗雷德里克·杰姆逊

符号政治经济学批判 [法]让·鲍德里亚

世纪 [法]阿兰·巴迪欧

列宁、黑格尔和西方马克思主义：一种批判性研究 [美]凯文·安德森

列宁主义 [英]尼尔·哈丁

福柯、马克思主义与历史：生产方式与信息方式 [美]马克·波斯特

战后法国的存在主义马克思主义：从萨特到阿尔都塞 [美]马克·波斯特

反映 [德]汉斯·海因茨·霍尔茨

为什么是阿甘本？ [英]亚历克斯·默里

未来思想导论：关于马克思和海德格尔 [法]科斯塔斯·阿克塞洛斯

无尽的焦虑之梦：梦的记录(1941—1967) 附《一桩两人共谋的凶杀案》(1985) [法]路易·阿尔都塞

马克思：技术思想家——从人的异化到征服世界 [法]科斯塔斯·阿克塞洛斯

经典补遗系列

卢卡奇早期文选 [匈]格奥尔格·卢卡奇
胡塞尔《几何学的起源》引论 [法]雅克·德里达
黑格尔的幽灵——政治哲学论文集[Ⅰ] [法]路易·阿尔都塞
语言与生命 [法]沙尔·巴依
意识的奥秘 [美]约翰·塞尔
论现象学流派 [法]保罗·利科
脑力劳动与体力劳动:西方历史的认识论 [德]阿尔弗雷德·索恩-雷特尔
黑格尔 [德]马丁·海德格尔
黑格尔的精神现象学 [德]马丁·海德格尔
生产运动:从历史统计学方面论国家和社会的一种新科学的基础的建立 [德]弗里德里希·威廉·舒尔茨

先锋派系列

先锋派散论——现代主义、表现主义和后现代性问题 [英]理查德·墨菲
诗歌的先锋派:博尔赫斯、奥登和布列东团体 [美]贝雷泰·E.斯特朗

情境主义国际系列

日常生活实践 1.实践的艺术 [法]米歇尔·德·塞托
日常生活实践 2.居住与烹饪 [法]米歇尔·德·塞托 吕斯·贾尔 皮埃尔·梅约尔
日常生活的革命 [法]鲁尔·瓦纳格姆
居伊·德波——诗歌革命 [法]樊尚·考夫曼
景观社会 [法]居伊·德波

当代文学理论系列

怎样做理论 [德]沃尔夫冈·伊瑟尔
21世纪批评述介 [英]朱利安·沃尔弗雷斯

后现代主义诗学：历史·理论·小说 ［加］琳达·哈琴
大分野之后：现代主义、大众文化、后现代主义 ［美］安德列亚斯·胡伊森
理论的幽灵：文学与常识 ［法］安托万·孔帕尼翁
反抗的文化：拒绝表征 ［美］贝尔·胡克斯
戏仿：古代、现代与后现代 ［英］玛格丽特·A.罗斯
理论入门 ［英］彼得·巴里
现代主义 ［英］蒂姆·阿姆斯特朗
叙事的本质 ［美］罗伯特·斯科尔斯　詹姆斯·费伦　罗伯特·凯洛格
文学制度 ［美］杰弗里·J.威廉斯
新批评之后 ［美］弗兰克·伦特里奇亚
文学批评史：从柏拉图到现在 ［美］M.A.R.哈比布
德国浪漫主义文学理论 ［美］恩斯特·贝勒尔
萌在他乡：米勒中国演讲集 ［美］J.希利斯·米勒
文学的类别：文类和模态理论导论 ［英］阿拉斯泰尔·福勒
思想絮语：文学批评自选集（1958—2002） ［英］弗兰克·克默德
叙事的虚构性：有关历史、文学和理论的论文（1957—2007） ［美］海登·怀特
21世纪的文学批评：理论的复兴 ［美］文森特·B.里奇

核心概念系列

文化 ［英］弗雷德·英格利斯
风险 ［澳大利亚］狄波拉·勒普顿

学术研究指南系列

美学指南 ［美］彼得·基维
文化研究指南 ［美］托比·米勒
文化社会学指南 ［美］马克·D.雅各布斯　南希·韦斯·汉拉恩
艺术理论指南 ［英］保罗·史密斯　卡罗琳·瓦尔德

《德意志意识形态》与文献学系列

梁赞诺夫版《德意志意识形态·费尔巴哈》 [苏]大卫·鲍里索维奇·梁赞诺夫
《德意志意识形态》与 MEGA 文献研究 [韩]郑文吉
巴加图利亚版《德意志意识形态·费尔巴哈》 [俄]巴加图利亚
MEGA：陶伯特版《德意志意识形态·费尔巴哈》 [德]英格·陶伯特

当代美学理论系列

今日艺术理论 [美]诺埃尔·卡罗尔
艺术与社会理论——美学中的社会学论争 [英]奥斯汀·哈灵顿
艺术哲学：当代分析美学导论 [美]诺埃尔·卡罗尔
美的六种命名 [美]克里斯平·萨特韦尔
文化的政治及其他 [英]罗杰·斯克鲁顿
当代意大利美学精粹 周宪 [意]蒂齐亚娜·安迪娜

现代日本学术系列

带你踏上知识之旅 [日]中村雄二郎 山口昌男
反·哲学入门 [日]高桥哲哉
作为事件的阅读 [日]小森阳一
超越民族与历史 [日]小森阳一 高桥哲哉

现代思想史系列

现代主义的先驱：20 世纪思潮里的群英谱 [美]威廉·R.埃弗德尔
现代哲学简史 [英]罗杰·斯克拉顿
美国人对哲学的逃避：实用主义的谱系 [美]康乃尔·韦斯特
时空文化：1880—1918 [美]斯蒂芬·科恩

视觉文化与艺术史系列

可见的签名 [美]弗雷德里克·詹姆逊

摄影与电影　[英]戴维·卡帕尼

艺术史向导　[意]朱利奥·卡洛·阿尔甘　毛里齐奥·法焦洛

电影的虚拟生命　[美]D. N. 罗德维克

绘画中的世界观　[美]迈耶·夏皮罗

缪斯之艺:泛美学研究　[美]丹尼尔·奥尔布赖特

视觉艺术的现象学　[英]保罗·克劳瑟

总体屏幕:从电影到智能手机　[法]吉尔·利波维茨基　[法]让·塞鲁瓦

艺术史批评术语　[美]罗伯特·S. 纳尔逊　[美]理查德·希夫

设计美学　[加拿大]简·福希

工艺理论:功能和美学表达　[美]霍华德·里萨蒂

艺术并非你想的那样　[美]唐纳德·普雷齐奥西　[美]克莱尔·法拉戈

当代逻辑理论与应用研究系列

重塑实在论:关于因果、目的和心智的精密理论　[美]罗伯特·C. 孔斯

情境与态度　[美]乔恩·巴威斯　约翰·佩里

逻辑与社会:矛盾与可能世界　[美]乔恩·埃尔斯特

指称与意向性　[挪威]奥拉夫·阿斯海姆

说谎者悖论:真与循环　[美]乔恩·巴威斯　约翰·埃切曼迪

波兰尼意会哲学系列

认知与存在:迈克尔·波兰尼文集　[英]迈克尔·波兰尼

科学、信仰与社会　[英]迈克尔·波兰尼

现象学系列

伦理与无限:与菲利普·尼莫的对话　[法]伊曼努尔·列维纳斯

新马克思阅读系列

政治经济学批判:马克思《资本论》导论　[德]米夏埃尔·海因里希

Copyright © 2006 by Oxford University Press, Inc.
"The Nature of Narrative, Fortieth Anniversary Edition" was originally published in English in 2006.
This translation is published by arrangement with Oxford University Press.
Simplified Chinese edition copyright © 2015 by NJUP
Through Andrew Nurnberg Associates International Ltd.
All rights reserved
江苏省版权局著作权合同登记　图字：10-2009-105 号

图书在版编目(CIP)数据

　　叙事的本质／（美）斯科尔斯，（美）费伦，（美）凯洛格著；于雷译. 一 南京：南京大学出版社，2015.1(2023.12 重印)
　　（当代学术棱镜译丛／张一兵主编）
　　书名原文：The nature of narrative
　　ISBN 978-7-305-13725-9

　　Ⅰ.①叙… Ⅱ.①斯… ②费… ③凯… ④于… Ⅲ.①叙事文学—研究 Ⅳ.①I0

　　中国版本图书馆 CIP 数据核字(2014)第 180092 号

出版发行	南京大学出版社
社　　址	南京市汉口路 22 号　　邮　编　210093
丛 书 名	当代学术棱镜译丛
书　　名	叙事的本质 XUSHI DE BENZHI
著　者	［美］罗伯特·斯科尔斯　［美］詹姆斯·费伦 ［美］罗伯特·凯洛格
译　者	于　雷
责任编辑	谭　天
照　排	南京南琳图文制作有限公司
印　刷	南京爱德印刷有限公司
开　本	635 mm×965 mm　1/16　印张 29.75　字数 439 千
版　次	2015 年 1 月第 1 版　2023 年 12 月第 7 次印刷
ISBN 978-7-305-13725-9	
定　价	75.00 元
网　　址	http://www.njupco.com
官方微博	http://weibo.com/njupco
官方微信	njupress
销售热线	(025) 83594756

＊ 版权所有，侵权必究
＊ 凡购买南大版图书，如有印装质量问题，请与所购
　图书销售部门联系调换